诗三百，一言以蔽之，曰：思无邪。

——孔子

中国第一部诗歌总集

图解

诗经

（春秋）孔子　编

沐言非　注

北京联合出版公司
Beijing United Publishing Co.,Ltd.

图书在版编目（CIP）数据

图解诗经 /（春秋）孔子编；沐言非注 .— 北京：北京联合出版公司，2016.8（2019.5 重印）
ISBN 978-7-5502-8222-3

Ⅰ．①图… Ⅱ．①孔… ②沐… Ⅲ．①古体诗—诗集—中国—春秋时代 Ⅳ．① I222.2

中国版本图书馆 CIP 数据核字（2016）第 167860 号

图解诗经

编　　者：（春秋）孔子
注　　者：沐言非
责任编辑：孙志文
封面设计：韩立强
责任校对：黎　娜
美术编辑：李丹丹
插图绘制：孔文鹏

北京联合出版公司出版
（北京市西城区德外大街83号楼9层　100088）
北京市松源印刷有限公司印刷　新华书店经销
字数774千字　720毫米 × 1020毫米　1/16　27.5印张
2019年5月第2版　2019年5月第3次印刷
ISBN 978-7-5502-8222-3
定价：68.00元

前言

《诗经》是我国最早的一部诗歌总集，是我国古代人民智慧和经验的结晶，在文学史和文化史上产生了深远的影响。孔子曰：“不学诗，无以言。”《诗经》以其丰富的内涵与深刻的思想性为我们描绘了一幅无比生动的社会历史画卷，是中华民族宝贵的精神文化财富，是绽放于世界文学巅峰之上的艺术奇葩。

《诗经》按其内容分为“风”“雅”“颂”三部分，在语言技巧、体裁形式、艺术形象和表现手法上，都显示出我国最早的诗歌作品在艺术上的巨大成就，为我国诗歌创作奠定了深厚的文学基础，堪称我国文学宝库中的一朵奇葩。

作为中国古典文学的源头之一，《诗经》如同黄河一般，一直流淌着，延伸着，不仅抚育、浇灌了世世代代的诗人作家，也浸润了数千年来不同阶层之人的心田。《诗经》中的许多诗句因其美好、内涵丰富、意味深长而为后世的人不断引用，至今仍熠熠生辉。《诗》之风，或泼辣，或讽刺，或含蓄，或蕴藉，纯朴真挚，生趣盎然；《诗》之雅，或幽怨，或铿锵，或清雅，或柔润，言尽意远，激荡心灵；《诗》之颂，或肃穆，或雄健，或虔诚，或谦恭，回旋跌宕，意蕴无穷。

孔子曰：“诗可以兴，可以观，可以群，可以怨。迩之事父，远之事君，多识于鸟兽草木之名。”《诗经》不仅讽刺了统治阶级的荒淫腐朽，也描述了人民劳动生活的情景；不仅反映了劳动人民被剥削压迫的悲惨命运和他们的反抗斗争，也反映了沉重的兵役和徭役给劳动人民带来的深重灾难……可以说，它是西周初期到春秋中期大约五百年间社会生活的一面镜子，是我们了解当时政治、经济、文化、历史和社会的珍贵资料。阅读《诗经》不仅可以加深我们对当时政治、经济、文化、历史和社会的了解，还可以开拓阅读视野，陶冶道德情操，提升人生品位，从这博大精深的传世经典中，真正汲取到智慧和力量。

迄今为止，注释、研究《诗经》的著作数不胜数，有的旧注过于繁重，初学者无法驾驭，勉强读之，不得要领，反而降低了学习兴趣；有的选目不全，无法全面地掌握诗歌的全貌，不免遗憾；有的版式过于单调，阅读时很容易产生疲劳。为了让广大读者能够轻松愉悦地了解这部传世巨著，我们推出了本书。

为了全方位、多层次地展示《诗经》这部传世经典巨著，我们用通俗易懂的语言深入浅出地对每篇作品进行了全解、详注，并生动解析了作品的写作背景、艺术特色、创作技巧等，同时，配以数百幅精美图片，与文字相辅相成，做到诗中有画，画中有诗，使读者获得丰富的想象空间和高雅的艺术享受。科学简明的体例、典雅流畅的文字、精美珍贵的图片、注重传统文化与现代审美的设计理念，多种视觉要素有机结合，全面提升本书的欣赏价值和艺术价值，值得你收藏品读。

目录

齐风

魏风

唐风

秦风

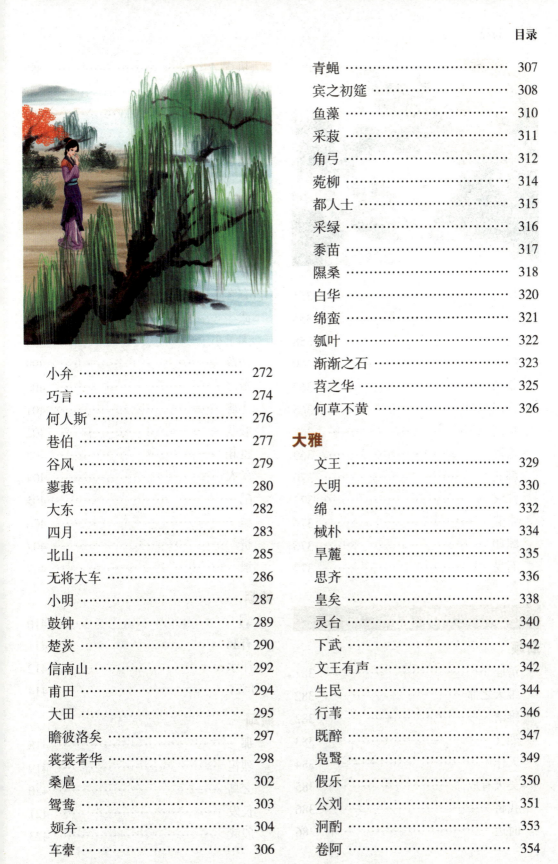

大雅

颂篇

周颂

鲁颂

商颂

诗经

《诗经》是我国古代第一部诗歌总集，作品产生的时代，上起西周初年（约公元前 11 世纪），下迄春秋中叶（约公元前 7 世纪）。是中国优秀传统文化中的核心经典之一。

《诗经》在我国文学史、经学史，以至在人类的文化史中，都占有重要的地位。如果想了解中国文化，《诗经》是不可不读的一部要籍，要做一个有文化的中国人，《诗经》更是必读的经典。著名历史学家顾颉刚先生说：“《诗经》这一部书，可以算作中国所有书籍当中最有价值的。”

这部两千七百多年的诗歌集——《诗经》是奠定中国文化基础的重要基石。

《诗经》

作者

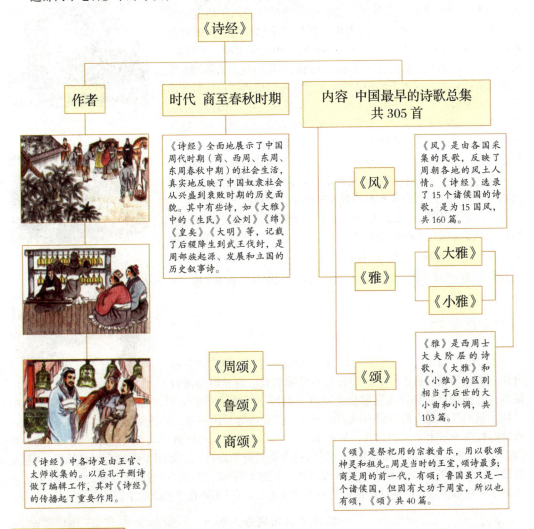

《诗经》中各诗是由王官、太师收集的。以后孔子删诗做了编辑工作，其对《诗经》的传播起了重要作用。

时代 商至春秋时期

《诗经》全面地展示了中国周代时期（商、西周、东周、东周春秋中期）的社会生活，真实地反映了中国奴隶社会从兴盛到衰败时期的历史面貌。其中有些诗，如《大雅》中的《生民》《公刘》《绵》《皇矣》《大明》等，记载了后稷降生到武王伐纣，是周部族起源、发展和立国的历史叙事诗。

内容 中国最早的诗歌总集 共 305 首

《风》

《风》是由各国采集的民歌，反映了周朝各地的风土人情。《诗经》选录了 15 个诸侯国的诗歌，是为 15 国风，共 160 篇。

《雅》

《大雅》

《小雅》

《雅》是西周士大夫阶层的诗歌，《大雅》和《小雅》的区别相当于后世的大小曲和小调，共 103 篇。

《颂》

《周颂》

《鲁颂》

《商颂》

《颂》是祭祀用的宗教音乐，用以歌颂神灵和祖先。周是当时的王室，颂诗最多；商是周的前一代，有颂；鲁国虽只是一个诸侯国，但因有大功于周室，所以也有颂，《颂》共 40 篇。

《诗经》的来源

《诗经》原先称作《诗》或《诗三百》，到了汉代都把它当儒家的经典来读，才叫作《诗经》的。《诗经》来源于民间歌谣，上古的时候，没有文字，只有唱的歌谣，“一个人高兴的时候或悲哀的时候，常愿意将自己的心情诉说出来，给别人或自己听。日常的言语不够劲儿，便用歌唱；一唱三叹的叫别人回肠荡气”（朱自清语）。这就是《诗》中《国风》的来源了。《诗经》中的《雅》《颂》是宴会、祭祀的乐章，出自贵族之手。

《诗经》在成书之前，早就在口头流传了。《诗经》的作者是谁呢？因为没有相关的文献记载，至今尚不得知。按照历代的说法，大概是西周前后的时候，官方有专门搜集诗歌的人到民间“采诗”，然后记录下来；或是有宫廷乐师编写，再配上朝廷音乐，伴上舞蹈表演。

最初的诗是在有了文字以后，有人将那些歌谣记录下来写成的。这些记录诗歌的人是乐工，他们记录诗歌不是出于研究的缘故，而是出于他们的职责，因为他们就是奏乐唱歌的；这就得把歌词记下来，制成了唱本儿。到了春秋时，出现了太师这个官职，他们是乐工的头儿，负责为各国宴会使臣时奏乐唱歌。太师们整理本国和别国乐歌，搜集乐词和乐谱，把歌曲按照贵族的口味包装出来。太师搜得的歌谣有乐歌和徒歌之分，徒歌是需要合乐才能唱的，往往在合乐的时候要叠字或叠章，以增加歌曲的音乐美，所以歌词的原貌便有些改变了。除此之外，太师们对贵族祭祖、宴客、出兵、打猎时作的诗也有保存。这类诗的内容不外乎典礼、讽谏、颂美等等。后来，周天子和各国诸侯又要求臣民向他们献诗，以供乐工演唱。太师们把所有搜集到的诗歌编辑起来，据说有三千多首。

到了春秋末年，“道德丧而礼乐崩”，传说孔子有感于这些诗歌的教化意义，决定把它们编订成册，将三千多首诗删到三百篇，取名《诗三百》，遂成《诗经》。从此，《诗经》做了“六书”之一，到了宋代还被选入了《四书五经》，成为读书人上进登科的必读之物。

《诗》言志

俗话说“诗言志”，其实“诗”这个字就是“言”和“志”的合体。古代所谓“言志”总是牵扯着政治或教化。春秋时很流行赋诗，各国使臣往往在外交宴会上要点一篇诗或几篇诗叫乐工唱，这跟今人在KTV点歌演唱一样，只不过前者点诗一定有政治的意味，以表达对某国或某人的愿望、感谢、责难等。而且点诗时往往不管上下文的意义，只拉出一章中的一两句，这种断章取义只是为了暗示政治。如《左传》上说，晋使赵孟出访郑国，郑伯就在垂陇设宴款待他。席间子太叔为赵孟赋诗：“邂逅相遇，适我愿兮。”子太叔取的是《野有蔓草》的末两句，借以表达对赵孟欢迎之至。其实这首诗原是男女私情之作，他这样做只是为了“言志”，所以不必在乎原诗的主旨了。

以诗言志如同今天的点歌，可“断章取义”。

例：以歌颂邂逅的爱情之歌来表达对远道而来的国宾的欢迎之情。

到了孔子时代，赋诗已经不常见了，孔子见它有教化意义，与儒家“温柔敦厚”的作风相似，就删诗成三百，称为“诗三百”，还教给学生学习，用诗来讨论修身的道理，成为“六经”之一。“如切如磋，如琢如磨”，他用玉比作人，教导学生做学问需下功夫才行；“巧笑倩兮，美目盼兮，素以为绚兮”，本来说的天生丽质的美人，他却比作画画，说做事情是要一步步进行的。后来《庄子》和《荀子》里都说到“诗言志”，这个“志”就是指的教化，到了以后，《诗三百》就称作《诗经》了。“诗”为何要“言志”，诗歌所要言的“志”到底是什么？闻一多认为，志有三义，即记忆、记录和怀抱；朱自清认为，到了“诗言志”和“诗以言志”这两句话，志已经指“怀抱”了。

但春秋时列国的赋诗只是用诗，并非解诗；那时诗的主要作用还在乐歌，因乐歌而加以借用，不过是一种方便罢了。至于诗篇本来的意义，那时原很明白，用不着讨论。到了孔子时代，诗已经不常歌唱了，诗篇本来的意义，经过了多年的借用，也渐渐含糊了。他就按着借用的办法，根据他教授学生的需要，断章取义地来解释这些诗篇。后来解释《诗经》的儒生都跟着他的脚步走。最有权威的毛氏《诗传》和郑玄《诗笺》差不多全是断章取义，甚至断句断义——断句取义是在一句、两句里拉出的一个两个字来发挥，比起断章取义，真是变本加厉了。

《诗经》的六艺

《诗经》有305篇，内容有风、雅、颂，写法有赋、比、兴，这被称为“诗经六义”。风指《国风》，写各诸侯国民间事、物，雅分《大雅》《小雅》，是朝廷正声雅乐，颂是宗庙祭祀的舞曲歌辞。《诗经》凭什么成为儒家经典？简单地说就是那三个字：思无邪。孔子读《关雎》时说：“乐而不淫，哀而不伤。”意思是虽然它写爱情，但能保持适度，能在“礼”的约束范围内，后人更是把它意思延伸为“温柔敦厚”。除此之外，它还有很多写战事、写农民疾苦和贵族贪婪的诗，如《秦风·无衣》说的是边塞将士艰苦生活，《硕鼠》篇借大老鼠的贪吃讥讽贵族的贪敛，这类针砭时弊的歌谣与儒家的“仁爱”不谋而合。

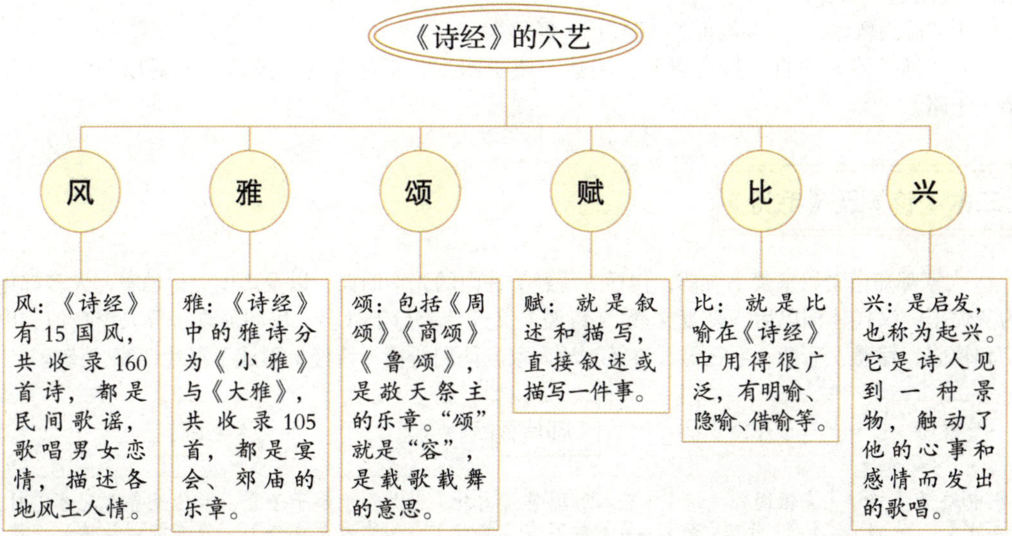

《诗经》的六艺
风
雅
颂
赋
比
兴
风：《诗经》有15国风，共收录160首诗，都是民间歌谣，歌唱男女恋情，描述各地风土人情。
雅：《诗经》中的雅诗分为《小雅》与《大雅》，共收录105首，都是宴会、郊庙的乐章。
颂：包括《周颂》《商颂》《鲁颂》，是敬天祭主的乐章。“颂”就是“容”，是载歌载舞的意思。
赋：就是叙述和描写，直接叙述或描写一件事。
比：就是比喻在《诗经》中用得很广泛，有明喻、隐喻、借喻等。
兴：是启发，也称为起兴。它是诗人见到一种景物，触动了他的心事和感情而发出的歌唱。

《诗经》还是文学史上的经典。它是中国第一部诗歌总集。《诗经》在写法上堪称后人写诗的圭臬。前面说了，它有三种写法：赋、比、兴。赋就是直接陈述，比是打比方，兴是“先言

他物以引起所咏之词"。《诗经》句式整齐，基本上都是四言诗，读起来抑扬顿挫，错落有致，很有音乐感。有的诗歌重复使用相同的韵、字、句甚至篇章，叫作"重章、叠字、叠句、叠韵"，也作为诗歌的文字技巧为后世效仿。

《诗经》的价值

1.《诗经》可以表达理想、志向，涵养性情，净化心灵（"诗三百，一言以蔽之，曰'思无邪'。）可以使人的感情真实、善良、美好，人格厚道，就是温柔敦厚。其实，人们常说的个人素质修养，不应该光是指处世技巧，更应该是指人自身心灵——情感世界的升华，这才是人自身的完善。

2.《诗经》教给人们通晓人情世态，这是人们做事、从政的基础。

3. 读《诗经》可以使人们文才博雅，辞令美善，很好地应对人生中发生的各种事情。

4.《诗经》是中国文学之祖，学习中国文化的必读之书。是研究古代文字、历史、地理、政治、社会、经济、风土人情、爱情婚姻、宗教道德、名物名胜的重要资料。

古人所言《诗经》的作用

1. "《诗》言志。"（《书·舜典》）

2. "《诗》，可以兴，可以观，可以群，可以怨。迩之事父，远之事君，多识于鸟兽草木之名。"（《论语·阳货》）。

3. "温柔敦厚，《诗》教也。"（《礼记·经解》）

4. "诵《诗》三百，授之以政，不达。使于四方，不能专对。虽多，亦奚以为？"（《论语·子路》）。

三家《诗》及《毛诗》

大家都知道秦始皇焚书坑儒，包括《诗经》在内的先秦旧典，以及诸侯史记档案，大多都化为灰烬了。汉代建国以后，恢复文教，《诗经》又开始流行于社会。民间涌现了鲁人浮丘伯、申培和辕固、韩婴、毛亨、毛苌等《诗经》学大家。他们研治《诗经》形成了汉代四家《诗》。

《鲁诗》	《齐诗》	《韩诗》	《毛诗》
鲁申培为《诗训故》，号曰《鲁诗》（亡于晋）。	齐辕固作《诗传》，号曰《齐诗》（亡于魏）。	燕人韩婴作《内外传》数万言，号曰《韩诗》。（亡于北宋，仅存《韩诗外传》）。	由孔子弟子子夏，六传至鲁人毛亨（时人称为大毛公），作《诗训诂传》，传授赵人毛苌（时人称为小毛公），号曰《毛诗》。后汉郑玄为《毛诗》作笺号曰，从此"毛诗郑笺"传布天下。

风篇

西周分封制

《周南》是周朝时期采集的诗篇，因在周王都城的南面而得名。西周为了巩固统治地位采取了“众建诸侯、裂土为民”的分封制，诸侯分公、侯、伯、子、男五等爵位。

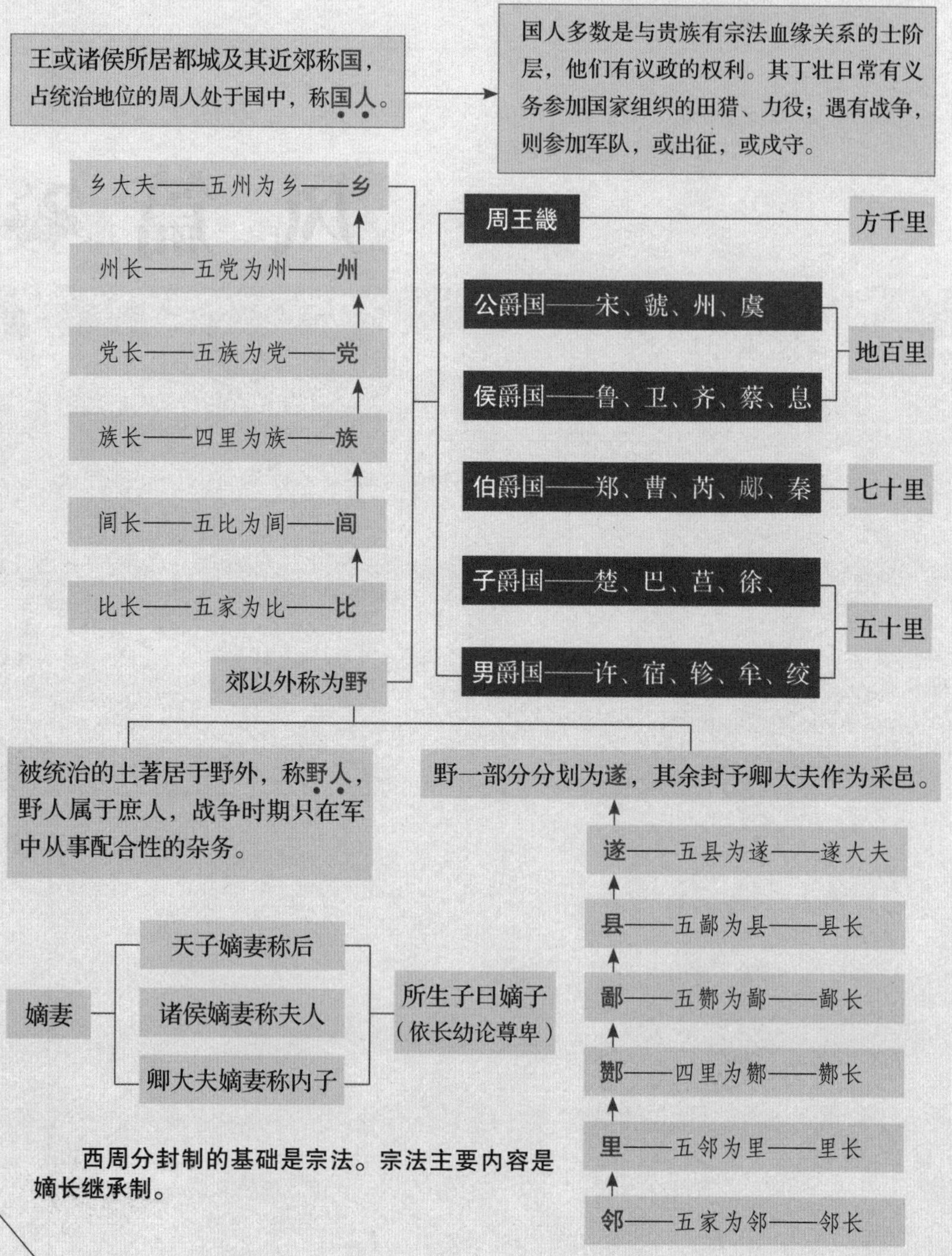
王或诸侯所居都城及其近郊称国，占统治地位的周人处于国中，称国人。
国人多数是与贵族有宗法血缘关系的士阶层，他们有议政的权利。其丁壮日常有义务参加国家组织的田猎、力役；遇有战争，则参加军队，或出征，或戍守。
乡大夫——五州为乡——乡
州长——五党为州——州
党长——五族为党——党
族长——四里为族——族
闾长——五比为闾——闾
比长——五家为比——比
郊以外称为野
周王畿
方千里
公爵国——宋、虢、州、虞
侯爵国——鲁、卫、齐、蔡、息
地百里
伯爵国——郑、曹、芮、郕、秦
七十里
子爵国——楚、巴、莒、徐、
男爵国——许、宿、轸、牟、绞
五十里
被统治的土著居于野外，称野人，野人属于庶人，战争时期只在军中从事配合性的杂务。
野一部分分划为遂，其余封予卿大夫作为采邑。
遂——五县为遂——遂大夫
县——五鄙为县——县长
鄙——五酂为鄙——鄙长
酂——四里为酂——酂长
里——五邻为里——里长
邻——五家为邻——邻长
嫡妻
天子嫡妻称后
诸侯嫡妻称夫人
卿大夫嫡妻称内子
所生子曰嫡子（依长幼论尊卑）
西周分封制的基础是宗法。宗法主要内容是嫡长继承制。

周南

◎关雎◎

关关雎鸠①，在河之洲。窈窕淑女，君子好逑②。
参差荇菜③，左右流之④。窈窕淑女，寤寐求之⑤。
求之不得，寤寐思服⑥。悠哉悠哉，辗转反侧。
参差荇菜，左右采之。窈窕淑女，琴瑟友之。
参差荇菜，左右芼之⑦。窈窕淑女，钟鼓乐之。

【注释】

①关关：鸟鸣之声。雎（jū）鸠：一种水鸟的名字，据说这种鸟用情专一，不离不弃，生死相伴。②逑（qiú）：同“仇”，配偶。③荇（xìng）菜：一种可以食用的水生植物。④流：捋取。⑤寤（wù）：醒来。寐（mèi）：入睡。⑥思服：思念。⑦芼（mào）：择取。

【赏析】

《关雎》写一位青年男子对一位姑娘一见倾心，而后朝思暮想、备受熬煎的感受。

“关关雎鸠，在河之洲。窈窕淑女，君子好逑。”啁啾鸣和的水鸟，相互依偎在河的碧洲。娇媚明丽的少女，是不凡男子的好配偶。首章写男主人公见到一位艳丽美好的姑娘，对她一见倾心，爱慕之情无法自制。他见到河中沙洲上雄雌水鸟相互依偎，由此想象：她若是能成为自己的妻子，两人天天如这水鸟一样相依不舍该有多好。

“参差荇菜，左右流之。窈窕淑女，寤寐求之。”任意采摘遍地鲜嫩的荇菜，不需顾及左右。日夜都希望那位娇媚明丽的少女与我携手。主人公回想日间姑娘随手采摘荇菜的样子，她苗条的身材、艳美的面庞在眼中和心间挥之不去，男子心中的深情已难以言表。

“求之不得，寤寐思服。悠哉悠哉，辗转反侧。”美好的她难以得到，日夜都想得我揪心。情深悠悠欲理还乱，翻来覆去思念不休。这里讲述了主人公内心爱她又不好表白的心情。他心乱如麻，不知她是否瞧得上自己，因而觉得很痛苦，翻来覆去睡不着觉。

“参差荇菜，左右采之。窈窕淑女，琴瑟友之。”遍地鲜嫩的荇菜，随手采摘不需要担忧。我要弹琴鼓瑟，迎娶娇媚明丽的少女。那日姑娘采摘荇菜时的婀娜形体在主人公的眼中和心间仍旧萦绕不去，他暗自设想自己要弹着琴鼓着瑟去向她示好，看看能否打动她的芳心。

“参差荇菜，左右芼之。窈窕淑女，钟鼓乐之。”遍地鲜嫩的荇菜，任由挑选不需烦恼。我要击鼓鸣钟，让那娇媚明丽的少女永久跟随我。那一日，红晕娇容的姑娘采摘荇菜的景象在主人公脑海里无法抹去，他经受不住这痛苦的折磨，下定决心，不顾一切击鼓鸣钟去向她求婚。

《关雎》这首诗描述了一个温婉美丽的情思故事：一名青年男子，见到一位采荇菜的姑娘，被她深深吸引，然而他顾虑重重，羞于开口，于是只能在想象中与她接触、亲近、结偶。诗的妙处在于对爱的叙述直白又含蓄：他不敢当面向她表白，却让自己沉浸在爱的幻想中。这是中华民族传统的爱慕方式，含蓄内敛，悸动而羞涩。《诗经》篇目中有关爱情的描写有许多，有场景式的描写，也有对话式的叙述，更多的却是如《关雎》这样的矜持、羞怯的心理描绘，这种爱，朴素而健康，纯洁而珍贵。

自古中国就是一个诗的国度，数千年前的春秋时代就产生了许多民歌，流传下来集成了这部《诗经》，它是中华民族的瑰宝。《诗经》是中国最前沿的古文化典籍，而这首诗是《诗经》的第一篇，因此在中国文学史上具有特殊地位。

史载《诗经》是孔子晚年为授徒而编纂的教材。孔子把一首爱情诗放在《诗经》的第一篇，是有其用意的。他认为，食与性是人类生存的基本要求，谁都无法回避，但不回避并不代表放纵，欲念是需要尺度的。欲念的放纵，会对人类社会的秩序造成危害，而一切的克制都要从约束男女之欲开始。作为儒家思想开创人的孔夫子将《关雎》放在开篇，意在教化人们克制自己的欲望。

孔子在《论语》里说:“诗三百,一言以蔽之,曰:思无邪。”《关雎》即是“思无邪”的典型标本。《关雎》所写的爱情，其情感是克制的，行为是谨慎的。这种爱的方式，符合民族的婚恋观念，也符合儒家“以明教化”的目标，因而被编在《诗经》的首篇可谓适得其所。

这首诗的主题历来存有争论：大多数人认为它描写的是男女爱情；有的学者则认为是赞美“后妃之德”；还有人认为它不是一般意义上的爱情诗，而是抒发一种“志”：表象是君子对淑女志在必得的追求，实则是抒发君侯对贤人的渴求。

实际上,孔子引《关雎》为首篇,授人以教化,也只体现出老夫子的意图,并非诗作者的本意。《关雎》作为春秋时代的民歌，即便经过人为的整理，也仍不失朴素天然的本真。其中，没有文人装腔作势的庸俗之声，更没有政治的教化之声。读这首诗，能从中感受到的是浓浓的、远古的自然气息。

◎葛覃◎

葛之覃兮①，施于中谷②，维叶萋萋③。黄鸟于飞④，集于灌木⑤，其鸣喈喈⑥。

葛之覃兮，施于中谷，维叶莫莫⑦。是刈是濩⑧，为絺为绤⑨，服之无斁⑩。

言告师氏⑪，言告言归⑫。薄污我私⑬，薄澣我衣⑭。害澣害否⑮，归宁父母⑯。

【注释】

①葛：一种蔓草，可以抽取它的纤维用来织布，俗称夏布，这种草的藤蔓还可以用来做鞋，供夏天穿用。覃（tán）：延长，此处指蔓生之藤。②施（yì）：蔓延。中谷：在山谷中。③维：发语词。萋（qī）萋：茂盛的样子。④黄鸟：黄莺，一说黄雀。于：语气助词。⑤集：栖息。⑥喈（jiē）喈：鸟儿婉转鸣叫的声音。⑦莫莫：茂盛的样子。⑧刈（yì）：割取。濩（huò）：用热水煮东西，这里是指将葛放在水里煮。⑨絺（chī）：细葛布。绤（xì）：粗葛布。⑩斁（yì）：厌倦。⑪师氏：女师，教女子妇德、妇言、妇容、妇功。⑫言：语气助词。归：回娘家。⑬薄：助词。⑭澣（huàn）：同“浣”，洗涤。衣：外衣。⑮害：通“何”，什么。否：

表示否定，此处指不用洗的衣服。⑯归宁：回家以慰父母之心。

【赏析】

历来人们对《葛覃》女主人公身份的说法不一：有人认为诗中女子应是一位后妃，这位后妃在女师的教导下，修习女工之事，借此影响民风妇道；有的学者认为诗中反映的是给贵族割葛、煮葛、织布的女奴告假、洗衣、准备回家的一段生活情景。到底是后妃还是女奴，这场争论最终也没有定论。

另外，关于这位女子已嫁人还是未嫁人，也有争论：诗的末章点出了女子将“归宁父母”，在古代，“归”既可指女子的出嫁，又可指嫁出去的女子返回娘家。所以有人认为此诗是赞美后妃出嫁前温习女工、躬行节俭、尊敬师长的美德。但诗中“归宁父母”最恰当的解释是“回家探视问候父母”，如此看来作者本意应该是在描述已嫁女准备回娘家，解释为“准备出嫁”未免失之牵强。不管主人公是后妃还是女奴，是待嫁女还是新嫁娘，诗中描绘这位女子欣喜愉悦和企盼归宁的心情却是没有疑问的。整首诗写得意趣盎然，生动活泼，三个章节递进式地演示了三卷有趣的画境。

开篇一章的画面中，并没有出现人，出现的只是一派绿意葱茏的葛藤。生命力极强的葛藤在蓬勃浓郁的山谷之中蔓延，清碧幽静的浅谷中，一阵“喈喈”的鸟鸣响起，原来是一群美丽的黄雀飞来，它们展动翅膀在林间打转，而后又群落在灌木丛上，叽叽喳喳和鸣欢唱。一幅自然和谐的画卷展现在人们的眼前，引起人们的无尽联想。

“是刈是濩，为絺为绤，服之无斁”，虽然文字中仍旧没有对容貌、形态进行描绘，却仿佛让人看到女主人公如葛蔓般纤纤细腰弯下去，割着长长的葛藤，又见她将割下的葛蔓拖回家去烧煮，煮好后剥下葛丝，织织复织织，织成了葛布，缝制成了衣裙，欢欢喜喜穿在身上。一句“服之无斁”，描述女主人公将自已织的布穿在身上永不厌弃的心情，生动形象地表达了辛苦操持获得劳作成果后的无尽欢慰。

第三章的情境又是一变，诗中多了一位“师氏”，她似乎静静地倾听着主人公的叙说：“告诉您，我的女师傅，我将要回家去，定要把内衣洗干净，再把外衣也泡上，哪些要洗哪 些不要洗，我要回家看爹娘。”

“害澣害否，归宁父母”，抑制不住激动的女主人公向师氏这位女师傅连珠炮似的吐露出内心的喜悦。虽然不见形体及面容，然而一位勤劳、聪敏、活泼、孝顺的韶龄女子却活现在面前，可亲又可爱。

《诗经》中运用比的手法较多，这首诗中“黄鸟于飞，集于灌木，其鸣喈喈”一句，以黄鸟的“飞”和“鸣”，比喻自由自在的孩童和少女时代，轻描淡写、委婉含蓄地勾勒出黄鸟在林中自由自在飞转、鸣叫的情景，由此勾起了女子对以往未嫁时无忧无虑生活的回忆，引发了她想回娘家的心愿。

诗中还以季节的变化来暗示女主人公想回娘家的愿望从未停止。“葛之覃兮，施于中谷，维叶萋萋”，葛蔓刚刚萌发生长，且长势迅快，这时尚是春季，女子回娘家的想法已在心头滋生；之后“葛之覃兮，施于中谷，维叶莫莫”，葛蔓已经爬得遍山满谷，蓬勃茂密，已是夏季，她想回娘家的想法如葛藤一样伸延；“是刈是濩”，葛覃长成的秋季到了，女子收割后，纺线织布，回娘家的愿望更加强烈；“薄污我私，薄澣我衣”，此时已经穿上内外重叠的厚衣，闲暇的冬季，诸事具备，马上就要回到家里与父母欢聚。回娘家的愿望历经了四季，终于可以实现，女子当然会激动雀跃、喜形于色、话语连珠了。

◎卷耳◎

采采卷耳①，不盈顷筐②。嗟我怀人③，寘彼周行④。

陟彼崔嵬⑤，我马虺隤⑥。我姑酌彼金罍⑦，维以不永怀⑧。

陟彼高冈，我马玄黄⑨。我姑酌彼兕觥⑩，维以不永伤。

陟彼砠矣⑪，我马瘏矣⑫，我仆痡矣⑬，云何吁矣⑭。

【注释】

①采采：采摘。卷耳：一种野菜，今名苍耳。②顷筐：斜口筐，后高前倾。③嗟：语气助词，另一说，叹息声。④寘（zhì）：同“置”，放下之意。周行：大路。⑤陟（zhì）：登高。崔嵬（wéi）：高而不平的土石山。⑥虺隤（huī tuí）：因疲劳而生病。⑦金罍（léi）：青铜盛酒器。⑧维：发语词。永：长久。⑨玄黄：马生病而变色。⑩兕觥（sì gōng）：犀牛角做成的酒杯。⑪砠（jū）：有土的石山。⑫瘏（tú）：马因生病而无法前行。⑬痡（pū）：人过度疲惫、无法走路的样子。⑭吁（xū）：忧愁。

【赏析】

《卷耳》是一篇妻子思念远出征战的丈夫的情歌。

诗的开篇展示了一幅动感的画卷——“采呀采呀卷耳菜，采来采去装不满筐。想念那远方的亲人啊，竹筐停放在大路上。”翠峦蔓延，一条大路沿着山麓伸向远方，一个女子挎着浅竹筐，一棵一棵地采摘卷耳菜。可她采了好些时候也没装满浅筐，有很多卷耳菜都掉落在地上。因为她的心没在卷耳上，而是随外出征战的丈夫飞向了远方。

不断地苦想之下，她的心情越加凄惶，对卷耳菜已没有心力再采摘。她痴望着丈夫离开的那条大路，把竹筐放置在脚边，顺路张望，目光迷离，仿佛看到了远行归来的丈夫的身影。然而清醒过来时，她才知那只是幻觉。她不由得嗟叹连连，眼里也噙满泪水。短短四句诗，将女主人公思念丈夫的心情渲染得淋漓尽致。

“走在高高的石山上，马儿困倦又踉跄。待我斟满铜杯酒，醉后忘忧免思量。”第二章作者抒发情感的笔意进一步延展。采卷耳的女子的思绪已飞到丈夫的身边，她想象着：丈夫在征程中爬过荒坡、攀过高岗、越过山顶，连续的行军导致人困马乏，马匹已经积劳成疾，再难背负主人行走，仆人也因劳累而病倒难起，如此的艰难困苦使丈夫不禁想起家中贤德的妻子和平静的生活，心中不免会无限惆怅，他只得借酒浇愁以淡化乡愁，然而借酒浇愁愁更愁，酒落愁肠化作相思泪，反而令他更加思念家乡和妻子。

“登上了高高的乱山冈，我的马儿疲惫又彷徨。我打起精神斟满酒，但愿从此把思念和烦恼全都忘。”夫妻间的心灵是相通的，妻子思念丈夫，丈夫一定也在思念自己的妻子，于是作者把妇人放下，笔锋一转娓娓诉说起丈夫思念妻子的苦涩心境。妻子想到丈夫在山冈上人疲马乏，丈夫所遇的境况也恰如所料：他行到山顶上，又饿又累又彷徨，勉强提神斟酒，打算借酒消愁。

也许事实不会如此巧合，但作者以丈夫念妻思乡的臆想，把空间骤然拉大，连接起两地夫妻的情丝，扩展了诗的意境，渲染了相思气氛，使诗在形式上具有两地情书、互相应答、相映相衬的艺术效果。这一章，采用复沓的形式，深入描述了征战的丈夫在外的危难困苦以及思念家人的愁情，深刻揭示了战争给人们带来的深重灾难。诗中借马的病疲，喻示征途的艰危，以借酒浇愁，表达愁已沉淀，无法可解。

最后一章“陟彼砠矣，我马瘏矣，我仆痡矣，云何吁矣”，每句以语气词结尾，给人以呼吸急促之感，好似远方的征人身体疲惫不堪，心灵更受不了苦思的折磨，因而要尽快结束这场遥相呼应的痛苦对话；又像是他不想再让远方的妻子怀念自己，决断地让双方立即打住。如同在说：“痛就让它痛去吧，我们都把思念埋在心里！”彼时彼刻，远方的他似乎已经疲惫到扑地不起，夫妻之间苦苦相思却不能相见，万分无奈之情溢于言表。

《卷耳》将描写、感情、想象融为一体，字字流露出夫妻间的深厚感情，读来感人至深。红学家俞平伯评论这首诗时说：“当携筐采绿者徘徊巷陌，回肠荡气之时，正征人策马盘旋，度越关山之顷，两两相映，境殊而情却同，事异而怨则一。所谓‘向天涯一样缠绵，各自飘零’者，或有诗人之恉乎！”俞先生的评价恰当地道出了这首诗前后映衬、花开两朵的艺术特色。

◎樛木◎

南有樛木①，葛藟累之②。乐只君子③，福履绥之④。
南有樛木，葛藟荒之⑤。乐只君子，福履将之⑥。
南有樛木，葛藟萦之⑦。乐只君子，福履成之⑧。

【注释】

①樛（jiū）木：树向下弯曲。②葛藟（lěi）：葛和藟都是蔓生植物，茎可以缠树。累（léi）：缠。③只：助词。④福履：福禄，幸福。绥（suí）：安乐。⑤荒：覆盖，遮掩。⑥将：扶助。⑦萦（yíng）：缠绕。⑧成：成就。

【赏析】

就《诗经》而言，只有参透“比”与“兴”所负载的深刻蕴味，才能真正认识“兴”的“所咏之词”。《樛木》一诗，从一开头便用比兴手法，先言“樛木”“葛藟”以引起所咏“君子”与“福履”，而后又以“樛木”和“葛藟”比喻君子的福禄快乐。“比者，以彼物比此物也”，诗中的“彼物”即“樛木”和“葛藟”，“此物”即“君子”和“福履”——用“樛木”被“葛藟”缠绕，来比喻君子常得福禄相随，着实逼真鲜明。此处兴而兼比，两者相得益彰。

《诗经》通常都极为押韵，有句首入韵，一韵到底；有隔句相押；也有句尾相押之分。拿《樛木》来说，它重章叠句，回环复沓，实则整首诗只在两个字上反复改动，这种手法在“国风”中很常见，意在增加诗歌的音乐性和节奏感，可以充分抒发感情，具有回旋跌宕的艺术效果。

在《诗经》中，古人喜欢用自然界万物尤其是动植物寄托自己的情思，使其富于浓厚的负载意味，《樛木》亦不例外。借弯曲的树木和攀爬而上的葛藟，来喻指君子的福禄快乐。

从字面上理解，这似乎是一首形象动人的祝福歌。然而《诗经》常常把真正的内涵和寓意埋在简单的表象之下，如《关雎》开头：“关关雎鸠，在河之洲”，原是诗人借眼前景物以兴起下文的“窈窕淑女，君子好逑”，但“关雎和鸣”也可以比喻男女求偶，或男女间的和谐恩爱。

若探究其植物意象背后的“隐语”，那么“樛木”所指代的应是高大英俊的男子，而“葛藟”则是温柔委婉的女子。恋爱中的男子因女子的依赖而满心欢愉，他自豪于成为心爱的女人的依靠，这种清纯清新的本色如同少女一见钟情时的欣喜和娇羞。不可否认，《诗经》中坚贞纯洁的爱情至今仍闪烁着不可磨灭的光辉。

清代文学家方玉润在《诗经原始》中这样推测：“观‘累’、‘荒’、‘萦’等字有缠绵依附之意，如葛罗之施松柏，似于夫妇为近。”从这种角度看，《樛木》一诗似乎描绘了这样的景象：一个即将迎娶新娘的年轻男子，在众人“南有樛木，葛藟纍之。乐只君子，福履绥之”的反复吟唱和喝彩中，牵起了新娘的手。新娘梨花带雨的脸上饱含着娇羞，新郎脸上也洋溢着幸福的笑容。他们彼此心贴着心，从此快乐地生活下去。

这无疑是一首情真意切的婚礼祝福歌。这种解释，才算真正参透了《樛木》的真谛。而《毛诗序》中“后妃”“能逮下而无嫉妒之心焉”的说法，则有附会之嫌，与原诗的意义相差甚远。

总之，无论其主题是对君子福禄安康的单纯祝福，抑或是恋爱时的浪漫，还是结婚时的激动、兴奋、山盟海誓，《樛木》所传达的永远是生命里的那份欢愉，寄托的亦是彼此惦念的那份情思。

◎螽斯◎

螽斯羽①，诜诜兮②。宜尔子孙，振振兮③。

螽斯羽，薨薨兮④。宜尔子孙。绳绳兮⑤。

螽斯羽，揖揖兮⑥。宜尔子孙，蛰蛰兮⑦。

【注释】

①螽（zhōng）：蝗虫，俗称蚂蚱。②诜（shēn）诜：形容众多。③振振：盛多的样子。④薨（hōng）薨：很多虫飞的声音。⑤绳绳：绵延不绝的样子。⑥揖（jí）揖：会聚。⑦蛰（zhé）蛰：群聚欢乐的样子。

【赏析】

《螽斯》是一首非常新颖奇特的诗，它描写的对象是一种叫作螽斯的昆虫，也就是我们所熟悉的蝗虫。这种昆虫身体多为草绿色，有丝状触角，雄虫的前翅有发音器，群飞时会发出“薨薨”的声音。这首诗的主题是以蝗虫来比喻生殖力的强盛。《毛诗序》是这样分析这首诗的：“《螽斯》，后妃子孙众多也，言若螽斯。不妒忌，则子孙众多也。”

蝗虫生产后代的能力非常强盛，一年之内就可产下两三代。自古以来，蝗虫成灾都会给老百姓的生活带来巨大的灾难，但是这些灾难并没有让先民们对蝗虫一味深恶痛绝，相反，他们还非常羡慕蝗虫强大的繁殖能力，将蝗虫看成是“子子孙孙无穷尽”的象征。这其实体现了生产力匮乏的时代，人们对于多子多孙的美好愿望。

诗的全篇都在围绕着“螽斯”描写，一语双关，以物寄情，浑然一体，带有强烈的象征意义。朱熹的《诗集传》继承了毛氏之说法，并进一步解释说：“故众妾以螽斯之群处和集而子孙众多比之。”这样的解释，虽然指出了诗的主旨，却因为引申出“后妃”“众妾”而使诗的内涵窄化和教条化。

清代方玉润认为：“仅借螽斯为比，未尝显颂君妃，亦不可泥而求之也。读者细咏诗词，当能得诸言外。”由此可见，对于这首诗还是就诗论诗的好。《螽斯》这首诗一共有三节，每一节都用“螽斯”开头。“宜尔子孙”这一句更是重复了三次，这种重复更加突出了诗的主题，而六组叠词的运用，也使全诗韵味十足。

这首诗中出现的叠词“诜诜”“振振”“薨薨”“绳绳”“揖揖”“蛰蛰”，意思都是形容群聚众多。这是《诗经》中典型的“重叠反复”的表现手法，这样的反复吟唱，充分表现了人们繁衍后代、多子多孙的强烈心愿。

方玉润的《诗经原始》有评论：“诗只平说，难六字炼得甚新。”《诗经》中有许多诗篇都运用叠词手法，而《螽斯》与其他诗篇相区别的独特之处在于：六组叠词，整齐，形象，生动，用韵和谐，又处在不同章节的相同位置，因而造成了韵律悠长的吟诵效果。而且这六个词在意思上也层层递进：第一节表达多子兴旺的愿望；第二节延伸至世代昌盛的祝福；最后一节则具体表现儿孙满堂的欢乐。

对于先民来说，“子孙”就是他们生命的延续，是他们晚年的慰藉，是整个家族的希望。在中国古代，多子多福一直都是传统观念中很重要的一种，这种观念在尧舜时代就已经深入民心了。

在阅读这首诗时，要体会其意象，细味其诗语，从先民颂祝多子多孙的诗旨出发，来分析这首诗。

如此方能明白人们为什么希望子嗣众多：为了强调人多势众的群体力量，也是为了更好地利用自然条件、争取生存。

◎桃夭◎

桃之夭夭①，灼灼其华②。之子于归③，宜其室家④。
桃之夭夭，有蕡其实⑤。之子于归，宜其家室。
桃之夭夭，其叶蓁蓁⑥。之子于归，宜其家人。

【注释】

①夭夭：美丽而茂盛的样子。②灼灼：桃花盛开，色彩鲜艳如火的样子。③之子：这位姑娘。于归："于"是语助词，"归"是指出嫁。④室家：家庭。⑤有：语气助词，没有实际意义。蕡（fén）：果实累累的样子。⑥蓁（zhēn）蓁：叶子茂盛的样子。

【赏析】

《桃夭》叙写的是女子出嫁的情景和作者的美好祝愿。诗句清新淳朴，却有极强的感染力，读来就如喝了一杯浓浓的醇酒，让人在满口余香中感受着美的诱惑。

诗中之人美得让人心动。"桃之夭夭，灼灼其华"，"桃之夭夭，有蕡其实"，"桃之夭夭，其叶蓁蓁"，连续三章三起句，"桃之夭夭"四字扑面而来。"夭夭"二字，可以解释为绚丽茂盛，也可以解释为挺拔婀娜，它有着生机勃勃的气势，又有种袅袅婷婷的气质。"灼灼其华"，是指鲜艳明丽闪着光辉的桃花，给人光彩照人之感。

"夭夭"在汉语里还可以解释为体态安舒、容色和悦的样子，好比美人妖娆艳色；"灼灼"则可解释为明亮、照亮之意，好比桃花粉红而闪着艳光。因此这一句可看成"美人如花"的写照。

诗中对美丽一再铺陈渲染，引出后面披着婚装的少女。此时在众人心中，少女身材如桃树一样挺拔，行路如桃枝一样摇曳婀娜，脸蛋如桃花一样艳美，可谓千娇百媚，风情万种，沉鱼落雁。这样美的少女由缤纷绚烂的桃花烘托而来，有谁能不为之倾倒？"艳如桃花"，"人面桃花相映红"，不知有多少后人用桃花来比喻女人的美丽，《桃夭》也由此成了后世描写美女的词宗诗祖。

诗里的自然美得让人心怡。诗中一再描写桃林中桃树枝叶繁茂，挺拔绚丽，且先写桃花，又写桃之果实，再写桃叶，排布了三幅风景画：一幅是满山桃树，繁花盛开，遍山艳色粉红；一幅是桃树上结满密密麻麻、又肥又大的桃子；一幅是葱葱郁郁的桃叶布满枝头，叶子上放着光华。无论哪一幅，都宛如世外桃源。尤其是树树桃花盛开，树树红桃垂挂的奇景，让人联想到西王母的蟠桃园。诗中以桃树的枝、花、叶、实，隐喻男女盛年，宜于及时嫁娶。植物的繁盛与人的盛年两相对照，相得益彰，更增添了诗中自然景物的寓意美。

诗里的"家"美得让人心欢。"之子于归，宜其室家"，"之子于归，宜其家人"，一个美丽的姑娘就要嫁人，她不仅艳如桃花，而且将会"宜室""宜家"，给丈夫及其家人带来吉祥和幸福，这说明她的心灵一定是善良的，性情一定是贤惠的。这样好的姑娘，她所嫁的夫君一定也不会错——在这宜于迎娶婚嫁的春天里，那名新郎穿戴整齐，既俊雅，又健壮，像棕树一样挺拔。此时他激动万分，等待着和新娘相见相拥的那一刻。整首诗都带有庆贺祝愿新婚之喜的浓厚况味，充溢着和和美美、快快乐乐的气氛。美丽姑娘今朝出嫁，将会把欢乐和幸福带给她的婆家。这种祝愿，让人不知不觉中产生了与诗中主人公、与诗作者一同欢乐的共鸣。

诗的韵律美得让人心舒。诗中重章叠句，朗朗上口，富有韵律感。通过反复咏唱，强化意识，加深印象，把美的事物不断加诸人的感官和心灵，使人如聆天籁，舒泰无比。

◎兔罝◎

肃肃兔罝①，椓之丁丁②。赳赳武夫③，公侯干城④。
肃肃兔罝，施于中逵⑤。赳赳武夫，公侯好仇⑥。
肃肃兔罝，施于中林⑦。赳赳武夫，公侯腹心⑧。

【注释】

①肃肃：端庄严正的样子。兔罝（jū）：捕兔子的网。②椓（zhuó）：敲、槌击。丁（zhēng）丁：打桩之声。③赳赳：武勇的样子。④公侯：周封列国爵位（公、侯、伯、子、男）之尊者，泛指统治者。干城：盾牌与城郭。比喻捍卫者或者御敌的将士。⑤逵（kuí）：四通八达的道路。⑥仇（qiú）：同伴，伴侣。⑦中林：林中。⑧腹心：比喻身边可以信赖的人。

【赏析】

《兔罝》这首诗所描绘的是打猎的场景，但是其中的意义却不单是打猎，而是借打猎这种行为来锻炼兵士，因此，打猎也就是一场大练兵。虽然到了现在，人们会觉得，将狩猎者与捍卫公侯的甲士联系起来，是一件不可思议的事情，但在先秦时期，狩猎本就是对行军布阵和指挥作战的一种演练。因为狩猎和行军打仗一样，是需要排兵布阵的，捕猎就是一场真实、危险的实战演习。

《兔罝》为我们展现了一场利用智谋进行捕猎的捕兽大战。将士们将用于捕虎的网结得又紧又密，然后安置在岔路口、林中，静静等待猎物。身为公侯心腹的将士们个个意气昂扬，他们一边紧张观察着周围的动静，一边等待着猎物的到来。

从第一节的“肃肃兔罝，椓之丁丁”，到二、三节的“施于中逵”“施于中林”，都表明一场紧张的狩猎行动即将开始。

诗中“椓之丁丁”“施于中逵”“施于中林”几句着重描写猎手安装“兔罝”的景状，他们为了防止老虎逃脱，将网结得非常紧密，然后小心翼翼埋下网桩，再用力敲打，使它们变得更加牢固。“中逵”“中林”这两个词也从侧面展现出狩猎的战士众多，他们按部就班地工作，分工明确、军容整肃。这些描写无一不体现出这次狩猎活动的恢宏有力，以及这些将士的士气之高涨和军纪之严谨。

《兔罝》最为独特的地方是：虽然它详尽描述了将士为捕猎做准备的场景，却没有实际描写出捕猎的画面。作者省略了捕猎的过程，只让读者依靠自己的想象来丰富这些画面。

虽然整首诗没有对盛大的狩猎过程进行描绘和渲染，但是字里行间却流露出诗人对狩猎将士的热烈赞美：他们不但在狩猎之时十分勇猛，在沙场上也毫不含糊，奋勇杀敌，不愧为公侯们的得力干将。由“兔罝”到“干城”，读者眼前好似出现了一种时空的转换，刚刚还在狩猎中的猎手，一下子变成了保家卫国的士兵。

通过这种转换，诗人写出了一种欣喜自豪的心情。三节相叠的咏唱，使这种自豪之情透过“干城”“好仇”“腹心”这些词，一步步推进，从中可见诗人抑制不住的夸耀。能有这样英勇无畏的勇士为其效命，那些公侯必然会感到十分骄傲和满足，但不能否认的是，只要是战争就一定会有伤亡。所以从深层意义上看，这首诗也透露出那些因为战争离乡背井、久役不归或丧身异域的将士们隐藏在夸耀背后的无限悲哀。

◎芣苢◎

采采芣苢①，薄言采之②。采采芣苢，薄言有之③。
采采芣苢，薄言掇之④。采采芣苢，薄言捋之⑤。
采采芣苢，薄言袺之⑥。采采芣苢，薄言襭之⑦。

【注释】

①采采：采了又采。芣苢（fú yǐ）：草名，即车前子，可食。②薄言：发语词，没有实义。③有：藏有。④掇（duō）：拾取。⑤捋（luō）：以手掌握物，向一端滑动。⑥袺（jié）：手提着衣襟兜东西。⑦襭（xié）：翻转衣襟掖于腰带以兜东西。

【赏析】

“车前子啊采呀采，采呀采呀采起来。车前子啊采呀采，采呀采呀采得来。车前子啊采呀采，一片一片摘下来。车前子啊采呀采，一把一把捋下来。车前子啊采呀采，提起衣襟兜起来。车前子啊采呀采，掖起衣襟兜回来。”

这首欢快的《芣苢》正是当时人们采车前子时所唱的歌谣。成熟之后成串的红色车前子，便是“芣苢”。《芣苢》作为诗经中很特别的一篇历来受到重视，但对于当时采芣苢的用途这一问题却存在争论。有一种说法是此草可以治疗麻风等恶疾。按现代中医学的理论，这种说法无实际根据。现在中医以车前子入药，是因它有清热明目及止咳功能。春秋时代的人可能相信车前子可以治疗麻风等恶疾，但得麻风病是很痛苦的事，不太可能会有大群的人为此欢乐地歌唱着去采摘。

另一种说法是说食“芣苢”有益于怀孕，这倒是值得欢欢乐乐去采摘的事。还有一种解释更合理。清代学者郝懿行在《尔雅义疏》中有一句话：“野人亦煮啖之。”他说的“野人”是指村野的穷人，他认为野人（穷人）以此为食物。其实春天采车前子的嫩苗，煮成汤菜，味道十分鲜美，至今农村仍有人食用这种野菜，但不一定都是穷人。

可以推想，古代民间曾经普遍食用车前子的嫩苗。用此来解释诗中采“芣苢”的缘由，就易于理解了。明代田汝成《西湖游览志》中记载：“三月三日男女皆戴荠菜花。”谚云：“三月戴荠花，桃李羞繁华。”荠菜花并不美丽，插戴于头上却感觉比桃李花还美。倒不是因它真的艳逾桃李，而是因为荠菜是当地人们喜食的野菜。

春秋时代，战乱频繁，除去赋税之后，农民耕地所得的粮食是不足以果腹的，本就易于繁殖的“芣苢”自然成为穷苦人赖以生存的食物。想必冬粮不足，春来后虽也是青黄不接，但万物复苏，季节天赐了大片鲜嫩的车前子，因而每当春天到了，就有成群的妇女在川原上欢快地采着车前子的嫩

苗，一边唱着“采采芣苢”的歌。那是为了庆贺春暖的到来，也是忍饥之中对那一锅鲜菜汤的期待所带来的欢乐。

《芣苢》中展现出的情感是喜悦的，这种喜悦不是用喊叫来体现的，而是从春光融融的景境中体现出来的轻松收获的喜悦。虽然诗中也隐含着农人丝丝的苦涩，但喜悦的心情仍通过咏唱自然地流淌着，感染着读者一同生出愉悦之情。

《诗经》中有许多是民间歌谣，歌谣一般用重章叠句的形式，朗朗上口，但如此重叠的却是绝无仅有。通篇“采采”二子重叠最多，“采采”可以解释为“采而又采”，亦可解释为“各种各样”。就整首诗的意思来看，还是“采而又采”这个解释比较恰当。第二句“薄言”是语气助词，无实际意义，“采之”与前句相比，意义也相近。第三句重复第一句，第四句较第二句只改动一字。第二章、第三章也只是改动了每章第二、四句中的动词。也就是说，全诗十二句，只嵌进了采、有、掇、捋、袺、襭六个动词来变换语义，其余全是重叠。但这种单调的重叠，却又有它特殊的、内在的美好效果：

一是让人体味到一种自然美。每章中仅更换几个字，虽然重复，却使诗有了递进感和动作美，发乎自然，来自生活，活现了采摘的场景。作者直接从劳动生活中取材，不添加些许个人的感受，使人读来清新有泥土味。诗意与自然相合，犹生活重现。

二是深蕴着艺术美。句子重重叠叠，随口而有押韵，由此使诗有了动感仪态，成为可以单人独唱或众人齐唱的歌词。和谐的韵律和欢快的节奏从简洁的语言中自然地流淌。诗的美如金铃作响感染人心，如配上音乐，曲调一定明净、舒展、清灵。

◎汉广◎

南有乔木①，不可休思②。汉有游女③，不可求思。汉之广矣，不可泳思。江之永矣④，不可方思⑤。

翘翘错薪⑥，言刈其楚⑦。之子于归⑧，言秣其马⑨。汉之广矣，不可泳思。江之永矣，不可方思。

翘翘错薪，言刈其蒌⑩。之子于归，言秣其驹。汉之广矣，不可泳思。江之永矣，不可方思。

【注释】

①乔木：形容树木高大笔直。②思：语气助词。③汉：汉水，为长江最长的支流。游女：外出游览的女子。④江：指长江。永：长。⑤方：筏子，此处用作动词，意思是乘木筏渡江。⑥翘翘：高出的样子。错薪：丛丛杂生的柴草。⑦刈（yì）：割。楚：荆树。⑧于归：女子出嫁。⑨秣（mò）：用谷草喂马。⑩蒌（lóu）：草名，即蒌蒿。

【赏析】

“南有乔木，不可休思，汉有游女，不可求思。”《汉广》开头四句，就将故事尘埃落定。南方有高大的乔木，却不能够在它下面歇息，汉水边有心仪的女子，却不能够追求。这是一个可见而不可求的爱情故事。一连两句“不可”，将年轻樵夫苦恋的怅惘心情表达得淋漓尽致。

隔着一条汉水遥望对岸心爱的女子，这一场景很容易让人联想到牛郎织女的传说，事实上，《古诗十九首》中的“盈盈一水间，脉脉不得语”便是脱胎于此。同样是隔水相望，可望而不可即，但是比起牛郎织女的心意相通，《汉广》中樵夫对游女单方面的感情则要寂寞得多、也辛苦得多。诗中“游女”的形象模糊不清，好比水中月镜中花，无怪乎樵夫只能远远望着，辗转叹息。

综观整首诗，提及“汉之游女”的地方只有一处，而且只是提及，不肯多费半点笔墨描述。因此，

“游女”的形象和身份，便给了后人无尽的想象空间。古时讲解《诗经》最著名的四家，除了《毛诗》持“德广所及”的教化美刺说之外，《齐》《鲁》《韩》三家都认为“游女”是江汉之滨的神女。《韩诗外传》记载了一个美丽神奇的故事：

一个名叫郑交甫的男子在汉水边游玩时，遇到两位女子。郑交甫上前请求女子赠佩，两人于是解佩赠之。郑交甫很高兴，接过来小心翼翼收入怀中，走出十几步，探手入怀，怀中却已空无一物。回过头一看，两名女子亦杳无踪影。

神女转瞬即逝，有若惊鸿一现，虚无缥缈，《汉广》的故事也因此平添了一抹人神相恋的神秘色彩。但是，从第二章“翘翘错薪，言刈其楚。之子于归，言秣其马”这四句来看，人神之说不免显得有些牵强。“错薪”“秣马”，一方面可以理解为一个樵夫的日常生活，每日劈柴、喂马；另一方面则有比兴之意，以错薪比喻嫁娶，以秣马比喻婚礼亲迎之礼，这是樵夫由现实的“不可求”转入幻想中的“得到”，暗中想象自己迎娶游女的景象。无论哪一种解释，都落在了实实在在的生活细节和礼节风俗上，这也是《诗经》“现实主义”风格的一种体现。

就《汉广》而言，这种“现实主义”的风格主要体现在以情入景、以景写情的手法上。《诗经》中有很多描写“可见而不可求”的爱情诗篇，其中比较出色的如《关雎》《汉广》《蒹葭》等。区别是《关雎》热烈直白，《蒹葭》缥缈迷离，而《汉广》平和写实。

《关雎》和《蒹葭》整首诗都是对“窈窕淑女”和“伊人”或“辗转反侧”或“溯洄从之”的追寻，且都侧重于心境和意境的刻画，抒发的是空灵之情与虚幻之思。《汉广》则有具体实在的场景和景物作为依托，因而抒发的感情亦是平实的。因为平实，便格外有种真实的力量。

樵夫在采樵之地爱上了对岸的游女，这是实景，亦是实情。他在明白这份感情的“不可求”之后，便将目光投向了广阔无垠的汉水，吐出了一声长长的叹息。“汉之广”“江之永”，岂可轻易逾越？樵夫将内心的痛苦和失望投射于眼前的景色之中，从而使景物与情感融为一体。

“汉之广矣，不可泳思。江之永矣，不可方思”，《汉广》反复吟咏这四句，一“广”，一“永”，用语平淡朴实，却极为贴切地再现了江水的浩荡与无边无际。针对这种平实而高妙的写景，清代的王士禛甚至将《汉广》列为中国山水文学的发轫之作。

这四句吟咏，在诗中形成了一种自足的感情，即使没有对岸的“游女”这一抒情对象作为起兴，樵夫澎湃的情思也能寄托于眼前的景物之上，与绵长浩渺的江水合二为一。那份深藏于内心的暗恋之情，也因为有了“汉之广”与“江之永”的描写而变得辽远开阔。

樵夫没有沉沦在苦苦的单恋之中不可自拔，而是于不甘、无奈之中保留了一份理智与平和。全篇八句“不可”，一气呵成，正如樵夫内心不可抑制的滔滔情思，然而每一句的末尾偏偏都用了一个“思”字，语助词“思”的平声发音，给这一组声势磅礴的排比留了一个减速的出口，使樵夫的感情带了一点审慎的余味。

不加克制的感情只会毁灭自我。《诗经》的“温柔敦厚”，便表现在这一分恰到好处的克制上。这种克制，不是艰难隐忍，亦不是委曲求全，而是一种健全的心态。《诗经》真实地反映了周代社会的各个方面，因而也真实地表现出了先民的感情生活和内心世界。它所表现出的“乐而不淫”“哀而不伤”并非道德上的压抑，而是先民内心如水般绵长持久、始终不衰不绝的生命力。

所以，《汉广》中的樵夫尽管爱得辛苦，也依旧保持了心性的光明。“不可求思”“不可泳思”“不可方思”，并非绝望之情的流露，而是以朴素之语道尽情意的曲折深婉和无尽流连，以一唱三叹的手法完成一种浑然天成的情感表达。

◎汝坟◎

遵彼汝坟①，伐其条枚②。未见君子③，惄如调饥④。

遵彼汝坟，伐其条肄⑤。既见君子，不我遐弃⑥。

鲂鱼赪尾[⑦]，王室如燬[⑧]。虽则如燬，父母孔迩[⑨]！

【注释】

①遵：循，沿着。汝：水名，即汝河，源出河南省。坟：堤岸。②条：枝条，细而长的树枝。③君子：此处指在外服役或为官的丈夫。④惄（nì）：忧思。调（zhōu）饥：朝饥，即早上饥饿思食。比喻一种渴望的心情。⑤肄（yì）：树被砍伐后再生的小枝。⑥遐：远。⑦鲂（fáng）鱼：鱼名，今名武昌鱼。赪（chēng）：赤红色。⑧燬（huǐ）：烈火。⑨孔：甚。迩（ěr）：近。

【赏析】

《汝坟》一诗，凄苦哀婉之情浸透于字里行间，读来催人泪下。

关于《汝坟》的题旨，存在多种说法。有的人认为这是文王的教化在汝坟之地施行，使妇人能够勉励丈夫行正道的诗。有的则认为这首诗是周南大夫的妻子所作，她担心丈夫懈于王事，劝其以国事为重，不要多顾忌家人。还有人认为诗旨是妇人因家贫、父母难养，劝丈夫做官赚钱。今人还有“妻待夫归”说，“丈夫虐待妻子”说，“女待男野合”说。还有人认为本诗的主题是妻子挽留久役归来的征夫，这种说法比较符合诗的本意。

“遵彼汝坟，伐其条枚”，诗的首句即揭示了女子的境况：汝河的大堤上长满了树木，一名女子沿堤用手中的斧子砍下一条条树枝。斧子本是重器，伐木也是男人做的活，然而此时这种沉重的劳作却是一名女子在承担。此情此景让人不由得诧异：她家没有男人吗？还是她被丈夫虐待？

作者并不卖关子，随后就告知：“未见君子，惄如调饥”。原来是丈夫在外不归，这样的重活只能由妻子来干。“君子”是当时妻子对丈夫的尊称，春秋时代男人多在外勤于王事，不是徭役就是兵役，丈夫久久在外行役，妻子怎能不“惄如调饥”？这一句是描述女子晨时没有进食又要伐木，因而又累又饥的模样。

“朝饥”在秦以前也用作男欢女爱的隐语。此处当是一语双关，既述妻子饱受饥饿折磨，又述妻子想念丈夫的难耐和煎熬。丈夫久在外行役，家中又有老人和孩子，只能由柔弱的妻子撑起一家人的生活。她在大清早饿着肚子来堤上砍柴，心中还在苦苦思念着丈夫。她那瘦弱的手不停地挥动，嘴里不停道出一句句幽怨。

“遵彼汝坟，伐其条肄”，诗的第二节，画面仍旧停留在汝河的大堤上，这名妇女挥动斧子在砍柴，但情况发生了变化。“肄”字是指树木砍伐后新长出的枝条，此一字之变就说明时间已经过去了一年或者数年，而这名妇人仍在这里砍伐。这一方面表明了她在孜孜不倦地为家庭辛勤劳作，另一方面也点出她还在苦苦等待丈夫。

时光流转，年年岁岁，悲苦在延续，期待也许无止境。但作者笔锋一转，“既见君子，不我遐弃”，意思是“终于见到丈夫回来了，这回你要时时刻刻留在我身边”。

盼望已久的丈夫在毫无预告的情况下突然回到家中，女子忍受了这么长时间的思夫、养家、劳作、饥饿之苦，心中既担心丈夫在外出事永远不归，又担心他厌弃抛弃了自己。因此丈夫归来时，她几乎不相信这是事实。当她从惊喜中醒过来时，又担心丈夫会不会再次外出，是否还要把自己留在家中而远行。因而她在喜悦之余一再唠叨，希望丈夫不要再外出，不要再将自己抛弃。

“鲂鱼赪尾，王室如燬”，第三章开头就是丈夫对她的回复。妻子的担心和唠叨不是多余的，以王事为重的丈夫直言不讳地告诉妻子，他有可能还要离家。鲂鱼的尾巴颜色因劳瘁已变红，王室的事务紧急如火。古代认为鲂鱼尾变红是因劳累而致，此处丈夫的意思是王室不宁，事急如火，就像那劳瘁到尾巴都变红了的鲂鱼一样，我也不能在家歇息，残酷的回答中也包含着丈夫的无奈。

“虽则如燬，父母孔迩！”妻子此时一改温良顺从，质问丈夫“虽然王事急如火，父母穷困谁养活！”你不要总是为王事付出，你要想想年迈的父母，你能让可怜的妻子独撑贫家、苦苦思念你吗？

◎麟之趾◎

麟之趾①，振振公子②，于嗟麟兮③！
麟之定④，振振公姓⑤，于嗟麟兮！
麟之角，振振公族⑥，于嗟麟兮！

【注释】

①麟：麒麟，传说中的动物。趾：足，此处是指麒麟的脚。②振（zhēn）振：诚实仁厚的样子。③于（xū）：通“吁”，叹词。④定：额头。⑤公姓：诸侯之子曰公子，公子之孙曰公姓。⑥公族：诸侯的宗族子弟。

【赏析】

“麟之趾”，直译就是麒麟的蹄子。第一章的大意是，“你有麒麟一样的脚趾啊，仁德宽厚的王侯公子，哎哟，你就是那高大的麒麟啊！”第二章“麟之定”的“定”指额头。本章的意思是，“你长着麒麟一样的额头啊，仁德宽厚的公侯贵族，哎哟，你就是高大的麒麟啊！”第三章的大意是，“你的帽饰镶得如麒角一样的威武啊，仁德宽厚的公侯贵族，哎哟，你就是高大的麒麟啊！”

为什么把王侯公子比作麒麟？在华夏民族的原始崇拜中，有一种灵异之物，它就是麒麟。传说伏羲氏教民“结绳为网以渔”，蓄养家畜，促进了社会发展，改善了人们的生活，因此天授神物，麒麟出现。据记载，伏羲、舜、孔子所在的时代都伴有麒麟出现，并带来祥瑞吉兆和神的启示，从而取得兴旺。

据陆机《毛诗草木鸟兽虫鱼疏》记载，麒麟，长着麇鹿一样的身体，牛一样的尾，马一样的脚，黄颜色，圆蹄子，一只角，角顶端有肉。它的声音就如黄钟大吕一样，行步端端正正，游走一定要选择地点，审视清楚而后居处，不踩踏生虫，不践踏青草，不群居，独处独行，不与别的动物同行，不会落入陷阱，更不会遭遇罗网，这种动物只有在国君圣明的时候才能出现。总的来说，麒麟的外形类似于鹿、牛、马组成的怪兽样子；它声音洪亮，行为中规中矩，清高而喜独处；心灵仁慈宽厚，不伤生灵，不欺弱小；它的感应敏锐，不会落入任何圈套，不会受到任何伤害。

麒麟是将美行、美德、灵智集中于一身的圣灵，是仁德厚慈的化身。在先民的生活中，麒麟也无处不体现出其特有的珍贵：民间以麒麟为送子神兽，传说孔子就是由麒麟所送；麒麟还是岁星散开而生出的，因而它是主祥瑞之灵，是最著名的瑞兽之一；麒麟含仁怀义，而且有威仪，等等。在中国古代文化中，有关帝王兴衰与麒麟相关的传说很多，古人常把战将和英雄比作麒麟，可见麒麟在人们心中的崇高位置。

这首诗用麒麟来比喻公侯的子孙，应是极高的赞誉了。诗的首句“麟之趾”一出现，那尊雄威的巨兽仿佛来到眼前。它步履端正，神态和蔼，虽然庞大却感应敏捷，厚实的脚趾下“不践生草、不履生虫”，步伐如行云流水，悠然行走在山川原野之间。别看它巨大威猛，却丝毫不必惧怕担心，因为它是著名的仁兽，只给人们带来祥瑞和福祉，不会加于伤害和增添灾祸。

随后诗的笔意逐步趋进，“振振公子”，慈厚的麒麟出场之后，转而描写公子，“振振”二字，显示出他的诚实敦厚。到此作者以麒麟比公子之意不言自明，端端麒麟与翩翩公子两两相映，均成贵象，让人生出奇异而敬重之感。

诗再进一步描写，“于嗟麟兮”，对公子极尽嘉许：你就是高大的麒麟啊！接下去诗的第二章和第三章，由“之趾”到“之定”，进而到“之角”，由“公子”到“公姓”，进而到“公族”，其他语句未变。诗义的本身没有突出的变化，但如此复沓回旋，麒麟和公子的形象交替出现形成深刻的视觉烙印，加上“于嗟麟兮”的反复赞美，造成一种复响的听觉效应，使公子伟岸的形象通过视觉和感觉一再突出，深深印在了读者的脑际。

《麟之趾》用麒麟来美喻王侯子孙，实是寄托着民众对贵族阶层德行和操守的期求，寄望他们以仁德安邦，以厚慈殷民，反映的正是先民们对吉祥平安生活美好的希望和追求。

召公

《召南》共14篇。召南指召公统治的南方地域。

燕国始祖——召公

召公小档案

姓名：姬姓，名奭，也称召伯。

生卒：不详。

出身：周文王庶子。

职业：政治家、军事家。

成就：历仕武王、成王、康王三世，为西周王朝的建立与巩固作出了重要贡献。

武王时期

辅助周武王灭商，后被封于郾。周公旦八师东征，征服了叛乱的殷商属国和淮夷后，召公被封于北燕，但他派长子姬克去治理，自己仍留在镐京辅政。周武王于是将京畿之地召封给姬奭，故称召伯。

成王时期

召公辅成王

出任太保，与周公旦分陕而治。他支持周公旦摄政当国，支持周公平定叛乱。当政期间将辖区治理得政通人和，贵族和平民都各得其所，史称“自侯伯至庶人各得其所，无失职者”。

康王时期

召公辅康王

成王临终前命召公与毕公辅佐太子姬钊即位。成王死后，召公、毕公率领诸侯辅佐姬钊即位，是为周康王。召公辅佐成王、康王两代君主，开创40多年没有使用刑罚的成康之治，为周朝打下延续800多年的坚实基础。

传说召公曾在一棵甘棠树下办公，召公死后，百姓思念他的政绩，为了纪念他舍不得砍伐此树。《诗经·甘棠》就是为此而写的。这也是成语“甘棠遗爱”的由来。

召南

◎鹊巢◎

维鹊有巢①，维鸠居之②。之子于归，百两御之③。
维鹊有巢，维鸠方之④。之子于归，百两将之⑤。
维鹊有巢，维鸠盈之⑥。之子于归，百两成之⑦。

【注释】

①鹊：喜鹊。有巢：比兴男子已造家室。②鸠：斑鸠，今名布谷鸟，这种鸟自己不筑巢，而是住在喜鹊的巢里。③百：虚数，指数量多。两：同“辆”。御（yà）：同“迓”，迎接。④方：占据。⑤将（jiāng）：护送。⑥盈：满。⑦成：结婚礼成。

【赏析】

本诗以鸠居鹊巢起兴描写婚礼。喜鹊喜欢筑巢，斑鸠要来同住，这是两种鸟的天性。作者的意思是姑娘出嫁住进夫家，这种男娶女嫁就如鸠居鹊巢一般，是自然属性，也是人的天性，是值得恭祝和庆贺的。“鸠占鹊巢”现在通常是用来比喻强占别人的住屋或占据别人的位置，含有贬义，但在古时，鸠居鹊巢却并非贬义。

鸠就是斑鸠，也即布谷鸟。布谷鸟是吉祥鸟，《诗经·曹风》里就有描写布谷鸟（斑鸠）仁慈、无私的篇章。这首诗中，女子嫁人，入住到男家，这是女子的心愿，更是男子乐求之事，他当然不会抱怨女子抢占了自己的家。

诗的第二章和第三章起句“维鹊有巢，维鸠方之”，“维鹊有巢，维鸠盈之”都以鸠居鹊巢作比，内容上与第一章“维鹊居之”相较，“方之”“盈之”含有递进关系。“方”，是比并而住，“盈”，是已经住满。这种递进的变化自然是加进了作者的臆想和祝愿。“居之”是刚婚娶接进家门之意，“方之”是一枕同眠亲亲密密感情加深之意，而“盈之”则是作者想象小鸟生出一窝窝，夫妻两人的孩子已经成群了。

清代学者方玉润认为，《鹊巢》一诗抒写他人成家之事，用斑鸠来比喻新嫁娘，是因为斑鸠性情温和而产子很多，是好妻子的代名。古时大凡男子迎娶妻子，周围人都会祝福她多生子女。这首诗以鸠与鹊的同巢比喻男女婚配，实是再切当不过。

男人娶妻，无论对社会还是对家族、对个人，都是件大事，因而自古以来人们对婚礼都给予相当的重视。诗中这场婚礼举办得十分隆重，“子之于归”，点明这名女子出嫁的主题。“百两御之”，是婚礼的开端，这是新郎家来接亲，车辆来了很多；“百两将之”，接到新娘之后，人群车辆热热闹闹簇拥着婚车回男方家；“百两成之”，大家护着新娘到了男方家，举行了众人欢聚瞩目、热烈盛大的婚礼，礼毕而婚即成。

虽仅是“御”“将”“成”三个字的递进变换，却将成婚的整个过程烘托得热烈而隆重，让读者感同身受，如处其中。“御之”指迎接她，“将之”迎来她而回还，“成之”指成全，引申为护送成婚。这位姑娘的婚礼了不起，百辆的车和众多的人来接、来送、来保护她成婚。从字面来看，这样盛大的迎送婚娶，其主人一定是贵族。

不过，从另一个角度来看，古人以斑鸠的温和多子来比喻妇人之德，成婚的二人，一个是勤恳良厚如喜鹊的君子，一个是温善德馨如布谷的淑女，真是人世间的最好配偶。也正因为如此，这场婚姻才赢得人们的关注和拥戴，才使得众多的车辆和人群来恭迎、护送和热烈祝贺。

喜鹊是世上最爱助人的鸟，七月七日鹊桥会，喜鹊以身体搭建起连接织女和牛郎的天河之桥，它们是在牺牲身体为爱奉献。鹊巢，恐怕是人间最美好的爱巢了。

◎采蘩◎

于以采蘩①？于沼于沚②。于以用之？公侯之事③。
于以采蘩？于涧之中④。于以用之？公侯之宫⑤。
被之僮僮⑥，夙夜在公⑦。被之祁祁⑧，薄言还归。

【注释】

①于以：问词，往哪儿去。蘩（fán）：白蒿。叶片形状很像艾叶，根茎可食，古代常用来祭祀。②沼：水池。沚（zhǐ）：水中小洲。③事：此指祭祀。④涧：山夹水曰涧。⑤宫：宗庙，代指祭典。⑥被（bì）：通“髲”，取他人之发编结披戴的发饰，相当于今天的假发。僮（tóng）僮：很多的样子。⑦夙：早。⑧祁（qí）祁：首饰繁多的样子。

【赏析】

《采蘩》是一首描述采白蒿的劳动者辛苦劳动的诗歌。这首诗自始至终都透露出一种悲凉的感情。

“于以采蘩？于沼于沚。于以用之？公侯之事。”《采蘩》开篇就直接描述了一群忙于“采蘩”的女宫辛苦工作的样子。《毛诗序》里曾经这样描述人们的采蘩：“采蘩，夫人不失职也。夫人可以奉祭祀，则不失职矣。”由此可见，人们采蘩的原因是为了祭祀。在古代，贵族们经常要进行祭祀活动，而为了保证各种各样的祭祀能够华丽地完成，就需要许多采摘、洗煮白蒿的劳作。这些劳作自然不是由贵族们去做的，而是由那些因连坐之罪而成为供人“役使”的“女宫”们来完成的。

这些宫人没日没夜地奔走于池沼和山涧之间，为了给贵族们采集足够的、祭祀所需要的白蒿。当她们采集白蒿达到一定的数量之后，就会急匆匆地把这些新鲜的白蒿送到“公侯之宫”。

这首诗的主人公就是这样一位忙碌的女宫，她“夙夜在公”地忙碌在“公侯之宫”，为了能够在祭祀场所守候侍奉贵族们完成祭祀，每天都要到野外的山涧之间去采摘白蒿。

诗中的语言十分的平和，只采用简单的一问一答的方式来进行表述。问句和答句都是非常简单的句子。例如：

问：“哪里采的白蒿？”

答：“水洲中、池塘边。”

问：“采来做什么？”

答：“公侯之家祭祀用”。

回答得如此简短，并不是因为女宫不善言辞，而是因为她们太忙碌了，以至于没有时间去回答提问者的问题。所以提问者只能在女宫们往来于公侯之宫的途中提出问题，女宫们往往是简短的回答一句之后就消失得无影无踪。万般无奈的提问者只能在女宫们的背后对着空旷的大路询问下一个问题，而女宫们的答案则在山谷间回荡，仿佛那原本就是自然之音一样。

“于以采蘩？于涧之中。于以用之？公侯之宫。”这首诗的第二节内容继续了第一节的一问一答，

这样的复叠方式，更加让人感受到了女宫们的忙碌，同时女宫们的回答也混合着池沼、山涧的声音，和女宫们的脚步声一起传到了人们的耳中。

“被之僮僮，夙夜在公。被之祁祁，薄言还归。”第三节的内容初看之时，似乎与前两节的风格完全不同，忙碌的采摘白蒿的场景不见了，取而代之的是忙碌的宗庙供祭。《周礼》中就有着这样的记载，女宫必须在祭祀前三日开始，每天都住在宫中，以便能够一直从事洗涤祭器、蒸煮“粢盛（盛在祭器内的谷物）”等杂务。

因为要参与准备的是庄重的祭祀，所以每个女宫都穿着十分讲究的盛装，梳着一丝不苟的发髻，戴着光洁黑亮的发饰。但是她们的工作实在是太忙碌了，所以光鲜的外貌并不能维持很长的时间。很快，她们的头发就乱了，妆容也黯淡了，就这样，劳累得无暇自顾的女宫们在辛苦了一天之后，只能曳着松散的发辫行走在回家路上。

由此可见，第三节不但没有和前文脱节，反而升华了这篇诗歌，让人仿佛听到了女宫们的喟叹之声。

短短的三行文字，描述了一些每日千辛万苦到野外采白蒿，但是自己所做的一切却只是在为他人做嫁衣的可怜女子。从诗行间那淡淡的语气中，似乎可以体会到那些女宫的哀怨。

《采蘩》的诗文读来酸涩悲凉，它记录着女宫们供人驱使的身不由己和辛酸。她们付出辛劳，却没有得到任何的幸福，她们被迫为贵族们采集白蒿的痛苦和压抑，通过本诗完整地表现了出来。

◎草虫◎

喓喓草虫①，趯趯阜螽②。未见君子，忧心忡忡③。亦既见止④，亦既觏止⑤，我心则降。

陟彼南山⑥，言采其蕨⑦。未见君子，忧心惙惙⑧。亦既见止，亦既觏止，我心则说⑨。

陟彼南山，言采其薇⑩。未见君子，我心伤悲。亦既见止，亦既觏止，我心则夷⑪。

【注释】

①喓（yāo）喓：虫鸣声。草虫：蝈蝈。②趯（tì）趯：昆虫跳跃之状。阜螽（zhōng）：蚱蜢。③忡（chōng）忡：心跳。④止：语气助词。⑤觏（gòu）：相会。⑥陟（zhì）：升，登。⑦蕨（jué）：植物名，蕨菜，嫩叶可食用。⑧惙（chuò）惙：愁苦的样子。⑨说（yuè）：通“悦”。⑩薇：野菜，嫩苗可食用。⑪夷：平。

【赏析】

自古以来，月有阴晴圆缺，人有悲欢离合，虽然有情人都盼望能够长相厮守，但是分别不会依人的意愿而有所改变。所以，当遭遇离别的时候，情人们能做的就只有在心中默默思念彼此，用想象来慰藉自己的心灵了。

虽然有“大夫归心召公说”“室家思念南仲说”“托男女情以写君臣念说”等多种的说法，但其实《草虫》就是一首以野菜为题，表现浪漫爱情的诗歌。诗中所表现的是思妇对心上人浓浓的思念之情，至于她思念的是丈夫还是情人，就不必去追问、探究了。

“喓喓草虫，趯趯阜螽”，《草虫》的第一节首先描述了一幅草虫鸣叫、阜螽蹦跳的画面。在这样秋高气爽的天气，有一位女子正在思念着他的情人。她听着虫鸣鸟叫，看着枯萎的秋草，枯黄的树叶，感受着秋风的凉意。秋意正浓的悲凉秋景，很容易就勾起了她的离愁别绪，激起了她心中无限的愁思：“未见君子，忧心忡忡。”

一时间，女子所有的感情都化作了丝丝缕缕的相思之情。她忧心忡忡地担心着意中人。此时，这名多情女子的思绪跳跃到了另一个方向，她撇开别离的愁苦、独处的凄凉、思念的痛苦，开始想象如果自己心爱的人出现在面前，会是怎样的一幅景象。“亦既见之，亦既觏之，我心则降。”女子想象着和自己的心爱的人相见之后互相依偎，互诉衷情的情景，只是这样，她就十分欣喜和欢愉了。

接下来，诗中的时空开始转换，女子离开了自己的家，她为了自己的爱人，“陟彼南山”，登高望远，想要寻找心上人的踪迹。由此可见，女子对于心上人的思念更加强烈，爱意也更加浓烈了。

可怜的女子站在高高的山上，不管如何努力寻找，所能看到的也只有蕨和薇的嫩苗。她不禁黯然神伤，眼中这些嫩芽也失去了鲜丽的颜色。蕨和薇只有在春季才会生发，看到蕨、薇也就表示，此时的时令已经是春夏之间了。从第一节女子开始思念她的心上人开始，到现在已经过去了一年，而可怜的女子至今还没有见到她的爱人，可想而知，她的思念之情有多么的强烈。

“忧心惙惙”，写女子心情凝重，悲痛无语，如今唯一能慰藉她心灵的，只有想象中与君子的“见”“觏”。只有在想象中她才能投入情郎的怀抱之中，这种美好的想象已经成了她生活的整个精神依托和唯一的欢乐。

“我心则说”“我心则夷”，诗中真挚、热烈的爱情令人感动。整首诗以虚衬实，没有直接表露女子的闺怨、孤苦与痛楚，而是借对女子内心想象的描绘，表现女子的孤单和思念。全诗语言真挚感人，有一种新颖别致、浓情蜜意的意境。其实，同样的一首《草虫》，根据读者的不同也可以变成对朋友、对长辈、对故人的思念之情，就看用哪种心情来解读它了。

◎采蘋◎

于以采蘋①，南涧之滨。于以采藻②，于彼行潦③。
于以盛之，维筐及筥④。于以湘之⑤，维锜及釜⑥。
于以奠之⑦，宗室牖下⑧。谁其尸之⑨，有齐季女⑩。

【注释】

①蘋：多年生水草。②藻：水藻。③行潦（háng lǎo）：沟中积水。④筥（jǔ）：圆形的筐。⑤湘：烹、煮。⑥锜（qí）：三足锅。釜（fǔ）：炊具。⑦奠：放置。⑧宗室：宗庙、祠堂。牖（yǒu）：天窗。⑨尸：主持祭祀。⑩齐（zhāi）：通“斋”，恭敬。季：少、小。

【赏析】

《采蘋》是一篇简单纯挚的诗歌，它通过描写一位士族少女在祭祀中所表现出来的种种礼仪和美德，展现了初期礼制社会的风貌。这首诗在格式上和《采蘩》非常相似，而且它的内容也和祭祀有关。

祭祀是商周时代的大事，在人们的生活中，大小事宜都要进行祭祀，女子出嫁这样的大事情就更不用说。所以在古代，贵族之女在出嫁之前，一定要到宗庙去祭祀祖先。祭祀的目的是为了让待嫁的少女学会婚后的礼仪。为了祭祀能够顺利进行，人们要做大量的准备工作，奴隶们主要负责采办祭品、整治祭具、设置祭坛，《采蘋》所描述的就是这样一个忙碌准备的过程。普通的祭品和烦琐的礼仪之中，饱含着众人的寄托和希冀。在先民心中，祭祀是一场无比虔诚、圣洁、庄重的活动。

在这首诗中，诗人用细致的笔墨，将祭品、祭器、祭地、祭人一一展现出来，将这项繁重枯燥的

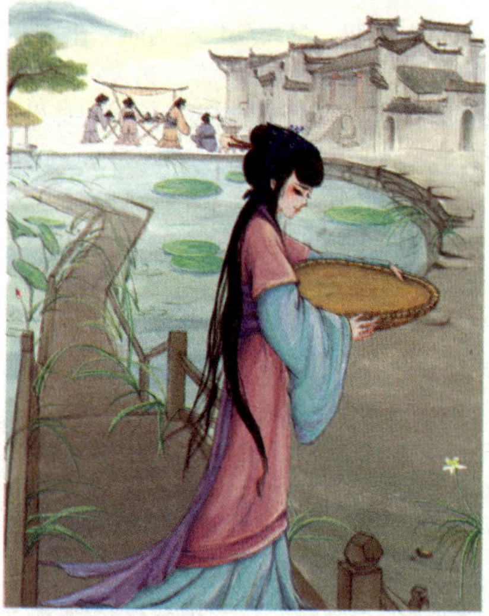

工作描绘得生动而形象。《采蘋》全诗共有三节，每节都有四句，都是采用两问两答的方式来进行叙述。第一节，诗人点出了采蘋菜、采水藻的地点；第二节，点出盛放、烹煮祭品的器皿；最后一节，诗人写出了祭地和主祭之人。

关于《采蘋》的主旨，历史上存在很多种看法。毛传云："古之将嫁女者，必先礼之于宗室，牲用鱼，芼之以蘋藻。"可见"蘋"是祭祀用品。明代的何楷在《诗经世本古义》也提出了自己的看法，他认为《采蘋》中提到的"季女"就是《左传·襄公二十八年》中的"季兰"，也就是周武王的元妃邑姜，这首诗其实就是在赞美邑姜。而现在的学者们则认为这首诗描写了为祭祀奔走的女奴们的辛劳。

其实，在阅读这首诗时，就诗论诗反而会比较恰当，所以唐代孔颖达将《采蘋》的场景设定成贵族待嫁少女在行"教成之祭"，这种观点自有其可取之处。

全诗有五个用"于以"开头的问句，来展开提问，节奏迅捷奔放，气势雄伟，五个"于以"的具体含意又不完全雷同，连绵起伏，摇曳多姿。吴闿生在《诗意会通》中这样评价这五个"于以"："五用'于以'字，有'群山万壑赴荆门'之势。"这样的问句，充分引出了女主人公的辛劳和尽职尽责。全诗情感交融，毫无阻滞突兀之感，将"季女"的守礼制、循法度通过层层递进的方式表现出来，将她的能干、虔诚一步一步推向了高潮。

《采蘋》的另一个特点就是，这篇诗文中没有一个华美的形容词，它在叙述事情时是不加任何修饰的。也正是这样平常的语言，使一位采蘋、烹煮、设祭、平静中蕴含着快乐和憧憬的少女形象跃然纸上。"谁其尸之，有齐季女"，最后这一句轻微的赞叹，更是起到画龙点睛的作用，季女的美好形象就这样浮现在了我们的眼前。

全诗语言简洁平实，于情中叙事，于事中抒情，问答轻松明快，饱含着一种奔放单纯的少女之情，正像戴君恩在《读风臆评》中所说："万壑飞流间，突然一注。"这场关于少女祭祀的描写既庄重又不失真挚、简诚而不失虔敬，"季女"的感情和她虔诚有礼的形象全都在诗中表现了出来。

◎甘棠◎

蔽芾甘棠①，勿翦勿伐②，召伯所茇③。
蔽芾甘棠，勿翦勿败④，召伯所憩⑤。
蔽芾甘棠，勿翦勿拜⑥，召伯所说⑦。

【注释】

①蔽芾（fèi）：树木高大茂密。甘棠：棠梨树，落叶乔木，果实圆而小，味涩可食。②翦：同"剪"。伐：砍伐。③召伯：即召公，名奭（shì），姬姓，封于燕。茇（bá）：草舍，此处作动词用，居住的意思。④败：毁坏。⑤憩（qì）：休息。⑥拜：掰手，擘。⑦说（shuì）：通"税"，休憩。

【赏析】

《甘棠》是一首颂歌，一首怀念召公的诗作。尽管也有人认为此诗"怀讽刺"之意，但更多学者都认为是怀颂之作。

诗中的召伯就是召公，召公名奭，是周文王姬昌的儿子，周武王姬发的弟弟。他协助周武王覆灭了商朝，功不可没。周朝建立后，诸侯为表示敬奉，纷纷向武王进贡稀有之物，武王经不住诱惑，由此耽于玩乐。召公唯恐武王丧志误国，便劝诫他，贤明的国君首要的是修养德行，应当随时检点自己的言行，切莫忽视行为细节。要把良好的品德一点一滴积累起来，就如筑起一座有德望的高山。除此之外，召公还就治理国家向武王提出了"敬德保民"的措施。武王听取了召公的建议，从此严格检讨自己的一言一行，躬身为政，专心治国，深受百姓的爱戴，周王朝的经济也得以迅速发展。

周朝建立时，召公得到北燕的封地。周武王死后，周成王幼年即位，召公出任太保，与周公一同辅佐成王。他与周公分陕而治，陕以西归他管理。在任期间，召公对"敬德保民"的措施身体力行，成果卓越。《史记·燕召公世家》中记载："召公之治西方，甚得兆民和。召公巡行乡邑，有棠树，决狱政事其下，自侯伯至庶人，各得其所，无失职者。召公卒，而民人思召公之政，怀棠树，不敢伐，歌咏之，作《甘棠》之诗。"

召公听讼甘棠树下的故事也以民间传说的形式流传千古：召伯南巡，所到之处不占用民房，只在甘棠树下停车驻马、听讼决狱、搭棚过夜，他死后，人们怀念他，舍不得砍伐他停歇过的树。召公作为一方的统治者，为民众排忧解纷却不肯暂用一下民房，而是听讼住宿于甘棠树之下。正因为他如此克己怀德，仁柔如水地待民，后人才作这首《甘棠》诗寄予深情怀念。

细细品味，《甘棠》诗内蕴含着浓浓的情感："高大茂盛的甘棠树啊，不要去剪它更不要去砍它，召伯当年就住宿在下边！高大茂盛的甘棠树啊，不要去剪它也不要去折它，召伯当年就曾在下边乘凉！高大茂盛的甘棠树啊，不要去剪它也不要去拔它，召伯当年就在下边休息！"

本诗虽然是一首颂歌，可作者没有描述召公的功业，也没有渲染他的威仪，只以一种素朴的心声，表达真真切切的爱戴。全诗由观物至思人，由思人至护物，"人""物""思"交融汇合，"缠绵笃挚，隐跃言外"，笔意纯粹却见波折，措辞亦有音在弦外之妙。

召公尊重普通百姓，修养自身德行，劝农耕作，为民造福。民众爱屋及乌，因爱其人，连他曾经栖息的树也爱之，古往今来，若非真正为百姓做事的人，是不会赢得人们如此崇敬的。这首《甘棠》之所以被后人永久欣赏，后世之所以对召公永久怀念和称颂，不仅仅是出乎对召公本人的敬仰，更包含着人们对统治者的喻示和劝诱，以及祈盼统治者如召公一样待民爱民的心情。

今河南省三门峡市区西部陕州风景区有"甘棠苑"，也称"召公祠"，它是在原遗址中重建的。召公广施惠政，体恤民情，廉明朴洁，民心怀之千古。

◎行露◎

厌浥行露[①]，岂不夙夜，谓行多露[②]。

谁谓雀无角[③]，何以穿我屋，谁谓女无家[④]，何以速我狱[⑤]？虽速我狱，室家不足[⑥]！

谁谓鼠无牙，何以穿我墉[⑦]，谁谓女无家，何以速我讼[⑧]？虽速我讼，亦不女从！

【注释】

①厌浥（yì）：沾湿。行：道路。②谓：同"畏"，意指害怕露浓。③角：鸟嘴。④女：同"汝"，你。无家：没有成家。⑤速：招致。狱：诉讼，打官司。⑥室家不足：要求成婚的理由不充分。⑦墉（yōng）：墙。⑧讼：诉讼。

【赏析】

这首诗很有意思。它像是一组誓言，又像是一篇讨伐词，还像是一纸辩护词。更有意思的是，一首小诗竟然聚讼纷纭，多方争执。

关于这首诗的主旨争议颇多。《毛诗序》认为是用于昭示强暴之男不能侵凌贞女。后世又有诸如“女子许嫁后，因夫家办礼不备拒婚而引起的争讼”，以及“贫士为避嫌而拒绝成婚”等多种解释。今人高亨《诗经今注》则认为是女子嫌丈夫家贫不肯回家，因而被丈夫告于官府；种种说法不一而足。

另外，对诗的内容也存有争议。诗中语气急促，措辞激烈，又带有“狱”“讼”字样，因此后人对主人公所处的境地、事实发生的阶段认识不一，莫衷一是。有的认为因女子悔婚已被投诉抓入监狱；有的认为被告到官府是实，但并非身被监禁，只是发生婚姻纠葛而诉诸官裁断，就如现今的民事纠纷；有的则认为并没有告到官府，也不是由谁听讼，只是自行处理婚姻纠葛，诗中的“速我狱”“速我讼”只是假设之辞。

对这首诗的完整性，也有人提出质疑。诗的首章与次章，意义相去甚远，似乎没有什么联系，因而产生争议。宋人王柏《诗疑》认为是前人编辑“诗三百”时将其他诗的断章误添入此诗。今人也认为首章较为隐晦难懂，与二、三章内容隔离，连在一起解析无法相容，存在它诗误入的可能。有观点认为，可以根据清张澍的《读诗钞说》将首章理解为女子表示自己心意决绝，而接下来的两章是假设的说法，不一定真的“讼”于官府，这种说法也能解释得通。

对主人公的身份更存在有趣的争执。有人认为这首诗是女子本人反对逼婚而进行驳斥；有人认为是女子的父亲对以讼官逼娶其女的强横男人的答复；还有的认为是男女婚辩，一个要以法来断姻缘，一个要以礼来结夫妻。

在此，不妨依照诗的二、三章来比对，看一看主人公的不同将导致诗歌内容发生怎样的变换：

按照这首诗是女子本人反对逼婚而进行驳斥的说法，二、三章的大意是：谁说麻雀没有嘴，不然怎么啄穿我的房？谁说你没娶妻，为什么害得我入牢房？即便你害我入牢房，你也休想把我娶！谁说老鼠没牙齿，怎么就打通了我家的墙壁？谁说你还未娶老婆，为什么要害我吃官司？即便你陷我吃官司，我也不会嫁给你！

按照女子父亲对以讼官逼娶其女的强横男人作出答复的说法，二、三章的大意是：谁说麻雀没有嘴，为什么啄破我房屋？谁说我女儿没成亲，为什么送我在狱中受荼毒？虽然你送我进狱中受荼毒，但强迫我嫁女，是你理不足！ 谁说老鼠不长牙，为什么打穿我家墙？谁说我女儿没成亲，为什么硬逼我上公堂？虽说你硬逼我上公堂，要我女儿顺从却是妄想！

按照男女婚辩的说法，二、三章的大意是：谁说雀儿没有喙，凭什么进了我的屋？谁说我不懂室家之道，凭什么要把官来告？即使你强行把我告，我也面不改色心不跳！这个社会可是以礼为上，明明是你不守室家礼！谁说老鼠没有牙，凭什么穿透了我的墙？谁说我不懂室家道，凭什么打起官司让我当被告？即使如此，我也不顺从你，这个社会可是唯礼至尊！

这首诗的争议颇多，哪一种说法都有道理，但谁也不能定论，这就增加了诗的可欣赏性，让读者在争论中咀嚼它的滋味，不失为一件好事。

◎羔羊◎

羔羊之皮，素丝五纶①。退食自公，委蛇委蛇②。
羔羊之革③，素丝五绒④。委蛇委蛇，自公退食。
羔羊之缝⑤，素丝五总⑥。委蛇委蛇，退食自公。

【注释】

①纥（tuó）：古代用计算丝缕的量词，五丝或二丝称纥。②委蛇（wēi yí）：悠闲自得的样子。③革：皮。④緎（yù）：古时计算丝的单位。丝二十缕为緎。⑤缝：缝合之处。⑥总：八十根丝为一总。

【赏析】

这首诗描述了士大夫日常生活中的一个小片断，诗人冷静、客观、不动声色的笔法，使场景真实可信。

开篇两句是从视觉角度来描写的，“羔羊之皮，素丝五纥”，那些官员们穿着用白丝线镶边、精心缝制的羔裘衣服，这种描写提示了这些衣着华丽的官员的真实身份。毛传说：“大夫羔裘以居”，由此可知，这些人就是当时的士大夫之流。第三句“退食自公”则是诗人的所见所想，《左传·襄公二十八年》中提到：“公膳，日双鸡。”杜预注：“谓公家供卿大夫之常膳。”可见，当时的官员们是有公膳可吃的。

关于《羔羊》这首诗，在清代以前，学者们的观点主要是：它是一首赞美在位者的诗，它所赞美的是纯正之德或节俭正直的品行。汉代薛汉在《韩诗薛君章句》中写道：“诗人贤仕为大夫者，言其德能称，有洁白之性，屈柔之行，进退有度数也。”

其实，无论是纯正之德还是节俭正直的说法，都与当时特定的历史环境有着密不可分的联系，一旦脱离了那种历史环境，认真推敲起来就有些牵强附会。

清代之后，开始有学者提出，《羔羊》这首诗其实是在批评士大夫的无所事事和无所作为。最初提出这种观点的人是清代的牟庭，他在《诗切》中这样说过：“《羔羊》，刺饩廪（膳食待遇）俭薄也。”这种观点一提出就得到很多人的赞同，因为从意义上来说比较符合诗文的原意。

《羔羊》将一小节就可以讲完的一件事，分成了三个小节来说明，这样写的目的一方面是为了加深语气，表达诗人的不满；另一方面也是为了告诉人们，这种现象并不是一天两天，或者一个人两个人，而是在那个时期普遍存在的现象。那些位高权重的大夫们，每日享受着奢华的生活，但是在其位却不谋其政，每日只是碌碌无为，吸取着民脂民膏。这种回环咏叹的写法加深了全诗的讽刺意味。这种一咏三叹的手法也正是《诗经》的突出特点。

◎殷其雷◎

殷其雷[①]，在南山之阳[②]。何斯违斯[③]？莫敢或遑[④]。振振君子[⑤]，归哉归哉！

殷其雷，在南山之侧。何斯违斯？莫敢遑息。振振君子，归哉归哉！

殷其雷，在南山之下。何斯违斯？莫敢遑处[⑥]。振振君子，归哉归哉！

【注释】

①殷（yǐn）：雷声。②阳：山南为阳。③斯：指示词。前一“斯”字指此人，后一“斯”字指此地。违：离去。④或：有。遑（huáng）：闲暇。⑤振振：仁厚的样子。⑥处：停留。

【赏析】

《殷其雷》是一首描写妻子在雷声阵阵的天气中思念、担心丈夫的诗，后世对这首诗的解读没有多少分歧，古今学者对其主旨的观点也比较一致。

“殷其雷”一句，形象细致地表现出天空中雷声轰鸣的状态。“在南山之阳”表明雷声响起的地方在山的南坡，“在南山之侧”表明雷在山的旁边鸣响，“在南山之下”表明雷声轰响的地方在山脚下。

正像清代学者胡承珙在《毛诗后笺》所言：“细绎经文，三章皆言（雷）在而屡易其地，正以雷之无定在兴君子不遑宁居。”他认为，三个“在”字，引出落雷的不同地点，而整首诗，正是以地点的变换来比兴君子的四处奔忙。这样的描写，充分体现出雷声之大和范围之广，同时也让读者得知，即将有一场狂风暴雨降临。这样的天气，女子的亲人还滞留在外没有回家，这叫她如何不担忧？由此联想开来，一位满面愁容的女子形象便跃然纸上了。

丈夫在这样恶劣的天气中忙碌奔波，女子不知道他到底怎么样了，是被大雨阻隔在路上，还是在温暖的屋子中避雨？万般忧心之下，她心中只剩唯一的期望：希望自己的丈夫能够早一点安全回来。

“何斯违斯”这一句，是女子无奈之下的感叹，且在全诗中出现了三次，可见其重要性。这一句中的两个“斯”字，意思其实并不相同，第一个“斯”指的是君子，也就是女子的丈夫，第二个“斯”则指的是此地。朱熹也承袭了这种说法。

在感叹之后，女子虽然心中埋怨丈夫晚归，让她担心，但是她转念一想，丈夫其实也是为了国家大事在忙碌，才不敢稍事休息。“遑”“息”“处”三字，层层深入地表现了丈夫忠于自己的职责、不肯放松分毫的认真态度。同时女子为自己的丈夫能够为国家做事感到十分骄傲，因此女子才发出了“振振君子”的赞叹。

不过，虽然女子能够体谅自己的丈夫，但是在她的内心深处还是渴望丈夫能够早点回来，所以，在她情不自禁地发出“振振君子”的赞叹之后，又发出了“归哉归哉”的呼唤，这是女主人公希望丈夫能早早归来的真实心情的流露。

如此看来，“振振君子”和“归哉归哉”似乎是相互矛盾的。其实不然。这种语意和情思上的转折正是情与理的矛盾冲突：理性上明白，但是感情上无法接受。这两句话，充分表现了女子内心的矛盾和混乱。

《殷其雷》每一节的字数都不多，但是在寥寥数语之中却蕴含着转折跌宕，表现了诗中女子抱怨、理解、赞叹、期望等多种情感交织在一起的复杂心态，勾勒出一位思妇的心理轨迹。

◎摽有梅◎

摽有梅①，其实七兮。求我庶士②，迨其吉兮③。
摽有梅，其实三兮。求我庶士，迨其今兮④。
摽有梅，顷筐塈之⑤。求我庶士，迨其谓之⑥。

【注释】

①摽（biào）：坠落。②庶：很多。士：未婚的男子。③迨（dài）：及。吉：好日子。④今：现在。⑤塈（jì）：取。⑥谓：开口说话，告诉。

【赏析】

《摽有梅》一诗表达了逾龄未嫁女子盼望出嫁的急切心情。这种热烈的渴望似乎不符合古人对闺中女子的礼教规范，但是，只要了解西周特殊的婚嫁礼俗，就不难理解这首诗了。

《周礼》规定，男子年满二十可娶，女子年满十五可嫁，而贵族男女的婚嫁年龄往往更加提前，“人君十五生子”为“礼”。古人认为婚嫁年龄从速不从迟，因为在农业社会，人口数量的多少直接影响着农业生产的发展，提早婚嫁可为农业增加人口。《周礼》还规定，“仲春之月，奔者不禁”，《毛诗正义》解释说：“言三十之男，二十之女，礼虽未备，年期既满，则不待礼会而行之，所以藩育民人也。”意即若男子超过三十岁未娶，女子超过二十岁未嫁，那么在仲春时节，男方只要向女方打声招呼，两人就可以成婚。这种规定的目的也在于增加人口。

由此可知，诗中主人公正是一个年逾二十尚未出嫁的女子，她的迫切求爱之心是合情合“礼”的。

诗以落梅起兴，而“梅”与“媒”谐音，引出婚嫁之意。女主人公看到成熟坠落的梅子，不禁想到光阴无情、青春易逝，而自己仍未婚嫁的现实。于是以梅起兴，唱出了这首叹息青春、渴求爱情的诗歌。

“摽有梅，其实七兮。求我庶士，迨其吉兮。”树上的梅子落了三成，还剩七成，意味着时间还不算太晚，女子期盼趁着吉时，有合乎心意的男子来向她求爱。巧妙的是，明明是主人公自己在寻求意

中男子，却不说“我求庶士”，而说“求我庶士”，用被动的语气来表达主动的愿望，表现出这个大胆求爱的女子面对婚姻时，内心的些许羞涩，直白中透着委婉。

时间继续流逝，原本七成的梅子此时只剩下三成，可是还没有合适的人来向她示爱。之前还算从容的心态此时急切起来，于是她说：“求我庶士，迨其今兮。”光阴不等人，只要有合意的男子求爱与我，那么就在今朝，我就可以跟他成婚。言辞之间，满是待嫁的焦急心绪。

“摽有梅，顷筐塈之。求我庶士，迨其谓之。”可是直到梅子落尽，女子也没有等到一个求娶她的男子。时间已是暮春，如果再没有求婚的男子出现，就只好等到明年春天了。可是到那时，女子的年龄又老了一岁，只怕更难有人来向她求婚了。因此主人公说道：“求我庶士，迨其谓之。”已经不期望能在这个春天出嫁了，但是仍希望有男子来向我说一声，今年成不了婚，我们可以等明年啊。但是人生苦短，谁都禁不起太长等待，女子看似大胆、热烈的求爱实则包含着一丝辛酸和无奈。

诗篇分为三段，落梅逐渐增多，暗示时光在等待中渐渐消逝；三次提及“庶士”，表明女子一直在寻找可嫁之人。诗在重章复唱中循序渐进，层层逼近，生动展示了主人公渐趋急迫的心理发展过程。

《摽有梅》一诗诚然是未嫁之女催促爱情的心曲，但同时也是一曲感伤岁月无情、青春易逝的哀歌。诗中主人公之所以如此急切地盼望出嫁，正是因为她已经过了最美好的年华，经不起更久等待。其实，无论是待嫁女子，还是求取功名的士人，青春都是最宝贵的资本。能够抓住大好年华，实现人生理想，对谁来说都是一大幸事。

后世文学作品对青春和光阴有诸般感慨，而这首《摽有梅》作为开创之作，显得清新质朴，语浅情深，别有一番滋味。唐代一首《金缕衣》就有着相似的意味：“劝君莫惜金缕衣，劝君须惜少年时。花开堪折直须折，莫待无花空折枝。”千金易得，寸阴难买，不趁着花开之时折取花枝，过了花期，就只能对着无花的空枝扼腕长叹；不珍惜青春年华，到头来也只能对着镜中的白鬓兀自伤感。

◎小星◎

嘒彼小星①，三五在东②。肃肃宵征③，夙夜在公，寔命不同④。

嘒彼小星，维参与昴⑤。肃肃宵征，抱衾与裯⑥，寔命不犹⑦。

【注释】

①嘒（huì）：微光闪烁。②三五：参宿三星，昴宿五星。③肃肃：急急忙忙的样子。宵：天未亮以前。征：行。④寔：实。⑤参（shēn）、昴（mǎo）：星宿名。⑥衾（qīn）：被子。裯（chóu）：被单。⑦犹：若，如。

【赏析】

小星，指的是不时眨着眼睛的亮晶晶的小星星，它们闪耀着微弱的光芒，散布在天际。《小星》这首诗，描述像小星一样的、位卑职微的小吏们昼夜奔忙的生活，字里行间流露出对他们命运的不平和惋惜。

《小星》描述了这样一个场景：在静谧的夜晚中，小小星光朦朦胧胧，在天空的东方闪烁着，这时城中的百姓们还在安稳地睡着，只有那些忙于王事的小吏们，必须要在天还未亮的时刻起床，在寂静的夜晚独行，在满天星辰的陪伴下，为了工作而奔走。睡眼惺忪的小吏，仰望星空，一时想不起陪伴着他的是什么星辰，直到习习的夜风使小吏渐渐清醒，他才发现原来那是参星和昴星。此时，孤独的小吏想到自己每日谨奉王命，为了工作早起晚归，离开妻子，抛开香衾与暖裯。他感叹，自己一直兢兢业业地工作，不敢有丝毫的怠慢之情，但是在他拼命工作之时，其他人却可以安安稳稳在家中休息，和亲人快乐地生活在一起，这种人生际遇的天差地远，令他深感不平，但是最终，他也只能用“同人不同命”这样的说法自我安慰。

《小星》第一节“嘒彼小星，三五在东。肃肃宵征，夙夜在公。寔命不同”，展现了征人在凌晨奔走于夜空之下的情景和他的内心感受。小吏的感慨有着充足的根源，因为他和王臣做着同样的工作，但是他们的遭遇却完全不同。

第二节“嘒彼小星，维参与昴”，表明征人过了很久才清醒，这时他才知道那三五在东的小星是参星与昴星。妻子埋怨丈夫总是不能与她共眠，而小吏对于自己总是自己“抱衾与裯”的行为感到哀伤。这样的写法使本诗在结构上有了层次，情景交汇，相互融合。“寔命不犹”一句，更是生动表现出小吏的悲凉和无奈之情。

其实在古代，小吏并不算是官，他们的境遇比普通百姓好不了多少。《小星》这首诗写出小吏们的悲苦和不甘，他们位卑任重，处境困穷，无处诉说悲苦，因为收入低微，总不能让家人感到满意，所以回到家也得不到家人的安慰，有时还会受到讥讽，面对不如意的人生，只能自我安慰，不断地逃避。整首词词情并茂，凄苦悲凉，感人至深。

在格式上，《小星》是十分规整的，每节的前两句都是写景，但又不是单纯的景物描写，而是景中有情；后面的三句是言情，同样也不是单纯的抒情，而是景情相融。

◎江有汜◎

江有汜[①]，之子归，不我以，不我以，其后也悔。
江有渚[②]，之子归，不我与，不我与，其后也处[③]。
江有沱[④]，之子归，不我过，不我过，其啸也歌[⑤]。

【注释】

①汜(sì)：由主流分出而后重新汇合的河水。②渚(zhǔ)：水中小洲。③处：忧愁。④沱(tuó)：江的支流。⑤啸：号哭。

【赏析】

《江有汜》一诗，弥漫着一种不可名状的悲伤气息，仅仅从“汜”“渚”“沱”这三个字之中，就能让人感觉到一种空间的阻隔感。诗中的女子独自一人被留在了江沱之间，眼看着丈夫沿着长江之“汜”离她而去，因此，每章开头的一句写景，实则是为了引出“被弃”这一遭遇。

这是一首弃妇诗，弃妇诗大多抒写因婚姻破裂或丈夫变心而被抛弃的妇女的内心感受。这种类型的诗歌在《诗经》中十分常见，因为在当时的年代，女子在很大程度上只是男子的附属品，没有独立的经济地位和社会地位，丈夫是她们唯一的依靠。所以一旦夫妻间的关系亮起红灯，受害最深的往往是女子，遭弃后的妇女其生活状况和心理状态都十分凄惨。

诗中的丈夫是一位薄情郎，他在返回家乡时将女主人公遗弃了。因此女子满怀哀怨，唱出了这首如泣如诉的悲歌。

"江有汜，之子归，不我以，不我以，其后也悔。"开篇女主人公便哀诉着："江河有着这条分流水啊，你啊——我的丈夫终于荣归故里，可是为什么不带我一同回去，为什么不带我一同回去，你将来一定会后悔莫及。"女子尽管伤心不已，然而从"其后也悔"这几个字当中，也可见出她的斩钉截铁。她可能是一位很有自信的女人，坚信自己在丈夫的生活中不可或缺，因而女子以一种预言式的语气宣告，丈夫必将因为今日的轻率背弃而受到内心的折磨与惩罚。

后两章中女子的愤怒之情愈演愈烈："江有渚，之子归，不我与，不我与，其后也处。江有沱，之子归，不我过，不我过，其啸也歌。"浩浩荡荡的江水自有洲边水将其分出，你回到家乡，不再相聚便匆匆忙忙地要离去。不再相聚匆匆忙忙地离去，将来你必定会忧伤不已！江水自有分叉支流，你回到故里，不见一面就着急离开。你现在不顾夫妻情面狠心地离我而去，将来又哭又喊地求我原谅也毫无用处。

在女主人公心里，江水的每一条支流都是摆在自己眼前实实在在的障碍。从江水有支流，引出"之子归"的事实，则在赋之中又兼有比兴的意味。诗中一连用了"不我以""不我与""不我过"三句，将丈夫背信弃义的行径毫不留情地暴露在外，痛斥丈夫对她的薄情。

"不我以"，是不一道回去；"不我与"，是离开前不和我在一起；"不我过"，是描述丈夫有意回避。寥寥几笔就将丈夫的薄情寡义刻画得淋漓尽致，一副绝情绝义的嘴脸瞬间呈现在读者眼前。

诗中的"不我以"引出"悔"，"不我与"带来"处"，"不我过"导致"啸歌"，三者都是一一对应的关系。这个负心汉愈是绝情，所带来的后果也就愈加严重。而女子除了对丈夫抱有这种报复性甚至诅咒性的心态之外，别无他法。甚至她根本无法预知丈夫离开她后，会不会如她所说的那样，后悔、忧伤、甚至号哭。

或许，受伤的女子都善用或犀利或刻薄的语言武装自己，让自己显得很坚强。《江有汜》一诗中，被弃的女子强忍着伤痛，在那个薄情寡义的男人面前把自己包装得像个刺猬。殊不知，身上的那些刺便是她最后也是唯一的设防。

◎野有死麕◎

野有死麕①，白茅包之。有女怀春②，吉士诱之③。
林有朴樕④，野有死鹿。白茅纯束⑤，有女如玉。
舒而脱脱兮⑥，无感我帨兮⑦，无使尨也吠⑧。

【注释】

①麕（jūn）：獐子。②怀春：思春。③吉士：对男子的美称。④朴樕（sù）：丛生的小型灌木。⑤纯束：捆扎，包裹。⑥舒：舒缓。脱（duì）脱：动作文雅舒缓。⑦感（hàn）：通"撼"，动摇的意思。帨（shuì）：围裙。⑧尨（máng）：多毛的狗。

【赏析】

《野有死麕》是《诗经》中迄今为止争议最多的诗歌之一。近代白话文学、民间文学的倡导者顾颉刚说："《召南·野有死麕》是一首情歌……可怜一班经学家的心给圣人之道迷蒙住了！"顾先生所指的是以宋代经学大家朱熹为首的"经学家们"，他们认为此乃"淫诗"，是恶行邪说，非圣人之训。而现今人们普遍认为，《野有死麕》只是一首简单而优美的爱情诗。并不如郑玄所说"贞女欲吉士以礼来……又疾时无礼，强暴之男相劫胁"，显然郑玄把"怀春"之女看成了贞女，诗中的"吉士"也就成了强暴之男。

《野有死麕》的文字十分朴实、率真。第一段"野有死麕，白茅包之。有女怀春，吉士诱之。"大致是说茂盛的山野中有只死去的獐子，白茅紧紧地包裹着它，村子里的妙龄少女刚刚春心萌动，幻想着爱情的如梦如幻，英俊的小伙子拿起锄头，背起镐头，看见可爱的姑娘们，便更加卖力地劳动，心里却暗自想着怎么追求自己心仪的女孩子。

"有女怀春，吉士诱之"这两句是导致此诗被批为"淫诗"的罪魁祸首。古时许多学者认为这是男女间淫邪的行为，有违大道。宋初欧阳修首倡此说，他认为："纣时男女淫奔以成风俗，惟周人被文王之化者能知廉耻，而恶其无礼，故见其男女之相诱而淫乱者。"意在指出篇中少女不知检点，莽撞少年更是无法无天，两人光天化日的偷情之举，实在有伤大雅。

这种理解未免有点偏激，且盖上了后世人的思想烙印。从《诗经》所处时代的社会风尚和习惯来看，"怀春"是很正常的一件事，妙龄少女到了恋爱的年龄春心萌动，年轻小伙子看到自己心仪的女子想要展开猛烈的追求，这并没有什么不妥。

"林有朴樕，野有死鹿。白茅纯束，有女如玉"，有学者认为这四句交代了恋爱的地点。树林里面有一排排整齐的小树，山野里有只死去的野鹿，用白茅紧紧捆住，少女们一个个拥有着姣好的容貌，白皙的皮肤，水汪汪的大眼睛，深邃如一潭湖水。天真的少女终于没能抵制得了小伙子追求的攻势，害羞地答应了他，悄悄地相约相爱。

女孩子总是害羞腼腆的，两个人在一起卿卿我我，生怕被别人发现，谨慎地相互提醒"无感我帨兮，无使尨也吠"，别动我的围裙，小点声音，千万别惹得狗儿乱嚷乱叫。

前两章站在第三者的立场上描绘男女之情，如同旁白一样娓娓道来，朴实率真。尤其是后一段卿卿我我时的言语，活泼生动，从侧面表现了男子的炽热直接和女子的含羞谨慎。开篇比兴，情景交融，正侧面描写相互掩映，既含蓄委婉，又露骨诱人，赞美了男女之间自然、纯真的爱情。

本诗与其他《诗经》篇目相比还有一个独到之处值得注意：它打破了章法和句法。《诗经》中的诗大多都遵循四四一句、分章复沓的结构，而《野有死麕》的存在，使得《诗经》整体不那么格式化和程式化，更显生动隽永，清新自然。现代学者周蒙、冯宇在《诗经百首译释》中就说："至于卒章三句，错互成文，且无来由，更觉'兀突'，亦当有过渡衔接词句。"他认为卒章三句由祈使句组成，相互交错，起到了过渡和衔接的作用。

《诗经》在汉代被确立为经典之后，便开始了它漫漫的"厄运"历程。《诗经》不再被人们当作一部反映古代社会生活的歌谣集来看待，而是被曲解，并附会上了诸多政治因素，披上了浓重的诗教色彩，在很大程度上掩盖了《诗经》的本相。到宋代情况更为严重，针对《野有死麕》内容的解析，各种说法层出不穷，且各有依凭。《野有死麕》弥漫着"恶无礼""淫诗"甚至"拒招隐"的色彩，这些实际上都是一种经学阐释。到了现代，《诗经》研究大师闻一多、胡适、郭沫若等人渐渐除去笼罩在《诗经》诸多篇章上的障蔽和迷雾，将《诗经》推回到歌颂爱情的轨道之上，终于使这首诗恢复了它的本相。

◎何彼襛矣◎

何彼襛矣①？唐棣之华②。曷不肃雍③？王姬之车④。

何彼襛矣？华如桃李。平王之孙⑤，齐侯之子⑥。

其钓维何？维丝伊缗⑦。齐侯之子，平王之孙。

【注释】

①襛（nóng）：繁盛的样子。②唐棣（dì）：植物名。属蔷薇科，花白色，有芳香。③曷：何。肃：庄严肃静的样子。雍（yōng）：雍容、安详。④王姬：君主的女儿。⑤平王：东周第一代君主，名宜臼。⑥齐侯之子：齐国诸侯之子。⑦缗（mín）：钓鱼的绳。

【赏析】

自古爱情都讲究个“门当户对”，似乎婚姻也总跟“般配”二字形影不离。无论是《西厢记》中的穷书生张生，冲破重重障碍终与莺莺修成正果，还是《红楼梦》中循着“金玉良缘”成婚的宝玉宝钗。每段爱情都需要一个外在的“契机”，或者满足一个般配的“条件”。两千多年前的《何彼襛矣》便是一首描述门当户对的爱情诗。

“何彼襛矣，唐棣之华。曷不肃雍？王姬之车。”文章刚一开头就将态度和立场阐明，一股酸酸的讽刺之味油然而生。这四句的意思是说：看，前面浩浩荡荡的一行车队，锣鼓阵阵，鞭炮齐鸣，喇叭和唢呐吹得格外起劲，喝彩声，欢呼声，声声入耳。怎么如此浓丽绚烂？如同唐棣花般娇艳美丽。只是还有一处美中不足：太过喧闹而有失庄重，太过轻浮而有失内敛。呵，王姬出嫁的车驾，果然“不同凡响”啊！开篇以唐棣花儿起兴，意在铺陈出嫁车辆及服饰的骄奢。“曷不肃雍，王姬之车”两句，俨然是路人旁观、赞叹、惊讶、冷语讽刺等的生动写照。

“何彼襛矣，华如桃李。平王之孙，齐侯之子。”第二章用桃李与男女主人公相比，着重刻画他们的光彩照人。意思是说，平王之孙容貌果真姣好，齐侯之子也的确风度翩翩。此处的赞美微露讽刺之意。据此，《毛诗序》以为《何彼襛矣》一诗的主旨是“美王姬”：“虽则王姬，亦下嫁于诸侯，车服不系其夫，下王后一等，犹执妇道以成肃雍之德也。”古代学者多从其说。而近代多数学者俱从朱熹所言：“王姬下嫁于诸侯，车服之盛如此，而不敢挟贵以骄其夫家，故见其车者，知其能敬且和以执妇道，于是作诗美之。”大都认为是讥刺王姬出嫁车服奢侈的诗。

千百年来，《诗经》经久不衰，鸟兽虫鱼的意象至今仍神秘动人。“鱼”从古至今都与“多子多孙”“爱情美满”“连年丰收”等含义紧密相连。诗的第三章“其钓维何？维丝伊缗。齐侯之子，平王之孙”，按字面理解是：什么东西钓鱼最方便？撮合丝绳麻绳成钓线。齐侯之子风度翩翩，平王之孙容貌娇艳。此处看起来似乎晦涩难懂，但只要结合“鱼”在《诗经》中的意象便可让人醍醐灌顶。

闻一多先生曾说，“钓鱼”“吃鱼”是《诗经》中恋爱、婚姻的隐语。就像古今许多民歌多以鱼喻偶一样（如《安化民歌》中的“大河里涨水小河里浑，两边只见打鱼人。我郎打鱼不到不收网，恋姐不到不放心”，都是以鱼比喻爱情的例子），本诗中的“钓”字，即用钓鱼比喻爱情。

《何彼襛矣》通篇类比、隐语，交替运用复沓和咏叹等手法。“齐侯之子，平王之孙”两句，反复吟咏，极言赞美又冷嘲热讽。各章前后两句一设问、一作答，具有浓郁的民间色彩，引人入胜。整首诗在诗人的视线中逐渐展开，节奏紧密。

简单的三句话，道出了一段天赐佳偶、地造一双、琴瑟和谐、鸾凤和鸣的好姻缘。尽管作者对王姬出嫁时车服的豪华奢侈和结婚场面的浩大略有讽意，但全诗仍充满了一种明朗的喜悦，一种欢欣之情的自然流露。古今人生之喜有三，男婚女嫁榜上有名，无论门当户对与否，大喜之事像甘霖，像皓月，总能让人感念于恬然的律动之中，赏心悦目，喜上眉梢。

◎驺虞◎

彼茁者葭①，壹发五豝②，于嗟乎驺虞③！
彼茁者蓬④，壹发五豵⑤，于嗟乎驺虞！

【注释】

①茁（zhuó）：壮实。葭（jiā）：芦苇。②豝（bā）：母猪。③于嗟乎：感叹词，表示惊异、赞美。驺虞（zōu yú）：官家的猎人。④蓬：蓬蒿。⑤豵（zōng）：小猪。

【赏析】

“葭”为芦苇，“蓬”为蓬蒿，“豝”为母猪，“豵”为小猪，整首诗描写猎人就地取材，用身旁的芦苇杆制作箭矢，一箭就射到了五只母猪。到了辽阔的大草原上，猎人用蓬蒿杆制作箭矢，一箭射到五只小猪。夸张的笔墨和描写，刻画出猎人技艺的高超。这样一来，这首诗就展现出一幅风光迤逦的高手猎人狩猎图，从诗意的贯通来看，本诗的实质的确应是赞美猎人之作。

诗中“彼茁者葭”，开篇就点明了田猎的背景和地点，春和景明，风和日丽。丝丝凉风吹拂着万物，树木成荫，野母猪藏在密密麻麻的芦苇之中，如此隐秘，聪明老练的猎人却能够“壹发五豝”。

打猎也要经常换地点，猎人来到了长满蓬蒿的原野，一望无垠的原野上，草浅兽肥，只见他“壹发五豵”，轻松地捕获了这些小猪。地点、环境不同，相同的是猎人高超的射猎水平和技巧。

整首诗内容简单，形式短小。诗人简单几笔就勾勒出生动形象的捕猎场面，且用语通俗易懂，明白晓畅。

解读这首诗的关键之处在于对“发”字的理解，“发”在这里不取发达，发射之意，而取发育、生长的意思。此处有隐喻暗示之意。诗中关于草肥兽美、一派祥和的小农风光的描写，体现出周文王统治时期，政治清明、人民安居乐业的景象。

《驺虞》表现出古代先民拙朴无华的愿望：对美好生活的真切向往。老百姓希望国家有一位英明的君主，在他的治理下国泰民安，人民安乐，天地回春。人们按照季节播种粮食，庄稼收完，拿起弓箭到原野上打猎，过着这样一种安宁的生活。

邶国

《邶风》共19篇。周灭殷商后，周武王“以商治商”，封纣王之子武庚于今汤阴县城邶城村，号邶国。《邶风》即产生、采集、流传于邶国之地的诗篇。

殷八师驻在殷之故地朝歌，主要是对付殷人和东夷。
朝歌以东设卫国，由管叔驻守。
朝歌以北为邶国，由霍叔驻守。
邶
朝歌
卫
武庚留居在纣宫续殷嗣。
镐京
洛邑
鄘
西六师驻守西土，拱卫丰、镐宗周之地。
成周八师驻守在洛邑，以保卫成周。
朝歌以南设鄘国，由蔡叔驻守。

三监

为防武庚叛乱，武王在朝歌周围设邶、鄘、卫三国，分别由武王弟霍叔、蔡叔、管叔去统治，共同监视武庚，史称三监。

周初兵力部署

周灭商后，将兵力分为三部分：殷八师、成周八师和西六师，以保卫全国。

三监之乱

公元前1043年，周武王驾崩，儿子姬诵（周成王）年幼（13岁），武王之弟周公旦代成王掌管国事。武王弟弟中管叔最长，按照兄终弟及的惯例，他最有资格摄政，加之周公旦制定的礼制严格限制诸侯势力，引起了武王群弟的不满和猜忌。

管叔鲜
蔡叔度
霍叔处
三监

管叔、蔡叔皆不满，散布周公旦想篡位之谣言，并串联武庚起兵反叛。武庚早有复国野心，这时不仅联合三监，而且和殷商旧地东夷的徐、奄、薄姑等方国串通，叛乱反周。

周公旦采取果断措施，亲率大军平叛，诛武庚，杀管叔，放蔡叔，贬霍叔，将朝歌“殷顽”迁于洛阳管教。以纣王庶兄微子继承殷祀，在宋建国，史称宋国。

邶风

◎柏舟◎

泛彼柏舟[1]，亦泛其流。耿耿不寐[2]，如有隐忧[3]。微我无酒[4]，以敖以游。

我心匪鉴，不可以茹[5]。亦有兄弟，不可以据[6]。薄言往愬[7]，逢彼之怒。

我心匪石，不可转也。我心匪席，不可卷也。威仪棣棣[8]，不可选也[9]。

忧心悄悄[10]，愠于群小[11]。觏闵既多[12]，受侮不少。静言思之，寤辟有摽[13]。

日居月诸[14]，胡迭而微[15]。心之忧矣，如匪澣衣。静言思之，不能奋飞。

【注释】

①泛：浮行，漂流。②耿耿：不安的样子。③隐：深。④微：非，不是。⑤茹（rú）：容纳。⑥据：依靠。⑦愬（sù）：同“诉”，告诉。⑧棣棣：雍容娴雅的样子。⑨选：退让。⑩悄悄：忧愁的样子。⑪愠（yùn）：恼怒，怨恨。⑫觏（gòu）：遭逢。闵（mǐn）：忧伤。⑬寤：交互。辟（pì）：捶打。摽（biào）：垂胸。⑭居、诸：语气助词。⑮迭：更替。微：无光。

【赏析】

关于《柏舟》一诗的主题，有两种说法，有人认为它是弃妇对不幸命运的控诉诗，还有人认为这首诗表现的是怀才不遇、遭人谗害的君子内心的痛苦。细读此诗，诗中“亦有兄弟，不可以据”的情形和“如匪澣衣”的比喻，更像女子的诉说，所以把《柏舟》看作弃妇诗应该更合适。

周代的纲常伦理还没有后世那么顽固，但夫权已经开始显露它的威力了。诗中女子的不幸遭遇就是夫权压制下的产物。开头兴句以柏舟为喻，形容出女子的艰难处境。《诗集传》说：“妇人不得于其夫，故以柏舟自比。言以柏为舟，坚致牢实，而不以乘载，无所依薄，但泛然于水中而已。”女子说自己就像柏木做的舟，坚固牢实，然而难以承受重负，在水上四处漂泊，没有依傍。柏木是具有芬芳气味的佳木，以柏舟作喻，似乎还暗示着主人公是具有美好品质的女子。家庭是古时女子生活的全部和一生的寄托，失去家庭的依靠，主人公的痛苦可想而知。“耿耿不寐，如有隐忧”，便是她精神状态的写照。“微我无酒，以敖以游”，酒的麻醉作用可以使人暂忘不快，遨游于逍遥之境，可是对这个女子来说，酒丝毫不能排解她的隐忧，足见其隐忧之深。

“我心匪鉴，不可以茹”，“茹”意为容纳，想来主人公已经承受了太多苦痛，再也无法容忍下去，因此对丈夫说：“我的心不是镜子，不可能什么东西都容纳得下。”话中暗含不屈的锋芒，不同于低眉顺眼的普通女子。在夫家受到不公待遇的主人公，想到了向娘家人求助。“亦有兄弟，不可以据。薄言往愬，逢彼之怒”，怎奈人情淡薄，兄弟们不仅不同情她，还怒气相加。见弃于夫，又得不到手足的理解，这让女子本来就痛苦不堪的心灵又添一层伤痛。

但是，即使在这种情况下，主人公也没有一点向丈夫屈服的意思。第三段接连两个比喻显示出她不可动摇的决心：“我心匪石，不可转也。我心匪席，不可卷也。威仪棣棣，不可选也。”我的心不是石头，也不是席子，岂能按别人的意志行事！我虽不容于人，但我的尊严谁也别想践踏。这几句字字铿锵有力，落地有声，一个坚持自我、性情倔强的弃妇形象凛然于前。

“忧心悄悄，愠于群小。”前面几节女子倾诉自己离开夫家的悲惨经历，至此才说出见弃于夫的原因。“群小”即众妾，原来主人公被丈夫抛弃是由于众妾的中伤陷害。众妾在丈夫面前不断毁谤她，致使她最终失去丈夫的宠爱。“觏闵既多，受侮不少。静言思之，寤辟有摽。”饱受“群小”欺凌的女子，常常独自品尝其中的辛酸，心中愁闷不已，只有抚心捶胸，暗自伤神。

“日居月储，胡迭而微”，诗中女子极度痛苦又哭诉无门，觉得自己的遭遇实在悲惨，带着这样凄惨的心境去观自然，便觉得连日月都暗淡无光了。正是“以我观物，则万物皆着我之色彩”。“心之忧矣，如匪澣衣”，心中的忧伤就像脏衣服一样，怎么都洗不干净，再次强调心中隐忧不仅深沉，而且无法摆脱。似乎人在现实中得不到解脱时，就格外渴望自由，希求不受现实束缚。诗中女子也流露出这种念头，她不堪忍受隐忧的折磨，希望能够奋飞，可是“静言思之，不能奋飞”。她虽然不肯向现实折腰，但又无法改变自己的处境，于是之前无比的愤怒到这里只好化作无可奈何的叹息了。

此诗感人之处在于，它使人看到一个遭遇不幸却仍保持倔强性格的女性形象。有人也许责怪诗中主人公没有采取实际行动，不懂得反抗，岂知在彼时的环境下，不顺从便是一种反抗。她作为一个受制于人的弱女子，没有顺从他人的意志，已属难能可贵。

在无数逆来顺受的传统妇女中，这样一个个性鲜明的女子形象的出现，委实让人心灵为之一动。很多时候，人在现实面前无能为力，软弱如同随风摇摆的芦苇。但是可贵之处在于，人会思考。一个人可能摆脱不了不公命运，避免不掉落入陷阱，但是只要还有思想，他的存在就有意义和价值。如同诗中的弃妇，可能她无法挽回被弃的命运，但至少她没有委曲求全地向现实低头，她的愤怒和忧伤说明这是一个有独立思想的人，仅这一点就足以让人敬佩了。

◎绿衣◎

绿兮衣兮，绿衣黄里。心之忧矣，曷维其已①。
绿兮衣兮，绿衣黄裳②。心之忧矣，曷维其亡。
绿兮丝兮，女所治兮③。我思古人④，俾无訧兮⑤。
絺兮绤兮⑥，凄其以风⑦。我思古人，实获我心⑧。

【注释】

①曷：何。已：止。②裳：下衣，形状如今天的裙子。③女（rǔ）：同“汝”。治：缝制。④古人：故人，指已亡故之人。⑤俾（bǐ）：使。訧（yóu）：过失。⑥絺（chī）：细葛布。绤（xì）：粗葛布。⑦凄：凉而有寒意。⑧获：得。

【赏析】

《绿衣》是后世悼亡诗的开山之作，它在中国文学史上有着十分巨大的影响力，晋朝潘岳的《悼亡诗》便深受其影响。《绿衣》在诗文的表现手法上也为后世作出了示例。中国古代文学的文体十分纷繁复杂，

有论辩、序跋、奏议、书说、赠序、诏令、传状、碑志、杂记、箴铭、颂赞、辞赋、哀祭等十三大类。悼亡诗其实并非一种文体，它只是文学作品中的一种泛类，一定要分类的话，可以勉强把它归类于哀祭。

这首诗是一首简单哀悼亡妻的诗，读者可以从中体会到诗人的心情和诗的意境。

《绿衣》所哀悼的对象是亡故的妻子，诗人通过睹物思人的方式表达出对亡故妻子的思念之情。这是在哀悼诗中最为常见到的一种方式，也是最容易引起人们感情共鸣的方式。

当亲朋好友去世之后，陷入深深的悲痛中的人，每当看到亡者生前所用的事物时，哀伤之情都会再次涌上心头，《绿衣》就为我们描述了这样一幅场景：一位男子失去了自己的爱妻，每当他看到亡妻生前亲手为他所做的有着黄色衬里的绿色上衣时，他就感到无限的哀伤，那一针一线都是爱妻对他的心意，睹物思人，一想到转眼间和自己情意缠绵，心意相通的妻子就永远和自己天人永隔，他就感到悲痛不已，从今往后他将要独自面对人世间的纷纷扰扰，身旁再无妻子温暖的安慰和呵护了。这些都使得这首诗有了一种凄寂而清冷、衰颓而黯淡的美感。它展现了诗人对亡妻的深厚感情，以及诗人创作此诗时的心情。

想要了解蕴含在诗中的深厚感情，就必须要将各个章节结合起来看。《绿衣》共有四节，诗人运用重章叠句的手法，来逐步地表达自己的感情。

“绿兮衣兮，绿衣黄里。心之忧矣，曷维其已”，是说诗人睹物思人，把亡妻为他做的衣服拿起来看。因为思念妻子，所以他将衣服翻过来翻过去地看，可见他的心情之忧伤。

“绿兮衣兮，绿衣黄里。心之忧矣，曷维其亡”，此时诗人一边翻看着衣裳，一边回想起妻子活着时的一些情景，那些情景历历在目，那些温馨的回忆是他永远也无法忘怀的。也正因为如此，他的悲伤也变得永无止境了。

“绿兮丝兮，女所治兮。我思古人，俾无訧兮”，写诗人正在细心看着衣服上的一针一线，他从每一针每一线中都感受到了妻子对自己的关心和爱护。这时，他想到妻子生前总是会在一些事情上给他意见和劝告，而这些劝告总是恰到好处，帮助他避免出现过失。如今回想起来，他才深深感受到这种劝说背后所包含的深厚感情。

“絺兮绤兮，凄其以风。我思古人，实获我心”，诗人在妻子去世之后就手足无措地过着日子。妻子还在世时，他的生活起居都是由妻子照顾的，穿衣吃饭都是妻子为他操心。现在妻子去世了，但是诗人却没有摆脱对妻子的依赖，他没有学会自己照顾自己，即使已经天寒地冻了，他还穿着夏天的衣服，直到实在冷得受不了了，才想到要找保暖的衣物，而找到的又是妻子亲手为自己缝制的衣服，这就更加勾起了他对妻子的思念，因而心情也就愈加哀伤了。

《绿衣》是一首充满了浓浓哀伤之情的哀悼诗，它表达的是诗人对亡妻的无限思念。对于诗人来说，亡妻是谁都无法取代的，所以，他失去妻子的悲伤，永远无法终止。

◎燕燕◎

燕燕于飞①，差池其羽②。之子于归③，远送于野。瞻望弗及，泣涕如雨④。

燕燕于飞，颉之颃之⑤。之子于归，远于将之⑥。瞻望弗及，伫立以泣。

燕燕于飞，下上其音。之子于归，远送于南⑦。瞻望弗及，实劳我心⑧。

仲氏任只⑨，其心塞渊⑩。终温且惠⑪，淑慎其身⑫。先君之思⑬，以勖寡人⑭。

【注释】

①燕燕：即燕子。②差（cī）池：不整齐。③于归：出嫁。④涕：眼泪。⑤颉（jié）：上飞。颃（háng）：下飞。⑥将：送。⑦南：南方。⑧劳：使操劳。⑨仲：排行第二。氏：姓氏。任：信任。⑩塞：诚实。渊：深厚。⑪终：既，已经。⑫淑：善良。慎：谨慎。⑬先君：已故的国君。⑭勖（xù）：勉励。寡人：寡德之人，庄姜自称。

【赏析】

清代诗人王士禛将《燕燕》一诗推举为“万古送别之祖”（《带经堂诗话》）。在所有的情绪中，离愁应该算是一种凄美绝伦的感受。

“别离”是我国古典诗歌中歌咏的重要内容。《燕燕》开创了一个诗风，引领了一个时代，文人骚客相继吟咏着挚友离别之感，牵动着人们的心弦。从王维“劝君更尽一杯酒，西出阳关无故人”的珍重，以及李叔同“长亭外，古道边，芳草碧连天”的依依不舍中，仍旧依稀可辨《燕燕》的影子。

诗开首以飞燕起兴，它们叽叽喳喳，追逐打闹，作者用此乐景反衬哀情，这便是作者的高明之处。明代陈舜百在《读风臆补》中评价道：“‘燕燕’二语，深婉可诵，后人多许咏燕诗，无有能及者。”全篇三节重章复唱，循序渐进，更将哀情刻画得入木三分。

“燕燕于飞，差池其羽。”燕子不时在天空中盘旋，呢喃着，追逐着，像是约好要一起去赴会，又像商量着要见什么客人，油黑的羽毛长短不齐，莺莺的叫声时落时起。此处开篇比兴，将活泼的小燕子作为乐景的主角。

“之子于归，远送于野。瞻望弗及，泣涕如雨。”哥哥与妹妹感情笃厚，今天妹妹就要远嫁了，身为储君的哥哥心中自是百感交集，有几分不舍更有几分惦念，恋恋不舍地把妹妹远远送至郊外，直到看不见妹妹的身影时，一直伫立着目送妹妹的哥哥终于忍不住泪如雨下。妹妹出嫁，哥哥送了一程又一程，然而送君千里，终须一别。于是一幅感人的画面呈现在眼前：“瞻望弗及，泣涕如雨”。清人陈震在《读诗识小录》中说：“哀在音节，使读者泪落如豆，竿头进步，在‘瞻望弗及’一语。”

“燕燕于飞，颉之颃之。”燕子叽叽喳喳叫个不停，飞过来飞过去，与妹妹相互道着珍重之后，看着妹妹远去的背影，一时感慨万千，潸然泪下。燕子也仿佛看穿了我的心思，低头诉说着愁怨，再往前走把妹妹送到了南边，看着妹妹逐渐消失在视线里，哥哥的心悲伤不已。

“仲氏任只，其心塞渊。”为何如此牵肠挂肚？“终温且惠，淑慎其身。”原来妹妹善良、诚实、重情重义，性情温柔而又和善，从不与兄长相争，平日里修身养性，有良好的学识和素质，为人处世小心谨慎，临行前还不忘提醒哥哥不要忘记先王的嘱托和厚望，一句句真诚之言勉励着哥哥做百姓的好国君。

此文在写法上也颇为独特，先概括描述，给大家一个总体的印象，最后再写人物的语言。整篇文章静中有动，生动鲜活。在布局谋篇上也十分讲究，全文共四章，前三章一直未交代被送对象，只是用极大笔墨去点染惜别气氛，给读者一个想象的空间，在最后一章陡然点出被送对象，给人恍然大悟之感，采用倒装之法，耐人寻味。

《燕燕》一诗之所以得人心，在于它的情真意切。四章由虚到实，最后一章清楚交代，妹妹不但个人修养高，而且视人如视己，堪比高风亮节之士。此处也从侧面反映了古代先民对女性的至高评价。

◎日月◎

日居月诸①，照临下土。乃如之人兮②，逝不古处③。胡能有定④，宁不我顾⑤。

日居月诸，下土是冒⑥。乃如之人兮，逝不相好⑦。胡能有定，宁不我报。

日居月诸，出自东方。乃如之人兮，德音无良⑧。胡能有定，俾也可忘⑨。

日居月诸，东方自出。父兮母兮，畜我不卒⑩。胡能有定，报我不述⑪。

【注释】

①居、诸：语气助词。②之人：这样的人。③逝：语气助词。④胡：怎么。定：止。⑤宁：难道。顾：顾念。⑥冒：覆盖，照耀。⑦相好：和我交好。⑧德音：好话。⑨俾：使。⑩畜：养育。⑪不述：不遵循义理。

【赏析】

弃妇的幽怨是《诗经》里说不完的话题,《柏舟》里的女子以柏舟为喻，诉说自己的不幸；《日月》里的弃妇则将怨愤诉诸日月。

日月一照白昼，一映黑夜，是人间最光明的事物。人类自出现以来，就一直将日月视为最威严的圣物，赞美日月之光明伟大。只要头上有太阳和月亮的光辉，人们就能安心地劳作生息。而一旦看到日月的异常变化，先民们便惶恐不安，以为自己做了违背天理的事，引起了日月的愤怒，所以日食和月食总让他们恐惧万分。人有这样一种心理：当遇到自己无法解决的困难时，就倾向于向最崇敬的事物倾诉、呼告。所以日月总是先民倾吐心声的对象。诗中的弃妇就选择了呼日喊月这种申诉不幸的方式。

“日居月诸，照临下土。”太阳和月亮光辉熠熠，高悬苍穹，照耀着广袤的土地。诗一开头就营造出了一个光芒万丈、广阔辽远的意境：一切看起来都那么光明、美好，可是就在这个光明的世界里，生活着一个痛苦万分的妇人，她被丈夫抛弃，每天独守空房，凄苦无处诉说。“乃如之人兮，逝不古处。胡能有定，宁不我顾。”日月如此光明，怎么看不到这样一个负心汉的存在？他弃我而去，已经很久没有回来，为什么现在的他心性不定，不再顾念我这个妻子了？一连三次发问，可见其情绪之激切。

接下来弃妇对日月说：“乃如之人兮，逝不相好。胡能有定，宁不我报。”怎么竟有这样的人，说变就变，再不与我亲近。他性情改变如此大，甚至于都不再搭理我了。此章在意思上与第一章相差不大，是对自己遭遇的反复申诉。

许是心中苦闷压抑得太久，弃妇两次申诉仍不能平息胸中悲愤，于是第三章继续咏叹，可谓“一诉不已，乃再诉之，再诉不已，更三诉之”（方玉润《诗经原始》）。但是与一二章不同，此章弃妇进一步指出丈夫不只是对自己变心，而是“德音无良”。丈夫的变心与日月东升西落的恒常之态相比，显得那样轻易，使人心酸。“胡能有定，俾也可忘”，她虽然看出丈夫身上从前的良好德行已经不在了，但是还希望有一天他能回心转意，变回以前那个她可以仰望的夫君。

可是弃妇再怎么呼告，都减轻不了心中的幽愤。无可奈何之时，她想到了自己的父母：“父兮母兮，畜我不卒。”婚姻是父母所定，然而女子一旦出嫁就只有“嫁鸡随鸡，嫁狗随狗”，父母也没有权力干涉。所以，弃妇此时只有向父母诉说丈夫对她半路变心的悲惨事实，再无他法。经历了那么痛苦的诉说，到最后弃妇还是忍不住质问她的丈夫：“胡能有定，报我不述。”你的心什么时候才能定下来啊？连一句话也不跟我讲！

从第一章到第四章，思妇章章发问，其中最核心的问题就是“胡能有定”。“定”也许是弃妇希望得到的和美夫妻关系，也许是希望丈夫心性安定，不再日日不归。从全诗来看，弃妇的丈夫久不归家，又并非远征或外出谋生，很有可能是另有新欢，所以弃妇才说丈夫“德音无良”。四次问“胡能有定”，其中有对丈夫喜新厌旧的责问，更隐含着弃妇期望丈夫回心转意的无限痴心。

“天”字出头便是“夫”，在女子以夫为大的时代，丈夫就是生命里光辉的日月。丈夫离开自己对她们来说，犹如大地失去了天上的日月，万物皆会丧失生命。没有丈夫的光辉照耀，妻子们的生活将从此陷入黑暗，无所仰望。在这样的背景下，弃妇的悲惨呼告就再正常不过了。

◎终风◎

终风且暴①，顾我则笑②。谑浪笑敖③，中心是悼④。

终风且霾⑤，惠然肯来⑥。莫往莫来⑦，悠悠我思。

终风且曀⑧，不日有曀⑨。寤言不寐⑩，愿言则嚏⑪。

曀曀其阴，虺虺其雷⑫。寤言不寐，愿言则怀⑬。

【注释】

①暴：疾风。②则：而。③谑：戏谑。浪：放荡。④中心：心中。悼：烦忧，害怕。⑤霾（mái）：沙尘飞扬的景象。⑥惠然：友好的样子。⑦莫往莫来：不相往来。⑧曀（yì）：阴云密布。⑨不日：不见太阳。有：同“又”。⑩寤：醒着。寐：睡着。⑪嚏（tì）：打喷嚏。⑫虺（huǐ）虺：雷声。⑬怀：思念。

【赏析】

《诗经》特别善于揣摩女性心理，这首《终风》将一个热恋中女子既爱且怨的微妙心理描写得相当透彻。

一、二两章的起兴句分别是“终风且暴”“终风且霾”，三、四章的起兴句为“终风且曀，不日有曀”和“曀曀其阴，虺虺其雷”。看起来，这是一种风雷交加的阴晦天气，暗示着全诗哀怨、低沉的情感基调。其实，纵观《诗经》所有诗篇，凡是兴句中涉及风、雷、雨、雪的，都与相会、怀人之事有关。

第一章用“终风且暴”的天气兴起怀人之意。“终风且暴”的意思就是“既刮着风，又下着雨”。在这样风雨凄凄的天气下，女子陷入了对恋人的思念。她想到了两人相处时的情景，“顾我则笑”。女子所恋之人对她应该也有情意，所以才会“顾我则笑”。可能就是这一笑让女子下定了决心，毅然投入到与对方的热恋中。

关于“谑浪笑敖”的含义，很多人以为是指男子和诗中主人公在一起时，言行轻佻侮慢，也由此认为这是女子“中心是悼”的原因。但另有人认为，“谑浪笑敖”并非此意，只是戏谑之态。《尔雅》也说：“谑、浪、笑、敖，戏谑也。”

两种说法都有道理，而后面一种解释从逻辑和情感认同上讲或许更能为人接受。女子和恋人在一起时，互相取笑打闹，十分开心。而通常情况下，相处的时光越快乐，就越显得别后凄凉。因而女子在别后想起欢娱时光时“中心是悼”。“悼”不是哀伤，而是怀念。

思念之情一起，就一发不可收拾。第二章承前面“中心是悼”之意，描画思念之意在女子心里的发展状态。“终风且霾，惠然肯来。莫往莫来，悠悠我思。”坠入情网的女子当然希望能够时时见到心上人，可是身为女子，她又不能主动前去，所以盼望对方“惠然肯来”。然而她未能如愿，恋人并没有如期而至，这多少让人感到失望，暗生怨意。“莫往莫来，悠悠我思”，心上人不来致使女子的思念更加强烈，无穷无尽，绵绵不绝。

三、四两章相思之情继续疯狂地生长，已经发展到影响到主人公正常生活的程度，使之“寤言不寐”，不能安然入睡。“终风且曀，不日有曀。寤言不寐，愿言则嚏。”外面还在刮风，天色十分昏暗，如同散不开的思念。女子躺在榻上，辗转反侧，无法入眠。她听说如果有人被别人思念，就会打喷嚏，因此痴心地希望此刻恋人正在打喷嚏。这样一来，他就知道女子在强烈地思念他了。也许这个喷嚏还会提醒他前来与女子相见呢。

“曀曀其阴，虺虺其雷。寤言不寐，愿言则怀。”风雨还在继续，女子仍不能眠。她很可能在为心上人未能“惠然肯来”而耿耿于怀，埋怨的同时翻来覆去地揣摩对方的心意。男方既然“顾我则笑”，说明他对女子有点动心，只不过他投入的心思可能不如女子那样多，他对女子的思念远没有女子对他那么强烈。想到这里，主人公不禁发愿“愿言则怀”，希望他也正在思念我，不要让我白白付出感情。

《终风》是一个热恋女子的心曲，含蓄曲折，层次分明，尽显恋爱中的女子炽热缱绻的情思：她遏制不住对恋人的思念，期待与之相见；又苦恼于对方不如约前来，以至于自己太过相思，夜不能寐，颇有怨尤之意。这种复杂细腻的心理，正是为情所恼的少女特有的情态，别有一番情致。

◎击鼓◎

击鼓其镗①，踊跃用兵②。土国城漕③，我独南行。
从孙子仲④，平陈与宋⑤。不我以归⑥，忧心有忡⑦。
爰居爰处⑧，爰丧其马⑨。于以求之⑩，于林之下。
死生契阔⑪，与子成说⑫。执子之手，与子偕老。
于嗟阔兮⑬，不我活兮⑭。于嗟洵兮⑮，不我信兮⑯。

【注释】

①镗（tāng）：鼓声。②踊跃：双声联绵词，跳跃，表示高兴。③土国城漕：卫国大兴土木，筑造漕城。④孙子仲：人名，统兵的主帅。⑤平：和，调停。陈与宋：陈国与宋国。⑥不我以归：即不以我归，意思是长期不许我回家。⑦忡（chōng）：忧愁。⑧爰（yuán）：何处，哪里。⑨丧：丧失，此处有跑失之意。⑩于以：于何。⑪契阔：聚散。⑫成说：誓约。⑬于嗟：感叹词。⑭不：不许。⑮洵：信用。⑯信：古伸字，此处指伸说。

【赏析】

《击鼓》是一首与战争有关的诗，至于究竟是哪次战争，历来说法不一。有的说诗中战争指卫王呼吁联合宋陈讨伐郑国之事，有的则认为这是卫穆公时宋国伐陈、卫国救陈之事。其实，这首诗的典型意义在于，它道出了普通百姓对战争的怨恨，至于诗的背景是哪次战争，对欣赏这首诗的艺术价值并没有多大影响。

《击鼓》全篇用“赋”的手法，叙述战争的过程和将士对妻子的思念。全诗共五章，叙述一个远征南方、不能归家的将士对战争的怨尤之情。诗从出征开始写起，“击鼓其镗，踊跃用兵”。作者没有直接把出征的场面展示出来，可是那雷鸣般的声声战鼓，分明告诉大家，战事已起，无数男丁就要被发往战场浴血奋战了。以“踊跃”二字形容用兵，犹言在战鼓的激励下，士兵们积极进行演练，战争的紧张气氛弥漫其间。在众多出征士兵里，就有诗中的主人公。他不幸被派往战场，内心十分忧伤。

“土国城漕，我独南行。”战争将至，到处都是修筑防御工事的苦役。但是在主人公看来，修筑工

事虽然辛苦，却可以不用离开家乡；而远征作战，不知何时回家不说，一旦战死沙场，就永远等不到回家那一天了。用一个“独”字，把自己的命运同修筑城池的苦役相比，更显遭遇的不幸。

“从孙子仲，平陈与宋。不我以归，忧心有忡。”诗中主人公说带领他们南征的将领是孙子仲，征战之地是陈国和宋国。这意味着他将长期戍守在异地他乡，想到归期无望，他怎么不忧心忡忡？

征战之人不仅饱受久不能归的精神折磨，还要承受奔波无定的战争给肉体带来的折磨。“爰居爰处，爰丧其马。于以求之，于林之下。”东征西战的过程中，将士们居无定所，行军至何处，便在何处席地而眠。就连睡梦中也要保持高度警惕，以防半夜遇到紧急情况。岑参《走马川行奉送封大夫出师西征》中有这样的诗句：“将军金甲夜不脱，半夜军行戈相拨。”想来《击鼓》中这位士兵也经历过这样的场面吧。更不幸的是，主人公于战争的混乱之中丢失了战马，经过艰难寻觅，终于在树林中找到马匹。其实，好马不服拘束、喜欢驰骋，不正如征夫不愿久戍、渴望回家的心情么？再换个角度看，战马跑失似乎也暗示了主人公思家过甚，以致精神恍惚、失魂落魄。

“死生契阔，与子成说。执子之手，与子偕老。”大多数人对《击鼓》一诗并不熟悉，但是这句“执子之手，与子偕老”，恐怕就无人不知了。至此，诗由叙述征战的艰苦生活转入对往事的深情回忆。

主人公与妻子感情深厚，他曾经对妻子立下誓约：此生无论生死聚散，我都会握紧你的手，跟你白头偕老！人生变幻无常，能够经受时间的考验，平平淡淡相守一生的人实在不多。海誓山盟本来就是无法实现的戏言，而跟那些海枯石烂的誓言相比，这句“与子偕老”就显得朴实、真挚得多了。

可是当初立下约定时，主人公怎么也想不到，他们的美好愿望会被突来的战争搅得粉碎。“于嗟阔兮，不我活兮。于嗟洵兮，不我信兮。”人如果可以一直沉浸在美好的回忆里，未尝不是一件幸事。但怕就怕在回到悲惨的现实，而且回忆越美好，现实就越显绝望。当读诗之人还在为那句“执子之手，与子偕老”感动得一塌糊涂时，主人公已经回到了现实，他悲哀地说：我们相隔太遥远，不知道哪天才能相见；我们分别太久了，无法实现当初的誓言。沉痛、怨恨之情可见一斑。

“执子之手，与子偕老。”多么真诚、朴素的愿望。可是征夫竟没有实现这个愿望的机会，而导致征夫失约的正是无休无止的战争。等待征夫和他妻子的很可能是“可怜无定河边骨，犹是春闺梦里人”的命运。《击鼓》也许只是一个士卒厌战、思归的心声，却喊出了无数儿女渴望安定、平静生活的真切愿望。

◎凯风◎

凯风自南①，吹彼棘心②。棘心夭夭③，母氏劬劳④。
凯风自南，吹彼棘薪⑤。母氏圣善⑥，我无令人⑦。
爰有寒泉，在浚之下⑧。有子七人，母氏劳苦。
睍睆黄鸟⑨，载好其音⑩。有子七人，莫慰母心。

【注释】

①凯风：和风。②棘：酸枣树。③夭夭：树木娇嫩的样子。④劬（qú）劳：劳累。⑤棘薪：可以当柴

烧的酸枣树。⑥圣善：明事理，有美德。⑦令：善。⑧浚（jùn）：卫国地名。⑨睍睆（xiàn huǎn）：美丽，好看。⑩载：传载。

【赏析】

中国古人信奉“百善孝为先”的美德，这首《凯风》就是古代先民孝敬之心的反映。

“凯风自南，吹彼棘心。棘心夭夭，母氏劬劳。”第一章言母亲抚育幼子，十分辛劳。“凯风”是从南方吹来的和暖之风，可以滋养万物，这种品性也正是不辞辛劳、养育儿女的母亲所具有的；酸枣树初发芽时树心红赤，“棘心”即是幼小的酸枣树，比喻年幼的儿子。“棘心夭夭”象征幼小却茁壮成长的儿子们，小酸枣树在“凯风”的吹拂下枝干渐壮，幼子的健康成长则是母亲艰难抚养的结果。

“凯风自南，吹彼棘薪。母氏圣善，我无令人。”第二章与第一章的前两句一字之差，由“心”变为“薪”意味着枣树长成，已经可以当柴烧，比喻儿子在母亲的养育下长大成人。可是凯风吹拂下长大的枣树，却只有薪柴之用，没有更多的好处；母亲辛苦抚养成人的儿子，也像这枣树一样，不能给母亲任何报答。“母氏圣善，我无令人”正是儿子对自己不成材，辜负母亲“圣善”养育之恩的自责。

诗人似乎觉得这样还不足以表现人子的惭愧自责之心，于是三、四两章改换角度，加深自愧之意。“爰有寒泉，在浚之下。有子七人，母氏劳苦。”寒泉自浚邑流出，它清凉的泉水反过来可以滋润浚邑；儿子七个，让母亲辛勤操劳，却不能替母亲分忧解难。“睍睆黄鸟，载好其音。有子七人，莫慰母心。”好看的黄鸟传来好听的叫声；母亲有七个儿子，却没有一个能够安慰她的心。寒泉、黄鸟不通情意，尚且还能有所回报，我们做儿子的竟不能为母亲做点什么，真是连泉水、黄鸟都比不上。

比兴是《诗经》的独特魅力所在，这首诗可以说将《诗经》的比兴手法发挥到了炉火纯青的程度。四章里每章的一二两句都是兴句，但作用有所不同。对于《诗经》比兴手法的定义，人们一直纠缠不清，或混为一谈，或主张截然对立。其实，比、兴是有所区别的，但又是常常一起出现，互为补充。而更多时候，比与兴是“你中有我，我中有你”的融合状态。

《凯风》中的起兴即为一种“兴中有比”的浑融状态，用清代姚际恒的话说就是“兴而比也”。“凯风自南，吹彼棘心”和“凯风自南，吹彼棘薪”是兴句，同时也是比喻句。主人公看到和暖南风吹拂下蓬勃生长的酸枣树，不禁联想到自己的母亲。她犹如徐徐而来的和风，为教养儿子长年辛劳不息，她明白事理，善良慈爱，可是我们这么多兄弟就跟那些酸枣树一样，没有一个栋梁之材，实在有愧于母亲多年的辛勤养育。

单纯的比句是以彼物喻此物，以好比好，以坏比坏。而兴中有比时，既可以以好比好，也可以以好反衬不好。此诗三、四章的兴句发挥的正是这种反衬作用。陈奂《诗毛氏传疏》说：“后二章，以寒泉之益于浚，黄鸟之好其音，喻七子不能事悦其母，泉鸟之不如也。”正好指明了寒泉、黄鸟两句的反比之意。

可以说，比兴手法天衣无缝的配合，成功构造了《凯风》鲜活的形象世界，使平淡的主题具有了感人至深的艺术魅力。

古人对“孝”的要求非常高，即使至孝之人也常常觉得自己对父母还有很多亏欠之处，说自己不孝的人往往是那些至孝之人。诗中主人公反复咏叹母亲的辛劳，责备自己和兄弟们不能让母亲感到欣慰，应该也是这种心理。其实，正如《游子吟》说的那样，“谁言寸草心，报得三春晖”，父母的养育之恩恐怕是儿女永远也无法报答的。子女可能无法用同等的关爱去报答父母，但是无论如何，像此诗主人公这样念念不忘母亲的恩德，应是孝道的一项基本内容。

◎雄雉◎

雄雉于飞，泄泄其羽①。我之怀矣，自诒伊阻②。

雄雉于飞，下上其音。展矣君子③，实劳我心④。

瞻彼日月⑤，悠悠我思⑥。道之云远⑦，曷云能来。

百尔君子[8]，不知德行。不忮不求[9]，何用不臧[10]。

【注释】

①泄（yì）泄：慢慢飞的样子。②诒（yí）：留。伊：语气助词。阻：阻隔。③展：诚实。④劳：劳苦。⑤瞻（zhān）：看。⑥悠悠：绵绵不绝。⑦云：语气助词。⑧百：众多。⑨忮（zhì）：害人，忌恨。⑩臧（zāng）：善。

【赏析】

古代时有战争发生，频发的战争下就出现了“思妇”这一特殊群体。思妇的哀怨占领了我国古典文学的一方阵地，《诗经》则是这块阵地上率先的开辟者。这首《雄雉》便是以一位贵族少妇思念远行丈夫的诗。

古时女子无论身份如何，一旦嫁人，生活的核心就只有丈夫。丈夫在家，则唯命是从；丈夫远行，则把全部心思都用在对他的思念上，一草一木、一虫一鸟都能勾起她们的无限愁思。这首诗的主人公就被一只展翅欲飞的雄雉勾起了对离家丈夫的思念。

“雄雉于飞，泄泄其羽。我之怀矣，自诒伊阻。”一只雄雉在主人公面前舒畅地拍打翅膀，一副振翅欲飞的架势。一来这是一只形单影只的雄雉，身边没有雌雉的陪伴，如同分别两地的主人公和她的丈夫；二来雄雉展翅飞翔，是要离开女子所在之地，就好像丈夫当时离开她一样；再者，雄雉性情耿介，古人常用其品性比喻君子，见到有君子之德的雄雉，思妇自然联想到她有着君子品性的丈夫了。所以看到这只雄雉，主人公便止不住开始怀念久别未归的夫君。可是丈夫远在他方，也许根本不知道家中妻子的思念，思妇也无法把思念之情对别人倾诉，想到这里，她更加忧伤地说：“我之怀矣，自诒伊阻。”意思就是，我怀念夫君，是自寻离愁、空自悲伤。

雄雉此时已经飞到空中，鸣叫声越来越远，越来越小。而随着鸣声的消失，雄雉的身形也消失在思妇的视线里。“雄雉于飞，上下其音。展矣君子，实劳我心。”这由近而远、由大而小的啼叫和逐渐消失的雄雉之影，恰似当初丈夫渐行渐远，最后不见其形、不闻其声的情形，扰得思妇心绪不宁，思念之情由此更加强烈。“展矣君子，实劳我心”，“展”和“实”是强调之辞，极言思妇因为极度思念夫君，已经身心疲惫。

雄雉已经飞走，主人公的视点转到了日月之上，就有了这句“瞻彼日月，悠悠我思”。她既思念丈夫，必定时时盼望丈夫归来，在她的等待过程中，日月不知道升起落下了多少回。日月来往起落，意味着时间一天天流逝。都说时间能使人忘记一切，可是思妇悠悠的思念非但没有减少，反而如日月一般长久，丝毫未变。思妇实在太想念丈夫，迫切希望他早日归来，可是“道之云远，曷云能来”，山高水远，回来的道路阻隔重重，谁知道他哪天才能回来？只好日复一日等下去。

有意思的是，在诗的最后，主人公不再继续抒发她的怀人之苦，却换了一种教训和埋怨的语气，大发内心的不满。“百尔君子，不知德行。不忮不求，何用不臧。”“百尔君子”指的是包括思妇丈夫在内的所有统治者，思妇斥责他们“不知德行”，因为丈夫是因征战而离家，而征战正是这些“君子”们作出的决策。这种决策使多少男子被迫离家，给许多像主人公这样的女子带来了痛苦，自然不是有德之行。接着，主人公又说：“不忮不求，何用不臧。”意思是，如果你们不制造这种使人忌恨的战争，丈夫怎么会陷入久战的泥淖中，也不用长期与家人分离了。

思念太久便心生怨恨，是人之常情，《诗经》里多有表现。李白写过一首《春思》，也是描写思妇的一曲绝唱：“燕草碧如丝，秦桑低绿枝。当君怀归日，是妾断肠时。春风不相识，何事入罗帏？”本来当丈夫怀归时，思妇应当感到高兴才是，可是她却说“当君怀归日，是妾断肠时”。这也是思念太久的缘故。与夫君别离期间，思妇不知道盼了多少日子，才好不容易盼来征人“怀归”的日子，其中的煎熬与酸楚，说“断肠”恐怕并非夸张。两首诗相隔一千年，但都道出了千古痴心女子思之深、责之切的共同情感心理。

◎匏有苦叶◎

匏有苦叶①，济有深涉②。深则厉③，浅则揭④。
有弥济盈⑤，有鷕雉鸣⑥。济盈不濡轨⑦，雉鸣求其牡⑧。
雝雝鸣雁⑨，旭日始旦⑩。士如归妻⑪，迨冰未泮⑫。
招招舟子⑬，人涉卬否⑭。人涉卬否，卬须我友。

【注释】

①匏（páo）：葫芦。②济：水名，源出河南济源市王屋山。③厉：不解衣涉水。④揭（qì）：提起下衣渡水。⑤弥（mí）：水满的样子 。盈：满。⑥鷕：雌雉的叫声。⑦濡：沾湿。轨：车轴的两端。⑧牡：雄性的野鸡。⑨雝（yōng）雝：大雁的和鸣之声。⑩旦：天亮。⑪归妻：娶妻。⑫泮（pàn）：冰解。⑬舟子：摆渡的船夫。⑭卬（áng）：我。否：不（渡河）。

【赏析】

“匏”是葫芦类的一种植物，味苦。到八月成熟之时，可以将中心的瓤挖去，外面坚硬的壳可用作渡水的工具。诗一开篇，“匏有苦叶，济有深涉”，正值炎热的八月，葫芦叶子干枯，内部已然成熟。济水深处也得渡。“深则厉，浅则揭。”要是水深，那就没办法，只能沾湿了裙角缓缓地过河；水浅的话，那就提起裙角步履轻盈地大步向前。简简单单六个字，恰切地写出了女主人公的大胆、勇敢和聪慧。

“有弥济盈，有鷕雉鸣。济盈不濡轨，雉鸣求其牡。”济水丰盈得仿佛要漫过岸边一样，水面波光粼粼，阳光打在上面好似荧光千点。还好河水没有漫过车轴，免去不少担心，岸边草丛里的野鸡叫得正欢，声声鸟鸣响彻渡口，看来它们是求偶心切。这一章几乎都是景物描写，诗人将野稚与女主人公进行对比，突出她等待意中人归来的焦急心情。

“雝雝鸣雁”一句暗示此时此刻天空中划过雁影，一行大雁一字排开边鸣边飞，女子暗自担忧时光的飞逝，转眼就到冬天，嘶鸣的大雁似乎都在催促着姑娘早日完成婚嫁。女子之所以有此担忧是因为在古代有一个习俗，当冬天里河水结冰的时候，就要停办婚嫁之事。

“旭日始旦。士如归妻，迨冰未泮。”天刚蒙蒙亮，旭日的光辉打在叶子的露珠上，折射出七彩的光芒。男子啊，你如果想成婚，可一定要赶在冰还未结之时啊。这一段将女子的急切表现得淋漓尽致。

“招招舟子，人涉卬否。”姑娘的等待没有白费，万顷碧波上出现了一只摆渡船，那必定是远方的归客。女为悦已者容，姑娘喜不自胜，恨不得用铜镜照照此时的容貌。船夫似乎对女子的万般焦急早有察觉，老远就开始召唤：“有人吗？快上船啊！”殊不知，这位姑娘并非要上船而是在等船。“不涉卬否，卬须我友。”听到船夫的招呼，姑娘也焦急地解释道：“我哪里是要上船啊，我是在这等我朋友呢。”

结尾“卬须我友”，女子用朋友来掩饰等待情人的真实目的，答得含蓄而巧妙，形象地表现出女子的娇羞和矜持。

《匏有苦叶》通过情境、对话、神态描写，生动再现了一名在渡口等候情人的女子焦灼而又喜悦的心情。

此诗中多种艺术手法兼用，既用赋体，也用比兴。兴中有赋，赋中有比，声里含情，鸟语传意。在短短的一首小诗里，有山有水，有人有物，诗中有画，画中有诗，情景交融，浑然一体。

等待是一个遥不可及的梦，是爱情里最考验人的难题。《匏有苦叶》中，候鸟已提早南飞，留下女子独自等待。诗中没有给出等待的结局，没有结局的结尾也许更完美，是等到了还是遥遥无期，是完美的大团圆还是“却道故人心易变”，全在读者一念之间。

◎谷风◎

习习谷风①，以阴以雨。黾勉同心②，不宜有怒。采葑采菲③，无以下体④。德音莫违，及尔同死。

行行迟迟⑤，中心有违。不远伊迩⑥，薄送我畿⑦。谁谓荼苦⑧，其甘如荠⑨。宴尔新昏⑩，如兄如弟。

泾以渭浊⑪，湜湜其沚⑫。宴尔新昏，不我屑以⑬。毋逝我梁⑭，毋发我笱⑮。我躬不阅⑯，遑恤我后⑰。

就其深矣，方之舟之⑱。就其浅矣，泳之游之。何有何亡，黾勉求之。凡民有丧，匍匐救之⑲。

不我能慉⑳，反以我为雠㉑。既阻我德㉒，贾用不售㉓。昔育恐育鞫㉔，及尔颠覆㉕。既生既育，比予于毒㉖。

我有旨蓄㉗，亦以御冬。宴尔新昏，以我御穷㉘。有洸有溃㉙，既诒我肄㉚。不念昔者，伊余来塈㉛。

【注释】

①习习：形容风声。谷风：来自山谷的风。②黾（mǐn）勉：勤勉，努力。③葑（fēng）：蔓菁，俗称大头菜，叶、根可食用。菲：萝卜。④下体：根。⑤迟迟：迟缓。⑥迩：近。⑦畿（jī）：指门槛。⑧荼（tú）：苦菜。⑨荠：荠菜。⑩宴：快乐。⑪泾、渭：河名。⑫湜（shí）湜：水清见底的样子。⑬不我屑以：不愿与我亲近。⑭梁：捕鱼水坝。⑮笱（gǒu）：鱼篓。⑯阅：容纳。⑰恤（xù）：忧，顾及。⑱方：并船。⑲匍匐：手足伏地而行，此处指尽力。⑳慉（xù）：爱惜。㉑雠（chóu）：同“仇”。㉒阻：拒绝。㉓贾（gǔ）：卖。㉔鞫（jū）：穷困。㉕颠覆：艰难，患难。㉖毒：毒虫。㉗旨：甘美。㉘御：抵挡。㉙洸（guāng）：粗暴。溃（kuì）：发怒。㉚诒：遗。肄：劳苦的活计。㉛伊：唯。来：语气助词。塈：爱。

【赏析】

“弃捐箧笥中，恩情中道绝。”班婕妤的弃妇诗道出了后宫佳丽一旦人老珠黄就如同残花败柳般被冷落的残酷现实。“但见新人笑，那闻旧人哭。”杜甫的弃妇诗言尽了花花公子见异思迁、喜新厌旧的嘴脸。而《谷风》则是一个女人遭弃后委屈的倾诉，读起来更让人寸断肝肠。

弃妇诗在《诗经》中已多有反映，如《氓》《谷风》。然而这首《谷风》与《氓》的不同之处在于：《氓》中的女主角性格刚烈，决绝果断。而《谷风》中的女主角温柔敦厚。

诗中的女主人公十分善良。从“昔育恐育鞫，及尔颠覆”一句可知：她在丈夫最困苦的时期，不离不弃，与他同甘共苦共患难，在艰难的环境下与丈夫共创家业。“何有何亡，黾勉求之。凡民有丧，匍匐救之。”无论遇到什么样的困难，女子都会想方设法去解决，不但在自家如此，她对邻里也十分热心，当别人陷入困境之时，她总是尽最大的力量去帮助他们。

《谷风》一诗，如泣如诉地表达了女子心中的委屈，字里行间流露出女子渴望丈夫同情自己的心情：女子希望丈夫看到她昔日的好，能够回心转意。

全诗共分六章，“习习谷风，以阴以雨”，开篇便以大风和阴雨起兴，以此来喻指丈夫经常无故发怒。妻子倾吐着：我与你同甘共苦数载，可谓是患难夫妻，你怎么能对我说打就打说骂就骂呢？紧接着一句“采葑采菲，无以下体”，以蔓菁萝卜的根茎被弃，来暗示丈夫喜新厌旧，控诉他将曾经相伴

生死的誓言全都抛在脑后。

有句俗语叫“对比产生美”，然而在此处却是“对比才见哀”。这边新婚燕尔，那边却把结发妻子赶出家门，就像《红楼梦》里面宝玉与宝钗洞房花烛夜，黛玉一人“焚稿断痴情”，让人不胜怜惜。

这首诗正是由此情境切入，非常巧妙地抓住了反映这一出人生悲剧的最佳契机，从而为整首诗的抒情展开奠定了基础。新婚燕尔的丈夫连与妻子最后的分别都不出门相送，实在吝啬得可以。“谁谓荼苦”，常言道，苦菜最苦，如今看来，这点苦跟眼前的凄惨相比，根本算不了什么。“不远伊迩，薄送我畿”两句，满是绝情和冷淡，与“宴尔新婚，不我屑以”形成了一种高度鲜明的对比，更突出了被弃之人的愁苦，将哀怨的气氛渲染得更加浓烈。

丈夫的背信弃义让这个善良多情的女子陷入痛苦，久久地沉溺于往事旧情而无法自拔。她无法忍受凄惨的现实，更不能以平常之心来接受这一现实，这一铭心刻骨的伤痛，让她久久不能释怀。

《谷风》揭示了古代女子在婚姻中地位，她们无非就是男子的牺牲品，耗尽了容颜心血，到头来依旧落得个被抛弃的结局。诗的开篇对风雨交加的环境描写，创造出一种悲剧性的艺术氛围，给全诗定下了悲哀的感情基调，使读者从一开始就沉浸在这种感伤的阅读情绪之中。从首章的“黾勉同心，不宜有怒”“德音莫违，及尔同死”，到最后“不念昔者，伊余来塈”。全诗一唱三叹、反复吟诵，表现弃妇的烦乱心绪和伤心绝望。

全诗所用比兴不仅生动形象，而且极质朴自然，毫不矫揉造作。“泾以渭浊，湜湜其沚”，是指泾水因渭水混入而变浊，但底部仍旧清澈，诗人以此来比喻女子被丈夫指责却毫不动摇的清白；“我有旨蓄”，女子把自己往日的辛劳比作御冬的“旨蓄”，控诉丈夫“以我御穷”。诗中妻子的口气近乎哀求，或许她仍在期盼事情还有回旋的余地。显然，这种想法是天真而愚蠢的，让人读后有“怒其不争，哀其不幸”之感。

◎式微◎

式微式微①，胡不归？微君之故②，胡为乎中露③！
式微式微，胡不归？微君之躬④，胡为乎泥中！

【注释】

①式：语气助词。微：（日光）衰微，黄昏或曰天黑。②微：非。③中露：即露中，露水之中。倒文以协韵。④躬：身体。

【赏析】

《式微》让人联想起《采薇》。《式微》开篇的“式微式微”与《采薇》开篇的“采薇采薇”，句式相似，语音相近，有异曲同工之妙。但两者在内容和主旨上却截然不同。《采薇》中的“薇”却是一种野生的薇菜。而《式微》一诗中，“微”是衰微的意思。“式微”原来指国家或世族衰落，后也泛指事物的衰落。

《式微》的主旨，大致有三种可供参考：

一、黎侯被狄国驱逐，他无处安家便流亡在卫国，寄人篱下。这首诗正是他的子民劝说他回到祖国的篇章。

二、卫侯的女儿嫁给了黎国的庄公，哪曾想被娶过门之后做的不是正妻而是小妾。国人同情她，劝她回来，可她秉承妇道，忠贞不贰，将余生都奉献给庄公。于是她作此诗以表心志。

三、这是苦于劳役的人所发的怨声。

历代学者赞同第三种观点，认为这个解释最贴切诗意。

在流传后世的过程中，《式微》不断被赋予新的意义。从情诗的角度来看，可以将这首诗理解为：女主人公留在异国他乡，满怀抑郁、幽怨难诉，因为她的付出难以得到回报。但她并没有选择背叛，靠着心中那一丝爱恋的支撑，决定了自己的人生路：生是君王的人，死是君王的鬼。

从《毛诗序》的说法“劝归”入手，又可看到另一番天地。《式微》常被后代隐逸之士用于表白意欲归隐的心迹。隐士们在“归”字上大做文章，表现自己返璞归真、归隐山林，远离城市喧嚣的愿望。

开篇设问，引起读者的阅读兴趣：夜的帷幕拉开了，天色已晚，为什么还不回家呢？接下来，诗人给出了回答：“微君之故，胡为乎中露！”之所以还不回家，是因为要为了君主的事情奔忙。为了他们的华贵生活，底层的劳动者终日不辞辛苦地劳作，迎着清晨的露水，始终如一，不敢有丝毫懈怠。

“式微式微，胡不归？”下一章重复第一章的设问，再次提问：天色已晚，为什么还不回家呢？“微君之躬，胡为乎泥中”，为了养活君主，躬行为奴的誓言，履行顺从的责任，不得不这样奔波劳作。

全诗短小精悍。寥寥几笔，描绘了受压迫、受奴役的人们困难的处境，同时还宛转表达了对统治者的不满和控诉。全诗的点睛之处在于艺术手法的运用，这首诗有两个特点，一是运用设问，二是强调韵脚。

首先，来看设问的运用。“式微式微，胡不归”，根据下文可知，这一问句并不是有疑而问，而是明知故问。这样做更能引起读者的注意，让读者产生一探究竟的阅读欲望。整首诗是写主人公遭受统治者的奴役和压迫，不分昼夜地辛勤劳作，贪黑起早，苦不堪言的现状，如果直言这一主题，便会显得单调。因此诗人通过这种无疑之处设疑的方法，使诗篇显得更有跌宕的情致。

其次，是韵脚的处理。这首诗十分押韵，每章换韵，句句用韵，而且全诗回环往复，只在个别字上稍做改动，使全诗节奏紧凑，引人入胜。所以方玉润评此诗：“语浅意深，中藏无限义理，未许粗心人鲁莽读过。”（《诗经原始》）

◎旄丘◎

旄丘之葛兮①，何诞之节兮②？叔兮伯兮③，何多日也？

何其处也？必有与也。何其久也？必有以也。

狐裘蒙戎④，匪车不东⑤。叔兮伯兮，靡所与同⑥。

琐兮尾兮⑦，流离之子。叔兮伯兮，褎如充耳⑧。

【注释】

①旄（máo）丘：前高后低的土山。②诞：延，长。③叔伯：此处指卫国诸臣。④蒙戎：蓬松，散乱。⑤匪：同“非”。⑥靡：没有。⑦琐：细小。尾：卑微。⑧褎（yòu）：耸。充耳：塞耳。

【赏析】

《旄丘》是《式微》的姊妹篇。关于《旄丘》一诗的主旨，历来众说纷纭。从诗作内容来看，这首诗应是黎国的臣子斥责卫国所作的诗篇。

《旄丘》一诗秉承了《诗经》的一贯体式：四言四句。《诗经传说汇纂》中对《旄丘》一诗评价说：“一章怪之，二章疑之，三章微讽之，四章直责之。”这段文字形象而准确地点出了这首诗层层推进的感情发展过程。《旄丘》结构清晰，将对比、比兴、铺陈穿插使用，手法巧妙。诗人并没有刻意点染，但黎臣的凄凉哀婉却显露无遗，无愧陈震《读诗识小录》中“前半哀音曼响，后半变徽流商”的不俗

评价。

“旄丘之葛兮，何诞之节兮”两句，描写旄丘上长满了密密麻麻的藤蔓，相互缠绕，一直向更远处延伸。首章是《诗经》惯用的起兴手法，为下文的抒情埋下伏笔。“叔兮伯兮，何多日也？”卫国的臣子啊，已经这么多天都过去了，你们到底还在等什么？这一句写出了黎国臣子的急迫心情，他们翘首以盼，等待卫国的援军，然而这一微弱的希望始终没有实现。黎臣们眼睁睁地看着藤蔓越爬越高，感受着时间一分一秒流逝，不由得心急如焚。

第二章紧承上章“何多日也”而来，环环相扣，结构严谨。“何其处也？必有与也。何其久也？必有以也。”此处与《式微》亦有相通之处，运用自问自答的方式解释这种无人救援的现状：为何在此地滞留的时间如此之长？想必一定是有什么人陪伴吧。为何在此地滞留时间如此之久？看来一定是有什么原因吧。卫国迟迟不肯发兵，黎国臣子却没有心生抱怨，而是将心比心地去分析援兵未到的原因，字里行间流露出一股深婉的宽厚，同时也有一丝无能为力的苦涩。

第三章感情色彩稍有变化，“狐裘蒙戎，匪车不东。叔兮伯兮，靡所与同”，叙述中已暗含讽意。这一章仍是以黎国臣子的口吻叙述：我方已经渐渐败下阵来，狐裘也被打得七零八散，你们的车子怎么还不来？卫国的臣子啊，我们所经历的苦难，你们没法感同身受。“狐裘蒙戎”紧扣上两章，通过眼前破败的景象，点出自己等待已久的事实。根据“匪车不东”可知，黎臣已经察觉到卫国无心救援，因此这里用暗讽的笔触状写凄凉。

第四章最突出的特点就是赋法的运用。这一章呼应整首诗的主旨，对卫国直接进行痛斥和批驳。“琐兮尾兮，流离之子。叔兮伯兮，褎如充耳”四句，很直接地铺叙了黎臣的处境。这四句还运用了对比的写作手法：我们黎国是小国，自然没有卫国尊贵。我们这些人，身份卑微低贱，就像无家可归的鸟儿。卫国的臣子啊，你们在一旁冷眼观之，目能视而不看，耳能听而不闻，真是叫人心生怨恨。对比手法的运用，更能突出黎国人民无家可归、寄人篱下的惨状，同时也凸显出卫国人袖手旁观的傲慢姿态。

◎简兮◎

简兮简兮①，方将万舞②。日之方中，在前上处③。
硕人俣俣④，公庭万舞。有力如虎，执辔如组⑤。
左手执籥⑥，右手秉翟⑦。赫如渥赭⑧，公言锡爵⑨。
山有榛⑩，隰有苓⑪。云谁之思，西方美人。彼美人兮，西方之人兮。

【注释】

①简：威武。②方将：将要。万舞：一种舞蹈形式。③在前上处：前列的第一个。此处指舞列的第一名。④硕：硕大。俣（yǔ）俣：魁梧健美。⑤辔：马缰绳。组：丝织的宽带子。⑥籥（yuè）：古乐器。⑦翟（dí）：野鸡尾巴上的羽毛。⑧赫（hè）：红色。渥（wò）：厚。赭（zhě）：赤褐色。⑨锡：赐。爵：青铜制酒器，用来温酒和盛酒。⑩榛（zhēn）：榛树，落叶灌木。花黄褐色，果实叫榛子，果皮坚硬，果肉可食。⑪隰（xí）：湿地。苓（líng）：一种苦药。

【赏析】

《简兮》看上去像一首歌的名字。兮是语气助词，常用在句尾补充音节，念起来有种歌曲般咿咿呀呀的感觉。

实际上，这首诗的确跟歌曲小有关系。全诗以旁观者的身份对一位舞蹈者进行由衷的赞扬。细读此诗，可推测旁观者是一位文静淡雅、有素质、有修养的女子，她看到了一位高大魁梧、英俊潇洒的男子翩翩起舞，不由得欣喜万分，赞叹不已。

“简兮简兮，方将万舞。日之方中，在前上处。”伴着时而急促如雨，时而稳如撞钟的鼓声，一场盛大的舞蹈演出马上就要开始，此时正值晌午时分，太阳刚好盖过头顶，而他在众多舞者当中脱颖而出，显得那么鹤立鸡群。

“硕人俣俣，公庭万舞。有力如虎，执辔如组。”他生得硕大魁梧，体态健美匀称，这时他来到公庭开始跳起万舞，他如猛虎下山力大无比，手里紧紧地抓着一根缰绳，一前一后像在织布。

“左手执龠，右手秉翟。赫如渥赭，公言锡爵。”此时，鼓点紧张急促，他左手挥舞着三孔笛，右手拿着野鸡的尾羽，两者交织在一起上下翻飞。不知是跳得累了还是心情太激动，只见他脸色红润如赭土一般，公爷看得也起劲，便上前赏酒一杯。

“山有榛，隰有苓。云谁之思，西方美人。彼美人兮，西方之人兮。”高高的山上榛树重生，地势低洼的湿地常常生长着苦苓。这曼妙的一切究竟为了谁所造？到底有谁值得我这样魂牵梦萦？原来是西方的美人，千山万水相阻隔，远在西方的美人好生让我牵肠挂肚。

此诗结构较另辟蹊径，独具一格。前三章不用起兴，直接描绘，而在最后一章却用比兴寄托自己的相思之情。“山有榛，隰有苓”，以树喻男子，以草喻女子，引出“云谁之思，西方美人”，舞者已离去，但因舞者而产生的思念却没有因此而中断，舞者风度翩翩的样子早已深深刻在女子的心中。百般的欣赏千般的敬佩化作了万般的爱慕。全诗按照事情发展的顺序进行叙述，脉络清晰，让读者一目了然。

实际上，《简兮》一诗，存在多种解说。《毛诗序》和朱熹《诗集传》都认为这首诗的主旨是讽刺卫王荒淫无道，治国无方，不能任贤授能、亲贤臣远小人，反而养虎为患，使贤者居于伶官之位。这一观点使多数人信服。不过，在今人的研究中，又出现了新的解释。有人认为这是描写舞女辛酸生活的诗歌，有人认为是讽喻卫庄公沉湎声色的作品，还有人认为这是一首卫国宫廷女子赞美、爱慕舞师的诗歌。从以上对诗歌内容的分析来看，最后一种观点较为贴切。当然也不用否定其他定论，可以说每一个猜测都有它存在的价值。

◎泉水◎

毖彼泉水[1]，亦流于淇[2]。有怀于卫，靡日不思。娈彼诸姬[3]，聊与之谋[4]。

出宿于泲[5]，饮饯于祢[6]。女子有行[7]，远父母兄弟，问我诸姑，遂及伯姊。

出宿于干，饮饯于言[8]。载脂载舝[9]，还车言迈[10]。遄臻于卫[11]，不瑕有害⑫。

我思肥泉⑬，兹之永叹。思须与漕⑭，我心悠悠⑮。驾言出游，以写我忧⑯。

【注释】

①毖（bì）：泉水涌流的样子。②淇：淇水，卫国河名。③娈（luán）：美好的样子。诸姬：指卫国的同姓之女，卫国的国君姓姬。④聊：姑且。⑤泲（jǐ）：古地名。⑥饯（jiàn）：以酒送行。祢（nǐ）：古地名，今山东菏泽西。⑦行：指女子出嫁。⑧干、言：均为卫国地名。⑨脂：涂车轴的油脂。舝（xiá）：车轴两头的金属键。⑩迈：远行。⑪遄（chuán）：疾速。臻：至。⑫瑕：何。⑬肥泉：地名。⑭须、漕：皆为卫国的城邑。⑮悠悠：忧愁深长。⑯写：宣泄，排除。

【赏析】

《泉水》是一首凄婉悱恻的思归诗。诗中的女主角远嫁他乡，离开祖国卫国，但是她的心一刻也没有离开过自己的国家，终日魂牵梦绕。但如今故国人事变故，想回国探视却多有不便，所以她的内心焦急难耐，只好作诗聊遣心绪。

全诗一共四章，每章六句。首章一、二句起兴，以泉水日夜奔流比喻自己的思乡之情生生不息。三、四句直言本事：虽然远嫁，但是无日无夜不思念卫国。二、三章以幻写真，回忆曾经出嫁的场面和日夜幻想祖国现在的模样。第四章由梦境回到现实，物是人非，更添一番无穷无尽的离愁。

“毖彼泉水，亦流于淇。”开篇就用泉水流入淇水起兴，道出女子归思的念头。这两句与《邶风·柏舟》首二句“汎彼柏舟，亦汎其流”有异曲同工之妙，都用流水兴起情思，文意婉转，情致深切。

“有怀于卫，靡日不思。”想念祖国之情引起伤怀之心，不知道远方的卫人，你们现在在做些什么，我在这里无日不思念着你们。

“娈彼诸姬，聊与之谋。”不能亲自回家去探望你们，多么希望能把所有的心事摊出来与美丽的同族姐妹聊。一腔苦衷，想向你们倾诉，希望你们能够为我出个主意，即便无济于事，也能够解一解胸中的苦闷。

“出宿于泲，饮饯于祢。女子有行，远父母兄弟，问我诸姑，遂及伯姊”是对昔日婚嫁场面的描述。出嫁时由于路途遥远，半路只能宿营于济水，胞族在祢地为我设宴饯行。女孩子出嫁他乡，远离了父母兄弟。孤苦伶仃，很想回家问候各位长辈和堂姐堂妹们。

第三章重复第二章的格式，“出宿于干，饮饯于言。载脂载舝，还车言迈。遄臻于卫，不瑕有害”形成回环往复的效果，也是对第一章的衔接。文章直抒胸臆，表达自己对卫国真挚的怀念。这一章与第二章不同，是对归宁之途的想象。一行人出行宿营于干地，在言地设宴，随后检查车轴准备行驾，逗留片刻之后就掉转车头向卫行。疾驰轻车一路无阻回到祖国，在想象中似乎不会有什么阻碍，但在现实中却不可能实现。

全诗是凭空杜撰，以幻写真，寄托了女主人公深切的思念，诗歌的感情也因此变得曲折起伏。

“我思肥泉，兹之永叹。思须与漕，我心悠悠。驾言出游，以写我忧。”回忆起故国的肥泉，愈发勾起我的思乡情怀，一想到须邑、漕邑，我就满怀忧郁。但是因为种种原因我不能回家探看，只好驾车出游，消解心头忧愁。正如杜甫所说“露从今夜白，月是故乡明。”故乡的一草一木总能勾起我们的无限遐思。泉水叮咚，是寂寞、是离愁、别是一番滋味流入思乡人心中。

◎北门◎

出自北门，忧心殷殷①。终窭且贫②，莫知我艰。已焉哉！天实为之，谓之何哉③！

王事适我[④]，政事一埤益我[⑤]。我入自外，室人交徧謫我[⑥]。已焉哉！天实为之，谓之何哉！

王事敦我[⑦]，政事一埤遗我[⑧]。我入自外，室人交徧摧我[⑨]。已焉哉！天实为之，谓之何哉！

【注释】

①殷殷：十分忧伤。②终：既。窭（jù）：贫寒，艰窘。③谓：奈何不得。④王事：王家之事，此处指有关王室的事务。适（zhì）：派。⑤政事：公家的事。埤（pí）益：增加。⑥謫（zhé）：谴责。⑦敦：逼迫。⑧埤遗：同“埤益”。⑨摧：讥讽，讽刺。

【赏析】

《北门》是一首怨诗，是一个位卑任重、处境困顿的小官吏的怨愤。这位小吏公事繁忙，终日辛劳却不受重视，也没有加官晋爵的希望可言，这一腔苦闷无处诉说，只能一个人在路上发牢骚，埋怨这不公平的生活。

诗中的小官吏公事繁重苛细，而上司不但不体谅他，还一味给他加派任务，使他难以承受。辛辛苦苦而位卑禄薄，难怪他志不得伸，牢骚满腹。朱熹《诗集传》评此诗：“卫之贤者处乱世，事暗君，不得其志，故因出北门而赋以自比。又叹其贫窭，人莫知之，而归之于天也。”这个评语真可谓一针见血。

全诗以这位小官吏的口吻叙述，情感真切。“出自北门，忧心殷殷。终窭且贫，莫知我艰。”我从北门出城，一路上烦闷不已，陷在忧伤之中无法自拔。我的生活既困窘又贫寒，没人知道我的艰难。“已焉哉！天实为之，谓之何哉！”事已至此，我又能怨得了谁呢？或许一切都是老天的安排，我能有什么办法！

“王事适我，政事一埤益我。”王家有差事又派给我做，衙门的公务也日益增加。“我入自外，室人交徧謫我。”我从外面一天到晚辛勤忙碌，回到家，家人却纷纷责备我。责备我不顾家，骂我俸禄少。“已焉哉！天实为之，谓之何哉！”事已至此，一切都是老天的安排，我还能有什么办法。

“王事敦我，政事一埤遗我。”王家有事务逼迫我去做，我纵使有千般的顾虑也要硬着头皮去接受。“我入自外，室人交徧摧我。”从外面回到家中，家人不但不理解我，反而讥讽我，嘲笑我。“已焉哉！天实为之，谓之何哉！”事已至此，算了吧，什么也不要追究了，一切都是命，都是天命。

全诗纯用赋法，直言铺叙描绘客观事物，爽朗而通畅。从首句的“出自北门”到后来的“我入自外”全诗按照事情发展的顺序进行，让读者知晓整件事情的来龙去脉，让人一目了然。诗中连用数个“我”字，感情色彩极其浓烈。整首诗主观色彩强烈，直言心声，一下子就拉近了与读者的距离。

每章末尾“已焉哉，天实为之，谓之何哉”三句重复使用，有一唱三叹的效果。表面看来，官吏将自己所遭受的困厄归因于天，不敢对这种现状做任何反抗和辩驳。但实际上，这三句正是悲愤的心情无以复加的表现。这种表达方式与“不怒反笑”的意思相近，笑并非怒气的消解，实是已怒至极点，无从表达。此处，小官吏身负不平命运，愤然至极，只好三叹天命，表达自己的无能为力。

◎北风◎

北风其凉，雨雪其雱[①]。惠而好我[②]，携手同行。其虚其邪[③]，既亟只且[④]。

北风其喈[⑤]，雨雪其霏[⑥]。惠而好我，携手同归[⑦]。其虚其邪，既亟只且。

莫赤匪狐[⑧]，莫黑匪乌。惠而好我，携手同车。其虚其邪，既亟只且。

【注释】

①雨（yù）雪：下雪。雨作动词用。雱（páng）：雪下得很大的样子。②惠而：爱好。③虚邪：徐缓。④亟：急迫。⑤喈（jiē）：通“湝”，寒凉。⑥霏（fēi）：雨雪纷飞。⑦同归：一起到较好的他国去。⑧莫赤匪狐：没有不红的狐狸。

【赏析】

“风雪夜归人”是冰天雪地里的一丝温暖，“风雪急逃亡”则是寒冷里的慌乱和匆忙。《北风》一诗构建的风雪世界，属于后者，仅有凄惶的萧索，没有丝毫美感：放眼望去，破落的车队在泥泞的路上走走停停，北风刺骨，吹乱了车帷和须发，大雪纷纷，遮盖了本就辨识不出的道路。车中之人，既不是久征沙场的战士，也不是终日辛劳的农人，而是一批锦衣玉食、整日舞文弄墨的贵族。

《北风》描写了这样一种情景：卫国行威虐之政，贤人预见危机，相约避乱。这是一首反映贵族逃亡的诗：“既亟只且”，紧急的局势一触即发，“莫赤匪狐，莫黑匪乌”，凄凉的环境如影随形，让人悚然心惊。短短数十字，逃亡者内心的焦灼和痛苦，跃然纸上，纤毫毕现。无怪朱熹《诗集传》中说此诗“气象愁惨”。

《诗经》历来擅长渲染情感，其一唱三叹、回环复沓的章法，最能感染读者的情绪，使诗作的内蕴得到有力的彰显。《北风》共三章，前两章内容基本相同，反复诉说，使情感叠加于字里行间。其中只改了三个字，每次改变，都是从不同角度的追加，最终使情感得到全面的张扬。

把“北风其凉”改为“北风其喈”，不断地强调北风的寒意。不仅“凉”而且“喈”，刚才是凉，现在是既寒且凉，加深了“凉”的程度，充分表现出逃奔者身心俱寒的景状。把“雨雪其雱”改为“雨雪其霏”，前者纷然飞扬，后者密集飘落，从不同角度极力渲染雪势的盛大。把“携手同行”改为“携手同归”，强调逃离的意向，也体现出贵族们对目的地的渴望：把去处当成了家，不是“去”，而是“归”，从而反衬逃亡前的无归属感和对原地的恐惧心境。

这种结构和手法产生了强烈的艺术效果，好似逃亡者在途中不停地念叨同一句话，一方面催促自己奔逃的节奏，另一方面也能分散注意力，舒缓自己紧绷的神经。

诗作各章末二句相同，“其虚其邪”，虚邪，即舒徐，为叠韵词，加上二个“其”字，语气更加缓和，形象地表现逃亡者委蛇退让、徘徊不前之状。“既亟只且”，“只且”为语助词，语气较为急促，加强了局势的紧迫感。一个又冷又怕、哆嗦不已、慌忙赶路的逃亡者形象，和一条覆盖积雪、曲折坎坷、又细又长而看不到终点的山间小路形象，呼之欲出。

当时的虐政如风雪般密而不透、寒凉无比，让人无法承受，只得迁徙逃亡。行程过程中的北风与风雪，既是对下文的起兴，也是逃亡者对现今生活的概括，象征着奔逃过程的艰辛和走不出严寒的痛苦，表现出逃亡者脱离苦厄的艰难和逃亡途中心态的焦急不安。

深一步细想，在逃亡途中，真的只有严寒和崎岖吗？赤狐和黑乌，是路边的动物，还是阻遏前进的追兵？如果用它们来隐喻追兵的话，逃亡的环境，就不仅仅是艰辛，还充满了凶险。这群寻找乐土的贵族，也就有了几分悲壮感，让人禁不住产生疑问：是什么让这一群贵族誓死也要离开？这种比中有兴的手法，使诗句更加耐人玩味，也使作品具有更多层的解读可能性和更深刻的意旨。

◎静女◎

静女其姝①，俟我于城隅②。爱而不见③，搔首踟蹰④。
静女其娈⑤，贻我彤管⑥。彤管有炜⑦，说怿女美⑧。
自牧归荑⑨，洵美且异⑩。匪女之为美，美人之贻。

【注释】

①静女：贞静娴雅之女。朱熹《诗集传》："静者，闲雅之意。"姝（shū）：美好。②俟（sì）：等待。城隅（yú）：城角隐蔽处。③爱而：隐蔽的样子。④踟蹰（chí chú）：徘徊不定。⑤娈：面目姣好。⑥贻（yí）：赠。彤管：指红管草。⑦炜（wěi）：盛明的样子，有光彩。⑧说怿（yuè yì）：即"悦怿"，喜悦。⑨牧：野外。荑（tí）：初生的白茅，象征婚媾。⑩洵（xún）：实在，诚然。异：特殊。

【赏析】

爱是一种抽象的概念，它看不见抓不着，而《静女》将这种抽象的情感具体化，让爱真真切切地存在于人们眼前。《静女》一诗历来备受关注，因为它美，且美得别有风韵。不仅文字熠熠生辉，诗中的女子亦文静美好，令人神往。

"静女其姝，俟我于城隅。爱而不见，搔首踟蹰。"由此句可知，这首诗以一个男子的口吻叙述，他对恋人的外貌极尽赞美，对她待自己的情意极尽宣扬，可看出他的喜悦心情，仿佛在向世界昭告，有一个美丽的女子在等待他。他迫不及待地早早赶到约会地点，四处张望，但是前面似乎有什么树木房舍之类的东西挡住了他的视线。于是他抓耳挠腮，焦急难耐，在原地来回徘徊。"搔首踟蹰"一句，通过动作描写形象细腻地传达出人物的心理状态，刻画出男子的痴情。

"静女其娈，贻我彤管。彤管有炜，说怿女美。"小伙子站在那里等着，心中开始回忆起两人的甜蜜过往。他想起心爱的女孩送给他的彤管，这个礼物精美至极，色泽鲜艳，一如姑娘的容颜。所以小伙子对它爱不释手。

第三章是全诗情感的巅峰之处。"自牧归荑，洵美且异。匪女之为美，美人之贻。"这个有心的女孩从牧场归来时，采摘了一株荑草送给男子。男子认为它比彤管还要珍贵，因为他知道这是女孩跋涉远处郊野亲手采来的，所以他把这株普通荑草看得"洵美且异"。

《静女》一、二两章都以"静女"开头，首章"其姝"，次章"其娈"，一字之差，含义自然也有所区别。第三章则与一、二章完全不同，由此，这首诗既不乏节奏感和音乐美，同时也有较大的内容含量和表现力。

这首诗在艺术上最显著的特点是采用直陈其事的"赋"的手法。这一手法的运用使这首简短的诗能用最洗练的字句，描写出约会的进程，既有地点、人物、情境的描绘，又有回忆和心理活动的叠加。

《静女》一诗语言清新活泼，生动有趣。无论是男子欣喜若狂、满脸爱意的神态，还是女子姣好的容貌和活泼可爱的性格，都如在目前，使它无愧享有"写形写神之妙"（陈震《读诗识小录》）的美誉。

◎新台①◎

新台有泚②，河水弥弥③。燕婉之求④，籧篨不鲜⑤。
新台有洒⑥，河水浼浼⑦。燕婉之求，籧篨不殄⑧。
鱼网之设，鸿则离之⑨。燕婉之求，得此戚施⑩。

【注释】

①新台：卫宣公替世子伋娶齐女，听说齐女漂亮，就在河边筑一座新台，把齐女给自己娶来，称为宣姜。②有泚（cǐ）：很鲜明的样子。③河水：此处指黄河。浼（mǐ）浼：大水茫茫。④燕婉：安乐、美好。⑤籧篨（qú chú）：蛤蟆。鲜：善。⑥有洒（cuǐ）：高峻。⑦浼（měi）浼：水满的样子。⑧殄（tiǎn）：和善。⑨鸿：指蛤蟆。离：通“罹”，罹难，遭受。⑩戚施：驼背的人。这里指蛤蟆。

【赏析】

《新台》是卫国民间流传的一篇意味深刻、脍炙人口的讽刺诗。《毛诗序》曰：“《新台》，刺卫宣公也。纳伋之妻，筑新台于河上而要之。国人恶之，而作是诗也。”意思是说：《新台》一诗讽刺卫宣公纳儿子之妻，搭建新台截住新娘子，以求抱得美人归。举国上下都看不惯他这种不知廉耻的行为，于是编了这首歌暴露他丑恶的行径。

《新台》实质上揭示了封建道德的虚伪性。统治者要求百姓遵从礼教，自己却寡廉鲜耻；要求百姓规规矩矩，自己却为所欲为。卫宣公即是一个典型的例子，人们正是要借着这种现象批判荒淫无度、治国无方的统治者，表达自己愤愤不平的心情。

“新台有泚，河水浼浼”和“新台有洒，河水浼浼”是兴语，但兴中有赋：卫宣公垂涎于未婚的儿媳妇，便造了“新台”，以显示他做这件事的合法性。但无论怎样，好事不出门，坏事传千里，越想掩盖不轨的动机，就越是欲盖弥彰。

“燕婉之求，籧篨不鲜。”可人儿原本遇上了一个好夫婿，谁料到，最终嫁的却是一个糟老头。“燕婉之求，籧篨不殄。”意义与前一句相近。嫁给一国之君是事实，可是地位再高又有什么用？这两章用反衬和讽刺的手法极言卫宣公不知廉耻的行为，令人不禁为这个女子鸣不平，本来嫁的是儿子，却进了公公的虎口，真是一朵鲜花插在了牛粪上，倒霉至极。

“鱼网之设，鸿则离之。燕婉之求，得此戚施。”织好了一张渔网准备去捕鱼，到河边做了一番准备之后开始打鱼，哪想到这一网上来没抓到鱼抓到的却是一只蛤蟆，正如貌美如花的新娘本想嫁个美少年，最终却遇到了一个驼背的丑丈夫一样。

全诗的语言从头到尾犀利尖酸，一讽到底。新台是美的，但遮不住卫宣公的丑陋行为。反衬的修辞方法，使文章的讽刺意味更加浓厚深刻，也使得诗句所描写的人物和事件达到美愈美，则丑愈丑的境界。

《新台》以第三者的身份叙述整个事件的全过程，以一个旁观者的身份进行褒贬。人们抱着强烈的讥刺与憎恶之情，反复用籧篨这种丑陋的动物，来烘托女主人公对婚姻的美好期待和期待落空的悲哀与不幸。对这种强烈落差的反复摹写，体现出诗人对女主人公的同情。

◎二子乘舟◎

二子乘舟，泛泛其景①。愿言思子②，中心养养③。
二子乘舟，泛泛其逝。愿言思子，不瑕有害④。

【注释】

①泛泛：飘荡的样子。景：通“憬”，远行。②愿：思念。③养（yáng）养：心神不定，烦躁不安。④不瑕：不无，是疑惑、揣测之词。

【赏析】

“李白乘舟将欲行，忽闻岸上踏歌声，桃花潭水深千尺，不及汪伦送我情。”一曲《江边送别》奏响千年友谊的乐章。

“劝君更进一杯酒，西出阳关无故人。”一杯酒饱含牵挂与珍重。

“海内存知己，天涯若比邻。”一句祝福涵盖所有离别的情怀。

送别诗是中国诗歌史上不容忽视的存在，追源溯流，可从《诗经》中略窥一二。《二子乘舟》便是一首动情的送别之诗。

“二子乘舟，泛泛其景”，两句点出送别地点发生在河边。两位年轻人拜别了亲友登上小船，在浩渺的河上飘飘远去，只留下一个零星小点，画面由近而远。“泛泛”二字形象地描绘出波光粼粼的场景。

“愿言思子，中心养养。”送行的一行人在岸边伫立，久久不肯离去。骋目远望，悠悠无限思念之情。此处直抒送行者的留恋牵挂之情，更将送别的匆忙和难分难舍表现得淋漓尽致。

“二子乘舟，泛泛其逝。”两位年轻人所乘之舟，早已在蓝天之下、长河之中逐渐远去，送行者却还痴痴站在河岸上远望。“愿言思子，不瑕有害。”当两个年轻人离去后，送行之人千丝万缕的离愁别绪和惦念纷然涌上心头。他目不转睛地注视远方，却只看见无垠的波浪。这些波浪正如人生旅途上未知的挫折和荆棘。远去的人儿啊，不知你们能不能顺利渡过艰险，披荆斩棘，乘风破浪？这两句，是用祈祷的方式，传达情感上的递进和转折，恐怕只有亲人、朋友、爱人才会真正如此设身处地地惦念他们。在这割舍不断的牵念中，很自然地浮起忧思和对未来的担忧。

整首诗景象相同、地点相同，而情感却由浅到深。正因为有了这种回环复沓的手法，才使诗显得更加蕴蓄深沉。

此诗的写作背景，据《毛诗序》分析：“《二子乘舟》，思伋、寿也。卫宣公之二子，争相为死，国人伤而思之，作是诗也。”伋和寿是卫宣公的两个儿子，伋便是《新台》一诗中被父亲卫宣公抢走妻子的少年，寿是卫宣公与这位女子生下的儿子。寿的兄弟朔与其母密谋，恳请卫宣公派伋出使齐国，准备在出使途中杀掉伋。寿得知后，劝伋逃走，伋不听，他便偷了伋的符节，先行出发，代替伋被杀了。伋后来也被杀害，举国百姓为此伤心不已，便作此诗来纪念二人。

而现代学者闻一多先生则猜测这首诗“似母念子之词”（《风诗类钞》），也有学者认为这是一位父亲送别“二子”之作，所有解说大体相似。将它视为临别妻子送夫、朋友送友人的诗，恐怕也无可厚非。毕竟送别的主旨没有改变。

血浓于水，兄弟情深。不管二子“争相为死”的说法到底是真是假，毋庸置疑的是全诗依依惜别的深情，永远感动着后人。

周公

周公制礼作乐，制定和推行了一套维护君臣宗法和上下等级的典章制度。确立嫡长子继承制，同时把其他庶子分封为诸侯、卿大夫，这是礼乐制度的核心，孔子一生所追求的就是这种有秩序的社会，影响了后世几千年。

周文王姬昌　正妃太姒

生子十人（即嫡子，依长幼论尊卑）

长子姬考（伯邑考）	早卒
次子姬发（周武王）	建立西周
三子姬鲜（管叔鲜）	封于管
四子姬旦（周公旦）	封于鲁
五子姬度（蔡叔度）	封于蔡
六子姬振铎（曹叔振铎）	封于曹
七子姬武（郕叔武）	封于郕
八子姬处（霍叔处）	封于霍
九子姬封（卫康叔）	封于卫
幼子姬载（冉季载）	封于冉

汉初思想家贾谊评价周公旦曰：“文王有大德而功未就，武王有大功而治未成。”周公集大德大功大治于一身。孔子之前，黄帝之后，于中国有大关系者，周公一人而已。

周公小档案

姓名：姬姓，名旦。

别称：周公、周公旦。

生卒：不详。

职业：政治家、军事家。

封地：鲁。

成就：平三监，制礼乐，建成周。

周公辅成王

周公先后辅助周武王灭商、周成王治国，平定三监之乱后，大行封建，营建成周（洛邑），制礼作乐，还政成王，在巩固与发展西周统治上起了关键作用，对中国历史的发展产生了深远影响。

鄘风

◎柏舟◎

汎彼柏舟，在彼中河。髧彼两髦[①]，实维我仪[②]。之死矢靡它[③]！母也天只[④]，不谅人只[⑤]！

汎彼柏舟，在彼河侧。髧彼两髦，实维我特[⑥]。之死矢靡慝[⑦]！母也天只，不谅人只！

【注释】

①髧（dàn）：头发下垂的样子。两髦（máo）：古代男子未行冠礼前，头发齐眉，分向两边的样式。②仪：配偶。③之：到。矢：誓。靡：无。④只：语气助词。⑤谅：相信。⑥特：与上文的“仪”同义。⑦慝（tè）：改变。

【赏析】

《诗经》中有很多反映婚恋爱情的诗篇，《鄘风·柏舟》就是其中较为有特色的一篇。与《诗经》中大多数描写爱情的纯真与唯美的诗相比，这首诗的不同之处在于，它反映了《诗经》时代民间婚恋的状况。在那个年代，人们仍享有一定的爱情自由，原始的婚俗仍占有一定地位；但是，正如《诗经》中所体现出来的那样：“取妻如之何？必告父母”“取妻如之何？匪媒不得”（《齐风·南山》），烦琐的礼教已侵入人们的生活。因此青年男女为了争取婚恋自由而产生的反抗意识，开始在《诗经》中显示出独特的艺术魅力。

诗的第一章以柏舟起兴：那飘荡的柏舟，就在水中央。舟上垂发的男子，是我心仪的爱人，我对他的感情至死不渝！母亲啊，苍天，为什么你们不能体谅我的心成全我呢？诗的起始便发出了震人心魄的誓言：“之死矢靡它！”诗意的表达直接而强烈，“母也天只”呼娘呼天，“娘啊天啊”这一句并不是对娘的斥责，而是情感的迸发，爱上一个人却不能相守的焦急与顾盼流露于呐喊之中。

诗的第二章是为重唱，两章重章叠句，意味相同，只为加强语气，这在《诗经》中是惯用的手法。与第一章稍有不同的是，此时的柏舟已飘到了河的边缘。说明时间在改变，舟上垂发的男子，依然是我心仪的爱人，我对他的感情至死不渝！母亲啊，苍天，为什么你们不能体谅我的心成全我呢？诗至此戛然而止，留白的结局为读者留下了疑问与回味：母亲为何要阻止这二人在一起？结局是大团圆还是劳燕分飞？

父母之命，媒妁之言，在《诗经》的年代，爱情不仅仅是“桃之夭夭，灼灼其华”，在绚烂的外表下，不知有多少誓死的抗争。《柏舟》中的女子，声声呐喊惊醒了《诗经》爱情的美梦：那舟上的人就是我心爱的人儿，我的爱至死不渝！母亲与苍天，为何难成全？

《鄘风》中有相当多的情诗，描绘出当时男女青年在婚恋过程中的各种情况、与礼法制度相矛盾的家庭生活等。从《柏舟》这首诗中可以看出，当时的婚恋有一定的自由，但父母的意见常常左右着这些年轻人的爱情。诗中的女子对于母亲的干涉很不理解，因而采取发誓和呼告的方式表达了抗议，并在诗中表达了自己对爱情的至死不渝，以及对礼教束缚和包办婚姻的不满。女子呼告的对象是“母亲”，不难看出，母系社会的习惯势力在当时还有体现。

女主人公向母亲呼告之余又向“天”呼告，周朝时代的人把“天”看做居高临下、明察秋毫，具有至高无上、主宰一切的神秘力量。当人们心中有懊恼、不平或愤激时，往往向天呼吁，请求体恤，希望挽回天命，改变命运。这自然是人们对自己所幻想的神单方面寄托的一种幻想。

奇特的内容让这首《柏舟》在《诗经》众多的婚恋诗篇中脱颖而出，而在形式上，和《国风》《小雅》中的多数篇章一样，《柏舟》是一首歌词。在艺术上属于典型的两章叠咏：中心意思在第一章表达得已经很完整，但觉感情还未抒发到极致；于是第二章继续表达同一种意思，只变易韵脚。一支曲子，两段歌词，结尾咏叹。这种形式，一直到当代的歌曲中仍有十分广泛的继承。

《柏舟》之所以用重章叠句的形式，是借以抒发作者强烈的感情，心中的话似乎只有一遍一遍重复声明，才能表白一颗坚定的心，因此诗背后的爱情故事便让人猜测不已。《毛诗序》有这样一段解读："《柏舟》，共姜自誓也。卫世子共伯早死，其妻守义，父母欲夺而嫁之，誓而弗许，故作是诗以绝之。"

放下当时那些烦冗的教条与寓意综观全诗，《柏舟》最富震撼力的仍是女子"之死矢靡它""之死矢靡慝"的铮铮誓言，这让人不能不联想起汉乐府诗歌《上邪》中"山无棱，江水为竭"一段感天动地的爱情誓言。爱情无论在哪个时代，都有振聋发聩的誓言与呐喊，都有痛彻心扉的体验与感悟，《柏舟》如是。

◎墙有茨◎

墙有茨①，不可埽也②。中冓之言③，不可道也④。所可道也⑤，言之丑也。
墙有茨，不可襄也⑥。中冓之言，不可详也⑦。所可详也，言之长也。
墙有茨，不可束也。中冓之言，不可读也⑧。所可读也，言之辱也。

【注释】

①茨（cí）：蒺藜。②埽：除掉。③中冓（gòu）：宫中。④道：说。⑤所：若。⑥襄：除去。⑦详：详细讲述。⑧读：说出，宣露。

【赏析】

一般人认为《墙有茨》一诗旨在讽刺卫国的宫廷丑事，卫宣公强娶儿子伋的未婚妻（即卫宣姜），生子惠公。卫宣公死后，年幼的惠公即位。齐、卫两国素来关系亲密，齐人为巩固惠公的君位，保持两国亲密的姻亲关系，强迫公子顽与卫宣姜私通。不久卫国宫廷里的这些秘事丑闻就传到宫外，人尽皆知。卫人深以为耻，于是有了这首讽刺意味极强的《墙有茨》。全诗用以不言为言、欲说还休的方式，吊足了读者的胃口，也达到了意想不到的讽刺效果，成为《诗经》里独具特色的一篇佳作。

全诗每章均以"墙有茨"起兴，引起将讽之事。每章的字句相差不大，只是将"埽""道""丑"等词换成了"襄""详""长"和"束""读""辱"。这样虽然是在反复叙说一件事，却不显唠叨琐碎。

"墙有茨"不是单纯的起兴，它与诗中隐含的宫闱秘闻有意义上的联系。根据《诗经词典》的解释，"茨"有两种意思：一为蒺藜，一为茅草芦苇盖的屋顶。这里应是蒺藜之意。墙上爬满蒺藜草，"不可埽""不可襄""不可束"，怎么都无法根除。这种情形就好像宫闱丑事，一旦发生，就无法阻止它向外传播。要想堵住人们的嘴，就像拔出墙头根深蒂固的蒺藜草一样难。所谓"好事不出门，恶事行千里"，"墙有茨"而不可除，暗示着宫中淫乱丑事的无法掩盖。

现实中常常有这种情况发生，当一件不为人知的事变得人尽皆知时，人们相互之间会达成一种默契：在说到这件事时，谁也不会把它说破，只需从一个眼神或一种语气中就能领会彼此要表达的意思。这样一来，虽然人人都知道此事，看上去却又像人人都不清楚此事，造成一种神秘的气氛。此之谓“公开的秘密”。

这首诗也笼罩着这样的神秘气氛。诗人不停地说：“中冓之言，不可道也。”“中冓之言，不可详也。”“中冓之言，不可读也。”一副绝对保密的样子。可是每次这样说过后，诗人又说：“所可道也，言之丑也。”“所可详也，言之长也。”“所可读也，言之辱也。”告诉大家，之所以不能说，是因为说出去让人感到羞耻。

可是越不说，读者就越想探究其中奥秘。如果真是不能告诉别人的秘密，就应该只字不提。而诗人看似在隐瞒秘密，却有意无意地透露出一些信息。明明公子顽、卫宣姜的丑事在当时已经妇孺皆知了，可诗人偏偏要说“中冓之言”不能说出来。这样说的效果是，也许别人并没有想到此事，但被诗人这么一提，就会不由得想起此事。而当诗人成功地诱使众人将注意力转到这件事上后，就没必要继续叙述所指之事了，于是一笔荡开，转而指出不言“中冓之言”的原因。众人听如此说，自然洞悉其中深意，不必多言即能领会作者的讽刺之意。

在众人皆心知肚明的情况下，诗人这种藏头露尾的叙说无疑比直露的讲述更有情趣。诗的篇幅本来就短，只有六十九个字，根本没把所讽之事讲述出来。而在这仅有的六十多个字中，竟然有十二个“也”字。但这十二个“也”不是毫无意义的语气词。诗中的“也”相当于今天的“呀”，是一种绵延舒缓的语气。这么多的“也”使得此诗有种故意拖长语气以待听者作出反应的意味，是作诗之人为表达讥刺意图而故弄玄虚之态。频繁出现的“也”字加上诗中并未指明的丑事，读来使人感到有人带着诡秘的微笑在附耳低语，讲述着一件让人震惊的秘事。这种调侃幽默中的讽刺往往比声色俱厉的讽刺更辛辣。

◎君子偕老◎

君子偕老①，副笄六珈②。委委佗佗③，如山如河。象服是宜④，子之不淑⑤，云如之何⑥。

玼兮玼兮⑦，其之翟也⑧。鬒发如云⑨，不屑髢也⑩。玉之瑱也⑪，象之揥也⑫，扬且之晳也⑬。胡然而天也⑭，胡然而帝也。

瑳兮瑳兮⑮，其之展也⑯。蒙彼绉絺⑰，是绁袢也⑱。子之清扬⑲，扬且之颜也⑳。展如之人兮㉑，邦之媛也㉒。

【注释】

①君子：指卫宣公。偕老：夫妻相亲相爱、白头到老。②副：妇人的一种首饰。笄（jī）：簪。珈（jiā）：饰玉。③委委佗佗：举止雍容华贵、落落大方。④象服：镶有珠宝、绘有花纹的礼服。⑤淑：善。⑥云：句首发语词。如之何：奈之何。⑦玼（cǐ）：花纹绚烂。⑧翟：绣着山鸡彩羽的衣服。⑨鬒（zhěn）：黑发。如云：形容头发浓密。⑩髢（dí）：假发。⑪瑱（tiàn）：冠冕上垂在两耳旁的玉。⑫揥（tì）：发钗一类的首饰。⑬扬：前额宽广方正。且：助词。晳（xī）：白。⑭胡：怎么。然：这样。⑮瑳（cuō）：玉色鲜丽洁白。⑯展：古代夏天穿的一种纱衣。⑰蒙：覆盖，罩上。絺（chī）：细葛布。⑱绁袢（xiè fán）：夏天穿的白色内衣。⑲清扬：眉清目秀。⑳颜：额头。㉑展：的确。㉒媛：美女。

【赏析】

历史总会消磨一些东西，经典也未能得以幸免，在岁月的更迭中，一些诗作最本真的意义再难考证，在后人的猜疑中产生出不同的解读，成为文学殿堂里的桩桩“悬案”。《君子偕老》正是这样一桩“悬案”，历来颇受争议，在这首诗的多种评论中，最重要的是两种，一褒一贬，针锋相对。

一说认为它是一首讽刺之诗。《毛诗序》："《君子偕老》，刺卫夫人也。夫人淫乱，失事君子之道，故陈人君之德、服饰之盛，宜与君子偕老也。"宣姜本是卫宣公之子伋的未婚妻，不幸被宣公霸占，后来又与庶子顽私通，劣迹斑斑。由此可见，"君子偕老"一句实是对宣姜行为的反讽。评论者认为，这首诗讽刺卫国宣夫人外貌美丽华贵而行为丑陋无耻，诗人以美写丑，美的外貌与丑的灵魂形成强烈的反差，造就深长的讽刺意味。"子之不淑"为其画龙点睛之笔。整首诗既有铺陈，也有反衬，两相对比之下，讽刺之意尽显。

另一说法认为此乃单纯的赞美之辞。持这种观点的人认为，这是一首颂诗，一般在庆颂仪式上歌唱，理由是，《诗经》讽刺人的品行时，很少通过美好的事物来衬托。在这首赞美婚姻的诗中，"君子偕老"一句开篇便统领全诗，极力主张美人应与君子美满偕老，接下来从各个层面突出其美丽，并用服饰之华美象征其品德之高贵。明戴君恩《读风臆评》云："零零星星，不舍一物，绮密回还，变眩百怪，《洛神》《高唐》不足为丽矣。"

两种说法迥乎不同，展现出这首诗的隐晦和多义。若单讲诗作的亮点，则无论是哪一种主题，作者都以优美的笔触，对女主人公进行了各种描摹，极尽奢华。所以，暂时抛却主旨，融入作者的唯美摹写，用心感受那种光艳绝伦，才是当务之急。

作者从盛大的册封大典开始，渲染典礼之庄严法度，礼服之华美典雅。宣姜身着礼服冠冕，华美俨然，一时震惊四座。次章宣姜身着羽衣，鲜艳明丽，更加姿态妍丽，娇媚无限，诗人用繁复的文字渲染宣姜的羽衣华服，青丝如云，耳中明月铛、头上象牙插，更显得"面如秋月还白，目似秋水还清"(《红楼梦》赞贾宝玉语)。末章宣姜身着便服，眉目宛然，丰姿如画。在篇末诗人又大大赞叹了一番：如此美女，世间少有，地上无双。

好的铺陈得益于美的辞藻，亦得益于巧的结构，全诗以七句、九句、八句的格式排列，显得错落有致，给人环佩叮当之感。首章揭出通篇纲领，章法巧妙，使得全文连贯圆融，浑然如一。诗作交叉表现宣姜的服饰和仪容，用语华丽工巧，结构上酣畅淋漓，巨细备至，深得《诗经》回环往复之妙，达到了震撼人心的艺术效果。

也许"讽刺"的主张是对的，因为文人痛恨一件事时，他可能破口大骂，却也可能酸溜溜地瞻之仰之，赞之颂之，当把其捧得足够高时，再突然给其措手不及的打击，完成鞭挞的初衷。或者，后一种观点才是正确的，以华美事物象征美好品格是《诗经》中的常用手法。无论哪一种，都无法冲淡这首诗唯美的描摹和深湛的艺术塑造能力。

文章用赋法咏叹宣姜服饰容貌时的精美措辞，让人禁不住感叹汉语的魅惑。"胡然而天也，胡然而帝也"，仿佛天仙降临，给人诸多缥缈恍惚的幻想。"展如之人兮，邦之媛也"，让今人亦能沉溺于其意蕴无穷。

◎桑中◎

爱采唐矣[①]？沬之乡矣[②]。云谁之思？美孟姜矣[③]。期我乎桑中[④]，要我乎上宫[⑤]，送我乎淇之上矣[⑥]。

爰采麦矣？沫之北矣。云谁之思？美孟弋矣。期我乎桑中，要我乎上宫，送我乎淇之上矣。

爰采葑矣[⑦]？沫之东矣。云谁之思？美孟庸矣。期我乎桑中，要我乎上宫，送我乎淇之上矣。

【注释】

①爰：于何，在哪里。唐：菟丝子，寄生蔓草，秋初开小花，子实入药。②沬（mèi）：卫邑名，在今河南淇县。乡：郊外。③孟姜：姜家的长女。④桑中：地名。⑤要（yāo）：邀约。⑥淇：淇水。⑦葑（fēng）：一种菜名，即芜菁。

【赏析】

初读这首诗，会发现其语调舒缓，意境和美，像是一位男性主人公在幽幽地念叨和回味自己曾经的恋情和幽会。可能此时他正坐在一个长满青草的山坡，迎着和暖又轻柔的微风，某种风吹杨柳的情景或者仅仅是某种熟悉感，不经意间碰触到了敏感的神经，回忆中的旖旎悄悄爬上心头，作者开始不自觉地低语、沉吟，由此成就了这首《桑中》。

这是一首爱情诗，短暂的篇章，记述了一对青年男女多次约会的情景。诗篇以男主人公的甜蜜回忆起始，再现女子的主动邀约，最终定格于二人的依依不舍，如此回返往复，细致地勾画出这段感情的百转千回，让人阅读时不禁替男女主人公心生欢喜。

诗一开篇，“爰采唐矣”，即定下全诗缠绵幽远的基调。“采唐”“采麦”“采葑”皆是比兴。“姜”“弋”“庸”是姓，也可解释为对美女的泛称，类似于后代人称美女为“西子”，三个姓氏实为一人，都是指那位火热、浪漫的女主人公。郭沫若《甲骨文研究》云：“桑中即桑林所在之地，上宫即祀桑之祠，士女于此合欢。”又云：“其祀桑林时事，余以为《鄘风》中之《桑中》所咏者，是也。”“桑中”即桑树林中，“上宫”即人们祭祀用的祠堂，而“淇之上”，则是婉转回环的淇水岸边。在这几处梦幻的桃园，作者的柔情蜜意曾如水般漫开，此刻又任思绪反复流连，迟迟不肯离散。

诗作中有很多“设问”手法的应用，“爰采唐矣？沬之乡矣。云谁之思？美孟姜矣。”此处明明可以直接叙述，诗人却偏要故意提问，如此一来，就显得叙述曲折起伏，更添情味，表现出作者深刻浓郁的情感。全诗三章结构相同，反复咏唱在“桑中”“上宫”里的情浓时刻以及淇水相送的缠绵，反映出作者对这段感情的回味、珍惜和割舍不下。其句式由四言而五言而七言，体现出情到浓时的欲罢不能，尤其每章句末的四个“矣”字，伤感留恋之情溢于言表。

“姜”“弋”“庸”都是贵族的姓氏，而男方是从事采集劳动的青年，门户悬殊。男方一直在思恋着这位气质优雅的美丽姑娘，但因为地位低下，只能强自隐忍。善良的女主人公对男子也产生了好感，并且细心聪慧地看出了男子的心意，于是，她主动邀约，表露心迹，与男子展开了一段美好的恋情。以后的故事，作者没有说，但无论结局怎样，男子都会不断回忆这段感情。

正如《诗经》中不少爱情诗的命运一样，《毛诗序》也把这首《桑中》收编入礼教的翼下：“《桑中》，刺奔也。卫之公室淫乱，男女相奔，至于世族在位，相窃妻妾，期于幽远，政散民流而不可止。”劈头一棍，打碎了无数人的爱情梦幻，让《诗经》的质朴不再纯真，让人们的思绪不再清扬。

后代的朱熹等一些人，举姜、弋、庸乃当时贵族姓氏为证，认为这是一首揭露贵族淫乱之辞。而另一些人则坚持纯粹从诗作的内容和意境把握诗意，认为诗中并无其他的政治含义，只是单纯地表现了青年男女的炽烈爱情。

想要一窥真实，就要追溯到那个质朴的时代，亲手翻开那页处处生机蓬勃的画卷。上古时期，身处蛮荒中的先民们处处以生存优先，诚心地奉祀农神及生殖之神，他们认为男女之间的交合与万物生长繁殖息息相关，因此，祀奉农神与生殖神的仪式常常交杂在一起，且伴有男女在一起欢会的习俗。《桑中》所描写的正是这种习俗的遗留。这种解释，才是真实的历史再现，也更贴合《诗经》所处的时代。而“刺奔”之类的坐而论道，则是对诗旨牵强附会的解释，是汉儒以“比兴”解诗的错误，他们借维护纲常的借口，遮蔽了先民的本性。

由此，解读这首诗的最佳视角，应该是建立在人类文化学的基础上。男女爱情以劳动为背景和引子，在采摘麦子、芜菁的劳作中，爱情也潜移默化地生长、成熟。当年轻的男女皆春心萌动之时，美丽的少女主动邀约，到桑林中幽会，爱情和劳动的场地是同一的。在神圣的祠堂边，爱情和农作物一起得到蓬勃的生长和释放。最终，以农业的源泉——河流，见证和象征爱情的滋润、回旋不断和源远流长。在这首诗里，爱情和农业混融交合、亲密无间，在作者看来，它们都是生命中不可缺少的必需。在整个《诗经》中，农业劳动和爱情，一以贯之地被赋予了同样的美好。

这种在神圣的祠堂边、桑林中出现的、带着浓厚淳朴气息的爱情，颇具原始色彩。只是千年前的《桑中》显得更加纯粹，更加唯美，又因为是男主人公事后的低吟浅唱，所以更加撩人，更加意蕴悠长。

◎鹑之奔奔◎

鹑之奔奔①，鹊之彊彊②。人之无良③，我以为兄。

鹊之彊彊，鹑之奔奔。人之无良，我以为君。

【注释】

①鹑：鸟名，即鹌鹑。奔奔：雌雄一起飞的样子。②鹊：喜鹊。彊彊：同“奔奔”。③无良：不善。

【赏析】

把《诗经》称为经典，在于其内容的经典和丰富，《诗经》所展现的一幕幕画卷，有很多都可以给出不同的解读，正是这种多义性，赋予了《诗经》旺盛的生命力和广阔的包容性，使其能做到常解常新、仁智共见。《诗经》的妙处在于：它通常只给出一个典型的场景或片段，由读者依靠自己的经验和喜好来推演出因果、事件、故事，最终形成一段动态的记述，或描摹爱情，或刻画政治，或仅仅书写一缕情感。每个人读《诗经》，都能读出属于自己的《诗经》。

《鹑之奔奔》就是这么一首诗，它所反映的片段，可以放置进多种情景。比如说，有这么两种情形，都可以使《鹑之奔奔》所描述的画面，上下联结，气脉贯通：

一、昏暗的灯光前，几个男子围着几案埋头谋事，时而低语，时而激愤。他们衣着光鲜，配饰华美，身细面白，一看就是权倾朝野的王公贵族，其间，一人恶狠狠地低语：“连鹌鹑和喜鹊等禽兽，都有固定的配偶，而君上纳媳杀子、荒淫无耻，其行为可谓腐朽堕落、禽兽不如，枉为我兄、枉为我君！”然后，群客点头低语，目瞪牙锁，意欲与之共谋。也许，在这次密会之后，一场讨伐或叛逆会紧随其后，直至国家倾覆，战乱纷纷。

二、春日的午后，慵懒爬上心头，新妇兀自在园中漫游，夫君外出做事，共赏莺柳的相约又付之东流，小女子四处张望，一股烦躁总也无法消除，看到鹌鹑喜鹊们两两交颈，比翼齐飞，幽怨终于化为浅怨薄怒：“连鹌鹑和喜鹊等小鸟，都能成双成对，嬉闹枝头，那个没良心的，又不陪我，亏我还亲口叫他哥哥，亏我还以为他是一个守信用的君子！”然后，或低头静坐，掉几滴眼泪，或发发脾气，撕几张画册，最终盘算着等他回来时是假意生气还是主动相迎。

以上可称作《鹑之奔奔》两种极端的解法，除此之外还存在一些其他的说法。比如当代学者樊树云在《诗经全译注》中提出这样的观点：“这是一首对旧婚姻制度的控诉诗，一个女子看到鸟相追随、自由飞翔，联想到自己嫁给一个心地丑恶的丈夫，而作此诗。”等等。

对于《鹑之奔奔》的解说，呼声最高的当属“讽刺说”，而关于这首诗的讽刺对象，《毛诗序》说：“《鹑之奔奔》，刺卫宣姜也。卫人以为宣姜鹑鹊之不若也。”认为是刺卫宣公夫人，因为她与卫宣公庶子公子顽私通。

较之主旨，艺术手法则显得更加纯粹和简单，也更加容易把握。全诗两章八句，均以“鹑之奔奔”与“鹊之彊彊”起兴，只是顺序不同。如此应用，非但没有给人重复枯燥感，还因为其韵律和婉，更添圆融厚实。

◎定之方中◎

定之方中①，作于楚宫②。揆之以日③，作于楚室。树之榛栗，椅桐梓漆，爰伐琴瑟。

升彼虚矣④，以望楚矣。望楚与堂⑤，景山与京⑥。降观于桑，卜云其吉⑦，终然允臧⑧。

灵雨既零⑨，命彼倌人⑩，星言夙驾⑪，说于桑田⑫。匪直也人，秉心塞渊⑬，騋牝三千⑭。

【注释】

①定：定星，又叫营室星。十月之交，定星出现，古人认为此时宜造宫室。②楚宫：楚丘的宫殿。③揆（kuí）：测度。日：日影。④虚：废墟。⑤堂：楚丘旁的堂邑。⑥京：高丘。⑦卜：古人烧龟甲察看裂纹以测吉凶。⑧臧：好，善。⑨灵雨：及时雨。零：落。⑩倌人：驾车小臣。⑪星：晴。夙：早上。⑫说（shuì）：通“税”，歇息。⑬秉心：用心、操心。塞渊：充实。⑭騋（lái）：七尺以上的马。牝（pìn）：母马。

【赏析】

“定之方中”的“定”是指营造屋室的星宿。朱熹说：“此星昏而正中，夏正十月也。于是时可以营制宫室，故谓之营室。”夏历十月，“定星”位于正南方，对应北极星，南北测度明确，东西也自然端正了，这样的建筑物才合于天地四方。“楚宫”即指楚丘地上的宫堂。“揆之以日”，指根据日影来测定宫室的走向。

这首诗是对卫文公的颂扬之作。春秋时期，卫国懿公，昏庸无道，民心离散。后来，狄国攻卫国，卫国败失国土，懿公亡。齐、宋两国立戴公做卫国君。戴公死后，其弟文公接位。两年后，齐桓公帮助卫文公迁都。后来，在狄国与邢国合兵攻卫之时，卫文公率兵击退敌军，第二年又讨伐了邢国。因他文治武功卓越，遂使国力日渐强盛。

《左传·闵公三年》载：“卫文公大布之衣，大帛之冠，务材训农，通商惠工，敬教劝学，授方任能。

元年革车三十乘，季年乃三百乘。”文公后期卫国国力增强了近十倍。春秋时代，战事纷繁，没有强盛的国力，强势的戎马，势必会被别国欺凌，甚至最终引起自身的覆灭。卫文公带领庶民将弱国变成强国，当然要受到人们的拥戴和赞誉。

定星于黄昏在正南方出现时，卫文公率领人们建造宫室宗庙，建筑进展得很有次序，宗庙宫室建好后又建马圈车库，再又建居室。完成这些后，又种榛、栗、椅等各种树木，为了将来将它们采伐做成琴瑟。

十月后既值农闲，又严寒未至，此时修宫筑室是有一定道理的。古代宫殿庙宇旁需种植名木，如“九棘”“三槐”之类。楚丘的宫庙旁种植了“榛、栗”，这两种树的果实可供祭祀；种植了“椅、桐、梓、漆”，这四种树成材后都是制作琴瑟的好木材。

古人建筑讲究人与自然的和谐，“爰伐琴瑟”，既修筑宫堂居舍，又种树考虑久远，卫国复国之初就预期很久以后的琴瑟悠扬，载歌载舞，国泰民安。古人对未来的自信可堪赞许。卫人群体劳动是那样努力而有序，重建家园时对未来美好生活的那份激动和憧憬令人感动。

诗人叙述卫文公率人修筑宫室之后，再回过头讲述卫文公率人在楚丘卜测建筑的过程。

“登上漕邑废弃的宫室，沿着楚丘的地势眺望，观遍了远山与近岗。又到低处看桑田，占卜的卦辞很是吉祥，宫址选得很适当”。这个过程描绘得细致传神：先是“望”，后是“观”。先登上了漕邑故墟，远远眺望楚丘。“望楚”的重复运用，说明观望得极为细致，慎之又慎。同时，细察了附近的堂邑和高低山丘，表明卫文公亲自堪舆风水。后下到田地观察桑田水土，考量耕种蚕渔。这都关乎卫国未来的国民生息，作为贤德的国君，这些是要用心去考虑的。诗中由“升”到“降”，由“望”到“观”，表现出卫文公目光长远、脚踏实地的形象。

在宏观大处挥洒之后，第三章却笔锋一转，写入细微。黎明时天时变化，由雨转晴，文公便起身赶往田里，观察蚕桑的长势……选取一件典型事例，活现了文公重视农耕、亲往劝耕督种的明君特质，同时也渲染了文公的不辞劳苦，凡事躬亲，力图兴国的风范。由一及十，由此及彼，不难想象文公平日勤劳国事的情景。第三章的末三句是全篇的概览，揭示出了全诗的主旨：文公的行事是多用心，视野又多深远！实在无愧贤德之君的称号。

诗末句“騋牝三千”告诉人们，由于文公的励精图治，使卫国兵强马壮，日臻富强。全诗用赋的手法，却让人从中品出热情的赞颂。“匪直也人，秉心塞渊”两句虽是直叙，却有着浓厚的抒情色彩。文公因“秉心塞渊”，崇尚实际，才使卫国由弱转强。全诗所有的叙述，都落在了“秉心塞渊”一个重点上，这四字可以说是全诗的纲领。

◎蝃蝀◎

蝃蝀在东[1]，莫之敢指。女子有行[2]，远父母兄弟。
朝隮于西[3]，崇朝其雨[4]。女子有行，远兄弟父母。
乃如之人也[5]，怀昏姻也[6]。大无信也[7]，不知命也[8]。

【注释】

①蝃蝀（dì dōng）：彩虹。②有行：指出嫁。③隮（jī）：虹。④崇朝：终朝。⑤乃如之人：像这样的人。⑥昏姻：婚姻。⑦大：太。信：贞信，贞节。⑧命：父母之命。

【赏析】

蝃蝀就是彩虹，又称美人虹，形状如带，呈半圆形，有七种颜色。彩虹一般出现在雨后初晴之时，事实上是雨气被太阳返照而形成的。古代科学技术并不发达，人的思想也相对愚昧，先民不懂彩虹形成的原理，因此觉得彩虹的出现预示着不好的兆头，尤其指爱情或婚姻亮起了红灯。

关于《蝃蝀》一诗的主旨，一直争论不休，但大抵是围绕两种观点展开。一种是“止奔也”，这是正面的说教。另外一种就是宋代朱熹的《诗集传》认为“此刺淫奔之诗”。朱熹的意图也很明白，作为一个理学家，他从自己的学说出发从反面进行说教，其目的也无非是规范当时的礼制，使女子从德。

“蝃蝀在东，莫之敢指。”一条彩虹横跨天空，人们议论纷纷，却不知道这是什么东西，没有一个人敢用手指着它。从这一句话就可以看出人们对“彩虹”的抵触和敬畏。在他们看来，这晦气的长条气体一定预示着什么不好的东西。“女子有行，远父母兄弟。”一个女子出嫁了啊，从此远离了她的父母兄弟。若按“私奔”之说，单从这两句是看不出任何端倪的。因为此句没有任何褒贬之意，只是单纯地站在旁观者的角度去叙述。

“朝隮于西，崇朝其雨。”一条朝虹出现在西方，整个早上都下着蒙蒙细雨，连绵不断，不知道是不是这条彩虹的缘故。“隮”也是指彩虹，清陈启源在《毛诗稽古编》中曾记载：“蝃蝀在东，暮虹也。朝隮于西，朝虹也。暮虹截雨，朝虹行雨。”这一章实质上是对第一章的重叠，都是在描写彩虹的出现。“女子有行，远兄弟父母。”原来是有个女子要出嫁啊，就这样远离了她的父母兄弟。

前两章都运用了比兴的手法，直写“彩虹”，实质要表现的却是出嫁的女子。这两章的叙述，概念很模糊，看不出作者意在表达什么。

“乃如之人也，怀昏姻也。大无信也，不知命也。”前面所有的描写无非是铺垫，直至这一句，诗人才真正点出了主题。天底下竟然还有像这样不知廉耻的女人，破坏婚姻可不是什么好礼仪啊！简直太没有贞操了，这样傲慢无礼的女子，让父母如何去依托？让一家老小还有什么脸面去生存？这一段文字略显尖酸刻薄，诗人对这个女子不留情面地加以鞭笞，说明他对这种破坏别人婚姻的行为极端憎恶和鄙视。

全诗的写作特点很独特，前两章属于复沓描述，一直在铺垫，没有发表任何评论，只是一味进行客观的陈述，而到了第三章，诗人却将这种情绪一股脑儿地倾泻而出，因此更加突出了作者对女子私奔行为的不齿，达到了一定的讽刺效果，同时也引起了读者的阅读兴趣，让人产生一种想读下去探个究竟的好奇感。这首诗歌的感情色彩也很浓烈，笔者没有将感情隐藏在隐晦的文字里，而是用“乃如之人也，怀昏姻也。大无信也，不知命也”四句，赤裸裸地表现在读者面前，直率而坦然。

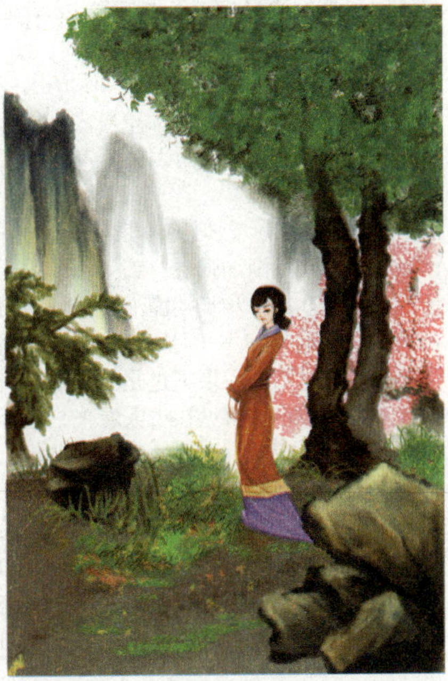

“私奔”在当时是十分忌讳的字眼，也是让家族蒙羞的丑事。这首诗中，女子是婚后私奔还是临婚逃婚未曾可知，但不可否认的是，那女子也的确有勇气，在一个礼教森严的年代还能作出如此大胆的举动，实在令人咂舌。能够独立自主地追求自己的幸福，从某种程度上讲，女主人公确实勇气可嘉。

无论是接受父母之命媒妁之言，从此过上单调枯燥的夫妻生活，还是《蝃蝀》勇敢追求真爱的有个性的女子，最后都将被残酷的现实摧残。《蝃蝀》作者的心声代表了当时社会的看法，人们已经对她议论纷纷，“莫之敢指”，这个悲惨的结局只能归咎于那个年代，是礼教剥夺了他们自由恋爱的权利，是腐朽的思想禁锢了他们对爱的憧憬。

◎相鼠◎

相鼠有皮①，人而无仪②。人而无仪，不死何为？
相鼠有齿，人而无止③。人而无止，不死何俟④？
相鼠有体，人而无礼。人而无礼，胡不遄死⑤？

【注释】

①相：视。②仪：威仪。③止：指遵守礼法。④俟（sì）：等待。⑤胡：何。遄（chuán）：速。

【赏析】

《诗经》是周代先民思想情感的优美表达，其中不乏对美好事物的尽情赞美，更有对丑恶事物的无情痛斥。而《诗经》的所有怨刺之诗中，《相鼠》要算是骂人骂得最痛快、最尖刻的一首。

至于所骂何人，历来观点不一。有学者认为是百姓刺骂统治者，有人却说是“妻谏夫之诗”，持前种说法的人更多。统治者饱读诗书，满口尊卑礼仪，暗地却作出许多卑劣的勾当，这当然会遭到百姓的怒骂。其实，不必这么狭隘地去理解《相鼠》。无论何种人，只要品行龌龊，就会使人侧目，哪用得着分什么贵族士大夫、平民老百姓。这么来看这首诗，也许更有典型意义。

诗以鼠起兴，直接引起人们的憎厌之情。从古至今，老鼠这种动物都很不受人欢迎。首先，老鼠长了一副不讨人喜欢的嘴脸，浑身灰色，尖嘴小眼，形象上就让人没有好感。而且老鼠喜欢在夜间活动，一出来就四处张望，显得十分狡黠。更叫人无法忍受的是，老鼠偷窃成性，咬坏物品不说，还毁坏庄稼。所以一提起老鼠，人们便毫不掩饰对它的憎恶。《诗经》中所有写到“鼠”的诗里，无一不把老鼠当作痛斥和驱赶的对象。

以好衬恶，固然能显出恶之不好；而以一恶比另一恶，则更显其恶之甚。鼠已如此可厌，作者还用它来衬托丧失礼义廉耻的人，可见人无德行所引起的反感远甚于老鼠。“相鼠有皮，人而无仪。人而无仪，不死何为？”在诗作者看来，老鼠尚且还有一张皮，作为人却没有人应有的威仪，这种人不配活在世上，不如早些死掉的好。

“相鼠有齿，人而无止。人而无止，不死何俟？”诗人继续骂道：“你看看那老鼠还长着牙齿，有的人却不知羞耻！做人而无羞耻之心，不死还等什么？”及至第三章，诗人的怒气不仅未消，反而有所增长：“相鼠有体，人而无礼。人而无礼，胡不遄死？”老鼠还有体，人却不知礼！做人如果不守礼，为什么不赶快去死？

三章语义相似，但绝不是诗人重复啰唆的谩骂。每一章在意义上都比前一章更进一步，言词逐渐激烈，情绪逐渐加强。“仪”“止”“礼”，一字之变，由表及里、由浅入深地把一些人卑鄙龌龊的品质揭露无遗。在一步步揭露丑陋面目的同时，诗人的情感渐次升温。从“不死何为”到“不死何俟”，再到“胡不遄死”，一问比一问尖锐，一问比一问怒不可遏，直有立即将德行败坏之人从人间清除的架势。老鼠过街的后果不过是人人喊打，打跑了也就作罢；可是一个尽失为人之道的人却激起众人“胡不遄死”的呼声。可见在古人看来，人若不守礼仪，便也不具有生存的价值了。

从人的角度看，老鼠的品性确实恶劣，但也有例外。《关尹子》中有“圣人师拱鼠”的记载，这也许为解释《相鼠》提供了另一个角度。关中之地流传着这样一个民间传说：孔子云游天下，来到潼关，看见田边有群鼠拱爪站立，对日作揖。孔子见秦地老鼠尚懂礼仪，便不去秦地游说。南朝刘敬叔《异苑》的记载与此传说类似：“拱鼠形如常鼠，行田野中，见人即拱手而立，人近欲捕之，跳跃而去。秦川有之。”

在这样的背景下看，“相鼠有皮”“相鼠有齿”“相鼠有体”不仅是说老鼠皮毛俱全，也有老鼠虽形容猥琐却有礼仪之心，人虽衣冠堂堂却不行礼仪的意味。如此一来，人之不如鼠辈更甚。

◎干旄◎

孑孑干旄①，在浚之郊②。素丝纰之③，良马四之。彼姝者子④，何以畀之⑤？

孑孑干旟⑥，在浚之都⑦。素丝组之⑧，良马五之。彼姝者子，何以予之？

孑孑干旌⑨，在浚之城。素丝祝之⑩，良马六之。彼姝者子，何以告之？

【注释】

①孑(jié)孑:高举的样子。干旄(máo):以牦牛尾饰旗杆，树于车后，以状威仪。②浚:地名。③纰(pí):在衣冠或旗帜上镶边。④姝：美好。⑤畀（bì）：给，予。⑥旟（yú）：画有鹰隼的旗。⑦都：古时区域名，指四方域邑。⑧组：编织。⑨干旌（jīng）：将长尾野鸡毛设于旗干之首。⑩祝：编连缝合。

【赏析】

全诗共三章，每章六句。“孑孑干旄，在浚之郊。素丝纰之，良马四之。彼姝者子，何以畀之？”诗中主人公仿佛正要去拜访什么贤者，这一路上他高高扬起插在车上的旗帜，手里不断地挥舞着旄鞭。一摞摞白色银丝镶边的旗帜，精美而大方，四匹千里骏马紧跟其后。主人公认为，即使是这些也不能表达我对贤者的尊敬，那位美好的德才兼备的人，我该拿什么献给你？本章采用的是赋法，直言铺叙，直抒胸臆。

“孑孑干旟，在浚之都。素丝组之，良马五之。彼姝者子，何以予之？”高高在上、迎风招展的旗子上画满了密密麻麻的鸟儿。驾车前行，眼看就要进到城里。旗杆上拴着白色的丝线，十分显眼。车后面跟着五匹千里马，让人心生羡慕。那位美好的贤人啊，你是如此的优秀，我真不知道该拿什么赠送给你。这一章内容基本重复上一章，只在个别字上稍有改动。而句末反复出现的“姝”也正是“贤人”的寓意。

“孑孑干旌，在浚之城。素丝祝之，良马六之。彼姝者子，何以告之？”高高扬起的旗帜上垂着光滑有色泽的羽毛，远远望去像一块白色的毡子一样，驾车一路走来，这时已经进入了城区。旗身上缝满了白色的丝线，车后跟着高大健硕的马匹，它们并驾齐驱。美好贤德的才子啊，我该拿什么去与你相赠。

这三章内容回环复沓，一层比一层感情激烈，求贤若渴的心情表现得淋漓尽致。清代有学者认为，诗中的“良马”是准备要送给贤人的聘礼，这一说法也不无道理。另有学者研究考古文献得知，文中的“干旄、干旟、干旌”都是大夫未来招贤纳士所建造的。

细细品味不难发现，文章在布局安排上也十分讲究。“在浚之郊、在浚之都、在浚之城”是一个由远到近的过程，从郊外慢慢到城里，这几句话表达出这位大夫势在必得的求贤之心。而紧接着的“良马四之、良马五之、良马六之”也有一个变化的过程，“良马”的数量逐渐增多，章法严谨，同时也体现出诗的主题。最后三个问句“何以畀之、何以予之、何以告之”的连用，也巧妙地表现出诗中的大夫求贤若渴的迫切心情。

古往今来，君王治国平天下少不了“贤人”的倾力帮助。尤其是能“运筹帷幄之中，决胜千里之外”的“贤人”，更得青睐。只要是贤明的君主，都是求贤若渴的。就像《干旄》里的大夫，为了迎接贤人，不惜花尽心思，以隆重的场面和丰厚的回报吸引“贤人”。这首诗的主题在后代作品中多有体现，如曹操的《短歌行》，李商隐的《贾生》等，可以说《干旄》一诗对后世的影响深远和持久。

据记载，《干旄》一诗的主旨讨论，结果达十三余种。这在文学史上可以说是一个“天文”数字。以《毛诗序》的观点为首，《毛诗序》中所阐述的观点是“美卫文公臣子好善说”，赞美卫文公的臣子个个都是能言善辩的得力助手。另外，以宋代朱熹《诗集传》为代表的“卫大夫访贤说”和现代一些学者所持的“男恋女情诗说”为辅，三者形成了三足鼎立之势。实际上，这三家的言论都各有代表性，各有立场和道理。

◎载驰◎

载驰载驱①，归唁卫侯②。驱马悠悠，言至于漕③。大夫跋涉，我心则忧。

既不我嘉④，不能旋反。视尔不臧⑤，我思不远⑥。既不我嘉，不能旋济。视尔不臧，我思不闷⑦。

陟彼阿丘，言采其蝱⑧。女子善怀⑨，亦各有行⑩。许人尤之⑪，众稚且狂⑫。

我行其野，芃芃其麦⑬。控于大邦⑭，谁因谁极⑮？大夫君子，无我有尤。百尔所思，不如我所之⑯。

【注释】

①载：语气助词。驰、驱：车马奔跑。②唁（yàn）：向死者家属表示慰问，此处不仅是哀悼卫侯，还有凭吊宗国危亡之意。③漕：地名。④嘉：赞许。⑤臧：好，善。⑥思：想法。⑦闷（bì）：同“毖”，谨慎。⑧言：语助词。蝱：贝母草。⑨怀：怀恋。⑩行：指主张。⑪尤：责怪。⑫众：通“终”，既是。⑬芃（péng）芃：草长得很茂盛的样子。⑭控：往告，赴告。⑮因：依靠。极：至，此处指援助者的到来。⑯之：往，行动。

【赏析】

《载驰》不但是《诗经》里的名篇，而且在诗歌史上也很有名。原因在于：其一，诗歌反映了一种热爱故土的精神，这历来是中华民族的一种情结；其二，诗的主人公许穆夫人极富魅力，她不但是难得的佳人，而且英姿飒爽，至情至性，坚毅果决；其三，诗的作者，也就是主人公，是诸侯之妻，王公之妹，高贵典雅，才情超众。作品本身具有很高的艺术价值，而诗作者则被定评为中国第一位女诗人。

许穆夫人是卫国戴公、文公的姊妹，因嫁给许国君穆公，所以称许穆夫人。卫国在懿公在位时遭遇戎狄入侵，国破君亡，戴公率遗民东渡黄河，在漕邑暂驻，戴公逝后，文公即位。许穆夫人便是为了悼唁戴公、慰问文公，并怀着游说大国帮助复国的壮志而自作主张离开许国，驱车奔卫。许国君臣担忧戎狄报复而加以阻拦，由此出现了夫人在前驾车奔驰，许国大夫们在后追逐拦阻的事件。前驰后追中，许穆夫人渐渐到达卫国的漕邑。许穆夫人作《载驰》一诗，记述下这个过程。诗中表明了自己奔卫的原因、拒绝拦阻的理由和向齐国求援复国的主张。

“载驰载驱，归唁卫侯。驱马悠悠，言至于漕。”意思是说“马儿我还要在你身上加鞭啊，因是急着回去吊唁卫侯。驱着你长途奔波莫嫌劳苦，我们要去那远离的漕邑故土。”诗的一开头就出现了一个奇特的镜头：美貌女子，手执长鞭，驾驭骏马高车匆匆疾驰，她时而回头张望后面追车荡起的烟尘，

紧蹙的双眉流露出焦急和轻蔑，汗珠已在额头上浸出，但脸上仍写满坚毅。只听她一声娇喝，重重地将长鞭抽向骏马，马儿负痛嘶鸣，奋蹄绝尘而去，把追逐者甩得远远的。

“载”本是语助词，这里可当“又”理解，“驰”是策马急驱，“载驰”就是策马急急忙忙不断地前奔。为什么迫不及待，不断前奔？因为国破家亡，所以急着“归唁卫侯”，更兼卫地漕邑遥远。接着又告诉人们“大夫跋涉，我心则忧”，“许国的大夫在后匆匆追来，我能不急着奔驰吗”！短短六句，不仅把事情叙述得十分清楚，且画面感极强，进而动感又在画面中波涌。读者不仅能见到英姿飒爽的夫人驱车在前奔驰，众大夫在后急追的景象，而且能听到鞭声脆脆、马蹄得得、车轮滚滚的声音，似乎还能感受到夫人悸动的心跳。

接下第二章是许夫人与追上来的大夫们的对话。“既不我嘉”一章的意思是：“尽管你们都不同意我的主张，我却不会顺从你们返回许国。你们的想法是胆怯和不智的，而我的主张很快就会见到成果。尽管国君和大夫都阻止我，可我不会不顾卫国生死存亡，渡河回头。你们的想法粗浅而无远见，而我的主张合理周详。”这一章是许穆夫人对大夫既义正词严又婉曲深沉的回答。

“陟彼阿丘”一章是说：“我要登上那高高的山丘，采一把贝母草来疗养我的心忧。我虽是女子也深恋故土，女人的主张正确同样会使你们俯首。对我这般阻止责难的大夫们啊，你们真的是幼稚狂妄不知羞！”此时夫人又抛下追者，愤然驰走，她的心中充满了愤懑，设想着用贝母草疗治伤痛。为什么这样不讲情理阻拦我，你们到底居心何在，我怀恋故国、顾念亲情、奋身取义有什么不对吗！夫人此时已是怒意上涌，心底的斥责悉数迸发。

“我行其野，芃芃其麦。”我走在故国的田野上，麦苗青青，十分茂盛。紧接着写车马进入了卫国的原野，此时许国的大夫们面对坚强的夫人无可奈何只好回去了。夫人紧张的心也松弛下来，信马悠悠，开始了前面的打算：“控于大邦，谁因谁极”，“我将到大国去求救，难道没有道义可依傍？无为无能的许国大夫们啊，听着我的话不要轻狂，我这一趟定要恢复故国成大邦。”绿意葱茏的麦田激起了夫人对故土热烈的爱，她发誓要游说大国，一定将自己祖国从危亡中拯救出来。

《载驰》仅用百余字，就把宗国的大爱、骨肉的亲情、旷远的胸襟、果决的气度表达得淋漓尽致。后来的史实是：许穆夫人吊慰了亲人，随后游说齐国，取得了齐桓公的支持，派兵帮助卫国收复失地，复国大计取得成功，夫人由此成为流传千古的巾帼英雄。

卫国

卫国疆域大致位于黄河以北的河南濮阳，河北邯郸、邢台一部分，山东聊城西部一带，先后建都于朝歌、楚丘、帝丘、野王。

康叔立国

康叔封
（文王第九子）

周公旦平三监后，杀武庚、管叔，放蔡叔，贬霍叔，接着合并邶、鄘、卫三地为卫，连同原殷民一起封给康叔，建都殷墟，号卫君。

康叔到卫国就封后，遵循周公旦《康诰》《酒诰》和《梓材》的谆谆告诫，以其父周文王“明德慎罚”的政策治理国家，使卫国出现政通人和、百业兴旺的大好局面。

懿公亡国

懿公赤
（？—公元前660年）

传至卫懿公，终日只知奢侈淫乐，喜好养鹤，竟赐给鹤官位和俸禄，因此招致臣民怨恨。前660年，赤狄攻打卫国，卫懿公兵败被杀，国亡。

文公复国

文公毁
（？—公元前635年）

毁起初见卫国祸患太多，于是到齐国避难。卫懿公死后，齐桓公考虑卫国已是君死国灭，要重新建国，于是在楚丘筑新城，帮助毁在黄河南岸复国。

战国后期，卫国日渐衰弱，最后只剩下濮阳城这个弹丸之地。公元前242年，秦国置东郡，公元前241年秦取濮阳等地，卫元君被迫迁往野王，卫也就名存实亡了。公元前209年，卫君角被废为庶人，卫国彻底灭亡。

卫风

◎淇奥◎

瞻彼淇奥①，绿竹猗猗②。有匪君子③，如切如磋④，如琢如磨⑤。瑟兮僩兮⑥，赫兮咺兮⑦。有匪君子，终不可谖兮⑧。

瞻彼淇奥，绿竹青青。有匪君子，充耳琇莹⑨，会弁如星⑩。瑟兮僩兮，赫兮咺兮。有匪君子，终不可谖兮。

瞻彼淇奥，绿竹如箦⑪。有匪君子，如金如锡⑫，如圭如璧⑬。宽兮绰兮，猗重较兮⑭。善戏谑兮，不为虐兮。

【注释】

①淇：淇水，源出河南林县，东经淇县流入卫河。奥：水边深曲的地方。②猗猗：繁盛而美丽。③匪：通“斐”，有文采貌。④切磋：本义是加工玉石骨器，此处引申为讨论研究学问。⑤琢磨：本义是玉石骨器的精细加工，此处亦引申为学问道德的钻研深究。⑥瑟：仪容庄重。僩（xiàn）：宽广，博大。⑦咺（xuān）：有威仪的样子。⑧谖（xuān）：忘记。⑨充耳：挂在冠冕两旁的饰物，下垂至耳，一般用玉石制成。琇（xiù）：似玉的美石。⑩会弁（biàn）：鹿皮帽接合处。⑪箦（zé）：堆积。⑫金、锡：黄金和锡，一说铜和锡。⑬圭：玉制的礼器，在举行隆重仪式时使用。璧：玉制礼器，正圆形，中有小孔，也是贵族朝会或祭祀时使用。⑭猗：通“倚”，依靠。较：古时车厢两旁作扶手的曲木或铜钩。

【赏析】

对《淇奥》这首诗的题旨，历来没有什么争议。大多数学者都认为《淇奥》是赞美卫国武公的作品。卫国的武和，既有文才，为人又宽和，并善于修身自检，因而能够胜任周王室的重臣一职。从诗的内容来看，这是一首对真心崇敬之人的赞歌。然而诗中时间、地点不明，也没有实指人物的事迹，似是泛义的君子画像，断言它是专门赞美卫武公的诗似乎难寻实据。

不妨把它的诗旨看成对当时一位品德高尚的士大夫的美誉：

“向远看那淇水的小河湾，翠竹林婀娜葱茏一大片。有位美君子文采风流无人能比，治学如象牙骨器一样打磨切磋，又如宝玉一样精雕细琢。他的仪容庄严威武胸怀更宽广，他的地位显赫心地光明更磊落。这样的风流文采美君子，记在心头永远歌颂他的功绩。

“向远看那淇水的小河湾，翠竹林青翠挺拔一大片。有位美君子文采风流功德全，耳边垂着的坠子玲珑剔透有玉石镶嵌，皮弁上穿缀的珍珠灿烂如星光闪闪。他的神态庄严威武胸怀更大度，他的气宇轩昂地位更超然。这样的道德高尚的美君子，如何能不让人对他时常想念！

“向远看那淇水的小河湾，翠竹林密密森森一大片。有位美君子风流潇洒令人钦羡，质地精纯如金似锡，才沛德纯有如圭璧。胸怀豁达举止优雅的卿士，气度宽展、抱负远大。妙语谈吐、善于辞令，练达节制、体贴温和、决不轻狂！”

这是发自心底的极高极美的赞誉，似是要以南山之林为笔，东海之水为墨来抒写他的完美崇高，可见被誉者多么让人崇敬，誉人者又多么痴心真诚。

那么这位“君子”在哪些方面超凡脱俗呢？

首先，是外貌装饰。这位“君子”身材高大，相貌堂皇，仪表俊朗，举止不俗；穿着华贵绚美，就连帽上、衣上的装饰物也“充耳琇莹”“会弁如星”，名贵剔透，精美无比。要强调这位“君子”的卓尔不群，首要的便是外貌的铺陈。诗中浓墨重彩反复夸赞他的美貌和服饰，让人觉得他一定貌赛宋玉、潘安，气度高华，受人敬爱。

其次，是内心世界。第一章、第二章反复吟咏“赫兮咺兮”，盛赞“君子”心地光明磊落。人的外表固然很重要，但评价士大夫不是选美，君子之所以受人尊敬，决不仅是外表的堂皇，更重要的是心灵要光明，为人要磊落。作者通过对这位“君子”内心世界的揭示，进一步渲染了人物美好的形象。

第三，是内政公文的才能。“如切如磋，如琢如磨”，盛赞“君子”治学为文的严谨，他刻苦学思，仔细推敲打磨，使自己的文章锦绣芳华，就如象牙宝玉一样精美。春秋时期，士大夫或者出将入相，或者为卿为臣，都免不了要起草公文，处理政事，文章的优劣可以体现处理政事的能力高低。没有为政能力的人当然称不上“君子”。

第四，是外交能力。“猗重较兮”“善戏谑兮”，这是赞美“君子”的口才。春秋时代，诸侯之间经常往来，出使他国就成为考验士大夫外交能力的重要工作。机智敏捷，随机应变，善于辞令，应对自如，不失国体，不辱使命，是当时士大夫的荣耀和追求。此处作者又从交际言辞谈吐方面对“君子”加以赞誉。

第五，是高尚的品德。“如圭如璧。宽兮绰兮”，“君子”志坚意纯，宽仁平和，值得人们亲近信赖乃至敬仰。三章的起笔处都是赞美绿竹，此中自有深意。竹子虚心有节，清奇典雅，十分吻合君子的品格。诗中一再吟唱葱茏挺拔的竹林，正是对君子的美好写照。

◎考槃◎

考槃在涧①，硕人之宽②。独寐寤言③，永矢弗谖④。
考槃在阿⑤，硕人之薖⑥。独寐寤歌，永矢弗过⑦。
考槃在陆⑧，硕人之轴⑨。独寐寤宿，永矢弗告⑩。

【注释】

①槃（pán）：快乐。②硕人：形象高大丰满的人，不仅指形体高大，更指道德的高尚。③寤：睡醒。寐：睡着。④矢：同“誓”。谖：忘却。⑤阿：山阿，山凹进去的地方。⑥薖（kē）：舒适，欢畅。⑦过：忘记，错过。⑧陆：高而平的地方。⑨轴：徘徊往复。⑩告：哀告，诉苦。

【赏析】

《考槃》描写了一位山间隐士的生活和意趣，“考槃”有盘桓之意，指避世隐居。

诗的大意是：“远离尘嚣隐居在山涧，高大的身躯美好的形象胸怀宽广。独睡独醒独自语，誓不违背高洁的理想远离人烟。远离世俗隐居在山阿，高大的形象端庄又祥和。独睡独醒独自歌，誓不忘隐居的清静心欢乐。远离喧闹隐居在高原，雄伟的身躯心豪志又坚。独睡独醒独盘旋，誓不改变初衷此中乐趣实难言。”

这首诗极言隐士的形象、生活的美好以及做隐士的乐趣无边：

隐士的形象是美好的。“硕人之宽”“硕人之薖”“硕人之轴”，一再地加以赞扬。“硕人”在那个时代本就有身体健硕和品行高尚的双重含义，再加反复以“宽”“薖”“轴”来描写“硕人”，使人深受感染。“宽”的一种解释是心宽，另一种解释则是美貌；“薖”字指貌美，也可引申为心胸宽大；“轴”字一解美貌，一解自由自在。不管是貌美还是心胸宽广或是自由自在，都是夸赞“硕人”的美好。作者要表现的就是隐士外在形象好，内在心胸宽广品德高尚，为人宽厚仁善不计小节。隐士远离世俗，却不被世俗遗忘，虽然隐于山水林原，仍被世人倾心尊重。

隐士居住的环境是幽雅的。“考槃在涧”“考槃在阿”“考槃在陆”，作者采用了正面烘托的手法，点出隐士盘桓在水涧、山坳、高原。隐士在涧水飞泻的地方，那一定是山清水秀的福地，山风徐徐，水流泠响，翠鸟和鸣，猿鹿相伴；隐士在丘峦起伏的地方，那小山必会有青松翠柏，有山坳小溪，有清风明月；隐士在平展舒缓的高原，那原野一定是青草无际，呦呦鹿鸣，食野之苹，狐兔出没，野鹤时现，也许一泓清水缓缓流过，群羚悠然自得地在溪河中饮水，一切都是那样的祥和。水涧、山坳、高原，都是离开人群的地方，那里没有尘世的喧嚣，没有人与人之间的俗来俗往，更不会有战争。

隐士的生活是悠然的。“独寐寤言”“独寐寤歌”“独寐寤宿”，可以想象，隐士独居山间草堂，四周围着篱笆，篱笆内外有菜畦、有粮地。一个人耕种，可以丰衣足食。劳动之外读书、写字、弹琴，困了独自睡，醒了天已晌。正所谓“大梦谁先觉？平生我自知。草堂春睡足，窗外日迟迟”，而且是“此中有真意，欲辨已忘言”。隐士在幽静安适的环境中沉醉在自我的天地中，独睡，独思，独自张望，独自说话应答，独自咏诗歌号，独自游山玩水，这样的生活，在那个战争频繁的时代，真是舒畅自由至极。

归隐的好处是令人羡慕的。“永矢弗谖”“永矢弗过”“永矢弗告”，隐士发誓不违背初衷，要长享这远离人烟的乐趣，其实不仅仅是坚持高洁的理想。“士”指读书而有一定社会地位的男人，“隐士”就是隐居不仕之士。在古代做隐士确实很好：可以在山水之间自得其乐地尽享人生。孔老夫子在当年就曾感慨：“吾于《考槃》，见遁世之士而不闷也。”“独坐幽篁里，弹琴复长啸。深林人不知，明月来相照。”唐代王维描写的隐居生活更是诱人。在中国历史上，隐士有时也可以收名获利，商朝末的伯夷、叔齐，春秋时的柳下惠、鲁少连，都因隐居而出了名；唐代卢藏用隐居终南山等待征召，后来果然被朝廷以高士聘授高官，因而后来人把读书人以隐居自抬身价求仕的做法称为“终南捷径”。

◎硕人①◎

硕人其颀②，衣锦褧衣③。齐侯之子④，卫侯之妻⑤，东宫之妹⑥，邢侯之姨⑦，谭公维私⑧。

手如柔荑⑨，肤如凝脂⑩，领如蝤蛴⑪，齿如瓠犀⑫，螓首蛾眉⑬，巧笑倩兮⑭，美目盼兮⑮。

硕人敖敖⑯，说于农郊⑰。四牡有骄⑱，朱幩镳镳⑲，翟茀以朝⑳。大夫夙退㉑，无使君劳。

河水洋洋㉒，北流活活㉓，施罛濊濊㉔，鳣鲔发发㉕，葭菼揭揭㉖，庶姜孽孽㉗，庶士有朅㉘。

【注释】

①硕人：高大白胖的美人。②颀（qí）：修长。③衣锦：穿着锦制的衣服。“衣”作动词用。褧（jiǒng）：

布罩衣。④齐侯：指齐庄公。子：此处指女儿。⑤卫侯：指卫庄公。⑥东宫：太子居处。⑦姨：此处指妻子的姐妹。⑧私：女子称其姊妹之夫为“私”。⑨柔荑（tí）：白茅柔嫩之芽。⑩凝脂：凝结的油脂。⑪领：颈部。蝤蛴（qíu qí）：天牛的幼虫，色白身长。⑫瓠犀：葫芦籽。因色白，排列整齐，所以常用来比喻美人的牙齿。⑬螓（qín）首：形容前额丰满开阔。蛾眉：蚕蛾触角，细长而曲。这里形容眉毛细长弯曲。⑭倩：嘴角间好看的样子。⑮盼：眼珠转动。⑯敖敖：修长高大貌。⑰说：通“税”，停车。⑱牡：雄马。有骄：强壮的样子。⑲朱幩（fén）：用红绸布缠饰的马嚼子。镳（biāo）镳：盛美的样子。⑳翟茀（fú）以朝：野鸡毛羽作为车后的装饰。㉑夙退：早早退朝。㉒河水：此处特指黄河。洋洋：水流浩荡的样子。㉓北流：指黄河在齐、卫间北流入海。活活：水流声。㉔罛（gū）：大的渔网。濊（huò）濊：撒网入水声。㉕鳣（zhān）：鳇黄鱼。鲔（wěi）：鲟鱼。发（bō）发：鱼尾击水之声。㉖葭（jiā）：初生的芦苇。菼（tǎn）：初生的荻草。揭揭：很长的样子。㉗庶姜：指随嫁的姜姓众女。孽孽：高大的样子。㉘庶士：文姜的陪从。朅（qiè）：勇武。

【赏析】

《诗经》中的作品，多是摹写一些不随时间流逝而发生改变的主题，例如，这篇《硕人》，便是男人对女子的赞扬，它所罗列的美的标准，千年前是这样，现在依然不曾改变。

一个女子，首先要有好的修养，在现代，这需要好的教育，而在古代，则更多依靠好的家世；其次，要有好的容貌；再次，要有好的归属，坚固的避风港才能抵挡现实的风浪，使女子的娇艳能够得到最持久的绽放；还有重要的一点是，一个女子，要有好的品性，雍容娴静，坚贞自爱。在《硕人》中，作者所说的即为这四点，他好像是义不容辞地以所有男性的代表自居，毫不隐晦地表达了自己的观点，抑或是要求。

正因如此，诗作少了脉络和情节，多了整饬和摹写，不似《诗经》所固有的青葱淳朴，却更显得真实有力。首章，作者开篇便简单勾勒出一位美女的形象，这位美女是文姜夫人，她是齐庄公的女儿，卫庄公的妻子。“硕”即丰满而又白皙，复加一个“颀”字，将其亭亭玉立的倩影精简传神地摹写出来。随后，诗人开始描写女子的服饰，告诉读者这是一位贵族之女。接下来，诗人急切又细致地铺叙，交代了此女不但出身富贵，而且是王侯之门、帝辇之家。“身材——衣着——身份”的顺序安排，符合欣赏者正常的思维模式和渐进过程，并起到了制造悬念的功效：此女身材如此之好，身份又如此高贵，那她的相貌又当如何？于是，下文对其美貌的泼墨铺叙也就水到渠成了。

第二章中，对于女主人公的七个类似于电影特写镜头的描摹，给人们呈上了七幅纤微工巧的工笔画，生动形象的比喻，俘获了无数读者的心，女主人公艳丽绝伦的肖像，就此萦绕于读者的脑海，挥之不去。论及艺术效果，最传神的当为“巧笑倩兮，美目盼兮”八字。

六朝画家总结出的创作经验云：“传神写照，正在阿堵。”意思是说，摹写人物时，最关键的地方是人的眼睛，因为眼睛是心灵的窗户，凸显一个人的神采，莫过于凸显其笑靥中的双眸。当无数静态的比喻在历史长河中逐渐褪色时，“巧笑倩兮，美目盼兮”却仍然能够激活人们的联想和想象，亮丽生动，光景常新，这是因为，动态地摹写神态可以使人物气质突出，富有神韵。

最美的人，应该得到最坚实有力的护佑，这一点，任谁也不舍得否定，诗作接下来所做的，正是为这块美玉寻找一个契合的椟匣。作者极力地铺陈文姜出嫁场面的盛大，用她车乘的豪华，凸显出其归属者的权势强大。雍容华贵与富丽堂皇辉映，知书达理与文治武功相携，将相仕女，英雄美人，从来都是最恰切的组合。

关于此诗的主题，众说纷纭，除了赞美说以外，还有其他两种说法：一是“怜悯”说，二是“劝谕”说。前者是人们对于女子的护卫，后者是人们对于女子的告诫。据《左传·隐公三年》记载，卫庄公娶齐庄公之女文姜为妻，美而无子，受到谗嫉，卫人为之赋《硕人》。这是一种很温情的说法，人们为了维护这位美丽但没有孩子、还受到谗言所害的文姜，作诗声援。

另一种说法记载于《列女传·齐女傅母》，文姜初嫁，重衣貌而轻德行，其傅母加以规劝，使其“感而自修”，卫人为作此诗。这种说法，则显得严厉很多，但同样意出善心，立意高远。对于美貌且轻佻的女子，大家心存忧虑，劝勉归正，让其能有一个美好的未来，其心拳拳，其意切切，可表日月。

随着《诗经》的流传和经典化，《硕人》也得以成为题咏美人的“千古之祖”，能收容这么一位美丽的女子，实是《诗经》的幸运，而能被《诗经》所收容，却也是文姜夫人的幸运。这个高个子美女袅袅婷婷地俏立于黄河岸边，带着她的绝世仙姿穿梭于经典的字里行间，悠悠千年。

◎氓◎

氓之蚩蚩①，抱布贸丝②。匪来贸丝，来即我谋。送子涉淇③，至于顿丘④。匪我愆期⑤，子无良媒。将子无怒⑥，秋以为期。

乘彼垝垣⑦，以望复关⑧。不见复关，泣涕涟涟。既见复关，载笑载言⑨。尔卜尔筮⑩，体无咎言⑪。以尔车来，以我贿迁⑫。

桑之未落，其叶沃若⑬。于嗟鸠兮⑭，无食桑葚⑮。于嗟女兮，无与士耽⑯。士之耽兮，犹可说也⑰。女之耽兮，不可说也。

桑之落矣，其黄而陨⑱。自我徂尔⑲，三岁食贫。淇水汤汤⑳，渐车帷裳㉑。女也不爽㉒，士贰其行㉓。士也罔极㉔，二三其德㉕。

三岁为妇，靡室劳矣㉖。夙兴夜寐㉗，靡有朝矣。言既遂矣，至于暴矣㉘。兄弟不知，咥其笑矣㉙。静言思之，躬自悼矣㉚。

及尔偕老，老使我怨。淇则有岸，隰则有泮㉛。总角之宴㉜，言笑晏晏㉝。信誓旦旦㉞，不思其反。反是不思，亦已焉哉。

【注释】

①氓：民。蚩（chī）蚩：笑嘻嘻的样子。②布：古代货币，即布币。③淇：淇水。④顿丘：卫地名。⑤愆（qiān）：延误。⑥将：愿，请。⑦垝（guǐ）垣：破颓的墙。⑧复关：诗中男子的住地。⑨载：语气助词。⑩卜：卜卦，用龟甲卜吉凶。筮（shì）：用蓍草占吉凶。⑪体：卜筮所得卦象。咎言：不吉之言。⑫贿：财物。⑬沃若：润泽的样子。⑭于嗟：吁嗟，叹词。鸠：斑鸠。⑮桑葚（shèn）：桑树的果实。⑯耽：迷恋。⑰说：通“脱”，摆脱。⑱陨：坠落。⑲徂（cú）：往。⑳汤（shāng）汤：水势盛大。㉑渐（jiān）：沾湿。㉒爽：差错。㉓贰：有二心。㉔罔极：没有准则，行为多变。㉕二三其德：三心二意。㉖室劳：家务劳动。㉗夙兴夜寐：早起晚睡。㉘暴：凶暴。㉙咥（xì）：讥笑。㉚悼：伤心。㉛隰（xí）：低湿之地。泮（pàn）：岸，水边。㉜总角：古时儿童两边梳辫，状如双角。此处指童年。㉝晏晏：和悦的样子。㉞旦旦：明朗的样子。

【赏析】

在《诗经》中，《氓》具有划时代的意义。这种意义首先表现在，它是一首描写婚姻悲剧的长诗；其次，它是一首长篇叙事诗；这在中国文学史上并不多见。事实上，完整成熟的长篇叙事诗《孔雀东南飞》直到南朝徐陵的《玉台新咏》中才正式出现。

《氓》是一位劳动妇女在恋爱婚姻上被欺骗后所唱的怨歌。诗中叙述女子从恋爱到被遗弃、最后终于决定和负心丈夫决裂的过程。千百年来，《氓》以它独特的姿态存在于《诗经》当中，供人们不断地探索和发掘。

然而在《氓》一诗的主旨上，也曾产生过不少分歧。最初，大多数汉代学者都认为这是一首“刺淫奔”之作。宋代朱熹的出现将此诗的评说改变了航向，他在《诗集注》中阐明：“此淫妇为人所弃，而自叙其事以道其悔恨之意也。”很显然朱熹是从礼教的角度出发，“存天理灭人欲”，告诫女子要贞洁。这一观点大大扭曲了《氓》的美感。直到清代，这首诗才渐回归其“弃妇诗”的本义。

“氓之蚩蚩，抱布贸丝。匪来贸丝，来即我谋。”这个小伙子看起来忠厚老实，拿着一摞布匹来交换我的丝，其实你并不是来跟我交换什么布匹，而是想跟我结为连理啊。这个男子实在狡猾，分明就是醉翁之意不在酒啊。

“送子涉淇，至于顿丘。匪我愆期，子无良媒。将子无怒，秋以为期。”送你渡过了淇水来到顿丘，不是我故意拖延时间啊，实在是你没有好的媒人，你可千万不要生气，我们就暂且把秋天定为婚期吧。

“乘彼垝垣，以望复关。不见复关，泣涕涟涟。既见复关，载笑载言。尔卜尔筮，体无咎言。以尔车来，以我贿迁。”我时不时地登上城边倒塌的墙，眺望从远方来的人，看不见你，我的眼泪就不听使唤，一串串掉下来。终于有一天看到了你，我就不由得又说又笑。你去占卜看看有没有什么不好的预兆。没有凶兆，你就用车来接我，我带上家里配送的嫁妆跟随你。

成婚的场面热闹非凡，成婚时的心情激动兴奋。这两段讲述了这对男女从相识到相知到相爱再到成婚的全过程。这一路走来既有焦急的等待，也有甜蜜和炽热，不难看出女主人公是一个痴情种子。

“桑之未落，其叶沃若。于嗟鸠兮，无食桑葚。于嗟女兮，无与士耽。士之耽兮，犹可说也。女之耽兮，不可说也。”桑树还没有落叶的时候，它的叶子很新鲜，斑鸠啊，你千万不要贪吃那个桑葚。可怜的姑娘啊，你千万不要钟情，男子若是沉溺在爱情里面尚可以脱身，女孩可就无法脱身了啊。

“桑之落矣，其黄而陨。自我徂尔，三岁食贫。淇水汤汤，渐车帷裳。女也不爽，士贰其行。士也罔极，二三其德。”桑树落叶的时候，它的叶子枯黄不堪，纷纷掉落在地，自从我嫁到你家来，忍受着这苦不堪言的生活，当年你来接我的时候，水花打湿了车上的布幔。我又有什么错呢？可是你前后的态度却一百八十度的大转弯，你的心彻底变了。

这两段运用比兴的手法，用桑叶的枯黄比作女子的年老珠黄，形象贴切。笔意一转，尽显悲凉，且与前两章的内容形成鲜明的对比。女子哭诉自己婚后并不幸福，她后悔了当初的决定，更痛恨自己为什么陷得那么深，如今想拔出来实在很难。女子痛彻心扉地诉说自己被丈夫遗弃，但是身为妻子却又无能为力，只有满腔的怨恨和不甘。

“三岁为妇，靡室劳矣。夙兴夜寐，靡有朝矣。言既遂矣，至于暴矣。兄弟不知，咥其笑矣。静言思之，躬自悼矣。”多年来做你的妻子，吃了多少苦受了多少罪，家里的活大大小小都是我一个人干，如今家业已成，你却变心了。我娘家的兄弟姐妹竟然还不体谅我，他们嘲笑我，讥讽我，我只能独自流泪。

“及尔偕老，老使我怨。淇则有岸，隰则有泮。总角之宴，言笑晏晏。信誓旦旦，不思其反。反是不思，亦已焉哉。”曾经我们发过誓言要白头偕老，但是现如今这个愿望让我悔恨，淇水纵然再宽也有个岸边，地势的洼地再低也还有个边。可是你却这般狠心地将我抛弃。既然你不仁也不要怪我不义，我将狠下心来，彻底把你忘记。

《氓》中运用了大量的艺术手法，如顶真、呼告等，然而最令人赞叹的便是赋、比、兴手法的巧妙运用，赋兼比兴，抒情兼叙事，使得此诗主题更加突出。如第五章中，诗人运用“淇水”和“堤岸”两个比喻，将女子的悲惨刻画得淋漓尽致。

整齐的四言句式，也使得全诗的韵律灵活、和谐、优美。整首诗按照事情发展的顺序进行叙述，条理清晰，让人一目了然。同时，诗中对现实的描写，在一定程度上反映、批判了当时礼教对女子的束缚。

《氓》的影响深远，今天还时常用到“信誓旦旦”等词语。可以说，《氓》开创了弃妇诗的先河，也是弃妇诗中一曲震撼古今的绝唱。

◎竹竿◎

籊籊竹竿①，以钓于淇②。岂不尔思③，远莫致之。
泉源在左，淇水在右。女子有行④，远兄弟父母。
淇水在右，泉源在左。巧笑之瑳⑤，佩玉之傩⑥。
淇水滺滺⑦，桧楫松舟⑧。驾言出游⑨，以写我忧⑩。

【注释】

①籊（tì）籊：长而尖的样子。②淇：卫国水名。③尔思：想念你。尔，你。④行：远嫁。⑤瑳（cuō）：玉色鲜白，此处指露齿巧笑状。⑥傩（nuó）：行动有节奏的样子。⑦滺（yóu）滺：河水荡漾之状。⑧楫：船桨。桧、松：木名。⑨言：语气助词，相当于“而”。⑩写：排解。

【赏析】

《竹竿》是一首出嫁女子的思乡之曲。一个远嫁到别国的姑娘，日日夜夜思念着家乡的一切，心中满是感伤。思乡的情绪能让人触景生情。唐代著名诗人李白曾吟咏：“谁家玉笛暗飞声，散入春风满洛城。此夜曲中闻折柳，何人不起故园情。”故乡的一草一木总能勾起人无限遐思。《竹竿》也是通过对故国草木的描写来状写思乡之情。

《竹竿》一诗是历史上最早记载竹文化的诗篇。首章开篇，“籊籊竹竿，以钓于淇。岂不尔思，远莫致之”，竹竿又细又长，尖尖的如刀剑一般，要是拿它做成垂钓的鱼竿一定再合适不过了，淇水汤汤荡起层层涟漪，当年和伙伴们一起到淇水钓鱼游玩，这是多么惬意的事，我怎么能不想你们，只因路途遥远难以回去探望。这两句话是对往昔无忧无虑生活的回忆和怀念。

“泉源在左，淇水在右。女子有行，远兄弟父母。”清澈见底的泉水悄悄地从我左边溜走，碧波万顷的淇水浩浩荡荡从我右边奔腾而下。我当初出于无奈嫁到他国，从此与父母兄弟天各一方。女子回忆起当初与父母兄弟离别时的情形。在“泉水”“淇水”边，父母兄弟逐渐远去，女子站在船上看着亲人的身影渐行渐远。离别的场面和留恋的心情，无法忘怀。

第三章是对第二章的复沓，使文章无论在形式上还是内容上又递进了一步。“淇水在右，泉源在左。巧笑之瑳，佩玉之傩。”碧波万顷的淇水在我的右边滚滚流去，清冽的泉水在我身体的左面静静流淌。姑娘嫣然一笑，露出一口皓月般洁白的牙齿，她的腰间系着一方精美的玉佩，显得身姿绰约，亭亭玉立。

“淇水滺滺，桧楫松舟。驾言出游，以写我忧。”潺潺而流的淇水总是那么惹人怜爱，它就像一位姑娘的飘飘长发，万缕柔丝。今天我想把满腔的愁绪全部发泄出去。心动不如行动，于是我开始用松树的木头做一副划船的桨，一切都准备就绪的时候，我就撑起这长长的桨在水中飘荡，希望这河水可以冲去我所有的乡愁。

时间是最不耐磨的机器。从“巧笑之瑳，佩玉之傩”一句中不难看出曾经的即将出嫁的少女转眼间变成了一个成熟的少妇。容颜在变，不变的却是她那颗思乡的心，她撑着长长的竹竿旧地重游，或许再没有儿时的嬉闹玩耍，但有的是一种落叶归根的厚重和踏实。一、二两章运用回忆的手法叙述生活，而三、四两章则是想象自己回乡时的场景，主人公正是希望通过这些去化解她的思乡之苦，其间愁绪令人感动。

“故乡的歌是一支清远的笛，总在有月亮的晚上响起。故乡的面貌却是一种模糊的怅惘，仿佛雾里的挥手别离。离别后，乡愁是一棵没有年轮的树，永不老去。”席慕蓉的一首《乡愁》道出了千千万万游子的心。就算路途再遥远，看到家乡的淇水，想起家乡尖尖的竹竿，都能勾起女主人公思家的心。离开故土再久，故土的一切也仍在心头萦绕。

◎芄兰◎

芄兰之支①，童子佩觿②。虽则佩觿，能不我知？容兮遂兮③，垂带悸兮④。

芄兰之叶，童子佩韘⑤。虽则佩韘，能不我甲⑥？容兮遂兮，垂带悸兮。

【注释】

①芄（wán）兰：一种多年生的蔓草，又名萝摩。支：枝条。②觿（xī）：解结用具，形同锥。③容、遂：舒缓悠闲之貌。④悸：原指心动，此处指衣带摆动貌。⑤韘（shè）：钩弦用具，套于右手拇指，射箭时用于钩弦。⑥甲：借作“狎”，亲昵。

【赏析】

《芄兰》这首诗的大意是：“芄兰的枝蔓不断在伸长，那个小子佩戴了成人的饰样。虽然他已佩戴了成人的饰物，难道他真的会把我忘记？看他衣带拖地，人还不够长，却已是一本正经的模样。芄兰的叶儿肥果实如锥状，那个小子穿戴上了成人的饰装，虽然他穿戴上了成人的饰装，难道他会不与我亲近换了心肠？看他衣带拖地，人还不够长，却俨然一副老成的模样。”

从诗的内容来看，主人公是一个小女孩和一个小男孩，两人的家应是毗邻而居。他们从小在一起玩耍，青梅竹马，亲密无间，两小无猜。随着时间的流逝，他们不知不觉中已经长大，渐渐到了懂得男女之事的年龄。女孩心中已经暗生情愫，平日里时刻注意着他的一举一动，心里眼里都是他的身影。

渐大的男孩却更崇尚成人的体魄，一天他穿起了大人的衣服，戴上了大人佩戴的“觿”和“韘”，在邻家的孩子们面前夸示自己身材高大已经成人，不屑和女孩嬉戏，不免露出倨傲的神情。这对女孩却是不小的打击，因而才生出对男孩的贬斥和怨意。

诗作很是委婉细腻。芄兰的荚与象骨制成的锥形配饰“觿”很相像，因而作者以芄兰起兴。用芄兰的蔓慢慢伸长，比喻男女主人公慢慢长大，用芄兰成熟后的锥形果实，比喻人长大佩戴锥形的饰品，比与兴都用得十分贴切。当时贵族男子佩觿佩韘，标志着他对内已有能力主家，对外也已有能力治事习武。男女主人公自小关系非常亲密，可是，男孩穿上长衣，佩带觿、鞢后，觉得自己快是大男人了，快有能力主家了，自然想装成持重老成的样子，女孩则担心他不愿搭理自己了，因此产生“是不是不想和我好了”的疑惑，心中十分酸楚。作者对小儿女的心态把握得十分准确，心理描写也细腻传神。

男孩穿起大人衣服，不免宽绰肥大，垂带摆动拖地，可他自己却不觉得不合适，还装出一副成熟男人的模样。女孩对他的打扮却看不惯得很，“那不过是装模作样假正经罢了，瞧他那一副羞人的丑模样”。本来两人从前一起玩时都无拘无束，很是亲昵，现在他态度变得冷落，所以他的穿着、配饰、情态就处处招她生气，原来的他可爱、可亲、可昵，现在的他可气、可恼、可恨。她的鄙视、怨恨和嘲讽都是从自幼及今的依恋而来，怨恨嘲讽中隐隐含蓄着绵绵的情意。这种曲径通幽的心理描写，确实达到了很高的境界。

《芄兰》的题旨历来说法很多，归纳起来，大体有以下几种：

一、诗人因卫惠公骄傲无礼而作诗讽刺他；

二、卫国人因自己的国家弱小对后代教化条件不足而生发的慨叹；

三、时人讽刺霍叔而作，用童子僭越礼仪穿戴成人衣饰，讽喻霍叔不度德量力，帮助武庚作乱；

四、讽刺世俗父兄不能以礼仪教育后代子弟的诗；

五、当时卫惠公以童子即位行国君礼，因此卫国的大夫作诗来赞美他；

六、讽刺童子早婚而作；

七、小儿女之间的一首恋歌。

从这首诗本身的内容、口吻和细腻的心理描写看，最后一种说法应当是最贴切的，这当然不是定论。

◎河广◎

谁谓河广？一苇杭之①。谁谓宋远？跂余望之②。

谁谓河广？曾不容刀③。谁谓宋远？曾不崇朝④。

【注释】

①苇：芦苇，此处指芦苇编成的筏子。杭：通“航”，渡过的意思。②跂（qǐ）：踮起脚跟。③曾：竟。刀：通“舠”，小船。④崇朝：终朝，形容时间很短。

【赏析】

《河广》这首诗到底是谁、在何时、因何而作，历来争论不休。

《毛诗序》：“《河广》，宋襄公母归于卫，思而不止，故作是诗也。”清王枚《睢州志》也提到，宋襄公在旧城（睢县）北筑了一座高台，有人说他是为了能够眺望远方的母亲而建，他母亲就是《河广》的作者。以这位母亲的身世经历，写出这首诗来确实比较可信。

宋襄公的母亲，就是宋桓公夫人，卫国文公的妹妹。她为桓公生下儿子兹甫（后来的宋襄公）之后，遭到桓公的抛弃，被遣送回卫国。她的儿子长大后继承国君之位，是为宋襄公。襄公虽然文治武功出类拔萃，被誉为春秋五霸之一，但他也有普通人的感情，同样也会思念母亲的。当时他与母亲相见却是件难事，因为他身为国君，需要树立自身的形象以影响和教化国人。如果他把母亲接回来，担心宋国人说他违背父意不忠君父；如果不接回来，他这个当儿子的又不孝。不忠不孝都不能为国人做表率，于是他想了个两者都能兼顾的办法，就是修筑一个高台，登上高台就能看见在卫国的母亲。当然，这也仅是一种象征而已。

宋襄公在睢县北建筑“望母台”史载确有其事。春秋时期，睢县地处宋国西部边境的黄河南，卫国国都在黄河北，母子隔河相望倒也显得现实；同时睢县名叫乌巢乡，把“望母台”建在这有乌鸦反哺之意。这样一来，宋人都对襄公十分钦佩爱戴，国人因此团结一心，把国家建得富强，宋国成就了霸业。宋国因建起一座台子成就了霸业，这种说法虽失之牵强，但倡导孝道治国能够教化民风、聚拢人心倒也确实。

反观宋襄公的母亲，她回到卫国一定会思念自己的儿子，想念儿子又无法去看望，于是作了这首诗来抒发怨叹之情，这是可能的。我们来看看这首诗表达的意思：“谁说滔滔黄河又广又宽？一束芦苇就能渡到对岸！谁说宋国的路途漫长而遥远？踮起来脚跟就能看到其实就在眼前！谁说滔滔黄河又广又宽？那么宽的河却难以容下小木船！谁说宋国的路途漫长而遥远？早晨太阳还没有升高就能够去而复还！”

一位母亲，身为贵妇，儿子又为国君，但与儿子却身属两国，一河之隔，不能相见，被折磨的痛苦可想而知，怎会不抱怨。

还有传说，襄公的母亲回到卫国以后，见到卫国被狄人入侵，君灭国破，宋国又不来救援，作为卫文公的妹妹，家国牵系，她忧思不已，因而写这首诗，盼望宋国派兵渡河援救卫国。但从本诗“一束芦苇能渡到对岸、踮起脚就能见、河宽不能容小船”等内容看，这种说法就有些不符合实际。本诗明显基调哀婉，说它表达思念和怨意是贴切的，说它表达盼望救兵的心境不免费解。

还有人认为，这首诗是民间对宋襄公不把母亲接在身边奉养却建筑“望母台”标榜自己忠孝两全的虚伪行径的讽刺和鞭挞，这也不失为一种有趣的见解。

这首诗究竟是什么人作、为什么而作，恐怕永远都难以敲定，最严密的考据也不可能还原当时的事实，但这首只有四句的小诗的确意味深长。“谁谓河广？一苇杭之。”人心之航如此，人生之航也当如此，这种想象中含有拳拳禅意。

◎伯兮◎

伯兮朅兮①，邦之杰兮②。伯也执殳③，为王前驱。
自伯之东，首如飞蓬。岂无膏沐④，谁适为容⑤？
其雨其雨，杲杲出日⑥。愿言思伯，甘心首疾。
焉得谖草⑦，言树之背⑧。愿言思伯。使我心痗⑨。

【注释】

①朅（qiè）：威武。②杰：英杰。③殳（shū）：古兵器。④膏：妇女润发的油脂。⑤谁适为容：为谁修饰，为谁打扮。⑥杲（gǎo）杲：明亮的样子。⑦谖（xuān）草：萱草，又称忘忧草。⑧背：屋子北面。⑨痗（mèi）：忧思成病。

【赏析】

自人类出现以来，战争就一直没有停止过。古人常说“江山都是打出来的”，在他们眼里这是亘古不变的真理，他们相信只有战争才能换来和平。战争打响便意味着人的生命陷入危险，尤其是军人。然而军人在疆场上厮杀，最牵肠挂肚的莫过于他的妻儿老母。《伯兮》就是这样一首叙述相思和担忧的抒情诗，它用真挚的语言描写了一位妇女对久役于外的丈夫的深切思念，同时也反映了战争给民众

带来的痛苦。

《伯兮》一诗中的“伯”字十分抢眼，“伯”是指兄弟之间的排行。诗中女主人公称丈夫为大哥，这一现象在古代极为常见，民间流传的山歌中，男女对答时，也常以哥哥妹妹相称。

“伯兮朅兮，邦之杰兮。伯也执殳，为王前驱。”“哥哥啊，哥哥啊，你真是我们这个国家当中最威武雄壮的勇士了。你手持兵器是军队的统领，在战场上冲锋陷阵，一副所向披靡的样子。你如虎豹一般的气魄气吞万里山河，能成为你的妻子我真是万分自豪啊。”

女子用极其自豪的口气描述她的丈夫，从外貌体态到能力本领无不夸赞。而通过这段文字的细节描写也可以看出，这个远征在外的丈夫也的确有资本让他的妻子为他骄傲。

“自伯之东，首如飞蓬。岂无膏沐，谁适为容？”“自从哥哥你离开家东征在外，我无时无刻不在思念着你。头发凌乱了也没有心思打理，更别提什么涂脂抹粉了，因为我打扮好了又能给谁看呢？”这一章作者运用赋的表现手法展现了主人公的生活情境，描写了丈夫走后她百无聊赖的生活画面。后来这一“首如飞蓬”的形象成了思夫诗的典型形象。在我国古代诗歌当中，描写女子因思念常年在外的丈夫而无心梳洗的例子比比皆是。如李清照的《凤凰台上忆吹箫》：“起来慵自梳头。”

“其雨其雨，杲杲出日。愿言思伯，甘心首疾。”“祈祷天公快点下雨吧，可是老天好像跟你唱反调一样，偏偏太阳从云朵当中钻了出来。日复一日，年复一年，不知你什么时候才能回来，我宁愿想你想得头昏目眩，只希望你早日回来。”这段文字情真意切，感人肺腑。“其雨其雨，杲杲日出”这句话看起来与思念夫君没有什么直接联系，实则不然。每天期盼逢甘露，却总是事与愿违。用一种倒置的表达方式给人以新鲜别致的感觉，同时也起到了烘托渲染的作用，生动形象地表达了强烈的思夫之情。

痛苦的思念实在无法承受，所以想找忘忧草排遣。“焉得谖草，言树之背。愿言思伯。使我心痗。”“传说忘忧草可以让人忘记忧愁和烦恼，在你走的那天，我在墙角的树荫下种了一株株的忘忧草，从那以后我每天都在头上佩戴着它，可是这对我来说毫无用处，还是不能终止我对你的想念。我只求你能平平安安地回来，哪怕我相思成病也在所不惜。”从这一句不难看出这个女子对丈夫的思念已经到了如痴如醉、如痴如狂的程度。这一章妻子的每一句话可以说是感天动地，在思想感情上也概括了全文。

《伯兮》一诗思想感情浓烈，语言平易朴实，第一章和第二章用赋的表现手法展现了主人公的生活情境。第三章和第四章用比兴的手法深化了女子对丈夫的真挚感情。艺术手法浑厚平实。第三章中的“雨”和第四章中的“草”皆运用比兴的手法，鲜明的渲染和反衬，烘托出女子对丈夫的自豪中还隐藏着一丝惦念和担忧，如痴如醉的相思中暗含着对爱的忠贞不渝和誓死相随。

这首诗所描写的思念不同于一般的男女相思。它是特殊的，特殊在于诗中的男主人公是驰骋沙场的将士，所以这种思念非比寻常，有骄傲、有担忧、有害怕、有孤独、有期盼平安、更有希望早日归来。而在家独自等待的女子更是让人钦佩，她必定是坚强的、隐忍的、深明大义的，更有一颗忠贞不屈、耐得住思念和等待的心。

◎有狐◎

有狐绥绥[①]，在彼淇梁[②]。心之忧矣，之子无裳[③]。

有狐绥绥，在彼淇厉[④]。心之忧矣，之子无带。

有狐绥绥，在彼淇侧[5]。心之忧矣，之子无服。

【注释】

①绥绥：独行求匹貌。②淇：水名。梁：桥。③之子：这个人。④厉：水深及腰，可以涉过之处。⑤侧：岸边。

【赏析】

《有狐》一诗的主旨颇难理解，过去一般认为这首诗是用来讽刺君王的昏庸，因为当时君王没有贯彻“为了使人口增加而让失去配偶的人彼此成婚”的政策。然而后代多位学者通过查询《史记》《国语》里的史实，论证出这种观点不足为信。

宋代一批经学家虽然也同样反对《毛诗序》当中的观点，可是他们毕竟是站在礼教大防的角度去赏析。他们指出，《有狐》的主旨无非是“寡妇见鳏夫而欲嫁之”。单从字面上来看，何来“寡妇”？何来“鳏夫”？这种以经学为基准的片面观点，难免有穿凿附会之感。

抛去这些见解不看，单从字面上来理解，很容易看出《有狐》就是一首相思诗，它描写了一个女子对流离在外的亲人的思念和关怀。这里没有太多点染和描述，更没有什么风花雪月的浪漫，有的仅仅是质朴和真真切切的生活。诗以一个女子的口吻进行叙述，清新自然，感情充沛哀婉。

“有狐绥绥，在彼淇梁。”有只狐狸在岸边独自慢慢行走，徜徉于宽阔的淇水桥上。这一句话就是众家分歧的导火索，有学者认为狐狸这种动物是“妖媚之兽”，独自在岸边行走，一定是在求偶。也有人认为，这一句仅仅是起兴之语，并没有弦外之音。“心之忧矣，之子无裳。”我的心中十分悲伤，因为他连条裤子都没有，让人看了心酸不已。这一段只是单纯地表达了女子对心爱之人的惦念，衣不蔽体叫她放心不下。因为“狐”既然是单独地静静地走在岸边，必定不是有求偶之意。著名学者、古典文学专家李炳海认为：“在《诗经》产生的历史阶段，狐作为男性配偶的象征，已经是约定俗成的习惯，狐形象的此种内涵对于那个时代的人们来说是不言而喻的。”这句话更是否定“求偶”内涵的有力论证。

“有狐绥绥，在彼淇厉。心之忧矣，之子无带。”有只狐狸在岸边独自慢慢行走，游走在淇水岸边柔软的浅滩上。我的心中十分悲伤，这人无带系腰间。这一段无论从句式上，还是用词上都与上一章十分相近。回环往复，层层复沓。

“有狐绥绥，在彼淇侧。心之忧矣，之子无服。”狐狸独自慢慢地走着，走在淇水岸上头，像是在等待什么，像是在遥望什么，又像是在思念什么。我此时此刻心如刀绞，他连衣服也没有啊。

全诗共三章，句子简单明了，每章都以“有狐绥绥”作为开头，以“狐”起兴，意在突出后面对心爱之人的担心和挂念。“心之忧矣”一共出现了三次，从表面上看没有任何变化，细细玩味，此处却大有文章。这三次的担忧各有不同，从“裳”到“带”，再到“服”，由下而上，层层透出细致入微的感情，一层比一层感情浓厚，突出了女子对远征男子无微不至的关怀。虽只是平常百姓家嘘寒问暖的简单问候，却显得真实动人。

有些东西越是简单平常，越是弥足珍贵。《有狐》一诗三叹其“忧”，忧心上人的冷暖，怕他没法添衣御寒。这是多么普通，多么质朴的关爱。狐徘徊独自行走的情景一再重复，这其实是女子那颗放心不下的心。淇水渐渐平息，但平息不了女子思念的心。

◎木瓜◎

投我以木瓜[1]，报之以琼琚[2]。匪报也[3]，永以为好也。

投我以木桃[4]，报之以琼瑶。匪报也，永以为好也。

投我以木李[5]，报之以琼玖。匪报也，永以为好也。

【注释】

①木瓜：一种落叶灌木（或小乔木），果实长椭圆形，色黄而香，蒸煮或蜜渍后供食用。②琼琚（jū）：美玉。③匪：非。④木桃：果名，即樝子，比木瓜小。⑤木李：果名，即榠樝。

【赏析】

《木瓜》是《诗经》中的名篇，传诵很广。它言简意赅，读起来朗朗上口，让人想忘记都难。相互赠答，礼尚往来是中华民族的传统，在多部作品中均有体现，如汉代张衡《四愁诗》中："美人赠我金错刀，何以报之英琼瑶"。《诗经·大雅·抑》中的"投我以桃，报之以李。"意义都与《木瓜》大抵一致。

关于《木瓜》一诗的主旨，古往今来见解颇多。汉代《毛诗序》云："《木瓜》，美齐桓公也。卫国有狄人之败，出处于漕，齐桓公救而封之，遗之车马器物焉。卫人思之，欲厚报之而作是诗也。"意思是说卫国遭遇狄人侵犯时，齐桓公曾经救过卫君。卫人思念桓公的恩惠，欲以厚礼去回报人家故而作此诗。

华夏民族是一个礼仪之邦，人与人之间的交往都遵循着"来而不往非礼也"的信条。从宋代开始《木瓜》"男女相互赠答"之说开始盛行开来。朱熹在《诗集传》中阐明自己的观点："言人有赠我以微物，我当报之以重宝，而犹未足以为报也，但欲其长以为好而不忘耳。疑亦男女相赠答之辞，如《静女》之类。"他认为这首诗是写一个男子与钟爱的女子互赠信物以定同心之约。

客观来说，本诗并没有在字面上透露任何详细信息，也没有什么蛛丝马迹可供读者寻找。所以平心而论，这首诗的范围很广，读者可以根据自己的理解对《木瓜》一诗的主题进行自由的探索和想象。说是送朋友，送亲人，官场送礼都无可厚非，因为它就是一首通过赠答表达深厚情意的诗作。

"投我以木瓜，报之以琼琚。匪报也，永以为好也。"你赠送给我一个圆润清香四溢的木瓜，我回赠给你一方精美的佩玉。这不是简简单单的回报啊，而是我发誓要与你永远相好的誓言。

"投我以木桃，报之以琼瑶。匪报也，永以为好也。"你送给我蜜糖般甜蜜的木桃，我回赠你晶莹剔透的宝玉。这并不是简简单单的回报啊，这是我要永久与你相好的决心。

"投我以木李，报之以琼玖。匪报也，永以为好也。"你送给我味美清爽的木李，我回赠给你一串珍珠般的玉石。这不是寻常的物与物的交换，而是我要与你永久相好的意愿。

"琼"原意是赤玉，"琚"是佩玉，"瑶"是稍次一等的玉。你送的是水果，而我回赠的却是美玉，后者价值远远大于前者。但从中可以看出，回赠之人并不看重世俗的价值，而是在乎这份相互珍惜的情意，真情并没有高低贵贱之分。

这首诗从形式上来看属于重章叠句，回环复沓。反复吟诵同一个意思，只在几个字上稍加改动，每章的后两句一模一样，就是前两句也仅一字之差。"琼琚""琼瑶""琼玖"所讲都是玉类，无非大小形状不同而已。"木瓜""木桃""木李"也都是同一属的植物．其间的差异及其微小。这就造成了一种跌宕起伏之美，非常利于用来歌唱。值得注意的是，每一层所表达的思想感情都越来越浓，这种表现手法是《诗经》的一大特色，正所谓一唱三叹，余音袅袅，绕梁三日而不绝。

《木瓜》一诗在遣词造句上也十分讲究。全诗每章四句，除"匪报也"以外其他每句都是五言句式，而且基本上都是对偶句。每章的后两句末尾，都用了一个"也"字，"也"是语气助词，它有加强语气的作用。"匪报也"当中的"也"加强了肯定的语气。因为这一句翻译过来是"这不是简简单单的回赠"，这是一个陈述句，所以此处的语气是毫不动摇的，用一个"也"字，显得意味浓厚。而"永以为好也"中的"也"，虽然也有表示决定的意味，却更突出了一种愿望，一种对未来的憧憬。诗人在虚词的运用上，分寸拿捏得如此之妙，不得不让人佩服其精深的文字功底。

生活中的真诚无处不在，它就像一种润滑剂，能消除人与人之间的摩擦。就像《木瓜》中果子与美玉的价值大不相称，但是物品本身的价值已不重要，重要的是这个信物代表着两颗没有戒备、坦诚相待的心，它就像一座桥梁，沟通着彼此的心灵。

平王东迁

《王风》共10篇。东周洛邑之诗。周平王东迁，王室之尊与诸侯无异，其诗不能复雅，故贬之，谓之王国之变风。

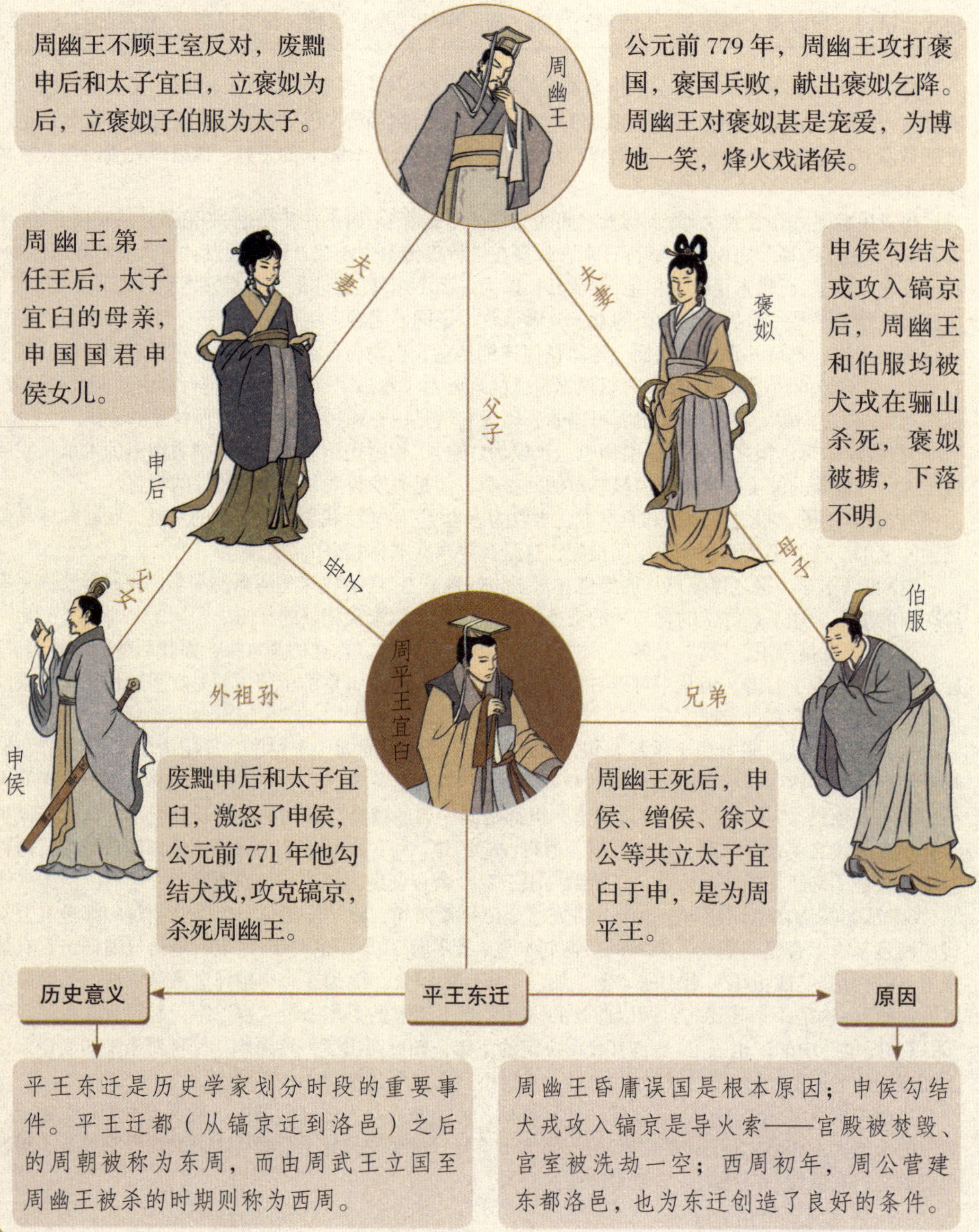

周幽王不顾王室反对，废黜申后和太子宜臼，立褒姒为后，立褒姒子伯服为太子。

公元前779年，周幽王攻打褒国，褒国兵败，献出褒姒乞降。周幽王对褒姒甚是宠爱，为博她一笑，烽火戏诸侯。

周幽王第一任王后，太子宜臼的母亲，申国国君申侯女儿。

申侯勾结犬戎攻入镐京后，周幽王和伯服均被犬戎在骊山杀死，褒姒被掳，下落不明。

废黜申后和太子宜臼，激怒了申侯，公元前771年他勾结犬戎，攻克镐京，杀死周幽王。

周幽王死后，申侯、缯侯、徐文公等共立太子宜臼于申，是为周平王。

平王东迁

历史意义

平王东迁是历史学家划分时段的重要事件。平王迁都（从镐京迁到洛邑）之后的周朝被称为东周，而由周武王立国至周幽王被杀的时期则称为西周。

原因

周幽王昏庸误国是根本原因；申侯勾结犬戎攻入镐京是导火索——宫殿被焚毁、宫室被洗劫一空；西周初年，周公营建东都洛邑，也为东迁创造了良好的条件。

王风

◎黍离◎

彼黍离离①，彼稷之苗②。行迈靡靡③，中心摇摇④。知我者谓我心忧，不知我者谓我何求。悠悠苍天，此何人哉！

彼黍离离，彼稷之穗。行迈靡靡，中心如醉。知我者谓我心忧，不知我者谓我何求。悠悠苍天，此何人哉！

彼黍离离，彼稷之实。行迈靡靡，中心如噎⑤。知我者谓我心忧，不知我者谓我何求。悠悠苍天，此何人哉！

【注释】

①黍（shǔ）：黍子，去皮后叫黏黄米。离离：行列之貌。②稷（jì）：高粱。③靡靡：行步迟缓貌。④摇摇：形容心神不安。⑤噎（yē）：气逆不能呼吸。

【赏析】

周平王东迁洛邑以后，河南省的洛阳、孟州市、巩义市、温县一带，产生了许多民间歌谣，它们大都带有乱世苍凉哀怨的气氛，反映了当时战争频繁、人民无处为家的社会现实。在《诗经》中，这些歌谣集结起来，统称为《王风》。从地理位置上说，它们是从王城产生的歌谣。从政治蕴含和艺术手法上说，它们虽大多叙述王城之事，但缺乏《雅》的正统，而显得深沉厚重，别有寄托。《黍离》序于《王风》之首，历来备受推崇，是《诗经》中的经典之作。

《黍离》的主人公，属于这样一类人：他们敏感而又超前，才华横溢、境界高远，总能思常人不能思，但也因之不得不忧常人所未忧，由此也背负上常人不可想象的痛苦和孤独。

诗作讲述东周迁都之后，一位易代大臣因为某个机会回到曾经的西周故都，想再一次找回过往岁月的痕迹，却不料事与愿违。放眼望去，曾经的故地，皆变成片片葱绿的庄稼，昔日的繁华和战火无一觅处，只剩下一些断墙残垣。作者曾经在此任职、生活，留下了几多爱恨与际遇，沉淀了深厚的感情，而现在，却是人非物亦非，徒增伤感。

诗人漫无目的地行走在庄稼间，眼前的景物勾起他的无限愁绪，思绪纷纭间，曾经被克制住的情思尽数涌上心头。对故国的追思、对百姓的痛惜、对历史的感慨和敬畏，纷至沓来，急切而又阔大。为什么政权会兴衰更迭，人类社会的历史怎么才能保持安稳长久，渺小的人类如何才能战胜时间的规律，人的弱点何以如此顽固……这些终极的问题，疯狂地在主人公脑海中旋转，长久得不到解答。

最令人不堪的是这种忧思无人理解，也无人分担。“知我者谓我心忧，不知我者谓我何求”，众人皆醉我独醒的境遇，并非每个人都能承受。思索得太深、追问得太深的人，总有孤独、尴尬、委屈如影随形。诗人孤独一人对抗着这些压迫内心的追问，最终无法承受，几乎达到崩溃的边缘，所以他才仰天怒号，叩问苍天。由此，此诗一脱其他《诗经》作品的质朴美好，变得苍凉感伤。

有学者指出，诗人选取的是一种“物象浓缩化，而情感递进式发展”的写作手法，全诗的行文逻辑与庄稼的生长密不可分，诗人用庄稼的出苗、成穗、结实，来记述时间的演进和抒情主人公逐渐增强的情绪。全诗三章，仅易数字，回环往复，对主人公而言，接连袭来的忧郁简直要承受不住，从“中心摇摇”进而到“中心如醉”，到最后“中心如噎”，情绪压抑得喘不过气来。每章后半部分形式上完全一样，在一次次反复呼喊中，情感力度逐章加深，最终汇聚成澎湃之势，给读者以深切的震撼。

后世的许多文人，都深受此诗的影响。“知我者”并非没有，仅仅是相隔太久而已。历次朝代更迭过程中，都有人泪水涟涟地吟哦着兴亡之思，曹植的《情诗》，向秀的《思旧》，刘禹锡的《乌衣巷》，姜夔的《扬州慢》，无不带有《黍离》的影子，发人感慨，催人泪下。这些属于不同时代、但同样敏感的思考者，正是彼此的知己。

正因为诗人思考的问题带有终极性和普泛性，所以诗作的解读方式也可以是多样的。诗篇起始便将镜头对准一望无际的庄稼，奠定出阔大、朴实而又荒凉的基调，使读者的思绪得到张扬。其后，除了“黍”和“稷”之外，作者没有再描述其他具体物象，也没有给读者提供更多的事件信息。因而，作品整体便呈现出一种蕴藉开放之势，读者完全可以立足于诗作本体，发挥想象，构建一部属于自己的《黍离》。

通过想象，读者可以看到一个思想者，面对饱含生机的庄稼，独自吟哦着自己的痛楚。这种伤痛，只有“知我者”才会理解，而这样的“知我者”，可遇而不可求。

◎君子于役◎

君子于役，不知其期，曷至哉？鸡栖于埘[①]，日之夕矣，羊牛下来。君子于役，如之何勿思？

君子于役，不日不月，曷其有佸[②]？鸡栖于桀，日之夕矣，羊牛下括[③]。君子于役，苟无饥渴[④]！

【注释】

①埘（shí）：在墙壁上挖洞做成的鸡舍。②佸（huó）：会合。③括：至。④苟：表推测的语气词，大概，也许。

【赏析】

《君子于役》抒写的是一名妇女对在外服役的丈夫的殷切思念。

诗的首章抒发了这名妇女思念远方丈夫的怨苦心情：“我的丈夫还在外面服兵役，不知道期限有多长，也不知道什么时候才能回家？鸡儿自己进窝了，天色已经向晚了，羊和牛也从野外回来了。我的丈夫在外服役还是不归，怎能让我不想念呢？”

“君子于役，不知其期”，直接点明所要抒发的事情；“鸡栖于埘”到“羊牛下来”，以反衬手法表述了家畜尚且早出晚归，而人却杳无归期；“君子于役，如之何勿思”，表现这名妇女思念的痛切。丈夫是最亲的人，然而她却既不知他在哪里，又不知他什么时候回来，怎能不引得她大声问话，“曷至哉”？本章此句表达的情感最为强烈。

下面一章表达了妇人对于丈夫的眷恋和惦念：“我的丈夫还在外面服役，已经不能用日和月来计算时间。时日漫长，道路迢迢，关山阻隔，不知何时才能再相见。鸡儿已栖息在窝里的木桩，天色已经很晚，羊和牛从野外回来进了圈。我的丈夫却还在外面服役，但愿他不至挨饥受渴遭摧残。”

从“君子于役”到“曷其有佸”，再次抱怨服役期的长远；从“鸡栖于桀”到“羊牛下括”，慨叹鸡、牛、羊已经开始在窝圈栖息，丈夫仍是不归；最后“君子于役，苟无饥渴”，细腻传神地刻画了这位妇女退而求其次的心理，丈夫今晚是回不到家了，明日的企盼也还是遥无归期，那也就只好退一步祈求，盼望日久难归的丈夫不要受到饥渴的煎熬。妻子思念丈夫的感情更进一步，盼夫归来的渴望反而溃退了，真的是无望又无奈。这一章写得更加深沉，穿透人心。

这首诗具有很高的艺术性：

首先，诗中有独特而优美的意境创造。意，就是人的想法、想象、意图、意念，境，就是境况、实景、实物。以情绘景以景托情，意与境的完美结合，会使文学作品愈加生动而深刻，予人心灵的感染力也会更为强烈。本诗勾画的是一名感情深挚的妇女对丈夫的深深思念，这种盼归的情感意念与晚间鸡归、牛羊回归的实事真境一经结合，便使人在不知不觉中被带进那远古的山村：落日接山，暮色暗沉，鸡栖于窝，牛羊入圈，一位少妇倚门而立，目光迷离地遥视远方。随着夜色加浓，她的忧愁愈浓，夜色增加了凄凉之感，人的心境与这乡村晚境融为一体。畜禽尚能按时归“家”，而远戍的人不见归来，怎能不使少妇愈加悲伤！此情此景让她情何以堪？

其次，这首诗有着饱含情感的臆想叙述。诗句表面是描述禽畜已归人何不归，但透过表层，只要稍加体味就会感悟：禽类到了晚间都会回窝，牛羊也都懂得回转，作为丈夫，难道不知妻子是如何想念你吗？你不知道应当早早回家吗？这种引人透过自然质朴的乡村画卷而臆想揣摩背后无限辛酸故事的表达方式，拥有触人痛处的强烈感染力。

最后，本诗自然美感极强。落日余晖，碧野迷茫，牛羊下山，鸡栖于埘，整个情景充满着宁静的田园幽情，宛然一幅乡村风俗画，带给人的却是一种淡淡的忧伤。向晚时分，喧嚣始静，日要西下，人要归家，人类对家的眷恋在这向晚时间最为强烈，这是在外游子最想回家的时刻，“日暮飞鸟还”，“日暮苍山远”，“日暮乡关何处是”，有多少后人以日暮作引，吟咏思归之情，《君子于役》便开了这种“日暮情结”的先河。

品读本诗，仿佛听到那位倚门而立的女人一声声轻轻的叹息，看到了她眼中一颗颗晶莹欲滴的泪花，触摸到了她那担心丈夫在外受苦受难的心灵中一阵阵的怦跳，让人不免对这位感情细腻真挚、日日盼望夫归的古代女子产生一种莫名的亲近、同情和敬重。

◎君子阳阳◎

君子阳阳[①]，左执簧[②]，右招我由房[③]。其乐只且[④]！
君子陶陶[⑤]，左执翿[⑥]，右招我由敖[⑦]。其乐只且！

【注释】

①阳阳：快乐的样子。②簧：古乐器名，笙。③由房：游乐。④只且：语气助词。⑤陶陶：和乐舒畅貌。⑥翿（dào）：歌舞所用道具，用五彩野鸡羽毛做成，扇形。⑦由敖：游遨。

【赏析】

诗如电视编导组镜一样，摄取了两组歌舞的场景：一场是包括“君子”在内的众人，有的笑容满面，有的演奏笙簧，有的随着舞曲跳着欢快的舞蹈，整个气氛快乐融融；一场是众人拿着用鸟羽制作的舞具欢舞，或演奏美妙的舞曲，其中的“君子”似乎兴奋至极，一边自己跳舞，一边还鼓动别人狂欢。

诗中的主人公有“君子”，有“我”，还应有他人，君子阳阳、君子陶陶，都是描述君子和乐的样子，再加上欢快的乐曲和舞蹈，成就了一派欢欢喜喜热热闹闹的行乐图。然而一片欢快而热烈的背后有着怎样的故事呢？

关于此诗题旨，史上历来就争论不一，再加上现代人的望文生义，说法更为纷繁，归纳起来可有八种之多：一是君子遭乱，招人相聚谋求全身而退的场面；二是乐官辞官归隐，诗中叙述的是舞师和乐工共同歌舞欢聚言别的场面；三是行役丈夫回家与家人庆贺生归；四是殷实人家夫妻恩爱，情深意笃的歌舞自娱；五是讽刺君子的冶浪行为之作；六是将军凯旋后庆贺胜利的场景；七是周天子醉生梦死的写照；八是情人相约出游，载歌载舞的游乐诗。

我们且以《毛诗序》和朱熹《诗集传》两种题旨的说法来比对解读：

《毛诗序》说：“《君子阳阳》，闵周也。相招为禄仕，全身远害而已。”意思是说诗中的场景是乐官（君子）遭乱，招下属归隐的聚会。

朱熹《诗集传》认为：“盖其夫既归，不以行役为劳，而安于贫贱以自乐，其家人又识其意而深叹美之。”这是说征夫回家后与妻子自娱自乐。

如上两种，显然解读题旨角度不同，诗的意义必然不尽相同，甚至差异较大，如果是君子（乐官）避祸辞官归隐，其乐不该是尽情的，应是有苦不言，苦中寻乐，或者还应含有分离的哀痛；如果是征夫归家与妻子欢庆，那该是死别后庆幸生逢的极度欢乐，那该是怎样一种狂欢！

从诗文本身的内容来看，本诗应是描写舞师与乐工共同歌舞的场面。当然，仁者见仁，智者见智，诗作的隐晦给了读者更多的想象空间，让人尽情咀嚼那场远古狂欢的幻惑味道。

◎扬之水◎

扬之水①，不流束薪②。彼其之子③，不与我戍申④。怀哉怀哉⑤，曷月予还归哉⑥？

扬之水，不流束楚⑦。彼其之子，不与我戍甫⑧。怀哉怀哉，曷月予还归哉？

扬之水，不流束蒲⑨。彼其之子，不与我戍许⑩。怀哉怀哉，曷月予还归哉？

【注释】

①扬之水：激扬之水。②束薪：成捆的柴薪。③彼其：那个。④戍申：在申地边境防守。⑤怀：平安，一说思念、怀念。⑥曷：何。⑦束楚：成捆的荆条。⑧戍甫：守卫甫国边境。⑨束蒲：成捆的蒲柳。⑩许：地名。

【赏析】

戍边战士，独自伫立扬水之畔，看着滚滚流逝的河水，思妻之情涌上心头：妻子还在独自辛劳吧，本来砍柴等男人干的重活，她在家里也要一肩承担。多想砍好成捆的薪柴，托付河水带去妻子身边，为其分担劳苦，无奈扬水载不起这份沉重。河水奔流不息，正如我越走越远，而妻子，就像那捆不随流水而去的薪柴，永远伫立家中，独自等待，不离不弃。如此轻的河水，怎样才能把我这成捆柴

草般沉重的相思，带给远方的妻子？何时我们再能团聚？

在《诗经》中，总能找到这种脉脉感动。这份浓烈的思念，在这篇《王风·扬之水》中，被作者用短短数十字，描述得淋漓尽致。

全诗回环复沓，把一份相同的相思，反复吟诵了三次。各章不同之处仅在于柴草的名称和戍边的地点。每章最后的“怀哉怀哉，曷月予还归哉”一句是主人公浓得化不开的伤感，是他明知相聚无期却每日掐指计算的期盼。这样悠悠而又连绵不绝的念叨，真切地表现出远戍战士的思家情怀。

诗歌采用日常口语，不追求统一规整，而是用直白的语言描摹真实的情景，力图再现真切的思念，一切以原汁原味为准。三言、四言、五言、六言，只要有利于表现，统统进入诗中，丝毫不排斥句法的错落。口语化句子，朴实而又生动，最能代表下层农民出身的士兵的口吻，也最能扣动读者的心弦。当一个人远离家乡，被思念折磨得坐立不安时，会是怎样的心情？一定是像这位主人公这般，看到流水便伤感无限，无望归期却难止期盼，千言万语化成最简单的反反复复，唯有汹涌的情感在心中愈积愈浓。

因为最真醇，所以最打动人，诗篇由此获得了旺盛的生命力，流传广远。后代的学者，立足于这一真挚的相思，基于家国情怀的共同性，又把它上升到邦国关系的高度，深含褒贬。

《毛诗序》说：“《扬之水》，刺平王也。不抚其民而远屯戍于母家，周人怨思焉。”春秋时期，申国常常遭受楚国侵扰，而周平王的母亲是申国人，为了不让母亲的故国频受侵犯，周平王便派王国军队驻守申国。驻地的士兵们为了保护一片陌生的土地而远离父母家乡，内心自然感到不满，这首《扬之水》便是士兵们此种情绪的流露。

这种包含政治关系的说法，没有冲淡上文中战士对家人的思念，还增加了诗作的内涵层次，使短短的诗作包含了亲情爱情、政治针砭、政策评价的方方面面，把一幅充满浓浓相思的画面放置到春秋时代战乱纷纷的背景中，内蕴陡然厚实，境界愈显广阔。

那载不动薪柴的流水，因此增加了一份含义，借喻东周皇室。欧阳修以为：“曰激扬之水其力弱不能流移于束薪，犹东周政衰不能召发诸侯，独使国人远戍，久而不得代尔。”这种观点，细致地剖开了当时纷杂的政治关系：春秋时期，东周政权已岌岌可危，无力支配众诸侯，平王想保护母亲的故国，但无力左右诸侯间的征战和侵略，也无力派遣别的诸侯前去驻守，只得从自己的民众中抽调军士。

研究者邓翔更进一步，从诗中找出了造成这种局面的原因：“王者下令如流水之源，所以裕其源者，盖有道矣，故势盛而无所不屈。今悠扬之水至不能流束薪，何足以用其民哉。”流水不盛，是因为未能广开源头，导致下流轻缓，负重无力，周王室之所以如此窘迫，是因为无道，像源头堵塞的河流，未能开诚布公，广纳民意，因此黯然失势，不仅不能调停诸侯的纷争，更不能使民众安于听命，享受和睦太平。

到此，这首诗已经被后人挖掘得很深了，评论者从夫妇相思入手，演绎到政治纷争，最后探究到兴亡的缘由，一脉相承，未见阻遏。《王风》中的其他一些作品，如《黍离》《兔爰》等，也是如此：从普通的事件，推衍到王室衰微，诸侯并起，征战隔离亲情，百姓流于苦楚。一致的思想，明显的寄托，让人一读就知，意思并非止于字面。别有兴寄，感时伤事，这正是《王风》与众不同的艺术特色。

◎中谷有蓷◎

中谷有蓷[①]，暵其干矣[②]。有女仳离[③]，嘅其叹矣。嘅其叹矣，遇人之艰难矣！

中谷有蓷，暵其脩矣[④]。有女仳离，条其歗矣[⑤]。条其歗矣，遇人之不淑矣！

中谷有蓷，暵其湿矣[⑥]。有女仳离，啜其泣矣。啜其泣矣，何嗟及矣！

【注释】

①中谷：同谷中，山谷之中。蓷（tuī）：益母草。②暵（hàn）：干枯。③仳（pǐ）离：妇女被夫家抛弃逐出，后世亦作离婚讲。④脩：干燥。⑤歗（xiào）：痛声。⑥湿：通“㬤”，干。

【赏析】

《中谷有蓷》是一首弃妇的怨歌。《诗经》中有很多美丽清新的爱情故事，也有像《中谷有蓷》这样苦楚凄然的控诉。因为背弃与相恋一样，都是爱情和婚姻中固有的、不可回避的遭际。

在古代，女子由于自身力量的弱小，只能把婚姻当作对自己一生幸福的博弈，若遇到好的归宿，则一生幸福，若遇人不淑，便只能独自品尝凄惶的人生滋味。正如唐代诗人白居易在其诗作《太行路》中所写的那样：“为人莫作妇人身，百年苦乐由他人。”唐代如此，《诗经》的时代，亦是如此。

全诗三章，只易数字，反复吟咏，每节都用山谷中的益母草起兴开头，最后再以妇人自身的觉悟和感叹结尾，如此回环往复，产生了浓郁的悲伤。最终，妇人在长久的悲痛之后，终于发出了“遇人之艰难”“遇人之不淑”和“何嗟及矣”的感叹。她面对无义的丈夫和窘迫的现实，没有自怨自艾，而是冷静地回思和分析，显得清醒而坚毅。

“蓷”，即为益母草，是一味中草药，有明目益神的功效，常用作妇女病的治疗和调养。很显然，这是一种比兴手法，是作者借用相关的事物引出所吟咏的主题。然而，后世的评论者们，有不少却背离了这一常规路径，用干枯的益母草，牵强曲解，似乎是希望为负心男找些借口。《毛诗序》说：“《中谷有蓷》，闵周也。夫妇日以衰薄，凶年饥馑，室家相弃尔。”朱熹认为：“凶年饥馑，家事相弃，妇人览物起兴而自述其悲叹之辞也。”这样一来，评论者把干枯的益母草扩大化，泛指荒年里所有植物的干枯，主张诗篇是在描述荒年，以此冲淡男子抛弃旧妇的凉薄。此种说法，冷了读者的同情之心，也背离了《诗经》的初衷。其实，“中谷有蓷”一句，既是隐喻，也有引发读者感情和联想的作用。益母草与妇女的关系密切。以此比兴，更方便人们联想到妇女的健康、生育，由此推延到夫妻、婚恋、家庭，扩充了诗歌的内涵。另一方面，益母草晒干后可入药，能够调剂女子的身体，但丈夫久不归家，入药的益母草又有何用？只能让孤单的女子看到后心生伤感。

益母草或许还承载着女子许多美好的回忆，也许是新婚时，也许是受孕时，女子身体微恙，当时还算细心的丈夫为其采摘益母草，细致入药，小心端来，给了女子多少感动，现如今，一切都烟消云散，恍然如梦境。这样，诗作通过比兴，把促进夫妻感情的药草，与被离弃的妇女摆在一块，产生强烈的对比，让人印象深刻。

“暵其干矣”，益母草干枯了。“暵其脩矣”，因为无人问津，变得更加干燥，叶子已经卷成一条。“暵其湿矣”，益母草干枯后又变湿，最终不得不完全腐烂。这里是写益母草状况的变更，对应妇女逐渐老去的过程。而出现这种衰老的原因，则是因为女子无人照料和陪伴，得不到充足的滋润和给养，充分反映出女子愈来愈被丈夫疏离的辛酸。

当她发现自己的容颜在慢慢地老去，丈夫的态度一天天地冷淡，她的反应是“嘅其叹矣”“条其歗矣”“啜其泣矣”，这三句在诗中各自出现了两次。女子在诗中重复地诉说自己的窘相，让读者仿佛看到了这样一副画面：一位原本丰腴红艳、明眸流转、绰约生姿的女子，最终变得枯瘦嶙峋、弱不禁风，目光晦涩、容貌呆滞，让人不由得痛惜一朵娇艳之花的陨落。古代女子的凄惨境遇，可见一斑。

◎兔爰◎

有兔爰爰①，雉离于罗②。我生之初，尚无为③；我生之后，逢此百罹④。尚寐无吪⑤！

有兔爰爰，雉离于罦⑥。我生之初，尚无造⑦；我生之后，逢此百忧。尚寐无觉⑧！

有兔爰爰，雉离于罿⑨。我生之初，尚无庸⑩；我生之后，逢此百凶。尚寐无聪⑪！

【注释】

①爰（yuán）：舒服的样子。②离：同“罹”，陷，遭难。罗：网。③为：指徭役。④罹（lí）：忧。⑤吪（é）：说话。⑥罦（fú）：一种装设机关的网，能捕鸟兽。⑦造：指劳役。⑧觉：清醒。⑨罿（tóng）：捕鸟兽的网。⑩庸：指劳役。⑪聪：听觉。

【赏析】

《兔爰》一诗，表现了一种乱世中的生活环境和悲哀的心态。“有兔爰爰，雉离于罗”，面对同样一张罗网，狡猾的兔子逃脱，逍遥自在地奔跑，耿介的野鸡被捕，只得收起自己的翅膀，无奈地告别天空。

过去，社会“无为”“无造”“无庸”，没有徭役、劳役和兵役，人们的生活很自由；而现在，多出“百罹”“百忧”“百凶”，人们遇上各种灾祸，朝不保夕、流离失所。因此，诗中出现了这样的叹息：与其活在这样的时代，不如把眼睛闭上，把嘴巴合上，把耳朵塞住，就此长睡不醒！

“无吪”“无觉”“无聪”即不欲言、不欲见、不欲闻，在沉痛的现实面前，作者恨极失语，足见其愤慨。三章采用重章叠句的方式，反复渲染了诗人在乱世的不幸遭遇，从相似的回旋中，可以充分感受到诗人的焦灼和痛苦，以及强烈而独特的“闵伤”情绪。

诗作字里行间蕴含着浓重悲情，读者多无异议，但对主旨的探讨，则是复杂繁多。“闵周说”是《孔疏》提出的：“作《兔爰》诗者，闵周也。”因为桓王行事失信，诸侯造反，最终孱弱的周王室未能得胜，为了保持元气，只得增加赋税，令人痛惜盛世不再，秩序难复，对过去的盛景空怀回想。更进一步的是“君子不乐其生说”，这是《毛诗序》提出的，因为社会的悲惨，正直的君子感到生存无趣，不乐其生，只求一死。相似的还有“厌世说”，陈子展《诗经直解》：“《兔爰》，诗人伤时感事，悲观厌世之作。”这种说法，给诗作披上了浓重的殉世之感，令人不忍卒读。

伤感的评论者多悲伤之解，而愤激一些的学者多倾向于一己之愤慨，如《诗论》提出“伤不逢时说”，主张作者抒发的是生不逢时、君子罹难的悲哀与愤慨，多有抱怨。“伤乱说”指出，看到战乱纷纷的现实时，主人公“不欲耳闻而目见之，故不如长睡不醒之为愈耳。迨至长睡不醒，一无闻见，而思愈苦”。作者不想耳闻目见，只得长睡不醒，但不耳闻目见，又心里割舍不下，不得已扬声疾呼，痛哭流涕，表现出了心忧天下的慷慨情怀。

除了直指天下苍生的高远诗旨外，还有一些评论家从细处着眼，把诗作解释得非常具体细微，也得其妙。如“戍者刺平王说”“刺刑罚不中说”“悲叹徭役繁重说”等，作者因为感到平王不贤，或刑罚不允，或徭役繁重，心中怒气升腾，不能自持，愤而大声疾呼，如闻一多《诗经通义》：“役夫不堪劳苦，怨而思死也。”悲惨的役夫再也受不了劳苦的工作，萌生死志，大声痛骂当权者，以泄其愤。

还有一种说法，虽出现的时间很晚，但也因为立意新颖，得到很多人的赞同，这就是“没落贵族哀叹说”。郭沫若《中国古代社会研究》：“我觉得这也是一首破产贵族的诗。”另有学者直接指出：“这首诗就是一个没落贵族的哀吟。”这种解法，虽显牵强，但也符合文学的功用理论，让人能够思索时事，有所心得。

主旨的繁多说明了诗作蕴含性的深广，而这种多层次的蕴涵也容易使诗带有哲学意味：诗人面对涉及政治、历史、他人、自身的不幸遭遇，进行了深切的思考，最终认识到了自身的有限性，看到自己处于一种被社会所抛弃的状态，因而感到哀伤、痛苦，但诗人没有就此停滞，而是反观芸芸众生，将哀伤、痛苦等感性情绪升华为对乱世中所有苦难生命的悲悯情怀。所以诗中所表现的已不仅仅是自怨自艾，而是一种深沉的、超脱个体和时域的“苦难意识”。这种说法，显得阔大、宏观，也很是中肯。

《王风》中所弥漫的一种浓郁的末世之音，深深感染了后世的爱国者和思索者，让他们自发地传承着这种心忧天下的博大。如蔡文姬的《胡笳十八拍》中写道：“我生之初尚无为，我生之后汉祚衰；天不仁兮降乱离，地不仁兮使我逢此时！”相似的句式，一样的情怀，给人同样的感动。

◎葛藟◎

绵绵葛藟①，在河之浒②。终远兄弟③，谓他人父。谓他人父，亦莫我顾。

绵绵葛藟，在河之涘。终远兄弟，谓他人母。谓他人母，亦莫我有④。

绵绵葛藟，在河之漘。终远兄弟，谓他人昆⑤。谓他人昆，亦莫我闻⑥。

【注释】

①绵绵：连绵不绝。葛藟（lěi）：藤蔓。②浒（hǔ）：水边。与下文“涘（sì）”“漘（chún）”同义。③终：既，已。④有（yòu）：通“友”，帮助。⑤昆：兄。⑥闻：与“问”通。

【赏析】

《葛藟》一诗，悲感交加，用简练的文字，创造了这样的情境：一位衣着肮脏，蓬头垢面的诗人，流落到黄河边上，见到绵绵不断的河水伸向远方，河边一望无际的茂盛葛藤，不禁触景伤情，自己的身世，悲惨的境遇，一幕幕涌上心头。自己漂泊异乡、孤苦伶仃、生活没有着落、甚至“谓他人父”的遭际，无人怜悯。这些遭际反映出诗作的创作环境，也是主人公痛哭流涕、抢地高呼的缘由。

诗首章前两句写作者到河边，先用了一个美好而又柔软的字眼“绵绵”，把景物的美好表现得淋漓尽致，让人想到河水的轻柔和舒缓，芦苇的依依摇摆，空中应该还有和煦的微风缓缓吹过，苇叶有的碧绿，有的鹅黄，在太阳的照耀下放射出生命的光泽。“绵绵”这一叠字，把人们的欣赏心境抬高，先声定式，让人产生了美好的期许。

然后，作者开始进入正题，一反前奏，大倒苦水，悲惨的境遇连绵不绝地进入读者的视野，一句惨过一句，最终超出常人的接受心理。“谓他人父，亦莫我顾”，设想此情景，其中包含了多少屈辱，多少痛楚。正如朱熹所叹：“则其穷也甚矣！”第二、三章中，诗意与第一章类似，仅二、四、五、六句句尾更换一字，作者在回环复沓中，反复吟哦，将情感一波一波交叠，最终汇聚在一起，达到了催人泪下的最高峰。

在具体表达时，作者把每一章都切成小段，分别注入眼前之景，身世之悲，自怜之感。这样，写景、叙事、抒情，一贯而下，使短暂的诗篇，包含了极多的内容。作者只注重层次之间的内在联系，而没有用过多的修饰手法来过渡，使得文章奔腾跳跃、跌宕生姿，而又能保证内部的气脉贯通。

此诗首先描写眼前之景，由绵绵不绝的葛藟对照自己孤单一身、兄弟的离散，这是一次转折，由“谓他人父”却得不到怜悯，又是一次转折。每一次转折，均含无限酸楚，说明作者内心的悲伤在叠加。然后，作者竟然又将这叠加的悲戚，回环复加三次，由此可见作者的境遇，真正到了无以比拟的困窘。

诗人直抒情事，语句简质，采用日常口语，不追求文采斐然和严谨逻辑，而只是力图笔书所想。记忆中什么最沉重，思维就最先奔向那里，笔触也就迅速地触及那里，然后纯粹地摹写出来。作者不是在进行艺术创作，而仅仅是用最直露的语言抒发最真实的感慨，仅仅为了用最少的字句，在最短的时间里，把心中的悲伤和委屈一吐为快。这种方式，以原汁原味、力透纸背为准则，真切地表现了飘零的凄苦和世情的冷漠，极是感人。

关于此诗的作者，《毛诗序》认为是东周初年姬姓贵族所作，旨在讥刺平王弃宗族而不顾：“《葛藟》，王族刺平王也。周室道衰，弃其九族焉。”这种说法，是强行在经典上嫁接政治意图的表现，把表现人之常情的诗作拉扯到政教、美刺上去，维护的是统治阶级的伦理纲常，冲淡和漠视了诗作的文学价值，多不为现代艺术评论家所取。

相较之下，朱熹的说法较为通达，《诗集传》云：“世衰民散，有去其乡里家族而流离失所者，作此诗以自叹。”王室衰微，征战连连，都城也未能幸免，百姓多为离散，被迫迁移。离乡背井的人们，在流浪中多遭苦难，不堪流离失所，心痛万分，只得作诗自叹。这种说法，才较符合诗人口吻和所述诗境。

◎采葛◎

彼采葛兮[①]，一日不见，如三月兮。

彼采萧兮[②]，一日不见，如三秋兮[③]。

彼采艾兮[④]，一日不见，如三岁兮。

【注释】

①葛：一种蔓生植物，块根可食，茎可制纤维。②萧：植物名。蒿的一种，即青蒿。有香气，古时用于祭祀。③三秋：通常一秋为一年，后又有专指秋三月的用法。这里三秋长于三月，短于三年，义同三季，九个月。④艾：植物名，菊科植物。

【赏析】

对于热恋中的情人来说，哪怕一刻的分离，对他们来说都是难以忍受的痛苦，历来无数文人描摹了这一主题。《采葛》正是思念恋人的情歌，一位小伙子喜欢上了以采集为生的姑娘，她常外出采集，不易见面，小伙子饱受相思之苦。在诗中，作者借简短精练的语言，充分表达了长相思的恋情，反映出坚贞、纯朴、真挚的爱情。

本诗抓住“相思”这种普泛的情感，反复吟诵，细致刻画了情感的煎熬。诗篇感染了历代饱受相思之苦的人们，诗人以“一日三秋”这种形象的描写，比拟分离的情人内心巨大的折磨，可谓贴切。

这是一种“艺术夸张”的手法，反映的不是事实上的真实，而是艺术上的真实，因而应该“言过其实”“辞过其意”，其所追求的效果是真挚，而不是科学。在现实生活中，“一日”不可能等同于“三月”“三季”“三年”，但是，在陷入爱情的人心中，这种错觉，正是他们为别离所折磨的表现。这一悖理的“心理时间”看似疯癫痴狂，但由于融汇了恋人真挚的情感，所以能唤起读者的共鸣。

《采葛》一诗中，每一次对“一日不见”的心理刻画，都比前一次增加了时间长度，以反复递进、层层深入的写法，将相思的感情逐步提升。这样通过回环、排比和递进，使诗的节奏和谐，语言简洁，充满了形式美和音乐美，有效地加强了感情的色彩。

这首相对来说主题清晰的爱情诗，仍被后世的学者解读出了不同的意味。《毛诗序》认为诗旨为“惧谗”：“葛所以为絺绤也，事虽小，一日不见于君，如三月不见君，忧惧于谗矣。”意思是说一位正直的臣子嫉恶小人谗言，感到它们像葛、萧、艾一样四处蔓延，让人痛恨。谗言当道，有碍正直，而对礼教的破坏，更加让夫子们不能容忍。

朱熹则提出“淫奔”说：“采葛所以为絺绤，盖淫奔托以行也。故因以指其人，而言思念之深，未久而似久也。”葛、萧、艾等植物，是淫奔的男女为上路准备的盘缠或食物，“一日不见如隔三秋”，是他们之间不洁的思念。另外，还有一种“爱妇”说，主张此诗是远戍的将士对于妻子的思念。这种说法，充满了温馨的家国情怀，让人感动。还有人主张“怀友”说，力争诗作是在赞扬友人之间的深厚情感，等等。

字句是诗作的材料，主旨具有的包容性，有些要从具体字句中探得，古汉字因为俭省和多义，常常成为历代文人纷争的焦点。例如“彼”字，研究者为两大阵营，各执一端，一则“彼”是代人，认为“采葛”应理解为“采葛之人”。一则“彼”是代事，指“采葛”之事，作者以“采葛”“采萧”“采艾”比兴，认为它们都是日常生活中最最寻常的事情，由此引申，臣子也应该天天可以面君，如果亲密的君臣关系生疏起来，就可能是有了谗言。

这样简单的一首诗，竟然有如此多的解法，不得不让人惊讶。其中的原因，有汉语和诗作的蕴藉性，恐怕也有人们的牵强附会在里面。就文学性和艺术价值而言，最好还是彰显《诗经》的生活气息，回归其恋爱本质。

◎大车◎

大车槛槛①，毳衣如菼②。岂不尔思，畏子不敢。

大车啍啍③，毳衣如璊④，岂不尔思，畏子不奔。

穀则异室⑤，死则同穴。谓予不信，有如皦日⑥。

【注释】

①槛（kǎn）槛：车轮的响声。②毳（cuì）衣：车氈，用于蔽风雨。菼（tǎn）：芦苇的一种。③啍（tūn）啍：重滞徐缓的样子。④璊（mén）：红色美玉，此处喻红色车篷。⑤穀：活着。⑥皦：同“皎”，光明。

【赏析】

《大车》是一首爱情诗。诗作描写了一位情窦初开的女子，深恋着她的情人，想与之私奔，而男子有着很多犹豫和顾虑，迟迟不肯答应，于是女子急切地使出激将法，出言激励，男子却仍在躲闪、回避、自甘懦弱。最终，这位多情的女子感情变得激越，她手指青天，发下重誓，要与恋人“死则同穴”，永远跟他在一起。

古人指天发誓是十分慎重的行为，因为他们相信，违反了诺言要受到天谴。姑娘急切间为表明心迹，指天发誓，震人心魄。此情此景，男子的心肯定是激昂澎湃，波澜丛生，但他如何选择？是心为所动，抛弃一切，两人驾车奔向幸福生活？还是让痴情的女子泣涕涟涟地转身走开，澎湃的心门悠悠合拢，只剩下无语的男子伫立原地、垂首黯然？

画面就此定格，可以想象女子发完誓后缄默无言，微微昂起头，用幽怨又诚挚的眸子盯着男子，决然而又期许无限。

男子会如何，不得而知，也许是无可奈何心生烦躁，也许是垂头驻足无动于衷，也许是像女子希望的那样不顾一切与之私奔。文字就此停止，故事却没有就此完结，所表达的情感如石子投入湖面，漾开层层涟漪，激荡又悠远。这样的女子，让无数人感动，也让无数男子汗颜。

女子担心自己的深情得不到应有的回应，因而既紧张又犹豫，但内心的激越还是促使她要试一试，第一章形象地描述出了女子此时的心境。男子为何“不敢”？诗作中没有提及，结合那个时代的情境，可以设想出：没有媒人的婚姻得不到社会的承认，没有家庭的同意，没有社会的认可，婚姻很难走到尽头。

第二章继续写女子内心的忧虑和急切。“畏子不奔”，有着强烈的激将意味，也有深沉的埋怨在里面。第三章写女子在没有回应的情形下作出大胆表白——“死则同穴”。

在诗中“你不敢”是女子激励男子斗志的话，是女子怕他顾虑太多，遂发出坚定的誓言，鼓励他大胆行动。没有男子会对女的说：“就怕你胆小没勇气”，“就怕你没有胆量和我去私奔。”这句话，是属于女人的，它就像一块千斤巨石，砸在了男子的心底。那一刻，男子的理智和血性肯定在心底较量，殊死搏斗。

诗中的男子，多半也是无可奈何的，在男女并不平等的社会中，相较起来，男子需要更多地考虑自己的身份、义务。他也只是社会机器运转中的一环，要时刻想着身边的君民、父母、子女。他如何不想与心爱的人一走了之？但既然他们无法以恋爱的关系留在当地，肯定是存在着无法解决的问题，而这一问题，正是男人无法逃避的。这种情景，不仅深化了《大车》的主题，还给其披上了浓重的悲情意味。

《大车》不仅立意颇深，手法亦是高妙。这首诗把环境与主人公的心情结合起来，相互烘托促进，形成了独特的艺术特色。第一章写盖有青色车篷的大车奔驰，在隆隆的车声里，姑娘心潮澎湃：“岂不尔思，畏子不敢。”隆隆的车声，既是外在环境，也是女子慌乱紧张的心境。第二章车轮声变得沉重，而姑娘内心的苦恼也逐渐增加。第三章，没有了外部环境描写，表示姑娘再也受不了了，横下一条心，抛开紧张和羞涩，不再计较后果，指天立誓：“我跟定你了，一定会和你在一起！”

最终二人的结局是什么，读者无法确定，只能感叹女子的火热，男子的无奈和凉薄，感叹社会力量的强大。但有一点可以确定，女子皎皎如月的誓言，流传到了现在，还将永远流传下去。

◎丘中有麻◎

丘中有麻①，彼留子嗟②。彼留子嗟，将其来施施③。
丘中有麦，彼留子国④。彼留子国，将其来食。
丘中有李，彼留之子。彼留之子，贻我佩玖⑤。

【注释】

①麻：大麻，古时种植以其皮织布做衣。②子嗟：人名。③将（qiāng）：请，愿，希望。施施：慢行貌，一说高兴貌。④子国：人名。⑤贻：赠。玖：玉一类的美石。

【赏析】

《诗经》的时代，好比一块未受世俗浸染的田园，自由生活在那里的人们，不会担心被扣上繁杂的儒道枷锁。那时的人，才真正属于自己和自然，充满了本真的思维和完整的人格。《丘中有麻》就是在这个背景下展开的画卷，真实、纯粹、自由和勇敢。

当时，社会制度、等级、礼教还没有压倒人的爱情，男女之情更多是以两情相悦为衡量标准，没有过多其他因素的介入。诗歌是以一个姑娘的口吻写的，"丘中有麻""丘中有麦""丘中有李"，这些地方，是姑娘与情郎幽会的地点，也是姑娘回忆时最先展现出的画面。这位率性的女子，热烈大胆，欢快地把与情郎幽会的地点一一唱出，这种举动，即使是现代，也是不容易做到的。其中的缘由，需要回溯到《诗经》那个时代，才能觅得。

《诗经》来自那个质朴自由、没有压迫的时代，其精髓是自由而又平等的。但后世的解读往往着上了当时社会的色彩，解读者们通常抛开《诗经》的本质，把后世形成的伦理纲常，嫁接到古老的《诗经》上，于是，后代就有了无数的貌似合理实则荒唐的解经，《丘中有麻》也未能幸免。

依托君主求贤的相关事宜，《毛诗序》说："庄王不明，贤人放逐，国人思之而作是诗也。"认为这首诗的主旨是"思贤"。后代对于这一观点还存在两种解法，一则是庄王思贤，一则是"国人思之"。"丘中有麻"，是一种"比兴"手法，以麻喻贤人，丘就是野，意思是贤人在野。《毛诗序》又说，丘中之麻是贤人被放逐后亲手种植的，"丘中有麻，彼留子嗟"意思是贤人留氏大夫子嗟亲手种植。这种解法，足见解读者的煞费苦心，但历史证明，汹涌的人性之流是无法遏止的。

现代，闻一多在《风诗类钞》中从民俗学角度解释"贻我佩玖"这句时说："合欢以后，男赠女以佩玉，反映了这一诗歌的原始性。"到这个时候，《丘中有麻》才得以回归其情诗的原本。

诗中，作者只给我们呈现了三幅生动的画面，它们足以代表故事的精华。那一块块爱的田园，给了姑娘多少欣喜和感慨，高大的植物铺展开来，遮挡着甜蜜的二人世界，外面或骄阳投射或夕照留恋或繁星点点，里面却是恒久的春意盎然，男子或嬉笑调侃或软语温存，都给了姑娘难以磨灭的情感印记。最后，作者写到"彼留之子，贻我佩玖"，这对眷侣，用佩玉的坚硬纯净，象征两人爱情的永恒。这种美好的结果，是爱情最终成熟的象征，也是人们最愿意看到的圆满幸福。

郑国

公元前806年，周宣王封其弟姬友于郑，是为郑桓公。春秋时代郑国的统治区大致包括今河南郑州、荥阳、登封、新密、新郑一带。《郑风》就是这个区域的诗。

《郑风》21首诗，大部分为男女之间的情思歌唱。根据《诗序》，除《缁衣》产生于郑武公时代外，大多出现于郑庄公至郑文公约百年间，尤以众公子争位的20年间产生最多。

郑桓公

（？－公元前771年）

郑武公

（？－公元前744年）

郑庄公

（公元前757年－公元前701年）

郑庄公在位期间多内宠。立长子忽为太子，其他庶子皆有宠，庄公一去世，郑国就陷入了君位之争，前后20年。

郑昭公

（？－公元前695年）

公元前701年郑庄公去世，太子忽即位，是为郑昭公。

郑厉公

（？－公元前673年）

同年，宋庄公立公子突，郑昭公流亡，公子突即位，是为郑厉公。

郑子亹

（？－公元前694年）

公元前697年，祭足赶走郑厉公迎接郑昭公回国。昭公复位两年后被暗杀，子亹继位，不足一年即被齐襄公擒杀。

郑子婴

（？－公元前680年）

祭足再立子婴为郑伯，在位14年。

郑文公

（？－公元前628年）

祭足死后两年，郑厉公回国复位，子婴被臣下所杀。郑厉公死后由其子继承君位，是为郑文公。

《郑风》多情诗，主要原因是从地理位置上讲，郑国处于殷商文化的中心区域，商业贸易发达，文化繁荣。人类社会发展的历史表明，文化的繁荣往往通过人们对声色犬马等物质享受的喜好与追求表现出来。

郑风

◎缁衣◎

缁衣之宜兮①，敝予又改为兮②。适子之馆兮③。还予授子之粲兮④。
缁衣之好兮，敝予又改造兮。适子之馆兮，还予授子之粲兮。
缁衣之蓆兮⑤，敝予又改作兮。适子之馆兮，还予授子之粲兮。

【注释】

①缁（zī）衣：黑色的衣服，当时卿大夫到官署所穿的衣服。宜：合适。②敝：破坏。③适：往。馆：官舍。④粲："餐"之假借字。⑤蓆：宽大舒适。

【赏析】

《郑风·缁衣》一诗，尽管语句平铺直叙，没有轰轰烈烈的誓言，亦少了你侬我侬的缠绵，但其中的意义并不输给其他经典。

这首诗没有起兴，没有比喻，直叙故事，笔法纯用赋体，这一点毫无疑问。三章共叙一事，稍改韵尾，其他重复以加强语气，用的是《诗经》中常见的复沓联章形式。诗中三章只为叙一事：缁衣之合身。虽用了三个形容词："宜""好""蓆"，实际上都是一个意思，即好得已经近乎完美，对缁衣称赞有加；对改制新的朝衣的描写，也用了三个动词："改为""改造""改作"，同样的意思，只是语气稍有分别。

这一系列形容词与动词的运用，将主人公的细致与周到体贴刻画得入木三分。而每一章的末句，只字未改，全然复沓，单在艺术形式上，诗的作者就用简单的言语为读者设置了一团迷雾：如此强烈地重复着一个动作一件事情，诗人到底在强调什么呢？

至此，诗旨还朦胧未解，究竟改衣赠衣的人是何人，收衣人是谁，二者又是什么样的关系呢？夫妻、恋人？还是君臣？对此，古人的说法偏向于君臣之谊。《礼记》中就有"好贤如《缁衣》"和"于《缁衣》见好贤之至"的记载，宋代的朱熹大抵赞同"爱贤"这一说法。当代学者高亨先生说："郑国某一统治贵族遇有贤士来归，则为他安排馆舍，供给衣食，并亲自去看他。这首诗就是叙写此事。"至此，诗中所叙述的人物关系大抵明了了，即对君主与臣子的关系的赞咏，只是对于"赠衣"的动机各家可谓是各有争鸣。

但当代不少学者并不苟同于此，他们认为这是一首赠衣诗。诗中"予"的身份，看来像是穿缁衣的人之妻妾。诗中所咏的黑色朝服看来是抒情主人公亲手缝制给丈夫上朝穿的朝服，她称赞丈夫穿上朝服是如何的合适，这符合赠衣者渴望得到肯定的心理。她又一而再，再而三地表示，如果这件朝服破旧了，我将再为你做新的。还再三叮嘱，你去官署办完公事回来，我就给你试穿刚做好的新衣。

从这个意义上说，这首《缁衣》又是《诗经》中描写爱恋的另一种极致，普普通通的一个赠衣情节，却将一种女子发自内心流露出的对丈夫的深情含蓄地表现出来。有人说这是卿大夫的妻妾为了讨好丈夫，这样的说法可能过于狭隘。如果真的是只为讨巧，那么溢美之词会比做一件衣服来得更直接些。

无论是支持妻赠衣说的“郑声淫”的论点，还是支持君贤臣说的“好贤”之依据，这首《缁衣》给读者带来的温暖和感动想必都是巨大的。无论是妻还是君，为他人改衣赠衣的举动都体现了人与人之间一种值得珍惜的尊重与爱戴，在郭店楚简出土的《缁衣》简中称：“夫子曰：好美如好《缁衣》。”可见,诗里所赞美是一种“好美”的品德,从这个意义上去体会作品,两种说法似乎就可以殊途同归了。

《缁衣》让人们从另外一个角度认识《诗经》，“诗三百”中并非仅有风花雪月，思妇怨女。风花雪月里也有大寄托，寄托了我国先民的理想，寄托了做人、处世甚至为政的理想之道；风花雪月之外更有家国之大爱，爱恋人、爱家庭甚至爱国家的每一个子民。先人们就是在这一首首或歌颂或讽刺的风雅中，把诗歌这种古老艺术发挥到了极致。

◎将仲子◎

将仲子兮①，无踰我里②，无折我树杞③。岂敢爱之④，畏我父母。仲可怀也，父母之言，亦可畏也。

将仲子兮，无踰我墙，无折我树桑。岂敢爱之，畏我诸兄。仲可怀也，诸兄之言，亦可畏也。

将仲子兮，无踰我园，无折我树檀。岂敢爱之，畏人之多言。仲可怀也，人之多言，亦可畏也。

【注释】

①将：愿，请。②踰：翻越。里：邻里。古代二十五家为里。③树：种植。④爱：爱惜。

【赏析】

人们常说一百个读者，就有一百个哈姆雷特，一百个人看《红楼梦》就有一百个贾宝玉。同样，一百个人读《将仲子》，恐怕就有一百种理解。

首先《毛诗序》中说：“《将仲子》，刺庄公也。不胜其母以害其弟，弟叔失道而公弗制，祭仲谏而公弗听，小不忍以致大乱焉。”有一个故事，能帮助读者更好地理解《毛诗序》的说法：

郑武公的妻子姜氏生了两个儿子，一个很顺利，一个却难产，生出来的时候是脚先出来，让姜氏吃尽了苦头，从此她就十分厌恶这个儿子。这个婴孩就是后来的庄公。姜氏十分喜欢另一个儿子共叔段，曾多次恳请郑武公立共叔段为太子，但武公至死都没同意。等到庄公荣登太子之位时，姜氏请求将京邑封给共叔段，庄公对她有求必应，一再容忍，这时一些辅佐太子的大臣就劝阻庄公让他小心提防，庄公却说“多行不义必自毙”。其实庄公心里比谁都有数，他早就打好了如意算盘。渐渐地，共叔段开始扩充实力，准备吞并庄公，庄公得到线人情报后，来了个先下手为强。《毛诗序》中所关涉的正是这一典故，意在说明《将仲子》是讽刺庄公之作。

其次，郑樵《诗辨妄》认为此诗是“淫奔之诗”。当时的社会等级森严，男女之间更要遵守礼教和道德规范，所以稍有情爱的字眼便被归为淫类诗歌。而现在，人们普遍认为这是一首爱情诗，一对热恋中的男女相会，女主人公告诫情郎不要心急，翻墙进来压坏了花草树木，母亲是要严厉批评的。

“将仲子兮，无踰我里，无折我树杞。”仲子哥，你来我家的时候，千万不要翻越我家门户啊，也千万别折了我种的杞树。细细玩味这句话很有意思，仿佛是一对青年男女正要约会，女子却一再叮咛男子不要……不要……似乎害怕着什么。

"岂敢爱之，畏我父母。仲可怀也，父母之言，亦可畏也。"这几句正好回答了上面的种种疑问，并非是我舍不得那几株杞树啊，而是我害怕我的父母看见。你鲁莽心急实在让我担心，父母的话让我心生畏惧，所以你可千万不要那样做。

"将仲子兮，无踰我墙，无折我树桑。岂敢爱之，畏我诸兄。仲可怀也，诸兄之言，亦可畏也。"这一章基本是对首章的重复，起到了加强、加深文意的作用，在情意上也达到了层层递进的效果。

仲子哥啊，你来我家时可千万不要翻越围墙，也千万不要折了我种的绿桑，我并不是舍不得那几株绿桑，我是害怕我的兄长看见，你这个人粗心大意让我实在担心，但是兄长的话也的确让我担心。

这场相会可谓是小心翼翼，两人都很想念彼此，但又不敢大胆张扬地表现出来，毕竟人言可畏！女子的谨慎也从侧面表现出了礼法的森严和约束。

"将仲子兮，无踰我园，无折我树檀。岂敢爱之，畏人之多言。仲可怀也，人之多言，亦可畏也。"仲子哥哥啊，我们会面之时你千万不要越过我家菜园子，千万别折了我种的青檀，我倒不是舍不得那株檀树，而是害怕左邻右舍的人看见之后说一些不着边际的闲话，仲子你实在让我牵挂，但是邻居的流言蜚语实在让我害怕。女子想爱却不敢爱，怕人说她轻浮不懂自重，因而心绪显得十分无助和焦急。

从"无踰我里"，到"无踰我墙""无踰我园"，可以看出女子对这个年轻气盛的小伙子的牵挂和担忧，其中深含绵绵爱意。女孩毕竟是矜持的，无论她如何爱他，也受不了闲言碎语的攻击，所以恐惧的对象和范围也在一点点地扩大，从家庭扩展到社会，女主人公也一次比一次显得焦急和恐惧。

本诗是以一个女子的口吻叙述，对男子即将要发生的"翻墙""折树"的行为进行劝告，所以有一种娓娓道来的感觉，使诗境也有了絮絮对语的独特韵致。流言是一种很神奇的东西，它有"众口铄金，积毁销骨"的力量。这一可怕的力量让《将仲子》中的女主角顶着十分矛盾的心理，想爱而不敢爱、欲爱不成、欲罢不忍、陷入两难处境之中，读起来让人心生怜惜。

◎叔于田◎

叔于田①，巷无居人。岂无居人，不如叔也，洵美且仁②。
叔于狩③，巷无饮酒。岂无饮酒，不如叔也，洵美且好。
叔适野④，巷无服马⑤。岂无服马，不如叔也，洵美且武。

【注释】

①叔：古代兄弟次序为伯、仲、叔、季，年岁较小者统称为叔，此处指年轻的猎人。于：去，往。田：打猎。②洵：真正的，的确。③狩：冬猎为"狩"，此处为田猎的统称。④适：往。⑤服马：骑马之人。一说用马驾车。

【赏析】

在《诗经》这部集合了劳动人民生活经验和智慧的诗集中，《叔于田》并非名篇，但其审美价值却不容忽略。

"叔"究竟是指谁？一种观点认为，"叔"是特指郑庄公之弟共叔段。《左传·隐公元年》记载，共叔段很有才干，后被封于京地，他整顿武备，发兵攻打其弟郑庄公，最终失败。据此，如果本诗中

的“叔”为公叔段，那么这首诗就应当是他的拥护者所作，但尚无明证。另一种观点认为，“叔”泛指年轻的猎手。在单纯的文本层面上来看，“赞美猎人说”似乎更贴合诗意。

《叔于田》采用了《诗经》中广泛应用的复沓联章的手法，与其他类似结构的《诗经》篇章一样，有一种回环往复的音乐美。这种复沓不是简单的重复，而是有变化的复沓，各章各句替换几个字，使诗在主题不变的基础上，增强了音响效果。

全诗共三章，每章第二句“巷无居人”“巷无饮酒”“巷无服马”，第三句“岂无居人”“岂无饮酒”“岂无服马”，第四句“不如叔也”，第五句“洵美且仁”“洵美且好”“洵美且武”，先否定，再反问，再自答，最后再详述缘由。运用设问的手法，使原本平平无奇的内容变得曲折有趣，别有一番余味。

铺陈与设问全然只为引出下文“不如叔也”这一结论。而“巷无居人”“巷无饮酒”“巷无服马”的夸张描写，则将众人的平庸与“叔”的超卓形成了强烈的反差，从而突出“叔”的“仁、好、武”。更重要的是，诗没有把“叔”这个人物神化，而是将他置于居人、饮酒、服马这样的日常生活中，更增添了写实性与人情味。这样写不仅使主题更为充实，也使对“叔”的夸张描写显得有据可信。

总结起来不难看出，《叔于田》的艺术手法多变，艺术成就很高，更重要的一点是，先民已经在日常生活中找到审美点去加以赞美，而不是一味地脱离实际，神化主人公。这一点，无论是在《诗经》所处的时代，还是在《诗经》之后的历朝历代，甚至直至今日，都实属难能可贵。

◎大叔于田◎

叔于田①，乘乘马②。执辔如组③，两骖如舞④。叔在薮⑤，火烈具举⑥。襢裼暴虎⑦，献于公所。将叔无狃⑧，戒其伤女。

叔于田，乘乘黄。两服上襄⑨，两骖雁行。叔在薮，火烈具扬。叔善射忌⑩，又良御忌⑪。抑磬控忌⑫，抑纵送忌⑬。

叔于田，乘乘鸨⑭。两服齐首，两骖如手。叔在薮，火烈具阜⑮。叔马慢忌，叔发罕忌，抑释掤忌⑯，抑鬯弓忌⑰。

【注释】

①田：同“畋”，打猎。②乘乘马：驾着拉一乘车的四马。前一个“乘”字为动词，后一个“乘”字为名词。古时一车四马叫一乘。③组：织带平行排列的经线。④骖（cān）：驾车的四马中外侧两边的马。⑤薮（sǒu）：低湿多草木的沼泽地带。⑥火烈：打猎时放火烧草，遮断野兽的逃路。具：都。举：起。⑦襢裼（tǎn xī）：脱衣袒身。⑧将（qiāng）：请，愿。狃（niǔ）：反复。⑨服：驾车的四马中间的两匹。⑩忌：语尾助词。⑪良御：驾马很在行。⑫抑：发语词。磬（qìng）控：勒马使缓行或停步。⑬纵送：发矢曰纵，从禽曰送。⑭鸨（bǎo）：有黑白杂毛的马。⑮阜：旺盛。⑯掤（bīng）：箭筒盖。⑰鬯（chàng）：弓囊，此处为动词。

【赏析】

《大叔于田》用不长的篇幅赞美了猎人娴熟的驾车技能、高超的射技和英武勇敢的性格。本篇用详细的射御动作、火烧场面、空手打虎的细节，刻画出一个生动、鲜明的贵族猎人形象。《大叔于田》开启了兽猎类作品精工细描的优良之风，清代姚际恒说此篇“描摹工艳，铺张亦复扬厉，淋漓尽致，为《长杨》《羽猎》之祖”。

诗的主题围绕着猎手“叔”而展开，其中意义，仍是众说纷纭。《毛诗序》谓“刺庄公也”，认为“叔”是庄公之弟共叔段。唐代孔颖达《毛诗正义》疏之：“叔负才恃众，必为乱阶，而公不知禁，故刺之。”意思是说共叔段恃才傲物，不知收敛，然而庄公却故意放纵他，因此时人作诗“刺庄公”。

今人则多认为这是一篇赞美猎手的诗作。这里的“叔”并非是今天的“大叔”或“叔叔”，古人以伯、仲、叔、季作排行，叔本指老三。

“叔于田，乘乘马”表现出叔随主公乘车马外出打猎时的声势，“执辔如组，两骖如舞”描绘他驾车的姿态，驾着四马之车，四条缰绳收在一起，两侧的马脚步谐调，像跳舞一样整齐而翩然，马与人之间节奏一致，步调谐和，得心应手之景跃然纸上。作者用图画、音乐、舞蹈一起来形容主人公的娴熟的车技，短短三句，表现力十分丰富。

“叔在薮，火烈具举”，四面都点燃了猎火，叔在其中与虎搏斗，这种环境本身就增加了叔这一形象的英雄色彩。叔袒身赤膊，在火光中与困兽勇猛较量。这种场面，可谓惊心动魄。结果当然是“襢裼暴虎，献于公所”。叔从容地打死了猛虎，进献到主公面前。由此，猛士英雄的形象活现于眼前。

接下来，“将叔无狃，戒其伤女”，作者对叔的感情十分复杂，既赞美他的英勇，同时又为叔担心，害怕虎伤了叔，这也从侧面反映了叔与虎搏斗的场面之惊险。

第二章用了“磬控”一词说叔“善射”“良御”。“控”即忽然将马勒住，如此一来，马头就会向后，而马的前腿则会抬起；人骑在马上，就会弯起腰身，写出了叔如希腊雕像一般的强健。

诗的末章写叔在打猎结束时收起弓箭的姿态。明明在不久之前还空手与虎斗，纵马奔驰追逐猎物，然而打猎结束时，叔却仍旧从容悠闲，好似一切都不曾发生过一般。

全诗有张有弛，既有紧张气氛的渲染，也有舒缓的节奏，动静结合，十分有韵致。

◎清人◎

清人在彭①，驷介旁旁②。二矛重英③，河上乎翱翔。
清人在消④，驷介麃麃⑤。二矛重乔⑥，河上乎逍遥。
清人在轴⑦，驷介陶陶⑧。左旋右抽⑨，中军作好⑩。

【注释】

①清：郑国之邑。彭：郑国地名。②驷介：一车驾四匹披甲的马。旁旁：马强壮有力貌。③重英：两层矛上的缨饰。④消：郑国地名。⑤麃（biāo）麃：英勇威武貌。⑥乔：长尾野鸡。⑦轴：郑国地名。⑧陶陶：驱驰之貌。⑨旋：转。抽：拔刀。⑩中军：古三军为上军、中军、下军，中军之将为主帅。作好：与“翱翔”“逍遥”一样也是联绵词，指武艺高强。

【赏析】

《诗经》时代的战争，多为步战、车战，车战在大规模的战争中才会出现，《清人》就用三章的短短篇幅为我们还原了《诗经》时代的一场车战。整首诗通篇都在介绍战争中车马与帅卒等的安排布局和战争冲突。从场面上来看，诗作描写了一场大车战，但最后的着眼点却落在中军主帅身上，这把我国古代战争中主帅的核心作用突出出来，证明了自古以来的那句“擒贼先擒王”。

乍读起来会把《清人》当成一首普通的描写战事的战争诗，然而这场车战的前后其实有一个并不简单的谋划。

鲁闵公二年（公元前660年），狄人侵入卫国。郑国与卫国相隔一条黄河，郑文公害怕狄人渡河侵犯郑国，就派他所讨厌的大臣高克带兵去防御狄人。这原本就是一个无所事事的差事，郑文公也不打算招回高克，就这样，最终军队溃散，高克无可奈何，只好逃到陈国。《清人》就脱胎于这个故事，这里所说的“郑人”无疑是春秋笔法，实指郑文公。

郑文公为了除掉一个大臣，竟然作出了这样一个“借刀杀人”的计谋,其中有何缘由呢？又据《毛诗序》:“《清人》，刺文公也。高克好利而不顾其君，文公恶而欲远之……文公退之不以道，危国亡师之本，故作是诗也。”郑文公心里厌恶高克，却没有好的罪名加之头上，便出此下策，欲借狄人之手除掉自己不喜欢的人，为此不惜拿士兵的性命陪葬。无论高克本人究竟如何，身为君王的郑文公此举的确有失帝王风范。

这首诗先写人，次写马，再写武器。人是虚写，重点却在马和武器上。换言之，在这场浩大的战争中,少有人的动作,整个焦点落在了马和兵器上。“驷介旁旁”“驷介麃麃”“驷介陶陶”传神地描绘出战马在沙场上高昂的气势；“二矛重英，河上乎翱翔”，把河上战争两军兵刃相接的冲突场面写得甚是激烈壮观。这是以场面来写人，所有的场面描写都是为了衬托主帅。

末章描写在接敌过程中，战车的左右各站一人，对付远距离敌人就用弓箭，对付近旁的敌人就用矛戟。战车左转的时候，车右的战士可活动的空间变大，从而有条件从右侧攻击，同时又保护了左侧的御者，反之亦可。在这种“左旋右抽”的车战中，诗中提及中军主帅时用了“作好”两个字来形容，凸显了主帅的斗志昂扬和武艺高强。

由此可见，高克所率领的军队作战有法，称得上精锐之师，郑文公却打算将其放逐于战场不管，其讽刺的意味不言而喻。从诗的章法上说，三个章节的结构和用词都只是稍有变化，只有末章与前两章稍有不同。作者采用反复咏叹的手法，以加强读者对高克这支精锐部队的印象，讽刺之味尽在其中。

在春秋时期，老百姓将诸侯争霸引发的战争称为“不义之战”，足见其痛恨之情，而人们对举国上下齐心协力、抗击外敌的战争，总是赋以“正义”之名，给予歌颂。劳动人民的心中总是有一杆衡量善与恶的天平，当历史或现实扰乱了他们心中对正义的理想时，诗便成为他们控诉的武器，不对历史人物作评价，只将深深的讽刺纳入其中，却得到难以估量的价值。《清人》从另一个角度诠释了讽刺的高妙境界：对诗的本事不着一字，不动声色地给对象辛辣的嘲讽。

◎羔裘◎

羔裘如濡①，洵直且侯②。彼其之子，舍命不渝③。

羔裘豹饰④，孔武有力。彼其之子，邦之司直⑤。

羔裘晏兮⑥，三英粲兮⑦。彼其之子，邦之彦兮⑧。

【注释】

①羔裘：羔羊皮裘，古大夫的朝服。濡（rú）：柔软而有光泽。②洵：诚然，的确。侯：美。③渝：改变。④豹饰：用豹皮装饰皮袄的袖口。⑤司直：负责劝谏君主过失的官吏。⑥晏：鲜盛貌。⑦三英：装饰袖口的三道豹皮镶边。⑧彦：才德出众之人。

【赏析】

在爱情诗占大部分篇章的《郑风》里，《羔裘》却是一首与众不同的讽刺诗。这样一首诗的出现，无疑对后世的人认识当时当地社会官民的生活状况，提供了考证的依据。

关于讽刺诗，一般认为《诗经》中凡提及“彼其之子”的诗，都是讽刺诗，如《王风·扬之水》《魏风·汾沮洳》《唐风·椒聊》《曹风·候人》等，《郑风·羔裘》也不例外。

虽然朱熹曾经提出过“美其大夫之辞”的观点，认为这首诗的主旨是赞扬郑国名臣子皮、子产，但由于《诗经》中时代最晚的诗来源于陈灵公时代，而子皮、子产等人生活的时代比陈灵公要晚五六十年，所以今人大都摈弃朱熹的观点，而从讽刺诗的角度去解读这短短的三章。

作者以衣喻人，“羔裘如濡”，以羊羔皮制作的朝服比喻穿朝服的官员的品德和才能，联想的路径相当自然。因为穿衣如人，从衣着联想到人品，再自然不过了。事实上，如果直接形容人的品质、德行，很难说得生动、形象。因此诗人用看得见的衣服，来比喻看不见的抽象品行，十分高明。比如，“羔裘豹饰，孔武有力”，从皮袍袖口上的装饰的豹皮，可以联想到穿此衣服之人既威武又有力，不用做过多的描述，简单的一个比喻，就能将要表达的意思生动展现出来。

整首诗的讽刺暗藏不露，由衣服联想到人可谓形象自然，但作为一首讽刺诗来说，似乎过于含蓄了。

那么，讽刺一说又从何而来呢？羔裘不仅仅是简单的蔽体保暖的衣服，而是古代官员上朝时穿的官服。《诗经》中有不少通过“羔裘”来刻画官员形象的诗，如《召南·羔羊》《唐风·羔裘》《桧风·羔裘》等，角度和立意都有所不同。就这首诗而言，作者在诗中描写羊皮袍子的皮毛质地和袍子上的豹皮装饰，目的是揭示其中的寓意：衣服只是为了衬托出穿衣人的英武气节，并非为了炫耀虚荣。在诗人笔下，这位品格美好的官员称得上是国家的贤良，但是，读诗的人如果联系当时郑国的社会现实，就会看出其中的不协调感。官员们穿着如此华丽的衣服干什么呢？这就引起了人们心中的疑问，从中可见当时郑国官场的风气。这样一来，讽刺的意义便彰显出来了。

◎遵大路◎

遵大路兮，掺执子之祛兮①。无我恶兮，不寁故也②！

遵大路兮，掺执子之手兮。无我魗兮③，不寁好也！

【注释】

①掺（shǎn）：执。祛（qū）：袖口。②寁（jié）：迅速。故：旧。③魗（chǒu）：丑。

【赏析】

虽然清代陈震在他的《读诗识小录》中将这首《遵大路》称为《离骚》的开山之作,但与《诗经》中众多无从考证的诗一样,《遵大路》这首诗的背景和主旨也很难确定。

一种说法认为，这是一首寻求治国贤人的求贤诗。《毛诗序》谓“思君子也”，此处的君子泛指有治国才能的贤人。而另一种观点则相去甚远，认为这是一首弃妇诗，其中以朱熹《诗集传》中“淫妇”诗的说法为主。今人普遍认为“留夫”说比较贴合诗意：“民间夫妇反目，夫怒欲去，妇惧而挽之。”可见这诗中所描述的是二人情意的事情，但对这二人的关系古今学者一直没有得出结论。

本篇没有借外物起兴，没有先咏他物铺设疑问，没有交代故事的前因后果，而是选取了其中的一个镜头聚焦：男子离家出走，女子拽着男子的衣袖，拉紧他的手，苦苦哀求他留下。以第二人称的语气恳求哭诉，震动人心。全诗两章八句，对于男子离家出走的原因只字不提，也没有交代他们之间是什么关系，只有这幅平常而惊动人心的画面出现在读者面前，给人留下深刻难忘的印象。

大路上，男子走得飞快，娇弱心碎的女子踉跄着追上男子，在路边拉扯纠缠，女子一面挽留，一面悲怆地哭诉，她追着喊着，不断重复着：“无我恶兮，不寁故也！”除此，她已经没有别的话要说，这两句话就代替了她内心所有哀怨、痛苦与心酸。

主人公为了挽留欲走之人而不顾一切的真情，深深地打动着读者的心。女子发自肺腑的衷情是否能挽留男子决然的心？想必这是每个人读完这首诗都会产生的疑问。但是，诗意却戛然而止。男子是去是留？女子结局如何？诗人并没有给出交代，很有种不了了之的味道。

对于一首纯赋体的诗而言，这种留白难能可贵。尽管诗人留下了诗意上的空白，这首诗的情感却极其充沛丰满。清代学者牛运震在《诗志》中评论道，这首诗“只三四语”便可“抵过江淹一篇《别赋》”，足见其评价之高。

《遵大路》与以往的弃妇诗的不同之处在于，被“弃”的女子不同于以往守在窗前落泪自怜的弃妇形象,而是冲上大路,勇敢地去挽回所爱,其动人之处也正在于此,让读者们对另一方的性格充满了好奇。然而它并没有交代，这一留白也是它艺术上的创新所在，对于背景与结局不置一词，只是像一位刚到现场的摄像师，抓拍到了这组感人的镜头，这样的处理，显然要比全程直播更能引起读者的兴趣。

◎女曰鸡鸣◎

女曰鸡鸣。士曰昧旦①。子兴视夜②，明星有烂③。将翱将翔④，弋凫与雁⑤。

弋言加之⑥,与子宜之⑦。宜言饮酒,与子偕老。琴瑟在御⑧,莫不静好⑨。

知子之来之⑩,杂佩以赠之⑪。知子之顺之⑫,杂佩以问之。知子之好之,杂佩以报之。

【注释】

①昧旦：天色将明未明之际。②兴：起。视夜：察看夜色。③明星：启明星。有烂：灿烂，明亮。④将翱将翔：已到破晓时分，宿鸟将出巢飞翔。⑤弋（yì）：用生丝做绳，系在箭上射鸟。凫：野鸭。⑥加：射中。⑦与：为。宜：即“肴”，烹调菜肴。⑧御：弹奏。⑨静好：和睦安好。⑩来：殷勤体贴之意。⑪杂佩：古人佩饰，上系珠、玉等，质料和形状不一，故称杂佩。⑫顺：柔顺。

【赏析】

《女曰鸡鸣》是《诗经·国风·郑风》中的一篇，出自东周时期，今郑州市新郑一带。古今学者对这首诗的解读充满争议，古代学者多认为这是一首刺诗或“夫妇相互警戒”的诗，而现代学者闻一

多《风诗类钞》曰：“《女曰鸡鸣》，乐新婚也。”但这些说法都有隔靴搔痒之嫌。实际上，诗作所表现的是一种对青年夫妇和睦生活的赞美与向往。

作为《诗经》中独具特色的一篇，《女曰鸡鸣》描写了一对平民夫妻，在天色未明之际，刚从睡梦中醒来时的对话，于日常生活中见浪漫气息，宁静而温馨。

妻子清晨催令丈夫起床，而丈夫并不十分情愿，妻子爱惜丈夫但同时提醒他不忘生活的责任。公鸡初鸣，妻子便起床准备开始一天的劳作，同时也告诉丈夫“鸡鸣了，要起床了”。

“女曰鸡鸣”，这是妻子含蓄地催促，委婉的言辞充满着不忍与爱怜；“士曰昧旦”，丈夫回得竟也十分干脆，一句“天还未亮”给读者创造了一位丈夫在天刚破晓时睡眼惺忪不愿起床的图景。渴睡之情于下一句中流露得更重，他怕妻子再次催促，便辩解道“子兴视夜，明星有烂”，言外之意是天色尚早，让我再多睡一下吧。

勤劳的妻子却不以为然，因为她想到丈夫是家庭的支柱，每天都有很多活计要做，如此才能维持农家的生活，便再次委婉地提醒丈夫肩负的职责：“将翱将翔，弋凫与雁。”栖息的雁雀即将起飞翱翔了，话外之音是：你也该整理弓箭去河畔了。委婉的话语中却不失坚决，可见妻子对丈夫的爱意和对生活操持的清醒。

《齐风·鸡鸣》中也有类似的情景，《鸡鸣》中女子的口气很着急，男子却找出诸多借口推脱，不为所动。而本篇女子的催声中饱含温柔缱绻之情，男子听罢后会有如何的反应呢，这让读者十分期待下一章的故事。但令人意外的是，次章并没有写丈夫如何回应，而是直接切换入另一个镜头。

虽未直接描写上一章丈夫在妻子的催促下的行动，但以妻子的祈愿暗暗写出丈夫已准备出门打猎，妻子满意之下，又对丈夫生出愧疚之情，责怪自己早上对他催促太急，因此她面对辛苦的丈夫与幸福的生活发自内心地唱出了自己的愿望：“弋言加之，与子宜之”，愿丈夫打猎能满载而归；“宜言饮酒，与子偕老”，愿粗茶淡饭中与丈夫厮守一生。唱到琴瑟和谐的场面时，诗人情不自禁地在诗中感叹道：“琴瑟在御，莫不静好。”男的鼓瑟，女的弹琴，比起“男耕女织”，又增添了一份浪漫色彩。无论古今，夫妻之间都有着和谐静好的同种追求。

就这样，一个对于生活充满感激之情、对丈夫爱惜扶持、勤勉持家的女子，便活现而出，让人对其从外表到内心都尊敬佩服。因此，下面紧接着出现一个赠佩表爱的场面，就在情理之中了。

我国自古就有“投之以木瓜，报之以琼琚”之说，丈夫这一看似平凡的举动，使诗歌情境的逻辑成为打动人心的鸾凤和鸣。不提上一章打猎多与少，也不提是否知道妻子的祈愿，丈夫感受到妻子对自己的“来之”“顺之”与“好之”，便解下杂佩“赠之”“问之”与“报之”。与上一章妻子的祈愿交相呼应，二人的情谊之深默契之足让人叹息。至此，这幕生活小剧也达到了艺术的高潮。

这篇充溢着生活气息的作品，因其口语化的对话而使艺术上颇为有味。值得一提的是，在《女曰鸡鸣》这首诗中，除了“女曰鸡鸣，士曰昧旦”这句诗明确指出是妻子在讲话还是丈夫在讲话之外，接下来的描述大多无法分清是谁在讲话。男女主人公虽然亲密但并不“无间”，相敬如宾，互称“子”，这也反映出当时的中国男尊女卑的情况应该不太严重，不像后来发展到两晋南北朝的时候，丈夫可以称妻子为“卿”。而无论是称谓也好，交谈也罢，《女曰鸡鸣》给青年男女的相处提供了一条敞亮的路，平等、尊重、责任是家庭和谐的良方，这首诗在千百年之后的今天，仍可以与之共勉。

◎有女同车◎

有女同车，颜如舜华①。将翱将翔，佩玉琼琚②。彼美孟姜③，洵美且都④。
有女同行，颜如舜英。将翱将翔，佩玉将将⑤。彼美孟姜，德音不忘⑥。

【注释】

①舜华：植物名，即木槿花。华：同“花”。②琼琚：美玉。③孟姜：毛传：“齐之长女。”排行最大的称孟，姜则是齐国的国姓。后世孟姜也用作美女的通称。④洵：确实。都：娴雅。⑤将将：即“锵锵”，玉石相互碰击摩擦发出的声音。⑥德音：美好的品德声誉。

【赏析】

“我与这位女子同车而行，她容颜好似绽放的木槿，再配上腰间的环佩叮当，仿佛鸟儿要飞翔。美丽而端庄的人儿，你就是孟姜。

“我与这位女子同车而行，她容颜好似绽放的木槿，再配上腰间的环佩叮当，仿佛鸟儿要飞翔。品德高尚的人儿，你就是孟姜。”

诗人毫不避讳对美人孟姜的赞美，若非是绝代风华，也难有如此的歌咏。史书记载：“次女文姜，生得秋水为神，芙蓉如面，比花花解语，比玉玉生香，真乃绝世佳人，古今国色。兼且通今博古，出口成文，因此号为文姜。”如此美人，如是诗篇引出了其后一段不能不说的故事。

齐僖公得了一个出水芙蓉般的女儿自然是宠爱有加，早早就开始为其选择佳婿。选来选去，相中了郑国的太子忽。这个小伙子不仅相貌俊朗，为人也很正直，且身为一国的储君，如此门当户对、郎才女貌，每日对着文姜不停地夸赞未来女婿。文姜彼时正是少女怀春的年纪，心里也对这场婚姻暗生期待。可就在民间对这场婚姻充满期待的当口，太子忽却提出了退婚，理由是“齐大非偶”，讲得通俗一些，就是说自己的地位卑微，不敢高攀像齐国这样的大国。情窦初开的孟姜听闻此言，当即就晕倒过去，从此一病不起。

文姜有个同父异母的兄长，名叫诸儿，他听闻此事之后，便常来探望，渐渐与其暗生情愫。“诸儿时时闯入闺中，挨坐床头，遍体抚摩，指问疾苦，但耳目之际，仅不及乱。”齐僖公闻之传言，心中大惊，在诸儿加冠之后，匆匆为其娶了宋女为妃。孟姜再受打击，心生绝望。恰逢太子忽率领郑国的军队，帮助齐国打败了入侵的北戎部落，齐僖公重提婚事，仍是拒绝，史书记载，太子忽是这样拒绝的：以前没有帮齐国忙的时候，我都不敢娶齐侯的女儿。今天奉了父王之命来解救齐国之难，娶了妻子回去，这不是用郑国的军队换取自己的婚姻吗？郑国百姓会怎么说我！

《毛诗序》却不以为然：“太子忽尝有功于齐，齐侯请妻之；齐女贤而不娶，卒以无大国之助，至于见逐，故国人刺之。”依《毛诗序》的观点，“有女”之女与“彼美”之女应是两个人。各种理由实在难以圈点，无论人物到底是谁，诗中以男子的语气赞美女子的美丽，这一点是毫无争论的。诗人从容颜、行动、穿戴以及内在等方面进行描写，同《诗经》中写平民的恋爱采用了完全不同的手法。

值得一提的是，《有女同车》对于美女摹形传神的描写，对后世影响很大，清姚际恒《诗经通论》

指出宋玉《神女赋》"婉若游龙乘云翔"、曹植《洛神赋》"翩若惊鸿""若将飞而未翔"等句，皆发源于此。

◎山有扶苏◎

山有扶苏①，隰有荷华②。不见子都③，乃见狂且④。
山有桥松⑤，隰有游龙⑥，不见子充⑦，乃见狡童⑧。

【注释】

①扶苏：树木名。②隰：洼地。③子都：古代美男子。④狂且（jū）：丑陋的狂童。⑤桥：通"乔"，高大。⑥游龙：水草名，又名水红。⑦子充：古代良人名。⑧狡童：狡狯的少年。

【赏析】

后人称郑国是情歌的沃土，是不无道理的。这首《山有扶苏》首章与末章都以"山有扶苏，隰有荷华""山有乔松，隰有游龙"这样的句式起始，描写的尽是山中的树，低谷的花，并未见一人。

其实这并不是情侣约会的地点和景色的描写，因为在《诗经》中，"山有……，隰有……"是常用的起兴句式。如《北邶·简兮》中有"山有榛，隰有苓"；《唐风·山有枢》中有"山有枢，隰有榆""山有漆，隰有栗"等。

《毛诗序》中明确提出"故诗有六义焉：一曰风，二曰赋；三曰比，四曰兴，五曰雅，六曰颂"，这里就是一个典型的起兴。清代方玉润在《诗经原始》中说："诗非兴会不能作。或因物以起兴，或因时而感兴，皆兴也。"清代姚际恒在《诗经通论》中也说："兴者，但借物以起兴，不必与正意相关也。"本诗中的起兴就是如此，与后文的故事并不相关。

当然，无论是生长在山上的扶苏树、松树，还是盛开在水中的荷花、水红，这些美丽的植物都是诗不可或缺的部分。正是"兴"的存在，才让《诗经》中大多出自寻常生活的诗作拥有了绝美的意境。

这是一首情人约会时打情骂俏的有趣场景，然而，这样简单的内容却因时代的久远而被后人蒙上了一层神秘的面纱，被许多名家解释出了重重含义。

《毛诗序》："《山有扶苏》，刺忽也。所美非美然。"认为这首诗是讥刺郑昭公忽的，这种解说显然没有得到广泛的流传与认同。今人高亨《诗经今注》以为这诗写"一个姑娘到野外去，没见到自己的恋人，却遇着一个恶少来调戏她"，这样的解说显然也不在情理之中。

而朱熹则认为《山有扶苏》是"男女戏谑之辞"。这种说法已经接近诗旨。所谓"戏"，即打情骂俏之意。自此，后人对《山有扶苏》的解释达成比较一致的意见，"这是一位女子与爱人欢会时，向对方唱出的戏谑嘲笑的短歌"之类的说法，便脱胎于朱熹之说，吸其精华而承继之。

短短的两章，却众说纷纭，不禁让人们还未读诗便困惑起来。实际上，回归诗的本义，从诗中看到的便是一对热恋中的男女在调皮地骂俏的场面，女主角定是个生性好强却不失情调的年轻姑娘，等不见心上人来赴约心生焦急与不满。恋人姗姗来迟，姑娘心里欣喜，嘴里却骂道：子都那样的美男没有来，却来了个你这样的狂妄之徒；子充那样的良人还没等到，你这样的狡猃少年却来了！将“子充”“子都”这种古代的美男子放在言语之中，以对恋人的迟来表示不满，可见当时的男女们已具有了很高的审美水平和恋爱的心得。处于热恋中的古代青年男女，表达在欢会中的愉悦心情时，可谓不拘一格，也不仅仅停留于平铺直叙的倾诉。诗中所描写的那种俏骂，把小儿女热恋时的情态刻画得入木三分。“狂”与“狡”并不是褒义词，但也不是真正的贬低，故意戏谑所爱的人，恐怕是每个女孩子对心上人撒娇的本性。

由此可见，《诗经》中的爱情诗不仅有唯美、有伤感、有温馨，也有这般的活泼与自然的人性流露，《山有扶苏》就为我们提供了一个别开生面的约会画面。正是这些生动的人物、各具特色的性格、语言与爱情的融合，才让《诗经》保持了流传千古而不褪其色的无穷魅力。

◎萚兮◎

萚兮萚兮①，风其吹女②。叔兮伯兮，倡予和女③！
萚兮萚兮，风其漂女④。叔兮伯兮，倡予要女⑤！

【注释】

①萚（tuò）：脱落的木叶。②女（rǔ）：同“汝”。③倡：同“唱”。④漂：同“飘”。⑤要：成，指歌的收腔。

【赏析】

《萚兮》的文辞极为简单——落叶而知秋，生命与青春的凋零，也有对亲情的渴望。就是这种单纯的歌谣，古老却有异常的生命力。自《萚兮》，便有楚辞《九歌·湘夫人》的“嫋嫋兮秋风，洞庭波兮木叶下”，有杜甫的“无边落木萧萧下，不尽长江滚滚来”，更有现代徐志摩的《落叶小唱》与之遥相呼应。因为《萚兮》抒发了人生最基本的两种情绪：对于流逝不回的岁月的留恋，以及在孤苦寂寞中对于感情的渴望。这种人类固有的情感，无论多久都不会过时。

这首用现代观点来看十分具有意境美感的小诗却不被先人看好。《毛诗序》这样说：“《萚兮》，刺忽（郑昭公忽）也。君弱臣强，不倡而和也。”实在牵强。朱熹《诗集传》以为：“此淫女之词。”实在诗中主人公性别为男为女，本无从辨别，“淫”字更不知从何说起。由此看来，对诗的品评，后人往往加入历史的或时代的色彩。以后世之意“逆”当时之“志”，这种做法的可行性还是见仁见智，而我们读诗，还是要据以文本，以美好之心去度美好之诗。

“萚兮萚兮”，在这样的起兴之后，“风其吹（漂）女”这一诗意而浪漫的落叶飞舞的图画上映了，然后诗人的唱叹便戛然而止，让人觉着从飘落的落叶中看到了时光无情的流失，进而又意识到这是生生无奈的事情，多说无益。而后“叔兮伯兮，倡予和（要）女”，寂寞油然而生无从排遣。茫茫人世，谁会与你唱和？谁能与你惺惺相惜？这都是心灵徒然的呼唤而已吧。由此可见，这一支古老而简练的歌，浸润着很深的秋之悲凉以及生命深处的荒意。

从另一个角度来看，《萚兮》写落叶，却也写出了不同的味道。倘若不执着于秋之悲凉，就会发现，这首诗并不写落叶的模样，而只提及它的零落飘摇，好比歌之舞之，积极欢快。在《诗经》的时代，普通民众过着“日出而作，日入而息；凿井而饮，耕田而食；帝力于我何有哉”的劳动生活，少有外界的战争等干扰，所以先民们的心态大多乐观向上。在淳朴的民众看来，秋天不仅是万物开始萧瑟的季节，同时还是收获的季节，因此乐观的成分占据了上风，也正因为如此，诗在抒发了秋之遗憾之后，写到了男女对唱的情景，又回到了积极的情绪上。

清秋易凉本就容易令多情的人触动心中伤感的神经，衍生出人生短暂、时光易逝的嗟叹。《萚兮》以落叶起兴，由景入情，简洁中蕴涵着几多人生的无奈，需要用一生的阅历来读。

◎狡童◎

彼狡童兮[①]，不与我言兮。维子之故[②]，使我不能餐兮。

彼狡童兮，不与我食兮。维子之故，使我不能息兮[③]。

【注释】

①狡童：狡猾的少年。②维：因为。③息：安稳入睡。

【赏析】

爱情总是让人欢喜让人忧。你侬我侬时哪怕是天上的星星都能为你摘下，而斗气吵架时又食难下咽、夜不能寐，久久难以释怀。爱情不是一个人的事，因为彼此在乎对方，所以哪怕是极其细微的动作或表情，都牵动着另一半的心。《狡童》里的情侣似乎闹了什么矛盾，生气冷战，男子每一个冷漠的表情都让那女子痛苦不已，寝食难安。

《狡童》的主旨是显而易见的，所以历来没有过多纷争。全诗共两章，浅显易懂。大致是说一对情侣不知为何产生了一点矛盾，两人都矜持着不跟对方说话，但是可怜的女孩总是用眼睛偷偷瞄着男子，那男子每一个冰冷的表情和动作都像一把尖刀直刺她的心房，让她伤心不已。爱情最怕的是冷战，它不比“热战”那样迅疾猛烈，来得快去得也快，而是久久地、慢慢地深入人的心里。

“彼狡童兮，不与我言兮。维子之故，使我不能餐兮。”用“狡猾”形容这个男子也着实好笑，有一种似嗔似喜的感觉。好像在撒娇，又好像对这个男子又爱又恨。有一种说法认为“狡”通“佼”，取强壮俊美之意；若按这种意思理解“彼狡童兮”，说的就是：“那个强壮漂亮的小伙子啊……”

无论哪种解释都表现出一种骂中有爱、恨中带恋、爱恨交织的复杂细微的情感。所谓“若忿，若憾，若谑，若真，情之至也”（陈继揆《读风臆补》）。闭目细想，似乎能感觉这个女子正柔声细语地指责那男子：“你这个狡猾的小子啊，竟然不跟我说话，本来没有大多的事情，难道你就不能主动一点吗？都是因为你的缘故，害得我食难下咽。”

“彼狡童兮，不与我食兮。维子之故，使我不能息兮。”你这个狡猾的小子啊，竟然还不跟我一起吃饭，我想不透你心里到底是怎么想的，都是因为你，弄得我精力憔悴，夜不能寐。仔细判断，两人的矛盾好像不但没有冰释，反而进一步激化了。从开始的时候是“不与我言兮”升级到后来的“不与我食兮”，先是由开始的不理不睬，到最后的分而食之，让我们不得不怀疑这个男子的动机，他是否想借吵架之由与女子彻底决裂也未曾可知。

《狡童》在运用了复沓的写作手法的同时，还运用了循序渐进的结构方式，使全诗非常有层次。从“不与我言”到“不与我食”形象生动地表现了这对恋人之间矛盾的白热化。寥寥几笔展现了一个逐步从冷淡到疏离的发展过程。

全诗还有一大亮点就是叙述时人称的改变。从开篇第一句的“彼狡童兮”到后来的“维子之故”很明显从第三人称转到了第二人称，可以说从间接的呼告直接转到了直接的呼告。从文章的暗含之意中不难体会出，这个女子柔情似水，话里话外都表示出她仍对这份爱情充满渴望。纵使冷漠在他们之间形成阻碍，还是不能熄灭她对心爱男子的爱情之火。

这首诗是以一个女子的口吻对男子"怜惜"的责备，无关痛痒。《诗经》中表达爱情的诗篇数不胜数，无论是《氓》中性格刚强的女子对丈夫的痛诉，还是《将仲子》中相会时又怕别人说闲话的羞怯，同一个主题有时会在许多篇章中都有体现，而这篇《狡童》则开创了一个新的主题，即青年男女闹矛盾时的心理描写。

爱里有幸福和甜蜜、有关心和惦念、有生气和暴怒、也有相守和背叛。纵然时间在变、环境在变、地点在变、服饰在变、语言在变，不变的是这爱的意义。从两千多年前的先秦到今天，爱的内容依然是那样隽永。聪明的男人永远不会让自己心爱的女人像《狡童》里的女子那样食难下咽，夜不能寐，他会在适当的时机伸开忍让的双臂。阴雨的日子谁都会有，谁敢保证自己的天空永远万里无云？爱情就是这样，似惊而喜、似喜而悲。有矛盾的时候两个人静下来好好谈一谈，没有什么是解不开的结。

◎褰裳◎

子惠思我①，褰裳涉溱②。子不我思③，岂无他人？狂童之狂也且④！

子惠思我，褰裳涉洧⑤。子不我思，岂无他士？狂童之狂也且！

【注释】

①惠：见爱，即爱我。②褰（qiān）裳：提起下衣。溱（zhēn）：郑国水名出密县境，东北流至新郑市，与溱水合。③不我思：不思念我。④狂童：谑称，犹言"傻小子"。且：语气助词。⑤洧（wěi）：郑国水名，发源于今河南登封阳城山。

【赏析】

南方的女人总留给人阴柔之美的印象，北方的女人却是大气爽朗的化身。《褰裳》是一首采自郑国的诗歌，郑国是周朝分封的诸侯国之一，位于现在的陕西一带，后东迁都新郑，也就是现在的河南，皆属于北方范畴。这首诗就形象而生动地刻画了北方女子旷达乐观的情怀。

《毛诗序》对其主旨的探究是："《褰裳》，思见正也。狂童恣行，国人思大国之正己也。"这一观点是从《左传》中得出，子大叔赋《褰裳》，借以试探晋国的态度。《毛诗序》的探寻总是与政治有关，看其见解枯燥乏味，不免失去了诗歌原本的美意。

本诗所述就是一个开朗豪爽的女子日夜思念自己的丈夫，但她没有以往《诗经》所述女子的那份矜持和羞怯，而是快人快语，爽朗泼辣。她没把思念藏掖在心中，而是大胆地表达出来，这种豪爽令人瞠目结舌，同时又不免生出几分赞叹。

"子惠思我，褰裳涉溱。"你要是想我爱我，那就立刻提起衣裳的前后襟，趟过这宽阔的溱河来看我。这是开篇第一句，读起来有几分赫然，让人不敢相信这是开篇第一句。开门见山、无渲染、无点缀、直接点题，真是快人快语，干脆利落。

"子不我思，岂无他人？狂童之狂也且！"你以为你不想我，就没有别人再想我了吗？狂妄的小子，不要把你自己想得太高高在上，即便没有你，我的生活依然精彩。这三句话简直不能用快人快语来形容，几近泼辣和野蛮。女子一再使用近似强迫的口气警告离家在外的男子：她不怕被抛弃。

"子惠思我，褰裳涉洧。子不我思，岂无他士？狂童之狂也且！”这一段内容与第一段基本一致。你要是思念我啊，你就痛痛快快地卷起衣角，趟过这清澈的洧河。男子汉大丈夫不要婆婆妈妈犹豫不决，你不再喜欢我了，难道就没有男人再喜欢我了？你这个轻狂的小子啊，简直是狂妄至极。

深入全诗来看，女主人公其实也是悲凉的，因为这个男子始终还是没来看望她。而她这些锋利尖锐的话也无非都是气话，只是少了其他女子的哭哭啼啼，坚强的外表下或许仍有一颗脆弱不堪一击的心。

全诗一开头便毫无铺垫和渲染，直接开门见山地叙述，这种写作手法在《诗经》当中并不多见。且这首诗语言干脆利落，富有个性，用字虽少但每字都有其表现的内容，无一字多余，也无一字可删。

这首诗塑造了一个心直口快、爽朗、泼辣的北方女子形象。无论是开头“子惠思我，褰裳涉溱”的直截了当，还是结尾“狂童之狂也且”的野蛮与讽刺，都让人觉得闻其语似见其人。“狂童之狂也且”这句话里含有讽刺之意，而且带有几分狡黠和戏谑。

《褰裳》一诗的诗风热烈奔放，活泼轻快。描写人物的写作方法有很多，但作者选用的是最具传神功能的语言描写，语言描写往往能使一个人鲜活起来，尤其诗中这种个性十足的语言，更是向人们生动展示了一个自信、自强、打不败的女中豪杰的形象。

在以“男子是天”的古代婚姻观念里，这等豪放不羁的女子实不多见，她大胆地向礼教提出挑战。后人无从知晓那男子是否回来去看望她，但结果并不重要，重要的是她的言语早已让人折服。她告别了婚姻中弱女子被遗弃时悲悲戚戚的姿态，而完全以一个胜利者的姿态向她的男人下了最后通牒。她那种与生俱来的勇气和昂扬向上的乐观，让人心生敬意，给所有恋爱中或婚姻中的弱女子敲响了独立自主的警钟。

◎丰◎

子之丰兮①，俟我乎巷兮②，悔予不送兮③。
子之昌兮④，俟我乎堂兮，悔予不将兮⑤。
衣锦褧衣⑥，裳锦褧裳。叔兮伯兮⑦，驾予与行。
裳锦褧裳，衣锦褧衣。叔兮伯兮，驾予与归。

【注释】

①丰：丰满，标致。②俟：等候。③送：致女，以女授婿。④昌：健壮。⑤将：同行。⑥衣：动词，穿。褧（jiǒng）衣：用绢或麻纱制作的罩衫。⑦叔、伯：古代女子对丈夫、情人的称呼。

【赏析】

“子之丰兮，俟我乎巷兮，悔予不送兮。”《丰》开篇就奠定好了全诗的感情基调，一个“悔”字点明了文章的主旨。这正是一首倾诉悔恨的诗。

《毛诗序》：“《丰》，刺乱也。昏姻之道缺，阳倡而阴不和，男行而女不随。”《毛诗序》将《丰》定位为一首女子淫行诗，认为这首诗正是讽刺女子的淫乱，这对男女阴阳不和，致使婚姻不完美甚至有裂痕。

今天的学者认为这首诗写“男子来提亲，女子没答应，后来却又后悔不已”。至于女子为何当初没有答应男子的求婚，也是众说纷纭。有的说当男子去女子家提亲时，女子矜持害羞没有爽快答应，或者当时正好与男子赌气故意不吭声，还有一种可能是父母不情愿，甚至从中作梗等因素造成。

“子之丰兮，俟我乎巷兮，悔予不送兮。”我到现在还清楚地记得，他身材魁梧，体格健硕，在巷口痴痴地等着我，现在想想我是多么后悔当时没有过去。细想想，他一定在那儿来来回回，徘徊不定，因为还没有等到我的答复，他不甘心就那么走掉。这是以一个女子回忆往昔的口吻来叙述的，从这里的一字一句可以看出，女子对自己当初愚蠢的决定后悔不已。

“子之昌兮，俟我乎堂兮，悔予不将兮。”想想你的容貌是那么的相貌堂堂，端正标致。那天你把自己收拾得干净利落，华丽的衣衫更显你的风流倜傥。你一直在厅堂里面焦急地等着我的回复，而我现在是多么后悔当初没有果断地作出决定。诗中的女主人公对男子的容貌还记得一清二楚，无论是出于爱情还是处于对当初决定的后悔，都不难看出，她日日夜夜都思念着这位英俊的男子。第一章与第二章，诗人运用了细节描写，尤其是通过女主人公的话语对男子进行肖像描写，突出了女子满腹的悔恨之情，使人仿佛都可以听到她的声声叹息。

“衣锦褧衣，裳锦褧裳。”这是多么美丽的衣服，每一件都金灿灿地闪烁着耀眼的光芒。这两句实际上是女子对自己穿上婚宴礼服的幻想，大红袍子上绣着活灵活现的凤凰，整个轮廓用金边镶嵌着。礼服外面还有一个外套，也可以说成是披肩。精致的衣服往往都有华丽的外套衬着。“叔兮伯兮，驾予与行。”叔啊和伯啊，驾车和我同行吧。

“裳锦褧裳，衣锦褧衣。”这一段几乎是对上一段的重复和强调，美丽的衣服一件件，个个鲜艳又耀眼，金银花边真耀眼，搭配外套更可爱。女主人公对爱情真是极度渴望，她多想穿上那华丽的婚宴礼服，这几句将她急迫恳切的心情刻画得淋漓尽致。“叔兮伯兮，驾予与归。”叔啊伯啊，快快驾上美丽的车，绑上绣满鸳鸯的大红布，和我一同归。

诗人对诗篇的安排称得上独具匠心，前两章是对过去事情的回忆，当男子来向女方提亲时，女子犹豫不决迟迟不给对方答复，不管原因是什么，毋庸置疑的是，男子尔后便没有再来。而现在男子不再提着聘礼来迎娶她时，她却心急如焚，后悔当初愚蠢的决定。

想想那句“女人心，海底针”，现在看来的确不假，若是当初大方干脆地答应，现在又何必自寻烦恼呢？第三章和第四章则是对上两章的大逆转，这是情感上的一大跳跃。这两章是对未来的幻想和憧憬，女子幻想着男子驾车来迎娶她，而她穿上富丽堂皇的嫁衣等待他。整首诗给了读者一个想象的空间，让读者乘坐时光机器，回顾过去和憧憬未来。

诗中所有的情景都来自于对女主公心理的描写，读者完完全全可以通过对主人公内心的窥探，了解她那份因为满腹悔恨而对未来生活充满向往的复杂心情。主人公没有祝英台的那份果断，更没有“与君化蝶”的那份勇气，她只是默默地、慢慢地接受眼前这个可悲而又不可改变的命运。但她并没有把生活看成是暗无天日的黑洞，而是仿佛在缝隙中看到了一丝希望，那就是对未来幸福生活的向往。

◎东门之墠◎

东门之墠①，茹藘在阪②。其室则迩③，其人甚远。

东门之栗，有践家室④。岂不尔思，子不我即⑤。

【注释】

①墠（shàn）：土坪，铲平的地。②茹藘（rú lǘ）：草名，即茜草，可染红色。阪（bǎn）：小山坡。③迩：近。④有践：行列整齐的样子。⑤即：就，接近。

【赏析】

印度伟大诗人泰戈尔曾经说过：“世界上最遥远的距离，不是明明无法抵挡这种思念却还得故意装做丝毫没有把你放在心里，而是面对爱你的人，用冷漠的心，掘了一条无法跨越的沟渠。”的确如此，心灵上的距离往往要比实际距离更远、更宽、更难以逾越。

《东门之墠》是一首典型的爱情诗。对于这首诗的主旨历来争论较少，《毛诗序》评价曰：“男女有不待礼而相奔者也。”汉代著名注解家郑笺也拓展道，此为“女欲奔男之辞”。这首诗的情味很浓厚，所以理解为爱情诗是理所应当的，时至今日都无二论。

从“子不我即”等句来看，这首诗是以女子的口吻叙述的，诗中略带埋怨的口气。原来她与心上人的住所离得很近，但是两人却很疏远，她心里想着他，而男子却从来没有来看望过她，所以她禁不住埋怨他。

全诗篇幅较短，短小精悍但却意味深长，“东门之墠，茹藘在阪。”若要读懂此句，首先要明白两个概念，第一个是“墠”，指的是经过清除平整的土地。第二个是“茹藘”，这是一种草本植物。东门之外有一块像广场一样开阔见方的平整土地，茂盛的茜草疯狂地生长着，爬满了这块土地的斜坡。这两句交代了地点以及事件发生的周围环境。“其室则迩，其人甚远。”从你居住的地方到我家仅仅几步之遥，可是感觉心就像隔了一堵墙一样遥远。这两句便是诗的症结所在，精练的语言道出了诗的矛盾之处，也就是说两人实际距离与心理距离不成正比。

第二段句式与第一段基本一致，但在措辞上并不是简单更换几字，而是内容上的升华。“东门之栗，有践家室。”东门之外有一株株高大的栗树，饱满圆润的栗子着实惹人喜爱，小屋子一排一排整整齐齐地坐落在那里。这两句与“东门之墠，茹藘在阪”作用相当，也是交代住处。“岂不尔思，子不我即。”我们两家相隔如此之近，可是你却吝啬得连看我一眼都不愿意，更别提来我家看望我，我整天在家里眼巴巴地期盼你来，可你终究没能来，让我急得焦头烂额。

一篇文章也好，诗歌也罢，环境描写既能交代事情发生的地点或背景，又能渲染气氛，烘托人物的心情，增强文章的真实性，使文章错落有致。“东门之墠，茹藘在阪”是对男子家外部的环境描写，男子家从外观来看，有一道长长的土坪，山孤上长满了葱葱郁郁的茜草。这是《诗经》当中常见的手法，这种描写手法的目的主要有两种：一个是起兴，起到抛砖引玉的效果，也就是说“言在此而意在彼”，环境上的描写不过是为了引出下文。

还有一个功用就是渲染气氛。从土坪和杂草来看似有悲凉之感，通过阅读下文可知，全诗所写之事本就不是什么喜庆之事，所以这段环境描写恰好渲染了这种萧瑟荒凉的气氛。第二段的环境描写也不例外：“东门之栗，有践家室。”这段环境描写从男子的家转移到女子的家，这是女子家的外部情况，房屋外面长满了栗子。在《诗经》中“栗”的象征意义与“婚嫁”有关，看着房屋外这些景象，也就更勾起了女主人公渴望心上人看望她的那份情思。

常言道：“麻雀虽小，五脏俱全。”此诗便是如此，虽然短小精悍，但首尾呼应、结构严谨、浑然一体。第一段采取虚实结合的方法，给读者以想象的空间。“其室则迩”是实写，实实在在交代了客观情况，讲的就是两家的实际距离，没有一点虚假和修饰。而紧跟着的一句“其人甚远”则是虚写，强调的是心理状况，有想象和夸张的空间。这样一来，全诗一张一弛，节制有度，耐人寻味。

很多时候真正让人冷漠的不是实际距离的远近，而是心灵上是否有隔膜。就像《东门之墠》中，两人各自的家再近，也无法拉近心的遥远。日常生活当中也是如此，无论是友人还是恋人，只有真正地走进彼此的心房，才能在根本上拉近两人的距离，哪怕是天各一方，也能心心相印。

◎风雨◎

风雨凄凄，鸡鸣喈喈①。既见君子，云胡不夷②？

风雨潇潇，鸡鸣胶胶。既见君子，云胡不瘳③？

风雨如晦④，鸡鸣不已。既见君子，云胡不喜？

【注释】

①喈（jiē）喈：鸡鸣声。②胡：何。夷：同“怡”，悦。③瘳（chōu）：病愈，此处是指愁思满怀的心病消除。④晦：昏暗。

【赏析】

《风雨》一诗单从题目上来看，没有一点与人相关的信息。风和雨是常见的自然气象，所以很难从题目上掌握到什么重要信息。《毛诗序》曰：“《风雨》，思君子也。乱世则思君子不改其度焉。”《毛诗序》认为这是一首女子思君之作，风雨则暗示着风雨飘远的山河。郑笺又对《毛诗》的观点加以引申曰：“兴者，喻君子虽居乱世，不变改其节度。鸡不为如晦而止不鸣。”也是说君子身居乱世却不改气节风度，大致意思与《毛诗序》所述一致。

《风雨》一诗的情境是：在一个风雨大作、天色阴沉的日子里，女主人公一人在家，孤单害怕，再加上外面的雄鸡一直叫个不停，于是增加了她对远在他乡的丈夫的思念，哪曾想说曹操曹操到，丈夫就在这时回来了，女子很开心，满脸洋溢着幸福的喜悦。

“风雨凄凄，鸡鸣喈喈。”从这一句不难看出，此诗开头就以风雨和鸡鸣起兴。外面电闪雷鸣，北风呼呼地刮，雨点滴滴答答地打在窗棂上，组成一首不规则的乐曲，雄鸡不知是被雷声吓到还是怎么回事，不停地鸣叫着。常言道“一切景语皆情语”，作者不会平白无故地浪费笔墨描写景物，这些景物的背后其实都暗藏着一种思想感情，此处的“风雨”“鸡鸣”无不渲染了一种灰色阴暗的气氛，给人一种压抑的感觉。

“既见君子，云胡不夷？”每到这样的天气她便最想念丈夫，想着想着眼前一个熟悉的身影，简直做梦一般，心上人奇迹般出现在女子的眼前，也不知这女子是吓到了还是太惊喜，久久没有说出话来。

“风雨潇潇，鸡鸣胶胶。既见君子，云胡不瘳？”这一段无论是在句式上还是句子上都是对上一段的复沓，只在个别字上有所改动。风雨潇潇，缠缠绵绵地交织在一起，没有丝毫要停的意思，雄鸡也跟着凑热闹，叫唤的声音越来越大，混着外面的风雨声，嘈杂至极。此时的我身边没有一个人，多么的悲凉，可怕的寂寞让她更加怀念自己的丈夫，可是谁能想到就在这会丈夫忽然到家了，刹那间一切都烟消云散了，所有的烦恼忧愁都化为乌有，简直就像去了一大块心病一样轻松自在。

“风雨如晦，鸡鸣不已。既见君子，云胡不喜？”这是全诗最后一章，与前两章大同小异，只是在思想感情上有所加深。大雨倾盆前总是有很多前兆，先是一朵朵黑压压的云朵布满整个天空，里面不知装了多少雨滴，空气很稀薄让人喘不上来气，尔后便是丝丝凉风。这就宣告着大雨马上来临，雄鸡在外面叫个不停，在女子万念俱灰之际，丈夫回来了，她高兴得简直没有任何词语能形容。

全诗共三章，章章复沓，反复吟咏，一唱三叹使全诗具有丰富的艺术韵味。细细品味，文章刚一开始通过狂风暴雨和让人心烦的鸡叫声渲染了一种风雨交加、夜不能寐、阴暗、悲凉的气氛，但到三四句突然笔锋一转，喜上眉梢。这正是作者的高明之处，作者利用哀景衬乐情，更加突出女子见到丈夫时那种雨过天晴的喜悦。明末清初著名思想家王夫之曾说：“以乐景写哀，以哀景写乐，一倍增其哀乐。”这种反衬的手法更加深和突出了喜悦的内容，而前者的悲仅仅是陪衬而已。

全诗多次出现叠词，如“凄凄”“喈喈”“潇潇”“胶胶”这些叠字、双声、叠韵词语的使用，加强了语言的形象性和音乐性，渲染了风雨萧瑟的气氛，同时深化女子对男子思念的主题，更加深了细腻真挚的情感。此外，全诗层层递进，“云胡不夷”“云胡不瘳”“云胡不喜”中的“夷”“瘳”“喜”

三个字，真切地表现出女子见到丈夫后的心理过程。从首先震惊般的平静到后来像去了一块心病一样轻松自在，到最后喜不自胜喜出望外，可以看出女子内心活动的发展变化，一切进行得顺理成章而又浑然天成。《风雨》一诗无论从遣词造句还是句式章法上看，都不失为一篇上等的佳作。

◎子衿◎

青青子衿[①]，悠悠我心。纵我不往，子宁不嗣音[②]？
青青子佩[③]，悠悠我思。纵我不往，子宁不来？
挑兮达兮[④]，在城阙兮[⑤]。一日不见，如三月兮。

【注释】

①衿：襟，衣领。②嗣音：传音讯。③佩：这里指系佩玉的绶带。④挑、达：走来走去的样子。⑤城阙：城门两边的观楼。

【赏析】

“青青子衿，悠悠我心，但为君故，沉吟至今。”曹操的这首《短歌行》的前两句便是从《子衿》中得到的灵感，不过曹操雄才大略，改了主旨，换了意境，借“子衿”抒发自己渴求贤人的心情。而《子衿》谱写的则是一曲热恋中的姑娘对情人的思念和等候情人来相会的恋歌。

“青青子衿，悠悠我心。”读起来朗朗上口，美丽动人。“子衿”的意思是“你的衣领”，最早指女子对心上人的爱称，后来指对知识分子、文人贤士的雅称。这句话的意思是说，难以忘记的是你那青色的衣领，那样整洁干净，它牵动着我悠悠的心，自从上次别离已有许久，你的样子和衣着我还依稀记得。

“纵我不往，子宁不嗣音？”从第一章可以看出，不知什么原因让两人失去了联系，女子对这个不来看望她的男子满腹抱怨。而她没有去看他，却是出于女子的矜持和羞怯，在女子自己看来是情有可原的。

“青青子佩，悠悠我思。纵我不往，子宁不来？”忘不了那青色的佩带，现在不知它是否还紧贴在你的身旁。上次离开这儿的时候，佩带还是那样的整洁干净。即使我没有去看你，你怎么就不知主动来看我？女人是口是心非的动物，嘴上不说，心里却是刻骨的想念。

这一章大致是对上章的重复，以反复递进、层层深入的写法，将长相思之苦，提升到至极。从上段的“子衿”和本段的“子佩”都可以看出女子的心上人是个有身份有地位的年轻人，纵不是官宦子弟，也绝不是普通的百姓人家。

“挑兮达兮，在城阙兮。一日不见，如三月兮。”想你的心情抑制不住，你不来，我又不能过去找你，我就每天登上高高的城楼向远方眺望，希望能看见你的身影。一天见不到你的身影，就如同隔了三个月那么长。这一段寥寥几笔就生动形象地刻画出了女主人公焦急难耐的心情。她等不了男子来看她，那对于她来说简直是无尽的煎熬，于是她吃力地爬上城门两边的观楼，不时地向远处眺望。结尾的一句“一日不见，如三月兮”更是成了男女之间表达相思之情的千古绝唱。

此诗章法之妙历来被学者称颂。全诗只有三章，每章四句，每句四言，区区四十九字便将女子的思念之情刻画得淋漓尽致。这全依赖于作者对心理描写的挖掘。

从全诗来看，从开篇对心上人衣服的描写到埋怨男子没来看她，都是主人公一系列心理活动的表现，第三章的“挑兮达兮，在城阙兮”更是表现了女子焦灼的心情。结尾一处的“一日不见，如三月兮”运用了夸张的修辞手法，形象而生动地突出了女子对心上人的思念之情。此后心理描写在文学作品中占了很大一部分比重。

在《诗·王风·采葛》中也有类似的语句“彼采葛兮，一日不见，如三月兮。彼采萧兮，一日不见，如三秋兮。彼采艾兮，一日不见，如三岁兮。”“一日不见，如隔三秋”从此以后便成了表达思念的妙语，虽有夸张，但唯美动人，千百年来为人们所传唱不衰。

◎扬之水◎

扬之水①，不流束楚。终鲜兄弟②，维予与女。无信人之言，人实迋女③。
扬之水，不流束薪。终鲜兄弟，维予二人。无信人之言，人实不信④。

【注释】

①扬：激扬。②鲜（xiǎn）：缺少。③迋：“诳”之借用，欺骗。④信：诚信、可靠。

【赏析】

《扬之水》其主旨至今没有明确定论，据《毛诗序》所说，是“闵无臣也”。朱熹认为是“淫者相谓”(《诗集传》)。而当代著名学者闻一多先生认为此诗是“将与妻别，临行劝勉之词”。闻一多先生精通古代文化，对很多诗词歌赋都有独到而精准的见解，他能切入表象看本质，尽管没有证据，也无法证明其观点正确与否，但这个解释读起来至少就不像《毛诗序》那样枯燥，又不像《诗集传》那样古板，他看到了诗里所诉其事跟爱情有关，这才是至关重要的。

“扬之水，不流束楚。”开篇以水起兴，小河沟的水再湍急啊，也冲不走成捆的柴火。纵使水流的速度再快，河水面积并不宽，对水边的柴火也不构成危害。

“终鲜兄弟，维予与女。”我孤苦伶仃一个人，娘家没有什么兄弟姐妹给我撑腰，就算是遇到了什么问题和麻烦，也没有人帮我出谋划策，甚至没有一丝一毫的安慰。这一句表现了女主人公无依无靠的处境，读起来让人怜惜不已。

“无信人之言，人实诳女。”我们在一起生活这么久了，我是什么样的人你最清楚，你可千万不要轻信了别人的鬼话，吐沫淹死人啊。他们不知是什么目的，是包藏祸心还是要拆散你我，我都不清楚。总之，这些流言根本没有根据，简直就是歪曲事实，你千万不要断章取义上了贼人的当。

《诗经》这部伟大的诗歌总集，它凝聚了我国古代先民的智慧。除了“赋”“比”“兴”典型的写作手法之外，还有隐语和象征的手法。《诗经》中很多花鸟虫鱼都有其象征意义。比如“鸟”象征着爱情的坚贞和纯洁美好的感情。本诗当中也有隐语的出现，“楚”和“薪”直译都是柴火、木条之意，而实际上却与“婚爱”有关。

“扬之水，不流束薪。终鲜兄弟，维予二人。无信人之言，人实不信。”这一段几乎是对上一段的重复复沓，只把“楚”改成了“薪”，但实际上两字所表达的意思一致，只是为了使形式上看起来更美。奔流而下的流水啊，纵使你再疾再快，也冲不走那河边成捆的柴火。我从小就缺少兄弟姐妹的关怀，一直到现在也是这样，有了什么困难都是我自己解决，没有亲人帮我出谋划策，更没有兄弟姐妹帮我抛头露面。外面传的流言蜚语我也只能自己承担，纵使别人再怎么说我，你也要相信我，因为我只有你这么一个亲人。脚正不怕鞋歪，我一生光明磊落，可以视流言于不顾，只是希望你不要被坏人蒙蔽，千万不要听信谗言。

两章内容基本相同，是以一个女子或妻子的口吻，对远方男子倾诉，语言朴实，接近口语。读者可以真真切切体会到那种平民百姓的质朴和诚实。两章反复吟诵，用重复强调的手法，更真切地突出女子诚实善良的本质和对丈夫深深的依赖和眷恋。

在诗词句式上，这首诗还采用了参差不齐的句式结构，三言、四言、五言混用，好像是妻子害怕丈夫误会她，焦急又不假思索地解释，语言似乎没有来得及理顺和整理，就心急如焚地说了出来。近乎口语的表达方式却带有一种音乐美的韵味，具有很强的感染力。

不论是纸婚还是金婚，维系婚姻之间最重要的因素就是信任。信任是一根纽带，始终牵着两个人的心。《扬之水》中的男子可能在远方征战，也有可能戍守边疆，甚至还有可能在外经商。然而不管多远，只要他们俩彼此信任，将那些空穴来风的流言蜚语当作微乎其微的尘土，两人之间遥远的便仅仅是距离，而不是心。

◎出其东门◎

出其东门①，有女如云②。虽则如云，匪我思存③。缟衣綦巾④，聊乐我员⑤。

出其闉阇⑥，有女如荼⑦。虽则如荼，匪我思且⑧。缟衣茹藘⑨，聊可与娱。

【注释】

①东门：城东门。②如云：形容众多。③匪：非。思存：想念。④缟（gǎo）：白色。綦（qí）巾：暗绿色头巾。⑤员：同“云”，语气助词。⑥闉阇（yīn dū）：外城门。⑦荼（tú）：茅花，白色。茅花开时一片皆白，此亦形容女子众多。⑧且（jū）：语气助词。⑨茹藘（lú）：茜草，其根可制作绛红色染料。

【赏析】

“唯一”在字典里的解释为“独一无二”，看似简单，但在爱情中要做到却难。《红楼梦》第九十一回中宝玉说过：“任凭弱水三千，我只取一瓢饮。”后来这句话慢慢用来表现情侣间对爱忠贞的宣誓。《出其东门》将这个宣誓化成一首诗，表现了男子对意中人至死不渝的爱。

尽管古人认为这首诗的主旨是“闵乱”之作，即在郑国出现内乱时，国内兵荒马乱，一片人心惶惶，许多夫妻因为逃命或对爱的不忠贞纷纷离散。而这首诗是为了传达男主人公想保住他的妻儿老小而作。但从诗意来看，还是把这首诗划归恋人之间惺惺相惜的主题最为贴切。

“出其东门，有女如云。”不农耕的日子总是悠闲而自在的，漫步出了城东门，看到这边的美女如天上的云朵一样，时不时从身旁走过。“美女如云”就是从这来的。

“虽则如云，匪我思存。缟衣綦巾，聊乐我员。”虽然美女这么多，可是却没有能打动我心的人，因为在我的心里已经有了日日夜夜思念的人。只有那个穿着白裙子系着暗绿色头巾的女子才是我心之所倾，只有她才能让我怦然心动。

“出其闉阇，有女如荼。”这时候男子已经踱步至外城门，看见美女多得像山上的茅花一样，个个鲜艳夺目，香气袭人。无论是上文所提到的“如云”，还是本段的“如荼”，都是对美好的女子由衷的惊讶和赞叹。美丽的姑娘成群结队在街上闲走，像是一道道美丽的风景，勾起男主人公对心上人无尽的思念。

“虽则如荼，匪我思且。缟衣茹藘，聊可与娱。”虽然美女这么多，可是却没有能打动我心的人，因为在我的心里已经有了日日夜夜思念的人。只有那个穿着白裙子戴着鲜艳红色头巾的女子才是我心之所倾，只有她才能让我怦然心动。

全诗的意思很简单，而文字温雅灵动、气韵平和、通俗易懂，情思的清纯和恳挚丝丝进入人的心田。用“如云”和“如荼”形容美女数量之多，“如云”意在说明美女体态轻盈，有“飞燕”之美。“如荼”形容女子灿烂如花，夺人眼目。两章回环复沓，反复强调。这些都是主人公之所见所感，然而目的却是为了突出主人公在如此多的美女当中，仍能毫不动心，表现出他对爱情的专一和对心爱女子的痴情。

此外，这首诗在结构上也很讲究，前半部分是正面描写，后半部分连用了两个“虽则……匪我……”的转折句，转折句的目的就是为了强调和突出后半句的内容，男主人公坚定不移的神态和斩钉截铁的口气，表达着对那位“缟衣綦巾”的女子的情有独钟。一个女人能得到男人如此专一的爱，着实让人羡慕。

诗篇当中，男主人公对这个“缟衣綦巾”平凡女子坚定不移的爱让人钦佩。在那些盛装打扮、香气袭人的美女面前，主人公仍钟情于他的“缟衣綦巾”，有爱的支撑，再平凡也是独一无二，再朴素也是弥足珍贵。在那样一个男权和夫权至上的年代，一个男子能这么钟情、这么坚定、这么专一，实在难能可贵。

◎野有蔓草◎

野有蔓草①，零露漙兮②。有美一人，清扬婉兮③。邂逅相遇④，适我愿兮。
野有蔓草，零露瀼瀼⑤。有美一人，婉如清扬。邂逅相遇，与子偕臧⑥。

【注释】

①蔓：蔓延。②零：降落。漙（tuán）：形容露水很多。③清扬：目以清明为美，扬亦明也，此处形容眉目漂亮传神。婉：美好。④邂逅：不期而遇。⑤瀼（ráng）：形容露水很浓。⑥臧：善，好。

【赏析】

“邂逅”这一美妙的词语，出自于这篇《野有蔓草》。之后在《唐风·绸缪》中也有沿用：“今夕何夕，见此邂逅。”直到《后汉书》的“邂逅发露，祸及知亲”都有体现。即使是在现代，这个古老而曼妙的词语仍被沿用着，因为“邂逅”始终是爱情中最美的时刻。

关于此诗的主旨，《毛诗序》认为“《野有蔓草》，思遇时也。君之泽不下流，民穷于兵革，男女失时，思不期而会焉。”这是《毛诗序》对其背景的研究，这对男女之间的爱情发生在那个战乱频繁的年代。《毛诗序》点评的一贯作风，便是将美好的事物打碎了呈现在人们眼前，给人一种缺陷美，让人心生惋惜。

而宋代的朱熹看到此诗时言道：“男女相遇于田野草蔓之间，故赋其所在以起兴。”能看到朱老夫子这样客观而又坦然的评论实在难得。的确，这首诗浪漫唯美，于千万人之中，没有早一步，也没有晚一步，刚好遇上，万般美好始从邂逅开始。

“野有蔓草，零露漙兮。有美一人，清扬婉兮。”优美的诗句，可与《蒹葭》媲美。湛蓝的天空中飘着朵朵白云，时而团团如轮、时而飘飘如丝、时而绵绵如雪，清晨的露珠依在嫩绿的叶子上，阳光打在上面折射出七彩光芒。有位倾国倾城的佳人，她长相秀丽清纯，最迷人的是那双水汪汪的大眼睛，平生万种情思悉存眼底。

从第一章的“清扬婉兮”和第二章的“婉如清扬”中可以看出，这个女子满眼柔情、清纯透彻、眉目流转传情。曼妙的女子让诗中的男主人公一见倾心。“邂逅相遇，适我愿兮。”世界上最美丽的时刻便是不期而遇之时。两颗惺惺相惜的心，碰撞出了火花。这两句将全诗推向了高潮，如此貌美如花的女子在这样一个草长莺飞的季节里与诗中的男主人公不期而遇，这是缘分，更是上天注定。诗的第一章将人笼罩在一种浪漫唯美的世界里。

第二章与第一章的句式以及内容基本一致,形成了一种回环往复的复沓美。“野有蔓草，零露瀼瀼。”同样的方法，以景衬情。放眼望去野草遍地，由远及近，颜色由深及浅，阵阵微风吹来那些柔软的野草像波浪一样一层一层涌向远方。“有美一人,婉如清扬。”有位俏美人，清纯安静，她就像一条清澈的小河缓缓地、清凉地穿过人的心扉，刹那间让人眼前一亮。“邂逅相遇，与子偕臧。”席慕蓉曾说，一次邂逅是五百年前在佛前祷告才修来的缘分，今日他们的相遇必定都是前世的盼望。男主人公似乎难以抑制这份惊喜和兴奋，对这份突如其来的“恩赐”，他显得手足无措，只希望眼前的可人儿与他一同分享这份快乐和欣喜。

闻一多先生对《野有蔓草》的研究可谓是独到精辟，他对《野有蔓草》这首诗的理解是：“你可以想象到了深夜，露珠渐渐缀满了草地，草是初春的嫩芽，摸上去，满是清新的凉意。”闻一多先生的描绘极具诗情画意，他把整首诗的时间推到了夜间，真可谓是另辟蹊径，独有一番韵味。

这是一首委婉悠扬的抒情曲，先以“野草露珠”写景起兴，再对人物进行细致入微的肖像描写，最后抒情深入主题，一步一步由浅到深，衔接恰当，水到渠成。全诗共两章，每章六句，每句四言，其中夺人眼目的是诗中风光旖旎的大自然与人物的情感合二为一。诗以山野郊外作为背景，象征着一种对自由的向往，草肥露浓更意在描写情感的笃厚，达到了情景交融，浑然一体的完美境界。很多学者一直在斟酌此诗所述之事是否真实，但不论是作者的主观臆想，还是在那岁月静好的年代确有此事，这首诗都不失为一种明亮而澄澈的光芒，静静地绽放在古老而神秘的华夏沃土上。

◎溱洧◎

溱与洧①，方涣涣兮②。士与女③，方秉蕑兮④。女曰观乎？士曰既且⑤，且往观乎⑥？洧之外，洵訏且乐⑦。维士与女⑧，伊其相谑⑨，赠之以勺药⑩。

溱与洧，浏其清矣⑪。士与女，殷其盈矣⑫。女曰观乎？士曰既且，且往观乎？洧之外，洵訏且乐。维士与女，伊其将谑，赠之以勺药。

【注释】

①溱（zhēn）、洧（wěi）：郑国二水名。②方：正。涣涣：河水解冻后的奔腾之貌。③士与女：此处泛

指男男女女。后文“士”“女”则特指其中某青年男女。④秉：执。蕳（jiān）：一种兰草。⑤既：已经。且：同“徂”，去，往。⑥且：再。⑦洵：诚然，确实。訏（xū）：广阔。⑧维：发语词。⑨伊：发语词。相谑：互相调笑。⑩勺药：一种香草，与今之木芍药不同。⑪浏：水深而清之状。⑫殷：众多。盈：满。

【赏析】

《溱洧》是《诗经·郑风》当中的名篇，溱和洧是两条河的名称。河水历来是诗家喜欢引用的对象，水的灵性在于它昭示了千古的诗心：柔顺、缥缈、浩瀚、汹涌……《溱洧》里阳春三月，河水清澈，一群小伙子小姑娘淌着清冽的河水，有说有笑，一边嬉戏一边互赠着礼品，气氛温暖，洋溢着爱的芬芳。

《溱洧》三言、四言、五言参之。“溱与洧，方涣涣兮。”这是开篇第一句，以溱水和洧水起兴。“涣涣”二字让人很容易想到一幅冰化雪消、桃花盛开的欣欣向荣的景色。阳春三月，白雪消融，汇聚成一条条小河，最后流入那清澈的溱河、洧河。溱河、洧河涨满了潮，河水非常丰盈，仿佛要溢上岸一样。

“士与女，方秉蕳兮。”青年小伙子和这群貌美如花的女孩子们一个个兴高采烈地跳着蹦着，她们每个人手里都拿着散发幽香的兰花，好像是准备送给即将遇到的心上人。这段文字当中，千万不要小看了这个“蕳”字，正是这些花花草草让这篇诗歌散发着爱的芳香，引人入胜。

“女曰观乎？士曰既且，且往观乎？”看上去似乎是一问一答的形式，细细品味，犹如是女孩子对男孩提出的难题。她们刻意刁难这些男孩，好像是在测探他们的真心。姑娘们对那些男孩说道：“你能不能从这条河里游过去啊？”男孩子一点也不畏惧，从容不迫地答道：“这条河已经游过了。不妨再去走一走吧。”男孩子拗不过这些古灵精怪的丫头们，跟着她们一起来到了洧水河边。

“洧之外，洵訏且乐。维士与女，伊其相谑，赠之以勺药。”到了洧河边上，她们不禁感叹这个选择无比正确，果然没有白来一遭。这里地域辽阔，河水柔顺，在这嬉戏游玩的人特别多，她们相互朝对方泼水，这是多么快乐的一幕。无论是河水两岸还是河水中央到处挤满了男男女女，大家又是说又是笑，玩得不亦乐乎，在临行之时还相互赠送芍药以示情谊。

这是文章第一章，较《诗经》中的其他诗篇而言，篇幅较长，但是句意并不难理解，俗话说：“一年之计在于春，一日之计在于晨。”春天万物复苏，是生命怒放的季节。杜甫在《丽人行》中曾吟咏道：“三月三日天气新，长安水边多丽人。”动物冬眠了一冬天，开春都要出来晒晒太阳，所以人更是不例外。

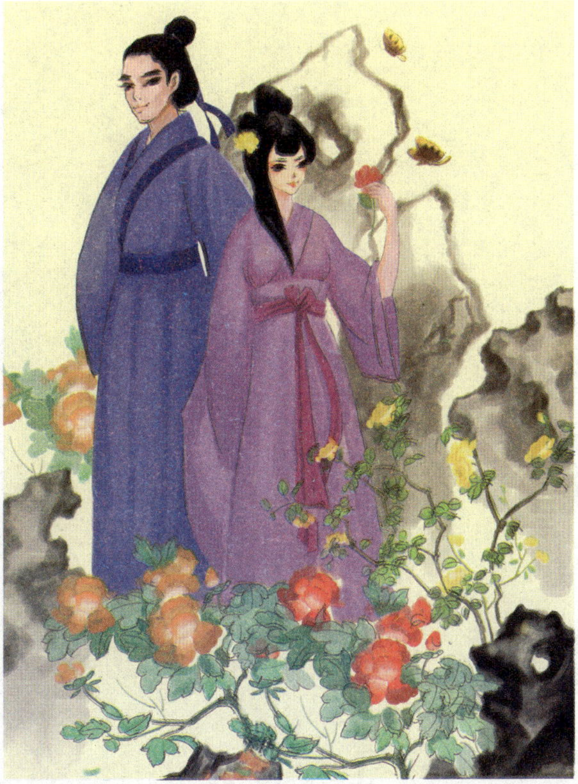

“溱与洧，浏其清矣。士与女，殷其盈矣。女曰观乎？士曰既且，且往观乎？洧之外，洵訏于且乐。维士与女，伊其将谑，赠之以勺药。”这是全诗第二段，大致内容与第一段一致，运用了《诗经》的常用手法：复沓。只是在个别词语上稍加改动。这群青年小伙子和姑娘们满怀兴致来到了溱河和洧河旁嬉戏，暮春三月，春光融融，溱河和洧河夹杂着刚刚融化的雪水，快乐地翻腾着一朵朵洁白的浪花，一层卷着一层，向下奔流。河流两岸的沙滩上，更是一番热闹的景象，经过了一冬的蛰伏，小伙子和姑娘们都出来活动筋骨，换上了薄薄的衣衫，更显得精神焕发。他们追着闹着，相互簇拥，人人手里拿着一束兰花，似乎正要准备送给心仪的人。

《毛诗序》按照它一贯的做法点评道 :“《溱洧》，刺乱也。兵革不息，男女相弃，淫风大行，莫之能救焉。”然而从这首诗的内容看来，根本没有什么战乱的影子，男孩女孩们相互谈笑互赠香草，一派祥和安逸的景象，并非战乱时应该有的景象。所以《毛诗序》之说略有偏颇。到了宋代朱熹又将这美妙的诗歌大加指责 :“郑卫之乐，皆为淫声。然以诗考之，卫诗三十有九，而淫奔之诗才四之一；郑诗二十有一，而淫奔之诗已不翅七之五。卫犹为男悦女之词，而郑皆为女惑男之语。卫人犹多刺讥惩创之意，而郑人几于荡然无复羞愧悔悟之萌。是则郑声之淫，有甚于卫矣。”在他心中这群在河边与男子嬉戏打闹的女子不知廉耻，有失风范，十足轻浮。

贯穿全诗的无疑就是那一弯春水，而那些“蕑”“勺药”更不容忽视，它们是诗中男女表达爱意的道具。诗中有叙事，有对话，语言生动，感情真挚朴实，这样一首美轮美奂、欣欣向荣的诗歌被“卫道士”们打为“淫诗”，难道不是对诗歌本身的一种亵渎吗？

齐国

齐是西周初姜子牙的封国，春秋时期成为一等大国。其领土大致包括今山东的昌潍、临沂、惠民、德州、泰安等地区，以及河北沧州地区的南部。《齐风》就是这个区域的诗。

齐国分为姜齐和田齐两个时代

姜子牙辅佐文、武二王灭商兴周，首封于营丘，国名为齐。周成王时期，召公授姜子牙征伐之权，齐国不断兼并周边小国，成为一等大国。

公元前391年，田成子曾孙田和废齐康公，并于公元前386年放逐齐康公于海上，自立为国君。田氏取代姜姓，仍沿用齐国名号，世称田齐以别于姜姓齐国。

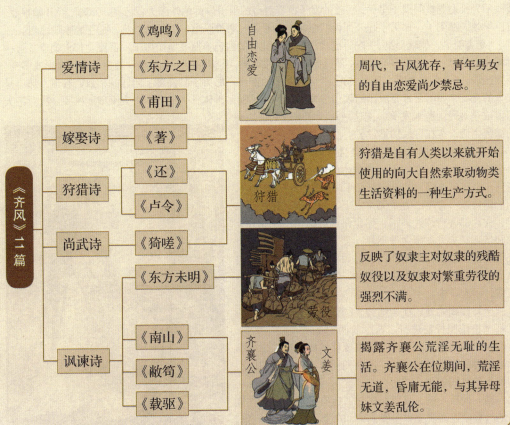

《齐风》11篇

- 爱情诗：《鸡鸣》《东方之日》《甫田》
- 嫁娶诗：《著》
- 狩猎诗：《还》《卢令》
- 尚武诗：《猗嗟》
- 讽谏诗：《东方未明》《南山》《敝笱》《载驱》

周代，古风犹存，青年男女的自由恋爱尚少禁忌。

狩猎是自有人类以来就开始使用的向大自然索取动物类生活资料的一种生产方式。

反映了奴隶主对奴隶的残酷奴役以及奴隶对繁重劳役的强烈不满。

揭露齐襄公荒淫无耻的生活。齐襄公在位期间，荒淫无道，昏庸无能，与其异母妹文姜乱伦。

齐风

◎鸡鸣◎

鸡既鸣矣，朝既盈矣①。匪鸡则鸣②，苍蝇之声。
东方明矣，朝既昌矣③。匪东方则明，月出之光。
虫飞薨薨④，甘与子同梦。会且归矣⑤，无庶予子憎⑥。

【注释】

①朝盈：上朝堂的官员已满。②匪：不是。③昌：盛，意味人多。④薨（hōng）薨：飞虫的振翅声。⑤会：会朝，上朝。⑥无庶予子憎：庶几予子憎，庶几没有因我恨你。

【赏析】

全诗共三章，每章四句，四言、五言掺杂而叙之，句式相互交错，有对话意味，有散文化的倾向。“鸡既鸣矣，朝既盈矣。匪鸡则鸣，苍蝇之声。”天色已亮，公鸡喔喔地叫唤，太阳也慢慢地爬上了山头。缕缕阳光投射到整间屋子里面，娇羞的女子推着身旁的男子告诉他外面天色已亮，公鸡已经开始报晓。群臣早朝人都到了。那男子睁开惺忪的眼睛向外看了一眼推脱道，那不是鸡鸣，是苍蝇嗡嗡地叫。

“东方明矣，朝既昌矣。”东方已经泛起了鱼肚似的白色，照亮整个屋子。群臣全都上朝堂。这一章无非也是对上一章内容的重复，然而换了描写的对象，不拘泥于一个对象。使全诗看起来形式多变，新颖活泼。“匪东方之明，月出之光。”面对女子的催促，那男子又使出了同样的招数，答道，那不是东方的光亮，明明是月亮放出的皎洁之光，天色还早呢，再休息一会吧。丈夫懒散地推脱，故意把天明说成是月光，惹人发笑，把这一片段理解成夫妻之间的缱绻生活，实在再贴切不过了。

“虫飞薨薨，甘与子同梦。会且归矣，无庶予子憎。”诗中的女主人公实在叫不醒那懒惰的男子，这时虫子从窗外飞来嗡嗡作响，男子借题发挥说道，虫子嗡嗡作响，咱们俩再睡一会吧。妻子无奈之下，只好说，你快起来吧，大家都各自忙开来了，你我在这磨蹭岂不是让人笑话和憎恶？丈夫贪恋衾被不起，妻子一番催促也是无可奈何。诗中语言朴素质朴，通俗而不庸俗，文中所述之事其实在日常生活中再常见不过，所以这正是真性情的流露，耐人寻味。

全诗独到之处还在于韵脚上的诸多技巧，全诗前两章都严格按照押韵进行，首章前两句都压“矣”字韵。后两句中的“鸣”与“声”紧紧压住韵脚。第二章与第一章的押韵状况是一致的，前两句同样压“矣”韵，后两句压的是同韵脚的“明”与“光”。而到了第三段一、二、四句同压一韵，唯留第三句，这有可能是语音在流传的过程中逐渐演变和发展，现代的读音与古代不一致，在古代应该是押韵的。

《毛诗序》认为这是一首表达“思贤妃”的诗歌，这一观点在古代一直影响深远，后世学者如宋代朱熹、清代方玉润都承袭此说，分别提出“赞美贤妃说”和“贤妇警夫早朝”说。然而这些解说都按着同一线路发展，未免给人一种牵强附会之感。直到现代著名学者钱锺书在其著作《管锥编》中提及的观点，才给人带来一种耳目一新的感觉，他认为《鸡鸣》是“作男女对答之词”，这一评价很客观，把范围划得很宽泛，让人欣然接受。

可以说，这部诗歌从头到尾都洋溢着一种浪漫。试想一下，一对平凡的夫妻每天过着按部就班的生活，时间一长就渐渐缺少了情趣，然而从这首诗当中不难看出“情调”二字。妻子叫丈夫起床时，丈夫非但没有埋怨和生气，而且幽默地打趣，这样的夫妻生活难道不是有滋有味的吗？婚姻是一本偌大而漫长的书，若没有情趣陪伴，再勤奋的人读的时间长了也会疲惫，所以要善于从生活中找到情趣，这样才能保持婚姻生活的新鲜。

◎还◎

子之还兮[①]，遭我乎猺之间兮[②]。并驱从两肩兮[③]，揖我谓我儇兮[④]。
子之茂兮[⑤]，遭我乎猺之道兮。并驱从两牡兮[⑥]，揖我谓我好兮。
子之昌兮[⑦]，遭我乎猺之阳兮。并驱从两狼兮，揖我谓我臧兮[⑧]。

【注释】

①还：轻捷貌。②猺（náo）：齐国山名，在今山东淄博。③肩：三岁的兽。④儇（xuān）：轻快便捷。⑤茂：美，此处指善猎。⑥牡：公兽。⑦昌：指强有力。⑧臧：善，好。

【赏析】

《还》是一首关于两个初次见面的猎人协同打猎的山歌，短短数句，男人的直率、火热、友善、矫健，跃然于纸上。

这是一首叙事诗，猎人用简练的笔墨诉说了事情的来龙去脉，清楚而又生动。他外出打猎时遇上一个很出色的同行，两个人相互看重，并驱而行，协同猎取了两头狼，最后都为对方的能力所深深折服，相赞而归。回到家中，他激切地向家人夸耀那个猎人，开头就是赞扬“子之还兮”，表现出了其直率、风风火火。当然，在夸奖别人的同时，他也借别人的口吻夸耀了自己，“揖我谓我儇兮”，说对方作揖告别时夸赞自己能力超群，表现出了他的自信和可爱。

另一种说法是“子之还兮”为当面赞颂之辞。作者去猺山打猎，偶遇一位壮实的猎人，外表不凡，动作敏捷娴熟，强壮有力，真诚而又直接的作者心生喜欢，脱口赞扬。而后，他们并力捕兽，收获颇丰，最终告别之际，或是二人又相互赞扬一番，或是对方为了回应当初的夸赞，作揖寒暄而归，表现出浓浓的人情味，反映出当时人际关系的融洽、无隔阂。

两种情景，大致相似，都生动传神地描绘出一种直率和火热，把读者带到了那个质朴而又纯真的狩猎时代：男人们并力向前，初次见面就能性命相托；男子的阳刚和强壮成为最有力的性征诠释，以力为美，反映出健康而又明确的审美标准；人们的心底直率坦诚，没想过以全部功劳自居，不会因为分功不均而反目成仇，崇尚分享合作后的劳动成果；对自己认为的美好，对自己崇尚、敬佩的人事，毫无顾忌，毫不隐瞒，大声喊出心底的赞扬。随着这首简单的诗歌，当时生机勃勃、和睦太平的社会风俗，得以慢慢地浮现在我们面前。

这种美好，不仅在于作者所构建的情境，也流淌于诗作的字里行间。“子”是对那位同行的敬称。“遭”字表明他们并非事先约定，只是邂逅相遇。首句开篇赞誉，突兀有力，更显真诚，真实表达了诗人由衷的仰慕之情。次句点明他们相遇的地点，第三句说他们共同合作，奋力追杀两只公狼。最后一句是猎后合作者对诗人的称誉：“揖我谓我儇（好、臧）兮。”诗人以“揖我”这一示敬的动作联系首句，表现两位壮士的情投意合、心意一致，这使得诗篇在结果上、情感上共同达到了圆满、欣喜的境地。

第三句中，诗人只是俭省地交代过程“并驱从两肩（牡、狼）兮”，而没有具体说出逐猎的结果，但是从他兴奋的叙述中，读者完全可以读出他们的成功。这样的写法颇有好处：只需说出目标，不强调结果，因为成功是必然的，无须多言，充分体现出作者的自信；进一步俭省笔墨，使诗歌简练不拖沓，着笔于主干，忽视次要细节的描写，敲碎故事情节的连贯性，使得叙事更有跳跃感，更能调动读者的阅读情绪，体味作者当时的心绪，产生身临其境之感；以动感的追逐过程代替静态的结果，使得诗歌充满动感，符合猎人风风火火的性格和旺盛的生命激情。这一细节的处理，是高度自信和巧妙艺术手法的结合，充分体现了作者的性格特征。

诗作运用“赋”的手法，章节间回环复沓，仅易数字，相互补充，在简短的章节中极尽铺陈，以诉说的口吻，把作者所要表达的喜悦之情推向了高潮。方玉润《诗经原始》评论说：“‘子之还兮’，已誉人也；‘谓我儇兮’，人誉己也；‘并驱’，则人己皆与有能也。寥寥数语，自具分合变化之妙。猎固便捷，诗亦轻利，神乎技矣。”充分说明了其粗豪风格下的细腻质地，实为《诗经》中的佳作。

◎著◎

俟我于著乎而①，充耳以素乎而②，尚之以琼华乎而③。
俟我于庭乎而，充耳以青乎而，尚之以琼莹乎而。
俟我于堂乎而，充耳以黄乎而，尚之以琼英乎而。

【注释】

①著：古代富贵人家正门内有屏风，正门与屏风之间叫著。乎而：语尾助词。②充耳：饰物，悬在冠之两侧。③尚：加上。琼：赤玉。华：与后文的“莹”“英”一样，均形容玉的光彩，因协韵而换字。

【赏析】

《著》是一首关于嫁娶方面的诗。该诗描绘了一个妇人回忆自己当年嫁入丈夫家时的场景。全诗共三章九个句子，写的都是新娘的眼中所见。诗人的描写非常的细致入微，从刚刚进入大门，到走到厅堂，非常富有层次感和画面感，体现出新娘对婚礼习俗的每一个细节都十分重视，一点一点，一步一步，观察得很仔细。

此诗虽然风格独特，但《诗经》中的《还》就与此诗风格相近。两首诗都是采用“赋”的手法，语句上六、七言相互交错，并且句与句之间十分押韵。二者不同的是：《还》的每一句是以“兮”字收尾，而本诗是以“乎而”两个字的双语气词收尾，在情感表达上，让人觉得更有韵味，新婚夫妻之间那种柔情蜜意的气息借着这两个语气词娓娓萦绕在耳畔，与全诗所营造的甜蜜气氛非常贴合。

这首诗还有一个闪光之处，全诗九句话没有一句描绘新娘所要叙述之人。这种手法十分独特，惟妙惟肖地表现出了新娘在嫁入丈夫家时，喜悦、兴奋，又带一点紧张的心理活动。

当诗写到新娘踏进婆家大门那一刻时，新娘面对热闹的场面、起哄的人群漠不关心；对一拥而上想一睹她芳容的左邻右舍视而不见。因为此时，在新娘的眼中只有屏风后面，正在等待她到来的夫婿。“俟我于著乎而”“俟我于庭乎而”“俟我于堂乎而”，这三个句子是新娘在自述新郎在等待她的到来，可是新娘因为羞涩，欲言又止，始终不肯说出那个“他”，从这儿很形象地表现出了少女初嫁的情怀。不过，虽然新娘没有点出那个“他”，可是从“俟我”之中，仍能体味出这对小夫妻之间的绵绵情意和幸福。

接下来的两句更为巧妙，新娘走到了新郎身边，这时她本可以睁大眼睛，全神贯注地把新郎官瞧个仔细，可是此刻周围都是宾客，众目睽睽之下她怎么好意思抬起头仔细地观察呢？新娘羞涩地低着头，稍稍抬起眼角，瞟了一眼新郎，可是没看清，只看到了夫婿戴在头上的充耳和上面发光的玉，所以新娘就借着这两样事物想象新郎的模样和人品，用充耳来形容新郎的容貌，用玉的精美光泽来形容新郎的道德水平。这种不写正面，侧面烘托的方法，放在一对新婚燕尔的身上，以及这种特殊时刻的特殊环境中，让人觉得非常有趣、回味无穷，像一个精心编排过的情景小品，给人以丰富的联想，过目难忘。

《著》这首诗，还向今人展现了当年贵族子弟结婚的场景。如果想要了解几千年前的婚俗，还要参考一些古籍，像《仪礼·士昏礼》中就有记载：男方迎娶女方过门，等到新娘登上“婚车”之后，新郎要先亲自驾驶“婚车”，等到车轮子转满三圈之后，新郎才能将车交由车夫驾驶。这时，新郎也不能闲着，他要赶紧搭乘另一辆车，赶到自己家门口等候，等到新娘的婚车来了，新郎才可以按照当地的婚俗将新娘引入洞房。

本诗把一个古老婚礼写得非常有趣，惟妙惟肖。它从一个婚礼主角的角度出发，向我们重现了几千年前的婚礼场面，使读者没有了时间的跨度感，仿佛自己此刻已经置身于婚礼现场一般。

◎东方之日◎

东方之日兮，彼姝者子①，在我室兮。在我室兮，履我即兮②。

东方之月兮，彼姝者子，在我闼兮③。在我闼兮，履我发兮④。

【注释】

①姝：貌美。②履：蹑，放轻脚步。即：相就，接近。③闼：内门。④发：走去，指蹑步相随。

【赏析】

没有呆板礼教束缚的齐国，民风开放，在这里人们可以直接追求自己的幸福，即使是女子也可以主动追求心仪的男子，《东方之日》就是这样一首诗。在上古时代，社会风气并不拘谨，男女交往十分开通。齐女对爱情的执着正如“拚将一生休，尽君一日欢”，这种为爱奋不顾身的精神，感染了后世很多的人。

这首诗描写了一个和男子热恋的齐国女子，主动来到了男子的家中，整日与他亲热，两人形影不离，恩爱非常。诗中运用男子口吻来描述这段爱情，他说出了女子的热情和对爱恋的热切，言语中没有淫邪。在爱情中，男女双方都非常的幸福，男子受到女子的青睐，感到非常的高兴，他尊重女子的情感，不会因为女子主动投怀送抱而看轻她。他们正大光明地倾诉衷情，体现出了《诗经》“思无邪”的本质。

头两句是具有象征意义的起兴，诗人在早晨面对初升的旭日，晚间面对刚起的新月时，都会想到自己那美艳而温柔的情人，她既像朝阳一样艳丽而热烈，又像月光一样皎洁而恬静。他想到自己的情人是那样大胆热切地追求他，对他充满了柔情蜜意，为了他自荐枕席，和他在一起男欢女悦。所以每当日出东方时和月上梢头时，他心里一定会想起“彼姝者子”的形象。这时，他总是感到情意缱绻，朦朦胧胧，在他的心中，他的情人就是“在我室兮”。

二、三两句承接得非常自然。当男子对着朝阳和明月想着自己的情人，沉浸在甜蜜的回忆中时，他再也压抑不住自己的爱意，于是他将他们幽会的秘密脱口说了出来。他除了说出他的情人在他的卧

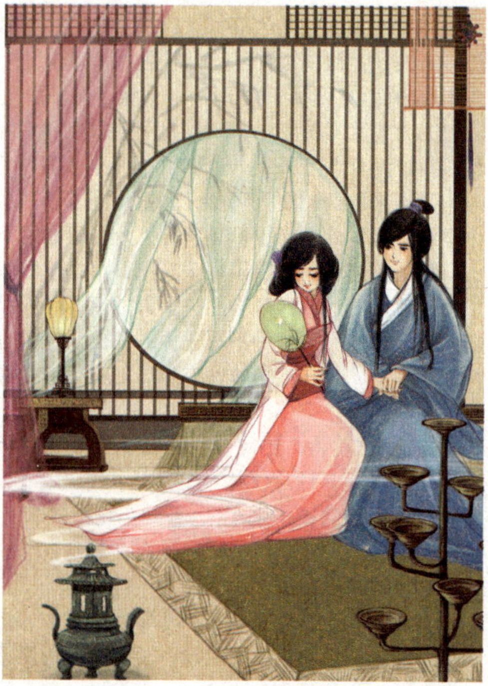

室里，还描绘了他们相处的情景："履我即兮""履我发兮"。从这两句话中，能感受到男子的幸福，同时对于女子能够这样爱恋自己，他感到颇为得意。他的心被爱情撩拨得激烈跳荡，所以诗中有六句诗都用了"我"字，这些都表现了男子的矜喜之情。

诗中每节一、三、四、五句押韵，与八个"兮"字组成韵脚，称为"联章韵"。每节的第三句和第四句又都是重复的，这样的写法让全诗读起来极有流连咏叹的情味。

关于本诗的主旨，《毛诗序》说："《东方之日》，刺衰也。君臣失道，男女淫奔，不能以礼化也。"孔颖达在《正义》中指出本诗是"刺齐哀公也"。何楷在《诗经世本古义》中说本诗是刺齐襄公也，他们都赞同《毛诗序》的观点。

朱谋炜在《诗故》中提出，这是一首"刺淫"的诗，他说："旦而彼姝人室，日夕乃出，盖大夫妻出朝，而其君以无礼加之耳。"牟庭在《诗切》中提到，这是一首意在"刺不亲迎"的诗，他说："刺不亲迎者，言有美女光艳照人，不知自何而来，如东方初出之日也。"

虽然各家的见解各不相同，但他们的共同点就是，都认同本诗是一首关于男女情事的诗。诗中充满了女子幽会的回忆，毫无疑问是一首情诗。

◎东方未明◎

东方未明，颠倒衣裳①。颠之倒之，自公召之。
东方未晞②，颠倒裳衣。倒之颠之，自公令之。
折柳樊圃③，狂夫瞿瞿④。不能辰夜⑤，不夙则莫⑥。

【注释】

①衣裳：古时上衣叫"衣"，下衣叫"裳"。②晞（xī）：破晓，天刚亮。③樊：篱笆。圃：菜园。④狂夫：狂妄无知的人。瞿（jù）瞿：瞪视貌。⑤辰：指白天。⑥夙（sù）：早。莫：晚。

【赏析】

《东方未明》是周代百姓广为传唱的一首民歌，产自齐国京都地区。它揭露了当时统治阶级的残暴，诉说了奴隶们受压榨的痛苦生活，反映了奴隶阶级的反抗心声。

全诗三章，诗人巧妙地抓住了奴隶生活的一瞬间，展现出了一副悲惨而苦涩的画面：天还未亮，劳累到虚脱的人们仍兀自安睡，监工的吆喝声如平地惊雷，突然响起，催促上工。寂静的安睡，一下子被打破，劳工们个个惊醒，黑暗中手忙脚乱，穿衣颠倒，洋相出尽，犹如惊弓之鸟。

奴隶们的身心，都受到残酷的奴役，日常稍不留意，就会遭到严厉处罚，饱受皮肉之苦，监工长久残酷压迫的结果，正是这种场面。诗人借这一典型时刻，突出"颠倒衣裳"的典型细节，以小见大，将奴隶们的痛苦生活描摹得纤毫毕现。清牛运震《诗志》赞说，这一描写"奇语入神，写忽乱光景宛然"，并起到了以少总多的艺术效果。

前两章结构上回环复沓，只换几字，如“未明”与“未晞”“衣裳”与“裳衣”“颠之倒之”与“倒之颠之”“召之”与“令之”，反复咏唱，一再渲染。这是歌唱时的和声，使诗在吟唱时显得回复重叠，余音袅袅，提升了主人公的感情基调，强化了诗篇的内涵。到此，奴隶们已不单单有恐惧和慌乱，长期的奴役生活，诱发了他们对自身命运和整个社会的思索，在他们身上，痛恨和觉醒已初现端倪：“自公召之”“自公令之”。苦难的根源来自“公”——这些劳役者开始觉醒，发出了对当权者的不平之鸣。

这种明确而又愤激的指责，是作者直抒胸臆的呐喊，真实记录奴隶们的高呼和申诉，感情激越地表达了奴隶们的觉醒，也暗含了奴隶们势必抗争的决心，一定程度上真实再现了那个饱含压迫的时代。同时，这首诗抒发了下层阶级的愤懑，摹写出了一触即发的阶级矛盾，对统治阶级起到了强烈的揭露和批判作用，带有强烈的感情色彩，极易引起读者共鸣。

控诉即已发出，但怨怒却没有就此终结，矛头直指当权者后，但作者还嫌不够，于是笔锋又回到现实，进一步摹写奴隶们的悲惨遭遇，使诗作的感情进一步郁结。第三章描写劳作的内容，半夜被驱赶起，砍柳枝编篱笆，“狂夫”瞪着大眼监视，令人反感和怨恨。“狂夫瞿瞿”，是个典型的细节描绘，把监工的凶恶嘴脸和盘托出，读来如在目前，有着很强的形象感。“不能辰夜，不夙则莫”，则指出劳役不但要起早晚睡，而且穷年累月莫不如是，使奴隶们生活境遇的悲惨凸显得无以复加。

这种生动的真实，跟作者高超的写作技巧密不可分。在具体行文过程中，作者只是选取了典型的场景，既没有铺叙劳动者的辛酸，也没有扩展具体的劳动场面，只以简单的笔墨，勾勒出集中而又概括的画面，把奴隶们的悲惨生活描摹得惟妙惟肖，使人们如临其境，也使诗作呈现出极高的文学价值。

全诗三章，皆为四言句，每句两个音拍。前两章运用回环复沓的艺术手法，渲染环境气氛，突出事物特征。且以工整的排列，朗朗上口的语言形式，尽情抒发心中的抑郁情感，增强了音乐效果。第三章则转变风格，避免通篇一致的枯燥感，显得起伏有致，使得诗作情感得以持续叠加。诗作的另一突出特点是通篇明白晓畅，语言通俗易懂，“未明”“颠倒”“狂夫”“不能”等，都是人们常用的口头语言，以此入诗，质朴自然，充满无限的生命力。

对于此篇的诗旨，历来亦不乏异声，据《毛诗序》解释：“《东方未明》，刺无节也。朝廷兴居无节，号令不时，挈壶氏不能掌其职焉。”把诗篇的矛头指向不称职的朝廷和官员。《郑笺》则说：“挈壶氏失漏刻之节，东方未明而以为明，故群臣促遽，颠倒衣裳。”说是掌管更漏的官员失职，导致错误，群臣以为上朝迟了，慌乱起床，颠倒衣服。一直到南宋朱熹亦是如此评论，没能还诗作本真。这都是对诗作的牵强附会，力争把经典与政治扯上关系，委实错误。现如今，人们已立足实际，用文学的方法解读《诗经》，真正把经典贴近生活和真实，准确把握了作者的赋诗意图，归还了《东方未明》的主旨。

◎南山◎

南山崔崔①，雄狐绥绥②。鲁道有荡③，齐子由归④。既曰归止⑤，曷又怀止⑥？

葛屦五两⑦，冠緌双止⑧。鲁道有荡，齐子庸止⑨。既曰庸止，曷又从止⑩？

艺麻如之何⑪？衡从其亩⑫。取妻如之何⑬？必告父母。既曰告止，曷又鞠止⑭？

析薪如之何⑮？匪斧不克⑯。取妻如之何？匪媒不得。既曰得止，曷又极止⑰？

【注释】

①南山：齐国山名，又名牛山。崔崔：山势高峻状。②绥（suí）绥：求偶貌。③有荡：即荡荡，平坦状。④齐子：齐国的女儿（古代不论对男女美称均可称子），此处指齐襄公同父异的妹妹文姜。由归：从这儿出嫁。⑤止：语气词，无义。⑥怀：怀念。⑦葛屦：麻、葛等制成的单底鞋。五：并列。⑧緌（ruí）：帽带下垂的部分。帽带为丝绳所制，左右各一从耳边垂下，必要时可系在下巴上。⑨庸：用。⑩从：相从。⑪艺（yì）：种植。⑫衡从："横纵"之异体，东西曰横，南北曰纵。亩：田垄。⑬取：通"娶"。⑭鞠（jú）：放任无束。⑮析薪：砍柴。⑯匪：通"非"。克：能、成功。⑰极：（放纵到）极点。

【赏析】

赏析这首诗之前，还必须要了解当时一段饱受非议的历史。春秋时期，齐国和鲁国联姻，齐襄公的同父异母妹妹文姜被嫁给了鲁桓公，但文姜不守妇道，与齐襄公有染，乱伦私通。齐国势大，鲁国势小，懦弱的鲁桓公敢怒不敢言。《左传》记载，公元前694年，鲁桓公要去齐国，夫人文姜要求同行，鲁桓公只得答应，文姜和齐襄公趁机相会。后来鲁桓公发觉，谴责了文姜，文姜便告诉了齐襄公，襄公便设宴款待桓公，趁机将桓公灌醉，然后让公子彭生在驾车送桓公回国的路上扼死了桓公。这件事暴露后，齐国百姓皆以为耻，这首诗便是在此情境下产生的。

对于这首诗主旨的评论，多依托于上述史料，《毛诗序》云："《南山》，刺襄公也。鸟兽之行，淫乎其妹。大夫遇是恶，作诗而去之。"意为襄公施禽兽行径，与其妹乱伦，大夫们痛心疾首，作诗刺之。不过，在这段历史背景中，不仅襄公可恨，鲁桓公的懦弱也同样可气。

古今学者大多认为这是一首讽刺齐襄公与鲁桓公的诗，诗分两部分，第一部分是一、二两章，讥讽荒淫的齐襄公，第二部分则是三、四两章，是对鲁恒公的"怒其不争"。历来评论相对较统一，异议很少。

作者开篇描写雄狐对伴侣的渴望，用意在于影射齐襄公对文姜的觊觎之心。作者以南山和雄狐起兴，展示出一种高远深邃的画面：山高树茂，急切的雄狐四处穿梭，叫声连连。不仅把诗的背景拉得极其宏大，让人感到诗作肯定包含丰富的所指，又将齐襄公渴切的思想状态描摹殆尽，让其丑恶嘴脸暴露无遗。章末，又用反问进行了讽刺："既然已经出嫁了，为什么还对那段私情念念不忘呢？"即是在问文姜，也是在问齐襄公，一箭双雕，意味深长。

第二章还是诉说前事，但在表达上更进一步。作者影射齐襄公和文姜乱伦的无耻行为时，从寻常事物入手，描述鞋子、帽带都必须搭配成双，借以说明世人都各有明确的配偶，所指明确而又表达隐晦，既达到讽刺对象的效果，又显得不露端倪。后半部分与第一章相似，使情感力度得到更深一步加强。

第三、四章转换角度，发表对鲁桓公的议论。作者成功运用"兴"的手法，以种麻前先整理田地、砍柴前要先准备刀斧这些日常劳动中的必然性，来说明娶妻必须有父母之命、媒妁之言。再进一层针砭实际，说明桓公既已明媒正娶了文姜，而又无法做文姜的主，放任她回娘家私通，父母之命、媒妁之言都被搁浅、践踏，显得庸弱无能，文姜的无视礼法、胡作非为也跃然于纸上。

本诗在表达涉及政治、国君的问题时，用隐晦曲折的笔墨来讽刺针砭，避免了直白显露，并且能做到所指鲜明，内在意义一索可得。陈震《读诗识小录》谓其："意紧局宽，布置人化，所谓不接形而接以神者。"说诗作主旨鲜明，但行文疏荡散致，布局合理，形散而神不散。陈继揆《读诗臆补》："令其难以置对，的是妙文。"说其所指非常明确，但却让人无法抓住把柄。这些评论，都深得其意。

◎甫田◎

无田甫田[①]，维莠骄骄[②]。无思远人，劳心忉忉[③]。

无田甫田，维莠桀桀。无思远人，劳心怛怛。

婉兮娈兮[④]，总角丱兮[⑤]。未几见兮，突而弁兮[⑥]。

【注释】

①田（diàn）：治理。甫田（tián）：大田。②莠：狗尾草。骄骄：高大貌。③劳心：忧心。忉（dāo）忉：心有所失的样子，与下文“怛（dá）怛”同义。④娈：貌美。⑤总角：古代男孩将头发梳成两个髻。丱（guàn）：形容总角翘起之状。⑥弁（biàn）：成人的帽子。

【赏析】

《甫田》以一位农妇的口吻，道出了她对丈夫深深的思念，情之深，时之久，突破了其能承受的底线。诗人以农家最寻常的事件和最普通的画面入诗，将镜头直接拉入广阔的农田，从田中又高又长的莠草着笔，给诗作展示了一幅荒芜的景象。

“甫田”一词，历来有争议，一说是寻常农田，一说为新开辟的农田。做寻常农田讲时，丈夫去了远方，家中缺少劳力，田里长满了深深的野草（维莠骄骄，维莠桀桀），女主人公面对此情此景，伤感万分，心生幽怨，不禁说道：“无田甫田，维莠骄骄（桀桀），无思远人，劳心忉忉（怛怛）！”意思是今后我不再种地了，因为地已经荒了，我也不再想他了，因为思念只能增添烦忧！这是女子的牢骚语、反语、伤心语，正是其相思情切的表现。

“甫田”作新开垦农田讲时，女主人公就带上了坚强的色彩。这位辛劳的农妇，坚毅而自立，丈夫离开以后，她又独自开垦了很多的荒地，努力支撑着家用。但其中的痛苦，妇人也是勉力坚持，在承受不住时，她这样劝自己：“不要再开垦农田了，这么多的荒草，你真的支撑不住，就此停下吧；不要再思念他了，他走得这么远，归期渺渺，只能让你更加担忧，更加劳心。”这种明知无效的自劝，当然不会使心情释然，坚强的女主人公肯定会一如常故，开垦出更多的荒地，更多次地思念自己的夫君。

最后一段可以有三种解释，一则诗作笔锋转向，不再描摹农妇自我劝说，而是记述其孩子的成长过程，好似农妇幽幽自语后的画外音，给其相思的程度和时间加上了一些补充和解释。“婉兮娈兮，总角丱兮。未几见兮，突而弁兮。”这几句在伤心农妇的身边展开了一幅画面，小孩子从“婉兮娈兮”成长为“总角丱兮”，继而成长得更快，变为“突而弁兮”。它概括了孩子的成长，也把时间的飞快流逝注入其中，女主人公的等待可见其久。另外，时间之所以会过得这么快，应该还有女主人的恍惚在里面。男人走了之后，日子再也不是日子，农妇变得孤独而又恓惶，对生活不再有起码的兴趣，对时间的感觉也不再清晰，由此，其思之切、念之深跃然于纸上。

第二种解法是此章与上两章一脉相承，都是由女主人幽幽的自语和埋怨：“自你走后，孩子一天一个样，现在都成人了，十多年都过去了，你还没有回来！”这种解释，不仅依然可以表现时间的流逝，还更增添了那种深深的幽怨，读者不禁会对这位脆弱而又不幸的女子心生怜惜。

第三种解释是由实写转向虚写，女主人公由于思念深切，不自觉地产生了幻觉：丈夫归来了，他见到离家时还是小孩的儿子，如今已经长大成人，微笑着赞叹说："婉兮娈兮，总角丱兮。未几见兮，突而弁兮。""原来还扎着丫角，老是蹦蹦跳跳，现在就突然变成懂事的大人了，时间过得真快啊！"如此写来，有记叙，有想象，笔法虚实结合，变得丰富多样。清陈震《读诗识小录》说本诗的含蓄美尽在这一虚境之中，前两句"换笔顿挫，与上二章形不接而神接"，后两句"奇文妙义，与上四'无'字神回气合"，通篇连贯顺畅，抒情巧妙。

单就从女主人的角度而言，本诗主旨就已纷繁复杂。如果此诗变换一下视角，则又可作出另一番解释。有一些评论者从远行男子的视角和口吻入手，认为这首诗是丈夫对家人的思念。男子离家日久，对家中人事的想念与日俱增，想到要强而又深情的妻子，想到自己与她一块开垦荒地时的辛苦与快乐，着实担忧，不禁对着空气默默诉说相思："你不要再开垦农田了，这么多的荒草，你会支撑不住的，不要思念我啊，那只能让你更加劳心。"最后，男子又想到自己的孩子应该成人了吧，他想象着孩子的成长过程，从"婉兮娈兮"到"总角丱兮"，再到突然的"突而弁兮"，每一步都带给他经久不息的感慨，父亲想象这些时的心情，应该是欣喜与酸楚各自参半吧！

上述的说法无不充满了浓浓的人情味，让人感慨恻然，但这首诗在古代的解法，依然是依附政治，针砭寄托。追溯历史，齐襄公与妹妹文姜淫乱，把妹夫鲁桓公杀死，又嫁祸给公子彭生，为转移国人视线，他兴无义之师，多次攻打他国，干涉别国内政，最终死在国人手里。齐国诗人作诗讽刺，即《甫田》。诗人奉劝人们莫费力不讨好去耕那种荒芜多年的田地，莫白费力思念远方的人，即把不现实的念头抛开，别去做超出自己能力的事，由此讽刺了齐襄公胆大荒淫的小人行径。

◎卢令◎

卢令令①，其人美且仁②。
卢重环③，其人美且鬈④。
卢重鋂⑤，其人美且偲⑥。

【注释】

①卢：黑毛猎犬。令令：即"铃铃"，猎犬颈下套环发出的响声。②其人：指猎人。仁：仁慈和善。③重（chóng）环：大环套小环，又称子母环。④鬈（quán）：头发弯曲。⑤鋂（méi）：一个大环套两个小环。⑥偲（cāi）：多才多智。

【赏析】

齐国位于山东省的中北部和中部，地形复杂多山，人们狩猎频繁。《齐风》中的这则《卢令》，是一首赞美猎人、描写人与动物和谐关系的颂歌，全诗只有6句，24个字，如同一幅生动的素描画，描绘出猎犬在猎人跟前昂首阔步、威风凛凛之状，其在跑动中套环叮咚作响，受宠貌和兴奋貌呼之欲出，形象地表现了猎犬的威风、主人的英姿，也从侧面烘托出当时狩猎风尚的浓重。

本诗起笔不凡，以"先声夺人"的表现手法，从闻者所听着笔。如孟子所说"听车马之音，见羽毛之美"，人们未见犬形，先闻铃声，一只头戴项圈、圈上挂满铃铛、身形矫健、欢呼雀跃的猎犬形象浮现在读者眼前，先定其势，吊足读者胃口，继而猎犬出场，并引出猎犬的主人，并全方位赞扬，着力突出其飒爽英姿和美好品质。

每章前句写犬，后句写人，"令令""重环""重鋂"的描写，从形貌到声音，无不呼之欲出。猎犬的颈铃响声和套带的圈环所发出的金属光泽，最难为人忽视，这样的着笔，可谓抓住了典型细节。"美且仁""美且鬈""美且偲"，写人的外形和内在，更是把握住了各个方面，在夸赞其外形美好的同时，又夸赞其仁爱、勇敢和超凡才干，让人对其心生敬佩。这种组合，两相映衬，实属恰巧，反映出作者细致的观察力和深湛的艺术技巧。

作者通过寥寥数笔，生动形象地给读者展示出了一幅春秋时代齐国人民养犬狩猎的广阔画面，进而反映出其爱好田猎的民情风俗，以及把猎人当作英雄偶像来仰慕的风气，主旨得以突出，过渡极其自然。优秀的猎犬是由优秀的猎人培训出来的，诗作重点反映的是古代先民衡量美男子和优秀猎手的标准，在当时的社会环境下，完美的猎手必须心灵美、外形美、德才兼备、爱护动物。这样，通过这首诗，读者能够深入到那个古往的社会，真切地把握其时代的脉搏。

在上述评论占据主流之时，学者们依然不乏异声，有些人一反其褒扬的主调，主张此诗为讽刺之作，亦收奇效。其理由是：诗中不厌其烦地反复描写猎犬，对猎人的猎技没有着墨太多；诗作只是摹写猎犬出场时的姿态，没有说它追逐猎物时的迅疾敏捷。因此，学者们声称，这首诗可能是运用反语，明褒实贬，讽刺一些猎手只追求表面的光鲜和浮华，而没有真实的本事，这条狗可能只是一条权作观赏的宠物，主人可能也只是一个追求外在、善摆花架子的纨绔子弟。如此一来，诗作的主旨得到深化，内涵变得厚重，让人阅读之余有所警醒。

一些评论者鉴于上说，结合当时的社会背景，推导出当时的田猎比赛已经非常盛行。在比赛中，人们不仅仅关注猎手和猎犬的田猎能力，还要附加上对其形象的考察，诗作中的猎人和猎犬，可能是形象良好又能力强悍的绝佳组合，也可能只是专事外在形象比赛的选手，追求的仅为表演效果。这种观点，反映出当时生产的进步和人们审美水平的提高，亦有其可取之处。

◎敝笱◎

敝笱在梁①，其鱼鲂鳏②。齐子归止③，其从如云。
敝笱在梁，其鱼鲂鱮④。齐子归止，其从如雨。
敝笱在梁，其鱼唯唯⑤。齐子归止，其从如水。

【注释】

①敝：破。笱（gǒu）：竹制的鱼篓。梁：捕鱼水坝。河中筑堤，中留缺口，嵌入笱，使鱼能进不能出。②鲂（fáng）鳏（guān）：鳊鱼和鲲鱼。③齐子：此处指文姜。归：回娘家。④鱮（xù）：鲢鱼。⑤唯唯：形容鱼儿出入自如。

【赏析】

关于这首诗的主旨，《毛诗序》说：“《敝笱》，刺文姜也。齐人恶桓公微弱，不能防闲文姜，使至淫乱，为二国患焉。”朱熹《诗集传》曰：“齐人以敝笱不能制大鱼，比鲁桓公不能防闲文姜，故归齐而从之者众也。”皆说是刺文姜和鲁桓公，使得这首不长的诗作，蕴含了宏大的历史故事和政治背景。

诗作以“敝笱在梁”起兴，“笱”为鱼篓，“梁”为鱼梁，鱼篓摆在鱼梁上，本意是要捕鱼，可一“敝”字如当头棒喝，限定在前。工具是鱼篓，架势也正确，无奈的是篓非常的敝破，鱼儿都能轻松自如游过。这一比兴的运用，讽刺了鲁桓公的昏聩无能，也形象地揭示了鲁国礼制的名存实亡，耐人寻味。

“鱼”在《诗经》中常隐射两性关系，鱼水之欢、云雨之情，自古以来暗示男欢女爱，这一比喻在诗中用得恰如其分，既形象生动，比兴顺畅，又真实反映出了事情发展的缘由。“敝笱”对制止鱼儿的无用，真实表现出“齐子”文姜的荒淫和鲁桓公对其的无能为力。

接下来，诗人没有直接说明文姜的丑行，而是着力摹写她出行场面的宏大，从光环亮色和光辉视角揭露丑恶灵魂，是古今中外艺术创作中描摹人物的一条成功法则，欲抑先扬、明褒实贬的手法也是《诗经》的特色。鲁国的国母文姜，地位显赫尊贵，却与其兄乱伦，让人深感其德不配其位。诗中，作者没有直言厌恶，而是客观描摹文姜排场的宏阔：随从众多，“如云”“如雨”“如水”。

如果她真的贤惠尊崇，那么以上就是正面描写，是作者因尊重而进行的褒扬。但事实上，作者对她持贬抑的态度，这种风光，则成为其卑污内心的反讽，外在形象的光鲜，会在读者的公允品评中，形成强烈的对比。在诗中，鱼儿愈是“唯唯”，愈是反衬出兄妹俩的不知羞耻，讽刺之意也就跃然纸上、入木三分。

王安石说：“其从如云，无定从风而已。云合而为雨，故以雨继之，雨降而成水，故以水继之。”“如云”“如雨”“如水”三个比喻因果递进，云聚拢成雨，雨落下为水，逐层深入，所抒发感情的逐步增强。

还有学者认为：“‘其从如云’‘其从如雨’‘其从如水’，非叹仆从之盛，正以笑公从妇归宁，故仆从加盛如此其极也。”意思是说，不是鲁桓公要修好而带文姜去往齐国，而是文姜通奸急切而带鲁桓公回国，又因为其恬不知耻，因此才仆从众多、场面宏大。这种说法，不仅暗讽文姜，也把昏聩可笑、无德无能的鲁桓公大大地一并讽刺了。

回顾全诗，桓公似然可笑，但笑声中应该也夹杂着几许悲凉，他或许不完全是昏庸无知、自摘绿帽，而是情势所逼、身不由己。“敝笱在梁，其鱼鲂鳏”，鱼篓失去效用，不仅仅是自身问题，而是因为那鱼是鲂鳏，凶狠难控，而鲂鲔虽不凶猛，但它时刻以鲂鳏为伴。可怜鲁桓公，面对的是势大力强的齐襄公和有娘家和情夫为后盾的文姜，最终死得毫无价值，还丢却了一生的尊崇和名望，备受讥讽。“其鱼唯唯”，形容齐襄公和文姜一副小人得志，得以苟且媾和，从容游荡。由此，不得不令人重读诗篇：小国君主不敢得罪势大的齐国，纵容淫荡的皇后，对其奸情视而不见，自有说不出的痛苦，情有可原，而齐襄公先与其妹乱伦，奸淫他国君后，奸情败露后又加害其别国国君，才是真正的胆大荒唐。

◎载驱◎

载驱薄薄①，簟茀朱鞹②。鲁道有荡，齐子发夕③。

四骊济济④，垂辔沵沵⑤。鲁道有荡，齐子岂弟⑥。

汶水汤汤⑦，行人彭彭⑧。鲁道有荡，齐子翱翔⑨。

汶水滔滔，行人儦儦⑩。鲁道有荡，齐子游敖⑪。

【注释】

①驱：车马疾走。薄薄：象声词，形容马蹄和车轮的转动声。②簟茀（diàn fú）：遮盖车子的方纹竹帘。朱：红色。鞹（kuò）：光滑的皮革。用漆上红色的兽皮蒙在车厢前面，是周代诸侯所用的车饰，这种规格的车子称为“路车”。③齐子：指文姜。发夕：傍晚出发。④骊（lí）：黑马。⑤辔：马缰。沵（nǐ）沵：柔软状。⑥岂（kǎi）弟：天刚亮。⑦汶水：流经齐鲁两国的水名，在今山东省。汤（shāng）汤：水势浩大貌。⑧彭彭：众多貌。⑨翱翔：遨游。⑩儦（biāo）儦：行人往来貌。⑪游敖：即“游遨”。

【赏析】

据《春秋》记载，文姜在鲁庄公二年（公元前692年）、四年（公元前690年）、五年（公元前689年）、七年（公元前687年）都曾与齐襄公相会，其时鲁桓公已死，其子鲁庄公即位，然而文姜仍与襄公保持不正当的关系，不顾亡夫尸骨未寒，亦不顾其子鲁庄公的颜面。这首《载驱》便是讥讽文姜淫乱的诗歌。

但也有学者认为，庄公无能，没有对母亲的行为加以制止，因此人们赋诗讥刺。另外，《毛诗序》

主张此诗针砭齐襄公，说是他穿盛装、驾车骑，驰骋于大道，前往文姜处与之私通，恶及万民。立足文本，这种说法有其不当之处。后来方玉润更正此说，认为此诗专刺文姜，但两人媾和一体，刺文姜就是刺襄公，他逃不掉干系，但亦不是《毛诗序》中所说的直指襄公。

结合诗作的具体内容，朱熹在《诗集传》中更加详细地说明：第一章“齐人刺文姜乘此车而来会襄公也”，第二章“言无忌惮羞耻之意也”，第三章“言行人之多，亦以见其无耻也”，将其对文姜的讽刺明确而又条理清晰地分条指出。

第一章从文姜乘坐的车子写起，文姜乘着夜色就坐上车子，沿着鲁国宽广平坦的大路，前往齐地与襄公幽会，因为时间之早、速度之快，以至于只给人留下了一个背影和隆隆响个不停的车声。“薄薄”一词，既描述疾驰的豪华马车，表现其略显颠簸的节奏，反映出它的质地优良和快速时的动感，又在字里行间透露主人公的急促难耐的心情。路人看到的车子外观华美：竹帘遮蔽着车窗，红漆皮革做的车棚，但美丽的车子里面坐着的是无所顾忌的文姜，恰似文姜美丽的外表下一颗不堪的心灵，作者形象笔触下所蕴含的讽刺，辛辣十足。

接下来作者将镜头跟进，紧随着文姜的车子在大路上奔驰，旨在捕捉其一举一动，细致地刻画其表情心态。“济济”一词，形象地传达出四匹骏马的外形，也将其奔跑时抬首落蹄的错落一致表现了出来，使读者产生如观其貌之感。清一色的四匹骏马，美观大方，昂首阔步地奔跑着，显得雄壮威武至极。轻垂的马缰绳，柔软地摆动着，可见马儿跑动时的平稳迅捷和车夫的高超技术。“沵沵”的运用，描绘出了缰绳的上下晃动之态，表现出其用料之好，衬托乘车者的身份非同一般。

这时，作者又吟唱起来：“鲁国的道路啊宽阔又平坦，乘坐大车的文姜啊快乐又急切！”如果说第一章是从车声隆隆来体现文姜的急切心情，第二章就是极尽铺陈之能事，将文姜的排场描摹得淋漓尽致，从四骊济济之盛来体现齐女私会的大肆张扬。

第三四章，作者仅换数字，反复强化文姜的神色。河水的“汤汤”“滔滔”与行人的“彭彭”“儦儦”连用，说明环境的熙攘和文姜经过时引起的嘈杂，反衬出她的胆大妄为和深失民心。车子行到了汶水旁边，可能是遇到了集市或城镇，路边繁华了起来，只见水流急湍、水势浩大，路上行人如织、热闹非凡，但文姜的车马依然没有减速，跑动的威武霸气，丝毫不顾及路上摊点和行人。如此华美的车马，在古代应该是为贵族专门配置的，观车就能知其内所坐之人，众人知道里面坐的是文姜，也应该知道其与襄公的苟且之事，都赶紧避让一旁，指点纷纷。大家可以想象她在车内的状态：神情舒适、怡然自得、霸气外露、毫不收敛，似乎在向众人显摆：快让开，我要去和情人相会了。通过这种描写，文姜的神情跃然于纸上。

作者运用了许多连绵形容词，生动传神，念起来朗朗上口，它们是作者刻画精细、表现传神的关键，使诗作中的人与物变得鲜活，达到了形、神、声兼备的高度，同时也加强了诗歌的音乐性、节奏感，便于人们反复咏叹吟诵，取得了很好的表达效果。

高超的艺术性并没有影响诗作主旨的彰显，作者在针砭当权者的丑行时，虽用语隐晦，但所指明确，使读者卒章而知其意。后世有评论家认为，全诗只是描述车马，记述行人观察车子的情形，表达车中人的感受，也仅仅是说出发，没有说到什么地方去，更没有提文姜和襄公的名姓，但“鲁道”“齐子”四字，交代出了一切，这种“暗中埋针伏线”的手法，即是“春秋笔法”，虽然细微，但明确显示出了作者的意图。这种评论，深得作者行文三昧。

◎猗嗟◎

猗嗟昌兮①，颀而长兮②。抑若扬兮③，美目扬兮。巧趋跄兮④，射则臧兮⑤。

猗嗟名兮⑥，美目清兮⑦。仪既成兮⑧，终日射侯⑨，不出正兮⑩。展我甥兮⑪。

猗嗟娈兮⑫，清扬婉兮。舞则选兮⑬，射则贯兮⑭。四矢反兮⑮，以御乱兮⑯。

【注释】

①猗嗟：叹美之词。昌：壮盛的样子。②颀：身长貌。③抑：通“懿”，美好。④趋跄：快步走，从容而又合节拍的姿态。⑤臧：善。⑥名：眉睫之间。⑦清：眼睛黑白分明。⑧成：成就，完成。⑨侯：古代赛射或习射时用的箭靶。用兽皮做的叫“皮侯”，用布做的叫“布侯”。⑩正：箭靶的中心。⑪展：诚然，真是。⑫娈：美好。与下句“婉”字义同。⑬选：指齐乐善舞。⑭贯：射中。⑮反：重复之意，指箭箭射中一处。⑯御：抵抗，御敌。

【赏析】

《猗嗟》是一首赞美少年射手的诗作。作者运用铺陈手法，以赞美的口吻、夸张的笔调，从各个角度和细节描述了少年射手的神技，细致生动。全诗共三章，每章都可以分为前后两个部分，前部分写射手身材体态的健美，后半部分写他技艺的高超。寥寥数十字，就从身材上、眉目上、动作上、技术上等各个方面，用简练的线条勾画出一个鲜明的肖像。

诗作每章均以“猗嗟”发端，“猗嗟”为叹美之词，相当于“啊”或“啊呀”。用这种叹美词开头，起到了先声夺人的效果，尽可能快地把读者的关注点转移到诗人所要赞美的人或事，并显得非常口语化，使得诗作轻快自然，便于作者抒情达意，也有利于调动读者的情绪，且在描写少年射手的形象和技艺时，起到一种渲染烘托的作用，深深扣住了主题。

作者在赞颂少年形象之美时，遵循了很好的逻辑顺序，首先突出他身体强壮：“猗嗟昌兮，颀而长兮。”形容小伙子长得高大、粗壮、结实。然后视角由整体转向局部，描摹其面部特征，说明其面色明净、眼睛明亮。最后，作者把着笔点移至少年的动作上，“巧趋跄兮”，步履矫健，走动速度快，且十分有节奏。“舞则选兮”，身体灵活，动作优美，摇曳生姿。这种身体素质，以及所显示出的速度和协调性，是一位优秀射手不可缺少的。

在众多描写中，最出彩的是对眼睛的描写，作者可谓细致入微、不惜笔墨，“美目扬兮”“美目清兮”“清扬婉兮”，三次提及眼睛的美妙动人，

“扬”“清”“婉”，从不同侧面刻画其目光明亮、炯炯有神，通过这种全方位地刻画，少年的特色得以浮现：既具备了优秀射手所必不可少的优异视觉，又神采飞扬、楚楚动人。

诗作并非耽于外在形象的赞颂，而是继续深入、由表及里，详细说明了少年的技艺和品质。在描述内在时，作者终于按捺不住，喜爱之情溢于言表，夸赞说：“展我甥兮。”对于“甥”字，人们的解释是多样的，有“妹子为甥”“妹婿为甥”“凡异族之亲皆称甥”“女子称夫婿为甥”等多种。基于此，也使得诗的主旨，多为后人所争。

《毛诗序》立足“妹子为甥”，认为“甥”比附齐襄公与鲁庄公的舅甥关系，这牵涉到齐襄公和文姜兄妹乱伦的历史，妹夫桓公被害后，其子鲁庄公继位，然文姜又多次与其兄私会，庄公不能止。在古代，女子夫死从子，文姜的言行应该由鲁庄公约束，所以《毛诗序》指责鲁庄公虽仪容华美，神技突出，但却不能防闲其母，没有做到儿子的职责。后“主美”者亦有同“妹子为甥”者，方玉润主张诗作是齐人初见庄公时，真心叹其仪容之美、技艺之神，作诗赞之，并亲切地称其为“齐侯之甥”。但因其母不贤，后人在读这首诗时，不自然地就戴上了有色眼镜，以为是在讽刺，扭曲了作者的本意。

就诗境和行文语气来看，这种“妹子为甥”的说法，仅立足于“甥”一字而忽视整篇，过于牵强，应为评论者附会旧说，不可尽信。抛开历史烟云，“女子称夫婿为甥”更符合整首诗的感觉，并回归单纯赞美少年射者的主旨，显得比较恰当。

在这种“女子称夫婿为甥”的说法下，通篇为一个情窦初开的女子的口吻，她因某个机会，看到了一位英俊的美少年在表演射箭神技，不禁心生爱慕、倾心赞扬。她先称赞男子的外形俊美，后又称赞其技艺超群，其间不乏对这位男子终日练箭的想象，可谓心思颇多，并在诗作中含而不露地表露心迹：“展我甥兮。”真是我理想中的好夫君啊！女孩的淳朴、大胆跃然纸上。

魏国

《魏风》共7篇，为古魏国境内的民歌。魏是大的意思。司马迁在《史记》中说："魏，大名也。"东汉经学家服虔曰："魏，喻巍巍高大也。"

从周成王公元前1043年继位算起，到公元前661年灭国，古魏国存在380年左右。《魏风》就是这个时期产生于魏地的民歌。

古魏国

- 周成王分封的姬姓伯爵诸侯国，国君为姬姓魏氏，位置在今山西省芮城县。
- 公元前661年，古魏国被晋献公攻灭，封给毕国后裔毕万。

晋献公在位时期兼并邻国，开拓疆域，与齐国、楚国、秦国成为当时四强。公元前661年，晋献公扩充军队为二军，晋献公统率上军，太子申生统率下军，赵夙驾驭兵车，毕万担任护右，相继灭了霍国、魏国和耿国。凯旋后，给太子申生在曲沃筑城，把耿地赐给赵夙，把魏地赐给毕万，并封他们为大夫。

战国七雄时的魏国

毕万受封后，改氏为魏，这即是晋国魏氏的由来。毕万之孙跟随公子重耳流亡有功，被封为大夫，称魏武子。公元前445年的三家分晋事件中，魏氏自立为诸侯，建立魏国。

魏文侯时期，在战国七雄中首先实行变法，奖励耕战，兴修水利，发展封建经济，北灭中山国，西取秦河西之地，成为战国初期最强大的国家。公元前225年，魏国被秦国将军王贲以水淹之计攻破大梁，魏王假降，魏亡。

魏国百年霸业开创者：魏文侯

魏风

◎葛屦◎

纠纠葛屦①，可以履霜。掺掺女手②，可以缝裳。要之襋之③，好人服之。

好人提提④，宛然左辟⑤，佩其象揥⑥。维是褊心⑦，是以为刺。

【注释】

①纠纠：缠绕，纠结交错。葛屦：指夏天所穿的用葛绳编制的鞋。②掺（xiān）掺：同“纤纤”，形容女子的手很柔弱纤细。③要：同“腰”。襋（jí）：衣领。④好人：此处是指富家的女主人。提提：傲慢。⑤辟：同“避”。左辟即左避。⑥象揥（tì）：象牙做的簪子。⑦褊心：心地狭窄。

【赏析】

关于《葛屦》这首诗，古人有“刺君褊急”的说法。而诗的文字并未体现这一点，可见这种说法只是古人附会。这首诗讽刺了心胸狭隘、缺少宽容度量的人，但并不一定指“魏地之君”。现在大多数的学者都认为本诗是劳者对上位者的不满。

《葛屦》讽刺的对象是一位贵妇人。在讽刺贵妇人的同时，这首诗也控诉了阶级的不平等。本诗通过描写一个缝衣小妾为家中女主人缝制衣服的过程，揭露出当时贫富不均的现实，是一首典型的讽刺诗。诗中成功地塑造了两个对比鲜明、不同类型的女性。她们分别是不劳而获的贵妇和劳而不获的小妾，诗中将这两个对立的形象展现在了公众面前，通过赤裸裸的对比，给人们以震撼，发人深省。

诗中首先提出问题：“脚穿破旧的麻布鞋怎能踩踏深秋的寒霜？”“瘦弱细小的双手怎能缝制华丽的衣裳？”一个脚穿破布鞋、吃不饱、穿不暖、无偿从事劳役的瘦弱妾氏形象便跃然纸上。她在霜寒中，还要独自劳作不止，她心灵手巧，做得一手好女红，但却只能“苦恨年年压金线，为他人做嫁衣裳”。

同时，诗人还描绘了一个只顾自己装饰打扮、喜穿新衣、把自己的幸福建筑在别人的痛苦上的、养尊处优、虚荣心强的贵妇形象。这个贵妇心胸狭窄，她冷酷无情地对待着妾氏，毫无怜悯之心。这样的压榨行为尽管相当不合理、不公平，在当时却是理所当然。本诗通过这两个形象构成了鲜明对比，表现出被奴役者的悲愤，末句的“维是褊心，是以为刺”就是这种愤慨的表现。

本诗共有两节，第一章先写出了缝衣女穷困的样子，那时已经天寒地冻了，但是她的脚上还穿着夏天的凉鞋。她终日受到女主人的虐待，所以她在受冻的同时还要挨饿，她双手纤细，瘦弱无力。即使已经十分虚弱了，她还要为女主人缝制新衣。她忍饥挨饿之后做成的衣服，不但不能穿在她自己的身上，她还要亲手将它穿在别人的身上。

当贵族家的婢妾将缝制好的新衣，拿去请嫡妻试穿时，嫡妻作出一副视而不见、满不在乎的样子。她避开妾氏，为自己佩戴高级的象牙簪子。

第一章的最后出现了“好人服之”这一句，其中“好人”这个词，指的就是外貌美好的人，在诗中是对女主人的尊称。但是“好人”这个词在诗的具体情境下，则带着讽刺的意思。

在第二章中，诗人转而描写女主人的富有和她的傲慢。在穿上妾氏辛苦缝制的衣服之后，她看都不看妾氏一眼，而是傲慢地自顾着梳妆打扮起来。这样的举动，让缝衣女感到愤慨和难以容忍。

诗中呈现出两种不同的画面，两种不同的世界情景。本诗的最后两句“维是褊心，是以为刺”两句点出了本诗的主题。这两句话充分地表现出了本诗的讽刺意义，全诗的题意通过这两句得到了加深。这首诗通过主仆两个不同的女性形象，表现出诗人对劳动者的深切同情以及对剥削者的强烈讽刺，揭露了当时社会中的压迫和普通劳动者的可悲命运，对后来的同类诗歌有很深的影响。

◎汾沮洳◎

彼汾沮洳①，言采其莫②。彼其之子，美无度③。美无度，殊异乎公路④。

彼汾一方，言采其桑。彼其之子，美如英⑤。美如英，殊异乎公行。

彼汾一曲⑥，言采其萎⑦。彼其之子，美如玉。美如玉，殊异乎公族。

【注释】

①汾：汾水，在今山西省中部地区，汇入黄河。沮洳（jù rù）：水边低湿的地方。②莫：即酸莫，俗名牛舌头。嫩叶可食用，有酸味。③美无度：极言其美。④殊：非常。公路：与下两章的“公行”和“公族”一样，都是官名。⑤英：花。⑥曲：河道弯曲之处。⑦萎（xù）：即泽泻草。

【赏析】

《魏风》是魏国的民间歌谣，多半含有讽刺、揭露、抨击统治阶级的意味，以富于反抗精神著称。这种特色的形成和其社会现实是分不开的：魏国地处山西运城市南部的芮城县一带，土地贫瘠，人民艰苦，而魏国的税收又非常重，百姓由此颇多怨言。

有评论者指出，《汾沮洳》是魏风中的一篇富于形象性和战斗性的好诗。《汾沮洳》是以一位怀春女子的口吻写就的，她对自己心仪的男子极尽褒扬，说他美好如玉，女子完全遵循自己内心的价值观念，爱憎分明，不盲目迷信权贵，着实可敬可佩。

故事的脉络 是如此延展的：明媚的晚春或火热的盛夏，一位在汾河岸边采野菜的姑娘，看到一个英俊的小伙子，顿生情愫，对这位心仪的情郎，越看越喜欢，不由得倾心爱慕。小伙子要走了，姑娘丝毫没有放弃，借口采蚕桑、泽泻，步步追赶，紧紧尾随。在心底，她将这位小伙子盘算了千万遍，拿他跟鲜花、玉石比量，又拿他跟达官贵人比较，最后得出还是小伙子最好，无可比拟、无可挑剔。在这位女子漫山遍野的追随和心如鹿撞的欣喜比量中，形象地表现出了这位农家女心灵的直率和美好，也隐含了对贵族官僚的嘲讽。

《汾沮洳》一诗重章叠句，回环往复，字句没多少变化，而意义层层递进。“沮洳”“一方”“一曲”的变换，历来有两种说法，一则是如上文所说，女子因追随男子而发生劳动内容及空间时间的改变。一则是说不论这位痴情女子什么时间、什么地点，干什么活儿，她总是思念着自己的意中人，足见其一往情深。无论哪一种说法，都将这位女子思慕情人的痴情之状描摹得栩栩如生。

接着作者用“美无度”“美如英”“美如玉”来赞美男子的仪容。“美无度”意思是美得无法度量，用现代的话说就是“美得没法形容了”，“美如英”是说男子美得像怒放的鲜花，表现男子的年轻和清新，“美如玉”，是说男子有美玉般的光彩和德行。这些赞美，或宏观或微观，或外貌或德行，全面而又夸张，形象地表现出女子深切的情怀。

诗的最后以“殊异乎公路”“殊异乎公行”“殊异乎公族”作结，这位女子的意中人，不仅长相漂亮，他在女子心目中的地位，连“公路”“公行”“公族”等达官贵人也比不上。此种对比，对读者有着明显的指引作用，一则给那位幸运的男子又加上几分，一则贬低了达官贵人的形象和地位，诗中虽没说他们的长相和劣迹，但是读者很容易便会联想到他们的不好，平时肯定作威作福，深失民心。

通篇没有女子所思之人的正面描写，但这位奇男子的形象，通过如此的比喻、对比、烘托，再加上读者的想象，早已经跃然于纸上，如见其人。这种艺术表现手法，被后代的文人无数次地借用模仿，如汉魏乐府古辞《陌上桑》中采桑女子对夫婿的夸奖等。

对这首诗的主旨，学者存在多种解释。如“刺俭说”：君子非常勤俭而亲自劳作，有失体统，因此作诗刺之，把诗旨提升到政治得失和君子品格的高度。还有“美隐居贤者说”：有贤者隐居在汾水沮洳之间，采莫、采桑、采蕒自给，他们的才德，远远超出“公路”“公行”“公族”，这种说法，把诗作提升到了缥缈的隐居路上，意旨甚大。

这两种说法都把此诗与政治纲常、伦理道德相联系，忽视了文学的独立性，不甚符合文本语义。只有闻一多先生能够依托客观真实，在《风诗类钞》中首先提出“这是女子思慕男子的诗”，让人无限欣喜。

还有另一种解法比较不错：同样认为《汾沮洳》是一篇颂歌，主人公同样为农家女子，也同样是赞美劳动青年同时藐视达官显吏，唯一不同的是把所涉及的男子化一为三，分三次赞扬三个地方的三位青年。这三位青年劳动好、人品好、心灵好，他们辛勤劳作，分别采集了大量的野菜、桑叶和中药材，和“公路”“公行”“公族”等达官贵人很不一样。这种说法，将单纯的男女之爱上升到博爱和赞扬，将一见钟情融入对美好品质的尊敬爱慕之中，使主题变得阔大，也是十分可取的。

◎园有桃◎

园有桃，其实之殽①。心之忧矣②，我歌且谣③。不我知者，谓我士也骄。彼人是哉④，子曰何其⑤，心之忧矣，其谁知之？其谁知之，盖亦勿思⑥。

园有棘⑦，其实之食。心之忧矣，聊以行国⑧。不我知者，谓我士也罔极⑨。彼人是哉，子曰何其？心之忧矣，其谁知之？其谁知之，盖亦勿思。

【注释】

①殽：同“肴”，吃。“其实之肴”，即“肴其实”。②忧：忧伤。③歌、谣：曲合乐曰歌，徒歌曰谣，此处皆作动词用。④是：对。⑤其：疑问语气词。⑥盖（hé）：通“盍”，何不。⑦棘：通常指酸枣。此处特指枣。⑧聊：姑且。行国：离开城邑。“国”与“野”相对，指城邑。⑨罔极：无极，没有准则。

【赏析】

对本诗内涵的解读，首先依托于抒情主人公的界定，诗中“谓我士也骄”点明主人公是一位“士”，他说别人称其为“士”，自己又未更正，可见并无异议。但是，“士”的含义纷纭难辨，因此，应当联系诗作进行推断。通读此诗，加之想象，可以推断诗中所描绘的情景如下：主人公对国家担忧、不满，但没人理解他，还指责其高傲、反复无常，在忧愤无法排遣时，他只得长歌当哭，最后在无可奈何中，他“聊以行国”，置一切于不顾。因此，从诗的内容和情调判断，主人公当是士人阶层，但怀才不遇，不禁忧时伤己、作诗排遣。

诗作以“园有桃，其实之殽”起兴，引出下句“心之忧矣，我歌且谣”，如此开篇，可谓一箭多雕：桃子成熟在夏季，隐含了诗作的时令；桃子熟了当然要采摘下来食用，心中忧烦当然要吟哦宣泄，这样，作者开篇就讲出了自己牢骚有理，显得直率；诗人有感于桃子的果实味美又可饱腹，而自己却无

所可用，因而心中郁愤不平，表现其“不得志”的窘境；另外，园内有桃，实熟待摘，比兴自己在等待人来摘取，可到现在还未曾有人，于是忧心忡忡。简单的一句,蕴含之多,可谓神奇。

“心之忧矣，我歌且谣。”他放声高歌以排遣内心苦闷，却反被认为是狷介骄纵，此即为“不我知者，谓我士也骄”。诗人的心态、思想、忧虑、行为，无不真实而又正确，但最终被视为“骄”，委屈却又无可奈何。“园有棘，其实之食。”时光流转，枣儿熟了，到了秋季，诗人越发烦躁，歌谣已不能尽其情，他决定离开这是非之地，“聊以行国”，换掉这个不愉快的生活环境。这一举动，却又被人指点：“谓我士也罔极。”真的是走也不对，不走也不对。

此情此景，作者不禁问道：“彼人是哉，子曰何其？”他们说得对吗？你说我该怎么办呢？难道大家是对的，而我错了？思维的混乱和迷茫展现出他内心的痛苦和矛盾。作者彻底不知所措了：面对残酷的现实，庸碌无为的统治者，国家和人民的出路在哪里呢？一个痛苦、矛盾而又极力“上下而求索”的“先忧者”形象，端立于字里行间。

最后四句：“心之忧矣，其谁知之！其谁知之，盖亦勿思！”诗人认为自己是有识之士，然而世上竟无一知己，所以诗人才反复地说“其谁知之”。然而当他得知“理解”也是不可能时，他只得以“不想”来自我保护：“其谁知之，盖亦勿思。”既然没有人是清醒的，自己为何要独守清明？不过自找烦恼罢了，还是忘掉这一切吧！

《园有桃》是较早的自由诗，描写不得志的士人之生活境遇和心理状态。他自得其是然而无人可诉，空怀报国之志却落为庸人笑柄，结尾“盖亦勿思”，道出了无可奈何、自欺欺人的消极避世态度，他最终蹉跎岁月，郁郁寡欢。诗中表现出的爱国感情和忧愤情绪与《离骚》是相同的，屈原对故国深深眷恋，日日担忧，最终难以承受“独醒”的艰难，选择了汨罗江，本诗作者则是勉力自持，努力忘却这无尽的烦恼，然而，诗人的忧愤之情却无穷无尽，难以排遣，只得自欺欺人、空言忘却。

本诗句式以充分表达愤慨情绪为先，不避讳参差错落。押韵方面，前六句在一、二、四、六句末，后六句韵脚转换，押在八、九、十、十一、十二句末，和谐中有跌宕和转折，避免了通篇一韵的单调，使得篇什充满力度和层次之感。两章文字相似，前六句只有八个字不同，后六句完全重复，回环复沓，并且十、十一两句重复，显得哀思绵延，给人以“欲说还休”的惆怅，风格消沉悲痛。

◎陟岵◎

陟彼岵兮[1]，瞻望父兮。父曰：“嗟！予子行役，夙夜无已。上慎旃哉[2]，犹来无止[3]。”

陟彼屺兮[4]，瞻望母兮。母曰：“嗟！予季行役[5]，夙夜无寐。上慎旃哉，犹来无弃。”

陟彼冈兮，瞻望兄兮。兄曰：“嗟！予弟行役，夙夜必偕[⑥]。上慎旃哉，犹来无死。”

【注释】

①陟（zhì）：登上。岵（hù）：有草木的山。②上：通“尚”，希望。旃（zhān）：之。③犹来：还是归来。④屺（qǐ）：无草木的山。⑤季：小儿子。⑥偕：俱。

【赏析】

因政治动荡，战争频发，兵役繁复，孝子远行在外，思念父母兄弟，作歌排遣。这便是《陟岵》一诗的来由。诗的主人公是家中最小的儿子，被征上阵，久不归家，对父母和兄长极尽想念。诗作开创了思乡诗的一种独特的抒情模式，在历代文学中饱受好评，因此，它被推为“千古羁旅行役诗之祖”。

登高望远，是久未归家的人们排遣乡愁的一种重要手段，也是对人们渴望相聚的心情的形象传达，因此有言曰“远望可以当归，长歌可以当哭”。因此诗以“陟彼岵兮，瞻望父兮”起兴，直言思亲之情。在诗作中，作者连续三次登上高山，远望乡里，分别思念父亲、母亲和兄长，情感在分说和复沓中极尽交叠，形成极大的情感张力，表现出其思家之切，感人肺腑。

登高必有所见，但主人公之见，却非同一般：“父曰：嗟！予子行役，夙夜无已。”作者没有继续言说主人公多么痛苦，多么思念，而是转而描绘了其想象之景：父亲的音容笑貌浮现在了空中，他微笑而又心疼地说：“儿啊，你行役辛苦，早晚都得不到休息，一定要注意身体啊，希望能够早日归来，不要滞留远方！”谆谆告诫、殷殷希望，形象而又真实，不知有多少次潜入过梦境，才能如此纤毫毕现。作者通过这一新异的手法，从想象入手，同时表现征夫的思念和家人的温暖，两相对照，相得益彰，巧妙无痕。

第二章是描写主人公对母亲的想象。同样是一幅类似于上章的画面，但所述却各有千秋，相似但不雷同：“我的小儿子啊，你出门在外行役辛苦，白天黑夜的不能睡觉，一定要注意身体啊，千万不能不回家，千万不要把自己的母亲抛弃！”

在母子之间，比父子之间更多了具体的日常细节，也因此生发出了更多的依恋和牵挂。孩子小时候，母亲都会每天嘱托、陪伴孩子睡觉，这种经历和记忆，早已深深地融进了母子关系，成为一种亘古不变的内容和必然，即使长大了，孩子不在身边，母亲依然会习惯而又当然地关心孩子的睡眠。伴随着孩子的成长过程，母亲的欣喜和期待也充满着每一分每一秒，她会时刻想着，孩子马上就要大了，马上就能为自己分担压力了，这些想法，也慢慢进入到习惯和意识中。如今，孩子的远走他乡，最沉重地击中了母亲的期待，因此她才会产生这样的担忧。

第三章则是对其兄长的想象。兄弟之间，自然要直率得多，所以兄长言语的不同之处为“犹来无死”，直言弟弟千万不要客死他乡，传达出了亲人最真实、最要紧的担心。不回来也不要紧，最重要的是能够平平安安地活着。父母最担心的，当然也是孩子的死亡，但因为有所畏惧，所以不敢说，因为过于生硬，怕孩子听到心里难过，所以不愿说。兄长这脱口而出的“犹来无死”，表现了深深的手足之情，也是给弟弟的一种警示：一定要注意身体、小心谨慎，最终活着回来。这也从侧面反映了行役中的艰难和危险。

这种场面的营造，并非诗人的刻意造作，而是主人公情至深处的真实表现。这种对亲人念己的设想，包含了无数的无奈和辛酸：双方心意相通但生分两地，温馨的回忆在心中交叠但只添相思，一声声真实的嘱托全都无法送达，对方的状况只能凭想象营造，亲人能否还是自己想象中的情形，何时才能真实地见到想象中的场景？每一个思考，都纠缠着无数的希冀和担忧，融汇着无数的慰藉和害怕，也承载着无数的回忆和憧憬。正所谓“笔以曲而愈达，情以婉而愈深。”

在写作技巧上，作者直录口语，真实而质朴，因真实而形象，因质朴而感人，产生了极具震撼的艺术力量，让人观之既能营造出主人公之貌，又能联想到自己之悲。“上慎旃哉”一句，有着极大的艺术张力，“旃”为兼语，是“之”“焉”的合音字，因此，简简单单的一个“慎”字，作者用了四个语气词帮衬，叮嘱之切、情感之真，描摹得极尽厚实。父母兄长的谆谆之心，都灌注于这一延绵悠长而又沉重的字句中，穿越千山万水，来到主人公的心田。

◎十亩之间◎

十亩之间兮，桑者闲闲兮①，行与子还兮②。
十亩之外兮，桑者泄泄兮③，行与子逝兮④。

【注释】

①桑者：采桑的人。闲闲：宽闲、悠闲貌。②行：将要。③泄泄：弛缓的样子。④逝：往。

【赏析】

对《十亩之间》诗旨的阐释，历来争论亦是不少，有《毛诗序》政治附会性的“刺时”说，亦有“偕友归隐”和“夫妇偕隐”等不乏清幽的观点。《毛传》言：“闲闲然，男女无别，往来之貌。”后世的一些评论者，基于此，主张采桑者不会感到自己的神色行为有什么特征，“桑者闲闲”“桑者泄泄”应是园外之人观察的结果。这些外人来此访友，看到男女老少于桑林下悠然往来，怦然心动，产生与好友一起归隐之念。

依照此说，《十亩之间》，是汉语田园诗的鼻祖，其深义是“归隐”，诉说了一种“采菊东篱下，悠然见南山”的心境，前人评《十亩之间》“雅淡似陶”，多半出于此处。这种说法，是对诗作的美好的创造性想象，继承了老子返璞归真的思想，表达了人性自我救赎的终极归宿，给本来就醇美的诗作披上一层幽远的色彩。

诗作只有简短几十字，却为读者展现出了一幅和睦温馨的桑园晚归图：夕阳西下，为葱绿的桑林镶上银边，光线变暗，温度转凉，一片安适静谧，鸟兽归巢，暮霭渐起，远方一阵阵炊烟和香气传来，一天的忙碌画上句号。疲倦但未失活力的采桑女从树上攀缘而下，桑园里渐渐响起呼朋唤友的声音，悠扬而又清脆。最后，人们渐渐远去，但柔婉的说笑声和歌声却仍袅袅不绝。

《十亩之间》勾画出一派和煦的田园风光，抒写了采桑女愉悦恬静的心情，显得诗意盎然、温婉可人，在整个《魏风》中，展现出非同一般的色彩。处于北方的魏国，土地贫瘠，人民生活艰难，朱熹评价说“其地陋隘而民贫俗俭”，因而《魏风》颇多针砭哀怨，少有如此可人之作。

诗中的“十亩之间”与“十亩之外”是行文的脉络，起到上下贯连的作用，但亦形成反衬，对比巧妙，如同两个连贯的拍摄镜头，极具艺术效果。作者先是一个短镜头，捕捉近处，将跟前桑者的祥和之状摄入，然后作者再拉伸一个长镜头，把视野变得极其开阔，笼罩住整个桑林，放眼望去，各处都是美好的景象，从而产生一种升华的层次感。

人很容易受身边自然环境的影响，从而带上环境的特征，诗中“闲闲”与“泄泄”描写的是桑者的神情，但亦能从中看到周遭的自然环境，正因环境如此，其中的人才得以如此。“闲闲”“泄泄”应该是这样的：天空高远敞亮，阳光轻柔，微风舒卷，淡淡的一抹白云游弋于湛蓝的天际，桑林中阴凉清新，桑叶在微风的抚摸下轻快地跳跃着，鸟儿不疾不徐地扑展翅膀，偶尔发出一串欢快的吟唱，用来舒展心情、招引同伴，空气浓郁而又湿润，让人慵懒，让人心生欢喜。在这种环境下，桑者悠闲自在，心情愉悦，说是在工作，不如说是在享受生活。

这种愉悦的心情和对生活的享受，是以轻松的旋律表现出来的，这很大程度上得益于语气词的恰当运用。全诗六句，每一句的末尾都有一个“兮”字，念起来，语调舒卷而又悠长。“兮”字，正是心情平静的表现，作者对生活的热爱跃然于纸上，包含了紧张劳动后轻松而舒缓的喘息，也包含了对劳动成果满意的感叹，还让动词“还”与“逝”真的“动”了起来。这时，读者读到的不仅仅是单纯的几个文字，而是一群采桑女在低镜头里缓缓地渐行渐远的镜头，读者的思绪，随悠长的“兮”字，走入空蒙的背景，持久不散，由此，诗境与情感，完美融合在了一起。

《十亩之间》是《诗经》中描摹劳动场景的名篇，关于这一题材的有很多，并且在艺术上各具特色，充分显示了古代劳动人民的多样创造力。例如《周南·芣苢》亦是写劳动场景和感受，刻画的场景不同，诗歌的旋律节奏和审美情调也不一样。它写一群女子采摘车前子的劳动过程，通过采摘动作的不断变化和收获成果的迅速增加，表现了娴熟的采摘技能和欢快的劳动心情。在结构上，四字一句，每隔一句便用一个“之”字，使全诗的节奏明快紧凑。相较之下，《十亩之间》则真正走的是轻慢的路子，舒缓而又悠扬。两者在艺术风格上对比鲜明，最具可比性，从中可以一窥《诗经》的丰富与厚重。

◎伐檀◎

坎坎伐檀兮①，寘之河之干兮②。河水清且涟猗③。不稼不穑④，胡取禾三百廛兮⑤？不狩不猎⑥，胡瞻尔庭有县貆兮⑦？彼君子兮⑧，不素餐兮⑨！

坎坎伐辐兮⑩，寘之河之侧兮。河水清且直兮⑪。不稼不穑，胡取禾三百亿兮？不狩不猎，胡瞻尔庭有县特兮⑫？彼君子兮，不素食兮！

坎坎伐轮兮，寘之河之漘兮⑬。河水清且沦猗⑭。不稼不穑，胡取禾三百囷兮？不狩不猎，胡瞻尔庭有县鹑兮？彼君子兮，不素飧兮⑮！

【注释】

①坎坎：象声词，伐木声。②寘（zhì）：同“置”，放。干：河岸。③涟（lián）：水波纹。猗（yī）：义同“兮”，语气助词。④稼（jià）：播种。穑（sè）：收获。⑤禾：谷物。三百：极言其多，非实数。廛（chán）：捆。⑥狩：冬猎。猎：夜猎。此诗中皆泛指打猎。⑦瞻：向前或向上看。县：古“悬”字。貆（huán）：幼貉。⑧君子：此系反话，指有地位有权势者。⑨素餐：白吃饭，不劳而获。⑩辐：车轮上的辐条。⑪直：水流的直波。⑫特：三岁的兽。⑬漘（chún）：河岸。⑭沦：小波纹。⑮飧（sūn）：晚餐，此处泛指吃饭。

【赏析】

这是一首伐木者之歌，铿锵而悠扬的歌声传达了这样的情景：一群伐木者砍树造车时，联想到剥削者不劳而获，愤怒非常，发出了质问：为什么那些从不种田的人，家里谷物堆满了仓房？为什么那些从不打猎的人，飞禽走兽挂满了庭院？这种质问，反映了劳动者对现实的清醒认识，蕴藏着一种猛烈的反抗情绪。

《诗经》可以说是中国讽刺文学的源头，揭露和讽刺剥削阶级，是《诗经》的主旨之一。在众多经典诗篇中，《伐檀》以独特的刚柔美，展现出非同一般的色彩和音响。

诗作每章首句都用同一个叠字，“坎坎”是伐木时发出的声音，因为檀树木质很硬，所以拿斧子砍起来铿然作响，以此入诗，尽显音律谐和悠扬，作者先声定式，给全诗抹上一丝叮咚舒卷之感，为强烈的讽刺和质问披上了温婉的外衣。另外，这一叠字也巧妙地深化了主题：古人以檀木造车，劳动强度很大，伐木工人生活的辛苦可见一斑。人们把树砍倒，然后堆放到河岸边，利用水力把其运走，简短数字，工人们的整个劳动过程展现在眼前，声情并茂。

伐木者把檀树运至河岸，放眼望去，水流清澈，微波荡漾，一幅优美的山水盛景展现在眼前，不禁对此美好景象赞叹不已，但他们身上肩负的沉重压迫与剥削，立即打破这暂时的轻松与欢愉，硬生生地把他们从如梦胜景拉回真实的人间地狱。他们看着能够自由自在流动的河水，联想到自己整日劳作，没有自由，不禁悲从心来，不得不一吐为快。

于是，他们向有权势者提出了尖锐的责问：“不稼不穑，胡取禾三百廛兮？不狩不猎，胡瞻尔庭有县貆兮？彼君子兮，不素餐兮！”伐木者们感情变得激越，不禁直接指责和怒骂：“这些‘君子’们，你们不是在白吃饭吗？”

第二、三章文字上改易数字，反复咏唱，也在内容上作出补充，加深了所要表现的主题，“辐”是车轮中的直木，“漘”是指河岸边，各种做车配件的出现，暗示了伐木者们劳动的无休无止。“特”指三岁的野兽，各种猎物的描写，反映了剥削者的贪婪本性：无论猎物如何，一概据为己有。

《伐檀》句式整齐，结构对称，富有鲜明的节奏感和韵律性，三章反复咏叹，有力地表达伐木者的痛声疾呼和反抗情绪，使感情在迭唱中步步深化，增强了诗的抒情性和讽刺力量。

从表面看来，此诗用词清新、语调清婉，好似一首细腻的抒情诗，然实为柔中寓刚，充满了硬度和情感张力。它申诉时没有使用陈述句，而是选择反诘句，这样质问和讽刺，显得情感激越、笔力厚重。

“不稼不穑，胡取禾三百廛兮？不狩不猎，胡瞻尔庭有县貆兮？”连用反诘句，以不可阻挡的气势和一针见血的力度，直指剥削者。章末“彼君子兮，不素餐兮”，用毋庸置疑的语调，毫不摇摆，一锤定音，揭示剥削者的本性和虚伪，增加了讽刺意味，深刻地揭示了主题。写作手法上，全诗以叙事为主，未加渲染但饱含愤怒，每章末用直抒胸臆的方式来控诉，增加了真实感与揭露的力度。

诗作的句式从四言、五言、六言、七言乃至八言，因而被有些学者称为杂言诗最早的典型。灵活多变的句式，使感情得以自由抒发，充分表现。戴君恩《读诗臆评》评论道：“忽而叙事，忽而推情，忽而断制，羚羊挂角，无迹可寻。”形容诗作的描摹起兴无端，艺术手法不可寻其踪迹。牛运震《诗志》曰：“起落转折，浑脱傲岸，首尾结构，呼应灵紧，此长调之神品也。”同样对此诗的艺术性作出了很高的评价。

就此诗的主旨，同样有着诸多解法，最

早《毛诗序》以为是“刺贪也。在位贪鄙，无功而受禄，君子不得进仕尔”。评论者依托政治，将矛头指向官员腐败，立意深刻但似显偏颇。还有学者称为“美君子隐居之志也”，或“魏国女闵伤怨旷而作”，或“父兄训勉子弟之词”，皆有卖弄学问或标新立异之嫌，都未能获其要理。

到了近代，一些学者认为这首诗是奴隶主贵族“站在井田所有制立场来攻击新兴的封建剥削”；或认为是“劳心者治人的赞歌，它所宣扬的是一种剥削有理、‘素餐’合法的思想”。这些说法更加偏颇，不为多数人所取。

像一些比较中肯的评论者所说那样，《伐檀》的思想高度应该表现在主人公逐渐觉醒的认识水平上：他们虽意识不到不合理分配现象的社会根源何在，但已经清楚地看到，社会上存在着两大阵营，一个是生产者，一个是所有者，而非常怪异的是，生产者不是所有者，所有者不是生产者。这种评论，是比较有价值的，既反映了诗作的内容，又将抽象的社会规律明了地融入其中。

◎硕鼠◎

硕鼠硕鼠①，无食我黍②！三岁贯女③，莫我肯顾。逝将去女④，适彼乐土。乐土乐土，爰得我所⑤！

硕鼠硕鼠，无食我麦！三岁贯女，莫我肯德⑥。逝将去女，适彼乐国⑦。乐国乐国，爰得我直⑧！

硕鼠硕鼠，无食我苗！三岁贯女，莫我肯劳。逝将去女，适彼乐郊。乐郊乐郊，谁之永号⑨！

【注释】

①硕鼠：田鼠。②无：毋，不要。黍：黍子，去皮后叫黏米，是重要的粮食作物之一。③三岁：多年。贯：侍奉。女：同“汝”。④逝：通“誓”。去：离开。⑤爰：于是，在此。所：处所。⑥德：恩惠。⑦国：域，即地方。⑧直：同“值”，价值。⑨之：其，表示诘问语气。号：呼喊。

【赏析】

老鼠大概是人们最讨厌的动物之一了，生性贪婪狡猾，眼小嘴尖，一看就叫人生厌。于是，当看到“硕鼠”这个题目时，人们自然明白这不会是一首快乐的颂歌，而是一首怨刺之诗。事实上，《硕鼠》确实是一首不满现实的诗，而且是一首以破口大骂的方式表达不满的诗。

所不满者何事？古代学者多认为是农民“刺重敛”。今之人多以为此诗是当时农奴反对阶级剥削的反映。两种看法虽有所不同，但分歧不大，可互相参照。

诗一开头便大声直呼“硕鼠硕鼠，无食我黍”，仿佛直指硕鼠之面加以怒斥。鼠本来就已经很惹人厌了，还是个肥硕的鼠，这就更令人憎恶了。老鼠从来是偷窃之辈，靠着偷盗粮食生活，是不折不扣的寄生虫。一只普通的老鼠长成了“硕鼠”，这是偷食多少粮食的结果！这只硕鼠，便是对贪婪凶残的剥削者的绝妙比喻。日出而作，日落而息，田地里的庄稼是农民们顶着多少个烈日，受了多少次风霜才换来的果实。可是如此艰辛的劳动却被这些老鼠蚕食殆尽，确实叫人气愤。

古人常说，“滴水之恩，当涌泉相报”。按如此说，养育之恩便是无以为报的天大恩情了。可惜这只是君子的做法，“硕鼠”不会接受这一套。“三岁贯女，莫我肯顾”，老鼠的一身脂肪是农民多年喂养的结果，可是对于这些养活它们的农民，硕鼠却毫无顾念之心，反而变本加厉地吞食他们的血汗。

如果永远忍受这群硕鼠的索取，只怕最终连性命也不保。所以农民决定“逝将去女，适彼乐土”，打算永远离开硕鼠，寻找一个“乐土”。所谓“乐土”，就是农民“爰得我所”的地方。

诗分三章，在反复咏叹中诗意层层递进。第一章时作者呵斥硕鼠“无食我黍”，而硕鼠贪婪成性，

无视作者的呵斥，还啃食农民的麦子，于是农民继续斥道："硕鼠硕鼠，无食我麦！"然而到第三章，诗人指出，硕鼠之贪婪是永远也无法满足的。吃光黍和麦后，硕鼠变本加厉，连尚未成熟的庄稼幼苗都不放过。从"无食我黍"到"无食我麦"，再到"无食我苗"，硕鼠的凶残和贪婪暴露无遗。

由于不堪硕鼠无止境的盘剥，农民们希望找到一个自耕自足、不受压迫的地方，那将是他们的"乐"之所在。但是随着硕鼠的步步紧逼，他们向往乐土的心情也渐渐发生了变化。一开始，他们向往的是"乐土"，然而在硕鼠的贪婪下他们的追求从乐土变成了乐国，又从乐国变成了乐郊。"乐土""乐国""乐郊"三个词看似所指相同，实则有相当大的区别。"土"当指人类脚下这片广袤的大地，而"国"是这片土地上的一个区域，而"郊"的范围就比国更小了。可见，人们虽然不堪"硕鼠"的盘剥，但逐渐意识到现实的残酷，根本不存在所谓的乐土。"乐土"到"乐国"再到"乐郊"的变化，实际上是希望逐渐落空的表现。所以，末句"乐郊乐郊，谁之永号"透出些许无奈和悲哀。

虽然农民们寻找乐土的希望最终落空，但这并不影响《硕鼠》一诗的积极意义。本诗写出了贫苦农民的怨愤，但不只是表现苦难和哀怨。诗在描写痛苦、指责造成痛苦之人的同时，写出了反抗的心声，喊出了苦难中农民的追求和理想。这也许是此诗最具感染力的地方。

唐国

《唐风》为唐国（晋国）的民歌，共12篇。

古唐国：在周之前就存在，侯爵诸侯国，国君祁姓唐氏。

↓

唐国 → **晋国**

唐国：周成王八年（公元前1035年），古唐国发生叛乱，后被周公旦率军平息，将唐国百姓迁到杜地，并将周王室子孙迁到唐地。周成王十年，将唐地分封给其弟叔虞，国号仍为唐（姬姓唐氏）。

晋国：至叔虞子燮即位，徙治晋水，乃更国号为晋，仍为侯爵国，姬姓晋氏。

↓

学者全祖望评春秋五霸时，晋国国君独占四席：晋文公、晋襄公、晋景公、晋悼公。

晋献公时期，晋国开始崛起，黄河中游皆为晋国所有，与齐国、楚国、秦国成为当时四强。

晋文公时期，于前632年在城濮大败楚军，成为霸主，开创了晋国长达百年的霸业。

晋襄公时期，在肴之战和彭衙之战中两败强秦，在泜水之战中击败强楚，继其父晋文公为中原霸主，垂拱而治。

晋景公时期，曾被楚国打败，使楚庄王成为霸主，不过晋景公亦曾攻败齐国。

晋悼公时期，引领晋国再次走向全盛，铸造军国霸权，挟天子而令诸侯，晋国得以再次称霸中原。

唐风

◎蟋蟀◎

蟋蟀在堂，岁聿其莫[1]。今我不乐，日月其除[2]。无已大康[3]，职思其居[4]。好乐无荒，良士瞿瞿[5]。

蟋蟀在堂，岁聿其逝。今我不乐，日月其迈[6]。无已大康，职思其外。好乐无荒，良士蹶蹶[7]。

蟋蟀在堂，役车其休[8]。今我不乐，日月其慆[9]。无已大康，职思其忧。好乐无荒，良士休休[10]。

【注释】

①聿（yù）：语气助词。莫：古“暮”字。②除：过去。③已：甚。大康：同“泰康”，过于享乐。④职：主要职务。居：处，指所处职位。⑤瞿（jù）瞿：警惕瞻顾貌。⑥迈：时光流逝。⑦蹶（jué）蹶：动作勤敏的样子。⑧役车：一种装上方形箱子的车子，此处指服役的车子。⑨慆（tāo）：逝去。⑩休休：安闲自得，乐而有节的样子。

【赏析】

劝勉人珍惜年华光景的《蟋蟀》出自《唐风》。全诗共三章，意义大致相同，每章的个别词句稍有变化，但都是由物及人，叹惋岁月易逝。

“蟋蟀在堂，岁聿其莫”，诗人看到蟋蟀从野外迁移到屋子里，猛地意识到天气已经转凉，在不知不觉中，时间已是年末。《诗经·豳风·七月》就曾提到：“七月在野，八月在宇，九月在户，十月蟋蟀入我床下。”同样是以蟋蟀的习性来突出四季变化。

首句以蟋蟀起笔，这一写法是“赋”还是“兴”却引起了争议。如果将首句作为“兴”看，那么，它就是一种纯粹的起兴，不掺杂“比”的因素，因为它在意思上与下文并无联系，但从深层情绪和心理衍变来看，却有着密切的关联。所以这一句可以认为是直陈其事的“赋”，也可认为是用以引起下文情感的“兴”。

三、四句直接由蟋蟀迁徙的现象开始述说心怀：“今我不乐，日月其除。”时至岁末，转眼一年又过去了，言外之意时光飞逝，岁不我待。诗人由“岁莫”引起对时光流逝的感慨，进而宣扬及时行乐的思想，但是这并非诗人本意，而是为了统领后面两句的过渡。

“职思其居”“职思其外”“职思其忧”是说：享

乐不要过度，应当顾虑自己当下的职责所在；第二层更进一步，强调对分外的职务也不能不考虑；第三层告诫人们要有忧患意识，目光要长远。诗人说出这句话，是对他人的警醒，同时也是自我克制。

“好乐无荒，良士瞿瞿”“好乐无荒，良士蹶蹶”“好乐无荒，良士休休”这三章的末句是提醒后人：享乐要在不荒废事业的前提下进行，要学习贤士的勤奋向上，时刻提醒自己享乐的尺度。后四句基本上属于说教，但诗人拿捏得很有分寸，在劝诫的同时也肯定“好乐”，但要求有节制，真挚的语气也容易让人接受。

《蟋蟀》是含有治国、处世和人生感悟的政治、教化诗，其惜时劝勉的积极意义十分可贵。而且，在让人们珍惜时光、恪守职责的基础上也没有忘记提倡享乐的精神，这种折中的态度在当时的社会环境下是难能可贵的，也为后人提供了一种处事态度。全诗“思”的态度是今人值得好好承继的精神，而“好乐无荒”的告诫，至今仍意义深远。

◎山有枢◎

山有枢①，隰有榆②。子有衣裳，弗曳弗娄③。子有车马，弗驰弗驱④。宛其死矣⑤，他人是愉⑥。

山有栲⑦，隰有杻⑧。子有廷内⑨，弗洒弗扫⑩。子有钟鼓，弗鼓弗考⑪。宛其死矣，他人是保⑫。

山有漆，隰有栗。子有酒食，何不日鼓瑟⑬？且以喜乐，且以永日。宛其死矣，他人入室。

【注释】

①枢（shū）：木名，刺榆。②隰：低湿之地。③曳：拖。娄：古代裳长拖地，需拖着或提着，娄指提。④驱：车马疾走。⑤宛：通“苑”，枯死貌。⑥愉：快乐、享受。⑦栲（kǎo）：木名，即臭椿。⑧杻（niǔ）：树名。⑨廷：庭院。内：厅堂和内室。⑩洒：浇水。⑪考：敲击。⑫保：占有。⑬瑟：一种似琴的拨弦乐器，有二十五弦。

【赏析】

《山有枢》通篇口语，可以将这首诗理解为一位友人的热心劝勉，他看到自己的朋友拥有财富却不知享用，也许是因为节俭，抑或是因为生性吝啬，又或者是因为忙于事务没有时间，无法过上悠游安闲的生活，无法真正地享受人生，因此，不禁怒从中来，出语激烈，严厉警醒，一片赤诚。

“山有……，隰有……”是起兴之语，与后文中所咏对象没有多少联系，只是即兴式的起兴。首章言友人有衣服车马，但没有用正确的方式使用，作者以为应该用“曳”“娄”“驱”“驰”的方式，尽情享用它们，否则自己死去之后，只能留给别人。这里的“曳”“娄”，是一种非同一般的穿衣打扮方式，不同于日常，“驱”“驰”所指的也并不是寻常意义上的赶路，而是郊游等娱乐活动，代表一种安闲的生活方式。

第二章与第一章相似，只是把笔触转向房屋钟鼓，说它们需要“洒扫”“鼓考”。可见主人并不是吝啬，而是节俭或太忙，因为越是吝啬的人，越会对自己的财物爱惜得无以复加，一定会把它们收拾得整齐干净，不会“弗洒弗扫”。再结合主人空有编钟大鼓，却从来都不敲不击，可以推测出主人真的是忙，虽然家资殷富，但没有享乐的时间和闲心。

这种生活方式，在作者看来是暴殄天物，作者尊敬友人的性格，但更愿意友人的生活变得更加美好，因此才有章末的出言相激：“宛其死矣，他人是保。”直言其死，是两人关系亲近的表现，作者应该是一个性格直率的人，或者是当时因勉励劝言而感情激动。

第三章是整个诗篇的重点，关键四句为“子有酒食，何不日鼓瑟？且以喜乐，且以永日。”诗作三章都是口语，到这里突兀地出现了“喜乐”和“永日”两个内涵深远的词，显得不同寻常。关于“喜乐”的意思，有评论者提出是“诗意地栖居”“诗意地生存”，“永日”为“延日”之意，即延长自己的生命，使生命变得美好而隽永。这两个词，将诗的意志和内涵提升到一个非常高的高度，使得通篇口语和直接言死的粗俗得到了一定程度的缓和。

这两个词应该是作者和其友人都非常熟稔的词，并且双方都知道对方知晓，两人必定讨论过，或者在书信中探讨过。此时作者看到友人的生活状态，非常不满，便将这两个词提出来用以责问：“你这种生活状态是喜乐吗？通过这种生活状态能达到永日吗？”作者主张享受人生，友人更愿活得忙碌充实，作者眼见劝服无望，情感变得激越，声音也逐渐提高，以图用气势压制友人，并且以死亡恐吓友人，使其同意自己的观点：“你不享受生活，还想喜乐永日，你等着，等你死了，别人就尽情享受你辛辛苦苦创造的价值！”

由此，整篇文章的脉络和内涵变得清晰：作者和友人都是贵族阶级，家资殷富，但他们的生活方式不尽相同，诗人的主张是，生命是短暂的，应该及时行乐，通过这种方式得到喜乐，达到永日。而那个侧面描写的友人，则主张努力工作，认真创造价值。这首诗作，就是在讨论什么样的生活方式更加健康、更加有价值，诗意深刻之处正在于此。

从诗中可以看出，从很久以前，人们就开始对生活方式进行深入细致的反思，并且真正把这种思考作用于日常生活，着实难得。在《诗经》以后，这种争论，历久弥多，并且仁智共见，到现在也没有得出统一的观点，但却给人们自我的思索选择，提供了素材和借鉴。这首诗，除了生活方式之争外，还有诗的主旨，自古以来，评论界还存在其他诸多说法。

有评论者主张它是在嘲讽一个守财奴式的贵族统治者，诗旨在于针砭，一章的衣裳、车马，二章的廷内、钟鼓，三章的酒食、鼓瑟，概括了贵族的生活起居，他热衷于聚敛财富，却舍不得耗费使用，是个“葛朗台”式的悭吝者、守财奴，所以诗人予以辛辣的讽刺。这种观点，充满着训诫意义，有利于警醒世人，自有其积极价值。

又有一说也是主张针砭，但其将对象明确化，直指晋昭公的腐朽统治，《毛诗序》认为此诗是讽刺晋昭公：“不能修道以正其国，有财不能用，有钟鼓不能以自乐，有朝廷不能洒扫，政荒民散，将以危亡，四邻谋取其国家而不知，国人作诗以刺之也。”认为晋昭公没能很好地勤于政事、治理国家，导致国家秩序混乱、礼乐不存、百姓离散、外患四伏，而昏庸的晋昭公却丝毫不得而知，国人愤怒，作诗刺之。这种说法，把诗作主旨上升到政治层面，寓意变得极深，亦有可取之处，足以警告后世的统治者。

以上两者都是针砭丑恶，而朱熹《诗集传》另辟蹊径，从《诗经》中诗作的联系入手，认为此诗为答前篇《蟋蟀》之作，“盖以答前篇之意而解其忧，盖言不可不及时为乐。然其忧愈深而意愈蹙矣。”即这是《蟋蟀》的姊妹篇，承《蟋蟀》篇的主旨内涵，更深入具体地劝谕应怎样在礼乐的规范下享受生活。这种说法，旨在规劝和引导人们怎样生活，更加符合诗作本义，但其服务的对象，却因此囿于吃喝不愁的贵族，显示了其局限之处。

◎扬之水◎

扬之水①，白石凿凿②。素衣朱襮③，从子于沃④。既见君子⑤，云何不乐⑥。

扬之水，白石皓皓⑦。素衣朱绣，从子于鹄⑧。既见君子，云何其忧。

扬之水，白石粼粼⑨。我闻有命⑩，不敢以告人。

【注释】

①扬：激扬。②凿凿：鲜明貌。③襮（bó）：绣有花纹的衣领。④子：你。沃：曲沃，地名。⑤既：已。君子：指桓叔。⑥何：什么。⑦皓皓：洁白状。⑧鹄：邑名，即曲沃。⑨粼粼：清澈貌，形容水清石净。⑩命：政令。

【赏析】

说来很巧，在《诗经·国风》中共有三首《扬之水》，它们分别在《郑风》《唐风》和《王风》中出现。这三首诗称得上同中有异，尽管在句式上三言、四言、五言不等，但每首诗的开头都是以“扬之水”起兴。

先秦时期，统治者采集诗歌的目的是为了“体察民情”，因为民歌的产生是一种民间感情的自然流露和宣泄，人们通常会把自己的心声编成歌词来吟咏，所以民歌均是对现实的反映。一些研究历史的学者甚至会把文学作品当作透露历史信息的证据。《唐风 · 扬之水》就反映了春秋早期发生在晋国的一件历史事件。

这首诗的主旨很复杂，究其背景，与政治大有关系。《毛诗序》云：“《扬之水》，刺晋昭公也。昭公分国以封沃，沃盛强，昭公微弱，国人将叛而归沃焉。”

公元前 745 年，太子伯即位为晋昭侯，封他的叔父桓叔一块曲沃的封地，桓叔乐善好施，在受封之前就深得晋国民心，晋国百姓都愿意随他去曲沃。曲沃在晋国早期曾为国都，是晋国政治、经济、文化活动的中心，十分发达。这在一定程度上对晋国国都造成威胁。一山难容二虎，为了避免这种尾大不掉的情况，一场战争正蓄势待发。昭侯先发制人发起攻击，桓叔在攻晋失败后，返回曲沃养精蓄锐以待东山再起，在桓叔、昭侯死去后，他们的儿孙相继秉承父志，继续陷入无休无止的征战当中。《扬之水》描写了这场政变阴谋发动的知情者其复杂的内心感情

“扬之水，白石凿凿。素衣朱襮，从子于沃。既见君子，云何不乐。”这是全诗开篇第一句，激扬的河流日日夜夜地流淌，冲刷着河底每一块石头，日复一日，年复一年，这些石头被冲刷得愈发干净，棱角也渐渐磨去。看到此情此景，不禁让人想起当年，跟随那个红领白衣的君子到达沃城，浩浩荡荡的一支队伍意气风发。这里所说的“君子”指的就是桓叔，现在既然已经见到了这位好善乐施的仁德君子，怎么能不打心眼里高兴呢？从这一段可以看出，桓叔的追随者以能跟随桓叔为荣，喜悦之情简直难以言表。

“扬之水，白石皓皓。素衣朱绣，从子于鹄。既见君子，云何其忧。”无论从句式还是句子上看，这一段几乎是对上一章的复沓，只在个别字上有所改动，其目的便是为了增强诗歌的语气和思想感情，造成回环往复之美。湍急的河水涓涓流淌啊，河底的石头清晰可见，在河水的冲刷之下变得更加洁白，像皓月一样皎洁，像贝壳一样光亮。看到此情此景不禁让人想起一个人，那人穿着白色带有红色绣领的外套，当初跟随你到鹄城来，至今无怨无悔，既然已经见到了你这位达官贵人，那还有什么可值得忧愁的呢？一、二两章，主人公难以抑制喜悦之情，从字里行间都可以感受到这些追随者的荣耀。

“扬之水，白石粼粼。我闻有命，不敢以告人。”激扬的流水哗哗流淌，水底的石头在河水的耐心冲刷之下，日渐晶莹剔透。当我听说军官正在密谋密令，甚至即将要进行之时，我怎么也不敢告诉别人。从这一句可以看出跟随之人内心的矛盾和复杂，他恐惧甚至是害怕。首领们似乎早就有什么密谋，对于这一切主人公早就有所耳闻，但却不敢吭声。这两句的描写细腻真实，写出了主人公有满腹的难

言之隐但却没办法吐露的无奈，形成了一种九曲回肠的曲折美。

诗人把激扬欢腾的流水，比作自己见到桓叔后的喜悦心情。全诗从前到后层层递进，吸引读者的阅读兴趣，从最开始跟随者的喜悦到后来透露出丝丝恐惧之情，让读者迫不及待想知道这个穿着“素衣朱绣”的人究竟是一个什么样的人，他们要做些什么，带着这些疑问，作者积蓄力量在最后一段一语道破，点明了政变真正的目的，给人恍然大悟之感。

《扬之水》以文学的形式记载这一段历史事件，不仅在一定程度上揭开历史的真实面目，更以文学的形式使历史脱离枯燥，变得魅力四射。

◎椒聊◎

椒聊之实①，蕃衍盈升②。彼其之子，硕大无朋③。椒聊且④，远条且⑤。

椒聊之实，蕃衍盈匊⑥。彼其之子，硕大且笃⑦。椒聊且，远条且。

【注释】

①椒：花椒。聊：草木结成的一串串果实。②蕃衍：生长众多。盈：满。升：量器名。③硕：大。朋：比。④且：语末助词。⑤条：长。⑥匊（jū）：掬，两手合捧。⑦笃：厚重，形容人体丰满高大。

【赏析】

全诗共两章，每章六句，句式整齐，对仗工整。第一章与第二章无论在内容上还是句式上都属复沓形式，循环往复，有一咏三叹之美。

“椒聊之实，蕃衍盈升。”花椒子生长在树上，一串串非常饱满，结结实实地挂满梢头。不难看出，这两句话运用了“兴”的艺术手法。作者先抒写景物之美，粗壮繁茂的花椒树上结满了饱实的花椒，一串串像火红的小灯笼挂在树梢，十分惹人喜爱。摘下来足足有一升，十分饱满。这是丰收的象征，更有人丁兴旺的意蕴。

“彼其之子，硕大无朋。”那个女子真是好福气啊，身材魁梧，体格健壮，抚育了这么多的儿女还能如此健康，跟往常一样矫健，身体素质真是非同寻常。从这一句来看，“赞美女子体格”的观点似乎没有什么不通。“椒聊且，远条且。”花椒不仅外形美观，而且香气袭人，一串串的花椒时不时散发着阵阵清香，沁人心脾。

“椒聊之实，蕃衍盈匊。”花椒长在高高的树上，一串串非常饱满，结结实实地挂满梢头。一茬又一茬新枝更换旧芽，呈现在人们眼前的总是那么鲜活的景象。

“彼其之子，硕大且笃。”那个女子真是好福气啊，身材魁梧，体格健壮，抚育了这么多的儿女还能如此健康，跟往常一样矫健，身体素质真是非同寻常，而且满脸忠厚老实的样子，给人一种安全感。“椒聊且，远条且。”花椒一串串时不时散发着阵阵清香，若是从远处走来远远就能闻到那股沁人心脾的芳香，弥漫在整个空气当中。

这首诗歌当中比喻手法运用得很有趣，信手拈来而又浑然天成，然而细细想来却十分神似。诗中将这个家族的子子孙孙都比作一串串的花椒，众所周知，花椒呈红色，一串串生在树上，犹如挨近的石榴一样。所以用如此密实繁多的花椒来形容家中的人丁兴旺再合适不过。这一比喻从侧面上也赞扬了女子良好的身体素质和男子旺盛的生命力。这样新奇而又贴切的比喻增强了文章的感染力，使文章生趣盎然。文章一开头便运用花椒与人互化，比兴合一，借对花椒的描写赞美人物的美好，使读者能够欣然接受，并且能够留下深刻隽永的印象。

中国古代社会的大家族都讲究四世同堂，儿孙众多是家大业大的根基。尽管这种思想在今天看来有点守旧和落后，但在那个年代这却是对家族、尤其是对一家之主至高无上的称颂和赞扬。《椒聊》一诗让我们看到了一个儿孙满堂的大家庭，让我们知晓了那一段以子孙众多为骄傲自豪的历史。

关于《椒聊》一诗的主旨,《毛诗序》认为这是一首讽谏诗。在春秋晋国时期晋穆侯之子曲沃桓叔，子嗣旺盛，势大力大,《毛诗序》认为这首诗便是赞美曲沃桓叔讽刺晋昭公之作。

宋代朱熹《诗序辨说》认为“此诗未见其必为沃而作也”，后人多不认同此说，还有人纠结于“彼其之子，硕大且朋（笃）”这句话，其观点也依据是否与妇人有关而展开。有的人认为这句话是赞扬妇人身材魁梧，体格健壮，有人则反驳，体格健壮的描写一看便知是称颂男子。至于诗中到底所言何物，由于材料缺失，今人亦无从所知，只剩下对那段早已泛黄的历史所展开的无尽猜测，仁者见仁，智者见智，便是对《诗经》中一些晦涩的诗歌最大的尊重。

◎绸缪◎

绸缪束薪①，三星在天②。今夕何夕，见此良人③？子兮子兮，如此良人何？

绸缪束刍④，三星在隅⑤。今夕何夕，见此邂逅⑥？子兮子兮，如此邂逅何？

绸缪束楚⑦，三星在户。今夕何夕，见此粲者⑧？子兮子兮，如此粲者何？

【注释】

①绸缪（móu）：缠绕，捆束。②三星：即参星。③良人：丈夫，指新郎。④刍（chú）：喂牲口的青草。⑤隅：指东南角。⑥邂逅（xiè hòu）：不约而来的爱悦者。⑦楚：荆条。⑧粲者：漂亮的人，此处指新娘。

【赏析】

本诗的开头是“绸缪束薪”这四个字，“绸缪”的意思就是缠绕，也可以引申为缠绵，“束薪”两字原本的意思是扎起来的柴火，因为古代的娶嫁都是燎炬为烛的，所以束薪是一种比兴手法，暗示着娶亲。事实上，《诗经》里所有关于娶妻的诗，都是使用“束薪”来暗示的。

本诗共用三节，通过戏谑的口吻，描绘出了一幅贺新婚时闹新房的场面。诗中写出了新婚之夜的三个典型场景，通过这些场景表现出了新人的甜蜜和闹洞房的人们的欣喜。“绸缪束薪，三星在天”这两句告诉了我们婚礼举行的时间。春秋时的娶亲大多在傍晚进行，那是暮色未降，三星挂在天边，在柔和的光线下，新郎新娘期待着相见的时刻。

第一节是在戏谑新娘。婚礼刚刚结束，道贺的人们刚刚离开，这时星星三三两两升上了天空，准备闹洞房的人们将新娘团团围住，他们询问新娘子“今夜是个什么夜”，他们逼着沉浸在甜蜜的幸福之中的新娘子一定要说出答案，对于新娘来说，这天夜里显然是决定她终生命运的时刻，过了今天她就是人妇了。所以面对这样的问题，新娘感到非常羞涩，但是闹洞房的人们完全不打算放过新娘，他

们继续询问着已经心跳脸红的新娘："你如何碰见这么好的新郎？"这样的话语让新娘感到更加的害羞，也许她会把自己的恋爱经历告诉这些人，然后人们会感叹道："有福气的你呀，把这个可心的新郎怎么办？"这是再让新娘子表态自己将来要怎样孝敬公婆和侍候丈夫。总之，他们一定要把新娘弄得面红耳赤才肯罢休。

第二节则是在考问新郎。"三星在隅"这一句告诉我们，现在屋子外面收拾桌椅板凳和锅碗瓢盆的那些大嫂们也已经离开了，那些星星已经升到了中天。刚刚那些闹过新娘的人们又开始戏谑新郎了。他们询问新郎："今夜是个什么夜？"对于新郎来说，今夜同样是非常重要的一天。在面对幸福的婚礼的同时，人们也在提醒新郎幸福的背后还有着责任和义务，他们询问新郎："你如何偶遇这么好的新娘？"对于这些闹洞房的人们来说，即使已经从新娘那儿知道他们恋爱的故事，但是他们还想通过新郎的角度来听听这段故事。他们想知道新郎是怎样夺得了姑娘的芳心。听完故事之后，他们同样会感叹："有福气的你呀，把这个漂亮的新娘怎么办？"这里闹洞房的人们同样是期待着新郎表态，说出自己打算怎样呵护自己的新娘，将来一定会和她比翼齐飞，白头偕老。

第三节是人们对新人的祝福。这时夜已经深了，人们大都已经休息了，甚至已经可以听见进入睡梦中的人们的鼾声了，新婚的夫妇期盼着他们的洞房花烛夜，这时，星星已经对着窗户了。人们感叹道："今夜是个什么夜？"今夜是一个幸福的夜，一对幸福的男女在月下老人的牵线之下，终于佳偶天成，人们赞叹新娘的美丽："我们何时得见这么美丽的新人？"娇羞的新娘妩媚百态，看得满脸红光的新郎都沉醉了，闹洞房的人们不忍心再耽误新人的美好时光。他们询问新人："有福气的你们呀，面对光彩美丽的对方怎么办？"其实答案大家都心照不宣，这些话语中充满着善意和祝福，本诗到这里也达到了一个高潮。

在人们闹洞房的过程中新郎的父母进来了很多次，他们通过给闹洞房的人们发放美食，来冲淡一下热烈的气氛，以此来给儿子与媳妇解围。最后闹洞房的人们带着未尽兴的遗憾，嘻嘻哈哈地，各自回家了。然而也有些不死心的人会乘机钻入衣柜里或床底下，当然也有些人会躲在窗户根下偷听着新婚夫妇的悄悄话，这些都能够成为他们日后笑谈的材料。

诗中的语言活泼风趣，有极强的生活气息。这首诗描写了一场从黄昏一直持续到半夜的婚礼，通过夸张的语气，形象地刻画了闹洞房的人的形象，让人仿佛可以看到他们笑着和同伴眨眼睛，商量要如何难为新郎和新娘的情景。本诗并没有从正面描写新人，但是却通过闹洞房的人们的提问，让人看到了羞涩和窘迫的新郎和新娘，展示了他们的甜蜜与幸福。

◎杕杜◎

有杕之杜[①]，其叶湑湑[②]。独行踽踽[③]。岂无他人，不如我同父[④]。嗟行之人，胡不比焉[⑤]？人无兄弟，胡不佽焉[⑥]？

有杕之杜，其叶菁菁[⑦]。独行睘睘[⑧]。岂无他人，不如我同姓[⑨]。嗟行之人，胡不比焉？人无兄弟，胡不佽焉？

【注释】

①有杕（dì）：即“杕杕”，孤立生长貌。杜：木名，赤棠。②湑（xǔ）：形容树叶茂盛。③踽（jǔ）：单身独行、孤独无依的样子。④同父：同祖父的族弟。⑤比：亲近。⑥佽（cì）：资助，帮助。⑦菁菁：树叶茂盛状。⑧睘（qióng）：孤独无依的样子。⑨同姓：同祖的昆弟。

【赏析】

诗作写了一个流落街头的流浪者，这位流浪者境遇窘迫，举目无亲，亦无人问津，显得凄惨无比，让人读罢倍感沉重。闻一多《风诗类钞》说：“杕杜喻女之未嫁者。《说文》：‘牡曰棠，牝曰杜。’”依《说文解字》记载，棠为雄性，杜为雌性，古代常用“杕杜”比喻未曾出嫁的女子，若以此解，这流浪者竟是一位年轻稚嫩的未婚女子，更显悲哀。

诗开篇以赤棠树起兴，对照孤单一人的流浪者，更添萧索。赤棠还有繁茂树叶，兀自葱郁，女主人公却孤苦无依、毫无慰藉，有种“人不如树”的凄凉感。年轻的女子总是心思细腻的，也最容易孤独寂寞。她流亡日久，心神俱疲，初经此地，看到这株写满伤感的孤树，不禁思及自身，驻足流连。也许是对孤树有种亲近感，她想从中找到一丝安慰；也许是压根毫无目的，不知下一步去往何处，她迟迟不肯离去，对着飘摇的树叶痴痴凝望，倍感心酸。

接下来“独行踽踽”四字独立成句，音节凝重，节奏独特，显得既厚实又余韵未歇，产生了极大的表现张力。它一并交代了事件过程、人物状态和整篇主旨，似简实丰。寥寥四字，给读者描绘出了一幅“寻寻觅觅，冷冷清清，凄凄惨惨戚戚”的画面：一位稚嫩清秀但枯瘦羸弱、尘土满身的女子，在一条坑洼曲折的乡间小道上独自踽行，单薄而沉重；道路两旁枯草遍野，偶有荒烟袅袅升腾，间或点缀着点点鸦鸣，浓重的压抑气息四处弥漫；人烟稀少，偶有一人也是匆匆擦过，不闻不问。此句未加铺叙，但以少驭多，给人以无限的想象空间。

其后，作者笔锋转移，由外到内，着力写了流浪女之思：“岂无他人，不如我同父。”路上风尘仆仆的行人，都不是自己的亲人，径直走过，对自己不闻不问，令人顿感世态炎凉。流浪女不禁想到了自己的父母兄弟，他们才是无法比拟和替代的。亲情固然可贵，无奈他们却不在身边，或者本来就没有，或者半途离逝，正因如此，才造成了女子现在的举目无亲、孤立无援。古代的未婚女子，势单力薄，所能依靠的就只有父兄和社会上的热心人，现在，二者都将其置之不理，女子的境遇真正到了山穷水尽的地步。

面对此情此景，女子终于承受不住，发出了长长的叹息和怨诉：“嗟行之人，胡不比焉？人无兄弟，胡不佽焉？”一“嗟”字，有无奈的叹息，也有质询的不甘，复唱四句，连问两声，直贯最末，显得情感悠长而激越。叹息的内容平实浅近：“行人为什么不来亲近我？我没有兄弟在旁，为什么不来帮助我？”物质帮助固然重要，但更重要的是“比”，是亲近，温暖的笑脸、真心的安慰，在此刻最能抚平少女疲惫的身心。但可想而知，女子只是在兀自痴想，最终得到的只能是绝望。有谁会来，有谁能来？一声令人心寒的长叹中蕴藏着浓重的绝望和忧伤。

这首流浪者之歌，视角独特，通过一个稚嫩少女的命运，以点盖面，真切地反映出当时的世事面貌和百姓的疾苦生活，向后世真实展示了一幅古代难民的流亡图，给人真实而强烈的震撼。

◎羔裘◎

羔裘豹祛[①]，自我人居居[②]。岂无他人，维子之故[③]。

羔裘豹褎[④]，自我人究究[⑤]。岂无他人，维子之好。

【注释】

①祛（qū）：袖子。②自我人：对我们。自，对；我人，我等人。居居：心怀恶意的样子。③维：只。子：你。故：指爱，或解释为故旧。④褎（xiù）：同“袖”。⑤究究：同“居居”。

【赏析】

《唐风·羔裘》全诗虽然只由两个章节组成，但是脉络极其清楚。每一章的前两句，诗人重点描写一个人服饰的威猛、华贵。从“羔裘豹祛”“羔裘豹褎”来看，诗人所写的这个人正是当时的一位卿大夫，因为只有卿大夫这种身份地位的人，才可以穿袖口镶着豹皮的衣服。

卿大夫在西周、春秋时期是非常重要的官职，辅助国君进行统治，并且掌管着各个郡县的军政大权。《国语·鲁语下》就有描写卿大夫的语句：“卿大夫朝考其职，昼讲其庶政，夕序其业，夜庀其家事而后即安。”一般来说，卿大夫都是良田千顷，金银无数。这首诗讽刺的就是一个志得意满、抛弃故旧的卿大夫。

本诗每章的前两句除了讲卿大夫的服饰，还描绘出了这名卿大夫对待故人恃权傲物、趾高气扬的态度。这引起了诗人的不满，特地作此诗讽刺他。诗的后两句则采用了自问自答的方式，表现诗人作为卿大夫的老朋友愤懑不平的情绪，但是诗人并没有用歇斯底里的语句发泄自己的不满，而是通过“怨而不怒”，体现了自己高尚的情操和温柔敦厚的性格，也反衬出被讽刺之人浅薄的德行。

除了这种浓浓的讽刺意味，《唐风·羔裘》中还蕴含着古人良好的环保意识。这首诗谴责那些穿着“羔裘”的人，这与我们今天谴责那些穿着动物毛皮制品的人不是不谋而合吗？其实许多古人的著作都在号召人们要尊重自然、顺天而为，比如《易·坤》卦中的“不习无不利”，以及《国语·鲁语上》所说的：“鸟兽孕，水虫成，兽虞于是乎禁罝罗，矠鱼鳖以为夏槁，助生阜也。鸟兽成，水虫孕，水虞于是禁罝罣麗，设阱鄂，以实庙庖，畜功用也。”再到老子的《道德经》，都强调人类应与自然和睦相处。

《唐风·羔裘》作为一首谴责的山歌或是讽刺的山歌，采用赋的表现手法。诗人以衣服作为载体，从羊羔皮制成的官服的装饰、质地、材料，联想到此人为官的品德、才能、人性。这种以物喻人的手法极其自然，也十分高明。因为衣服是人们生活的必需品，每个人都要穿衣服，所以以衣喻人就再自然贴切不过了。

但就《唐风·羔裘》本身而言，只是运用了反复吟咏、循环往复的手法，此外，诗中所用的设问和作答的形式也并无新意，在《诗经》中时而可见。不过这种手法用在以物喻人的讽刺诗里，增强了整首诗的讽刺意味，对以后的讽刺诗发展产生了重要影响。

◎鸨羽◎

肃肃鸨羽①，集于苞栩②。王事靡盬③，不能艺稷黍④。父母何怙⑤？悠悠苍天，曷其有所⑥？

肃肃鸨翼，集于苞棘⑦。王事靡盬，不能艺黍稷。父母何食？悠悠苍天，曷其有极⑧？

肃肃鸨行⑨，集于苞桑。王事靡盬，不能艺稻粱。父母何尝？悠悠苍天，曷其有常⑩？

【注释】

①肃肃：鸟翅扇动的响声。鸨（bǎo）：鸟名，似雁，不过比雁要大，群居水草地区，性不善栖木。②苞：草木丛生。栩（xǔ）：柞树。③靡：没有。盬（gǔ）：休止。④艺：种植。⑤怙（hù）：依靠，凭恃。⑥曷：何。所：住所。⑦棘：酸枣树。⑧极：尽头。⑨行：行列。⑩常：正常。

【赏析】

春秋时期的晋国，政治黑暗，徭役沉重，百姓终年奔波在外、辛劳服役，无法赡养父母、护佑妻子，更别提安居乐业。《鸨羽》就是在这种情形下产生的。

古今论者对其异议很少，一致赞同此诗反映了百姓痛恨徭役、渴望安居的沉重心情。在古代，繁重无休止的徭役，是悬在劳动人民头上的一把利刃，刺破无数人安居太平的美梦。自从阶级产生以后，最底层的劳动者，无不需要在统治者的强制下，从事艰苦的劳役，不能赡养父母、无法与家人团聚，服役者不堪忍受肉体与精神的双重痛苦，纷纷通过歌声向统治者发出呐喊。

要弄清楚诗歌的指向，必须首先清楚鸨鸟的特性。朱熹言："鸨，鸟名，似雁而大，无后趾。民从征役而不得养其父母，故作此诗。言鸨之性不树止，而今乃飞集于苞栩之上。如民之性本不便于劳苦，今乃久从征役，而不得耕田以供子职也。"鸨鸟属于雁类，生性只能浮水，因为爪子间有蹼，但是缺少后趾，所以无法抓握树枝，不能像其他鸟类一样在树上栖息。诗中描写鸨鸟集结在树上，这就好比农民抛弃本业，不再劳作务农一般。这是一种隐喻的手法，直接指向百姓常年从事徭役而无法过正常生活的社会现实。

"鸨羽"是一种起兴，引出下文的反常现实：农民不种地耕作，却长期在外服役，上头的差事一拨接一拨，不知何时是尽头，回家的日子自然渺不可及。主人公触景生情，想到自己的悲惨境遇，不禁放声大呼，反复控诉"王事靡盬，不能艺稷黍"，指出造成百姓无法务农的人正是人民的父母官——统治者。接着，他又反复质问："父母何怙""父母何食""父母何尝"，以及"曷其有所""曷其有极""曷其有常"，语言悲伤，感情激越。

《鸨羽》开端皆以"肃肃"领起，先声定式，奠定了全诗感伤悲凉的基调，使得诗中所写役人、主人公的感伤心绪，都如飒飒吹过的秋风和脆弱无助的黄叶，沾染上"肃肃"之感。接着，作者感情变得激越，直指王事，连用反问，给人强烈的情感冲击。陈继揆《读诗臆评》评论说："一呼父母，再呼苍天，愈质愈悲。读之令人酸痛摧肝。"分析透彻入理。

全诗勾勒出这样一幅画面：主人公在军士的鞭笞下辛劳一天，到了傍晚终于有了一刻空闲，他站在飒飒的秋风中，满脸的疲惫与沧桑，显得异常的孤独和无助。眺望天空，他发现了一幕相当怪异的情景，成群的野雁，没有自由地翱翔在空中，而是悲戚地挤在一棵树上，显得无助而又凄凉。由景及人，回想自己，不禁潸然泪下：这不是跟自己一样吗？自己也无法待在该在的地方，不能做自己想做的事情，繁重的劳役，迫使自己远离父母和故土，无法自由地享受安居乐业的幸福。想到这里，主人公心中十分酸楚。

画面的悲戚，愈显示出内涵的厚重，作者不仅描写了这种凄惨的事件和景象，也不止于抒发心中的愤懑和无奈，而是进一步展现出百姓们的美好品质，表现了统治者的无道和虚伪，直指统治阶级所推崇的治国之道——孝道和爱民。在强烈的呼号中，主人公特别提出了劳动人民尊老养老、孝顺父母，让人心生感慨，倍感动容。在"曷其有所""曷其有极""曷其有常"的质问中，深刻地揭露出统治者的言行不一：以保民的借口执政，实际上却是不顾百姓死活，如若是天灾也就罢了，而现在造成百姓流离失所的正是满口仁义的统治者自身。由此，把诗歌的内涵提升到一个新的高度。

◎无衣◎

岂曰无衣？七兮[1]。不如子之衣[2]，安且吉兮[3]。
岂曰无衣？六兮。不如子之衣，安且燠兮[4]。

【注释】

①七：虚数，表现衣服之多。②子：第二人称的尊称。③安：舒适。吉：美，善。④燠（yù）：温暖。

【赏析】

《毛诗序》："《无衣》，美晋武公也。武公始并晋国，其大夫为之请命乎天子之使，而作是诗也。"抛去时代的外衣，《诗经》呈现给读者们的往往是先民们最质朴的情感表达，而非那些政治或军事上的折射。这首《无衣》正是用一种平淡的语句，将唐地先民的伤时怀旧之感传达出来。

本篇的主旨并不是比较自己衣裳的华丽程度与他人的相差多少，而可以看作一篇览衣怀旧或伤逝之作。诗人整理衣物感怀伤时，睹物思人，想起了曾经与他相濡以沫的妻子，如今却阴阳两隔，当翻起衣物时，不禁遥想妻子在身边时的温暖。

"谁说我没有衣裳穿，七件还少吗？可是没有一件像你为我做的那样舒适好看。""谁说我没有衣裳穿，六件不够吗？可是挑来拣去，哪一件都不如你亲身为我做的那样舒服又保暖。"这字字呕血的诗句，让人仿佛看见一位手捧着衣物怀念亡妻、黯然神伤的男子和一位心灵手巧却早逝的妻子，其中的真挚感情让人读之为之动容。

诗的结构是《诗经》惯用的重章叠韵，变化之处并不多："七"易为"六"；"吉"易为"燠"，以适应押韵的需要。关于每章首句的句读，古今有不同的说法。旧说是为六字句，中间并无断开，今人徐培均却认为应标点为："岂曰无衣？七兮。"前四字自问，后二字自答，这种自问自答的写法，极为婉曲地表现了诗人内心的哀伤。这样断句，对文章主旨的理解更加清楚明了，能帮助读者体会诗的意义。

诗的两章都出现了数字："七"与"六"，关于数字的解读也颇多争执。朱熹认为这首诗是晋武公向周釐王请求封爵，所以很自然地就把"七"解释为"诸侯七命"，把"六"解释为"天子之卿六命"，而把"子"解释为"天子"。这种解读方法是从特定的文本背景出发而言的，而与本诗的主旨相去甚远了，故遇到数词时不可一概而论。

从本诗主题出发，可将"七"和"六"看作虚数，表示衣裳之多。而"子"则为第二人称的"你"，也就是为主人公缝制衣裳的妻子。

与《秦风 · 无衣》中秦国将士团结互助、顽强杀敌的精神气势相比，《唐风 · 无衣》的确少了些铮铮铁骨，但却多了更加贴近人自然本心的柔情。在先秦时期，正是有了那些战乱、疾病、贫苦，才使恶劣环境下人的感情显得尤为真诚且珍贵。一首《唐风 · 无衣》为我们显现了那个时代的男子与亡妻间惺惺相惜的真挚感情。一件衣件，一个物品往往是一段回忆的起点，《无衣》背后还有怎样的秘密，《诗经》背后又有多少世人不知晓的深埋于诗句当中的情感呢？或许，这正是《诗经》的无限魅力所在。

◎有杕之杜◎

有杕之杜[1]，生于道左[2]。彼君子兮，噬肯适我[3]？中心好之，曷饮食之[4]？

有杕之杜，生于道周[5]。彼君子兮，噬肯来游[6]？中心好之，曷饮食之？

【注释】

①杕（dì）：树木孤生之貌。②道左：道路左边，古人以东为左。③噬（shì）：何。适：到，往。④曷：同“盍”，何不。⑤周：右边。⑥游：游逛。

【赏析】

《有杕之杜》的主人公是一位年轻的女子，她长久地暗恋心中的君子，但不敢一诉衷肠，只得日日思念。她在男子可能出现的地方站立良久，只求能看心上人一眼，而这种微浅收获的代价，则是伴随了整个等待过程的纠结忧思、心如鹿撞。作者以高超的写作技艺，直录女子的所思所想，生动形象，反映出了女子纯真的心境和浓厚的爱慕之情。

诗作以生于道旁的杕杜比兴，具有浓重的意蕴。独自兀立的棠梨树，孤零零的，落寞不已，呈现出女主人公此刻最真实的心境：因为心有所属，相思情切，而变得孤独、寂寞异常；她日思夜想着能够有心上人的陪伴，白日焦躁不安，夜晚辗转难眠，心儿早已飞到了心上人身边。

另外，作者描画的这一场面，也是对女主人公翘首企盼的图景的摹写：她只身一人，在道旁伫立良久，等待着心仪男子的到来，也许是初次见面的地点即是这里，也许是曾经打听到男子不日要路经此处，她欣喜而又紧张地等待着，时间一分一秒地过去，但人并没有出现，只有那株同样伫立道旁的赤棠树，与柔弱的女子两相对照，更添伤感。

女子在等待中，不免变得烦躁和不安，开始默默地念叨着：“彼君子兮，噬肯适我。”看看四周荒凉的景象，显眼的就只有那孤零零的赤棠，她不免信心陡减：“那个人儿，他愿意到这儿来吗？这儿如此偏僻，也不是他经常到的地方，他能专程赶来的可能性不大啊！”女子的提心吊胆，是对环境的不自信。也是对自己的不自信，她在伤感外部环境时，也在盘算着自己的优点和长处，思考着自己哪一点能够吸引到心仪的男子，因而忧虑无限、患得患失，担心自己的一腔热情，无法换来回应。这种对自己魅力的怀疑，正是每一个陷入相思的人的共性。

最终，女子左思右想后，坚定了自己的信心：“他一定会来的！”这是女子对心上人的肯定，也是对自己的肯定。然后，她变得释怀很多，开始思考如何回应和招待男子。“中心好之，曷饮食之”，我心中喜欢他，这一点是确定的，但如何招待他，却颇费心思，是该彻底表现出自己的爱慕，还是该有所保留、稍稍透露一点呢？怎样才能让男子感觉好一些，让其既不感到疏远，又不会感到唐突？这些都还需要细细思考。这样，一个小女儿家的心思，就被作者寥寥数笔，形象生动地表现在字里行间。

诗作运用回环复沓的手法，两章仅易数字，就写出了女子缠绵、纠结的心境，达到了结构和情感的契合。

因为诗作浅短，描述的仅为外在环境和主人公的心理活动，因此，诗作呈现出很大的蕴藉性，有着很大的表意空间。对于其主旨，也因此仁者见仁、智者见智，历来有多种看法。一些喜欢附会政治的评论者，如《毛诗序》《诗集传》等，主张诗作不应该单纯从字面意义出发，而是有更加深刻的内涵，主旨应为“刺晋武公”或“好贤”，认为作者的写作目的是针砭统治者的昏聩腐败，或者是统治者以思妇自比，抒发强烈的求贤愿望。

这些说法，虽提高了诗的意旨，丰富了诗作的内涵，达到了寓教于诗的目的，但却显得牵强，将自然变为了晦涩，多不为今人所取。现代的评论者，大都基于诗作的内容，还原当时劳动人民的思想版图，认为此诗是迎送相思之作，如“迎宾短歌说”“思念征夫说”“情歌说”“孤独盼友说”等，显得更加自然、契合。

◎葛生◎

葛生蒙楚①，蔹蔓于野②。予美亡此③，谁与独处？
葛生蒙棘④，蔹蔓于域⑤。予美亡此，谁与独息？
角枕粲兮⑥，锦衾烂兮⑦。予美亡此，谁与独旦⑧？
夏之日，冬之夜。百岁之后，归于其居⑨。
冬之夜，夏之日。百岁之后，归于其室⑩。

【注释】

①葛：藤本植物，茎皮纤维可织葛布。蒙：缠绕。楚：灌木名，即牡荆。②蔹（liǎn）：白蔹，攀缘性多年生草本植物，根可入药。③亡此：死于此处，指死后埋在那里。④棘：酸枣。⑤域：坟地。⑥角枕：牛角做的枕头。⑦锦衾：锦缎褥。⑧独旦：独处到天亮。⑨居：坟墓。⑩室：墓冢。

【赏析】

《葛生》一诗历来被誉为悼亡诗的始祖，至于所悼之人是丈夫还是妻子已无从考证，当然这也无关紧要。整首诗从头到尾灌注了一种凄凉之感，两人分隔两地，肝肠寸断，作者到坟墓看望逝去的人，不禁勾起无限情思，顿时百感交集，倍感伤心。死者长已矣，活人空思念，作者甚至发出了“死后同穴”的悲号，读起来让人叹息。

战争总是带给人们莫大的伤害，男子壮丁在外充军，妻子在家空劳思念，更惨的是丈夫马革裹尸战死沙场，妻子独守空房甚至要追随丈夫而去。朱熹在《诗集传》中道：“妇人以其夫久从役而不归，故言葛生而蒙于楚，蔹生而蔓于野，各有所依托，而予之所美者独不在是，则谁与而独处于此乎？”朱熹这一点评很独到且一针见血，女子独自一人在家，丈夫在外久从役而不归，除了思念更有那份受不了的孤独，见到墙外的葛藤不禁触景生情。

“葛生蒙楚，蔹蔓于野。”诗从葛藤写起，开篇起兴，主人公触景生情。墙外的葛藤长得正盛，相互缠绕着一点也不放松，野外的蔹草更是肆意地长着，蔓延整个山坡。这是第一段前两句，浸透着荒凉之感。

“予美亡此，谁与独处？”我的心上人就这样走了，她的身旁有没有人陪伴着他啊？他一个人在那边会不会感到孤独啊？这几句读起来简直催人泪下，活着的人和死去的人都变成了孤苦伶仃的可怜之人，四下里举目无亲。用问句，极言主人公对逝去的人的思念和一种似自言自语的凄凉。

第二章是第一章的复沓，“葛生蒙棘，蔹蔓于域。予美亡此，谁与独息？”内容和句式都大致相同，不过这一章较上章来讲更添几分悲怆，坟墓周围长了不少酸枣树，真是大树好依傍，上面爬满了密密麻麻的葛藤，坟园附近长满了蔹草。没有人来打扫，这坟园竟变成如此光景，我的心上人你就这么撒手人寰，有没有人陪伴你？你在那是不是很孤独？

“角枕粲兮，锦衾烂兮。予美亡此，谁与独旦？”诗中第三章换了描写对象，棕色的牛角制的枕头，油光闪亮，不知道这牛角的枕头你用着习不习惯？白白的棉花软软的、柔柔的，那为你新做的棉花被子不知你盖得舒不舒服？我的心上人啊，你怎么来去如此匆匆，有人陪伴你吗？你自己一人孤不孤独啊？清代学者郝懿行首先从这两句当中破解出其诗主旨及背景。他认为，在古代“角枕”“锦衾”都是收殓死者的用具，并且指出：“《葛生》，悼亡也。”今人也多取其说。

“夏之日，冬之夜。百岁之后，归于其居。冬之夜，夏之日。百岁之后，归于其室。”这是全诗的最后两章，看起来类似互文一样的文字，实质上更是文章主旨的升华。“夏之日，冬之夜”，夏季的白日和冬夜的夜晚是一年四季中最折磨人的时刻，炎炎烈日和凛冽寒风足以让一颗孤独的心雪上加霜。自从你走后，我的每一个日子都仿佛是夏天的白日和冬季的夜晚，你不要着急，百年之后我定会与你相会，把这日日夜夜熬完就是你我团聚之时。最后一章又将这催人泪下的悲号重申了一遍。这漫长寒冷的冬季和酷日当头的夏季是我一年最无助的时刻，待我熬完这段时日，定会与你相会于穴中。

这是一首感人的悼亡诗，不仅情感真实，在描写时作者也刻意而为之。从全诗的布局来看完整且一咏三叹，“夏之日，冬之夜”和“夏之日，冬之夜”不简简单单是语序上的颠倒，更突出了主人公日复一日年复一年对逝去之人的无限怀念之情。

◎采苓◎

采苓采苓①，首阳之颠②。人之为言③，苟亦无信。舍旃舍旃④，苟亦无然。人之为言，胡得焉⑤？

采苦采苦⑥，首阳之下。人之为言，苟亦无与。舍旃舍旃，苟亦无然。人之为言，胡得焉？

采葑采葑⑦，首阳之东。人之为言，苟亦无从。舍旃舍旃，苟亦无然。人之为言，胡得焉？

【注释】

①苓：一种药草。②首阳：山名。③为（wěi）言：即“伪言”，谎话。④舍旃（zhān）：放弃它吧。⑤胡：何。⑥苦：苦菜，野生，可食用。⑦葑（fēng）：芜菁。

【赏析】

从古到今的学者、论家大都认同此诗是专门为讽刺晋献公而作。如清代方玉润认为，这首诗讽刺的是听信谗言的当权者晋献公，当时的国主晋献公，亲信佞臣，听信谗言，杀了太子申生。所以民间诗人写出这样的诗来表达心中的不满也就不足为奇了。

虽然百姓因怨而发诗，规劝世间人以诚信为本，但在当时的制度下，毕竟不敢大胆地直抒胸臆，所以同《诗经》中的多数名篇一样，该诗一上来采用“兴”的手法——先言他物以引起所咏之词。第一章的“采苓采苓，首阳之颠”，第二章的“采苦采苦，首阳之下”，第三章的“采葑采葑，首阳之东”，都是用“先言他物”的手法以引出了接下来的文字，借以表达“苟亦无信”“苟亦无与”“苟亦无从”的理念。

这里所说的“无信”，是在强调人们所说谎言内容的虚假；“无与”则强调的是蛊惑之言千万不能理睬；“无从”则是在强调谎言的教唆不可盲目信从。三个章节的寓意层层递进，从而强有力地道出了听信谎言的可悲之处。接下来，诗人又采用“舍旃舍旃”这个叠加的句子，进一步阐述了谎言的不可靠。到这里，诗人所要表达的“无信”“无与”“无从”的理念已经阐述得淋漓尽致，深入人心了。他在给人们描绘一个美好的情景，只要人人能做到“无信”“无与”“无从”，伪言之人在这个世界上必然没有了安身立足之地。所以，诗人在每一章的最后以“人之为言，胡得焉”作为结束，表明伪言者的结果只能是徒劳无功。

历史上，有多少名人志士、忠臣良将都是被奸佞小人的谗言害死的，又有多少国君是听信奸臣的伪言成为亡国之君，这样的例子不胜枚举。面对小人当道，伪言横飞，那些忠臣、正直的士大夫、文人墨客很难实现自己的政治抱负，所以满腔的愤恨只有通过诗歌来排遣，通过讽刺昏庸的当权者，厉骂那些伪言的小人，来发泄心中的不满。

抛开诗中蕴含的讽刺意味，单就诗词的语境勾勒出的情景来说，这又是一首妇人埋怨负心之人的弃妇诗。第一章以苓起兴，之后描绘了一个女子伤心欲绝的哭诉，仿佛在诉说自己被心爱之人抛弃的遭遇，告诫其他的女子不要轻易相信男人的花言巧语，把自己的一生托付给他。结尾“胡得焉”表明了女子在深深的自责，嘲笑自己被爱情模糊了双眼。后两章，诗人又分别以“苦”“葑”来反复强调女子的命运就像这两种“苦菜”一样可怜、凄苦，使整首诗的感情色彩更加的悲悯，令人同情。

当然，把《采苓》看作一首女人的哭诉诗只是一种可以尝试的解法。至于这首诗的艺术手法，并没有什么独特之处，与《关雎》《子衿》《蒹葭》这样的优秀作品比起来，还是要略逊一筹。不过，作为一首讽刺诗，考虑到当时语言词汇的匮乏，人们思想的界限，《采苓》已经很伟大了，它仿佛是一首轻柔悦耳的钢琴曲，在进入唯美的前奏后突然转入铿锵的副曲，这铿锵的副曲就是诗中不做伪言之人的告诫。

然而这个世界不都是好人，也不都是坏人，生活里总是有那么一些伪言之人堂而皇之地存在着，我们已经从几千年前的《采苓》中听到了古人的呼吁。虽然诗人描绘的理想主义愿景可能并不会实现，但是真与伪、善与恶的天平往哪一边倾斜，没有时间的界限，也并不是特定的某些人的责任，始终秉持《采苓》中诗人的愿景，伪言之人才有消亡的可能。

秦人崛起

《秦风》产生的时代，大致为春秋初（前770年）至秦康公（卒于前609年）。

秦人先祖是商朝贵族，后来因部族卷入武庚挑唆的叛乱而遭到周王室的惩罚，被迫西迁，部族因此沦为奴隶。

秦先祖：秦非子

秦先祖秦非子因养马有功被周孝王封为附庸。秦人此后世代为周王室养马并对抗西戎。

公元前821年，秦庄公击败西戎，被周宣王封为西陲大夫，赐以犬丘之地。

秦国第五任国君：秦庄公

公元前771年，周幽王被西戎所杀，秦襄公因率兵救周有功，得到周平王的赏识。公元前770年，秦襄公派兵护送周平王东迁，被封为诸侯，又被赐封岐山以西之地。自此，秦国正式成为周朝的诸侯国。

秦国被列为诸侯的第一任国君：秦襄公

秦国多位君王死于讨伐西戎，秦人与戎人常年交战造就了秦人能征善战的特质。

被《史记》认定为春秋五霸之一：秦穆公

秦穆公时，先后灭掉西方戎族所建立的12个国家，开辟国土千余里并稳定大后方，奠定了秦国作为春秋四大强国的基础。

晋文公外甥：秦康公

秦穆公之子，母夫人穆姬是晋文公重耳的姐妹。秦康公送重耳回国，送到渭阳，作诗："我送舅氏，曰到渭阳。"后人以渭阳喻甥舅关系。

秦风

◎车邻◎

有车邻邻[①]，有马白颠[②]。未见君子[③]，寺人之令[④]。

阪有漆[⑤]，隰有栗[⑥]。既见君子，并坐鼓瑟。今者不乐，逝者其耋[⑦]。

阪有桑，隰有杨。既见君子，并坐鼓簧[⑧]。今者不乐，逝者其亡。

【注释】

①邻邻：同“辚辚”，车行声。②颠：头额。③君子：对友人的尊称。④寺人：近侍，常指宦官。⑤阪：山坡。⑥隰：低湿的地方。⑦耋（dié）：八十岁，此处泛指老人。⑧簧：原指笙吹管中的簧片，此处代指笙。

【赏析】

《车邻》是《诗经·秦风》的第一个篇章，主要讲述了贵族朋友之间相聚作乐，琴瑟甚欢的场景，并从中引出了诗人感叹人生匆匆，及时行乐的理念。第一章从诗人拜会朋友的途中说起。诗人坐着华丽的马车，在路上急速奔走，车声“邻邻”。在诗人心里，这声音犹如有人在演奏美妙的音乐一般，是那么的悦耳动听。其实，这是因为诗人此刻正怀着一颗喜悦的心情前往，所以嘈杂的马车声在他听来也如同美妙的音乐。

而后他特意形容了自己的马是“有马白颠”。这不是一匹普通的马，而是毛白如雪、十分名贵的白顶马。这里诗人特别点出白马的特征，着重写出它的名贵，就是为了通过马而从侧面烘托出自己身份的尊贵。

紧接着，诗人写自己到了朋友的家，下了马车之后，“未见君子，寺人之令”。显然，朋友家是一个贵族家庭，深宅大院，在见到主人之前，必须命门口的仆人前去向主人、禀报，可见诗人朋友身份的高贵，进而也在暗示诗人自己的身份也不是普通之人。

第一章的描述，诗人是“醉翁之意不在酒”，通过对看似与自己不相关的一些事物的描述，来暗示自己的高贵身份，而二、三章，诗人则是没有遮掩地描绘自己见到朋友之后其乐融融的场景。但是这两章，诗人也并非全都是讲自己见到朋友之后是如何的兴高采烈。

“今者不乐，逝者其耋”“今者不乐，逝者其亡”，这两句是诗人在慨叹，春去秋来，花谢花开，与朋友把酒言欢的日子在渐渐变少，人生一转眼就会消失殆尽，苍老会没有预兆地爬上我的面容，等到那时，只剩下数天等死的日子了。与其那样，不如及时行乐，此刻享受欢愉，这也是诗人作此诗所要表达的人生理念。

诗中所表现出来的及时行乐思想与东汉时期《古诗十九首》中所描述的“人生非金石，岂能长寿考”“人生忽如寄，寿无金石固”“为乐当及时，何能待来兹”的观点十分相似，它们之间或许有着一脉相承的关系。虽然本诗作者所述“今者不乐，逝者其耋”“今者不乐，逝者其亡”两句有些消极的情绪，但是把它呈现在朋友间相聚作乐的场景中，作为朋友之间坦露襟怀、以诚相待的话语，不免又流露出叹息人生短促的伤感，让人产生了怜悯光阴的共鸣。

言至此，不得不说说此诗赞美之人——秦仲。秦仲是秦国初创时期的重要人物。丰坊《诗传》有云：“襄公伐戎，初命秦伯，国人荣之。赋《车邻》。”《毛诗序》也有云：“美秦仲也。秦仲始大，有车马礼乐侍御之好焉。”而在吴懋清《毛诗复古录》中更是提到了“秦穆公燕饮宾客及群臣，依西山之土音，作歌以侑之”的句子。

秦人原来生活在东夷地区，大约在3600年前西迁到西垂，也就是今天甘肃天水一带。在3000年前，聚集在以甘肃礼县为中心的秦人，依靠着高超的养马技艺和强大的作战技能，迈开了征战天下的步伐。

公元前827年，周王利用秦人抵御西北少数民族的祸患，任命非子的重孙秦仲为西垂大夫。秦仲生活在周厉王时期，当时的周厉王残暴异常，文武百官和老百姓都已经无法忍受，揭竿而起。西部少数民族也乘机作乱。周宣王即位后，任命秦仲为大夫，命他整治西部边患。因少数民族兵力强大，结果大败。周宣王命秦仲的五个儿子前去讨伐，并借给他们七千兵马，最终大获全胜。

此诗就是为了赞扬秦仲固守边陲，安定民生的壮举而作。同时又因当地遭受连年的战争，死伤无数，家破人亡，更反映出了及时行乐的重要所在，固以此诗来告诉人们要珍惜活着的每一天。

《车邻》在语境上也有很浓的地域特色，像诗中描绘的“阪有漆，隰有栗”“阪有桑，隰有杨”，漆、栗、桑、杨都是产于西北陕甘地区的植物，一眼就能辨别该诗出自《诗经·秦风》，以此也就不难猜出为何《车邻》会作为《秦风》的第一篇。

◎驷驖◎

驷驖孔阜①，六辔在手②。公之媚子③，从公于狩④。

奉时辰牡⑤，辰牡孔硕⑥。公曰左之⑦，舍拔则获⑧。

游于北园⑨，四马既闲。辅车鸾镳⑩，载猃歇骄⑪。

【注释】

①驷：四马。驖（tiě）：毛色似铁的好马。②辔：马缰。原本四匹马应有八条缰绳，但由于中间两匹马的内侧两条辔绳系在御者前面的车杠上，所以只有六辔在手。③媚子：亲信、宠爱的人。④狩：冬猎。古代帝王打猎，四季各有专称。《左传·隐公五年》：“故春蒐、夏苗、秋狝、冬狩。”⑤奉时：指为公爷赶兽。辰牡：牝鹿和牡鹿代祭祀皆用公兽。⑥硕：肥大。⑦左之：向左面射箭。⑧舍：放、发。拔：箭的尾部。⑨北园：秦君狩猎时休憩用的园子。⑩輶（yóu）：用于驱赶堵截野兽的轻便车。鸾：鸾铃。镳（biāo）：勒马用具，与衔（马嚼子）合用，衔在马口中，镳是两头露在外面的部分。⑪猃（xiǎn）：长嘴的猎狗。歇骄：短嘴的猎狗。

【赏析】

这是一首描写秦君田猎盛况的狩猎诗。

“驷驖孔阜，六辔在手。”诗人选取阵列的一角为切入点：通过对四匹健壮高大的马的描写，凸显出一种凝重之感。然后镜头转向控制缰绳的人，也就是赶车之人。这里的赶车人，只是一个宠臣，却在这阵仗中显得胸有成竹，可见其主人更不是一般角色。

“公之媚子，从公于狩”。诗人点出了主人的身份，即秦襄公，他在一大批随从的陪伴下共同出猎，阵容颇具规模，声势也十分浩大，这正是一个国家国力强盛的表现。这一章仅仅描写了队伍的一角，就显示出了队伍的纪律严明与君主的威严，反衬出了“公”是一位治国、治军有方的君主。

“奉时辰牡，辰牡孔硕”，狩猎在第二章正式开始。一声令下，狩猎官打开牢笼，将早已准备好的“猎

物”放出。所谓“猎物”是专供王家狩猎做靶子用的时令兽，而非山林中自然生长的野生猛兽。这样一场轰轰烈烈的皇家狩猎活动便开始了。读诗人会自然地在脑海中想象当时锣鼓喧天，猎物逃窜，众人追赶的壮观画面。

“公曰左之，舍拔则获。”公在众猎物中相中了靠左的一只，举起弓箭，单目瞄准，猎物不出所料地倒地，一位武艺不俗、治国有法的君主的形象似乎正慢慢清晰起来。

一反人们的期待，猎后没有丰盛的猎物，也没有推杯换盏等俗套的仪式。“游于北园，四马既闲。”人们没有忙于庆祝，而是继续去北园游玩，场景急速由狩猎场转换到了北园。地点转换的作用是突出王家苑囿之广大，国土之充实，紧张的氛围随即放松下来。

“𬨎车鸾镳，载猃歇骄。”此处又着眼于“驷驖”，心绪却不再是首章的紧张，而是轻松悠闲。此处“闲”字语意双关：马闲，人亦闲适。末句给了一个有趣的画面特写：打猎时奋勇追捕猎物的猎狗们此刻都乘在𬨎车上休息。镜头由人再次移至马的身上，可谓一处妙笔，从动物的紧张到松弛，从人的威武到闲适，画面张弛有度而不失质感。

《诗经》中写狩猎的名篇有二，即《大叔于田》与本篇，二者各有所长，前者反复铺张，翔实细致；本篇精要简约，惜墨如金。二者不能简单地分出伯仲，都具有不同的艺术魅力。

狩猎的规模在古代足可以证明一个国家的实力和一位帝王的才德，所以古代描写狩猎场面的作品不胜枚举。如司马相如《子虚赋》《上林赋》等，扬雄《长杨赋》:“今年猎长杨，……罗千乘于林莽，列万骑于山嵎。”可窥见其规模之大。而《驷驖》却不像汉赋那样细致冗繁，它以简驭繁，以少胜多，仅三章已把狩猎全过程描写完毕，而不失大气与风度。这得力于高度浓缩的取景方式，典型场景和典型人物的塑造，富于表现力的瞬间和细节的捕捉，可见作者的写作功力不一般，艺术概括能力极强。

◎小戎◎

小戎俴收[1]，五楘梁辀[2]。游环胁驱[3]，阴靷鋈续[4]。文茵畅毂[5]，驾我骐馵[6]。言念君子[7]，温其如玉[8]。在其板屋[9]，乱我心曲[10]。

四牡孔阜[11]，六辔在手[12]。骐駵是中[13]，䯄骊是骖[14]。龙盾之合[15]，鋈以觼軜[16]。言念君子，温其在邑[17]。方何为期[18]，胡然我念之[19]？

俴驷孔群[20]，厹矛鋈錞[21]。蒙伐有苑[22]，虎韔镂膺[23]。交韔二弓[24]，竹闭绲縢[25]。言念君子，载寝载兴[26]。厌厌良人[27]，秩秩德音[28]。

【注释】

①小戎：兵车。因车厢较小，故称小戎。俴（jiàn）：浅。收：轸，车后横木。②楘（mù）：用皮革分五处缠在车辕上，起加固和修饰作用。梁辀（zhōu）：弯曲的车辕如船状，即用五束皮带系在车辕上。③游环：活动的环。协驱：驾具。马的胁部加上皮扣，连在拉车的皮带上。④靷（yǐn）：引车前行的皮革。鋈（wù）续：

以白铜镀的环紧紧扣住皮带。⑤文茵：有纹饰的虎皮坐垫。畅毂（gǔ）：长毂。⑥骐：青黑色如棋盘格子纹的马。馵（zhù）：左后蹄为白色，或四蹄皆白的马。⑦君子：此处指从军的丈夫。⑧温其如玉：女子形容丈夫性情温润如玉。⑨板屋：用木板建造的房屋。⑩心曲：心灵深处。⑪牡：公马。孔：甚。阜：肥大。⑫辔：缰绳。⑬骝（liú）：赤身黑鬣的马。⑭騧（guā）：黄色、黑嘴的马。⑮龙盾：画龙的盾牌。⑯觼（jué）：有舌的环。軜（nà）：内侧二马的辔绳。⑰邑：秦国的属邑。⑱方：将。期：指归期。⑲胡然：为什么。⑳俴驷：披薄轻甲的四马。孔群：很协调。㉑厹（qiú）矛：头有三棱锋刃的长矛。錞（duì）：矛柄下端的金属套。㉒蒙：画杂乱的羽纹。伐：中型盾。苑：花纹。㉓虎韔（chàng）：虎皮弓囊。镂膺：在弓囊前刻花纹。㉔交韔二弓：两张弓，一弓向左，一弓向右，交错放在袋中。㉕闭：弓架，用以正弓。绲（gǔn）：绳。縢（téng）：缠束。㉖载寝载兴：又睡又起，起卧不宁。㉗厌厌：安静柔和的样子。㉘秩秩：聪明多智。

【赏析】

《小戎》写妇人对出征西戎的丈夫的思念与赞美。东周初年，西戎对秦国骚扰不断，于是秦襄公率兵讨伐，一举获胜，驱赶西戎数百里。这场战役的胜利，不仅化解了危机，还扩大了秦国的版图。《小戎》所写内容，与上面所说史实有关，因此也有了“美秦襄公”说。此外，还存在“赞美秦庄公说”“慰劳征戎大夫说”“伤王政衰微说”“出军乐歌说”“怀念征夫说”等，就其文本所叙来说，“怀念征夫说”是比较可信的说法。

诗有一实一虚两条线索，先从实处着笔，回忆起丈夫出征那天自己送别时所见场景：“小戎俴收，五楘梁輈。游环胁驱，阴靷鋈续”，“骐骝是中，騧骊是骖”，“交韔二弓，竹闭绲縢”，目光所及由兵车到战马再到兵器，这些正是从征将士的象征，描写武器装备的精美、阵容的强大是为了衬托主人公的勇武高贵，但主人公又并不是一介莽夫，作者描写他的性情是“如玉”。回忆完曾经送别的场景，诗的视角转回到女主人公身上：思想远方的征夫，“言念君子，温其如玉”“言念君子，温其在邑”。这样过去的回忆与现在的思念两条线索交替进行，“蒙太奇”的手法在诗人手中运用自如，可谓其妙。

这两条线索引领着全诗的走向，从宏观着眼，全诗三章，每章的前六句赞美秦师兵车阵容的强大，后四句抒发女子对征夫的思念之情。但细微之处也见功力，各章的后四句，虽然都有“言念君子”之意，但在表情达意方面仍有变化。如写女子对征夫的印象：第一章是“温其如玉”，形容其夫的性情犹如美玉一般温润；第二章是“温其在邑”，言其征夫戍守边邑，为人忠厚；第三章是“厌厌良人”，言其个性柔顺随和。写到自己的思念之情时，也略有变化：第一章是“乱我心曲”，心烦意乱；第二章是“方何为期”，盼望归期；第三章是“载寝载兴”，辗转难眠。用不同的侧面表达着同一相思之情，诗人笔调老道而不单一，可以说在艺术上颇有造诣。

除了艺术上的独特之处，《小戎》还让读者更加了解了“秦风”。在秦国，习武成风，男儿从军参战，为国效劳，成为时尚。而装备精良，阵容壮观，粮草充足都成为国力强盛、武力壮大的表现，秦地人从不掩饰对军事力量的自信，这也往往成为他们炫耀的资本，这正是“秦风”一大特点。

诗的叙述者不是身在军中的军人，而是征夫的家人，从一个旁观的角度见证了军事力量在国人心中的烙印。征夫们受到国人的称赞与礼遇，妻子也为有这样一位丈夫而感到荣耀。人们心中不曾有征戍苦难的阴影，这与《诗经》其他“风”中所描述的大为不同，同样出自《诗经》，不同国风对征戍的态度便可看出人们不同的生活境况。

◎蒹葭◎

蒹葭苍苍①，白露为霜。所谓伊人②，在水一方。溯洄从之③，道阻且长。溯游从之，宛在水中央。

蒹葭萋萋，白露未晞④。所谓伊人，在水之湄⑤。溯洄从之，道阻且跻⑥。溯游从之，宛在水中坻⑦。

蒹葭采采，白露未已。所谓伊人，在水之涘[8]。溯洄从之，道阻且右[9]。溯游从之，宛在水中沚[10]。

【注释】

①蒹葭（jiān jiā）：芦苇。苍苍：鲜明、茂盛貌。下文“萋萋”“采采”义同。②伊人：那个人，指所思慕的对象。③溯洄：逆流而上。下文“溯游”指顺流而下。④晞（xī）：干。⑤湄：水和草交接的地方。⑥跻（jī）：登。⑦坻（chí）：水中高地。⑧涘（sì）：水边。⑨右：不直，绕弯。⑩沚（zhǐ）：水中的小沙洲。

【赏析】

《蒹葭》这首诗是写一个男人痴情苦恋的心理感受。

“蒹葭苍苍，白露为霜。”河畔的芦苇青郁葱葱，深秋的白露霜凝渐浓。作者以苇草苍苍、白露成霜的清凉景象起笔。

“所谓伊人，在水一方。”那位让我日夜想念的人，就在河水对岸的那一方。主人公是一名青年男子，有位让他一直神不守舍、魂牵梦绕的姑娘，在此秋景寂寂、秋水漫漫的境地里更让他痛苦地思念着她。他仿佛在微风吹拂的秋苇中望见对岸雾气笼罩中的她，心也随之飞到她的近前，缠绕在她身上不去。

“遡洄从之，道阻且长。”我想逆流而上去追寻她，可是道路艰难阻隔又怎赶得上。表面是说青年追寻苦恋的姑娘的路上有艰难障碍追赶不上，但在青年心里，哪里真的是路难追不上，其实是她如水中仙女一样高贵难攀，但他又放不下这颗朝思暮想的心。

“遡游从之，宛在水中央。”我想顺流而下去寻找她，她宛然就站立在水中与我相望。青年男子心中设想着从水中游向她的身边，这样也许能够得到她，可他尝试过，就是游不到她的近前。其实，他此时出现了幻想、幻觉，姑娘变成一个浮动的人影，扑朔迷离亦真亦幻，仿佛立在水中央向他招手，也仿佛对他轻蔑一望随之隐去身影。因而他在水边眺望对岸和水中，神魂不安，视觉模糊，出现向她游过去的幻象。他这是爱得太深以致失魂了。青年男人迷恋某人又求之不得时常会有这种失魂落魄的感觉，《蒹葭》即把这种心理感受描写得入木三分。

下面两章较第一章只换少许字词，迭唱的效应加深了诗的意旨，翻译过来就是：

河畔的芦苇青郁葱葱，清晨的露水未干天色朦胧。那位让我日夜想念的人，我想逆流而上去追寻不停，可是路有艰难阻隔又怎赶得上而去跟从。我想顺流而下去寻找她，她宛然就站立在水中与我心意相通。

河畔的芦苇更是繁盛，清晨的露水仍在晨色弥蒙。我那苦苦思念的人，就伫立在茫茫的对岸或水中。我想逆流而上去追寻她，可是路有艰难阻隔力不从。我想顺流而下去寻找她，她宛然就站立在水中与我心相通。

全诗反复咏唱“未晞”“未已”，变换使用“湄”“跻”“涘”“坻”“右”“沚”，绘出的是一幅白露横江、雾锁清河的迷蒙图景，描写的是求情难得、如隔深水、水中望月、镜中看花的惘然况味，演现了一种痴迷的情感，使整个诗篇都涂满了迷茫而伤感的色调。

古罗马诗人桓吉尔有一句名诗：“望对岸而伸手向往。”被后人理解为追求情人而不得才隔水伸手向往，仍是求之难得。德国古民歌描写追求女子不得也多称被深水阻隔。正所谓“隔河而笑，相去三步，如阻沧海”（但丁《神曲》）。人类恋爱的情感以及求之不得的失恋感受大概是相通的，不然古欧洲与古中国为何都以隔水向往来描述苦恋苦求的感受？

这首诗用水、芦苇、霜、露等自然事物烘托出一种清凉、朦胧的意境。秋晨淡雾，烟笼寒水，露凝霜结，烟水缥缈中一位少女隐现迷离，仿佛真的存在，又仿佛只是虚影。女人柔如水，诗中的水象征了女性的柔与美，但寒水是否又象征这女性的孤高难求将主人公苦苦折磨。女子一会儿在水边，一会儿在洲上，一会儿在水中，如魅影，如游仙，飘忽不定，牵人肠肚。再配以蒹葭、白露、秋浦，越发显得难以捉摸，变得神秘、眩惑、难舍，甚至令人痴狂。

"所谓伊人，在水一方"一句诗，不但把主人公折磨欲狂，也让多情的世人展开无限联想。"在水一方"，烟水笼罩的隔岸或水中，一定是那淡雅如水的美姿娇容，令人魂牵梦绕。怪不得"所谓伊人，在水一方"的吟唱会让人进入一种幻美境界，这恐怕就是《蒹葭》为我们营造的一种女人和水组合而成的朦胧美效应。

◎终南◎

终南何有①？有条有梅②。君子至止，锦衣狐裘③。颜如渥丹④，其君也哉！

终南何有？有纪有堂⑤。君子至止，黻衣绣裳⑥。佩玉将将⑦，寿考不忘⑧。

【注释】

①终南：终南山。②条：树名，即山楸。③锦衣狐裘：当时诸侯的礼服。④丹：赤石所制的红色颜料，今名朱砂。⑤纪：通"杞"，杞树。堂：通"棠"，指赤棠树。⑥黻（fú）衣：黑色青色花纹相间的上衣。绣裳：五彩绣成的下衣。⑦将将：同"锵锵"，象声词。⑧考：高寿。

【赏析】

《终南》一诗，是君主出行终南山时，臣子对其的赞美之歌。作者以其宏阔的笔法，充沛的感情，诠释出了其对君主的倾心皈依之情。诗中，对君主的描摹刻画占据了相当的篇幅，在这些精彩的措辞中，作者对君主高尚品质的赞扬清晰可现，下臣对君主的爱戴和祝福溢于言表。并且，作者还在字里行间，生动地描绘出了一幅生机勃勃的政治局面，表达了对于国家未来的信心。

诗作开端以终南山比兴，迎头问上一句"终南何有"，显得大气十足，然后作者自问自答，行文线索从容不迫，稳重而又热烈。第二句"有条有梅"，展现出一幅生机勃勃的图画：巍峨的终南山上，草木葱郁，山楸梅树纵横交错，一派欣欣向荣的景象。

开端两句，表现出作者宏阔的笔力，有一种指点江山的气势充盈其中，好像一望无际的大好河山，在作者笔下都可信手拈来，毫不费力，作者描摹刻画，如数家珍。当然，这两句也可以看做是君主和臣子的问答，君臣同乐，出游野外，指点江山，自有一番风情。

下一句"君子至止，锦衣狐裘"，作者的描摹镜头，从阔大的江山景色，聚焦于具体的"君子"身上。气宇轩昂的帝王，身着名贵的衣服，到终南山上游赏流连，发出阵阵嘹亮的笑声。可以推想，现在并非真的仅仅君主一人，所到之处，定然随从众多，冠盖云集，一派浩大场面。由此，作者寥寥数笔，展示出的却是一种恢宏气势：无数的文臣武将，车骑坐轿，在蜿蜒的山谷中左右游走，不时锣鼓喧天、马嘶盈空，惊起一群群五颜六色的鸟儿。它们慌乱地四处躲藏，有的甚至振翅高翔，向遥远的天际飞去，在湛蓝的空中渐行渐远。

从如此的场景和气势可以看出，作者并非仅仅在描写一座山川的秀美，它是一种象征，完全可以扩展成为整座江山的代名词。由此，诗作获得了广阔的写作空间和深刻的内涵：意气风发的君王，沐浴更衣之后，在自己的江山上纵横驰骋、随意浏览，多么的畅快！

"颜如渥丹，其君也哉"，是人们对君王的赞美，表现出下臣对君主的心之所向，并由此形成了一

种和谐融洽的政治氛围。游历时久，但君主丝毫没有疲惫倦怠之态，只是脸上稍稍呈现出红色，反而显得愈加的童颜永驻，这令臣子们非常的安心。君主是一个国家的机要、命脉，其身体状况直接关联着朝廷的稳定运行和国家的兴盛气数，丝毫马虎不得。如今,众臣子看到君主有如此的体魄,暗自欣喜，对江山社稷的信心也陡然增加了几分。

“其君也哉”，是臣子发自内心的肯定：这就是我们的君主，他不仅心忧天下、爱民如子，在政治上励精图治、勤于朝政，并且还如此的气宇轩昂、身体强壮，一定能够长时期地处理国家的各种事务，不必担心体力不支、早年老暮，国家的兴旺指日可待！

第二章，作者运用回环复沓的艺术手法，反复地吐露自己对君主的赞美之辞。“终南何有？有纪有堂。”终南山上不仅仅有山楸和梅花，还有杞柳和赤棠。同样，作者要说的赞美之辞，也不仅仅只是第一章的内容，还有非常之多。君主的品德之美、人们的赞扬之辞，就像这繁茂的终南山一样，各色植物充满其中，应有尽有。

接下来的“黻衣绣裳”，和第一章一样，也是用衣着的名贵和光鲜来衬托君主相貌、气质和品德的美好。在古代，尊卑制度非常鲜明，由于阶级的不同，君主是高高在上的，下臣直接描述其长相等特征，会显得非常不敬，因而，人们往往选择衣着，通过对衣着的描写，来代替对君王的描写。并且在古代，人们的穿着打扮，要受到阶级的严格限制，衣着的类型，即为地位身份的象征。以此，这一着笔点的选择，显得非常得体、正式。

“佩玉将将，寿考不忘”一句，是全诗的诗眼，反映了作者的写作意图。“佩玉将将”，从君主的佩玉入手，描写君主如玉一样的君子风格。古代以玉比人，是一种常用的写法，玉石的品质，对应着君子的“温良恭俭让”等诸多美好品格。佩玉的当当声，传达出玉石的质地优良，进而反映了所佩戴之人的品性高洁。这种以声入手，通过两次意义的转移来表现君王品质的手法，极为巧妙。

“寿考不忘”一句，则从臣子入手，传达了臣子对君主的爱戴和衷心，对其恩情没齿不忘，语气肯定而坚决。“寿考”一词，也反映了作者对君主身体的关心，是作者对君主能够延年益寿的祝福。两句八字，字约义丰，表现力十足，展现出作者极高的艺术技巧。

◎黄鸟◎

交交黄鸟[①]，止于棘[②]。谁从穆公[③]？子车奄息[④]。维此奄息，百夫之特[⑤]。临其穴，惴惴其慄[⑥]。彼苍者天[⑦]，歼我良人[⑧]！如可赎兮，人百其身[⑨]。

交交黄鸟，止于桑[⑩]。谁从穆公？子车仲行。维此仲行，百夫之防[⑪]。临其穴，惴惴其慄。彼苍者天，歼我良人！如可赎兮，人百其身。

交交黄鸟，止于楚[⑫]。谁从穆公？子车鍼虎。维此鍼虎，百夫之御。临其穴，惴惴其慄。彼苍者天，歼我良人！如可赎兮，人百其身。

【注释】

①交交：飞来飞去。②棘：酸枣树。棘之言“急”，双关语。③从：殉葬。④子车：复姓。奄息：人名。下文“子车仲行”“子车鍼（zhēn）虎”与此同。⑤特：杰出的。⑥“临其穴”二句：郑笺：“谓秦人哀伤其死，临视其圹，皆为之悼慄。”⑦彼苍者天：悲哀至极的呼号，犹今语“老天爷”。⑧良人：好人。⑨人百其身：用一百人赎一条命。⑩桑：桑树。桑之言“丧”，双关语。⑪防：抵挡。⑫楚：荆树。楚之言“痛楚”，亦为双关。

【赏析】

殉葬这种制度在上古时期是非常常见的，它是奴隶社会的一种恶习。那时殉葬的人不单单只有奴隶，还有一些是统治者生前最亲近的人，像是本诗中所说的为秦穆公殉葬的“三良”（“子车奄息”“子车仲行”“子车鍼虎”）。他们是《黄鸟》一诗主要哀悼的对象。

秦穆公，嬴姓，名任好，是春秋时期秦国的一位国君，是春秋五霸之一。他于公元前659年即位，死于公元前621年，作为一名霸主他继位的当年就亲自带兵讨伐了茅津的戎人，由此展开了他的扩张疆土的事业。公元前647年，晋国攻打秦国，双方在韩原大战，秦军生俘晋惠公。公元前627年，“崤之战”，秦军三帅被晋俘获，“匹马只轮无返者。”公元前626年，与晋军再战，再次失败。公元前624年，秦穆公亲自率兵讨伐晋国，一雪崤战之耻。公元前623年，秦军出征西戎，“益国十二，开地千里，遂霸西戎”。公元前621年，秦穆公死。

作为一名骁勇善战的君王，他满怀着壮志未酬的遗憾，于是对军队有着深深依恋的他就决定让奄息、仲行、鍼虎这三名能够以一当百的战将和一百七十余人为他殉葬。秦穆公的这个决定，让秦国上下所有人感到十分痛心。

本诗开篇二句通过“交交黄鸟，止于棘”起兴。有学者认为，“棘”与“急”，是语音相谐的双关语，这样的写法为本诗渲染出一种紧迫、悲哀、凄苦的氛围，这就给本诗奠定了一种哀伤的基调。

“谁从穆公？子车奄息。维此奄息，百夫之特”，点明奄息为穆公殉葬的事，这里的用意是指出当权者为了自己的私欲就让一位才智超群的“百夫之特”成为牺牲品，表现了秦人的无比惋惜之情。后六句写秦人为奄息送殉时的情状。“惴惴其慄”这一句，充分地描写出了秦人目睹人被活埋的惨象时那种惊恐的情景。

人们看到这样的情景，先是惊恐，随即惋惜，最终感到愤怒，忍不住发出了呼号，他们质问着苍天为什么一定要“歼我良人”。人们甚至希望用百个人来代替奄息，来挽救他的性命，他们甘心情愿牺牲自己。秦人对奄息的悼惜之情由此可见一斑。

第二章主要是在哀悼仲行，第三章是在悼惜鍼虎，这两章也是通过重章的叠句来表现人们的悲愤，这两章的结构和第一节是相同的。

优秀的人物成了殉葬品，枉然送掉了性命，这是一件很可惜、令人痛断肝肠的事情。人们“惴惴其慄”地走近殉葬者的墓穴，内心感到非常恐惧，他们战栗着，感叹上天为什么不让好人好好活着，他们愿意以身代替那些优秀的将领。

本诗一唱三叹，在三章中换了三个名字，哀悼了子车家族的三兄弟。虽然殉葬的人并不只是三个人，但诗人正是通过展现这三个声誉和知名度很高的人的悲惨结局，来表现诗人对古代殉葬制度的血泪控诉。

◎晨风◎

鴥彼晨风①，郁彼北林②。未见君子，忧心钦钦③。如何如何，忘我实多！

山有苞栎④，隰有六驳⑤。未见君子，忧心靡乐。如何如何，忘我实多！

山有苞棣⑥，隰有树檖⑦。未见君子，忧心如醉。如何如何，忘我实多！

【注释】

①鴥（yù）：鸟疾飞的样子。晨风：鸟名，即鹯（zhān）鸟，属于鹞鹰一类的猛禽。②郁：郁郁葱葱，形容茂密。③钦钦：忧而不忘之貌。④苞：丛生的样子。栎（lì）：树名，柞树。⑤隰（xí）：低洼湿地。六驳（bó）：木名，梓榆之属。⑥棣：唐棣，也叫郁李，果实是红色的，形状如梨。⑦檖（suì）：山梨。

【赏析】

关于《晨风》的主题见仁见智，有很多种解释，不必拘泥于一说。朱熹认为这是一首含有秦俗的诗，是写妇女担心外出的丈夫已将她遗忘和抛弃。而清代方玉润认为这首诗也可当成是在说君臣之情，这要看读诗的人的心境。今人高亨在其《诗经今注》则说："这是女子被男子抛弃后所作的诗。也可能是臣见弃于君，士见弃于友，因作这首诗。"可见，这首诗存在不同的主题。

从诗的本意来看，《晨风》是一首描述妻子思念丈夫的诗。本诗为我们展现了一个痴心女子盼望在外出门久不归家的丈夫能够早日回来的心情。她朝朝暮暮地等待着自己的丈夫，但是她的丈夫已经完全将她忘记了，始终都没有回到她的身边。可以说，本诗既表现出了女子的痴情，同时也揶揄嘲弄了女子丈夫的"二三其德"。

第一章"鴥彼晨风，郁彼北林"，这两句话使用晨风鸟归林来起兴，描写小鸟飞倦还知道要飞回自己的窝里，但是人却已经忘记了自己的家，只想留在外面，不想回到自己的家。这两句话表现出了这位女子的情深意切，她焦急盼望，黯然神伤，诚心期盼丈夫回到自己的身边。

后四句"未见君子，忧心钦钦。如何如何，忘我实多"将人带入了女子的内心世界，将她的感情展现出来。天色已经到了暮色苍茫的黄昏时分，女子守望了一天，仍然没有看到她的丈夫，她心里感到非常忧伤苦涩。她对自己的丈夫用情至深，越想越怕，她猜想丈夫是不是已经将她给遗忘了。女子和自己的丈夫也许有着许许多多甜蜜的回忆，他们花前月下、山盟海誓，但是这些美好的回忆丈夫恐怕已经不记得，可见女子被丈夫负得有多深。

第二、第三章都是通过开头的复叠句"山有……隰有……"来起兴的，这是《诗经》中常出现的起兴句。第二章告诉我们，那一直盼望着丈夫回来的女子，她向四处张望，没有看到丈夫归来，却瞥见晨风鸟像箭一样掠过，然后飞入北林，然后映入她眼帘的就是山坡上茂密的栎树和洼地里树皮青白相间的梓榆。

第三章中，女子看到树换成了棠棣树和山梨树。诗人这样写的目的一方面是为了换韵脚，另一方面是为了说明天下万物都能够各得其所，但是自己却无所适从，女子的凄凉不言而喻。第二章和第三章反复地吟咏女的"忧心"，虽然这两章只有两个字不同，但是这两层的意思却是层层递进的。从对往事和现实的欢乐，到郁闷难安；最后女子变得"如醉"，也就是如醉如痴、精神恍惚，痛不欲生。最后女子几乎要精神崩溃了。

本诗的主线就是"忧心"两个字，忧心贯彻全诗的始终，主人公的心理路程，轨迹分明。本诗通过层层递进的形式表现出了女子的惆怅和凄凉，全诗各章节的感情递进轨迹非常清晰、真实可信。诗歌的语言不事雕琢，质朴平实，感情真挚。

◎无衣◎

岂曰无衣？与子同袍①。王于兴师②，修我戈矛。与子同仇③。
岂曰无衣？与子同泽④。王于兴师，修我矛戟。与子偕作⑤。
岂曰无衣？与子同裳⑥。王于兴师，修我甲兵⑦。与子偕行。

【注释】

①袍：长袍。②王：此处指周王。③同仇：共同对抗敌人。④泽：内衣。⑤偕：一起。⑥裳：下衣，此指战裙。⑦甲兵：铠甲与兵器。

【赏析】

“岂曰无衣？与子同袍。王于兴师，修我戈矛。与子同仇。”这是全诗开篇第一句，以这个问句作为开头别具一格，吸引了读者的阅读兴趣。怎么会没有衣裳？谁说我们没有衣裳？和你穿着同样的战袍，意气焕发、精神抖擞。君王要起兵打战，我们义不容辞，君王有命，我们赴汤蹈火在所不惜。修好戈和矛，检查好各种武器，我们一起上阵同仇敌忾打它个落花流水。

这种设问式的章法更加突出回答的内容，好像反问，又好像极力在证明什么，生怕打仗会遗漏了他们这群高手，秦地人民好战尚武的性格在这一章显露无遗。那种大山般深沉、大海般广阔的气势，让人读完热血沸腾。

“岂曰无衣？与子同泽。王于兴师，修我矛戟。与子偕作。”谁说我们没有衣裳，我们连汗衫都跟你们穿的一致，莫要从衣服上判别什么，我们都有一颗抗击西戎的心。君王要起兵打仗，我们义不容辞，君王有命，我们赴汤蹈火在所不惜。修好铠甲和兵器，检查好各种武器，我们和你共同做准备，共同一起上前线，同结一心、同仇敌忾打它个落花流水。

“岂曰无衣？与子同裳。王于兴师，修我甲兵。与子偕行。”谁说我们没有衣裳，我们穿着一样的战裙，莫要从衣服上判别什么，我们都是一起的，都有一颗抗击西戎的心。君王要起兵打仗，我们义不容辞，君王有命，我们赴汤蹈火在所不惜。修好铠甲和兵器，检查好各种武器，我们和你共同做准备，共同一起上前线，同结一心、同仇敌忾打它个落花流水。

《毛诗序》评此诗为：“《无衣》，刺用兵也。秦人刺其君好攻战。”读过这首诗的人都可以感觉出《毛诗序》此评显得偏颇。整首诗从头到尾都洋溢着一种高亢的激情，只有赞美，没有讽刺。《毛诗序》此评驱散了诗歌本有的艺术魅力。朱熹在《诗集传》中也说：“秦人之俗，大抵尚气概，先勇力，忘生轻死，故其见于诗如此。”在这首诗上朱熹眼光独到，一语中的，他看出了这首诗意气风发，豪情万丈，秦地人民好战尚武的精神势不可挡。

这首诗是整齐的四言句式，从第一章

中“修我戈矛。与子同仇”可以看出这是秦地人民为了作战的心理活动，他们现在挺身而出，不管环境有多艰难都视死如归、同仇敌忾。第二章就可以看出情感有所变化，“修我矛戟。与子偕作”，这一章秦兵似乎跃跃欲试，修好各种武器，全面做好迎战的准备，只等君王一声令下。到了第三章感情激烈如泉涌，“修我甲兵。与子偕行”，修好武器大家团结一心上前线，如果说第二章是待发的箭，那这一章他们便像离弦的箭一般冲向前去，所向披靡。整首诗无不渗透着那种慷慨激昂的英雄气概，大家有着一颗同仇敌忾的心，他们同穿一个战袍，同穿一件外衣，甚至是同穿一件汗衫，战士们连战衣都备不齐，但是大家团结互助，什么都不计较。就凭着这种执着劲，还有什么东西是不可摧毁？相信每一位读者都会被诗中这种斗志昂扬、众志成城的精神所感动。在那样一个年代，那样艰苦的环境下，战士拥有的就是心之所向，这股热情令人心驰神往。

◎渭阳◎

我送舅氏，曰至渭阳[①]。何以赠之？路车乘黄[②]。

我送舅氏，悠悠我思。何以赠之？琼瑰玉佩[③]。

【注释】

①曰：发语词。阳：山南水北曰阳。②路车：大车，指诸侯之车。③琼瑰：玉之类的美石。

【赏析】

亲情与送别是我国自古以来文人乐好的题材，这与我国优秀的文化传统息息相关。远在《诗经》年代，便有了这类题材。《渭阳》便是一首写甥舅送别的亲情之作，也有人将它具体到秦康公当太子时送重耳之事。

有了历史的依托，《渭阳》一诗的主旨就显而易见了：外甥为舅父送行，赠送礼物表达自己的情意。别时纵有千言万语，始终无法言尽。男儿有泪不轻弹，更何况公子重耳归国即位正是多年所望，于是临别之时赠以“路车乘黄”。这里有送舅氏平安回国之意，更深一层也表明了秦晋两国政治上的亲密关系。

但无论如何，其送别的主题都是不变的。而无论送与被送的双方是何人，其情义都是相似的。《渭阳》篇幅简短，要表达的意思却无一遗漏。诗的章法变换十分巧妙、情绪转移非常自然。形式上也可圈可点，两章结构相同，用韵有别，诗歌的整体气氛却不是一个曲度，由昂扬到郁结的情感并不生涩。此诗对后世有很深的影响。方玉润《诗经原始》说此诗“为后世送别之祖”，可见《渭阳》一诗在送别诗中的地位。这首诗无论是形式上还是内容，都给后人的写作提供了可贵的借鉴。

“我送舅氏，曰至渭阳”，从秦都雍出发的秦康公送舅氏重耳（晋文公）回国登上国君之位，来到渭水之阳，即将分别。这就使这简单的送别多了一重政治互动的意味。甥对舅的深情厚谊在这样的身份地位和场景之下，挥泪惜别显然是不合适的，千言万语都说不尽，送了一程又一程，一直就送到了渭阳，突出了差别路途之遥，情谊之深。

“何以赠之？路车乘黄”不仅仅是简单的送别礼物，更是秦晋两国政治上交好的体现。陈奂在《诗毛氏传疏》中说：“康公作诗时，穆公尚在。”这段考证说明，车马之赠是康公之意也是穆公所许，此礼物若仅仅是亲友之间的赠送未免太过了，而上升到两个国家的外交关系层面上，就显得十分合情合理了。

如果说第一章送礼物的政治意义更重一些的话，那么第二章便转为单纯的亲情。因为有母亲。才有舅父。送别舅父之际，作者很自然地想起了母亲，诗也借此由惜别之情转向念母之思。

“我送舅氏，悠悠我思”，“悠悠”道出了诗人心中绵延不断的思念。孔颖达《毛诗正义》言：“‘悠悠我思’，念母也。因送舅氏而念母，为念母而作诗。”想到了温暖的母亲，便自然地想到“琼瑰玉佩”这些纯洁温润的玉器。这不仅是赞美舅氏的道德人品，也有愿舅舅不要忘记母亲曾有的深情。

◎权舆◎

於我乎[1]？夏屋渠渠[2]。今也每食无余。於嗟乎！不承权舆[3]。

於我乎？每食四簋[4]。今也每食不饱。於嗟乎！不承权舆。

【注释】

①於：叹词。②夏屋：很大的食器。渠渠：丰盛。③承：继承。权舆：原意是草木初发，此处引申为起始、当初。④簋（guǐ）：古代以青铜或陶制作的圆形食器。

【赏析】

《权舆》是一篇反映没落贵族的生活和心态的诗篇。它以对比的手法写出了士人昔日奢华的生活与今日没落潦倒的模样，具有深刻的讽刺意义；也有学者将其解释为君主待贤士有始无终，二者的意义其实并无太差异，都是今夕生活状态的对比。不同之处在于主人公的身份到底是贤德之士还是没落无能的贵族，并无实据可证，但这并不影响对诗的解读。

诗的首章是对过去生活的回忆："於我乎？夏屋渠渠。今也每食无余。""我啊，曾经大碗饭菜，餐饭每顿都有富余。"作者的高明之处在于，写饮食的目的其实反映出了主人公身份地位已经发生了变化。如果这是一位贤才，就由此反映出贤者在国君心目中的位置。这样的感叹直击读者的内心，让人自然想到如今的情形是不是和曾经相差很大，为下章的今日之惨状埋下伏笔，使今昔的强烈对比就显得自然。接下来一句"於嗟乎！不承权舆"道出了内心的凄凉：哎，不如当初了啊。

诗的末章是写今日黯淡的生活状态。末章与首章的语言相差无几，但从"每食四簋"到"每食不饱"，其中的变化让作者接连咏叹"於嗟乎！不承权舆"，充满了失望和凄凉之感。但是读罢此诗，似乎没有让读者对诗的主人公产生什么同情之心，诗中并无此人的生平事迹与贡献，无法判断其到底是一位有才能的贤士还是没落贵族，相反，其生活态度反而让人颇为担忧。这样看来，即便是曾经的贤士，如今只会怨天尤人的行为也让人难以赞同。

《权舆》以第一人称的抒情方式，主人公的内心独白流露出抱怨、怨恨、悲观、颓废的情绪。遇到挫折，主人公既没有自我反省，也没有重新振奋精神，鼓起进取的勇气。尽管前人大都为其辩护，将责任归咎于君主对贤士的不重视，导致待遇今非昔比，甚至难以果腹。但就文本来看，诗的抒情主人公从头至尾采取的都是一种坐享其成、怨天尤人的消极态度，这样的人是否是"贤"人，是否值得君主礼遇确实是有待商榷。

陈国

《陈风》共10篇，是产生于先秦陈地（国）的民歌。

陈国为西周初最早所封之国。据《礼记·乐记》载：“武王克殷及商，未及下车，封帝舜之后于陈。”武王克商后，不等下车就封舜帝后裔妫满于陈（今河南淮阳），为三恪之一，以“追思先圣王”和“兴灭国、继绝世”，并将长女大姬许配给妫满。

周朝新立，封前代三王朝的子孙，给以王侯名号，称三恪，以示敬重。周封三朝说法有二。一说封虞、夏、商之后于陈、杞、宋；一说封黄帝、尧、舜之后于蓟、祝、陈。后世帝王亦多承三恪之制。

陈胡公妫满

优越的自然环境和地理条件，为陈国经济发展奠定了基础。加上妫满及陈国早期几位君主政治修明，在西周时期，陈国国力比较强盛。

春秋早期，陈桓公有宠于周王，郑庄公小霸中原，不敬王室，陈国参加宋、蔡、卫等国的伐郑，有一定的实力和影响。

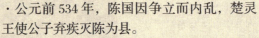

陈国第十二任君主：陈桓公

陈国末任君主：陈湣公

- 公元前534年，陈国因争立而内乱，楚灵王使公子弃疾灭陈为县。
- 公元前529年，楚平王夺得王位后，为笼络人心，再次使陈复国。
- 公元前478年，依附于吴的陈国，在楚国公孙朝率领的楚师攻伐下亡国。

武王长女大姬

陈人好巫风，人民喜好祭祀。据说，妫满之妻大姬早年无子，于是“好祭鬼神，鼓舞而祀”，后终生子，故而深信巫觋。

陈风

◎宛丘◎

子之汤兮①，宛丘之上兮②。洵有情兮③，而无望兮。
坎其击鼓④，宛丘之下。无冬无夏，值其鹭羽⑤。
坎其击缶⑥，宛丘之道。无冬无夏，值其鹭翿⑦。

【注释】

①汤：通“荡”。②宛丘：四方高、中央低的土山。③洵：确实，实在是。④坎：击鼓声。⑤值：持。⑥缶（fǒu）：瓦盆，一种打击乐器。⑦翿（dào）：一种用鸟羽毛制作的伞形舞蹈道具。

【赏析】

陈地因为生产力发展水平较高，祭祀等活动尤为盛行。巫风在陈地有着久远的历史和良好的传承。

舞蹈作为巫风最主要的表演形式，在这首《宛丘》中体现了出来。因此，对于本篇的主旨，便有了刺陈好巫风说、刺陈幽公说，等等。无论是第一种说法还是第二种说法，因是刺诗，而缺乏必要的文本支持而难以服众，因此学界有了第三种解释：情诗恋歌说。以后多数学者持此观点，认为《宛丘》一诗表达了诗人对一位巫女舞蹈家的爱慕之情。

男主人公在宛丘的游乐盛会上，爱上了一位能歌善舞的女子。两人佳期相会，在歌舞之中互相倾诉衷肠。全诗三章，着力描写女子“无冬无夏，值其鹭羽”的舞，击鼓，击缶等舞蹈动作，表现出男主人公对跳舞者的倾心。

诗中“宛丘之上”“宛丘之下”和“宛丘之道”可以看作舞者跳舞地点变化的线索。古代“宛丘”的形状像倒扣的碗底；有防洪、军事等作用，古代都城基本上都建在丘上。

在这样的地点，诗的首章以浓烈的感情拉开了幕布。作者以欣赏舞蹈者的眼光写巫女优美的舞姿，不仅让作者沉醉其中，连读者也不由自主地沉浸到舞蹈的画面中。首句一个“汤”字，引起了许多学者对其负面的解释，但单这一字并不能得出舞者放荡的结论。实际上，荡是摇摆的意思，解释为舞者热情奔放的舞姿并不生硬。随着舞姿的变化，诗人的心情却发生了微妙的变化。两个“兮”字，看似寻常，实深具叹美之意，流露出诗人对舞蹈之女喜不自禁的爱恋之情。巫女自顾欢舞，哪里能察觉到那位观赏者心中涌动的情愫，一边单恋的诗人不禁心生惆怅，发出了“洵有情兮，而无望兮”的慨叹。

诗的第二、三章用白描手法描绘的巫舞场景，虽全是描写的语言，并无抒情的语句，但可见其中情意。“坎其击鼓，宛丘之下。”在欢腾热闹的鼓声、缶声中，巫女不断地跳着舞，从城里舞到城外，从寒冬舞到炎夏；时空变化了，她的舞蹈却仍是那么热烈奔放；同时，正是因为有诗人的一双眼睛始终深情地关注着她，记录着她的每一个舞步。所以读者读此诗时，不仅对诗人所流露的痴情印象深刻，更能体会到一种真正原始的活力与自然的魅力。

“值其鹭羽”“值其鹭翿”说明诗中歌舞的女子是位领舞人；她用“鹭羽”来指挥全场，让众人的动作整齐划一。古代舞蹈与劳动关系密切，不可分割。在获得好的收成时，人们通常都会载歌载舞，用以庆贺。

陈地人民能歌善舞的特点，充分体现出他们对美好生活的向往。诗中舞蹈所表现出来的蓬勃生命力，令人心服。诗人对舞者的爱恋也自然而然，质朴清纯，《宛丘》似一口清泉为现代浮躁疲惫的心灵找到了律动的源头。

◎东门之枌◎

东门之枌①，宛丘之栩②。子仲之子③，婆娑其下④。
榖旦于差⑤，南方之原⑥。不绩其麻，市也婆娑。
榖旦于逝⑦，越以鬷迈⑧。视尔如荍⑨，贻我握椒⑩。

【注释】

①枌（fén）：木名，白榆。②栩（xǔ）：柞树。③子：女儿。④婆娑：回旋舞蹈的样子。⑤榖：好，善。旦：日。差：选择。⑥原：平地。⑦逝：过去。⑧越以：于以。鬷（zōng）：常常。迈：前往。⑨荍（qiáo）：荆葵花。⑩贻：赠送。椒：花椒。

【赏析】

《东门之枌》是一首抒情的山歌，它的内容本身就是男女间对唱的山歌。陈国在古时候盛行巫风，那里的人们大都能歌善舞，所以青年男女们在聚会的时候常常假借歌舞的名日来为自己选择情人，他们选择的方式就是通过对唱山歌来互相倾爱慕之情。这是古陈国的风俗习惯，这种风俗一直延续到了今天，现在贵州、云南、广西等地的少数民族依然保留着这样的风俗习惯。

“榖旦于差,南方之原”一句中的“榖旦”是一个很有意义的时间,正如后世所说的“良辰”。而“南方之原”,也不是一个普通的地点,是与“榖旦”相对应的“南方高平之原”,可以算是一个“吉祥之地”。

陈国的古风相对各地来说保存得比较完好。所以在“榖旦”这样一个适合祭祀狂欢的良辰吉日，人们会祭祀很多事情，像是祈祷丰收的火把节、腊日节等。不同的祭祀狂欢有着不同的主题，所以它们的内容也是各不相同的。

在上古时代因为人丁稀少，所以祭祀生殖神就成了非常重要的活动。在这个时期里，青年男女们可以没有禁忌地自由恋爱甚至是交合，这些都体现出了那个年代的人的热情和奔放。

事实上一直到现在，壮族、侗族等少数民族仍然保留着每年三月三的古俗。类似的还有布依族在同期举办的跳花会，这种活动又因为是为男女准备的交谊活动，所以又被称为“鹊桥会”。在黎族三月三则被称为谈爱日。

这首诗展现了一个陈国男女的恋爱故事，他们在聚会中相识相知，然后相互慕悦，互赠定情信物。诗中通过“不绩其麻”和“越以鬷迈”这样的描写，表现出了热恋中的男女特点，同样也将陈国的风俗风气展现在读者面前。这首诗通过男子的口吻，叙述他中意的姑娘，即子仲家的女儿。他们在陈国郊野那种着密密的白榆、柞树的一大片高平土地上幽会谈情。

他们初见之时子仲家的少女在树下翩翩跳舞，她那美丽的身姿，吸引了不少男子的目光。和着姑娘的舞姿小伙唱起了情歌，他的歌声婉转动听。男子大胆的求爱打动了少女的心，最终他从少女那里得到了一把香气扑鼻的紫花椒作为她的定情物。在这样一个美好的时间，美好的地点，一对幸福的情侣诞生了，他们幸福的爱情之花含苞待放。在男子的眼中，少女就像荆葵花一样美丽；在少女的心中，男子就是她理想的情人，他们通过一束花椒表白各自的感情。

总之，本诗在为我们展现了一段美妙的爱情故事的同时，又将当时的风俗民情展现在了我们的面前，有极强的艺术价值和历史价值。

◎衡门◎

衡门之下①，可以栖迟②。泌之洋洋③，可以乐饥④。
岂其食鱼，必河之鲂⑤？岂其取妻，必齐之姜⑥？
岂其食鱼，必河之鲤？岂其取妻，必宋之子⑦？

【注释】

①衡门：横木为门。②栖迟：栖息，安身，此处指幽会。③泌（bì）：与“密”相同，均为男女幽约之地。在山边曰密，在水边曰泌，故泌水是指一般的河流，而不是确指。④乐饥：乐而忘饥。⑤鲂：鳊鱼。⑥姜：齐国的贵族姓氏。⑦子：宋国的贵族姓氏。

【赏析】

《衡门》这首诗的主旨主要围绕着两种说法展开。宋代大学者朱熹将《衡门》看成一首安贫乐道之诗，这一说法在相当长的一段时间之内还产生着持久的效应。另外一种观点便是爱情。学者闻一多先生对这一观点“青睐”有加。

全诗共三章，每章四句，每句四言。“衡门之下，可以栖迟。泌之洋洋，可以乐饥。”带有衡门的屋子多半情况下都是比较简陋的屋子，但尽管是这样的屋子，仍然可以栖身，可以安家，和金碧辉煌的宫殿实质上都是一个功能。泌水清澈见底，光滑的河卵石清晰可见，但这无味的清水也可以充饥。它虽不如琼浆玉液甘甜美味，但却可以给沙漠里行走的人带来生命的希望，更可以让饥肠辘辘的人缓解燃眉之急。

第二章运用了反问的修辞手法，增强语气，别有一番滋味。“岂其食鱼，必河之鲂？岂其取妻，必齐之姜？”在众多美味当中，鱼可以称得上是上等佳品，肉质细腻光滑且对身体也大有好处。神州大地广袤无垠，江河湖海横亘万里，鲜肥味美的鱼更是数不胜数。都说黄河的鲂鱼天上难找，地下难寻，可是吃鱼时真就非它不可吗？难道就只有这黄河鲂鱼才称得上是人间美味吗？天下的姑娘千千万，谁说只有齐国的姜姑娘是最好的。把眼光放远一点，天涯何处无芳草，堂堂七尺男儿娶妻难道仅仅局限于着眼前的齐国姜氏吗？

从这一段来看《衡门》与《诗经》当中其他的诗歌大有不同，这首诗并没有把比兴放在诗首，而是在诗歌的第二章才开始展开。这就避免了一种枯燥之感，也减轻了读者的审美疲劳。

第三章是第二章的延续，无论从句法上还是句式上都可以很明显地看出，这是复沓的写作手法。“岂其食鱼，必河之鲤？岂其娶妻，必宋之子？”都说黄河的鲤鱼天上难找，地下难寻，可是吃鱼时真就非它不可吗？难道就只有这黄河鲤鱼才称得上是人间美味吗？天下的姑娘千千万，谁说只有宋国的子姑娘是最好的。把眼光放远一点，天涯何处无芳草，堂堂七尺男儿娶妻难道仅仅局限于这眼前的宋国子氏吗？

这首诗风格独特，一般诗歌的写作风格是先描写再抒情。《衡门》这首诗的特别之处在于，它是先发表议论，然后才开始展开描写，给人焕然一新的感觉。首先基本可以肯定的是，这是一首爱情诗。作者提到简陋的房屋和黄河的鲂鱼都是为了后文“娶妻”之言做铺垫，实际上这一前一后营造了一种对比关系，以景衬人。诗中还大量运用反问的写作手法，增强文章气势的同时还强调了作者的观点。

“岂其取妻，必齐之姜”“岂其娶妻，必宋之子”两句是全诗的主旨句。齐国姜氏和宋国子氏秀外慧中的确是誉满天下，但这并不代表这就是男子娶妻的唯一标准。天涯何处无芳草，好的人儿多得是，未必仅眼前这一两个。只要两个人心心相印，哪怕是住在简陋的房屋，都可以生活得有滋有味。所以天地万物重在一个“情”字，没有什么事情是绝对的，有情四海为家亦是暖，无情山珍海味更觉寒。

◎东门之池◎

东门之池，可以沤麻①。彼美淑姬②，可以晤歌③。

东门之池，可以沤纻④。彼美淑姬，可以晤语。

东门之池，可以沤菅⑤。彼美淑姬，可以晤言。

【注释】

①沤（òu）：长时间用水浸泡。②淑姬：善良的姑娘。③晤歌：用歌声互相唱和。④纻：纻麻。⑤菅（jiān）：菅草。多年生草本植物，可做绳索。

【赏析】

《东门之池》是一首描写男子对叔姬爱慕的诗，本诗抒发出了两人情投意合的喜悦。本诗通过浸泡麻来起兴，写明了情感发生的地点，同时也暗示出情感在交流的过程中，得到了加深。麻可泡软，也就是意味着情意的逐渐深厚。

其实将长久浸泡的麻，从水中捞出，然后洗去泡出的浆液，剥离麻皮，是一项相当艰苦的劳动。但是，就是在这样艰苦的劳动中，男子感到能和自己钟爱的姑娘在一起，又说又唱，非常幸福，他珍惜这种在艰苦劳动中的温馨相聚，所以他们的歌声中充满欢乐的气氛。

本诗的意思十分简单，一群青年男男女女，他们聚集在护城河里浸麻、洗麻和漂麻。大家在一起劳动，他们一边干，一边谈天说地，他们谈笑间高兴地唱起了歌来。这时就有勇敢的小伙子大着胆子，向着自己爱恋的姑娘，唱出了自己的心情，于是就有了这首《东门之池》。

诗中人们所做的事情是制作衣服之前必须经历的烦冗步骤。大麻、纻麻经过人们的揉搓、洗净、梳理之后，就成了耐磨的纤维，人们可以利用它们，当作原料来织成麻布，然后再用这些麻布来裁制衣服。因为洗麻非常重要，所以农村中的劳动青年每年都会到护城河去沤麻，这样年年都有男女青年相聚在那里劳动、谈笑、唱歌，于是像《东门之池》这样欢乐的歌声，也就年年都会飘扬在护城河上。

诗文中的文字非常温雅，在措辞上也十分平和，因为是在表达男子对女子的爱慕之情，所以充满了清纯和恳挚的感情，让文字也有了温度。在第一章中本诗的全部意思都已经全部展现了出来，诗的第二、三章是在运用相同或相近意义的字语进行复沓。这种复沓，就是一种反复吟唱，它表现出了中国民歌传统的语言形式。

◎东门之杨◎

东门之杨，其叶牂牂①。昏以为期②，明星煌煌③。

东门之杨，其叶肺肺④。昏以为期，明星晢晢⑤。

【注释】

①牂（zāng）牂：风吹树叶的响声。②昏：黄昏。期：约定的时间。③明星：启明星，清晨出现在东方的天空。煌煌：光亮貌。④肺（pèi）肺：同“牂牂”。⑤晢（zhé）晢：同“煌煌”。

【赏析】

关于《东门之杨》这首诗，《毛诗序》认为：“刺时也。昏姻失时，男女多违，亲迎女犹有不至者也。”联系诗文可以发现这种解释政治色彩太浓。其实这是一首关于男女约会的诗，一方早早来到约会地点等候，但是等了很久却一直不见对方的到来。诗中的“东门”指的就是约会的地点，“黄昏”则是约会的时间。

诗中描述了一名终夜等待情人的人到最后都没有见到自己情人的懊恼和哀伤。通过白杨树声和“煌煌”明星景色的渲染，烘托出了他的焦灼和惆怅。所以这是一首关于情侣之间一方爽约之后另一方的心情的小诗。

在古代“明星”指的就是“启明星”。它是在黄昏的时候隐于西天，在黎明时分灼灼升起于东方的星星。启明星的出现，说明诗中等待的那个人已经等了一夜，他心中的感情不再是黄昏约会的喜悦，而是终夜不见情人到来的焦灼和惆怅。

诗中并没有直接描写感情，这也是本诗在抒写情感上的妙处。在开笔没有任何的征兆，直至结句才暗示原来是一方失约，这样的写法，使得诗中的景物带有了伴随情感逆转而改观的不同色彩，氛围替换鲜明，出人意料，令人叹为观止。

《东门之杨》全诗 8 句、32 字，分为上下两章，短小精练而意蕴朦胧。这两章内容重章迭唱，只有有两个词发生了变换。

“东门之杨”写出了约会的地点；“其叶牂牂”这一句写出了风吹杨树叶子的响声；“其叶肺肺”则是说明了约会的季节是盛夏；两节的后两句中“昏以为期”交代了约会的时间；表现出等待的时间很长，从黄昏时分一直等到启明星亮。“明星煌煌”“明星晢晢”这两句是在说明启明星已经闪耀在等待的人的头顶了，明星煌煌的天亮时刻，等待着的人心里也变得惶惶了。

关于等待的人是男是女是很难判断的，读者只知道他在白杨树下踯躅而行。他高兴而来，却败兴而去，驻足在一排挺拔高耸的白杨附近。“牂牂”“肺肺”，叶儿繁茂、清碧满树，“牂牂”“肺肺”的树声就是等待的人心底的浅唱。

诗中描绘的景色非常美丽，那“煌煌”“晢晢”的启明星，高高地在青碧如洗的夜空中升了起来。它将这个静谧的世界变得灿烂非凡，这个天空都被这灿烂的星辰照耀了。

但是美丽的景色在诗人眼中都是没有意义的，因为他们明明约在黄昏，但是现在，斗转星移，清寂的凌晨到来了，启明星已经闪耀于东天，情人却依然不见身影。全诗语言十分含蓄，诗句中没有一句是描写不见情人的字。但是在字里行间，那份久久等待的焦灼，万分失望的懊恼，完全展现了出来，诗人的感情充满了全诗，就连那“煌煌”闪烁的“明星”，都感受到了诗人的焦灼和不安了。

◎墓门◎

墓门有棘①，斧以斯之②。夫也不良③，国人知之。知而不已，谁昔然矣④。

墓门有梅，有鸮萃止⑤。夫也不良，歌以讯之⑥。讯予不顾，颠倒思予⑦。

【注释】

①墓门：墓道的门。②斯：劈开，砍掉。③夫：这个人，指作者讽刺之人。④谁昔：往昔，从前。然：这样。⑤鸮（xiāo）：猫头鹰，古人认为是恶鸟。萃：集，栖息。⑥讯：借作“谇”，斥责，告诫。⑦颠倒：跌倒。

【赏析】

这首自产生以来就备受争议的小诗，自先秦起便流传甚广，相关的传说也是十分丰富。流传的广

泛证明它在劳动人民之中引起了共鸣，说明其内容定与人民密不可分。

诗的首章以棘起兴："墓门有棘，斧以斯之。"通往墓道的门前长起了酸枣树，用刀斧就可以铲除掉。朱熹在《诗集传》中对这两句的解释是："兴也。言墓门有棘，则斧以斯之矣，此人不良，则国人知之矣。国人知之犹不自改，则自畴昔而已然，非一日之积矣。所谓不良之人，亦不知其何所指也。"那么下面要说的定是一些无法铲除的东西，"夫也不良，国人知之"，如果国家出了一个不良之人，那么用什么方法能铲除他呢？"知而不已，谁昔然矣"，现在全国上下都知道有个只在其位不谋其职的人，而他自己却全然不知。诗句中的气愤之情直白地显露，百姓的不满对所说之人是莫大的讽刺。

诗的末章进一步地对不"良"之人进行讽刺。"墓门有梅，有鸮萃止"，是人民以自己的方式在发泄心中的怨气：你家的墓地丛生了酸枣枝，每天都有成群的猫头鹰在上面哀号。此处仍以起兴开始,有人认为"梅"古文作"槑",与棘形近,遂致误。"夫也不良,歌以讯止"：我们唱这首歌就是希望你的不良之举有所改正。语气十所恳切，看出人们曾经对其寄以很大的希望。然而事与愿违的是"讯予不顾，颠倒思予"：但我们的歌却未打动你，你耽于享乐、声色犬马不屑于听。而等你下台潦倒之际恐怕会怀念当初我们这支歌吧！语重心长，却又无可奈何的语气在本章中颇为明显。

《墓门》其艺术上的特色有许多亮点：其一，仅仅用了短小精悍的两章，就丰富地传达出指斥和告诫的意味，整齐的四字诗句十分富有韵律感；其二，两章的开头均以动植物起兴，对恶势力的痛斥毫不容情，对国家依然坏人当道的状况表现出忧虑之情。《墓门》可以说是一篇在直露的指责中不乏蕴藉意味的作品。

◎防有鹊巢◎

防有鹊巢①。邛有旨苕②。谁侜予美③？心焉忉忉④。

中唐有甓⑤，邛有旨鷊⑥。谁侜予美？心焉惕惕⑦。

【注释】

①防：水坝。一说堤岸。②邛（qióng）：山丘。苕（tiáo）：苕菜。③侜（zhōu）：谎言欺骗。④忉（dāo）忉：忧虑状。⑤唐：朝堂前和宗庙门内的大路，中唐泛指庭院中的主要道路。甓（pì）：砖。⑥鷊（yì）：绶草，一般生长在阴湿处。⑦惕惕：提心吊胆状。

【赏析】

这是一首抒发唯恐失去爱情的忧虑心情的诗歌。本诗描写了一名男子担忧自己和情人之间的关系被别人离间，而感到忧虑和恐慌的心理。朱熹说："此男女之有私，而忧或间之辞。"细细地品味诗文，就可以感受到诗中那种浓烈悒郁的心绪。

本诗的重点就是"予美"二字。"予美"的意思就是"我所爱慕的"。在《诗经》中，美通常指的是美人、丈夫或妻子，也可以是美丽、美好的意思。人们会因为钟爱，而觉得自己喜欢的人很美。一个“美”字表达出了诗人的感情。

诗人“予美”的对象，不一定是和他已经定情相恋的人，也可能是他暗暗相恋的人。综观全诗，可以知道诗中被爱的那个人并不十分清楚谁在暗中爱着自己。就在这样的时刻，第三者已经悄然而至。面对这样的情况，作者感到非常焦急，他害怕自己喜欢的人会被别人抢去。在他的心中，那个第三者和自己喜欢的人是不合适、不协调的，只有自己才和那个人是最完美的一对。

这一切都是暗暗发生的，诗人暗暗地爱着一个人，暗暗地担忧、害怕，暗暗地感叹、忧伤，所以这首诗便体现出了一种暗中的情愫，表现出主人公对爱情的真挚和执着。

全诗共两章，每章三句。第一句都是比喻，原本应建在树上的鹊巢却筑在了堤坝上，原本应生长在湿地上的苕草却生长在了山丘上。这种不协调的搭配方式是诗人用来比喻诳骗之言的。第二、三句主要写诗人的心理活动。诗人怀疑现在有人在暗中接近他的心上人，这个别有用心的人正在挑拨、破坏他们的关系。

在提出了这一连串的疑问之后，诗人说出了自己心中的郁闷。他感叹，到底是谁诳骗他的心上人，原本他的心上人只和他要好，是他的最爱。但是现在他却要面临最爱的人可能会被人抢走的危险，因为他的心上人突然对他冷淡了下来，他知道这中间一定有什么变故，这一切都让他感到万分忧伤。

这些大都是诗人自己的猜测、推想和幻觉，未必真的发生了。诗人之所以会这样觉得，可以说是他不平常的心理活动的表现，这些都表达了诗人对心上人的爱慕之情。因为他爱之愈深，也就忧之愈切。诗人所用的比喻大都是一些自然现象，但又是一些在自然界中绝对不会发生的事情。因为喜鹊不可能把窝搭到河堤上；苕不可能长到高高的山坡上；砖不可能用来铺路；绶草也不可能生长在山坡上。这些违反常识的事物经诗人的组合之后，表明了一种不协调的感觉，同时也是在告诉世人，它们都是不会长久的。诗人虽然内心担忧，但是他在担忧的同时也相信真正的爱情是坚贞不移的，谁也不能横刀夺爱。

《防有鹊巢》一诗是通过将一些不协调的事物放在一起，来引起对危机的恐惧，以此表现诗的主旨。但是关于这个主旨，历代的诠释都是不尽相同的，由此也就引申出很多不同的观点。主要观点有两种，一种认为这首诗表现臣子担忧君主相信谗言，另一种则认为这是一首“男女之有私而忧或间（离间）之词”（朱熹《诗集传》），从诗文来看，这种说法比较贴合诗歌的情绪。

◎月出◎

月出皎兮①，佼人僚兮②。舒窈纠兮③，劳心悄兮④！

月出皓兮⑤，佼人懰兮⑥。舒忧受兮，劳心慅兮⑦！

月出照兮⑧，佼人燎兮⑨。舒夭绍兮，劳心惨兮⑩！

【注释】

①皎：月光洁白明亮。②佼：同“姣”，美好。僚：娇美。③舒：舒徐，舒缓，指从容娴雅。窈纠：与第二、三章的“忧受”“夭绍”，皆形容女子行走时体态的曲线美。④劳心：忧心。悄：忧愁状。⑤皓：洁白明亮状。⑥懰：娇美。⑦慅（sāo）：心神不宁。⑧照：明亮貌。⑨燎：明。⑩惨：当为“懆（cǎo）”，焦躁貌。

【赏析】

月下的迷离，相思的惆怅，这一无数次出现在中国古典诗词中的意象，追根溯源，便是这一首《月出》。一位优雅而多情的诗人，心有所属，时刻不能忘怀，因而夜不能寐。他为排遣相思，披衣下床，步入小院中央，盘桓徘徊良久。月光如洗，澄澈无瑕，叫人心归纯净。朦胧间，月光照耀下，如琼如玉的远处，居然出现了那位女子的身影，体态匀称，身姿绰约，飘飘欲仙，不似凡俗。作者举步靠近，心想一靠芳泽，但幻影如雾，渐渐消散。作者方知自己思念之切，几近成痴，于是，便作了这首经典的《月出》。

自古以来，月光就是美好的象征，人们用它来代表美好的人物、事物、时刻、场景、愿望等，甚至为其编造出美好的神话故事，其皎洁、清明、澄澈，让无数的人心生向往。诗作的题目，交代了诗人活动的背景和时间，月光如水的夜晚，本身就有很大的魅力和诱惑力，容易使人生发出许多美好的联想。“月出”一词，突出了其“出”这一时刻，将这种美好，从无到有，全面而细致地展示给读者，不仅增添了其动感，还有一种神秘感和朦胧感潜藏其中，宛如幽幽现出真容的月儿，就是那位狡黠多情的美人。

诗作以对月色的描摹开端，“月出皎兮”“月出皓兮”“月出照兮”，反复的回环中，营造出一幅愈来愈明亮的画面。“皎”，突出月光的明净无瑕；“皓”，突出月光的明亮广阔；“照”则是重点凸显其光线充足，普照大地，把世间的一切都浸润在那一片柔美里。这一步一步的递进，展现出时间的逐渐流逝，月亮从刚升起时的白净柔弱，最终演变为当空普照，可以看出，作者的相思和幻想并非一小会，而是持续了整整一个晚上。这也反映了作者的相思程度，随着月光越来越亮，变得愈来愈深。

以月光作为背景，更加衬托出女子倩影的秀美。接下来，作者开始描绘那位意中女子，她的面容、身姿、体态，在月光下慢慢展现，构织出一幅别样的美景：月光朦胧下，一个线条优美的女子在缓缓起步，几分神秘，几分忧愁，月白和白衣共舞，清辉和素颜映衬，让人无限动容。这一如工笔画般的景象，渗透出无限的画意，与清雅而浓郁的诗情，水乳交融，共同达到写景抒情的极致境地。

中国传统的审美标准，自有其独特性和鲜明性。对于年轻的女子，外形上，以细长柔弱为最佳，无数描摹刻画美女的诗句，都能反映出这一标准的深入人心，如“窈窕淑女，君子好逑”等。而气质上，则以闲缓贤淑为最佳，“淑女”务必要动作轻缓，举止静穆，安静持理，这样才最惹人爱惜。诗作中的女子，无疑达到了这一标准。作者在每章的开端描摹完撩人的月色之后，第二句直接写伊人的外部形态，“僚”“懰”“燎”，极尽反映出其美丽的容貌，婀娜的体态；第三句写伊人苗条的身段，娴雅的举止，“窈纠”“忧受”“夭绍”，三组联绵词，显现出其身材苗条、秀美，行步时摇曳生姿，从容不迫，雍容大方。这种舒缓安静的气质美，比外表更富有魅力。

最后一句的“劳心悄兮”“劳心慅兮”“劳心惨兮”，则是作者将笔触转向自身，因爱慕伊人，作者变得心神不安、焦虑愁苦、烦闷异常。诗人对女子可能是一见钟情，也可能是相知已久，但因为某些外在阻力，或单单是因为自卑，迟迟不敢对其表白心中所想，因而生发出无限的忧愁。诗人此时此刻的心情，正如《关雎》里所写的“求之不得，寤寐思服。悠哉悠哉，辗转反侧”一样。

他可能会进一步想象：她会不会真的在月下独自徘徊，与我望着同样的星光点点，感受着同样的夜风拂面？在她的脑海中盘旋的会是什么，有没有我的一寸空间？这纷乱如麻的心绪，体现出诗人爱得深沉。另外，诗人愈赞美其美好，就愈是阻碍了自己表白的可能，女子愈姣美，自己愈觉得难以攀比，这种由对照下产生的自卑，形成了严重的可望不可即的距离感，因而令他更加忧愁，也让人觉得其情感真挚，合乎逻辑和自然。

诗作各句以“兮”收尾，声调平和舒缓，一唱三叹，余韵无穷。月色的“皎”“皓”“照”，容貌的“僚”“懰”“燎”，体态的“窈纠”“忧受”“夭绍”，心情的“悄”“慅”“惨”，在古音中都属于相通的宵部和幽部，全诗一韵到底，和谐至极，再加上“窈纠”“忧受”“夭绍”都为叠韵词，更显舒缓缠绵。

受《月出》影响，后世出现了很多“望月”主题的诗。如张若虚的《春江花月夜》、杜甫的《闺中望月》等，皆是此类的佳作。

清代张潮说：“楼上看山，城头看雪，灯前看花，舟中看霞，月下看美人，另是一番情景。”又说：“山之光，水之声，月之色，花之香，文人之韵致，美人之姿态，皆无可名状，无可执着，真足以摄召魂梦、颠倒情思！”“月下美人”这一意象，在中国古典审美中，逐渐成为经典，而《月出》一诗，可谓这一经典的鼻祖，它使得《诗经》中的月亮，从一开始就染上了相思的色彩。

◎株林◎

胡为乎株林①？从夏南②？匪适株林？从夏南！

驾我乘马③，说于株野④。乘我乘驹⑤，朝食于株⑥。

【注释】

①胡为：为什么。株：陈国邑名。林：郊野。②从：跟，此处意思是找人。夏南：即夏姬之子夏徵舒。③乘马：四匹马。古以一车四马为一乘。④说：通“税”，此处指停车解马。株野：株邑之郊野。⑤驹：马高五尺以上、六尺以下称“驹”，大夫所乘；马高六尺以上称“马”，诸侯国君所乘。⑥朝食：吃早饭。

【赏析】

据《左传·宣公九年》记载，陈灵公荒淫无道，他经常和大臣孔宁、仪行父一起与夏姬在朝廷里做苟且之事，这些丑闻天下人无不知晓。夏姬是当时国中的绝色美女，她有一个儿子叫夏徵舒，就是诗中提到的“夏南”。夏徵舒看到自己的母亲与君臣之间的苟且之事非常气愤，最让他忍受不了的是陈灵公经常拿夏徵舒作为戏谑的对象。有时，陈灵公会问仪行父夏徵舒长得像谁，仪行父带着淫笑说夏徵舒长得像陈灵公，陈灵公又反说长得像仪行父。这种戏谑让夏徵舒既羞愧又气愤，于是有一天，夏徵舒潜伏在了皇宫的马厩中，趁着陈灵公不备，一箭将他射死，从而引起了一场臭名昭著的内乱，夏徵舒最终也在这场内乱中搭上了性命。

《株林》一诗是《诗经》中难得的一首幽默讽刺诗，它对陈灵公一伙人与夏姬所行的淫乱之事的揭露，用了讽刺幽默的独特方式，给人们留下了深刻的印象。《毛诗序》在评论这首诗时也略带讽刺地说：“《株林》，刺灵公也。淫乎夏姬，驱驰而往，朝夕不休息焉。”可见，陈灵公做人做到这个地步，实在是悲哀至极！

统治者的生活对于一般百姓来说是神秘、封闭的，但是，如果某个国君的荒淫行为成为街头巷尾议论、讽刺的话题，那么就可以想象这个国君已经昏庸淫乱到了何种地步。《株林》一诗中所描述的陈灵公就是这样一个昏庸无用的国君。

诗人在第一章以百姓的口吻来议论陈灵公的淫乱行为。当大家看到陈灵公大张旗鼓地驾着马车前去找夏姬幽会时，有的百姓就问：“咱们的国君为何这么着急忙慌的，这是去哪里呀？”有人回答：“去株林邑啊！”有的人则反驳说：“咱的国君不是去株林邑，是去看望夏徵舒（实际上是去看夏姬）！”

其实百姓们都知道陈灵公是去株林邑，但是诗人偏偏要否定这个事实，用这种欲擒故纵的方式渲染出对陈灵公赶赴寻淫乱丑态的讽刺。陈灵公去哪里并不重要，重要的是他是去找夏姬寻欢作乐。那么，为何诗人又不直接说出陈灵公是去找夏姬，而是说去看望夏徵舒呢？

原来诗人在这里又用了一个故弄玄虚的小伎俩，对于这种龌龊之事，诗人不愿意直接提及，而是用一个与夏姬最为亲近的夏徵舒，将人们的思维引领到所要讽刺的事上。这也反映出诗人对陈灵公的所作所为的不屑，这种狡黠的文笔比那种直接表达自己观点的文字更能烘托出全诗的讽刺意味。

“驾我乘马，说于株野。”第二章中诗人把自己当成了陈灵公，一路上通过炫耀所乘的宝马，来抒发出自己已经抑制不住的喜悦之情。等到陈灵公到了株林邑，便不用再假借去探望夏徵舒的借口，也不用顾及周遭百姓的议论，因为他马上就要见到朝思暮想的夏姬了。于是陈灵公兴高采烈、眉飞色舞地大声说道：“说于株野。”

接下来，诗人摇身一变，又以孔宁、仪行父的口吻说出：“乘我乘驹，朝食于株。”这两个大臣对此时陈灵公的心情一定是深有体会，他们适时宜地奉承陈灵公赶快“朝食于株”，“朝食”的意思是吃早饭，古人常以比喻男女情欲之事。诗人此处提到“朝食于株”，这一句与前面“说于株野”相对应，并且一语双关，反映出陈灵公一伙人欲盖弥彰的丑事。更为巧妙的是，诗人在第二章一直用的是“参与者”的口吻，从这个角度讲，仿佛陈灵公一伙人自己在讽刺自己，再加上百姓的议论与君臣的洋洋自得形成鲜明的对比，一下子使全诗达到了绝佳的讽刺效果。

◎泽陂◎

彼泽之陂①，有蒲与荷②。有美一人，伤如之何③？寤寐无为，涕泗滂沱④。

彼泽之陂，有蒲与蕑⑤。有美一人，硕大且卷⑥。寤寐无为，中心悁悁⑦。

彼泽之陂，有蒲菡萏⑧。有美一人，硕大且俨。寤寐无为，辗转伏枕。

【注释】

①陂（bēi）：堤岸。②蒲：香蒲，一种生在河滩上的植物。③伤：因思念而忧伤。④涕泗：眼泪和鼻涕。⑤蕑（jiān）：兰草。⑥卷（quàn）：通“鬈”，头发卷，形容鬓发很美。⑦悁悁：忧伤愁闷的样子。⑧菡萏（hàn dàn）：荷花。

【赏析】

春秋战国时代，女性在生活、思想的各个方面，都还有着同男子相差无几的权利和自由。厚重而无情的礼教，当时还没有成为社会的主流，人们处事言行，都还能够依循自己心中最本真的想法，而很少顾及太多的社会压力和约束。

当时，男女之间的相恋和欢会，都是非常自然的，特别在民间，男女相恋发而为歌，唱将出来，也都是极为普通的，并不像后世所说的违反伦理纲常。《泽陂》一诗所具有的独特气质，直至今日依然显得率直坦诚、大胆火热。《泽陂》是一首写女子相思之情的诗歌，场景是在水草依依、风荷高举的池塘边，对象是一位高大壮硕又英俊的男子，而女子的爱之切、情之深，则是“涕泗滂沱”“辗转伏枕”。

诗作每章意思基本相同，采用回环复沓的艺术手法，将情感酝酿得浓烈而悠长。作者以所见的池塘起兴，寥寥数语，就将读者带进了一个青葱水嫩、如诗如画的艺术幻境：池塘边众草丛生、百卉争艳，高树与低蔓携手，葱绿与粉嫩辉映，蓬蓬勃勃、盈盈满满，生气蒸腾；池水轻漾，波光潋滟，明净如玉，游鱼青蛙一览无余，清风吹过，波面缓缓荡开，犹如初受碰触的心境。此种场景，很能够撩动相思之心。女子身处其中，不自觉地受到感染，产生出爱恋的悸动，又想到了自己心仪的那位男子：他的强健高大、俊美优雅，像清风拂过水面一样，早已撩拨得那片心湖不再平静。

四下再无旁人，女子任随思绪飞舞，再也难以抑制心中的思念，开始默默地低声自语：“有美一人，伤如之何？”那位健美的男青年，你知不知道对我造成了多大的伤害？女子因相思而神情恍惚，也许已经成疾已久，经常会陷入对两人相会的幻觉当中，好像那位男子就在自己的身边相伴，于是开口埋怨。这种倾诉，更加传神地显现出女子的情深意切。接下来，作者又将笔锋转向现实，着力描写了女子平时的惨状："寤寐无为，涕泗滂沱。”女子陷入相思之后，无时无刻不在心烦意乱、情迷神伤，晚上因思念而彻夜难眠，白天又因伤感而几经泪下，变得憔悴不堪。

第二章，主人公仅易数字，依然矢志不渝地吟唱着自己的相思和爱慕。在这一章中，女子对心仪的男子热切地赞美："有美一人，硕大且卷。”那个健美的男儿，既身材高大，又容貌英俊。这是一种赞扬的口吻，女主人公的爱慕和自豪溢于笔端。想到男子的美好后，她丝毫不在意男子对她造成的伤害，也丝毫不顾及男子心中会不会有她，而是不顾一切地付出自己的痴心。章末的“中心悁悁”一句，体现出女子依然因相思郁郁不乐，但却不再像首章那样“涕泗滂沱”。然而，其原因不是自己得到满足和慰藉，而仅仅是因为想到了男子的美好，这种对心上人只要想想就能开心满怀的女子，显得单纯善良。

两章的歌唱仍不足以排遣心中的爱恋，女子在第三章中，又从不同角度赞美了男子的优秀，表现了自己的相思。“硕大且俨”，是从性格上对男子进行的描写，端庄谨严，是一个人有涵养的外在表现，也是最让人放心的品质之一，说明这位男子积极向上，丝毫不虚度光阴。他一定是在忙于事务，没有机会儿女情长。女子明白这些，因此才深深地把思念埋在心底，尽力忍受着相思之苦，不去打扰、影响男子的生活。“辗转伏枕”，是对女子相思之状的极尽描摹，夜晚翻来覆去、想睡又睡不着、睡不着又命令自己睡的形态，最能表现思念心上人时的煎熬。

桧国

《桧风》共4篇，产生于先秦桧国的诗。桧，又作会、郐等，故桧国也称郐国。郐国大约在夏代立国，周初接受重新分封。故都在今河南的密县与新郑之间，其统治区大致包括今密县、新郑、荥阳的一些地方。

《桧风》产生的时代

- 一说在桧灭之前，即春秋初以前。
- 一说在桧灭之后，即桧诗是郑诗。

二说都系猜测，待考

郑氏三公

郑桓公、郑武公、郑庄公是郑国开国后的三代君王，分别被郑氏后裔称为太始祖、二世祖、三世祖，被尊郑氏三公。

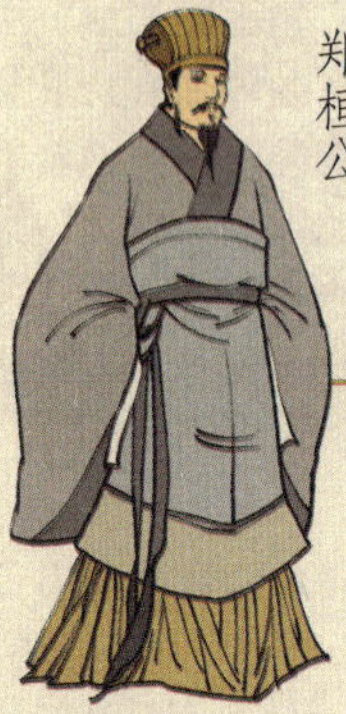

郑桓公

公元前806年，周宣王姬静异母弟姬友受封郑地，建立郑国，伯爵，故称郑伯友。公元前774年，郑伯友担任周王室司徒。公元前773年，郑伯友见王室多有变故，祸患将至，迁徙其国民到东虢国和郐国之间。公元前771年，犬戎攻陷镐京，郑伯友与周幽王一同遇害，谥号桓，故称郑桓公。

郑武公

郑桓公死后，郑国人拥立其子掘突继位，是为郑武公。郑武公元年（公元前770年），护送周平王东迁洛邑，是为东周之始。周平王因郑武公护送东迁有功，任命他继承其父郑桓公的职务，担任周王室的卿士。等到把王室的事情安顿好，郑武公便把郐国灭了。

郑庄公

公元前744年，郑武公病逝，其子寤生继承君位，是为郑庄公。郑庄公先扫除了共叔段之乱以巩固政权，之后与齐、鲁结盟假命伐宋；后在繻葛之战中击败周、虢、卫、蔡、陈联军。公元前719年又击败宋、陈、蔡、卫、鲁等国联军，使得郑国空前强盛，被称为“春秋小霸”。

桧风

◎羔裘◎

羔裘逍遥①，狐裘以朝②。岂不尔思？劳心忉忉③。
羔裘翱翔，狐裘在堂。岂不尔思？我心忧伤。
羔裘如膏④，日出有曜⑤。岂不尔思？中心是悼。

【注释】

①逍遥：悠闲地走来走去。②朝：朝堂。③忉忉：忧愁状。④膏：油脂。⑤曜（yào）：闪闪发光。

【赏析】

《诗经·桧风·羔裘》被大多数人认为是一首讽喻之作是有根据的。一般来说，《诗经》中与君主相关的题材大多有这样几种方向：对君主贤能的赞美、对国家强大昌盛的歌颂以及对无贤之君的讽喻，等等。根据诗意推测，此诗应是桧国大臣因国君治国不力被迫离去后所作。忠诚的臣子与不务国事的君主也成为一种比衬，从这个方面来讲讽刺的态度也显得意味深长。

诗的首章直叙主题，没有用起兴手法。“羔裘逍遥，狐裘以朝”一句不是对国君服饰单纯的描绘或赞美，而是流露出作为臣子的担心与忧思。大国之君身处盛世，尚须仪礼视朝、谨慎地以国事为务，何况当时桧国“国小而迫”，已经被周边的强国所觊觎，国家已经到了生死存亡的紧要关头，这种处境之下的国君却有心情锦衣玉食，有良知的臣子怎能不心焦如焚？

“岂不尔思？劳心忉忉”，这是身处末世的臣子内心深处深深的痛楚，不能对君主言说，于是化为诗篇以哀悼即将逝去的家国。第二章在回环往复中语气更深重，痛心之感也愈发深切。重复的作用是反复强调主旨，让感情更加强烈。读者就是从这样层层深入的语气中，感受到诗作者对国之将亡的痛心，和对只知游玩宴乐、追求享乐的昏君的怨愤。诗的末章则用特写镜头，放大羔裘在日光照耀下的情景，使读者的视觉感更加开阔。

一般来说，当人们第一眼看到柔润而有光泽的羔裘时，第一直觉是赞叹它的雍容、华美、富贵，但在诗中，这种华丽给人的感觉不是美好而是一种负担，是另一种形式的“过目不忘”。难以忘记的不是华美服饰给人带来的美感，而是在这服饰背后对国君昏聩、国家危在旦夕的忧虑之情。

“岂不尔思？中心是悼”这一句，让上面的羔裘顿时黯然失色，读到这时，难免会联想作者看到这样的情境时会有什么样的选择，这就回到了开篇时对主旨探讨的问题：这样的君是奉还是弃？诗人心中也纠结万分，于是便自然有“劳心忉忉”“我心忧伤”“中心是悼”的情感流露。

在这样急切且繁复的情感流露中，读者才真切地感受出诗作者的深切思虑。诗人的选材角度独特，笔下的国君并没有什么“大恶”，只是通过小小的华丽服饰入手，这便是“见微知著”的手法的运用。从小处出发，从细节出发，一件小小的衣服竟然有大文章，国家不保之时君主尚思服饰，反衬出了不务国事的君主的大问题来。这位忧国忧民的大夫，从这些所谓“小事”看出大问题，国君又不听谏言，只能作诗讽刺，以明心迹，这是本诗的特色之一。

同时，这也证明作者“劳心忉忉”“我心忧伤”“中心是悼”并非是杞人忧天，三组伤感的情绪渐渐递进，心情愈加沉重，其中的忧国之情也愈加强烈。“岂不尔思”一句于三章中反复咏之，对国君的忧怨也暗含中间，从而获得强烈的感染力，取得了很好的艺术效果，这也是本诗的重要特点。

◎素冠◎

庶见素冠兮①，棘人栾栾兮②，劳心慱慱兮③。
庶见素衣兮，我心伤悲兮，聊与子同归兮。
庶见素韠兮④，我心蕴结兮⑤，聊与子如一兮。

【注释】

①庶：幸。②棘人：急于哀戚的人。栾（luán）栾：瘠瘦的样子。③慱慱（tuán）：忧苦不安。④韠（bì）：即蔽膝，古代官服装饰，革制，缝在腹下膝上。⑤蕴结：郁结。

【赏析】

对于《素冠》一诗所要表达的内容，历来是众说纷纭。有人说这是一首悼念亡者的丧葬诗，有人说这是一首对遵守传统礼乐之人的赞扬诗，也有人说这是诗人去监狱探视友人的探监诗。

之所以会出现这么多争议，主要还是因为不同的人对诗中“素衣素冠”和“棘人”理解的不同。把这首诗看做悼亡诗的人认为“素衣素冠”是家中有人过世时穿的丧服，“棘人”就是为先辈守孝服丧之人；把这首诗看作探监诗的人，则认为“素衣素冠”就是平时穿的普通衣服，“棘人”看成关押在监狱的有罪之人。真可谓“仁者见仁，智者见智”。

但是，古时候一些释评《诗经》的著作大都认为这是一首赞美孝子的诗。像《毛诗序》、朱熹所著的《诗经传》中都认为“素衣素冠”为凶服、孝服，强调的是晚周时期，人们已经开始不遵守传统礼乐制度，家中有人去世，作为子女大都不能守孝三年，而诗中所说的“素衣素冠”之人，是尽孝道、遵守传统礼乐的好榜样。

但是随着时间的递进，后人开始将“棘人”解释为囚犯、罪人。“棘”在古代就被看作囚禁有罪之人的场所，相当于现在的监狱。所以有观点认为这是一首忠良之士在朝廷遭到奸臣陷害，被贬入狱的诗。诗的第一章着重描写一位遭受迫害的贤臣，他头戴“素冠”，身穿“素衣”，身体消瘦羸弱，弱不禁风。诗人从外在的容貌到内在的心理活动，将一个落魄之人的形象一步一步展现出来，颇有屈原在江畔行吟，“形容枯槁，颜色憔悴”的意味，带给读者一息悲剧的气氛。

二、三两章，诗人仍是从衣着写起，并以“素衣”“素韠”作为托物喻人的引子，并且与第一章的“素冠”相呼应，自上而下地描绘出了这位受到迫害的贤臣的穿着。然而，不管哪一种衣服，诗人都在前面加了一个“素”字，究其用意，这个“素”字正是在暗含“棘人”高风亮节、清白如雪的形象。

到了第二章第二句，诗人以一句“我心伤悲”直接、明确地抒发了自己的情感，连同接下来的“我心蕴结”“聊与子同归”“聊与子如一”，一步一步，递进地阐明了诗人的意愿，使刚才“伤悲”“蕴结”的思想感情得到了升华。

其实，这首诗还蕴含了诗人悲喜交加的情感变化。作为探监之人，诗人面对屈打成招、关在监狱里的贤臣感到既悲伤又悲愤。但是当他走进牢房，还能与“棘人”有幸相见，瞬间又感到了一丝欣喜，这种情感的变化，虽然可贵，但也实属无奈。

监狱是一个是关押罪恶的地方，凡是被关进里面的人，严刑拷打、受伤送命并不是什么新鲜的事情，但是送进监狱里的人难道全都是坏人吗？答案是否定的。君主专制时代，一个人的生命往往掌握在最高统治者的手里，有时无意的一句话就可能让君主产生了怀疑，进而引火烧身。而那些只会给君主进谗言的奸臣，更是破坏贤良之士的罪魁祸首，所以在当时，好人因为遭受诬陷，蒙冤而死的事情数不胜数。

诗人探望的这位“棘人”就是蒙冤者之一。虽然诗中没有详细描述诗人探视的具体情节，对“棘人”究竟所犯何罪也不得而知，但是从侧面不难看出，身处当时的险恶环境，当一位贤臣遭到迫害之时，诗人仍然不顾危险，毫无避讳地到监牢中探望这位友人，表明自己的心与蒙冤的“棘人”同归的态度。可见，诗人也是一个重情重义的贞良之士，这种患难与共的精神实在难能可贵。

诗人在诗中勾勒出的人物形象十分鲜明，并且感情丰沛，每句的最后一个字都以语气词“兮”煞尾，悲情的音调始终环绕在耳畔。

◎隰有苌楚◎

隰有苌楚①，猗傩其枝②。夭之沃沃③，乐子之无知！

隰有苌楚，猗傩其华④。夭之沃沃，乐子之无家⑤！

隰有苌楚，猗傩其实。夭之沃沃，乐子之无室！

【注释】

①隰：低湿的地方。苌（cháng）楚：藤科植物，也就是今天的羊桃、猕猴桃。②猗傩（nuó）：同“婀娜”，柔轻盈柔美的样子。③夭：少，此指幼嫩。沃沃：润泽的样子。④华：花。⑤无家：指无家庭拖累。

【赏析】

《隰有苌楚》主要表达的是人不如草木的情感。桧国的民歌《桧风》留存较少，仅有四篇被收入《诗经》。周代的诸侯国桧国，地处河南省密县一带地方，于春秋初年为郑武公所灭。由于周王朝和各诸侯国对其横征暴敛，劳动人民生活在水深火热之中，因此《桧风》大都表达人民的不满、怨愤和伤感情绪。

从这个角度来看，本诗的作者确是有感而发，或许是生活不如意而流露出羡慕草木的感情来。朱熹《诗集传》有论：“政烦赋重，人不堪其苦，叹其不如草木之无知而无忧也。”就文本来说，诗人反复表达的是对苌楚无思家国的羡慕之情，“人不如草木”的感叹。

本诗中“人不如草木”之叹，对后来的文人影响很大，草木自此便经常用来与人尤其是不如意的人生相比较。如陶渊明《归去来兮辞》中就叹息：“木欣欣以向荣，泉涓涓而始流。善万物之得时，感吾生之行休。”

得出“人不如草木”结论的诗人，想必人生中遭遇了诸多不幸，才会羡慕起摇曳的植物来。“苌楚”，是指野生的猕猴桃，到唐代它才第一次被植入庭院，之前，只是荒野群林中的拇指般大的小桃子。《隰有苌楚》以猕猴桃起兴，引发诗人内心的忧虑，诗中的人十分向往猕猴桃在风中伸展枝条的自由。全诗三章，重章叠咏，每章二、四句各换一字，重复诉说同一个意思，可见其感念之深。

全诗各章的首两句均为起兴，把苌楚的枝、花、实分解各属一章，这是《诗经》重叠形式之一种：即分别讲一事物的各个部分。诗人看到洼地上猕猴桃藤蔓蜿蜒，开花结果，生机蓬勃。其自由生长、生命力旺盛的样子使诗人对自己的遭际十分惆怅，小小的植物却活得如此旺盛，而诗人联想到自己的境遇难免愁苦起来。

诗人在不知不觉中就将猕猴桃与自己的生活状况联系到一起，视角自然而然地从植物切换到人身上。三、四句是描述，又好像是对自己处境的嘲讽。因为赞叹猕猴桃充满生机时，渗透了主观情感。第四句变换了人称，直呼猕猴桃为“子”，以物为人，人与物对话，人与物对比。诗人心中的苦闷在这里沉默地爆发了，究竟是怎样的处境让诗人不仅自叹不如草木，而且还与猕猴桃对起话来？“我活得还不如你啊”，不如之处就在“知”与“家”上。人比草木高级的地方就在于有“知”，人有家室能享受天伦之乐，这一点也是草木不能及的，而恰恰是这两点成为诗人认为不如草木之处，寥寥五个字中包含着诗人诸多痛苦与愤慨。

诗人运用“宛转表达”的手法，以猕猴桃为赞美对象来表示羡慕的同时，宛转曲折地表达内心的苦恼。诗先后赞美猕猴桃枝条柔美、花儿盛开、硕果累累，但是每一章的末句又分别说因为它无知觉、无思想，所以没有苦恼；因为没有养家糊口的负担，所以不必辛苦操劳；也因为没有家室，所以生长得格外自由茂盛。换而言之，如果它有思想，有知觉便会感到苦恼；如果它有了家室，便会承受生命中那些负担与沉重。《隰有苌楚》以写美好景象来为苦恼心情作反衬，达到利用气氛来反衬心境的艺术效果。

◎匪风◎

匪风发兮①，匪车偈兮②。顾瞻周道③，中心怛兮④。
匪风飘兮，匪车嘌兮⑤。顾瞻周道，中心吊兮⑥。
谁能亨鱼⑦？溉之釜鬵⑧。谁将西归？怀之好音。

【注释】

①发：犹“发发”，风吹声。②偈（jié）：疾驰。③顾瞻：回头看。④怛（dá）：痛苦，悲伤。⑤嘌（piāo）：疾速。⑥吊：凭吊。⑦亨：通“烹”。⑧溉：洗。鬵（xín）：大锅。

【赏析】

朱熹将这首诗解释为一首怀周的政治抒情诗。但从文本上理解，这首诗也可以理解成一首游子思乡诗。家住西方的诗人，远游东土，久滞不归，于是他通过这首诗来寄托思乡之情。

诗人原本只有在看到风吹车跑时，心中才会忧伤不已，但是现在他只要回头看一眼周道，就会感到十分忧伤。这些都表现出了他对旧室的思念之情。

在诗中，诗人叹息自己可能再也回不到故乡去了，于是他只好洗干净大锅做饭烹鱼。他不知道谁能够和他一起分担这思乡的痛苦，他希望那个能够西归的人，带上他的问候，帮助他向家里报个平安。

此诗开篇即进入环境描写：那风呼呼地刮着，那车儿飞快地跑着。诗人回头望一望远去的大道，禁不住悲从中来。前两节的字句大致相同，意思也有些重复，写法也大致相同。前两句写的是诗人看见的场景，后两句则是诗人在直抒胸中的忧思。远游在外的诗人滞留在东土，他站在大路旁边，看见车马疾驰而过，他的思归之情一下子就被触动了。随着飞驰而去的马车，他的心也一起飞向了西方。

当再也看不到马车的影子之后，孤身一人的诗人站在空荡荡的大道上，倍感孤单。看到别人都可以很快回到家乡，自己却依然滞留在外不得归家，这种对比，更显出了诗人的悲凉。

“顾瞻周道”就是诗人彷徨无奈情状的写照。诗人心中满腔的忧伤再也按捺不住了，发出了“中心怛兮”“中心吊兮”的呼喊，这都表现出了他思归之心的急切。第三章用“谁能”二句来起兴，同时在兴中还有比，诗人无可奈何地发出了求援的呼声。“谁将”二句，表明诗人自己回不了家，只好托能回家的人帮他捎信回家，这是他万般无奈下的选择。但是，即使是这样的愿望也不一定能够实现。

“谁能”“谁将”这样的词说明，这些只是诗人的希冀之词，而这些希冀还没有任何着落。最后一句，诗人想着，谁能烹制鱼宴？我愿为他洗净锅子。谁将西归回家？我想让他为我的亲人捎去好消息。虽然我在外很辛苦，但不能让家人为我操心，颇见游子情怀。诗人并没有说自己是如何的思乡殷切，也没有感叹羁旅的愁苦，只是用“好音”来安慰亲友，可见他对家人的深厚情感。

曹国

《曹风》共4篇，为先秦曹国的民歌，产生于周平王东迁之后。

曹国始祖：曹叔振铎

曹国地处山东南部菏泽、定陶、曹县一带。始祖曹叔振铎，乃周文王与太姒所生第六子。在位期间，勤政爱民，轻徭薄赋，注重农桑，教民众讲礼义，使百姓丰衣足食，安居乐业，后人称赞“铎教民有法，实开疆之圣也”。

先秦人的姓、氏、名、字 → 曹叔振铎

- 姓——姬姓。“姓者，统其祖考之所自出。”女子称姓，以别婚姻。
- 氏——曹氏。“氏者，别其子孙之所自分。”男子称氏，以别贵贱。
- 名——振铎。“名，自命也。”先秦婴儿出生3个月后由父亲取名。
- 字——无。字，名的解释和补充。男子20岁成人举行冠礼时取字，女子15岁许嫁举行笄礼时取字。

曹国虽为姬姓，但却是伯爵诸侯国，春秋时期曹国成为晋楚争霸的对象之一。

春秋时期曹国第十六位国君：曹共公

公元前637年，晋公子重耳（即晋文公）落难时经过曹国，受到曹共公的无礼对待。公元前632年晋楚城濮之战时，晋国伐曹国、卫国救宋国，把曹共公俘虏。楚国失利后，曹国亲近并听命于晋国。

后来，曹国与宋国交恶。公元前515年，曹悼公遭宋景公禁锢至死后，曹国发生内乱，继任国君的曹声公和曹隐公先后被杀。后来曹伯阳继位，背叛晋国，又入侵宋国。结果宋景公伐曹国，晋国没有派兵拯救。公元前487年，宋景公擒杀曹伯阳，曹国覆亡。

曹国末代国君：曹伯阳

曹风

◎蜉蝣◎

蜉蝣之羽，衣裳楚楚。心之忧矣，於我归处[①]？
蜉蝣之翼，采采衣服。心之忧矣，於我归息？
蜉蝣掘阅[②]，麻衣如雪[③]。心之忧矣，于我归说[④]？

【注释】

①於我归处：何处是我的归宿。②掘阅：通“掘穴”，即掘地而出。③麻衣：指古朝服。④说（shuì）：通“税”，歇息。

【赏析】

关于《蜉蝣》这首诗，《毛诗序》认为它是一首讽刺曹昭公奢侈的诗，对这种说法，后人看法不一。从当时的历史环境和本诗的诗意来看，用蜉蝣来讽刺国君的奢侈，其实有一些不伦不类。但是通过蜉蝣来表达贵族阶层的情绪这一观点，却是符合诗意的。

曹国是一个位于齐、晋之间的较小的诸侯国。曹国的曹共公（姬姓，伯爵，春秋时曹国第17位国君）和晋文公（公子重耳）是同时代的人。曹公（曹国君主谥号皆称公）的生活非常腐化，令当时曹国的百姓人民都感到悲观失望。之所以用“蜉蝣”来起兴，是因为曹国有很多湖泊，这样的环境非常适宜于蜉蝣生存，那里的人们对于这种生物十分熟悉。再加上当时曹国国力单薄，时常处在大国的威逼之下，这样的国情，也让曹国的士大夫们对人生产生了很多忧惧和伤感。

蜉蝣是一种十分漂亮的小虫。它的身体非常软弱，有一对相对其身体来说非常巨大的、完全透明的美丽翅膀，翅膀上还有两条长长的尾须，所以当它们在空中飞时，姿态就像在跳舞一样，显得纤巧动人。但是蜉蝣又是一种朝生暮死的渺小昆虫，它生长在水泽地带。蜉蝣的幼虫时期是比较长的，有些甚至可以活二三年。但是当它们长成成虫之后，就不饮不食，在空中飞舞交配，在完成繁衍物种延续后代的使命之后就结束生命，成年蜉蝣的生命一般只有一天。因此，古人常用蜉蝣来叹息人生易逝、生命短暂。

喜欢在日落时分成群飞舞的蜉蝣，在繁殖完成之后就会死去，然后坠落在地面上，不用一会，地上就会积成一层厚厚的蜉蝣尸体。即使是这种小生命的死，也会变得引人瞩目，甚至给人惊心动魄的感觉。但是蜉蝣“衣裳楚楚”“采采衣服”的美丽，并不能掩盖它生命短暂的事实。这首叹息人生短促、生命无常虚幻的诗，表达了曹国人民对于好景不长、年华易老、生命短促、人生不知何处是归宿的伤感悲叹。

本诗将人生和一种弱小的生物联系到一起，将人生比喻为朝生暮死的昆虫，这种比喻可以引起人们对人生意义和价值的思考。它让人开始思考和探索如何度过这短暂的一生，同时也开始思索自己的行为会对子孙后代产生什么影响。

蜉蝣的幼虫期是在水中度过的，它们的育化过程长达五六年。在这漫长的时间里，蜉蝣积蓄着力量，吸取着能量，壮大着自己，等到有朝一日它们化育为成虫后，就将所有的力量爆发出来。它们披着美丽的外衣，用短暂的生命换来辉煌的一刻，我们不知道蜉蝣的心情，也就不能确认它们对这样的选择是否后悔。诗人借这朝生暮死的小虫写出了脆弱的人生在消亡前的短暂美丽，以及人们对于生命终要面临消亡的困惑。

这样简单的一首诗却有着很强的表现力。蜉蝣小小的翅膀在阳光下显得异常美丽，有一种不真实的艳光，朝生暮死的命运使这种小虫的一生带上了华丽的色彩，这种美丽让诗人深深感喟。他感叹美丽的事物总是会很快消亡，那种昙花一现、浮生如梦的感觉显得十分强烈。所以本诗的情调是消沉的，那种忧愁伤感几乎是深入骨髓的。

《蜉蝣》表达了当时曹国人民"生如朝露,命如蜉蝣"的悲观心态,诗中充斥着"朝生暮死心忧伤","我和蜉蝣的归宿其实都一样" 的想法。人的生命，最终不过如一场烟花，绽放过，或绚烂，或黯淡，终化为天地间一粒小小尘埃。表面上鲜艳华丽但生命极其短促的蜉蝣，提醒人们要珍惜已有的幸福，不要虚度年华、留下遗恨。

◎候人◎

彼候人兮①，何戈与祋②。彼其之子③，三百赤芾④。

维鹈在梁⑤，不濡其翼⑥。彼其之子，不称其服⑦。

维鹈在梁，不濡其咮⑧。彼其之子，不遂其媾⑨。

荟兮蔚兮⑩，南山朝隮⑪。婉兮娈兮⑫，季女斯饥⑬。

【注释】

①候人：官名，是看守边境、迎送宾客和治理道路、掌管禁令的小官。②何：通"荷"，扛着。祋（duì）：武器，殳的一种，竹制，长一丈二尺，有棱而无刃。③彼：他。其：语气词。之子：那人，那些人。④赤芾（fú）：赤色的芾。芾是祭祀时穿的衣服，是一种用皮革制作的蔽膝，上窄下宽，上端固定在腰部衣上，按官品不同而有不同的颜色。⑤鹈（tí）：即鹈鹕，喙下有囊，食鱼为生。梁：伸向水中用于捕鱼的堤坝。⑥濡（rú）：沾湿。⑦称：相称，相配。服：官服。⑧咮（zhòu）：禽鸟的喙。⑨遂：终，久。媾：厚待，厚受。此处指厚禄。⑩荟（huì）、蔚：云层蔽日，天空阴暗昏沉的样子。⑪朝：早上。隮（jī）：升，登。⑫娈：貌美。⑬季女：少女。

【赏析】

对于《候人》所处的时代背景，《春秋左传》有记载："二十有八年春，晋侯侵曹，晋侯伐卫。三月丙午，晋侯入曹，执曹伯。曹伯襄复归于曹，遂会诸侯围许。侵曹伐卫。"曹共公亲小人，而远贤臣，最后当然是落得个亡国的下场。这样的时代背景，为本诗的对比写法提供了可能性。

《诗经》里的讽刺诗不在少数，《候人》位列其中。与其他诗歌不同的是，这首诗的讽刺对象不是某一个特定的人物，而是对好人沉下僚，庸才居高位的社会现实的讽刺。

《候人》这首诗无论内容与形式都取得很好的艺术效果，赋比兴手法无一漏用，由表及里，对候人、季女等弱势一方的同情，对无才而贵的强势一方的批判都写得十分到位。陈震《读诗识小录》对本诗评论道："三章逐渐说来，如造七级之塔，下一章则其千丝铁网八宝流苏也。"现在看来，这样的评价并不为过。

诗的首章就将两种不同的人、两种不同的遭际进行了对比。前两句写“彼候人”扛着戈、扛着祋，其辛苦之状可见一斑，后两句写“彼其之子”即“那个（些）人”，或更轻蔑一些呼为“那些小子”。“三百赤芾”如作为三百副赤芾解，则极言其官位高、排场大。如真是有三百副赤芾的人，其身份之高可想而知，恐怕是统率大官的人，即国君。

两两对比之中，已将两方的差距言说清楚。虽然诗人没有直接对双方进行善恶评价，但爱憎之情还是可以体味出的：“何戈与祋”，显示出“彼候人”官位之卑微、工作之辛苦，诗人对其寄寓了同情之心；而“三百赤芾”的“彼子”却无功受禄，谴责、不满之情已溢于言表。仅仅四句，就将本诗的主旨概括了出来，所以这章可以看做全篇的统领，其他章节在此基础上渐次展开，同情之心慢慢收拢，讽刺批判占据主要内容。

接下来诗人弃用赋说，改用“比”法：前两句比喻，后两句主体。“维鹈在梁，不濡其翼”，用了鹈鹕的一个生活中的细节来打比方。鹈鹕是一种水鸟，它们捕食的特点是不必下水更不必打湿翅膀，只需站在鱼梁上，颈一伸、喙一啄就可以吃到鱼，安然之态令人瞠目。由于地位的优势，近水鱼梁自然可以不劳而获。这样一说，读者自然会联想到诗人要比喻的对象是不劳而获的“彼子”，于是接下来矛头直指“彼子”，说其“不称其服”。“服”即其身份地位的象征。身份高的服高“百赤芾”，特权也就多，无才无德也可加官受禄，显贵一生，这与站在鱼梁上低头吃鱼的鹈鹕并不二致。诗人的不满情绪到这里显然没有结束，于是便有了下面第三章的继续。

“维鹈在梁，不濡其咮”，即鹈鹕不仅不沾湿翅膀，甚至连喙也可以不沾湿。这是因为鱼有时会跃出水面，有的则会跳到坝上。而站在坝上的鹈鹕就可连喙都不湿，轻易地吃到鱼。而后两句写到“彼子”也深一层，“彼其之子，不遂其媾”：正如不劳而获的水鸟般，“彼子”也可无才受禄。

“彼子”描写完毕后，诗似乎要接近尾声，第四章前两句以写景起兴。“荟兮蔚兮，南山朝济”为读者描绘了天色昏暗，云山雾绕的景色。这句起兴并非无缘无故，与后面的叙事有着某种氛围或情绪上的联系。“婉兮娈兮，季女斯饥”，相貌婉娈的女子却在这样的环境中忍饥挨饿，艰难地生存，其惨象可想而知，阴沉的南山似乎预示着她的明天：希望渺茫，不见光明。“季女斯饥”与“荟兮蔚兮”正相映相衬。“婉”“娈”都是美的褒赞，与“斯饥”形成强烈的反差，引起人们的同情。

诗至此戛然而止，没有结局的结局引人反思。“候人”是否依旧苦而无功，“彼子”是否依然无功受禄，诗人没有言明，其批判的意味跃然纸上，引人深思。对于这种人不称其职，不守其责，在其位不谋其事的社会现实，作为叙述者的诗人显得很无奈，除了作诗讽刺之外也无办法。

◎鸤鸠◎

鸤鸠在桑[①]，其子七兮。淑人君子[②]，其仪一兮[③]。其仪一兮，心如结兮[④]。

鸤鸠在桑，其子在梅。淑人君子，其带伊丝[⑤]。其带伊丝，其弁伊骐[⑥]。

鸤鸠在桑，其子在棘⑦。淑人君子，其仪不忒⑧。其仪不忒，正是四国⑨。

鸤鸠在桑，其子在榛⑩。淑人君子，正是国人。正是国人，胡不万年⑪？

【注释】

①鸤（shī）鸠：布谷鸟。②淑人：善人。③仪：仪表，仪态。④心如结：比喻用心专一。⑤其：他的。⑥弁（biàn）：皮帽。骐：青黑色的马。⑦棘：酸枣树。⑧忒（tè）：变。⑨正：法则。⑩榛：丛生的树，树丛。⑪胡：何。

【赏析】

本诗以鸤鸠起兴，是以鸟的优点对“淑人君子”进行颂扬。

“淑人君子，其仪一兮。”即所谓的君子良人始终如一地仪容端庄，这包括人格的独立，也包括对仪表的要求。在《诗集传》中，朱熹引“陈氏曰”解说得很好：“君子动容貌斯远暴慢，正颜色斯近信，出辞气斯远鄙倍。其见于威仪动作之间者，有常度矣。”相由心生，庄严的外表也代表了一个人正义的内心，而始终如一的内里与外表才是真正的君子。这章毫不遮掩地赞美了“淑人君子”稳如磐石的品格。

次章“淑人君子，其带伊丝”，将“仪”所代表的内容具体化，形象化。丝带、缀满五彩珠玉的皮帽等饰物均可以看出一个人的品位与修养，因此这些东西常常可用来作为判断“仪”是否正确的标准，使“淑人君子”的华贵风采形成具体可感的形象。

三章起，开始从颂“仪”之体，转换为颂“仪”之用，即内修外美的“淑人君子”对于安邦治国、佑民睦邻的重要作用。“淑人君子，其仪不忒”是一句恰到好处的过渡之句，承上启下，意在说明君子佩带飘扬的仪态，有如其德行遍布四方，这样的品德足以治理四方，这就是“仪”之用。

四章的“淑人君子，正是国人”，进一步强调君主贤德的作用。末句“胡不万年”，则是全篇赞颂的极致：这样表里如一、端庄贤能的君主怎能不万年被拥护呢？反问其实是坚定的承认，也是赞颂的终极目的，即人民所需的正是这样的君主。分析至此，说文章是讽刺的观点似乎就有些牵强了。但这并不是此诗的重点，《诗经》中有部分为君主歌功颂德之作，本篇的赞颂却非此目的，而是通过赞颂去为贤德的君主提供了一条可循的道路，赞美背后其实有着一颗期待贤德君主的心。

◎下泉◎

冽彼下泉①，浸彼苞稂②。忾我寤叹③，念彼周京④。

冽彼下泉，浸彼苞萧⑤。忾我寤叹，念彼京周。

冽彼下泉，浸彼苞蓍⑥。忾我寤叹，念彼京师。

芃芃黍苗⑦，阴雨膏之⑧。四国有王⑨，郇伯劳之⑩。

【注释】

①冽：寒冷。②苞：丛生。稂（láng）：童粱。一种野草。③忾（kài）：叹息。寤：醒。④周京：周朝的京都。与下文“京周”“京师”同义。⑤萧：艾蒿。⑥蓍：一种用于占卦的草。⑦芃（péng）芃：茂盛而茁壮。⑧膏：滋润。⑨有王：有周天子。⑩郇（xún）：古国名。春秋时为晋地。在今山西临猗县南。劳：慰劳。

【赏析】

《下泉》大多数人认为是一首东周遗老怀念旧都的诗歌。之所以怀念旧都，是因为现状不如往昔，

才会常常让人怀念过去。本诗可以分为两个层次，前三章为一层，最后一章自成一层。

诗的前三章以“洌彼下泉”起始继而转向对旧都的怀念，朱熹在《诗集传》中解释说：“诗首章是比而兴也。王室陵夷，而小国困弊，故以寒泉下流，而苞稂见伤为比，遂兴其忾然，以念周京也。”“下泉”的起兴是感叹现在的境遇进而怀念起从前来：从下面涌出的寒泉，浸泡了丛生的莠草，致使这些草木无法生长，我的境遇不正是这样吗。叹息是因为想起了从前的京师。这三章，是《诗经》中典型的重章叠句结构，各章仅第二句末字“稂”“萧”“蓍”不同，第四句末二字“周京”“京周”“京师”不同，句式一样，只是换了韵脚，使反复的咏唱不致过于单调，而三章的意思则是完全重复的，都只为了强调自己现在的境遇每况愈下，愈加怀念起旧都来。

诗至此似乎已经可以完结，但诗人又加上了与前三章句式内容都不尽相同的第四章，而且笔锋忽然一转，与上文的关联不是很明显，这一章的出现的意义让人十分迷惑。因此古往今来，不乏对此特加注意的评论分析。有人对这样的写法大加赞赏，认为是作者自己从消极的情绪中走出来，转向激昂的畅想。但也有人表示疑惑，认为最后一章画蛇添足，甚至怀疑是编纂出现误差。

细味之，最后一章与前三章在内容上也是互有关联的。前三章复沓叠咏将诗人内心的凄凉与悲剧感加强到了最高点，悲伤得无以复加，末章由悲转向喜，在悲的极点给人以希望，这样的艺术效果也是有其独到之处的。

豳地

《豳风》共7篇，为先秦豳地的民歌。其中多描写公刘封地——豳地的农家生活，及人们辛勤劳作的情景，可谓是中国最早的田园诗。

弃的曾孙：公刘

五帝之首：黄帝

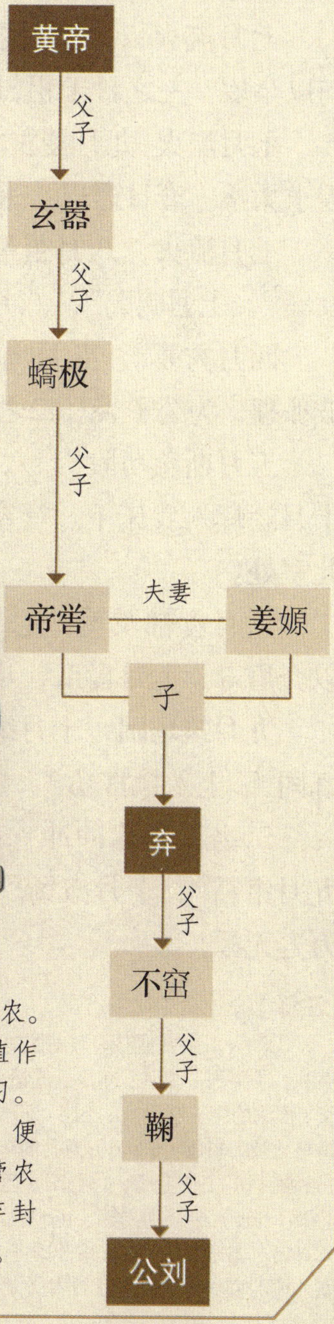

黄帝玄孙：弃

·公刘，姬姓，名刘，公为尊称，周族杰出首领。

·公刘继位后，继续从事弃的事业，致力于耕种，民众仰仗他过上好日子。族人感念他的恩德，创作歌诗乐章称颂他的德行。

·传至公刘子庆节，在豳地建国。豳国是周族由一个小部族变成问鼎中原之强邦的关键时期。古人说豳为“周家立国之本”，周之王业由此兴起。

弃爱好耕作务农。根据土地特点种植作物，民众都向他学习。尧帝知道此事后，便提拔他当农师主管农业。舜帝时，将弃封在邰地，称为后稷。

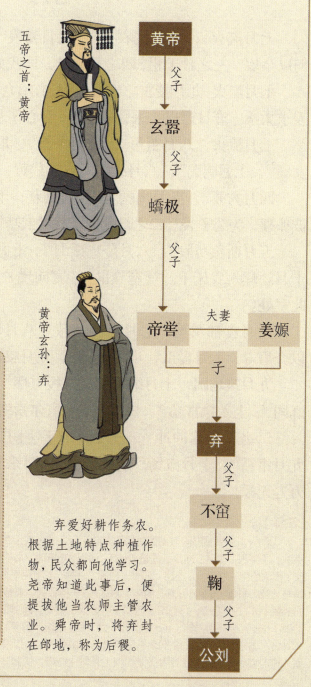

豳风

◎七月◎

七月流火①，九月授衣②。一之日觱发③，二之日栗烈④。无衣无褐，何以卒岁？三之日于耜，四之日举趾。同我妇子，馌彼南亩⑤，田畯至喜⑥。

七月流火，九月授衣。春日载阳，有鸣仓庚⑦。女执懿筐⑧，遵彼微行⑨，爰求柔桑。春日迟迟，采蘩祁祁⑩。女心伤悲，殆及公子同归。

七月流火，八月萑苇⑪。蚕月条桑⑫，取彼斧斨⑬，以伐远扬⑭，猗彼女桑⑮。七月鸣鵙⑯，八月载绩。载玄载黄，我朱孔阳⑰，为公子裳。

四月秀葽⑱，五月鸣蜩⑲。八月其获，十月陨萚⑳。一之日于貉㉑，取彼狐狸，为公子裘。二之日其同，载缵武功㉒。言私其豵㉓，献豜于公㉔。

五月斯螽动股㉕，六月莎鸡振羽㉖。七月在野，八月在宇，九月在户，十月蟋蟀入我床下。穹窒熏鼠㉗，塞向墐户㉘。嗟我妇子，曰为改岁，入此室处。

六月食郁及薁，七月亨葵及菽。八月剥枣，十月获稻。为此春酒，以介眉寿。七月食瓜，八月断壶㉙。九月叔苴㉚，采荼薪樗㉛，食我农夫。

九月筑场圃，十月纳禾稼。黍稷重穋㉜，禾麻菽麦。嗟我农夫，我稼既同㉝，上入执宫功㉞。昼尔于茅，宵尔索绹㉟。亟其乘屋㊱，其始播百谷。

二之日凿冰冲冲㊲，三之日纳于凌阴㊳。四之日其蚤㊴，献羔祭韭。九月肃霜㊵，十月涤场。朋酒斯飨㊶，曰杀羔羊。跻彼公堂，称彼兕觥㊷，万寿无疆！

【注释】

①流火：大火星自南方高处向偏西方向下行。②授衣：裁制冬衣。③觱（bì）发：风吹过物体发出的声响。④栗烈：凛冽、寒冷。⑤馌（yè）：送饭。⑥田畯（jùn）：为领主监工的农官。⑦仓庚：黄莺。⑧懿筐：很深的筐。⑨微行：小路。⑩蘩：白蒿。祁祁：形容采蘩妇女众多。⑪萑（huán）苇：芦苇。⑫条桑：修整桑枝。⑬斨（qiāng）：方孔的斧。⑭远扬：长得特别高或特别长的桑枝。⑮猗彼女桑：用绳子拉住柔桑。⑯鸣鵙（jú）：伯劳鸟。⑰孔阳：色彩十分鲜明的样子。⑱秀：长穗。葽（yāo）：即远志，一种药用植物。⑲蜩（tiáo）：蝉。⑳陨箨（tuò）：落叶。㉑于貉：猎貉。㉒缵：继续。㉓豵（zōng）：小野猪。㉔豜（jiān）：大野猪。㉕斯螽（zhōng）：即螽斯，昆虫名。㉖莎鸡：纺织娘，昆虫名。㉗穹窒：堵住洞穴。㉘塞向：堵塞北窗。墐户：将泥涂在竹木所制的门上，堵住缝隙，抵御寒风。㉙壶：葫芦。㉚叔苴（jū）：拾麻籽。

㉛荼：苦菜。樗（chū）：苦椿树。㉜重穋（lù）：后熟曰重，先熟曰穋。㉝既同：已收齐。㉞上：同“尚”。功：事。㉟索绹（táo）：搓草绳。㊱乘屋：覆盖屋顶。㊲冲冲：凿冰的声音。㊳凌阴：冰窖。㊴蚤：同“早”，此指早朝，古代一种祭祀仪式。㊵肃霜：凝露成霜。㊶朋酒：两壶酒。㊷兕觥（sì gōng）：铜制的犀牛状酒杯。

【赏析】

《豳风·七月》是一首信息量非常大的农事诗。全诗八章，每章各十一句，这首诗基本上按时序依次叙事，类似民歌中的四季调或十二月歌。

《七月》是一幅描绘农民四季活动的风情画。它反映了一个部落一年四季的劳动生活，涉及衣食住行各个方面。作者当是部落中的成员，所以角度找得十分精准，对一年四季的农事也是如数家珍。

这首诗从七月开始写起，而并非我们现在所用的阳历的一月写起，因为诗中使用的是周历，周历以夏历（今之农历，一称阴历）的十一月为正月，七月、八月、九月、十月以及四、五、六月，皆与夏历相同。“一之日”“二之日”“三之日”“四之日”，即夏历的十一月、十二月、一月、二月。“蚕月”，即夏历的三月。这些是理解此诗的前提，我国古代的历法在周朝就已经形成并稳定了。

首章直接把读者带进那个凄苦艰辛的岁月，奠定了文章辛劳艰苦的基调。朱熹《诗集传》云：“此章前段言衣之始，后段言食之始。二章至五章，终前段之意。六章至八章，终后段之意。”总分的写作方式是十分严谨的。

“七月流火，九月授衣”：七月火星向下降行，八月将裁制冬衣的工作交给妇女们去做，准备过冬了。“一之日觱发，二之日栗烈”写出了冬日自然环境的恶劣：十一月天气寒冷，北风发出觱发的声响，十二月寒风“栗烈”，是一年最冷的时刻。

“无衣无褐，何以卒岁”是下层人民发自内心的一句心酸呐喊：我们没有御寒的衣服，怎么挨过这寒冷的冬天？挨过了寒冬，正月里又要马不停蹄地修理农具。二月里下田耕种。男人在田里干着重活，女人和小孩们则承担着送饭的任务。“田畯至喜”一句的出现显得很不和谐，在这样艰苦的劳作过程中，还有人会面露喜色：原来是因为看着我们这样辛苦地劳动，那些农官感到很高兴。诗人在首章先勾勒出大体框架，呈现出当时农业生活的整体风貌，以后各章便从各个侧面进行细致刻画。

第二章是采桑图。“春日载阳，有鸣仓庚。女执懿筐，遵彼微行，爰求柔桑”，一幅美丽的春光图在眼前展开：春日渐暖，鸟儿争春。妇女们提着筐子，出去采摘养蚕用的桑叶。妇女们辛勤地工作了很久，采了很多的桑叶。

“女心伤悲，殆及公子同归”：她们看见了贵族公子，不由得感到害怕，担心自己被掳去而遭凌辱。“田畯至喜”点到了当时社会的阶级关系，这里便慢慢地加以展开。这里的“公子”，许多论者认为是指豳公之子。当时的豳公占有大批土地和农奴，权势浩大，他的儿子们自然也趾高气扬，且享有与农家美貌女子“同归”的特权。可见，妇女的生存状态在那时十分堪忧。

诗的第三章是纺织图。“蚕月条桑，取彼斧斨，以伐远扬。猗彼女桑”：蚕月即三月，三月时节，人们开始修剪桑枝，用刀锯和斧子，砍去高枝与长条，然后再采摘柔嫩的桑叶。

“我朱孔阳，为公子裳”：亲手纺织的布染成黑红色或黄色，最美的则是朱红色。可惜这些布不是为自己所织，而要用来给贵族公子做衣裳。正如宋人张俞的《蚕妇》诗："昨日入城市，归来泪满巾。遍身罗绮者，不是养蚕人。"劳动人们的疾苦都是相似的。

第四章是狩猎图。农事既毕，他们还要为统治者猎取野兽。"一之日于貉，取彼狐狸，为公子裘"：他们打下的大野猪，要贡献给豳公。阶级地位又一次显示出来：那些在底层劳作的人只能过最差的生活，而贵族们却过着不劳而获的寄生虫生活。

第五章是备冬图。五月里，蚱蜢齐鸣，六月里，纺织娘鼓翅发声。天愈来愈冷了。"穹室熏鼠，塞向墐户。嗟我妇子，曰为改岁，入此室处"：用烟熏老鼠，把它赶出屋里；堵住北窗，用泥把门缝封上，以御严寒。一年辛苦忙碌，直到新年才能稍稍歇一会儿，其中心酸让读者动容。

第六章是副业图。除了以上的那些农事，农民仍要做一些副业，而享用其成果的仍不是自己，而是供统治者享用。七月里烹煮葵菜，八月里打枣，九月里拾取芝麻，十月里收稻。"食我农夫"，农奴食不果腹，并非因为田地里的作物少，而是因为都被奴隶主残酷地掠去，而农民们却只能煮些苦菜维生。

第七章是修屋图。农民不但要种地织布，还要为统治者修盖房屋。农民住的屋子如此破烂简陋，却要为贵族修缮住宅，其中鲜明的对比，不露自显。

第八章是祝寿图。尽管农民一年到头辛苦干活，上有剥削，下无余粮，却仍旧要举杯向剥削他们的贵族高呼"万寿无疆"。诗人笔调虽愉快，但其中复杂的情愫却可任由读者想象。

《七月》以叙事为主，以赋的手法为读者展开了一幅幅生动的农事图，"敷陈其事""随物赋形"，在图景中始终穿插着阶级关系，在叙事中写景抒情，感情流露自然，诗意浓郁。通过娓娓的叙述，真实地展示了当时的社会生活和劳动场面，在朴实的叙述中，暗藏着底层劳动人民的血与泪。诗中对这忙碌而一无所有的十二个月的描述，正是劳动人民对剥削者的无声控诉。

◎鸱鸮◎

鸱鸮鸱鸮①，既取我子②，无毁我室③。恩斯勤斯④，鬻子之闵斯⑤！

迨天之未阴雨⑥，彻彼桑土⑦，绸缪牖户⑧。今女下民⑨，或敢侮予⑩！

予手拮据⑪，予所捋荼⑫，予所蓄租⑬，予口卒瘏⑭，曰予未有室家⑮！

予羽谯谯⑯，予尾翛翛⑰，予室翘翘⑱，风雨所漂摇，予维音哓哓⑲！

【注释】

①鸱鸮（chī xiāo）：猫头鹰一类的鸟。②子：幼鸟。③室：鸟窝。④恩：通"殷"，言殷勤于幼子。斯：语气助词。⑤鬻（yù）：育，养育。闵：病。⑥迨（dài）：及。⑦彻：通"撤"，撤去。桑土：桑根。⑧牖（yǒu）户：窗门。⑨下民：下面的人。⑩侮：欺侮。⑪拮据：辛苦。⑫捋：一把一把地摘取。荼（tú）：茅草花。⑬蓄租：积蓄。⑭卒瘏（tú）：尽瘁。⑮室家：鸟窝。⑯谯（qiáo）谯：羽毛稀疏的样子。⑰翛（xiāo）翛：羽毛干枯无光泽的样子。⑱翘翘：危险不稳的状况。⑲哓（xiāo）哓：惊恐的叫声。

【赏析】

《鸱鸮》这首诗，《毛诗序》称它是"周公救乱"之作，方玉润在《诗经原始》、魏源在《诗古微》中认为它是"周公悔过以儆成王""周公戒成王"之作，朱熹认为此诗是："比也，为鸟言以自比也。"意思是，这首诗运用了比喻的手法，来告诉我们一些道理。所以可以将其理解为一首寓言诗，也可以将它视作一首弱者悲怆呼号的诗。

在诗中运用寓言的写作手法，是从战国的诸子百家开始的，在先秦时并不多见。寓言是一种通过讲故事来表现人生感慨或哲理的文学类别。寓言故事中的主角可以是现实中的人，也可以是神话、传说中才有的虚幻人物，但是被运用得更多的是自然界中的虫鱼鸟兽、花草木石。

本诗共有四节，以一只失去孩子的孤弱无助的母鸟为主角。

第一节中，母鸟第一次出现在读者眼前，当它出现时，正是它的雏鸟被恶鸟“鸱鸮”攫去之时。“鸱鸮鸱鸮，既取我子，无毁我室”：母鸟面对着刚刚被鸱鸮洗劫了的危巢，看着自己的雏鸟被得意盘旋的鸱鸮叼在嘴里，不由得发出了悲怆的呼号。它目睹了这场飞来横祸，因而感到极度惊恐和哀伤。母鸟悲叹着，可恶的鸱鸮，不但夺走了我的孩子，还捣毁我的巢，我含辛茹苦、小心翼翼养大的孩子，就这样失去了。

这句话中充满了母鸟的无奈和心酸。诗的开篇没有描述出一个场景，而是让读者听到了母鸟的哀号。但就是在这怆然的呼号中，读者看到了母鸟悲伤的姿态及其子去巢破的惨淡景状。

那只瞪大眼睛、仰对高天、发出凄厉呼号、哀怒交集的母鸟形象栩栩如生。但是面对强大的鸱鸮，孤弱的母鸟没有办法惩治它。所以它只能看着鸱鸮渐渐远去的身影发出怆怒的呼号。

“恩斯勤斯，鬻子之闵斯”，这是母鸟发出的伤心呜咽。这短短的几个字表现出一种深切的悲伤，在风高巢危的树顶，母鸟的鸣叫声更显得凄凉。

第二节进入了母鸟的回忆和抗争。面对自己被毁坏的巢，母鸟想起了当初建巢的辛苦。它在阴雨时节还没有到来的时候开始建巢，四处寻觅建巢用的桑树根须，然后一点一点把它们叼回来，口衔着这些韧须紧紧地缠绑窠巢。但让母鸟无奈的是，现在那些恶人都已经欺负到它的身上来了。

接下来，诗作展示了母鸟筑巢的艰辛，表达了母鸟付出辛勤的劳作之后，依然无法把握自身命运的凄凄泣诉。母鸟用自己的嘴衔草，用自己的脚爪抓树根，四处去捋白色的茅草花，然后把这些茅草花一点一点地垫在巢底作为垫子。它为了这个小窝，付出了极大的代价。艰苦的劳作下，它的羽毛一根根疏落，尾巴一天天残破，最后自己都累病了，高高地挂在树枝上的家，依然岌岌可危。面对风吹雨打，它会变得动荡不安，面对恶鸟，它也毫无抵抗之力。

“予手拮据”“予口卒瘏”“予羽谯谯”“予尾翛翛”，这几句都是对母鸟建造自己巢窠的描述。面对天地间的烈风疾雨，母鸟毫无回天之力。诗的结尾句“予室翘翘，风雨所漂摇，予维音哓哓”，正是母鸟“哓哓”的叫声，这样的叫声穿透了天地的风雨，喊出了母鸟无助的哀伤。这首诗写出了母鸟失去雏鸟、巢窠被破坏的伤痛，同时也可以通过这只鸟看到那些备受欺凌、艰辛生存、不能把握自身命运的人们。

◎东山◎

我徂东山，慆慆不归[①]。我来自东，零雨其濛。我东曰归，我心西悲。制彼裳衣，勿士行枚[②]。蜎蜎者蠋[③]，烝在桑野[④]。敦彼独宿[⑤]，亦在车下。

我徂东山，慆慆不归。我来自东，零雨其濛。果臝之实⑥，亦施于宇⑦。伊威在室⑧，蠨蛸在户⑨。町畽鹿场⑩，熠耀宵行⑪。不可畏也，伊可怀也。

我徂东山，慆慆不归。我来自东，零雨其濛。鹳鸣于垤⑫，妇叹于室。洒扫穹窒，我征聿至⑬。有敦瓜苦⑭，烝在栗薪⑮。自我不见，于今三年。

我徂东山，慆慆不归。我来自东，零雨其濛。仓庚于飞，熠耀其羽。之子于归，皇驳其马⑯。亲结其缡⑰，九十其仪⑱。其新孔嘉，其旧如之何？

【注释】

①慆（tāo）慆：久。②士：通“事”。行枚：行军时衔在口中以防止出声的竹棍。③蜎（yuān）蜎：幼虫蜷曲的样子。蠋（zhú）：毛虫。④烝：乃。⑤敦：团状。⑥果臝（luǒ）：葫芦科植物。⑦宇：屋檐边。⑧伊威：一种小虫，俗称土虱。⑨蠨蛸（xiāo shāo）：一种蜘蛛。⑩町畽（tuǎn）：屋旁的空地，禽兽践踏的地方。⑪熠耀：光明貌。宵行：萤火虫。⑫垤（dié）：小土丘。⑬聿：将要。⑭瓜苦：瓜瓠，瓠瓜。一种葫芦。古时有一种习俗，在婚礼上剖瓠瓜成两张瓢，夫妇各执一瓢，装满酒用来漱口。⑮栗薪：束薪，即柴堆。⑯皇：指马的毛色黄白相杂。驳：指马的毛色不纯。⑰亲：此处是指女方的母亲。结缡（lí）：将佩巾结在带子上，这是古代婚仪。⑱九十：形容很多。

【赏析】

从诗的内容上看，这是一首征人在解甲还乡途中所写的抒发思乡之情的诗。这首诗通过抒发返乡士卒复杂的内心世界，从客观上暴露出这样一种事实：战争只能给人民的生活带来灾难，只能给人带来心灵上的痛楚。诗中流露出从军士卒渴望和平安定的心情。

诗的每一节前四句文字相同，它们构成了全诗的主旋律。每节的后四句都是叙事性内容，它们大抵可分为前后两部分。前两节主要是写主人公在还乡途中悲喜交加的心情，这时他的喜悦已经远远高于悲伤。为了表现出这种心情，诗人首先描写着装的改变，可以说，就是这样一个小细节，让读者看出这是一个解甲归田的退役士兵。通过他的喜悦，可以看出人们结束战争、回归和平的渴望。接下来，诗人描写了自己在回家途中风餐露宿的样子，他夜住晓行，非常辛苦。

第二节描写归家的士兵看到家园荒芜、民生凋敝、杂草丛生、野兽昆虫出没的情景，这些都倍增了他的怀念之情。后两节主人公的脑中出现了妻子在家中忧思的情景，出现了新婚时的情景，也有对久别重逢的想象。诗中提到葫芦（瓜瓠），是因为古代有一种风俗，夫妇在合卺时须剖瓠为瓢，彼此各执一瓢，盛酒漱口以成礼。这些描写主要是为了表明诗人有自己重视、在意的人。

最后一节，诗人回忆了三年前自己举行婚礼时的情景，那时迎亲的车马、参加婚礼的人们全都洋溢出喜气，丈母娘亲自为新娘子“亲结其缡，九十其仪”，为她结上佩巾，要她安分做人。回忆中的欢乐与“妇叹于室”形成了鲜明的对比，联系主人公日后的遭际，可以看出他新婚即与妻子别离的悲痛与伤感。

这首诗的想象力十分丰富，几乎都是靠回忆、幻想、再现来支撑起诗的细节。本诗通过第一人称的口气，直截了当地喊出了主人公久征在外不得归的怨愤，表现出思念家乡与诅咒战争的情绪。

◎破斧◎

既破我斧，又缺我斨①。周公东征，四国是皇②。哀我人斯③，亦孔之将④。

既破我斧，又缺我锜⑤。周公东征，四国是吪⑥。哀我人斯，亦孔之嘉⑦。

既破我斧，又缺我銶⑧。周公东征，四国是遒⑨。哀我人斯，亦孔之休⑩。

【注释】

①斨（qiāng）：斧的一种。②皇：匡正。③斯：语气词，相当于“啊”。④孔：程度副词，可解释为很、甚、极。⑤锜（qí）：凿子。⑥吪（é）：教化。⑦嘉：善，美。⑧銶（qiú）：独头斧。⑨遒（qiú）：安定。⑩休：休整。

【赏析】

豳是周人先祖公刘的居住之地，“豳风”则是周人居豳时的音乐。那个时代处于诸国战争时期，局面动荡，民不聊生，对战争的憎恶与对和平的向往催生了这一时代赞歌的出现。

“既破我斧，又缺我斨”，意为家中从事生产劳动的工具不是破损就是残缺了。斧、斨均为生产工具，但是这些工具都被使用得过于频繁，导致残破不堪。之所以如此，是因为服劳役的时间太长，由此可见那个时代的战事之频，生活之艰。这是以小言大，以物代情的手法。在这样水深火热的生活中，终于来了一线生机：

“周公东征，四国是皇”，周公率兵东征了，四国将得到安匡。“哀我人斯，亦孔之将”一句，省略了主语周公，主要表达对周公哀怜体恤人民的感激之情，并将他出征的举动称为伟大之举，赞颂之意溢于言表。

诗的第二章描写其他四国的人民准备逃奔到周国来的举动。“锜”与第一章的“斨”意义相同，都是劳动生产的工具，这两句也与上文一样都是在“恶四国”。下四句同样是赞美周公。

“周公东征，四国是遒”，使四国之民重新团聚，这无疑是对周公的赞美，那些流离失所的人民有了家园，人心牢固，是人民对统治者最好的肯定。“哀我人斯，亦孔之嘉”，这两句也与上文相似，是对周公之举的嘉赞。诗的末章则是写四国即将覆灭，军民皆庆祝。末章与第二章的内容基本相同，写战事即休，直接赞美周公。

对周公的赞颂并不意味着对战争的肯定，而是人民对幸福安定的生活的渴望。全诗主要写的是周公东征平叛这一历史事件。虽然周公的正义之举受到人民的拥护，但这首诗也从另一个侧面提醒读者，无论战争正义与否，都是以牺牲人民的性命为代价的，国家之间的战争，受苦的只是那些血肉之躯的军人们，换来的仅仅是一方的利益，老百姓仍是战争中最大的受害者。

◎伐柯◎

伐柯如何①？匪斧不克②。取妻如何③？匪媒不得。

伐柯伐柯，其则不远④。我觏之子⑤，笾豆有践⑥。

【注释】

①伐柯：采伐做斧头柄的木料。②匪：同“非”。③取：通“娶”。④则：原则、方法。此处是强调砍伐时应遵照一定的方法。⑤觏：遇见。⑥笾（biān）：竹编的礼器，用来盛果脯。豆：木制、金属制或陶制的器皿，用来盛放腌制的食物和酱。

【赏析】

《伐柯》是一首写婚恋礼俗的诗，这首诗反映出我国先民结婚时必须要依媒妁之言的习俗。

本诗描写一名未婚男子渴求媒人为他做媒。这个勤劳的青年男子一边砍削着树木，一边想着应该要给自己砍柴的斧头安装上一个合适的斧柄，这其实是在暗示他想要为自己寻找一名妻子。他在心中暗暗祈祷着会有媒人上门来帮他搭桥牵线。

全诗共有两节，诗人通过设问的方式和比喻的手法，生动形象地表明了古代男女双方家庭约为婚姻的习俗，说明“媒妁之言”是当时人们建立家庭的前提，也是每一对男女想要结成百年好合必须遵守的行为准则。

分析《伐柯》一诗，可以从它语义上的两重意义来展开分析，一是文本的表层语义，一是引申出来的深层语义。

本诗表面上描写的是斧把与斧头。这两种物品引申出来的含义就是：斧把代表妻子，斧头则代表丈夫，一个成年的男子想要找一个意中人做妻子，就像一把斧头必须有一个合适的斧把一样。

如果斧把过粗、过细，就难以插进斧头眼中，这样斧头就不能使用了；如果砍来的斧把有结疤或对榫有问题，那么这把斧头同样会因为不称手，而变得难以使用；如果砍来的斧把七歪八扭，斧子使用起来一定会非常别扭，所以只有合适的斧头和斧把结合在一起，才能很好完成工作。同样的道理，要找到自己的意中人，娶回心仪已久的意中人，就要有一定的方法和程序，这就是媒人的存在意义。

诗人看到自己中意的女子之后，就央求媒人去女子家中提亲，最终他和女子的姻缘确定了下来，在举行了一场十分隆重的迎亲礼之后，男子如愿将女子娶到家中。男子感到十分得意，情绪也很兴奋，这首诗就是一首凝聚了他自得自悦的心情的欢歌。

古代诗歌常有很多的谐音。这首诗中的“斧”字就和“夫”字相同，柄子配斧头，就是指的妻子配丈夫。而诗中的“匪媒不得”“笾豆有践”，则展示了古时娶妻的具体过程：首先是媒人替两家人介绍牵线，然后经过多道程序，双方同意结为亲家，最后两家人为新人举办隆重的迎亲礼仪。

诗中所描述的就是中国古代的喜庆场景，同时也将中国人对婚姻大事的严肃和重视完整地展现了出来。后代的人经常会将媒人称为“伐柯”，而将为人做媒之事称作“作伐”。从诗的引申和隐喻意义来看，其意义的重点在于“伐柯伐柯，其则不远”这两句。在这里，“伐柯”这两个字，已经从丈夫找妻子这样狭义的比喻，上升到了广义的比喻中。从斧与柄的关系出发，诗人强调只有两种事物相互协调才能发挥作用，砍伐树枝的斧头就要和斧柄相协调，同样，在做其他事情的时候，也要考虑两方面的相互协调。而且在协调两方面的关系时，一定要有原则和方法。

◎九罭◎

九罭之鱼①，鳟鲂②。我觏之子③，衮衣绣裳④。

鸿飞遵渚⑤，公归无所，於女信处⑥。鸿飞遵陆⑦，公归不复，於女信宿⑧。

是以有衮衣兮⑨，无以我公归兮⑩，无使我心悲兮！

【注释】

①九罭（yù）：网眼较小的渔网。九，虚数，此处表示网眼很多。②鳟鲂：鳟鱼和鲂鱼。③觏：遇见。④衮：

古时的高级礼服。⑤遵：沿着。渚：沙洲。⑥女（rǔ）：汝。信：再住一夜称信。处：住宿。⑦陆：水边的陆地。⑧信宿：同“信处”，住两夜。⑨有：持有、留下。⑩无以：不要让。

【赏析】

《毛诗序》将《诗经》中很多诗都解释为赞美周公的诗，其历史渊源尚需考证。关于这首诗，闻一多《风诗类钞》说“这是燕饮时主人所赋留客的诗”，是比较让人信服的。不难看出，《九罭》与大多数《诗经》中的诗不同，其形式一改整齐的句式，没有重章叠咏，也没有一唱三叹，而是以时间顺序为线索进行叙述。

“九罭之鱼，鳟鲂”，手忙脚乱地拿了渔网去捕鳟鱼、鲂鱼，是因为“我觏之子，衮衣绣裳”：身着华服的高官来了。“九罭”是网眼较小的渔网，此处强调这一点，是为了体现主人的志在必得。

“鸿飞遵渚，公归无所，於女信处”，鸿雁留宿沙洲水边，第二天就飞走了，不会在同一地点多逗留。诗人发现并巧妙地运用了这一自然现象，用来比喻那位因公出差到此的高级官员的短暂行程：过了今晚您就要回去了。

“鸿飞遵陆，公归不复，於女信宿”，人与鸿雁不同，相逢相聚不易，怎么忍心匆匆告别呢？请您再住一晚吧！挽留的诚意与巧妙的比喻结合，感情真挚，笔法精巧。

“是以有衮衣兮，无以我公归兮”提供了一个古老的传统：留帽，即下层官员或者平民百姓把高级官员的礼服留下来，表达对客人诚恳的挽留。《九罭》为后人提供了先民优秀的待人礼节，此处也是一个重要的考证。这种风气，到后代演变成“留靴”：把离任官员的靴子留下，表示实在不愿让他离去。

“无使我心悲兮”正面点出全诗的感情核心：因客人的离去而悲伤。这是读者可以预料到的结局。与之前活动不相称的是主人的心愿没有达成，那么多真诚的举动仍是没有留下客人，不禁让读者都为之遗憾，同时也为主人的真诚所感动。这个感情总爆发，使读者回顾上文，深感挽留客人的心情诚恳真实，并非只是出于形式。

正是采用这种层层推进的结构，这首诗才取得了强烈的抒情效果，达到了与重章叠咏的诗相异的艺术效果。此诗按时间顺序叙事，其中又巧妙地穿插了起兴手法，艺术手法可谓老道自然。本诗不但形式上值得借鉴学习，更加重要的是它还承载了我国古代先民的好客礼节，为后人留下宝贵的精神财富，也为后人更好地继承和发扬民族精神提供了最初的蓝本。

◎狼跋◎

狼跋其胡①，载疐其尾②。公孙硕肤③，赤舄几几④。

狼疐其尾，载跋其胡。公孙硕肤，德音不瑕⑤。

【注释】

①跋：踩。胡：颈下垂肉。②疐（zhì）：跌倒。③公孙：诸侯之孙。硕肤：大腹便便。④赤舄（xì）：

锡与金合做的鞋头饰物。几几：鲜明。⑤瑕：疵病，过失。

【赏析】

《狼跋》一诗是一首备受争议的诗。其争议点在于狼的意象是褒是贬。《毛诗传》认为是褒其猛，而高亨等人以现代人对狼的意念而言，用贬义嘲笑其窘。

诗的首章以老狼进退的可笑之态写起。“狼跋其胡，载疐其尾”应与下一章首句放在一起理解：老狼往前走，就会踩着自己脖子下的赘肉；向后退，又会踩着尾巴。言外之意是老狼无论怎样都令自己很难堪。写物大都要喻人，诗人笔下的这位“公孙”难道也与老狼一样难堪?

“公孙硕肤，赤舄几几”，一位肥硕的公孙，穿着色彩鲜明的“赤舄”走路，肯定是憨态可掬。诗人所描摹的，是一位穿着五颜六色衣服与饰物、大腹便便的贵族，让人忍俊不禁，调侃、揶揄的意味也就自然地流露出来。这时再回头去体会“狼跋其胡，载疐其尾”的比喻，便会觉得先人的比喻确实妙极。

诗的第二章继续以老狼起兴，但是语气稍有缓和。“公孙硕肤，德音不瑕”，在用老狼的体态调侃公孙之余，又收起笑容补上一句：“您那德行倒也没什么不好”，“德音不瑕”句的跳出，由此化解了揶揄的分量，打趣的语气让诗有了一种诙谐之感，而对人的品德也不忘赞扬，可见这人也是可亲近之人。无论所美之人是谁，都让人在发笑之后明白一个道理：人的外表举止难看无关大雅，品德高尚，就能赢得世人敬重。

此诗的分寸把握得也好。这样的调笑，对于公孙来说，也确有不恭之嫌，但诗人却用了最后一句将全诗的基调大逆转，将调侃转为对人品的赞颂。

《狼跋》用日常化的语言，百姓式的调侃，独具幽默地为读者描绘出一位其貌不扬却品德高尚的人的形象，在《诗经》中这种幽默焕发出了奇特的魅力。

雅篇

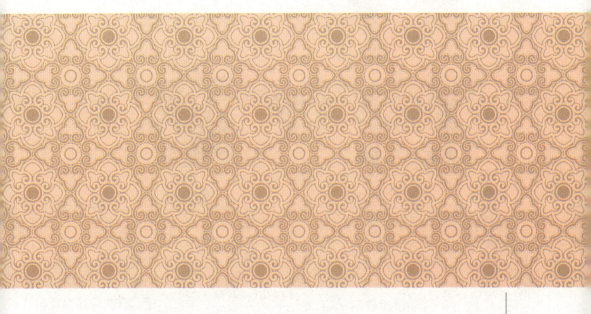

小雅与大雅

诗经

《风》——地方民歌

《雅》——朝廷正乐

《颂》——祭祀之乐

雅，即正，“言王政之所废兴也”，指西周王畿的乐调。

政有大小，故有《小雅》《大雅》之分。

《小雅》，74 篇。

作者

上层贵族

下层贵族

地位低微者

作品类别

战争诗

关于战争和劳役的作品最突出。

《采薇》
《杕杜》
《何草不黄》
《出车》
《六月》
《采芑》等

怨刺诗

指斥政治黑暗，悲悼周王朝国运已尽，忧国哀民，感叹自身遭遇。

《节南山》
《正月》
《十月之交》
《雨无正》
《巷伯》等

宴飨诗

以君臣、亲朋欢聚宴享为主要内容。

《鹿鸣》等

《大雅》，31 篇。

作者

主要是上层贵族

作品类别

主要歌颂周王室祖先乃至武王、宣王等功绩。有些诗篇也反映了厉王、幽王的暴虐昏乱及其统治危机。

《小雅》的内容广泛丰富，它立足于社会现实生活，没有虚妄与怪诞，极少超自然的神话，祭祀、宴饮、农事是周代社会经济和礼乐文化的产物，其他诗则是对时政世风、战争徭役、婚姻爱情的叙写。

小雅

◎鹿鸣◎

呦呦鹿鸣①，食野之苹②。我有嘉宾，鼓瑟吹笙。吹笙鼓簧③，承筐是将④。人之好我，示我周行⑤。

呦呦鹿鸣，食野之蒿⑥。我有嘉宾，德音孔昭⑦。视民不恌⑧，君子是则是傚⑨。我有旨酒⑩，嘉宾式燕以敖⑪。

呦呦鹿鸣，食野之芩⑫。我有嘉宾，鼓瑟鼓琴。鼓瑟鼓琴，和乐且湛⑬。我有旨酒，以宴乐嘉宾之心。

【注释】

①呦（yōu）呦：鹿的叫声。②苹：艾蒿。③簧：笙上的簧片。笙是用几根有簧片的竹管、一根吹气管装在斗子上做成的。④承：奉上。将：送，献。⑤周行：大道，引申为大道理。⑥蒿：又名青蒿、香蒿，是一种菊科植物。⑦德音：美好的品德声誉。孔：很。⑧视：同“示”。恌：同“佻”。⑨则：法则，楷模，此处作动词用。⑩旨：甘美。⑪式：语气助词。燕：同“宴”。敖：游乐。⑫芩（qín）：草名，蒿类植物。⑬湛（dān）：乐之久。

【赏析】

《鹿鸣》这首诗原来是君王在宴请群臣时唱的诗，后来在民间也逐渐得到了推广，在乡人的宴会上也经常可以听到人们唱这首歌。

“呦呦鹿鸣，食野之苹。我有嘉宾，鼓瑟吹笙”，通过鹿鸣起兴，来表现君臣宴饮的氛围。东汉末年曹操作的《短歌行》中，就引用了这四句，来表示自己求贤若渴的心情。

通过这四句，读者仿佛可以看到一群麋鹿在原野上悠闲地吃草，它们不时发出呦呦的鸣叫声，叫声相互回应，让人觉得非常和谐悦耳。这样的画面，营造出一个美好、宁静、悠闲的氛围。可以想象，在君王宴请大臣的宴席上，要是也有这样的氛围，那会是多么的轻松愉快，拘谨和紧张的感觉都会消失，人们都会放松下来。在等级森严的社会上，君臣之间礼数太周到，就会变得有些生疏。所以君王会通过宴会来和群臣沟通感情，倾听群臣的心里话。

按照当时的礼仪，宴会上是一定要奏乐的。因此接下来,诗人便从“呦呦鹿鸣”的氛围转入“鼓瑟吹笙”的乐声中。当时在一场宴会上需要演唱三首诗歌，因为《鹿鸣》这首诗在歌唱时需要用笙乐来相配，所以诗中才会说“鼓瑟吹笙”。

虽然现在无从得知这首诗的旋律，但是分析全诗三节的内容，就会发现，它们都拥有非常欢快的节奏，所以可以判定，这首诗始终洋溢着欢快、愉悦的气氛。作为一首宴飨之乐，此诗是没有一点哀音的。

诗的第一节，君王和大臣们相互迎合着，气氛和乐，乐工们吹奏起了琴瑟笙箫。在音乐声中，君王安排小臣们“承筐是将”，也就是捧着成筐的礼品币帛，将它们馈赠给前来赴宴的嘉宾们。在酒宴上馈赠礼品是古人的习惯，君主认为这些来赴宴的大臣都是尊重他、爱戴他，能够给他提出谏言的人。“人之好我，示我周行。”君主感谢他们帮助自己施行治国安邦之道，并希望将来能够继续和他们有良好的沟通。

第二节，君王进一步表示自己的祝词，对君主来说，这些大臣们都是品德崇高的人，他们在老百姓面前说话办事总是诚心敬意，从不耍花招、使奸巧。君主觉得自己应该以他们为表率，向他们学习。君主之所以要这样说，一方面是为表示自己是一位虚心好学、能接受意见的君主，另一方面是为了要求自己的臣子成为清正廉明的好官，希望他们能够矫正民风。君王愿意和大臣们一起畅饮，纵情歌舞，上下同乐。

“宴乐嘉宾之心”这一句将诗的主题深化了。在最后一节中，诗中的欢乐气氛达到了最高潮。但君王这次宴请大臣并不是为了满足口腹需要，而是要做到“安乐其心”，达到沟通君臣关系，彰显君主的威仪和亲和，使所有参与宴会的群臣心甘情愿为君王和国家服务的目的。

◎四牡◎

四牡騑騑①，周道倭迟②。岂不怀归？王事靡盬③，我心伤悲。
四牡騑騑，啴啴骆马④。岂不怀归？王事靡盬，不遑启处⑤。
翩翩者鵻⑥，载飞载下，集于苞栩⑦。王事靡盬，不遑将父⑧。
翩翩者鵻，载飞载止，集于苞杞⑨。王事靡盬，不遑将母。
驾彼四骆，载骤骎骎⑩。岂不怀归？是用作歌，将母来谂⑪。

【注释】

①四牡：四匹公马。騑（fēi）騑：马不停地走而显得疲劳。②倭迟：道路迂回遥远的样子。③靡盬（gǔ）：不牢固。④啴（tān）啴：喘息的样子。骆：黑鬃的白马。⑤启处：指在家安居休息。⑥鵻（zhuī）：一种短尾的鸟，也叫鹁鸠、夫不。⑦苞：茂密。栩（xǔ）：栎树。⑧将：奉养。⑨杞：杞树。⑩骎（qīn）骎：形容马走得很快。⑪谂（shěn）：想念。

【赏析】

本诗一开始，就展现出一幅类似于现代电影开篇时的画面：镜头由远及近，一片空旷的原野上，草木稀疏，荒无人烟，唯有蜿蜒曲折的道路兀自向前，道路上，升腾的黄土中，隐隐约约呈现出一辆急急赶路的车骑。接着镜头在车骑上定格，让其细节能够极尽展现，位于最前面的四匹高头大马，原本光鲜雄壮，如今变得疲劳不堪，勉力坚持，车帷因颠簸上下摇晃，濒临散落的边缘。错落着抬起又放下的马蹄，挥汗如雨、满脸急切的驭者，轰隆吱嘎以及扬鞭催马的声响，述说着奔忙的日久和时间的紧迫。诗人的身份可能是一名军中的传递信使，也可能是一位普通的下层官吏，但肯定负有重要的责任和使命，所以他才要疲于奔命地催马扬鞭，刻不容缓。

在辛苦奔忙之时，他在想些什么？当然有“王事靡盬”的沉重，但比这一点更重要的，却是下文中所提及的“岂不怀归”，这种无奈和哀怨，作为人之常情，比责任、辛劳更能纠结人心。马车跑得越快，离故乡和亲人就越远，所以他深情地念叨、反问着：“我岂能不想着回家？”这种反问句式所蕴含的含蓄之意，吞吐之情，丰富细腻、耐人寻味，把远行者欲言又止、一言难尽的思想感情，描摹得淋漓尽致。

在思念亲人时，诗人目之所及都涂上了一层感情色彩。旅途中并非什么都没有，只是当时诗人心中烦乱，无心关注，但当空中的鸟儿轻快地划过视线，载息载止时，诗人的情感防线哨然决堤，不由得吟哦自语：“翩翩者鵻，载飞载下，集于苞栩。”鹁鸠非常闲逸自由，累了可以任意停歇，不时发出一阵叽叽喳喳的鸣叫，欢快悦耳。相比之下，主人公却非常不自由，有家归不得，有父母不能奉养。作者表面是写鸟儿，实际上却是以旁衬对比的艺术表现手法，反衬自己的无奈。

细究之下，这一比兴还有更深层的意蕴在里面。鵻又称夫不，《左传·昭公十七年》：“祝鸠氏，司徒也。”疏云：“祝鸠，夫不，孝，故为司徒。”俞樾《群经平议·毛诗》：“夫不乃孝鸟，其载飞载下，或以恋其父母使然。”道路上鸟儿肯定很多，但诗人单说孝鸟，足见其意义所指：自己忙于公事，常年在外，无法尽孝于父母，连路边的鸟儿都比不上，当真难辞其咎。诗人以此比兴，使孝鸟与不孝的自己作对照，深深地自我埋怨，增加了诗作的情感力度。

鸟儿的状态是主人公所渴望的，而对马儿形象的反复渲染则有作者同病相怜的意味在里面，诗作第一、二、四章写到马，无一不蕴含着深意：精心挑选的骆马华贵美丽、高大矫健、毛色规整，却不得不终日拼命地四处奔跑，累得气喘吁吁也无法停歇，这和诗人的处境何其的相似。主人公虽然有个正式的职务，看似光鲜安稳，也许还受到一些人的敬仰，但公事繁多、责任重大，需要日夜操劳奔波，无法在家奉养双亲，以尽人子之责，更没有半点的轻松和安闲，照应三、四章不受管束的鵻鸟的安闲。

尽管这首诗是发泄不满“王事靡盬”的牢骚，但也可理解为勉力尽忠王事之作。作者忠于职属，忠孝无法两全，择忠而愧父母，从而为诗作披上一层赞颂色彩。古代时，普通百姓被迫服各种劳役或兵役，是一种无条件的义务，没有报酬，但下层官吏不同，他们是一种有报酬的劳动，“食人食则忠人事”是对官员的起码要求，也是道德之所在。所以，作者虽然埋怨，虽然无法照顾双亲，但还是首先以公事为重，仅仅在路途上的间隙中，一诉自己的忧伤和对父母的愧疚，展现出较高的思想境界。

统治者们也往往选择此说，借其慰劳使臣的风尘劳顿。《毛诗序》说此诗“劳使臣之来也”。对于这种解释，历来褒贬不一，多被争论，唯一可以确信的是，此为一首写公务缠身的小官吏的行役诗，它与《诗经》中其他同类题材诗一起，是后世行役诗的滥觞。

◎皇皇者华◎

皇皇者华①，于彼原隰②。駪駪征夫③，每怀靡及④。
我马维驹，六辔如濡⑤。载驰载驱⑥，周爰咨诹⑦。
我马维骐⑧，六辔如丝⑨。载驰载驱，周爰咨谋⑩。
我马维骆⑪，六辔沃若⑫。载驰载驱，周爰咨度⑬。
我马维骃⑭，六辔既均⑮。载驰载驱，周爰咨询⑯。

【注释】

①皇皇：犹言“煌煌”，形容光彩甚盛。②原隰（xí）：原野上高平之处为原，低湿之处为隰。③駪（shēn）駪：众多貌。征夫：这里指使臣及其属从。④靡及：不及。⑤六辔：古代一车四马，马各二辔，其中两骖马的内辔，系在轼前不用，故称六辔。如濡：新鲜有光泽貌。⑥载：语助词。⑦咨诹（zōu）：商量，咨问。⑧骐：青黑色的马。⑨如丝：指辔缰有丝的光彩和韧度。⑩咨谋：与“咨诹”同义。⑪骆：白毛的马。⑫沃若：光泽盛貌。⑬咨度：与“咨诹”同义。⑭骃：杂色的马。⑮均：协调。⑯咨询：与“咨诹”同义。

【赏析】

《皇皇者华》是一首赞美使臣不辞辛苦广采民意的诗。

诗共有五节，其中四节的内容，诗人都用来描写奔波在路上的各色马匹。诗人不厌其烦描绘着它们“载驰载驱，周爰咨诹”的样子，这样写的目的就是为了告诉我们，像他一样的征夫有很多，他们策马驰骋在路上、来去匆匆，勤劳地为君王求访民声，可见他们对君主的忠诚。

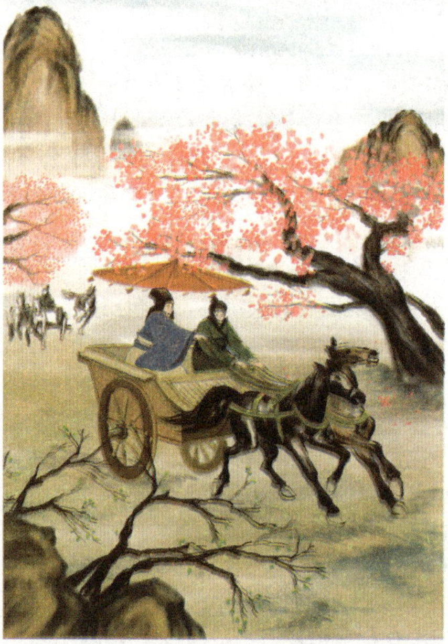

诗中描写了身负国君的命令的大臣四处去搜集民间情况，他广询博访的目的是为了向上可以宣扬国家的明德，向下可以辅助自己的不足。为了完成任务的使臣在旅途中时刻谨记君王的教导，忠于职守。他们行走在乡野民间，不辞辛劳，还深感自己有做得不够的地方。

本诗极具艺术效果，全诗通过“皇皇者华”一句起兴，统领全文。本诗前后各章，交相辉映，联系紧密，照顾周密。本诗语言开朗活泼，朝气蓬勃，押韵得体，具有很强的可诵性。

“煌煌的花枝，已盛开在原隰之上了。奉使的征夫，已骁骁然奔驰于行道之中了。怀着国家的使命，常想着自己的不足。”这一段话说得委婉而寄意深长，表达了君主对自己的使臣的慰问之情，他知道使臣为了帮助他得到民声而在路上奔波，十分辛苦，同时君主又告诫使臣一定要时刻谨记自己的职责，要忠于自己的使命，君主希望自己的使臣能够常常用“靡及”来自警。虽然这几句话说得分外委婉，但是同时他又具有十分庄重的感觉。本节同时为后面几节中君主所言的具体内容做了铺垫。

本诗从第二节至第五节都是在用使臣的口气反复表达君主的教诲，可见使臣将君主的教诲时刻记在了心上，他时时刻刻都在告诫自己要忠于职守。

第二节中的前三句：“我马维驹，六辔如濡。载驰载驱”都是使臣在自述他在民间收集民声的征途上所遇到的情况。第四句“周爰咨诹”，则表明了“博访广询，多方求贤”的意义是什么，同样也告诉了我们“君教使臣”的主要内容，更是点明了“每怀靡及”一句中使臣怀思的是什么。

第三节至五节所表述的内容和第二节基本相同，只是在几个词语上稍做了修改。“我马维骐，六辔如丝”“我马维骆，六辔沃若”“我马维骃，六辔既均”。这几句话虽然更换了几个字，但是其用意都是为了展现奉命出行的使臣在途中所看到的盛况。第二节的“载驰载驱，周爰咨诹”，第三节的“载驰载驱，周爰咨谋”，第四节的“周爰咨度”，第五节的“周爰咨询”，它们的意义都是“遍于咨询”，也就是君主要他做到“广询博访”的意思。这些词句的不断重叠，反复表明在征途之中的使臣没有一刻忘记过君命。

通读全诗，就会发现“每怀靡及”和“周爰咨诹”这两句，是本诗关键所在。本诗通过第一节的“每怀靡及”总领全文，引出第二节以下的“周爰咨诹”“周爰咨谋”“周爰咨度”等句子的含义，让我们明白了君教使臣的含义，同时很好地体现了君子嘱托使臣“每怀靡及”的殷殷之意。

◎常棣◎

常棣之华[①]，鄂不韡韡[②]。凡今之人，莫如兄弟。

死丧之威[③]，兄弟孔怀[④]。原隰裒矣[⑤]，兄弟求矣。

脊令在原[⑥]，兄弟急难。每有良朋[⑦]，况也永叹[⑧]。

兄弟阋于墙[⑨]，外御其务[⑩]。每有良朋，烝也无戎[⑪]。

丧乱既平，既安且宁。虽有兄弟，不如友生[⑫]。

傧尔笾豆[⑬]，饮酒之饫[⑭]。兄弟既具[⑮]，和乐且孺[⑯]。

妻子好合⑰，如鼓瑟琴。兄弟既翕⑱，和乐且湛⑲。
宜尔室家⑳，乐尔妻孥㉑。是究是图㉒，亶其然乎㉓。

【注释】

①常棣：亦作棠棣、唐棣，蔷薇科落叶灌木，果实比李小，可食。②鄂不：萼足。韡（wěi）：鲜明貌。③威：通“畏”。④孔怀：最为思念、关怀。孔：很，最。⑤裒（póu）：聚集。⑥脊令：通“鹡鸰”，一种水鸟。⑦每：虽。⑧永：长。⑨阋（xì）：争吵。⑩御：抵抗。务：通“侮”。⑪烝：通假作“曾”，乃。戎：帮助。⑫友生：友人。⑬傧（bìn）：陈列。笾（biān）豆：祭祀或宴会时用来盛食物的器具。笾用竹制，豆用木制。⑭饫（yù）：满足。⑮具：同“俱”，聚集。⑯孺：相亲。⑰好合：相亲相爱。⑱翕（xī）：聚合。⑲湛：深厚。⑳宜：和顺。㉑孥（nú）：儿女。㉒究：深思。图：考虑。㉓亶（dǎn）：信、确实。然：如此。

【赏析】

西周初年的时候，曾经出现过周公的兄弟管叔和蔡叔的叛乱。根据这件事，《毛诗序》判定《常棣》是周公写的：“《常棣》，宴兄弟也。闵管、蔡之失道，故作《常棣》。”西周末年，统治阶级骨肉相残、手足相害的事情发生得更多了。《左氏春秋》认为《常棣》是厉王时召穆公所作的，《左传·僖公二十四年》：“召穆公思周德之不类，故纠合宗族于成周，而作诗曰：‘常棣之华……’云云。”

其实，无论《常棣》的作者是周公抑或是召穆公，都没有足够的证据可以证明，因此，读者不妨将“常棣”当成一个文学意象。“凡今之人，莫如兄弟”这两句可视作《常棣》这首诗的主旨。它是一首在周人宴会上劝诫兄弟友爱的诗，既有叹惜，又有警世规劝的意思。

本诗所表达的内容通过四个层次表现出来，有“莫如兄弟”这样的歌唱；也有“不如友生”这样的感叹；还有“和乐且湛”这样的推崇和期望。第一层就是第一节，这一节用棠棣之花来起兴，“常棣之华，鄂不韡韡”，这两句通过赞叹常棣之花的鲜明娇艳来比喻兄弟之间的感情。“鄂不”这个词的意思是花萼和花蒂有所依托，两者紧密相依，这是花朵美丽的基础。由此引出“凡今之人，莫如兄弟”这两句，在全世界，只有兄弟之间的情义才是最坚固的。这一句既赞美了兄弟之间的亲情，同时也是对中华民族传统人伦观念的一种展现。

接下来的三节中，诗人描绘了三个典型情境，用这样的情景表现出“莫如兄弟”这句话的意义。

这一层首先描写兄弟之间的深厚感情：如果有一方遭遇了死丧，剩下的人一定会感到悲痛；若有一方被埋尸荒野，剩下的那个一定会不远万里带他回去。

第二部分写到兄弟之间如果有一方遇到了困难，另一方一定会去帮助。“脊令在原”这一句郑笺是这样解释的：“雍渠水鸟，而今在原，失其常处，则飞则鸣，求其类，天性也。犹兄弟之于急难。”鹡鸰是一种被困处高原时就飞鸣寻求同类的鸟。这样的鸟正好符合兄弟急难时互相救助的情景。

第三部分是写兄弟之间如果有一方遭遇了外人的侮辱或者非难，那么他的兄弟一定会鼎力帮助他。就算亲兄弟之间也会因为一些琐事发生争执，但是当他们遭遇外敌之时，他们一定能做到一致对外。

这三节对兄弟之情的反复吟咏，加强突出了兄弟团结的重要意义。这一部分通过“死丧”“急难”和“外御”这三个词，描写了兄弟之情的诚笃深厚。

前面两部分诗人是从正面来赞颂理想中的兄弟之情，而诗的第三层所描写的内容，从正面的理想回到了当时的现实；也就是理想中的“莫如兄弟”变成了现实中的“不如友生”。

“虽有兄弟，不如友生”，诗人叹息着：丧乱平息，安宁来临之后，虽然有兄弟，但是“不如友生”的情况也许就会发生了。虽然兄弟之间可以共御外侮，但是当没有外敌之后，兄弟之间就会发生内斗，这样的内斗会使得兄弟之间产生矛盾，这样一来，兄弟之间的相处就比不上朋友之间的和谐美好了。

接下来，诗人展示了兄弟和乐、骨肉相亲、夫妻和睦、全家团圆的场景。兄弟和乐融融，夫妻琴瑟和谐。第七节中“妻子”和“兄弟”的对照，表明兄弟之情是胜过夫妇之情的；因为只有兄弟和睦，才能室家安宁，也就是“兄弟既翕”，才能“宜尔室家，乐尔妻孥”，所以和睦的兄弟关系是家族和睦、家庭幸福的基础。

兄弟友爱，手足亲情，是永恒的文学主题。本诗用对比的方法，凸显了“凡今之人，莫如兄弟”这一主旨。诗中对于手足之情的描写，真挚感人，影响深远。

古人看重和强调兄弟亲情是有其特殊原因的，一方面是因为血缘；另一方面是父系社会的观念使然。男性是国家和家庭的主宰，也是传宗接代的主角，兄弟担任着双重的主角，其重要性不言而喻。

◎伐木◎

伐木丁丁①，鸟鸣嘤嘤②。出自幽谷，迁于乔木。嘤其鸣矣，求其友声。相彼鸟矣③，犹求友声。矧伊人矣④，不求友生。神之听之⑤，终和且平⑥。

伐木许许⑦，酾酒有藇⑧。既有肥羜⑨，以速诸父⑩。宁适不来⑪，微我弗顾⑫？於粲洒扫⑬，陈馈八簋⑭。既有肥牡⑮，以速诸舅⑯。宁适不来，微我有咎⑰。

伐木于阪，酾酒有衍⑱。笾豆有践⑲，兄弟无远。民之失德⑳，乾餱以愆㉑。有酒湑我㉒，无酒酤我㉓。坎坎鼓我㉔，蹲蹲舞我㉕。迨我暇矣㉖，饮此湑矣。

【注释】

①丁（zhēng）丁：砍树的声音。②嘤嘤：鸟叫的声音。③相：审视，端详。④矧（shěn）：况且。伊：你。⑤听之：听到此事。⑥终……且……：既……又……。⑦许（hǔ）许：砍伐树木的声音。⑧酾（shī）：过滤。有藇（xù）：酒清澈透明的样子。⑨羜（zhù）：小羊羔。⑩速：邀请。⑪宁适不来：难道有事不能来。⑫微：非。弗顾：不顾念。⑬於粲洒扫：清洁庭院忙打扫。⑭陈：陈列。簋（guǐ）：盛放食物用的圆形器皿。⑮牡：雄畜。诗中特指公羊。⑯诸舅：异姓亲友。⑰咎：过错。⑱衍：美好的样子。⑲笾（biān）豆：盛放食物用的两种器皿。践：陈列。⑳民：人。㉑乾餱（hóu）：干粮。愆：过错。㉒湑（xǔ）：滤酒。㉓酤：买酒。㉔坎坎：鼓声。㉕蹲蹲：舞姿。㉖迨：等待。

【赏析】

《伐木》是一首宴请亲朋故旧的诗歌。

本诗共有三节，后两节的内容都是集中笔墨来描写宴饮，这是因为在那个时代，宴饮是建立和维系友情的重要手段。在诗中，作者采用了一种先迂回后正面的表达方式。

第一节通过鸟鸣来比喻人不能没有亲友。本节的开篇用“丁丁”的伐木声和“嘤嘤”的鸟鸣声营造了一个伐木声和鸟鸣声交融在一起的空山清响的气氛。鸟儿被叮叮的伐木声惊醒，感到即将有一场灾难就要降临，于是它们发出了“嘤嘤”的啼鸣声。虽然感到十分恐慌，但是它们并没有忘记通知自己的同类赶紧搬家迁居。于是，林中到处都响起了鸟鸣声，群鸟听见这些报警之声立即行动了起来，从“幽谷”

搬迁到了“乔木”，就这样，避免了一场灭顶之灾。

诗人认为帮助鸟儿及时脱离险境的因素就是友情，帮助鸟儿们继续过着安宁生活的还是友情。“相彼鸟矣，犹求友生。矧伊人矣，不求友声。”鸟儿都可以通过鸣叫声来示警和寻友，那么作为人，就更应该通过自己的努力来经营好友情，让亲朋好友都拥有和平安宁的生活。

人有时会被冷落、被抛弃，有时会因为各种缘故失去友情，生活中会发生许许多多矛盾和纷争，这些都是不珍惜友情所带来的。作者最后说“神之听之，终和且平”，从人情天理说，只要人们之间能够相亲相爱，那么这个世界也将会变得和平安宁。这既是对神的祈求，也是对神的宣誓。

诗人决定要用丰盛的酒肴，来热诚地款待亲友。他解释说，诸父诸舅“宁适不来”的原因应该是“微我有咎”。第二节描绘出筹办筵席的热闹场面，诗人决定用纯净的美酒、上好肥嫩的羔羊以及丰盛的美食来招待自己的亲友，同时又勤快地将院落打扫干净，这些都表明主人是诚心诚意要招待大家，他宴请的目的不只是出于礼仪，更多的是为了寻求友谊。

他所邀请的都是他的长辈，其中他有同姓的“诸父”，也有他异姓的“诸舅”。诗人希望他邀请的客人都能够光临，他害怕自己有所疏忽，而落下一个朋友，诗人顾虑着“怎能邀请了他们不肯来？千万莫要再见怪。”

倘若他的父兄朋友们因为各种原因没有来，那么也一定有他们的原因吧。但诗人还是满怀期待地等着他们的到来，希望愈大，诗人就愈怕落空，这种“患得患失”的感觉，写得很真实，字里行间都表明诗人诚恳寻找朋友的决心和对友情坚定不移的追求。

第三节的前四句，是第二节的延续和发展，简单地告诉读者，这次请的是同辈的朋友，酒菜也十分丰盛，诗人用周到的礼节招待他们，和招待长辈时一样尽心。诗人的目的是为了告诉世人，无论长幼亲疏，都要做到互相友爱。

这一节体现了作者美好的愿望。宴会中酒杯已经斟满了，桌子上陈列着满满的美食，其实兄弟之间的距离并不遥远。作者希望普通人之间绝不“乾餱以愆”，而要做到以诚相待。亲友之间要“有酒湑我，无酒酤我”，相互理解、信任、和睦快乐地相处，这种团结友爱、皆大欢喜的气氛，寄托着诗人殷切的期望。

◎天保◎

天保定尔，亦孔之固[①]。俾尔单厚[②]，何福不除[③]？俾尔多益，以莫不庶[④]。

天保定尔，俾尔戬穀[⑤]。罄无不宜[⑥]，受天百禄。降尔遐福，维日不足[⑦]。

天保定尔，以莫不兴。如山如阜[⑧]，如冈如陵，如川之方至[⑨]，以莫不增。

吉蠲为饎[⑩]，是用孝享[⑪]。禴祠烝尝[⑫]，于公先王[⑬]。君曰卜尔[⑭]，万寿无疆。

神之吊矣⑮，诒尔多福⑯。民之质矣⑰，日用饮食。群黎百姓，遍为尔德⑱。

如月之恒⑲，如日之升。如南山之寿，不骞不崩⑳。如松柏之茂，无不尔或承。

【注释】

①亦孔之固：把稳固赐给你。②俾：使。尔：你。单厚：确实很多。③除：给予。④庶：众多。⑤戬穀（jiǎn gǔ）：福禄。⑥罄：所有。⑦维：通“惟”，惟恐。⑧阜（fù）：土山。⑨川之方至：河水涨潮。⑩吉：吉日。蠲（juān）：祭祀前沐浴斋戒使清洁。饎：祭祀用的酒食。⑪是用：即用是，用此。⑫禴（yuè）祠烝尝：一年四季在宗庙里举行的祭祀的名称。春祠，夏禴，秋尝，冬烝。⑬公：先公，周之远祖。⑭君：祭祀中扮演先公先王的神尸。⑮吊：降临。⑯诒（yí）：通“贻”，送给。⑰质：质朴。⑱为：通“化”，感化。⑲恒：指月到上弦。⑳骞（qiān）：亏损。

【赏析】

有学者认为，《天保》是“召公致政于宣王之时祝贺宣王亲政的诗”（赵逵夫《论西周末年杰出诗人召伯虎》）。召伯虎是宣王的抚养人、老师及臣子，在宣王登基之初，他对新王表达自己的鼓励和期望，希望新王登位后能励精图治。作为一个具有远见卓识的政治家，他在诗作中也表达了自己“敬天保民”的政治理想。

作者首先呈言，宣称新王受天命而即位，上天肯定会维护其统治，宣王治理下的国家定会稳固长久，口吻大气，充满了说服力和感染力。在此章后半段，作者又语重心长地鼓励：“俾尔单厚，何福不除？俾尔多益，以莫不庶。”反复肯定上天降临给宣王各种各样、所有可能存在的福分，宣王只管放心就好。

第二章，作者还是从不同角度表明上天的厚爱，声称新王即位后，上天将竭尽所能，“罄无不宜”地保佑王室，使其安定繁荣、一切顺遂。作者甚至夸张地写道：上天时时刻刻都在全力地降福，不担心福分太多，只担心他用来赐福的时间不够用。寥寥数语，以一种极端的方式展示出上天的福赐之厚、眷顾之周。

以上两章中，各种祝福都说尽了，所有角度也都用完了，但作者还嫌不够。在第三章中，他用反复譬喻的博喻方法，设譬连珠，精心描摹，极言上天对新王的佑护与偏爱：他的恩泽如巍峨的山峦、丰腴的土阜、平整的高岗、入云的山峰以及正值涨潮的河川，雄伟壮大，气势非凡。作者想到了一切大气、宏阔、厚重的意象，用来形容新主的福泽之厚，并预示今后国家的百业兴旺，使得诗作形象鲜明生动，气氛热烈而又典雅。

通过以上的言辞，对上天眷顾的描述已再难复加，诗作从第四章起，开始笔锋转向，诉说对祖先的祭祀，以期他们对新主的护佑。作者先写新王选择吉利的日子，举行了祭祀祖先的仪式，祖先们受祭而降临，给予新主福分，使得国泰民安、一派祥和繁盛。对于新主来说，上天的恩泽可能虚无缥缈一些，它仅存于自己的想象，毕竟每一位君王都宣称自己为天子，数目太多，结局各异，难证其实，而自己的祖先则显得更加实在，他们与新主互为亲人，有着血浓于水的亲情，新主更易信任、放心。

作为一国之主，单靠神灵护佑是不够的，他的统治还需要百姓的支持，第五章的后四句，开始表达国人的拥戴。作者在此把这个问题提了出来，打消了新主的隐忧：“民之质矣，日用饮食。群黎百姓，遍为尔德。”百姓们非常的质朴，而且很拥戴您的统治，因为质朴，所以容易管理，不易动乱；因为拥戴，所以易于驱遣，便于新主完成雄图伟业。

在新主悬着的心彻底放下来之后，作者又加上了一章，作为气势的帮衬，末章跟第三章一样，用了博喻的手法：您的统治一定会和月亮一样恒定，和初升的太阳一样蒸蒸日上，和南山一样长寿，和松柏一样茂盛。用世间最美好的事物作比，对年轻君王毫无保留地热情鼓励，让听者动容。想必现在的君王心中，一定会充满着无尽的信心、朝气和力量吧。

《天保》通过臣下对君主的祝颂，祈求苍天神灵赐福，较为集中地反映了周人敬天保民的思想意识。一、二、三章是“敬天”，体现出周人稳定而强烈的天命观，几乎与天平齐的，还有祖先及其神灵，诗的后半部分，重视祭祖祀神，反映出这一理念。其实，“天”“祖”，代表的是君主自己，他们秉承上天旨意治理天下，其降生、继位乃至覆灭，都是上天意志的安排。先祖应天顺民但事业未竟，后来的君主若能继承先祖的德行，自然就会得到其庇护和万民的拥戴。由此，古代君主“敬天”“敬祖”，实质上是在警诫自我，让自己有所依循和敬畏。

“保民”思想即“以德为政”，《礼记》云：“殷人尊神，率民以事神。”“周人尊礼尚施，事鬼敬神而远之。”周人此种“保民”思想，与殷商相比，有着极大的进步意义。三千年后的今天，顺应自然规律的“敬天”思想，和关注民生的“保民”思想，仍然没有过时，对国家的长治久安、繁荣兴旺依然有着极其重要的作用。

◎采薇◎

采薇采薇①，薇亦作止②。曰归曰归③，岁亦莫止④。靡室靡家⑤，玁狁之故⑥。不遑启居⑦，玁狁之故。

采薇采薇，薇亦柔止。曰归曰归，心亦忧止。忧心烈烈⑧，载饥载渴⑨。我戍未定⑩，靡使归聘⑪。

采薇采薇，薇亦刚止⑫。曰归曰归，岁亦阳止⑬。王事靡盬⑭，不遑启处。忧心孔疚⑮，我行不来⑯。

彼尔维何⑰？维常之华⑱。彼路斯何⑲？君子之车⑳。戎车既驾㉑，四牡业业㉒。岂敢定居？一月三捷。

驾彼四牡，四牡骙骙㉓。君子所依㉔，小人所腓㉕。四牡翼翼㉖，象弭鱼服㉗。岂不日戒㉘？玁狁孔棘㉙。

昔我往矣，杨柳依依㉚。今我来思㉛，雨雪霏霏㉜。行道迟迟，载渴载饥。我心伤悲，莫知我哀。

【注释】

①薇：豆科植物，可食用。②作：初生。止：语助词。③曰：说。④岁亦暮止：一年将尽之时。⑤靡：无。⑥玁狁（xiǎn yǔn）：北方少数民族。春秋时代称为狄，秦汉时称匈奴。⑦不遑：没空。启居：跪和坐，指安居。⑧烈烈：火势很大的样子，此处形容忧心如焚。⑨载：语气助词。⑩戍：驻守。定：安定。⑪使：传达消息的人。聘：探问。⑫刚：指薇菜由嫩而老，变得粗硬。⑬阳：阴历十月。⑭盬（gǔ）：休止。⑮孔疚：非常痛苦。⑯不来：不归。⑰尔：“茶”的假借字，花盛开貌。维何：是什么。⑱常：常棣，棠棣。⑲路：高大的马车。⑳君子：指将帅。㉑戎车：兵车。㉒四牡：驾兵车的四匹雄马。业业：马高大貌。㉓骙（kuí）骙：马强壮貌。㉔依：依靠。㉕小人：指士卒。腓：隐蔽。㉖翼翼：行止整齐熟练貌。㉗象弭：象牙镶饰的弓。鱼服：鱼皮制成的箭袋。㉘日戒：每日警备。㉙棘：同“急”。㉚依依：柳枝随风飘拂貌。㉛思：语气助词。㉜雨（yù）：作动词，下雪。霏霏：雪花纷飞貌。

【赏析】

《采薇》是《诗经》里的名篇，诗的第一部分为前三章；第二部分为四、五章；最后一章为第三部分。作为归途中的回忆之作，诗以倒叙写起，由“采薇”开题，末尾以“莫知我哀”终结。

寒冬季节，淫雨霏霏，夹杂着乱雪，道路泥泞，景象苍凉，一名衣衫破旧的老兵独自行走在回返故乡的路上。身劳力疲之中往昔困苦危难的军旅生涯一幕幕回荡在他的心间，不禁百感交集，心酸欲泣，于是吟成这一喟叹悲凄之作。

“薇菜啊，薇菜啊，你发芽出生了，我们也该想回家！但有家难回，谁问这是因为啥？都是猃狁入侵；采薇时节又到了，枝叶鲜嫩长又大，这时应该回家了，可却还要去拼杀！薇菜长得叶老壮，这下可能回家！谁知王事还没有完，忧伤的悲泪无处洒！”这第一部分用忧伤的语调反复叙说着久别家室、凄苦盼归的心情。

从手法上，每章都以“采薇采薇”引起下文。军粮不济，只好不断地采集野薇菜来充饥，可见军中生活长期极端艰苦。诗的开端“采薇采薇，薇亦作止”，薇菜刚生出嫩芽儿，这是写春天；二章开头“采薇采薇，薇亦柔止”，薇菜的叶儿已长得肥大，是写夏天；三章又道“采薇采薇，薇亦刚止”，薇菜的叶茎将老，是到了秋天。从春到秋，薇菜逐渐由嫩变老，时光无情地抽离，离人却日日空盼不能归家，凄苦之情可想而知。

接下来具体描写戍边生活。“那开放的花儿是什么，是棠棣的花儿在开放，那高车大马载的是谁，是将帅们驾着车马上路了；将帅们坐在高车上，士卒们只能在车旁，戍边不敢避危难，一月三捷要胜仗。面对的敌人凶又狂，猃狁的狡狯不卸甲，时时刻刻要警惕，丝丝毫毫不松懈。”

这一部分字面上找不出思归的笔触，然而苦涩的情味如一缕轻烟浸入文字的肌理之中。可怜的兵士们，当他拖着疲惫的身体，踉跄于车马之后时，当他以车子作掩护躲避敌箭时，当他深夜警醒枕戈待旦时，怎能不加倍思念家乡和亲人呢！诗中显然泄露着对官兵苦乐大异的怨恨情绪。拉车的马“业业”“骙骙”，可见喂养丰足，它们的主人吃的自然更不会差；将帅高居于战车上，衣饰华贵，威仪神气；而众士兵却长以薇菜果腹，形销体弱，衣衫残破，整日跟在车后步履艰难……尽管字面上描写将帅车骑的威武、服饰的鲜明，但这并不是赞美，而是心存不平。

最后部分写的是归途的情景。一个雨淫雪纷的日子，戍卒终于踏上了归途。长久的戍边生活在他的内心留下了极重的创伤，只听他忧伤无限地呼吁：“昔我往矣，杨柳依依”，“今我来思，雨雪霏霏。”当年离家的时候，杨柳垂拂，春光烂漫；而今我回乡的路上，却是雨雪纷飞，寒气逼人。

诗以杨柳依依、春光流泻来渲染昔日上路时的无畏无忧之情，用雨雪纷飞来表现今日返家途中内心的悲苦。那一股深邃的、悲凉的情思，从画面里汩汩流出，意含深永。斯人必是青年离家而今老迈才归，少离老归途中倍觉惨淡，不然哪有如此直切肺腑的感受，如此悲情的呼告。其以“杨柳依依”的晴温反衬“雨雪霏霏”的衰寒。“依依”“霏霏”两组叠词，不但把杨柳的婀娜、雨雪的冷冽描绘得十分真切，而且深邃地揭示了雪中归人的内心苦楚，给人以强烈的震撼。

清代王夫之《姜斋诗话》中评说这四句诗“以乐景写哀，以哀景写乐，一倍增其哀乐，”评鉴得再恰当不过。“行道迟迟，载渴载饥”，是慨叹归途的饥渴导致行程拖泥带水。他挣扎于回乡之路，凄情地回忆往事，体味着情感的苦楚，舔舐着内心的伤痕，最终痛苦吟呼道：“我心伤悲，莫知我哀。”我的心悲苦已极，又能得到谁的怜悯啊！

读罢此诗，眼前仿佛展现出一幅画卷：一位垂老的戍卒，在寒冬雨雪中踏着泥路艰难地前行，留下孤独的背影，回旋一息幽怨的悲叹。他的家在前方，诱使他勉力走向雨雪浓重幽暗灰蒙的远方。

◎出车◎

我出我车，于彼牧矣①。自天子所，谓我来矣。召彼仆夫，谓之载矣。王事多难，维其棘矣②。

我出我车，于彼郊矣。设此旐矣③，建彼旄矣④。彼旟旐斯⑤，胡不旆旆⑥？忧心悄悄⑦，仆夫况瘁⑧。

王命南仲，往城于方。出车彭彭⑨，旂旐央央⑩。天子命我，城彼朔方。赫赫南仲⑪，猃狁于襄⑫。

昔我往矣，黍稷方华⑬。今我来思⑭，雨雪载涂⑮。王事多难，不遑启居⑯。岂不怀归？畏此简书⑰。

喓喓草虫⑱，趯趯阜螽⑲。未见君子⑳，忧心忡忡。既见君子，我心则降㉑。赫赫南仲，薄伐西戎㉒。

春日迟迟，卉木萋萋㉓。仓庚喈喈㉔，采蘩祁祁㉕。执讯获丑㉖，薄言还归㉗。赫赫南仲，猃狁于夷㉘。

【注释】

①牧：城郊以外的地方。②棘：急。③旐（zhào）：画有龟蛇图案的旗。④建：竖立。旄（máo）：旗杆上装饰牦牛尾的旗子。⑤旟（yú）：画有隼鸟图案的旗帜。⑥旆（pèi）旆：旗帜飘扬的样子。⑦忧心悄悄：暗中担忧。⑧况瘁（cuì）：辛苦憔悴。⑨彭彭：形容车马众多。⑩旂（qí）：绘交龙图案的旗帜，带铃。⑪赫赫：威仪显赫的样子。⑫襄：即“攘”，平息，扫除。⑬方：正值。华：开花，诗中指黍稷抽穗。⑭思：语气助词。⑮雨雪：下雪。涂：即“途”。⑯遑：空闲。⑰简书：周王传令出征的文书。⑱喓（yāo）喓：昆虫的叫声。⑲趯（tì）趯：蹦蹦跳跳的样子。阜螽（zhōng）：蚱蜢。⑳君子：指出征之人。㉑降：安宁。㉒薄：借为“搏”，打击。西戎：古代北方少数民族。㉓萋萋：草木茂盛的样子。㉔喈（jiē）喈：鸟叫声。㉕蘩：白蒿。祁祁：众多的样子。㉖执讯：捉住审讯。获丑：杀敌割左耳。㉗还：凯旋。㉘猃狁（xiǎn yǔn）：北方的少数民族。夷：扫平。

【赏析】

方玉润说：“此诗以伐猃狁为主脑，西戎为余波，凯还为正意，出征为追述，征夫往来所见为实景，室家思念为虚怀。”

诗人表达了胜利的喜悦，对南仲英明指挥的赞颂，同时还歌颂了周宣王平定四夷的功绩。诗中并没有正面描写战争的激烈场面，只是用“猃狁于襄”来阐述战争的结果。全诗描写的重点是战争前的准备工作，详尽描绘了雄壮的军威、浩大的声势，以及全国上下的同仇敌忾；此外，本诗还描写了战争后方人民平静而安适的生活，这一切都暗示着，胜利是这场战争的必然结果。

本诗前三节将描写重点放在了战前情景上，用画面的描绘与心理暗示相叠加的方式来进行细部刻画，详细写出了在紧急的王命催促下，将士慷慨赴难的情形。《出车》这首诗，表现周宣王初年南仲

统率将士讨伐猃狁的故事，诗中歌颂了统帅南仲的英明和他的赫赫战功，结构宏大而完整。

第一节主要写南仲奉王命出征。“我出我车，于彼牧矣。自天子所，谓我来矣”这几句话中的一串连贯动作，突出了事态的紧急，形成了一种时空上的逼近感。将士们在郊外列队，整装待发，车马排列整齐，军队旗甲鲜明。“谓我来矣”表现出了一种舍我其谁的豪迈，勇士的形象跃然纸上。面对紧急的王命，将士准备充分，一种紧张的战前气氛充满了字里行间。最后两句中“多难”和“棘”二词，暗示主帅和士兵们心理上都十分凝重和压抑。

第二节写军旗猎猎，主要是为了突出“忧心悄悄”。“旐”“旄”“旂”“旟”这几个词说明军队已来到了郊外，这支声势浩大的队伍气势凛然。士兵们举着龟蛇图案的旗帜前进着，战车上插着装饰隼鸟羽毛的大旗，这些旗帜在风中猎猎飘扬着。前锋到达郊外时，后面军队才刚刚出城。最后又用“忧心悄悄，仆夫况瘁”两句表明行军中的士兵心理上的紧张，他们知道出兵打仗不是儿戏，因此只能悄悄地怀念家乡。

第三节写到了朔方之战，这一节重点描述了南仲。南仲是周王任命的大将军，他依照王命到朔方筑城迎敌。“出车彭彭，旂旐央央”这两句叙述军容之盛，周军拥有大量的战车，这些车子在行进时发出滚滚的声音，猎猎飘扬的旗帜雄壮而壮观。再加上赫赫有名的南仲能起到威慑外族的作用，反映作者对赢得这场战争的自信。

诗的前三节既有恢宏的郊牧誓师、野外行军，同时还兼有细致入微的人物心理描写，整体与细节、客观与主观的描写巧妙地组合在了一起。诗的后三节没有花费过多的笔墨描写战争的具体过程，而是重点描写部队凯旋的场面。通过“昔我往矣”“今我来思”的今昔对比，写出战争胜利之后将士们得胜归来的情景，写出人们对他们归来的喜悦之情以及对主帅的赞美之情。

第四节描写将士归来途中被雨雪阻隔在路上的情景。将士们打完仗，启程回家时，回忆起了离家时的场景：那时五谷丰登，丰收在望，现在他们却被困在大雪纷飞的泥泞道路上，一种凄苦的感觉涌上了心头。士兵们在战争期间，完全没有休息安闲的时候。他们思念国家，却不敢违背王命，所以一直处在矛盾之中。

第五节是用士兵妻子的口吻来写她对丈夫的思念，描绘出了夫妻团聚的情景，其中带有很多想象的成分。士兵们在归家的路上，开始想象着这时的妻子。他仿佛看到，在夏秋之时，家周围的草丛之间蝈蝈在叫，蚱蜢在跳，独守空闺的妻子正在思念着行役在外的丈夫。她的内心备受煎熬，一副忧心忡忡、楚楚可怜的模样，让士兵感到怜爱。对于士兵来说，自己只有在想象中才能够见到妻子，对妻子的相思之苦才能稍稍平复。当然，美好的回忆、甜蜜的思念都不能够一直持续，南仲将军在归途中又带领士兵去攻打西戎。

第六节主要是写“执讯获丑”，其目的就是为了突出春日迟迟。士兵们的归家之路从冬天一直走到春天，他们在路上看到了春日暄妍，草木荣茂，禽鸟和鸣，村姑采蘩这样的美人美景，不禁感到心旷神怡。

接下来的内容是审讯俘虏，展现胜利者的荣耀。本节的最后又重叙一次“赫赫南仲，玁狁于夷”，这样写的目的是为了突出将帅的军功。这几节的描写采用了虚实结合的方式，表现战士们喜忧参半的心情，细致传神，感人心扉。

◎杕杜◎

有杕之杜①，有睆其实②。王事靡盬③，继嗣我日④。日月阳止⑤，女心伤止，征夫遑止⑥。

有杕之杜，其叶萋萋⑦。王事靡盬，我心伤悲。卉木萋止，女心悲止，征夫归止。

陟彼北山⑧，言采其杞⑨。王事靡盬，忧我父母⑩。檀车幝幝⑪，四马痯痯⑫，征夫不远。

匪载匪来⑬，忧心孔疚⑭。斯逝不至⑮，而多为恤⑯。卜筮偕止⑰，会言近止⑱，征夫迩止⑲。

【注释】

①有：句首语气助词，无义。杕（dì）：树木孤独貌。杜：一种果木，又名棠梨。②睆（huǎn）：果实圆浑貌。实：果实。③靡：没有。盬（gǔ）：停止。④嗣：延长、延续。⑤阳：农历十月，十月又名阳月。止：句尾语气词。⑥遑：闲暇。⑦萋萋：草木茂盛貌。⑧陟：登山。⑨言：语气助词，无义。杞：即枸杞，落叶灌木，果实小而红，可食，可入药。⑩忧：此为使动用法，使父母忧。一说忧父母无人供养。⑪檀车：役车，一般是用檀木做的。幝（chǎn）幝：破败貌。⑫痯（guǎn）痯：疲劳貌。⑬匪：非。载：车子载运。⑭孔：很，大。疚（jiù）：病痛。⑮期：预先约定时间。逝：过去。⑯恤：忧虑。⑰卜：以龟甲占吉凶。筮：以蓍草算卦。⑱会言：合言，都说。⑲迩：近。

【赏析】

《杕杜》被认为是一首“闺思诗”，丈夫久役不归，妻子在家等待，久不得果，心中思念、焦虑至极，作歌排遣。诗作从一个侧面，表达出古代劳动人民深厚的爱情及亲情，也反映了漫长的徭役对普通百姓造成的巨大伤害。

诗作以孤独生长的棠梨起兴，传达出在家中长久等待的妻子心中难以排遣的孤独忧伤之情：那株孤零零的棠梨树，独自兀立，应该很久了吧，如今又到了收获的季节，它的枝干上挂满了颗颗硕大圆满的果子，给人一种沉重之感，似乎随时都会不堪重负而倒下。“有睆其实”，既点明了季节，此刻是万物收获的秋季，又用形象的画面反映出女主人公独自支撑家庭的沉重。因为“王事靡盬，继嗣我日”，丈夫的服役时间越拖越长，无尽无休，妻子在家照看老小、独操家务，忙于柴米油盐，极为辛苦。

“日月阳止，女心伤止，征夫遑止”，是妻子对役期的盘算，“阳”是十月，周历以十月为年终。一年到头，该是举家团聚的时候了，妻子的思夫之情更甚，每每辛苦操劳的间隙，她都默数着日子：马上就要过年了，服役的男人终于可以空闲了吧，应该马上就要回来了吧！

之所以如此盘算，是因为古有法制：“无过年之繇，无逾时之役。”规定中，徭役的时间不会超过新年，也不会到期而不放行。但此刻，因为统治者的无道，徭役变得非常繁重，不仅迁徙地域遥远，时间也没有了限制，只要任务没有完成，役者就不能回去。这种变化，使得百姓无法团聚，夫妻分离，老无所养，幼无所教，民怨纷纷，因此，这首诗也起到了针砭现实、抨击统治者政策暴虐、不顾民生的效果，变得内涵深远、主旨厚重。

“其叶萋萋”，“卉木萋止”，点明杕杜的情形和周围的自然环境，历来有两种解释：一者认为时间同于前章，依然处于秋季，杜叶未落，草色仍青，这种场面，生发出主人公悲秋惜时之情，眼看光阴虚度，青春即将不再，可丈夫仍难归来。另一种说法为一年过去，春天来到，杜叶吐翠，草木萋萋，女主人公盼过无数时日，仍然未见丈夫归来，因此将诗作的时间跨度拉得很长。显然，末句“征夫归止”，

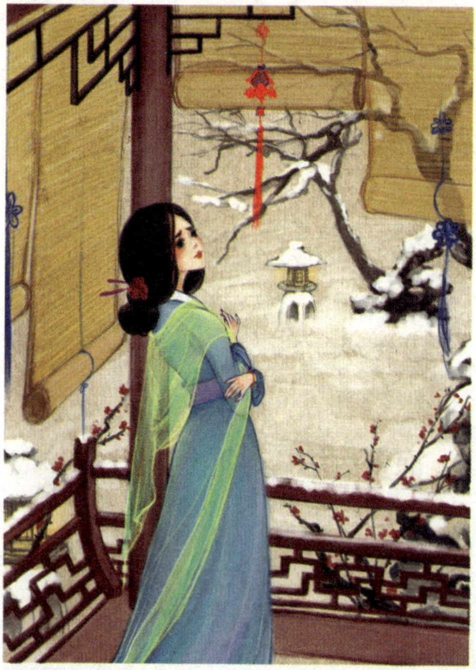

意思并非是征夫已经归来，而是妻子声嘶力竭的呼喊，是一种无限深切的语气和口吻。

为避免与上文重复而显得沉重拖沓，也为了从不同的视角全面地描写主人公的思夫之情，第三章中，作者转移了场所和写作手法。开篇“陟彼北山，言采其杞”，妻子登上北山，采集枸杞，虽地点和工作改变，但思念丈夫的心情丝毫没有变弱。郑笺云：“杞非常菜也，而升北山而采之，托有事以望君子。”因此，“登高采杞”有着明显的望远怀人意味。另外，此句又暗示了时间和季节，枸杞的成熟，表明时间已经到了夏季，这就与上段中的春季形成鲜明对比，暗示妻子的等待时间又延长了很多。

下一句为“王事靡盬，忧我父母”，笔触转到了对父母的赡养和侍奉上，丈夫未归，除了对妻子造成严重影响外，父母的生活也变得非常艰难。妻子一人在家，忙里忙外，当然无法为父母提供很好的照顾，再加上父母年老体病，处境就更堪忧了。作者从父母这一具体视角，把家庭的窘迫全面地摄入笔下，显得精炼而集中。另外，“百善孝为先”，尽孝道是中华民族的传统美德，是为人的根本，也是政治统治和等级规范的根基，而统治者剥夺百姓的这项权利和义务，是很错误的，从而鲜明地传达了其无道、昏庸，也昭示了其必然灭亡的命运。

接下来的“檀车幝幝，四马痯痯，征夫不远”是虚写，为女主人公的幻觉和揣想之辞。由于思念之深，压力之大，其神情逐渐变得恍惚，不自觉地产生对丈夫归来的幻想：丈夫驾着一辆破旧的役车，从远处缓缓赶来，拉车的马匹已经极尽疲困，大口地喘息着，但丈夫的面容已清晰可见，距离已经不远了。

这种以虚衬实的手法，将妻子的思念之情、渴望之意，传达得淋漓尽致，很具有感染力。另外，对于此句还有一种解释：妻子看到的车骑、役夫确有其事，但都不是丈夫，她看到一批一批征夫途经而去，产生了“过尽千帆都不是”的无奈和失落，屡屡遭到欢喜化为失望的打击，对丈夫的牵挂和担心也愈甚。

最后一章，妻子由于思念和担心变得非常急切，诗作的情感达到最高峰，不再使用比兴手法，而是直陈其事。“匪载匪来，忧心孔疚”，是前章“檀车”三句的转折，本以为“不远”，实际上却是空欢喜一场；也是对上文无限回环的情感的总结，诗作开始由宏阔转向收束，到达收尾阶段。“斯逝不至，而多为恤”，妻子点明自己担忧的根本原因，除了思念，更多的是担心，害怕丈夫在外已经发生不测。想到这里，她的心头猛然一紧，于是笔锋突转，开始安慰自己：“卜筮偕止，会言近止，征夫迩止。”求卜问筮的结果都是好的，女主人公在失望中获得了一丝光明，也为诗作留下了一个还算明媚、温馨的结尾。

诗到此处戛然而止，没有说出明确的答案，也许在不久后丈夫真的平安归来，从此夫妻恩爱，家庭日日兴旺；也许真的是悲剧而终，“可怜无定河边骨，犹是春闺梦里人”，丈夫徭役中发生不测，无法归来，而妻子日复一日地执着等候，几近望夫化石。诗作留下了极大的想象空间，连同其真挚、深切的感情和爱意，为读者展现出古代夫妻间的真挚情谊，以及当时妇女的高尚人格，也反映出当时的社会现实：徭役给每一个家庭、每一个个体，所带来的难以磨灭的痛苦。

◎鱼丽◎

鱼丽于罶①，鲿鲨②。君子有酒，旨且多。

鱼丽于罶，鲂鳢③。君子有酒，多且旨。

鱼丽于罶，鰋鲤④。君子有酒，旨且有。
物其多矣，维其嘉矣。
物其旨矣，维其偕矣⑤。
物其有矣，维其时矣⑥。

【注释】

①丽（lí）：同“罹”，遭遇。罶（liǔ）：捕鱼的工具用竹编成，编绳为底，鱼入而不能出。②鲿（cháng）：黄颊鱼。鲨：吹沙鱼，似鲫而比鲫小。③鲂：鳊鱼，鳞细小而美味。鳢：俗称黑鱼。④鰋（yǎn）：俗称鲇鱼，体滑无鳞。⑤偕：通“嘉”。⑥时：及时。

【赏析】

今人已经无法得知《鱼丽》这首歌怎样歌唱，只能通过语言来寻找一些启示。诗中前三节运用相同的章法，也就是四、二、四、三的参差句式，来反复地演唱赞歌，同时又通过参差不齐的音乐节奏，进行重唱和合唱。诗中所说的“旨且多”“多且旨”“旨且有”，虽然在意思上并没有太大差别，但是这样的写法却营造出一种一唱三叹的美感，增强了诗中满座欢乐的氛围。

后三节的着重点是点明主题和渲染气氛，所以每节只有两句，重音落在“嘉、偕、时”这些字词上，句末通过运用“矣”字，延长了诗歌的咏叹时间，起到了放慢节奏的作用。通过前后三节的相互应和，交相辉映，全诗整体构思结构完整严密，可见诗人的表现手法十分高明。

《鱼丽》是周代燕飨宾客通用的乐歌。本诗盛赞宴享时酒肴的甘甜和丰盛，通过这些来展现丰年的境况，主人的待客殷勤，表现出宾主共同欢乐的情景。

诗中反复吟唱“君子有酒”，“君子”，指的就是宾客口中的主人。这一句诗表达了主人的殷勤待客，同时也展现了古代贵族的奢华生活以及那时的繁文缛节。全诗共有六节，透露出一种欢乐的气氛。诗的前三节，每节四句，都是通过“鱼丽”来起兴，这几节主要是在赞美酒肴丰富。诗中具体地歌赞主人的酒宴丰盛，主人待客礼遇周到，这些是全诗的主体部分。诗的后三节主要是赞美年丰物阜，这是叙述宾主得以尽情享受宴会的原因。

前三节中，诗人从鱼和酒两方面来描写这场宴会，并没有将宴会的全部情景都描写出来。诗从鱼进篓开始写，表现出主人待客的殷勤。他知道有贵客要来，一大早就来到小河边，亲自下水布好鱼笼子。一会就有两条鱼进了笼子，一条是大的黄颊鱼，一条是小小的吹沙鱼。看到这两条鱼，主人十分高兴，因为客人可以喝到鲜美的鱼汤，吃到肥美的鱼肉了，再加上主人私藏的醇厚甘美的陈年老酒，他相信一定可以让客人喝个痛快。诗中通过写出鱼的品种众多，来体现宴会中的其他肴馔也十分丰盛；通过酒的多，来表明宴席上宾主将会尽情欢乐的盛况。

后三节中，诗人围绕着前三节中的三个重要词语“多、旨、有”来进行赞美，表现出在丰年之后，不仅燕飨中酒肴既多且美，更是“美万物盛多”。

就诗本身来说，后三节是前三节的副歌。后三节歌赞丰年的诗意，感情真挚，补充了前三节的内容。

“物其多矣，维其嘉矣”，“物其旨矣，维其偕矣”，“物其有矣，维其时矣”。从物品的众多，到赞美物的嘉美；由物品的旨，到赞美物的齐全；由物品的富有，到赞美生产的及时。这些都表明了年丰物阜的到来，一方面，这些是大自然的赐予，另一方面也是人类勤劳创造的结果。本诗通过言简义赅的语言，表现出人们丰收的物类繁多，因此人们都过着富裕祥和的生活。

全诗只更换了几个字，就描述出了一个完整的故事，可以想象：主人一定是捕到鲜鱼就赶紧烹饪好端上桌去，鱼肉的香味直钻到客人的鼻子里去。主人和客人喝酒喝到不醉不归，尽欢方休。他们能够如此尽兴的原因，都是因为“多且嘉”，“旨且偕”，“有且时”。面对这样丰盛的宴席，客人感到十分满意，宴席中都是时令鲜鱼和蔬果，令人垂涎三尺。

◎南有嘉鱼◎

南有嘉鱼，烝然罩罩①。君子有酒，嘉宾式燕以乐②。
南有嘉鱼，烝然汕汕③。君子有酒，嘉宾式燕以衎④。
南有樛木⑤，甘瓠累之⑥。君子有酒，嘉宾式燕绥之⑦。
翩翩者雏⑧，烝然来思⑨。君子有酒，嘉宾式燕又思⑩。

【注释】

①烝（zhēng）：众多。罩罩：用多罩来捕鱼。②式：语气助词。燕：同“宴”。③汕汕：用众多抄网捉鱼。④衎（kàn）：快乐。⑤樛（jiū）：树木向下弯曲。⑥瓠（hù）：葫芦。累：缠绕。⑦绥：安。⑧雏（zhuī）：鸟名，即斑鸠，也叫鹁鸪。⑨思：句尾助词，下同。⑩又：通“右”，劝酒。

【赏析】

这是一首具有求贤之意的宴饮诗，作者为一位求贤若渴的统治者，经常与宾客们宴饮共欢，在一次觥筹交错中，主人表露心迹，婉转、优雅而又热切地传达出他的对待贤者的态度。在具体写作过程中，作者慧心独运，于通俗处着笔，借宴席上可以见到的“鱼”“蔬”“禽”等寻常菜肴作为起兴题材，但其落笔不俗，寥寥数语便构织出了一幅幅美好而又意蕴深远的图画，优雅、形象地展现出其求贤若渴的思想、绝佳的才情和高超的写作技巧。

“南有嘉鱼，烝然罩罩”“南有嘉鱼，烝然汕汕”是起兴句，重章迭唱，反复咏叹：在美好的南边，溪流蜿蜒流淌，肥硕又敏捷的鱼儿，在清澈的溪水里往来翕忽，欢快地生活着，人们在很远处就可观其貌、知其乐。“烝然罩罩”“烝然汕汕”两句的运用，把那种鱼儿欢快跳跃的图景形象地展现在了读者眼前，生动形象，纤毫毕现。

作者以如此美好的图景比兴，开篇定势，使全诗处于一种和睦、欢愉的气氛中。鱼儿的怡然自得，比兴的是人们的畅快安适：无数德才兼备的宾客聚集在华美的厅堂里，高谈阔论、觥筹交错。二者一虚一实，用深深的鱼水情象征宾主之间融洽、依存的关系，表达出主人与宾客间的深情厚意，意在言外，技巧奇妙，共同把美好的氛围推向极致。这里还蕴含了主人对待贤者的思想：开明仁慈的主人对于贤者的渴求，超越了一般的主仆关系，而带上了类似于恋人间“鱼离不开水，水离不开鱼”的依恋，真实而又深切。作者通过这一比兴，把求贤的意图写得渴切而又美好。

接着作者笔锋转向，从水中转移到了陆地，描绘出另外一幅葱郁的图景：枝干挺拔、树叶茂盛的大树上缠绕着青青的葫芦藤，微风吹来，葫芦叶和树叶交相飘飒，高蹈共舞，一片和煦。这种比兴，蕴含的依然是求贤思想，树木象征主人，藤蔓象征宾客，藤蔓攀缘在树木粗壮的身躯上，努力追寻着高处的阳光雨露。大树是高贵的，藤蔓是卑微的，但高贵而大度的大树，热情和蔼地接纳了诸多平凡的藤蔓，成为它们向上的支柱和臂膀，与此同时，藤蔓也因之点缀了大树，给其增添了色彩和生机，二者相得益彰，共同达到了极致。

“翩翩者雏，烝然来思”一句，描摹了一群翩翩飞来的斑鸠：高远明净的碧空，一群斑鸠从远处缓缓靠近，它们身形优美，飞行动作娴雅自如，和身下葱郁的树林内清澈的湖水交相辉映，让人观之即顿生爱慕，斑鸠们不是路经此处，而是喜欢上了此处美好的生存环境，举群搬迁到此，欲于此地长久生活下去。

这里作者要表达的是“良禽择木而栖”的思想，斑鸠代表一切美好的鸟儿，也代表了满腹才华的贤士，鸟儿选择的栖息地，必是茂盛而又有美好的大树和水美草丰、没有危险的地方，同样，贤者所选择的主公，也定是虚怀若谷、公允厚道的明主。作者通过这一“群鸟来归”的生动景象，为宾主尽欢的宴席增添了欢快融洽的氛围，也尽显了“宾主绸缪之情”的求贤之意：表达了自己对贤者云集于己的希望，也彰显了主人对于此处是贤者美好聚集地的保证。

另外，有论者说此章隐含了宴饮后的射礼，嘉宾在祥和欢乐的气氛中你斟我饮，望到成群的斑鸠在不远处翱翔停歇，顿生向往，开始商量宴后打猎之事，这使得诗作获得了更大的表现空间，将宴席后的田猎图画一并呈现给了读者，言尽而意未穷，显得余韵袅袅。

作为一个整体，诗作在回环复沓中亦有着内在的层层递进，席宴上的描绘遵循了层次和程度的加深，分别以“嘉宾式燕以乐”“嘉宾式燕以衎”“嘉宾式燕绥之”“嘉宾式燕又思”来表现宾客们初饮、宴中、酣饮时的形态。随着酒筵的进行，宾主的酒意渐浓，热情逐渐升温，视线也慢慢变高，四章比兴中的空间转移也渐渐变高，从水里到陆地上再到空中，三者的演进遵循了人们的常规思路。在章法、句式上，诗作不仅采用回环复沓、重章迭唱的手法，而且在每章最末处添了两个虚词，延长了诗句，显得余韵不绝，便于歌者深情缓唱时情感的连绵不绝。

◎南山有台◎

南山有台①，北山有莱②。乐只君子③，邦家之基。乐只君子，万寿无期。

南山有桑，北山有杨。乐只君子，邦家之光。乐只君子，万寿无疆。

南山有杞④，北山有李。乐只君子，民之父母。乐只君子，德音不已⑤。

南山有栲⑥，北山有杻⑦。乐只君子，遐不眉寿⑧。乐只君子，德音是茂⑨。

南山有枸⑩，北山有楰⑪。乐只君子，遐不黄耇⑫？乐只君子，保艾尔后⑬。

【注释】

①台：莎草，又名蓑衣草，可制蓑衣。②莱：藜草，嫩叶可食。③只：语气助词。④杞（qǐ）：木名，一说杞柳，一说枸杞。⑤德音：好名誉。⑥栲：树名，山樗。⑦杻（niǔ）：树名，檍树。⑧遐：何。眉寿：高寿。⑨茂：美盛。⑩枸（jǔ）：树名，即枳枸。⑪楰（yú）：树名，即鼠梓，也叫苦楸。⑫黄耇（gǒu）：少年发黑，老变白，白久变黄为老寿。⑬保艾：安定地长养。

【赏析】

在这首诗中，南山有台、有桑、有杞、有栲、有枸，北山有莱、有杨、有李、有杻、有楰，庄园里山川秀丽、花木繁茂，为宾主宴饮营造了好的环境和场所，并进一步说明贵族地位很高、家业很大，受人尊敬亦是理所当然。这样先言他物，复沓起兴，符合《诗经》一贯的创作手法，十足的民歌风味自然流溢。

这种兴中有比的手法，并未仅仅停留在句子表面，而是带上了深远的象征意义。南山坡盛长繁茂

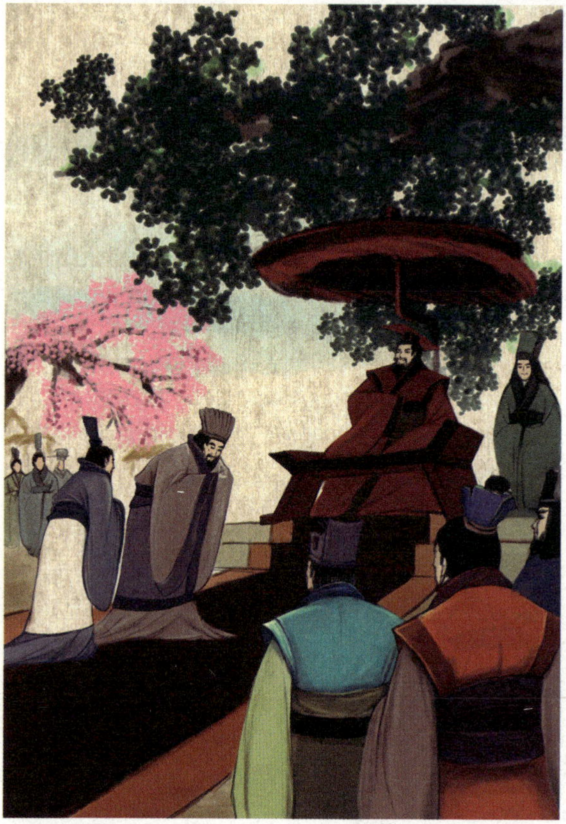

的莎草，北山坡长着嫩绿的黎草等，是说周围山川上植物的茂盛，其实也是在说主人的身体健康、精神矍铄、德行优良，有着旺盛的生命力和非同一般的影响力，深受人们敬爱。作者没有明确写出祝寿对象的身份，从字面仅仅可以看出其为一位德高望重的贵族长者，但诗作以赞颂的口吻，铺陈的手法，反复咏叹，展现出宾主欢聚一堂的盛景，把宾主间的融洽和睦的氛围描写得淋漓尽致。这种比兴也铺垫了人们对老者的祝愿，由于老人德高望重，各处的人们纷纷到来，献上各种祝愿之辞，这些祝者和祝词就像比兴中的植物一样，遍及南山北山。

还有人从“贤者”角度出发，主张这些植物比兴国家具备的各种君子贤人。他们德才兼备，倾力为国，因此国家得以强盛，百姓得以乐业，也才会有如此盛大的宴会和可以尽情饮乐的宾主。

在巧妙的兴语之后，作者难以抑制自己的崇敬和情感，直接进入表功祝寿阶段。每章两次直呼“乐只君子”，可见祝者对被祝者的敬爱，同时也反映出两者的关系之密切，彼此毫无芥蒂。作者的直率、兴奋、热情，在这一遍一遍的直呼中完全地展现，一幅觥筹交错、把盏言欢的图景浮现在读者眼前，到处热闹非凡，人们酒意正酣，拉手搭肩、直呼其名地热情劝饮，暂时忘记了等级尊卑，不再顾忌平时的谦和稳重形象，唯以劝自己所敬重之人干杯为念。

劝饮的说辞和凭借，当然以表功为最优。诗作前三章“邦家之基”“邦家之光”“民之父母”三句，赞扬了长者的功绩价值，也揭示了其身份地位。作者没有说明其具体官职和其贡献的细节，而是从大处落笔，以“国家根基”“国家光耀”“百姓父母”这三个大气而笼统的定位相赠，言简意赅，表意透彻，使诗作具有了恢宏气势，显得意境深远，也以节省的笔墨描绘了被颂者形象：这一定是位了不起的人物，居然使作者用了如此字眼，他的地位功绩如此不肖细说，肯定是众望所归，人们对此非常了解。由此，长者的权威性和宴会的群众基础的坚固广泛都得到了极大的彰显。

功表的成功，使得后面的祝寿顺理成章。“万寿无期”“万寿无疆”“德音不已”“德音是茂”以及四、五两章“遐不眉寿”“遐不黄耇”两个反诘句，从长寿、品德的流传、外在形象等各个方面表达了作者对寿者的祝愿，希望其健康长寿、德音永传、形象隽朗。其中运用得最妙的应是两个反问句“遐不眉寿”“遐不黄耇”：这样的君子怎能不长出体现寿相的长眉？这样的君子怎能不童颜黑发延年益寿？可以想象，主人现在的形象肯定是年岁已高、寿眉长垂但头发未白，这句话既是赞颂和祝愿，又是在陈述事实，这种以事实为凭借的祝福，最具有说服力，相信也是最能讨寿者欢心的。

在诗作的最后，颂者定格在“保艾尔后”一句上。护佑子嗣，是国人的传统，也是老人们的最大心愿，早已坚固地建立在了古代先民的家庭观念和功用心理上。祝福和盛宴，并非仅仅为了老人自己的健康长寿，还为了传扬老人的功德，使其能够为子嗣积福。颂者在赞扬长者的时候，着眼的也并不仅仅是老人自己，而是老人所在的整个家族。个人的地位和贡献，就是整个家族的地位和贡献，其影响力波及家族中的每一个人，甚至是其后的世世代代。诗歌在此到了高潮之处，由祝福先辈而推及其后裔，使简单的个人赞颂获得了整个家族的厚重度和连及千秋百代的历史沧桑感。

◎蓼萧◎

蓼彼萧斯[①]，零露湑兮[②]。既见君子，我心写兮[③]。燕笑语兮[④]，是以有誉处兮[⑤]。

蓼彼萧斯，零露瀼瀼[⑥]。既见君子，为龙为光[⑦]。其德不爽[⑧]，寿考不忘。

蓼彼萧斯，零露泥泥[⑨]。既见君子，孔燕岂弟[⑩]。宜兄宜弟，令德寿岂。

蓼彼萧斯，零露浓浓。既见君子，鞗革冲冲[⑪]。和鸾雝雝[⑫]，万福攸同[⑬]。

【注释】

①蓼（lù）：长而大的样子。萧：艾蒿，一种有香气的植物。②零：落。湑（xǔ）：叶子上沾着水珠。③写：舒畅。④燕：通“宴”，宴饮。⑤誉处：安乐愉悦。⑥瀼（ráng）瀼：露水很多。⑦为龙为光：为被天子恩宠而荣幸。⑧爽：差。⑨泥泥：露水很重。⑩孔燕：非常安详。岂弟（kǎi tì）：即“恺悌”，和乐平易。⑪鞗（tiáo）革：马缰绳。冲冲：饰物下垂貌。⑫和鸾：为铜铃，系在轼上的叫“和”，系在衡上的叫“銮”。⑬攸同：所聚。

【赏析】

关于《蓼萧》这首诗，清代吴闿生在《诗义会通》中说：“据词当是诸侯颂美天子之作。”这种观点是比较符合诗意的，所以本诗是一首关于诸侯朝见天子时歌功颂德的诗，表达了诸侯对天子的尊崇和歌颂。

文中的“萧”指的是香蒿，这是一种在祭祀上用的植物。诗人为读者展现出艾蒿青青，秀颀美丽的样子，这些美丽的香蒿上滚动着晶莹的露珠，露珠在阳光的照射下发出璀璨的光芒。在这里阳光和雨露代表着皇恩浩荡，草芥则是微臣小民的自比，这两句是在告诉我们，那些卑微的小臣们有幸见到了君王，得到了君王的恩宠，使得他们喜出望外、乐不可支，“我心写兮”，就代表了这些小臣们的心情。他们如坐春风地和君王一起宴饮谈笑，在得到君王的首肯和赞许之后，感到了无上的荣耀。

诗中每一节都会反复强化这种自然环境的描写，这样的描写刻画了君臣之间欢宴的外部环境，同时也表现出了臣子对君子的歌颂、感恩之情。“蓼彼萧斯，零露湑兮”这一句是全诗的主旨，诗人通过含蓄、形象的笔法来表明诗的主旨所在，同时也奠定了诸侯对天子恩及四海的感恩戴德、极尽颂赞的感情基调。“既见君子，我心写兮”，表明小臣日日夜夜都在盼望着能够见到君主，今天朝思暮盼的盼望终于得偿所愿了。在这些小臣的心中，能够见到君主是十分光荣的事情，“写”这个字，生动形象地描绘出诸侯们那种兴奋不已、激动难当的感受。当这些小臣真正和天子一起共享宴乐的时候，他们争先恐后地倾吐自己心中对天子的敬爱和祝福，在圣洁的朝圣中如痴如醉。

“既见君子，为龙为光。其德不爽，寿考不忘”，正因为天子的美德持久不变，所以我们这些小臣才能蒙受天子的恩宠，得到无上的荣光。因此最后众人齐祝天子长寿安康。二、三两节分别从诸侯和天子两个方面来进行描写。从诸侯的角度来说，如前所说，他们感谢天子的恩宠；从天子的角度来说，诗人用一句“孔燕岂弟”写出了君主安详的音容，“宜兄宜弟”则写出了他对臣子那种像兄弟一样深情的厚谊。这样的天子，必然会受到臣下的拥戴和尊崇。

“既见君子，鞗革冲冲。和鸾雝雝，万福攸同”，这四句写出了天子离开宴会时的情景。通过两个细节描写：垂饰的摆动和銮铃的响声，表现出君主不同寻常的威仪和气度。

诗中将得到君王恩宠之后感到无上光荣的臣子的心理完整表现了出来。这些小臣的形象跃然纸上，他们用自己对君王的歌功颂德来报答君主的恩情，“其德不爽，寿考不忘”是开始，“和鸾雝雝，万福攸同”为结尾，一前一后的赞颂交相呼应，描绘出一幅其乐融融的祝福场面。虽然有所拘谨，有些溢美，但这些都是他们抒发出来的真情实感。

自古以来统治者就十分重视和下臣的关系，像西周初时这样君王和各地诸侯关系融洽，相安无事，甚至可以宴饮笑语的景象，在后世似乎并不多见。周王之所以能够做到这一点，是因为他实行了“宜兄宜弟”的平等政策，使得臣下“我心写兮”，一心归顺君王，营造出了融洽安定的政治局面。

◎湛露◎

湛湛露斯①，匪阳不晞②。厌厌夜饮③，不醉无归。

湛湛露斯，在彼丰草。厌厌夜饮，在宗载考④。

湛湛露斯，在彼杞棘⑤。显允君子⑥，莫不令德⑦。

其桐其椅⑧，其实离离⑨。岂弟君子⑩，莫不令仪⑪。

【注释】

①湛湛：露清莹盛多。斯：语气词。②匪：通“非”。晞：干。③厌厌：和悦的样子。④宗：同族。考：成。指宴饮之礼。⑤杞棘：枸杞和酸枣，皆灌木，又皆身有刺而果实甘酸可食。⑥显允：光明磊落而诚信忠厚。⑦令：善美。⑧桐：桐有多种，古多指梧桐。椅：山桐子木，梓树中有美丽花纹者。⑨离离：下垂的样子。⑩岂弟（kǎi tì）：同“恺悌”，和乐平易的样子。⑪仪：仪容，风范。

【赏析】

《湛露》这首诗，虽然初看之时会让人觉得平淡无奇，但是细细品味之后，就会发现其中深厚的意味，令人回味无穷。

前三节起兴之句“湛湛露斯”，描画出夜间宴饮的朦胧和静谧之境。户外露水正浓，在宗庙外，萋萋的丰草，杞、棘等灌木，在近处则是扶疏的桐、梓一类乔木，一切都笼罩在夜露之中，寂静而祥和。然而室内却觥筹交错，一片热闹景象。“厌厌夜饮，不醉无归”一句，足见欢宴的气氛之高涨。一内一外，一静一动，相互映衬烘托，便勾勒出一场清秋露浓之夜的宴饮图，举重若轻，信手拈来，手法高妙。

二、三、四节的丰草、杞棘和桐椅，各自对应宴饮者的“载考”“令德”“令仪”，即孝道、美善、优美的风度，是对众人的德行和风范的一种隐喻。尽管首节主人要求众宾客“不醉无归”，但这些谦谦君子即使醉了也依然风度优美，并不失态。

清秋、夜露、酒香、醉不失仪，宾主尽欢，为了充分表现这一场美妙的夜宴，诗人运用的音韵自然也极具美感。如前两节中一、三句开头的“湛湛”与“厌厌”相互呼应，和二、四句句尾的脚韵“晞”“归”在语音上构成一个回环，极有美感。再如后两节的顶真式谐音，第三节中，“杞棘”是双声，紧接着的“显允”则是叠韵，两者连在一起读，有一种波澜起伏、却又连绵不尽之感；同样，第四节中的“离离”是叠词，音声自然也是双叠，接下来的“岂弟”又是叠韵，两句通读下来，朗朗上口，有一种和谐之美。

由此可见，《湛露》一诗，虽然只是在写一场秋夜的宴饮，却从内容到形式，都写得韵味无穷。《毛诗序》解读这首《湛露》时曾点出它的主旨："天子宴诸侯也。"这种说法后世几乎没有争论。

◎彤弓◎

彤弓弨兮[①]，受言藏之[②]。我有嘉宾[③]，中心贶之[④]。钟鼓既设，一朝飨之[⑤]。

彤弓弨兮，受言载之[⑥]。我有嘉宾，中心喜之。钟鼓既设，一朝右之[⑦]。

彤弓弨兮，受言櫜之[⑧]。我有嘉宾，中心好之。钟鼓既设，一朝酬之[⑨]。

【注释】

①彤弓：漆成红色的弓，天子用来赏赐有功诸侯。弨（chāo）：弓弦松弛貌。②言：语气助词。藏：珍藏于祖庙中。③嘉宾：有功诸侯。④中心：内心。贶（kuàng）：爱戴。⑤一朝：整个上午。飨（xiǎng）：用酒食款待宾客。⑥载：装在车上。⑦右：通“侑”，劝酒。⑧櫜（gāo）：装弓的袋，此处指装入弓袋。⑨酬：互相敬酒。

【赏析】

周代，天子为了奖励功臣，也为了表明自己的宽爱仁慈，经常会将一些器物赏赐给下属，包括弓矢、青铜器、酒食、车马等，后来这项行动逐渐发展成一种礼仪制度，盛行于西周到春秋时期。对这一项受封礼仪和赏赐仪式，古代铭文中多有记载。《彤弓》一诗中体现的就是当时赏赐仪式的盛况，仪式中所赠之物，是一具涂了红漆的大弓。

开篇直言其赠："彤弓弨兮，受言藏之”，直陈事件中最精彩、最有意义的瞬间，显得集中而直接，营造出了火热、隆重的氛围，也把作者的兴奋之情悉数展示了出来。如此着笔，将读者的注意力充分吸引和调动，让其不禁想象当时的场景氛围，更有利于增加诗作的感染力。

“受言藏之”一句，描写了受赏者的恭敬之情和其对弓矢的珍惜，“受”与“藏”之间，加一“言”字，使语速变缓，音节间有所停顿，显得滞涩有力，反映出受赏者在仪式上恭敬、沉稳的心情、动作。他当时肯定表情严肃、举止慎重、节奏鲜明，缓慢地接过弓弩，又亲自把它收藏好，每一个细节都亲力亲为、努力做到最好。简短的两句，写作技巧上的妙处颇多，显示了诗人行文的匠心。

最隆重的场面描写完毕，诗作没有补充事件的来龙去脉，而是直录周天子的言语："我有嘉宾，中心贶之。”“我”指周天子，他把臣子称为“嘉宾”，消泯两者刻板严肃的政治地位差距，而换上和谐互爱、地位相近的宾主之谓，使君臣间的欢乐、融洽气氛迅速增加。天子对有功诸侯的宠爱之情，臣子对君主的爱戴之意，借这一称谓，悉数传达了出来。

“中心”，即“心中”，天子的喜悦是情真意切的，赏赐诸侯的举动也是出于真心诚意，没有半点的政治意图和其他动机。简短的一句告慰之语，使诗作从火热、隆重的赏赐仪式上，转到一个温馨、融洽的场面，丰富了诗作的内涵和包蕴，使其具有了无限张力。

两句中的“嘉宾”，预示着必定会有席宴的存在，而作者对于接下来的席宴，没有正面描写，更没有铺陈其盛况，而是采用虚写，从预测席宴所需要的时间入手，侧面进行描绘，显得别具一格。

“钟鼓既设，一朝飨之”，作者看到钟鼓已经安排妥当，猜想待会一定会表演乐舞。既然有丝竹伴耳，大家想必都会非常高兴，席宴的场面肯定也非常宏大壮观，它必然不会在短时间里草草结束，而是会持续非常之久。由此，诗人虽对席宴的盛景只字未提，但宾主尽欢、丝竹盈耳的盛况，很容易就能被

读者构造出，这种处理方法，可谓精妙之极。

接下来的部分延续了前面的句式，使诗作所蕴含的情感无限叠加。字词的调整，起到了避免重复、为诗作内容补充细节的作用，也有着层层递进的内在逻辑。

臣子对彤弓的处理方式是“藏”“载”“櫜”，从泛泛的藏，发展到藏于车内，再发展到藏于弓袋中，一次比一次细心、严密。周天子对臣子的态度，开始是“贶”，继而“喜”，最后是“好”，心理变化明显，层层深入，程度不断加深。宴会场面从“飨”到“右”再到“酬”，先是普通的款待，然后变为热情地劝酒，最后变成众人互劝，达到情绪的顶峰。

情感的发展与叠加，得益于诗作内蕴的深邃，也更加推动了诗作艺术性的增长。彤弓有着浓烈的象征意义，以此开篇，显示了诗作的广远意蕴和深刻内涵，暗示其所指非小。全诗三章，一改《诗经》传统，无涉比兴，纯用赋法，仍取得了极好的表达效果，所述情感浓郁而真切，显得别开生面。

诗作结构上跌宕跳跃，极尽轻灵，从赏赐仪式转到天子的言语，再转到对宴饮场面的想象，一以贯之，毫无滞涩，未给人松散疏离之感，并抓住了最重要的表现视角，使整个复杂的赏赐仪式，连同后面紧跟的宴饮，以及宴席的筹备过程，悉数传达出来。因此，虽诗作题材狭窄，记述的仅是寻常的宫廷生活，但由于在别致的结构中灌注进了深厚情感，于起伏摇曳间透露出难得的欢快之感，因而使整首诗显得别开生面，内蕴丰富。

◎菁菁者莪◎

菁菁者莪[①]，在彼中阿[②]。既见君子，乐且有仪[③]。
菁菁者莪，在彼中沚[④]。既见君子，我心则喜。
菁菁者莪，在彼中陵。既见君子，锡我百朋[⑤]。
泛泛杨舟，载沉载浮。既见君子，我心则休[⑥]。

【注释】

①菁（jīng）菁：草木茂盛。莪：莪蒿，又名萝蒿，一种可吃的野草。②阿：山坳。③仪：仪容，气度。④沚：水中小洲。⑤锡：同“赐”。朋：古代货币单位。上古以贝壳为货币，相传五贝为一朋。⑥休：喜。

【赏析】

“菁菁者莪”是起兴句，诗中也有很多“在彼中阿”“在彼中沚”“在彼中陵”的其他植物，因此，这一句可看成概说。

第一节描述一名女子独自在莪蒿长得十分茂盛的山坳里，邂逅了一位仪态落落大方、性格开朗活泼同时又举止从容潇洒的男子，两个人一见钟情，英俊的男子在女子的内心深处引起了强烈震颤。

第二节写女子和男子又一次相遇在水中的沙洲上，女子再次看到“君子”，心里十分兴奋和喜悦，诗人用一个“喜”字来表现怀春少女那种既惊又喜的微妙心理。

第三节中，女子和男子见面的地点从绿荫覆盖的山坳和水光萦绕的小洲转移到阳光明媚的山丘上，场景的变换说明这两个人的恋情渐趋柳暗花明。“锡我百朋”这一句，充分地表现出女子看到自己的爱人之后那种欣喜若狂的心情。

第四节中，女子和男子之间的关系更加紧密了。“泛泛杨舟”，暗示两个人将会在人生的长河中同舟共济，福祸与共。

短短十六句，描述了一个美妙动人的爱情故事。男女主人公的爱情十分浪漫，诗中几乎处处都在描写清朗明丽的山光和灵秀迷人的水色，就在这青幽的山坡、静谧的水洲上，有情人相遇相识、相偎相依，情景交融，令人心神俱醉，极具情致。

这是一种解法。如果按照《毛诗序》“乐育材”的观点来分析这首诗，也会有所收获。可以将这首诗看成是一首通过比兴的方式反复咏叹君子长育人才的欢悦之情的诗作。

第一节的“莪蒿长得多么茂盛啊”，表明这里是一个“育材之地”，学生们一见到“君子”就感到十分欢乐。第二节与第一节意义相近。第三节描写学生们见到“君子”之后，“君子”给了他们“赐以百朋”的奖励。第四节可以通过两层来分析，第一层写杨舟载木、沉浮不定，预示着学生们忐忑不安的心理状态，第二层则写学生们见到“君子”之后心情一下子就变得极其安然。这一节通过前后的对比表现出学生们内心世界的变化。

中国历来就是十分重视学习的国家，《礼记·学记》载：“古之教者，家有塾，党有庠，术有序，国有学。比年入学，中年考校。一年，视离经辨志。三年，视敬业乐群。五年，视博习亲师。七年，视论学取友，谓之小成。九年，知类通达，强立而不反，谓之大成。夫然后足以化民易俗，近者说服而远者怀之。此谓大学之道也。《记》曰：‘蛾子时术之。’其此之谓乎？”可见，勤勉学习是值得我们炫耀的精神。

究竟哪种主题更确切，不好定论。《毛诗序》的说法由来已久，流传了两千多年，它的影响是十分大的。人们提起《菁菁者莪》这首诗，首先想到的就是“乐育才”。但是，这首诗用爱情的主题来解释也很合理，因为《小雅》中描写男女相悦之情的《隰桑》一诗，其章法、句式都与这首《菁菁者莪》十分相似。从多种角度分析本诗，会使这首诗更有意味。

◎六月◎

六月棲棲[①]，戎车既饬[②]。四牡骙骙[③]，载是常服[④]。猃狁孔炽[⑤]，我是用急[⑥]。王于出征，以匡王国[⑦]。

比物四骊⑧，闲之维则⑨。维此六月，既成我服。我服既成，于三十里⑩。王于出征，以佐天子。

四牡修广，其大有颙⑪。薄伐猃狁，以奏肤公⑫。有严有翼⑬，共武之服⑭。共武之服，以定王国。

猃狁匪茹⑮，整居焦获⑯。侵镐及方⑰，至于泾阳。织文鸟章⑱，白旆央央⑲。元戎十乘⑳，以先启行。

戎车既安，如轾如轩㉑。四牡既佶㉒，既佶且闲㉓。薄伐猃狁，至于大原㉔。文武吉甫，万邦为宪㉕。

吉甫燕喜，既多受祉㉖。来归自镐，我行永久。饮御诸友㉗，炰鳖脍鲤㉘。侯谁在矣㉙，张仲孝友㉚。

【注释】

①栖栖：通“栖栖”，遑遑不安的样子。②饬（chì）：整顿，整理。③骙（kuí）骙：马很强壮的样子。④常服：画有日月的旗。⑤孔：很。炽：势盛。⑥是用：是以，因此。⑦匡：扶助。⑧比物：力气均齐。⑨闲：熟习。则：法则。⑩于：往。三十里：古代军行三十里为一舍。⑪颙（yóng）：大的样子。⑫奏：建立。肤公：大功。⑬严：威严。翼：恭敬。⑭武之服：打仗的事。⑮匪茹：不自量。⑯焦获：周之地名。⑰镐、方：周之地名。⑱织文鸟章：指绘有隼鸟图案的旗帜。⑲央央：鲜明的样子。⑳元戎：大的战车。㉑轾（zhì）轩：车身前俯后仰。㉒佶（jí）：健壮。㉓闲：熟娴，驯服的样子。㉔大原：即太原，地名，与今山西太原无关。㉕宪：榜样、典范。㉖祉（zhǐ）：福。㉗御：进献。㉘炰（páo）：蒸煮。脍鲤：切成细条的鲤鱼。㉙侯：语气助词。㉚张仲：吉甫的朋友。

【赏析】

《六月》这首诗既是一首完整的叙事诗，也是一篇表现抵御外族入侵的爱国主义颂歌。

整首诗按照战争的起因、经过和结局的顺序，记叙这场反侵略的正义战争的始末。在这场周宣王北伐猃狁的战争中，主帅尹吉甫和将士们同心同德，共赴国难。最终他击败猃狁，取得了赫赫战功。这是一首洋溢着威武严肃、同仇敌忾气氛的诗。将士们立志要保卫国家，他们斗志高昂，有着必胜的信念，饱含着强烈的爱国主义精神。

整首诗语言气势雄伟、质朴有力。将士们面对紧迫的军情，匆忙奔赴前线，军队浩浩荡荡，驾驶着战车势如破竹地冲向敌阵，在这金戈铁马肆意纵横驰骋的战场上，响起了震耳欲聋的鼓角声和呐喊声。在这样的军队面前，那些狂妄的敌寇只能缴械投降，望风而逃。

诗一开篇，作者用追述的语气，回忆起战报传来的时候正是农事的六月，听到战争的消息，人们将刀出鞘、箭上弦，将士高喊着，战马嘶鸣着，气氛紧张得一触即发。开头的“六月棲棲”一句，表现出忙碌紧迫的战争气氛，因为在古代，冬夏两季是不会打仗的，而这次战争却发生在了夏季的六月，可见这是一次关系国家存亡的重大战事。为了应对这次战争，周王接到战阵的信息之后，当机立断作出了出征的决定，兵车，马匹都已经准备好了。迎战的将士们穿着威风凛凛的战袍，战车上的旗帜猎猎飘扬。就这样，王室在周宣王的诏命之下，开始北伐玁狁。

第二、三节，诗人开始赞叹周军的训练有素和应变迅速。从马的进退有度、威风凛凛，到军队的士气高涨、纪律严整，均从侧面写出了主将的治军有方。能文能武的尹吉甫成为周军的主帅，他在战事危急的时候，从容镇定，带领着训练有素的军队，日行军三十里。虽然战事进展迅速，但是尹吉甫却不催促军队快速行进。他率军有方、体恤士兵，极大地提高了军队的士气。因为尹吉甫知道，前方等待他的是一场关系到国家安危存亡的战争，他需要和将士们同仇敌忾，一起抗敌。

第四节展示了威武雄壮、气势磅礴的战斗场面。“织文鸟章，白旆央央”，战旗飘扬着，它就是胜利的象征和标志。“元戎十乘，以先启行”，表明众多作为开路先锋的战车进入敌阵，他们锐不可当，在这些大型战车之后，便跟着那些训练有素的车队和士兵。作者采用了对比的方法，用“玁狁匪茹，整居焦获。侵镐及方，至于泾阳”的来势凶猛；和车坚马快、旌旗招展的周军“元戎十乘，以先启行”的状态进行对比。这些描写都体现了战争一触即发。

“戎车既安，如轾如轩。四牡既佶，既佶且闲”，寥寥十六个字，展现了一幅战场全景画：战马熟练地向前奔突，戎车忽高忽低地向前奔驰合围，将士们勇敢拼杀，为了彻底击垮侵略者，周军军队以无坚不克之势将敌人击退到靠近边界的太原。将士们用自己的鲜血换来了战争的胜利。

最末一节，作者描述了庆祝凯旋的欢宴。尹吉甫凯旋，他接受赏赐，宴请宾客。“我行永久”，说明作者也是随军远征的一员，对于这次的胜利他也感到光荣。所以诗人虽然是在歌颂将帅，但是同时也赞扬了军队的严整和威武，表达了将士们对周王朝的忠诚。

本诗通过将追忆和现实相结合的写法，将原本平淡无奇的故事，描述得十分精彩，极具余韵。全诗具有非常丰富的变化，节奏感、灵动感都很强。此诗一、二、三节铺垫蓄势，第四节达到全诗的高潮，第五节开始舒放通畅，第六节则完全归于宁静祥和。

◎采芑◎

薄言采芑[1]，于彼新田[2]，于此菑亩[3]。方叔莅止[4]，其车三千，师干之试[5]。方叔率止，乘其四骐[6]，四骐翼翼[7]。路车有奭[8]，簟茀鱼服[9]，钩膺鞗革[10]。

薄言采芑，于彼新田，于此中乡[11]。方叔莅止，其车三千，旂旐央央[12]。方叔率止，约軝错衡[13]，八鸾玱玱[14]。服其命服[15]，朱芾斯皇[16]，有玱葱珩[17]。

鴥彼飞隼[18]，其飞戾天[19]，亦集爰止[20]。方叔莅止，其车三千，师干之试。方叔率止，钲人伐鼓[21]，陈师鞠旅[22]。显允方叔[23]，伐鼓渊渊[24]，振旅阗阗[25]。

蠢尔蛮荆，大邦为仇。方叔元老，克壮其猷[26]。方叔率止，执讯获丑[27]。戎车啴啴[28]，啴啴焞焞[29]，如霆如雷。显允方叔，征伐玁狁，蛮荆来威[30]。

【注释】

①薄言：句首语气词。芑（qǐ）：一种野菜。②新田：指开垦两年的田。③菑（zī）亩：指开垦一年的田。④莅（lì）：临。止：语气助词。⑤干：捍敌。试：演习。⑥骐：青底黑纹的马。⑦翼翼：整齐严谨的样子。⑧路车：大车。奭（shì）：红色的涂饰。⑨簟茀（diàn fú）：遮挡战车后部的竹席子。鱼服：用鲛鱼皮做箭袋。⑩钩膺：带有铜制钩饰的马胸带。鞗（tiáo）革：皮革制成的马缰绳。⑪中乡：新田中。⑫旂旐（qí zhào）：画有龙和龟蛇图案的旗帜。⑬约軝（qí）：用皮革约束车轴露出车轮的部分。错衡：用横木相连。⑭玱（qiāng）玱：象声词，金玉撞击声。⑮命服：此处指军装。⑯芾（fú）：皮制的蔽膝，类似围裙。⑰有玱：即“玱玱”。葱珩（héng）：翠绿色的佩玉。⑱鴥（yù）：鸟飞迅疾的样子。⑲戾：到达。⑳止：止息。㉑钲人：掌管击钲击鼓的官员。㉒陈：陈列。鞠：训告。㉓显允：声名赫赫。㉔渊渊：象声词，击鼓声。㉕振旅：整顿队伍，指收兵。阗（tián）阗：击鼓声。㉖克：能。壮：光大。猷：谋略。㉗执讯：捉住审讯。获丑：俘虏。㉘啴（tān）啴：此处形容兵车行走的声音。㉙焞（tūn）焞：车马众多的样子。㉚来：语气助词。威：威服。

【赏析】

《采芑》是一首赞美周宣王的大臣方叔南征讨伐荆蛮的诗。这首诗是为了突出方叔而作的，形象生动地刻画出一个威风凛凛的将军形象。它和《六月》不同，诗中并没有涉及敌我交战的内容，所以这首诗应是赞美军容、军纪和军威的，同时它也蕴含着必将取得胜利的意思。

本诗首先描写的是方叔南征的声势，西周时期的战争大多是车战，方叔这次出征出动了大量的战车，十分壮观。除此之外，这首诗还描写了主帅的战马、战车所披挂的装饰以及战车整齐威武排列的样子，这些描写都是为了突出方叔的指挥有方。

诗中还有描写方叔服饰的诗句，目的是为了通过强调方叔穿着天子赏赐的华贵官服来强调他是一位位高权重的国家重臣。诗中还赞美了周军军纪严明和训练有素。诗人认为，周军是一支战斗力强劲的军队，无坚不摧、战无不胜。整首诗运用渲染和烘托的手法，展现了在宣王的统领下周国国家兴盛、力克四夷的美好未来。

本诗可以分为两个部分，第一部分为前三节，是表现方叔具有卓越的治军才能。第四节为第二部分，表达了周军的自信心和威慑力，点明演习的目的和用意。第一节以“采芑”起兴，通过它来引出这次演习的地点是在“新田”“菑亩”上。这一节主要写出了周军的军威，在旷野上有一支浩浩荡荡的大军，他们严谨布阵，严守军纪。“其车三千，师干之试”，三千车马，突出了当时王师的庞大。

清代的金锷在《军制车乘士卒考》中分析说，战车一乘有甲士十人、步卒十五人，三千乘共有士卒七万五千人，可见当时周国王师的强大：军中猛将如云、战车如潮、阵容强大，军队的防御实力很强。

之后，诗人又写到队伍的前方，写出主将出场时的赫赫威仪。“乘其四骐，四骐翼翼。路车有奭，簟笰鱼服，钩膺鞗革”，方叔乘坐一辆红色的战车，他的车用花席为帘，拉车的四匹马很强壮，战车十分耀眼，他就站在队伍的中央，显得十分高大威武、与众不同和威猛慑人。

第二节在写法上和第一节差不多，通过“旂旐央央”“约軝错衡”这种对色彩的刻画，加强了对演习队伍声势的描绘。“方叔莅止，其车三千，旂旐央央”，方叔统帅的大军，红旗招展，浩浩荡荡。“方叔率止，约軧错衡，八鸾玱玱”，方叔指挥军队出发了。“服其命服，朱芾斯皇，有玱葱珩”，进一步刻画了方叔的形象，他穿着朱衣黄裳的命服，红色敝膝闪闪发光，显现出将军的非凡气度。

第三节和前两节的感觉一下子就不同了，这一节主要是写出战。这一节用鹰隼一飞冲天来比喻方叔所率的周军也将像鹰隼一样勇猛无敌、斗志昂扬。这时周师在方叔的指挥下严谨地演习着阵法：“钲人伐鼓，陈师鞫旅”，“伐鼓渊渊，振旅阗阗”，执行号令的钲人、鼓人已经做好准备，列队誓师，兵士个个摩拳擦掌。战车在雷霆般的战鼓声中保持着进攻的阵形，他们在响彻云霄的喊杀声中向前冲去；演习结束，队伍又在一阵鼓声中，井然有序地退出演习场返回营地了。

第四节写告捷。“蠢尔蛮荆，大邦为仇”这两句是用雄壮的气概直斥无端滋乱之荆蛮。“戎车啴啴，啴啴焞焞，如霆如雷”，描写众多战车出发时的轰鸣声。“显允方叔，征伐玁狁，蛮荆来威”，是写蛮荆听说要来攻打他们的是早先讨伐过玁狁的将军方叔，吓得望风而逃，不战而降了。

当然这些并不是真实发生的事情，而是一种想象。作者相信，凭借装备精良的部队，英勇的方叔一定可以取得战争的胜利。

◎车攻◎

我车既攻①，我马既同②。四牡庞庞③，驾言徂东④。
田车既好⑤，田牡孔阜⑥。东有甫草⑦，驾言行狩。
之子于苗⑧，选徒嚣嚣⑨。建旐设旄⑩，搏兽于敖⑪。
驾彼四牡，四牡奕奕⑫。赤芾金舄⑬，会同有绎⑭。
决拾既佽⑮，弓矢既调⑯。射夫既同⑰，助我举柴⑱。
四黄既驾⑲，两骖不猗⑳。不失其驰㉑，舍矢如破㉒。
萧萧马鸣㉓，悠悠旆旌㉔。徒御不惊㉕，大庖不盈㉖。
之子于征，有闻无声。允矣君子㉗，展也大成㉘。

【注释】

①攻：坚固。②同：指选择调配足力相当的健马驾车。③庞庞：马高大强壮貌。④言：句中语气词。徂（cú）：往。东：东都洛阳。⑤田车：猎车。⑥孔：甚。阜：高大肥硕有气势。⑦甫草：甫田之草。一说古地名，在今河南省中牟县境内。⑧之子：那人，指天子。苗：夏猎。⑨选：通“算”，清点。嚣（áo）嚣：声音嘈杂。⑩旐（zhào）：绘有龟蛇图案的旗。旄：饰牦牛尾的旗。⑪敖：地名。⑫奕奕：马从容而迅捷貌。⑬赤芾（fú）：红色蔽膝。金舄（xì）：用铜装饰的鞋。⑭会同：会合诸侯，是诸侯朝见天子的专称，此处指诸侯参加天子的狩猎活动。有绎：连续不断而有次序的样子。⑮决：用象牙和兽骨制成的扳指，射箭拉弦所用。拾：皮制的护臂，射箭时缚在左臂上。佽（cì）：排列有序。⑯调：调正。⑰同：协同。⑱举：取。柴（zì）：堆积的禽兽。⑲四黄：四匹黄色的马。⑳两骖：四匹马驾车时两边的马叫骖。猗：偏差。㉑驰：驰驱之法。㉒舍矢：放箭。破：射中。㉓萧萧：马长鸣声。㉔悠悠：旆旗轻轻飘动貌。㉕徒御：徒步拉车的士卒。不惊：不喧哗。㉖大庖：大厨。㉗允：确实。㉘展：诚。

【赏析】

周朝在厉王之后，国势日渐衰弱。所以宣王即位之后，想要复兴周朝。本诗所描写的内容就是周宣王为了重整士气而亲自率领浩浩荡荡的队伍去东都会猎的场面。

古代天子的狩猎活动并不是单纯的娱乐，而是饱含着特殊政治意义的军事训练和军事演习。当时，

经历了厉王的统治之后，社会动荡不安，礼仪制度遭到破坏，诸侯对王师貌合神离，宣王为了复兴王室，慑服诸侯，就举行了这样的狩猎活动。其目的在于：一方面可以和诸侯联络感情，另一方面也可向诸侯显示周朝的武力。

方玉润在《诗经原始》中就这样解释道："盖此举重在会诸侯，而不重在事田猎。不过籍田猎以会诸侯，修复先王旧典耳。昔周公相成王，营洛邑为东都以朝诸侯。周室既衰，久废其礼。迨宣王始举行古制，非假狩猎不足以慑服列邦。故诗前后虽言猎事，其实归重'会同有绎'及'展也大成'二句。"

本诗共有八节，是按照田猎的循序进程描写的。全诗的结构非常完整，层次分明，有条不紊，对这场大规模的田猎活动进行了细致的描写，使读者如见其人，如闻其声。本诗在选材上十分讲究，详略得当。狩猎的过程并没有细致的描写，几乎是一带而过，对捕获了多少的禽兽，也没有过多强调，只是用"大庖不盈"就轻描淡写地带过了，而在车马旌旗的盛大和狩猎大军的威武雄壮上运用了大量的笔墨进行描写，这都是为了彰显周王朝的威势和力量，以达到炫耀周王朝武力强大、慑服诸侯的目的。

第一节总起全诗，描写了车马的盛备，此时，狩猎的大军即将往东方狩猎去了。诗人反复描述出发前的准备工作做得如何完美，字里行间流露出一种昂扬向上、神采奕奕的感情基调。

第二、三节的内容点出狩猎的地点是在圃田和敖地。在圃田和敖地那里，到处都是人，到处都是马，旌旗猎猎，连天蔽日，这些细节处处都表现出周王朝的强大。

第四节写诸侯来时的情景。他们穿着红色的蔽膝和金黄色的鞋，车马十分齐整，这种场面充分体现了宣王中兴、国内没有内忧外患、政治状况十分稳定的现状。

第五、六节主要描述射猎的场面。诸侯和他们的随从士卒们争相驾车射箭，为周王献艺，诗人通过描写他们技艺的娴熟，表现出周王朝军队的强大。

第七节写田猎结束之后的场面。狩猎的人们收获了许多猎物，因为狩猎已经结束了，所以这一节的气氛没有前面那么紧张。"萧萧马鸣，悠悠旆旌"一句，连用两个叠词，用骏马的嘶鸣声以及旌旗的飘动声，来反衬营地的静谧和君度的庄严肃穆，动中有静，静中有动，充分体现出众人舒缓悠长的氛围和心情。

第八节写射猎结束整队收兵时的场景，这里的描写展现出周军的军纪严明，"允矣君子，展也大成"，赞美之情溢于言表。

◎吉日◎

吉日维戊①，既伯既祷②。田车既好③，四牡孔阜④。升彼大阜⑤，从其群丑⑥。

吉日庚午，既差我马⑦。兽之所同⑧，麀鹿麌麌⑨。漆沮之从⑩，天子之所⑪。

瞻彼中原⑫，其祁孔有⑬。儦儦俟俟⑭，或群或友⑮。悉率左右⑯，以燕天子⑰。

既张我弓，既挟我矢。发彼小豝⑱，殪此大兕⑲。以御宾客⑳，且以酌醴㉑。

【注释】

①维：是。戊：指初五。古人以天干地支相配计日。以天干奇数为刚日，偶数为柔日。刚日宜外事，柔日宜内事。田猎为外事，故以刚之戊为吉日。②伯：马祖神。祷：向神祷告。③田车：猎车。④孔：很。阜：强壮高大。⑤阜：山冈。⑥从：追逐。群丑：指群兽。⑦差：选择。⑧同：聚集。⑨麀（yōu）鹿：母鹿。麌（yǔ）麌：众多貌。⑩漆沮：古代二水名。⑪所：处所，此指会猎场所。⑫中原：原中，指原野。⑬祁：大。此处指大兽。有：多，指野兽多。⑭儦（biāo）儦：疾行貌。俟（sì）俟：缓行貌。⑮群：兽三只在一起为群。友：兽二只在一起为友。⑯悉：尽，全。率：驱逐。⑰燕：乐。⑱豝（bā）：母猪。⑲殪（yì）：射死。兕（sì）：大野牛。⑳御：进献食物。㉑醴（lǐ）：甜酒。

【赏析】

《吉日》和《车攻》一样，是一篇描写宣王田猎的诗，但它和《车攻》不尽相同：《车攻》主要是说周王在假借狩猎之名向诸侯炫耀武力，以达到慑服诸侯的目的，所以在《车攻》中，周王故意大张旗鼓地展现自己的车马、军队，壮大自己的声势，昭示天下宣王为周室中兴之主，《车攻》一诗展现出的是一种霸气。而《吉日》一诗主要描写的却是周宣王在西都举行田猎之典，诗描写的重点在于田猎的细节，如怎样选择吉日来进行祭祀马祖，怎样修整猎车，怎样挑选骏马，怎样驱车在漆沮之间出猎，随从们怎样将野兽驱赶到天子的猎所中，以便宣王可以尽情狩猎。

这首诗再现了宣王田猎的全过程。第一节描写了打猎前准备的情况。在古代，天子狩猎是十分重大的事情，就像祭祀、会盟、宴享一样庄重而神圣。同时，因为狩猎是一种军事行为，因此，狩猎的准备仪式十分隆重。

第二节主要描写周王选择良马准备正式出猎了。依据占卜，祭祀马祖之后的第三天是适合狩猎的良辰吉日。所以在选择了合适的马匹之后，周天子就骑着良马，率领所有的公卿一起来到狩猎的地方，准备开始狩猎。那里有聚集在一起的鹿群，人们沿着漆、沮两条河的岸边设立了围挡，他们追逐着鹿群，将它们赶向了天子所在的方向，保证天子能够及时发现他们。

第三节着重描写随从们驱赶群兽给天子射猎的场面。在广袤的原野上，远远眺望，一眼都望不到边，这是一个水草丰茂的地方，因此有很多野兽在这里出入，它们三五成群，有些在奔跑，有些则在缓缓行走。为了让天子能够享受到狩猎的乐趣，随从们又一次驱赶兽群，将兽群驱向了君主方向。

第四节描写天子在射猎得胜之后返回朝堂，开始朝宴群臣。在随从们将兽群驱赶到附近之后，周天子就开始大显身手了。他一箭就射中了一头猪，再一箭又射中了一头野牛。由此可见，周天子是一个英勇神武的君主。在打猎结束之后，周天子狩猎了很多猎物，于是他就用自己狩猎到的野味宴请群臣。就这样，一场精彩的狩猎结束了，全诗也在欢快的气氛中收尾。

整首诗按照事情发展的过程来进行描述，条理清楚、有条不紊。大部分章节的内容都是在记叙狩猎活动的准备过程和随从驱赶野兽供天子射猎的情景，而写天子射猎却只有“既张我弓，既挟我矢。发彼小豝，殪此大兕”这四句，这样的写作方式既完整叙述了狩猎的过程，又将狩猎的大场面完整展现了出来，同时还透露出轻松的气氛。

这一狩猎过程，与其说是一场军事行动或是一场劳作，不如说是一场愉悦的游戏。在这场游戏中，宣王在狩猎之后又施恩于臣子，体现了他“与臣同乐，与民同乐”的为君之道。这首诗是帮助后人了解周朝皇家田猎情况以及周朝民俗的重要资料。

◎鸿雁◎

鸿雁于飞①，肃肃其羽②。之子于征③，劬劳于野④。爰及矜人⑤，哀此鳏寡⑥。

鸿雁于飞，集于中泽。之子于垣⑦，百堵皆作⑧。虽则劬劳，其究安宅⑨。

鸿雁于飞，哀鸣嗷嗷⑩。维此哲人⑪，谓我劬劳。维彼愚人，谓我宣骄⑫。

【注释】

①鸿雁：水鸟名，即大雁；或谓大者叫鸿，小者叫雁。②肃肃：鸟飞时扇动翅膀的声音。③之子于征：这个人服役。④劬（qú）劳：勤劳辛苦。⑤爰：语气助词。矜人：可怜人。⑥鳏（guān）：老而无妻者。寡：老而无夫者。⑦于垣：筑墙。⑧堵：长、高各一丈的墙叫一堵。⑨究：终。宅：居住。⑩嗷嗷：鸿雁的哀鸣声。⑪哲人：才智极高的人。⑫宣骄：骄奢。

【赏析】

《鸿雁》这首诗共有三节。在这三节中，每节都是用“鸿雁”两字起兴，在诗中作者通过鸿雁来进行自喻。按照朱熹的观点，这是一首“饥者歌其食，劳者歌其事”的现实主义诗作。

第一节描写流民都被迫去野外参加劳役的场景，此处反映受害的流民十分众多，揭露了统治者的冷血、无情和残酷，驱使劳力，连鳏寡之人也不放过。颠沛流离无处安身的流民看到天空展翅高飞的大雁，忍不住感伤起来，他们叹息着，这叹息中饱含着他们对自己不得不参加繁重徭役的哀怨。

第二节在内容上承接第一节，描绘服劳役的流民们筑墙的情景。这时天空中的鸿雁已经聚集到了水泽中去。漂泊迁徙的大雁，让流民们想到了自己。这里用大雁来象征集体劳作的流民们，他们努力筑起很多堵高墙，但是这些辛苦建成的围墙中，却没有一处是他们的家园。没有安身之地的流民发出了“虽则劬劳，其究安宅”的疑问，饱含不平和愤慨。

最后一节述说流民们悲惨的命运，是流民的悲哀之歌。他们为了让贵族们生活得更好而辛苦工作，但是到头来却要忍受那些贵族的嘲弄和讥笑。大雁的声声哀鸣，一下子引起了流民们的共鸣，他们内心凄苦不堪，再也无法忍受之时，唱出了这首诗，以宣泄心中的愤恨。

本诗开篇的“鸿雁于飞”指代的是那些流离失所、无依无靠的流民，他们的生活十分困苦，特别是鳏寡孤独的人，日子过得更是悲惨。为了完成王的命令，为了尽快让这些人有住的地方，流民们不辞辛劳，筑墙盖房。

作为一种候鸟，鸿雁总是秋来南去，春来北迁，它们的这种习性和被迫在野外服劳役、四方奔走的流民十分相似，两者都过着居无定处的生活。在长途旅行中鸣叫的鸿雁，声音十分凄厉，让听到的人生出悲苦，流民们触景生情，增添了不少忧愁。

这首诗反映了当时无奈的社会现实，动荡的社会导致大量的人遭受到流离失所的痛苦。“鸿雁于飞”具有十分深刻的含义，它生动形象地说明了流民们的无限哀痛，后人因此将“哀鸿”这个词当作灾乱流民的代名词。

◎庭燎◎

夜如何其①？夜未央②。庭燎之光③。君子至止，鸾声将将④。

夜如何其？夜未艾⑤。庭燎晣晣⑥。君子至止，鸾声哕哕⑦。

夜如何其？夜乡晨⑧。庭燎有辉。君子至止，言观其旂⑨。

【注释】

①其：语尾助词。②央：尽。③庭燎：宫廷中照亮的火炬。立在地上的大烛，由苇薪制成。④鸾：铃。此为旂上的铃。将（qiāng）将：铃声。⑤艾：尽。⑥晣（zhé）晣：明亮。⑦哕（huì）哕：铃声。⑧夜乡晨：天将亮。⑨旂（qí）：画有蛟龙、竿顶有铃的旗。

【赏析】

这是一首记述宣王中兴的诗作，为问答体诗，每章前半部分，摹写宣王的问和夜人的答。宣王由于关心国事，牵挂上朝时间，夜不能寐，一遍一遍询问更时。此问彼答这一类型，极具特色，在《诗经》及后世的诗歌中都不多见。诗作每章后半部分笔锋转向，描写的是众臣子对上朝的重视和对国事的尽心，他们天不亮就纷纷驱车来朝，恭敬等候。如此君臣对照，两相呼应，展示了一种积极蓬勃的政治局面。

周宣王名曰姬静，他之前是无道的厉王，暴虐残忍，多为世人诟病，他之后是昏聩的幽王，“烽火戏诸侯”，最终葬送了西周。位于两者之间的宣王，可能是因为从小际遇非凡，心性得到磨炼和升华，成为一个“中兴之主”。他勤勉于政事，在位四十多年，励精图治，内安百姓，外伐强敌，西周很大程度上得到了振兴。此诗描摹的，就是“宣王中兴”这一场面的形象诠释及其得以出现的原因。

在具体的组织行文中，作者别出心裁，没有描写大的局势，也没有人云亦云地说些歌颂的套话，而是从一个侧面入手，抓住了一个细微但极其典型的瞬间，反复渲染。宣王为政勤奋，他在接受朝见的前夕，认真准备，悉心思考，以致夜不能寐，因为生怕耽误早朝的时间，一夜中多次问夜人“夜如何其”。虽然话短意浅，并且在作者的加工之下，没有丝毫特别情感的表露，但由于反复出现，历时较长，显得意蕴深远，形象地描绘出了宣王迫切焦急并且唯恐延误上朝的心情，生动至极。

“夜未央”“夜未艾”“夜乡晨”三句，是对宣王反复询问的回答，答者是守候在宣王身边的“鸡人”，也就是当时的报时之官。鸡人掌管城中的鸡和其他牲畜，懂得观星，熟知各种计时器具，能够在黑夜中辨别时间，待到祭祀或上朝时，由他来司晨、叫醒百官。诗中，鸡人的回答，俭省而优雅，呈现出尽责的态度和谨严的职业操守，得体至极。一位普通的官员都能如此干练尽职，朝廷的有序和高效可想而知。这一描摹，也从侧面深化了诗作主旨，反映了宣王的治国之能。

鸡人是如何辨别时间的呢？宣王寝房外面又是什么样子？作者显然不满足于仅仅给出一个简短的对答。他像驾驭着一台摄像机一样，先在近处捕捉到一个近景特写，然后慢慢地转向窗外，将镜头渐渐伸长，把寝宫外面的情况摄入镜头之中，如此反复多次：首次为“庭燎之光”，庭中蜡烛光明亮堂，远处没有一点亮色，故而鸡人说“夜未央”；第二次“庭燎晣晣”，烛光不如原来的明亮，但依然清晰耀眼，可见天色将曙，夜幕渐稀，四周已有微光，夜未艾将艾；第三幅是“庭燎有辉”，天已微明，烛光暗淡，已经可以看到其上的烟气缭绕，即为“夜乡晨”。

如此三章，笔触划过来又划过去，在寝宫内外往返数次，“镜头”所摄之景悉数简练，但所含意蕴则深远浓郁，并且在相似的重复中将张力叠加，即使是在现在，亦显得非常经典。

诗作中并非只有极具动感和连贯性的画面，还有着非常巧妙的声音营造。在诗作每章的后半段，作者再从听觉入手，继续填充他营造出的纯美意境：首段“鸾声将将”，一阵依稀可闻的叮叮当当声，撕破幽暗的夜幕，远远传来，由于距离稍远，清脆稍减，悠扬骤增，锵锵不绝于耳，由此可以判断出奔来的车子还比较遥远，数目不多，渐闻渐止；第二章“鸾声哕哕”，则是规律而节奏的叮当之声，清脆悦耳，并且急促有力，欢快而慌乱，表明车子已近，人数渐多，另外，选“哕哕”而不用其他，急促中显出一丝节制之感，表明诸侯放慢了车速，既是对王宫禁地的敬重，也是体恤君王，避免嘈杂之声搅扰到其美梦。

诗作全篇，对于视觉形象和听觉形象的描写，十分生动形象，并且在细微处的把握准确至极，达到了极高的艺术境地，使读者有身临其境之感。

第三章中，臣子们都已悉数到达，在朝堂外毕恭等候，“言观其旂”，都慎重、平静地看着半空中渐渐升起的旗帜，做最后阶段的准备和等待。这里的旗帜，可以扩展开来，被理解为朝廷所有的纲要和政策。以及朝廷的威严。臣子目光悉数在此，反映出他们一心维护朝廷的权威，认真遵循君王的驱使，严格认真地履行自己的职责，显得有序、谨严、同心协力。另外，旗子的随风飞扬，也显示着宣王王朝的意气风发、如日中天，昭示了其美好前景。

此诗中，宣王勤于朝政，严肃纲纪，没有正面铺陈的臣子们，也被烘托得忠心耿耿、积极用心，显得形象高大光明，如此上下齐心，才有后来的国之中兴。这一点为后世历代的统治，提供了极高的政治借鉴和规劝价值。

◎沔水◎

沔彼流水①，朝宗于海②。鴥彼飞隼③，载飞载止④。嗟我兄弟，邦人诸友⑤。莫肯念乱⑥，谁无父母。

沔彼流水，其流汤汤⑦。鴥彼飞隼，载飞载扬。念彼不迹⑧，载起载行。心之忧矣，不可弭忘⑨。

鴥彼飞隼，率彼中陵⑩。民之讹言⑪，宁莫之惩⑫。我友敬矣⑬，谗言其兴。

【注释】

①沔（miǎn）：流水满溢貌。②朝宗：归往。本意是指诸侯朝见天子，（《周礼·春官大宗伯》：“春见曰朝，夏见曰宗。”），后来借指百川归海。③鴥（yù）：鸟疾飞貌。隼（sǔn）：一种猛禽。④载：句首语白已子助词。⑤邦人：国人。⑥念乱：止乱。⑦汤汤：义同“荡荡”，水大流急貌。⑧不迹：不循法度。⑨弭（mǐ）：止，消除。⑩率：沿。中陵：陵中。⑪讹言：谣言。⑫宁莫之惩：怎么可以不惩凶。⑬敬：同“警”，警戒。

【赏析】

《沔水》描写了当时国家动乱、政事日非、谣言四起的悲惨情境，作者在诗中表达了自己对国家的担忧、对百姓的同情和对友人的告诫。对于《沔水》一诗的主旨，《毛诗序》主张其为“规宣王”之作，但语焉未详，没有说出规劝的原因和内容。朱熹《诗集传》主张“此忧乱之诗”，结合诗作中可以感受到的作者忧乱畏谗的沉痛，这种观点当为中肯评价。今人高亨在其《诗经今注》评论道：“这首诗似作于东周初年，平王东迁以后，王朝衰弱，诸侯不再拥护。镐京一带，危机四伏。作者忧之，因作此诗。”主张诗作描写的是周平王东迁后镐京一代的悲惨情形，被多数学者认同。

诗中的比兴手法不同于一般篇什，连用两组比兴句。第一章开篇四句写流水朝宗于海，飞鸟一会儿飞翔，一会儿止息，但有安适的落脚处，以此反衬百姓的处境还不如流水和飞鸟，只得在战争的催逼下无家可归、四处流亡，过着妻离子散、家破人亡的悲惨生活。

后四句写诗人对社会动乱的痛恨。“嗟我兄弟，邦人诸友”，“兄弟”“邦人”“诸友”，三个词概括了一切自己认识的亲人熟人，在正常情况下，这些人应该是作者生命的依靠和生活的寄托，而现在，他们却“莫肯念乱”，即都不肯制止社会的动乱，还要继续参与其中，成为一个个刽子手、阴谋家，作者不由地感到孤立无援、痛心疾首，他最终呼喊道：“谁不是娘生父母养的生命，谁家没有老迈的双亲需要赡养？为什么还在不停地打打杀杀？生命可贵，和平可贵啊！”一颗拳拳之心可表日月。稍作推想便可想而知，战乱应最终归咎于高高在上的当权者，他们对动乱不加制止，还挑唆百姓加入其内，使得人们老无所终、少无所养，悲惨异常。

第二章前四句为比兴句，描写流水浩荡不休、奔涌回旋，飞鸟翱翔不止、毫不停歇，暗喻盗贼的数量繁多和惨案的接连不断、没有尽头，同时也衬托了诗人心情的极具烦乱，此刻作者的心境较之第一章变得更加忧心如焚、坐立不安。

后四句，作者看到不法之徒趁乱作恶、为非作歹，便“心之忧矣，不可弭忘”，心的忧伤不可停止，难以忘怀。战争是强者之间的游戏，参战方无论胜负，最终的苦难都要百姓承担。除了兵士，一些素质低下的人很容易沦为强盗，无恶不作，混乱的社会管制让他们有了可乘之机，挨饿受冻的悲惨现实让他们有了“不迹”的理由，因为他们直接深入百姓家中，其危害甚至比军队更甚。因为战争的频繁和盗贼的雪上加霜，平凡的弱者永远都处于最悲惨的境遇中，只得逆来顺受，凄苦度日。

前两章侧重于表现生命的无保障和生活的艰难，第三章作者转向了人的精神世界。此处本应该和前两章中的比兴相同，但四句只剩下了两句，可能在流传过程中遗漏或丢失，剩余两句“鴥彼飞隼，率彼中陵”写飞鸟沿丘陵高下飞翔，形容后文所提到的流言的忽起忽落，其速度之快，来势之猛，让人猝不及防。

当人们陷身于危难的境遇中时，最有价值的是对未来美好生活的憧憬和肯定，以及身边人的信任和相互依靠，它们能让人心有寄托，能给人活下去的力量。但现实的情况却是，四处铺天盖地的谣言并起，今天说马上就要亡国，明天说有军队又要袭来，弄得百姓人心惶惶，个个犹如惊弓之鸟，在冻饿之余还要承受惊吓和希望破灭的苦痛。正直的官员们饱受奸臣诽谤，今天被奏谋反，明天被污通敌，无法受到主上的信任和施用，一腔热血和满腹才华被迫弃置，只能眼看着奸臣谋利、国家倾覆、民不聊生。诗人对此心中愤慨不平，劝告友人应自警自持，防止为谗言所伤。

三章中的比兴虽然都是描述流水和飞鸟，用词也大同小异，但并不是简单重复，而是和所表达的主题巧妙地契合在一起，在文章起承转合中各自侧重，使诗作变得蕴藉深广。这样的手法也便于归顺行文脉络，引发读者思路的延伸，使本来离散的叙述变得连贯。

透过这些内涵深远的比兴和或激愤或低沉的控诉，诗人的形象鲜明地呈现在了字里行间：生逢乱世，心中耿直仁慈，没有随波逐流，关心国事，具有强烈的忧患意识，爱憎分明，对百姓、亲人、友人以及其他的正直之士心存关怀怜悯，痛恨厌恶屠戮百姓的凶手，对作乱之徒充满了憎恶，希望能再造安定和平、和睦共荣的稳定局面，与“莫肯念乱”的当权者形成强烈的对比。

这是一首抒情诗，着重描摹一种不安和忧虑的心情，对祸乱的场面没有加以具体叙述，然而他的这种悲痛却能深刻地让读者感受到当时社会环境的惨状。此诗三章，皆从悲惨处着笔，描写的事由没有明显的连贯线索，笔端跳跃跌宕，无迹可寻，映照了作者因祸乱而心绪不宁的心理状态，做到了文章结构和情感的内在统一。

◎鹤鸣◎

鹤鸣于九皋①，声闻于野。鱼潜在渊，或在于渚②。乐彼之园，爰有树檀，其下维萚③。它山之石，可以为错④。

鹤鸣于九皋，声闻于天。鱼在于渚，或潜在渊。乐彼之园，爰有树檀，其下维榖⑤。它山之石，可以攻玉。

【注释】

①九皋：泽中水溢出称一折，九折指极远处。②渚：水中小洲，此处当指水滩。③萚（tuò）：枯落的枝叶。④错：砺石，可以打磨玉器。⑤榖（gǔ）：树木名，即楮树，其树皮可作为造纸原料。

【赏析】

生活在城市的人们，生活总是忙忙碌碌的，每天对着钢筋混凝土堆建成的都市，很容易感到疲累和倦怠，这时很多人就会向往鸟语花香的田园生活。《鹤鸣》就描述了这样一幅迷人的世外桃源的景象：在广袤的原野上，仙鹤在云霄间鸣叫，鱼儿在深渊和滩头潜入、跃出。在这美丽的景象周围，矗立着堆满枯枝落叶的高大檀树的园林，园林的近旁，又有一座怪石嶙峋的山峰。这真是一幅美妙的自然美景。

关于《鹤鸣》这首诗的主旨，《毛诗序》认为是“诲（周）宣王”。朱熹的观点则有所不同，他认为这首诗的主旨是劝人为善，在此观点的基础上，今人程俊英在《诗经译注》中提出了更为后人所认可的说法：“这是一首通篇用借喻的手法，抒发招致人才为国所用的主张的诗，亦可称为‘招隐诗’。”

诗中以“鹤”比喻隐居的贤人，诗人所描绘出的这样一幅美妙画卷，一方面正是隐居者适宜居住的地方，另一方面则隐隐指向隐居之人高洁的志趣和品性。

《鹤鸣》一共有两个章节，每节皆有比喻。第一节的比喻分别是“鹤鸣于九皋，声闻于野”，“鱼潜在渊，或在于渚”，“爰有树檀，其下维萚”，“它山之石，可以为错”，第二节只改变几个字或改变语序，意义并无变化。朱熹曾将这四个比喻，转变了成了诚、理、爱、憎这四种思想。在朱熹的观点中，由这四种思想引申出来的，就是“天下最普遍的真理”。这其实就是朱熹程朱理学的观点，他用这样的观点来分析《鹤鸣》，显然窄化了这首诗的主题。

第二节的“它山之石，可以攻玉”是一句名句。北宋哲学家、易学家邵雍曾经这样解释过“它山之石，可以攻玉”：他把遇到的侵犯欺凌比作砺石，把品行高尚的人比作美玉。美玉只有在经过砺石的琢磨后才能绽放光彩。也就是说，君子要时刻自省，通过磨砺来完善自己。

其实，在读这首诗时，不需要去想那么多事情，只要把自己融入这首诗所描绘的场景中，把它当成一首简单的即景抒情小诗就可以了。这是一幅漫游于荒野的图画，可以听到鹤鸣，看到鱼游，踩着落叶漫步在檀树林中，观赏怪石嶙峋的山峰。从听觉写到视觉，再到心中所感所思，一条清晰的脉络贯串全篇，有色有声，有情有景，充满了诗意，使人产生思古望今的情怀。

◎祈父◎

祈父①，予王之爪牙。胡转予于恤②？靡所止居③。

祈父，予王之爪士。胡转予于恤？靡所底止④。

祈父，亶不聪⑤。胡转予于恤？有母之尸饔⑥。

【注释】

①祈父：周代掌兵的官员，即大司马。②恤：忧愁。③靡所：没有处所。④底（zhǐ）：至。⑤亶（dǎn）：确实。聪：听觉灵敏。⑥尸：主。饔（yōng）：熟食。

【赏析】

王都卫士，即王家禁旅，又称作京畿卫队，类似后期的羽林军。按古制，他们只负责王室和都城的防务和治安，在一般情况下不外调征战。但这首诗的背景里，掌管王朝军事的祈父——司马，破例地调遣王都卫队去前线作战，致使卫士们心怀不满。从另一角度，亦可看出，当时战事不断，兵员严重短缺，国家遭遇了连守卫京都的武士都要抽调的窘境。这些军士都动怒了，其他常年兵役在外的普通士兵又该如何？《祈父》是一首周王朝的王都卫士抒发内心不满情绪的诗作。诗作深层地映射了民怨纷起、政局动荡的社会现实。

这首诗一反《诗经》开端比兴的常态，不再温柔含蓄、彬彬舒缓，而是以质问的语气，一开头便大呼“祈父”。继而厉声直言其事：“胡转予于恤？靡所止居”，为什么使我置身于险忧之境，害得我背井离乡，饱受征战之苦？禁卫军目圆睁、发上指，欲以死相拼、一探究竟的面孔，随着这声呵斥，生动鲜明地浮现在读者眼前。这种短促、直接的喝问风格，契合了武士们心直口快、敢怒敢言的性格特征。司马的此举，真的有违常理，触动了将士们心中的底线。主上和司马等一干统治者，随着连年的征战，在将士们心中已经威信尽失，命令的神圣性荡然无存，将士们日积月累，积攒下了深重的怨恨。

第二章与第一章仅易数字，武士的愤怒情绪在复沓中一步步增加，几乎到了一触即发的境地，也使得诗作的紧张程度急剧上升。到第三章，武士们一呼再呼以至三呼司马，责其“不聪”，斥其昏庸，感情逐步加深，带上了深深的怨憎之情，甚至隐隐蕴含复仇之意，形势的动荡程度达到顶峰。个中的原因，不是将士们无理取闹，也并非他们贪生怕死，而是他们所面临的惨状：家中的老母亲得不到奉养，自己无法尽到人子之责，离家时老母依然强健，但由于兵役太久，归家时老母早已兀自死去，生为人子却未能替父母养老送终，此种责任怎能承担？

短短一句话，怨恨的原因和不能从征的苦衷，悉数道来，让读者恻然。整篇诗作下来，将士们由不满意随意征调，进而演进到对政策的质问，最终又转变为对司马不能体察下情的斥责，矛盾顿然升级。

这显然不是仅仅在斥责统兵司马，司马是周宣王的“爪牙”“爪士”，司马的命令一定是周宣王的命令，因此武士们是把周宣王当作质问对象的。历史上，周宣王连年征战，军政不休，把军士们置于无尽头的危难境地中，把无辜的人民捆绑在无休止的战车之上，这种局面岂是一个小小的司马官所能造成的？即使一切罪责皆在司马，宣王任人失察，也照样难辞其咎。由此，诗作获得了更高的针砭层次和更强的针砭力度。

在军士的这种怨愤中，还隐藏着极大的隐忧，因征调不满就暴跳如雷，是否不够本分？动不动就搬出老母，是不是太过矫情？细想之下，就会发觉，当时的情况远远惨痛过人们的想象。在那个时期，寻常百姓家中，大都会有多个子嗣，即使是有一两个在禁卫军中任职，也不会出现老母卒于家中无人送终的情况，唯一的解释就是，其他的儿子早已战死沙场。他们悉数被征调入伍，整日南征北战，尽数客死他方。而这一支禁卫军中的士兵，是各自家中仅存的独嗣，也是各家为其老迈父母送终的唯一希望。而如今，兵役时间太长，军队不予准假，已有很多双亲未得送终而死去，将士们早已怨愤连连，这次调兵，正是一个导火索，将士们再难沉默。

这首诗似乎过于激烈，但言为情遣、气为势逼，直抒胸臆，一点没有过错。这种拍案而起，使得这首数十字的小诗，拥有了惊人的力量，它以饱满的激情，奋力撕开了历史的一角，让读者得以窥得当时社会的真容。作者是聪明的，他只选择了一个微细的角度，把笔触放置在待遇最优厚、任务最轻松、地位最崇高的禁卫军身上，以他们难以容忍的愤怒，来代表和反衬全体国人对战争的厌恶和对安居乐业的向往，从而反衬出当时的战乱是多么的频繁，死伤数目是多么的巨大，有多少家庭妻离子散，老无所终、少无所养，百姓和军士心中，又积压着多少怒火。

◎白驹◎

皎皎白驹①，食我场苗②。絷之维之③，以永今朝④。所谓伊人⑤，于焉逍遥⑥。

皎皎白驹，食我场藿⑦。絷之维之，以永今夕。所谓伊人，于焉嘉客。

皎皎白驹，贲然来思⑧。尔公尔侯⑨，逸豫无期⑩。慎尔优游⑪，勉尔遁思⑫。

皎皎白驹，在彼空谷⑬。生刍一束⑭，其人如玉⑮。毋金玉尔音⑯，而有遐心⑰。

【注释】

①皎皎：毛色洁白貌。②场：菜园。③絷（zhí）：用绳子绊住马足。维：拴马的缰绳，此处意为维系，用作动词。④永：长。此处用如动词。⑤伊人：那人，指白驹的主人。⑥于焉：在此。⑦藿（huò）：豆叶。⑧贲（bì）然：装饰华美的样子。此处指光彩的样子。⑨尔：你，即“伊人”。公、侯：古爵位名，此处皆作动词，为公为侯之意。⑩逸豫：安乐。无期：没有终期。⑪慎：慎重。优游：义同“逍遥”。⑫勉：抑止。遁：避世。⑬空谷：深谷。空，“穹”之假借。⑭生刍（chú）：青草。⑮其人：亦即“伊人”。如玉：品德美好如玉。⑯金玉：此处皆用作意动词，珍惜之意。⑰遐心：疏远之心。

【赏析】

《白驹》是一首在田猎宴会上唱的雅歌，有学者提出殷人喜欢白色，大夫大都乘坐白驹，所以这首诗是武王为箕子饯行的诗；也有人提出，这是一首王者想要留住贤者却没有做到，只好将其放归山林的诗；还有人认为这首诗是一首关于朋友离别的诗。

《白驹》是一首极力挽留客人的诗，充分表现出主人热情挽留客人的心情。为了留住客人，主人把客人的马匹拴住，希望客人能在这儿多住几日，多得几天逍遥。同样为了留住客人，主人放跑了客人的马儿，希望客人能放开歌喉，互相咏唱，安心在此。

本诗对后世有着非常深远的影响，“白驹”一词已经成为思贤怀友的代名词。《白驹》一诗共有四节，可以将这四节分成两个层次。前三节为第一层，最后一节为第二层。

第一层，主要写客人未离去时主人的挽留。在古代，主人留住客人的方式有很多种。本诗中的主人想方设法地将客人骑的马拴住，主人感叹说，一匹浑身皎洁的白马，正在吃着他的豆苗和豆叶，为了保住他的豆苗和豆叶，主人只有将马用绊马索绊上，然后再用缰绳将马拴在桩上。主人这样做的目的表面上是为了保护自己的财产，实际上是为了不让那位志行高洁的嘉宾离开。绊马和拴马的目的，是为了留人。

主人希望客人在他家多待一段时间，逍遥一段时间，哪怕仅仅是一朝一夕，只要能延长他欢乐时光就可以了。主人“縶之维之”这个小动作，就充分表现出主人对客人无限的敬慕之情和对朋友的真心挽留之意。这几节的文字中，字里行间都流露出主人的殷勤好客和热情真诚。

第三节中，诗人采用间接描写的方法形象地对客人进行了刻画。通过这一节，可知客人的能力十分强，甚至能够成为公侯一样的人物，不幸的是，他生不逢时，在这样一个乱世诞生，朝廷不能接受他，同时高洁的客人又不愿和世人同流合污，于是他选择了避世而居，退隐山林。

第二层主要写客人已去而主人怀念他的情景。虽然主人再三挽留，但是高贵的客人还是走了。他希望朋友能够和他约定，再一次到他的家中来做客，并和他保持联系，不可因隐居就疏远了朋友，惜别和眷眷思念都溢于言表。但是一心隐居的朋友却没有答应，而是婉言谢绝了主人的美意。

被拒绝了的主人依然期盼着自己的朋友有一天能够再次来到他的家中做客。于是他整天都站在大路口，望向朋友离去的方向，希望忽然有一天，朋友能够骑着他那匹浑身皎洁的小白马再次来到自己的家。但是执意隐居的朋友因为选择了独善其身，希冀逃离乱世洁身自好，所以再也没有出现。

为了再次见到朋友，主人曾长途跋涉，到了朋友隐居的旷谷，但是他只看到了那匹浑身雪白的小白马在空谷中自由自在地奔跑，却没有找到躲避起来的朋友。主人万般无奈之下，只能回家，他在家中为朋友的白马备了青草作为饲料，继续等待他那像玉一样的朋友再次到来，他托风告诉他音讯全无的朋友，“不要珍惜音讯如金玉，心存疏远忘知交”。主人明白朋友不愿入仕，不愿和世人有所纠葛的心情，理解朋友的一番苦心，但是他依然希望朋友不要回避自己，和自己经常联系。主人感慨，希望朋友“谨慎你优游的玩乐心，切勿只图闲暇避世居。”

这一节写出主人真挚的感情，表现出他誓约的诚恳。言语的甘美，写出了主人和朋友分别时的依依不舍，托出主人和朋友离别之后的眷眷相思，一往情深。这一节，既有主人对朋友的希冀，又有他对朋友的劝勉，主人对朋友只有期盼殷殷，而没有任何的轻视和不屑。这首诗将主人思贤怀友的感情描绘到了极致。

有人说，金子虽长埋于地下，有朝一日重见天日时照样会熠熠发光。但人毕竟不同于金子，人的寿命是有限的，正如阳货见孔子时所说：“日月逝矣，岁不我与。”假如真想为这个世界做点什么，就不应该一味从洁身自好的观念出发隐遁山林，正如金子莫要长埋于泥土之中一样。

◎黄鸟◎

黄鸟黄鸟①，无集于穀②，无啄我粟。此邦之人，不我肯穀③。言旋言归④，复我邦族⑤。

黄鸟黄鸟，无集于桑，无啄我粱。此邦之人，不可与明⑥。言旋言归，复我诸兄。

黄鸟黄鸟，无集于栩⑦，无啄我黍。此邦之人，不可与处。言旋言归，复我诸父。

【注释】

①黄鸟：黄雀。②榖(gǔ)：木名，即楮木。③榖(gǔ)：善。④言：语气助词，无实义。旋：转身。⑤复：回返。邦：国。族：家族。⑥明：通“盟”，讲信用。⑦栩(xǔ)：柞树。

【赏析】

朱熹《诗集传》中说：“民适异国不得其所，故作此诗。”

当时的人们在奴隶主的残酷剥削以及无休战乱的颠簸之下，被逼无奈纷纷离开故土逃到异乡，就这样变成了“流民”。这些被迫寄人篱下的流民们，抱着满腔的希望来到了异乡。这个他们原以为会比故园好的地方，却和他们的想象完全不同，这里的人们对他们非常不友好，他们在异乡感到孤独难处。诗人用黄鸟为兴，喊出了“此邦之人，不我肯榖”“不可与明”“不可与处”这些语言都表现了诗人急不可耐的思归的决心。诗人通过这样的语言告诉世人，在这个世界上已经没有一块没有剥削与压迫的乐土。

贪得无厌的黄鸟，吃光了人们所有的粮食，然后还要和人们作对。它们停在人们家门前的树上，不停鸣叫着，它们的叫声让人们感到心烦。“黄鸟”在此处指代的正是那些盘剥压榨底层老百姓的人。走投无路的穷苦百姓于是宁愿离开生养他们的故土，也不愿再受压迫。这些可怜的人背井离乡，原本是想要寻一个世外桃源，但是出乎他们意料的是，他们的愿望根本无从实现，这就是残酷的现实。

无奈中，人们认识到这样一个现实：在世上再也没有乐土天国可以寻找。天下何处不灾荒，哪里都没有余粮可供他们食用，天下到处都是吃人的豺狼，哪里都不是穷人的乐土，而且就连那些此邦之人也已经丧失了基本的怜悯之心，他们“不我肯榖”“不可与明”，甚至“不可与处”。

就像今人余冠英说的那样：“背井离乡的人在异乡遭受剥削压迫和欺凌，更增添了对邦族的怀念。”无奈之下人们只能“言旋言归，复我邦族”，就这样人们决定回到自己的故乡去，与自己的邦族、诸兄、诸父生活在一起，流着同一种血液才会彼此照应，生活于其中才会有安全感。虽然那里还是恶人横行霸道，但是在那里至少还有他们的亲人和朋友。他们相信，在和亲人的相互依傍中，可以寻求些许暖意，这样的温暖能够给他们充满伤痛的心以解脱的慰藉和沉醉。

阅读本诗，仿佛可以听到那些远古的人们动人心魄、直冲云霄的愤怒和悲恸的呼声，生活于乱离之世的人们，其不幸遭遇让人感动和同情。

◎我行其野◎

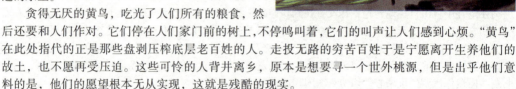

我行其野，蔽芾其樗①。昏姻之故，言就尔居②。尔不我畜③，复我邦家④。

我行其野，言采其蓫⑤。昏姻之故，言就尔宿⑥。尔不我畜，言归斯复⑦。

我行其野，言采其葍⑧。不思旧姻，求尔新特⑨。成不以富⑩，亦祇以异⑪。

【注释】

①蔽芾（fèi）：幼小的样子。樗（chū）：臭椿树。②言：语气助词，无实义。③畜：养育。④邦家：故乡。⑤蓫（zhú）：一种野菜，又名羊蹄菜，似萝卜，多食使人腹泻。⑥宿：居住。⑦归斯复：想归复。⑧葍（fú）：一种野草，花相连，根白色，可蒸食。⑨新特：新配偶。⑩成：通“诚”，的确。⑪祇（zhǐ）：恰恰。

【赏析】

关于这首诗的解读，历来有两种方式，虽各异，但都立足于浓厚的传统文化土壤。一者主张此诗应归属于古代非常突出的弃妇文学母题。男尊女卑的伦理传统，导致了家庭婚姻中女子的被动地位，诗作写的是一个远嫁他乡的女子被喜新厌旧的丈夫遗弃，归家途中所表现的悲愤和伤痛。另一种解释主张此诗作于周代。当时男女地位还未悬殊，女子怀疑丈夫变心，心中郁闷，同桌饮酒时酩酊大醉，借之一诉苦楚，反映了当时颇为自由平等的婚姻以及其中产生的情感纠葛。

第一种观点更具有文学创作的传统性和一般性，作者把主人公的悲剧情形放置在了一个生长着荒草恶木的原野中，情景交融，增添孤独凄凉氛围。诗作从主人公周遭环境和其心理活动落笔，以真实的口吻直录其所遇所感，通过故事片段延伸出整个事件情由和发展脉络，新颖独特。

作者寥寥数笔，营造出了这样一幅图景：头上是炎炎烈日，周遭是一片寂寥和荒芜，脚下是坑洼路途，一位伤感但坚毅的妇人边走边思，她在路边见到了臭椿树、羊蹄菜、葍菜，不由得联想到无情无义、喜新厌旧的丈夫，心底倍加怨骂，于是下定决心结束这段痛苦婚姻，返回娘家，重新开始新的生活。

广阔的原野、醒目的树草和渺小无助的妇人，营造出一种对立感，这一画面，因具有深远的表现张力，被后世很多评论家所赞赏。自然界的宏大与人类的渺小，原野的空阔寂静和人心的焦虑、满腹苦楚，相互彰显，画面的内蕴由此被无限放大，得以上升到一种哲学高度，能够指称诸多抒情主人公被命运抛弃、抗争无力的事由，由此获得了更广阔的情感蕴含。

一、二章里，她只是兀自念叨：“尔不我畜，复我邦家。”“尔不我畜，言归思复。”节制而隐晦，没有指出丈夫的丑行，为其保留了颜面。到第三章，主人公终于控制不住，和盘托出丈夫的恶行：“不思旧姻，求尔新特。成不以富，亦祇以异。”不是因为我有什么过错，也不是性格不合或遭遇变故，而是负心男见异思迁、喜新厌旧。难以平复的伤痛和无人可诉的委屈，此时悉数喷涌而出，全诗也在高潮中戛然而止，留给读者无限的同情、惆怅和遗憾。

文中开端处两次提到“昏姻之故”，发人深思。那人如此可恶，为什么开始能与他共同生活呢？是因为两人具有婚约，可见当初女子也并非对其心存爱意，只是因为父母之命、媒妁之言而违心下嫁。在后来的生活中，女子被迫随遇而安，改变初衷，立志勉力维持这段婚姻，但喜新厌旧的男子，却无端将其破坏，抛弃旧人。因此，婚姻在女子面前是一道枷锁，开始时无法反抗，只得跳进来。当被迫要努力维护时，男子却轻而易举地将其践踏，因此，自始至终，女子都是婚姻制度的牺牲品。

上一种解释，真切但未免沉痛。有的学者另辟蹊径，立足于“小雅”的特性，做了更为人性化的解读。“雅”即酒歌，是在宴会、酒席上人们相互对唱的迎宾歌、敬酒歌、答谢歌、赞美歌等，要按时间、地点、人物等不同环境进行咏唱。本首诗歌则是在酒席上一位妇女酒醉后的气话。

在夏商周及春秋时期，男尊女卑的思想尚未完全形成，还有许多地方保留着母系氏族的遗风，很多执政的统领都是女性，她们也能同男子同坐一席，大碗喝酒、大块吃肉。这位女子酒喝多了，便借着酒劲数落丈夫，抒发自己心中的疑虑和怨气。

周朝，同姓氏之间不能结婚，小族要想发展强大，多采取联姻方式。第一章，这位女子述说自己并不爱自己的丈夫，因为婚约才嫁了过来，但现在男子背地里不忠于她，不愿要她了，所以她要回家！开始时女子还收敛一些，最后越说越上劲，开始把自己的怀疑和盘托出："你不顾惜我们的婚姻，就是看那女的长得好看。别以为我不知道，那个女的我认识，她家里并不富裕，所有的原因都出在你身上，是你见异思迁、喜新厌旧！"

这种解释，使得诗歌具有浓浓的生活气息和喜剧色彩。诗中的男人也许没有出轨，仅仅是女子多想和敏感；女子也并非仅仅因为婚约才嫁过来，两人之间也许有着浓浓的情谊；也许男子真的出了轨，但还没有到驱逐原配的地步，一切都还只是小问题，还有挽回的余地。种种猜测，都使得诗作不像上一种解释那样生冷、绝情。读者还可以依据诗中情形想到事情的后续发展：这位硬气的女子肯定会奋起力争，不会让自己受到委屈，当时的社会环境也不会让这个负心的男子得逞。较之于上一种"弃妇"的说法，此说多了调笑、热闹、荒诞和温情，更契合当时开放自由的民风和思想状况。

◎斯干◎

秩秩斯干①，幽幽南山②。如竹苞矣③，如松茂矣。兄及弟矣，式相好矣④，无相犹矣⑤。

似续妣祖⑥，筑室百堵⑦，西南其户⑧。爰居爰处⑨，爰笑爰语。

约之阁阁⑩，椓之橐橐⑪。风雨攸除⑫，鸟鼠攸去，君子攸芋⑬。

如跂斯翼⑭，如矢斯棘⑮，如鸟斯革⑯，如翚斯飞⑰，君子攸跻⑱。

殖殖其庭⑲，有觉其楹⑳。哙哙其正㉑，哕哕其冥㉒。君子攸宁。

下莞上簟㉓，乃安斯寝㉔。乃寝乃兴㉕，乃占我梦㉖。吉梦维何？维熊维罴㉗，维虺维蛇㉘。

大人占之㉙，维熊维罴，男子之祥㉚；维虺维蛇，女子之祥。

乃生男子㉛，载寝之床㉜，载衣之裳㉝，载弄之璋㉞。其泣喤喤㉟，朱芾斯皇㊱，室家君王㊲。

乃生女子，载寝之地。载衣之裼㊳，载弄之瓦㊴。无非无仪㊵，唯酒食是议㊶，无父母诒罹㊷。

【注释】

①秩秩：涧水清清流淌的样子。斯：语气助词。干：山间流水。②幽幽：深远的样子。南山：终南山，位于陕西西安市南。③如：犹言"有……，有……"。苞：竹木稠密丛生的样子。④式：语气助词，无实义。好：友好和睦。⑤犹：通"尤"，过失。⑥似续：通"嗣续"，犹言"继承"。妣祖：先妣、先祖，统指祖先。⑦堵：一面墙为一堵，一堵面积方丈。⑧户：门。⑨爰：于是。⑩约：用绳索捆扎。阁阁：捆扎筑板的声音；一说将筑板捆扎牢固的样子。⑪椓（zhuó）：用杵捣土，犹今之打夯。橐（tuó）橐：捣土的声音。⑫攸：语气助词。⑬芋：通"宇"，居住。⑭跂（qì）：踮起脚跟站立。翼：鸟张翼状。⑮棘：急，矢行缓则枉，急则直，急有直的意义。⑯革：翅膀。此处指鸟飞则变为静止状态。⑰翚（huī）：野鸡。⑱跻（jī）：登。⑲殖殖：平正的样子。庭：庭院。⑳觉：高大而直立的样子。楹：柱子。㉑哙（kuài）哙：宽敞明亮的样子。

正：白天。㉒哕（huì）哕：光明的样子。冥：夜里。㉓莞（guān）：蒲草，可用来编席，此指蒲席。簟（diàn）：竹席。㉔寝：睡觉。㉕兴：起床。㉖我：指殿寝的主人，此为诗人代主人的自称。㉗罴（pí）：一种野兽，似熊而大。㉘虺（huǐ）：一种毒蛇，颈细头大，身有花纹。㉙大人：即太卜，周代掌占卜的官员。㉚祥：吉祥的征兆。古人认为熊罴是阳物，故为生男之兆；虺蛇为阴物，故为生女之兆。㉛乃：如果。㉜载寝之床：就睡在大床上。㉝衣：穿衣。裳：下裙，此指衣服。㉞璋：玉器。㉟喤喤：哭声洪亮的样子。㊱朱芾（fú）：用熟治的兽皮所做的红色蔽膝，为诸侯、天子所服。㊲室家：指周室，周家、周王朝。君王：指诸侯、天子。㊳裼（tì）：婴儿用的褓衣。㊴瓦：陶制的纺线锤。㊵非：错误。仪：善。㊶议：谋虑、操持。古人认为女人主内，只负责办理酒食之事，即所谓"主中馈"。㊷无父母贻罹：不要使父母遭非议。

【赏析】

《斯干》一诗，以友人的口吻，歌颂了一位贵族的美好品性和生活。这位贵族，祖先功德卓著，本人品性良好，生活环境优美，宫室宏大壮丽，让人羡慕和敬重。在诗篇中，作者表达了自己对其的良好祝愿，望他早生子裔。全诗细密生动，有虚有实，展示了当时宫室建筑的美好，也反映了当时的风俗和人们的思想观念。全诗九章，一、六、八、九四章七句，二、三、四、五、七五章五句，参差错落，在雅颂篇章中是颇具特色的。

诗作开头以两个叠词"秩秩""幽幽"起，明确了全诗悠远舒缓的基调，作者以平静和美的心境，慢慢讲述他所进入的美妙、纯净而生动的世界。首先是外在环境之美，面山临水，松竹环抱，形势幽雅。然后是人们之间的情谊之美，友人兄弟，和睦互爱，真心笑颜。既有美景，又有浓情，生活于此，是再好不过了。"如竹苞矣，如松茂矣"二句，既是赞美环境优美，又暗喻主人的品格高洁，语意双关。由此，作者说出了此处各种层次和方面的美好：每个人都谦恭高洁，人际关系和睦，周围环境明丽优美，由里到外皆如此。方位和层次的转变化于无形，且又毫无遗漏，可见作者的艺术用心。

第二章，讲述建筑宫室的原因。"似续妣祖"，为的是继承祖先的功业。功业当然是美好而伟大的，祖先们励精图治、功勋卓著，在历史上受人敬仰，荫蔽后世，到现在依然为人称道。而主人建屋立室，如此华美，自然也要将之传于子孙，使他们的创举能够造福于后代，功业和房屋的传承使美好的品德能够随时间延续，由过去到未来形成贯连，提升影响和生命力。这一章中，作者着眼于美好品德的传承，把它们放置在邈远的时间长河中，形成一条纵向的经线。而上一章中的美好，从每个人的内心，由内而外横向波及外在环境，形成纬线上的扩展，二者相互交织，形成纵横捭阖、铺天盖地的全面之势。

以下三章，是对宫室建造过程的具体描述。第三章"约之阁阁，椓之橐橐"，描摹建筑宫室时艰苦而热闹的劳动场面，捆扎筑板时绳索"阁阁"发响，夯实房基时木杵"橐橐"作声，热闹而生动。宫室建筑得如此坚固、严密，自然"风雨攸除，鸟鼠攸去"，主人自然舒适安乐，如此顺承而下，反映出事由的必然和作者轻松欢娱的写作心情。

第四章描绘宫室气势的宏大和形势的壮美，作者从远处着笔，连用四个比喻，博喻赋形，借美丽的飞禽在不同时刻的形状之美，来描绘宫室高耸入云、钩心斗角、起伏有势的盛景。当时的建筑水平之高，窥一斑而知全豹。其中，"如鸟斯革，如翚斯飞"的描绘，表现了作者丰富的想象力和细致的观察力，虽是笼统的比喻和粗线条的勾勒，但却暗含了中国建筑艺术史上“飞檐”的民族形式，对后世的建筑产生很大的指导意义。

第五章则是把视角拉近，具体描绘宫室内部的情状。“殖殖其庭”，室前的庭院平整宽阔；“有觉其盈”，拱顶的柱子耸直气派；“哙哙其正，哕哕其冥”，庭院白天里显得明亮，夜里也很光明。这样的宫室，主人怎么可能不舒服，所以，第三、四、五章的最后都要加上主人的感受：舒舒服服地在这儿生活起居、漫步行走或安然休憩，是多么享受啊。作者描绘宫室时，由远到近、由室外到室内，逐步推进，犹如所持并非纸笔，而是一架先进好用的摄影机，作者随着观察点的移动而转换镜头焦距，娴熟自然，最终把整座宫室完整而具体地呈现在读者眼前。

美好环境和建筑最终都要服务于居住其内的人们，后四章里，作者笔锋转向了宫室主人，开始对其描摹和祝愿。第六章先说主人入居此室之后将会寝安梦美，梦到“维熊维罴，维虺维蛇”。第七章接着写美梦的吉兆，预示将有贵男贤女降生，然后第八章说喜得贵男后的情形，第九章说幸有贤女后的情形，层次井然有序。

以如今的观念看来，诗中唯一不美好的就是严重的男尊女卑思想。生了男孩，放在床上，裹上宽大的衣裳，让他玩弄白玉璋，为将来封王做准备。而生了女孩，则放在地上，裹上小被子，让她玩弄纺缍，为将来操持家务做准备，还不准违背父母、公婆及丈夫的意愿。这不同的待遇和教育方式，应该是时代意识的反映。从那时起，重男轻女的民俗就已经开始了，并且，诗中所说的是君王家的女孩，她们尚且如此，寻常百姓家的女孩怎么样，就可想而知了。

◎无羊◎

谁谓尔无羊①？三百维群②。谁谓尔无牛？九十其犉③。尔羊来思④，其角濈濈⑤。尔牛来思，其耳湿湿⑥。

或降于阿⑦，或饮于池，或寝或讹⑧。尔牧来思⑨，何蓑何笠⑩，或负其𫗦⑪。三十维物⑫，尔牲则具⑬。

尔牧来思，以薪以蒸⑭，以雌以雄⑮。尔羊来思，矜矜兢兢⑯，不骞不崩⑰。麾之以肱⑱，毕来既升⑲。

牧人乃梦，众维鱼矣⑳，旐维旟矣㉑。大人占之㉒，众维鱼矣，实维丰年。旐维旟矣，室家溱溱㉓。

【注释】

①尔：指放牧牛羊者。②三百：与下文“九十”均为虚指，形容牛羊众多。③犉（rún）：大牛，牛生七尺曰“犉”。④思：语助词。⑤濈（jí）濈：一作“戢戢”，群角聚集貌。⑥湿（qì）湿：耳动貌。⑦阿：丘陵。⑧讹（é）：同“吪”，动，醒。⑨牧：放牧。⑩何：同“荷”，负，戴。蓑：草制雨衣。⑪𫗦（hóu）：干粮。⑫物：毛色。⑬牲：牺牲，用以祭祀的牲畜。具：备。⑭以：取。薪：粗柴。蒸：细柴。⑮以雌以雄：带来雌鲁和雄鸟。⑯矜矜：小心翼翼。兢兢：谨慎紧随貌，指羊怕失群。⑰骞：损失，此指走失。崩：散乱。⑱麾：挥。肱：手臂。⑲毕：全。升：登入。⑳众：蝗虫。古人以为蝗虫可化为鱼，旱则为蝗，风调雨顺则化鱼。㉑旐（zhào）：画有龟蛇的旗，人口少的郊县所建。旟（yú）：画有鸟隼的旗。人口众多的州所建。㉒大人：太卜之类官。占：占梦，解说梦之吉凶。㉓溱（zhēn）溱：众盛貌。

【赏析】

第一章是总说，从大的角度着力刻画牛羊的众多和壮观，第二章中，作者开始对其进行具体描述，“或降于阿，或饮于池，或寝或讹”，寥寥数语，便把读者的目光一下子引向了广阔的草原：阳光明媚，绿荫如垫，一望无际，溪流婉转，生机盎然，一群群牛羊遍及和缓的山丘，有的正从山坡上向下走，有的正在溪流边饮水，有的安卧反刍，有的蹦跳嬉闹，千姿百态，蕴含着勃勃生机，充溢着兴旺富足。

透过万角攒动的牛羊群，作者把笔触转向了其中煞是鲜明的放牧者，他头戴斗笠、身披蓑衣、肩背干粮，风雨无阻，整天在外，显得非常的专业和能干。有这样的放牧者在，当然不愁牛羊肥壮健康，也不担心牛羊会丢失遇险。于是主人获得了这样的美好结果："三十维物，尔牲则具。"各种毛色的牛羊都非常齐备，牺牲祭祀的来源充足、选择众多。

第三章继续描写放牧者的勤快能干。他一边放牧，一边采伐着粗薪细柴，还不时猎取天上偶尔飞过的禽类，做着三样工作，样样都娴熟自然、收获颇丰。他把牛羊管理得服服帖帖，使它们既不会跑失，又不会散群，牧人只要轻轻地一挥手臂，分散各处的牛羊就会聚拢过来，站满旁边的坡顶，显得非常规矩。这种写法，突出下属的能干，旨在赞美主人的实力和能力：拥有这样的下属，既是拥有一笔宝贵的财富，又显现了其独具慧眼，有着非同一般的辨才眼光和用才手法。比起上文单纯赞美牛羊繁多，诗作在此得到了扩展——从财物和人才两个方面展开赞扬，视角更加广阔，着笔更加全面，也更加容易得到主人的欢心。

诗的末章，作者以奇特的梦境和占卜来结束全诗。牧者劳累之时，就地小憩，在鸟语花香、芳草萋萋的环境中做梦："众维鱼矣，旐维旟矣。"梦到数不清的蝗虫，突然神奇地化作欢蹦乱跳的鱼儿，飘扬于远处的"龟蛇"之旗，转眼变成了鹰旗，他随后找人解梦，发现是吉兆：蝗虫化鱼预示着来年将会风调雨顺、没有天灾，五谷定然丰收；龟蛇是小镇的标志，鹰隼是大城的象征，从龟蛇变为鹰隼，自然代表着主人家的人口将要增多、地域田产会得到扩大，从而预示出主人将喜得贵子、地广人多。

◎节南山◎

节彼南山①，维石岩岩②。赫赫师尹③，民具尔瞻④。忧心如惔⑤，不敢戏谈。国既卒斩⑥，何用不监⑦！

节彼南山，有实其猗⑧。赫赫师尹，不平谓何？天方荐瘥⑨，丧乱弘多。民言无嘉，憯莫惩嗟⑩！

尹氏大师，维周之氐⑪，秉国之均⑫，四方是维，天子是毗⑬，俾民不迷。不吊昊天⑭，不宜空我师⑮。

弗躬弗亲，庶民弗信。弗问弗仕，勿罔君子？式夷式已⑯，无小人殆⑰。琐琐姻亚⑱，则无朊仕⑲！

昊天不傭⑳，降此鞠讻㉑。昊天不惠㉒，降此大戾㉓。君子如届㉔，俾民心阕㉕。君子如夷，恶怒是违。

不吊昊天，乱靡有定。式月斯生㉖，俾民不宁。忧心如酲，谁秉国成㉗？不自为政，卒劳百姓㉘。

驾彼四牡㉙，四牡项领㉚。我瞻四方，蹙蹙靡所骋㉛。

方茂尔恶㉜，相尔矛矣㉝。既夷既怿㉞，如相酬矣。

昊天不平，我王不宁。不惩其心，覆怨其正㉟。

家父作诵㊱，以究王讻。式讹尔心㊲，以畜万邦㊳。

【注释】

①节：高峻的样子。②岩岩：积石貌。③师尹：太师和尹氏。太师，西周掌军事大权的长官；尹氏，西周文职大臣尹吉甫的后代。④具：通“俱”。⑤惔（tán）：火烧。⑥卒：全。⑦何用：何以。⑧有实：实实，广大的样子。《诗经》中形容词、副词以“有”作词头者，相当于该词之重叠词。猗：指山坡。⑨荐：重。瘥：疫病。⑩憯（cǎn）：曾，乃。⑪氐：根柢。⑫均：此处指国家政权。⑬毗：辅助。⑭吊：善。昊天：犹言上天。⑮空：空乏。师：众民。⑯式夷式已：受伤或停职。⑰无小人殆：不要受小人斥摈。⑱琐琐：小小。姻亚：统指襟带关系。姻，儿女亲家；亚，通“娅”，姐妹之夫的互称。⑲朊（wǔ）仕：厚任，高官厚禄。⑳傭：均。㉑鞠讻：极凶。㉒不惠：不恩惠。㉓戾：暴戾，灾难。㉔君子如届：君子如果到来并过问。㉕阕：息。㉖式月斯生：应月乃生。㉗秉：掌握。㉘卒劳百姓：终于劳苦百姓。㉙牡：公马。㉚项领：肥大的脖颈。㉛蹙蹙：局促的样子。㉜茂：盛。恶：罪恶。㉝相尔：观察您。㉞怿：悦。㉟覆：反而。正：规劝纠正。㊱作诵：通“作讽”，作诗讽谏。㊲讹：改变。㊳畜：养。此处指安定。

【赏析】

《节南山》叙述的是幽王时代的事，诗旨哀怨，指斥幽王身边的权臣尹氏和太师执政不平，导致国脉不兴，天怒人怨，诗人的愤恨之情充斥于字里行间。

“节彼南山，维石岩岩。赫赫师尹，民具尔瞻。”开篇通过南山起兴，引出两位权势显赫的臣子。南山险峻，巨石嶙峋，这种描写既写出了两位权臣的权力如山一般威赫，又形象地表现出他们二人为政的“不平”。第二节“不平谓何”一句，是质问，也是无可奈何的嗟叹。第一节的“不敢戏谈”和第二节的“民言无嘉”，进一步描摹出在权臣统治之下的民众战战兢兢、却又忍不住愤恨之言的情状。

“国既卒斩，何用不监”一句，质问两位权臣平时为何不行份内之事，导致“天方荐瘥，丧乱弘多”。一人祸，一天灾，两者之间存在密不可分的联系。人祸引起了天灾，而天灾的到来更加深了人祸的后果，导致民众生出更大的怨恨。通过这些铺垫，第三节进一步说明，因为师尹害人害天，引来上天的报复，这些报复变成灾害施加到了人民的身上，面对天灾人祸的双重打击，人们已经悲愤到了极点。

第四节强调执政之人应远离小人，凡事要亲自过问，这样才能赢得人民的信任。

第五节的“昊天不傭”“昊天不惠”，看上去是在抱怨老天不公，降下巨大的祸乱和灾难，但实则指向执政之人的无能。“君子如届”“君子如夷”两句则指出君子执政的方向：君子执政要如临深渊，如履薄冰，民众才能安然放心地走在平坦的大路上；君子执政平等，这样，那些难以平息的民怨才能消失。排比、对比的运用使得诗文一气呵成，将诗人的责怨之情充分表现了出来。第六节则起到了承上启下的作用，全诗通过这一节实现了一种感情上的转变：由不可抑制的愤怒转向了稍稍和缓的无奈叹息。

接下来的几节，其长度有所改变。如果将这首诗当作一首歌谣，那么这就算是一种音乐的变奏。形式上的变化常常意味着内容或情感的转变。诗人不再如前几节那样酣畅淋漓地进行指斥，而是在短促的悲叹中升华全诗的感情。“方茂尔恶，相尔矛矣”一句说明师党与尹党互相倾轧，同时也互相勾结，导致朝政难以改革；“驾彼四牡，四牡项领”一句说明人们在无奈之下只能到其他的诸侯国避乱，但是已避无所避，因为宗周和四国都被师尹扰乱了。无奈之下，士大夫作了这首诗，“以究王讻”，以追究导致国家祸乱的罪魁祸首。

这是一首政治讽喻诗，讽刺了地位显赫的师尹，同时痛斥统治者执政不平，倒行逆施，鱼肉百姓的行为。他们使得周王朝动荡不安、濒临崩溃。可见，诗人不畏权贵，正直不阿，具有忧国忧民的品质。

孔子对《诗经》的贡献

孔子

孔子对《诗经》的评价

"《诗》三百，一言以蔽之，曰思无邪。"
"温柔敦厚，《诗》教也。"
"不学《诗》，无以言。"

孔子为何推崇《诗经》

治民之道，自古有法治与礼治之争。孔子主张以礼乐作为经邦理民、移易风俗的达道，而《诗经》恰好是一个良好的乐载体，因此孔子研究它，推崇它。从根本上看，孔子是顺应其儒家思想体系。

孔子 整理《诗经》

孔子对《诗经》的贡献

多数学者认为，孔子对《诗经》做过"正乐"（厘正乐音）的工作，也对《诗经》内容和文字有过加工和整理。孔子推动了《诗经》的保存和传播，加之其对《诗经》的推崇，促使了《诗经》在中国文学文化史上重要地位的形成，汉代被儒家奉为经典。

周公制礼

西周时期，周公制礼作乐，把礼运用到社会政治领域，礼治开始兴盛，并经演变，逐渐成为人们日常的行为规范、准则。礼治思想主要有"亲亲""尊尊""孝忠"等。

◎正月◎

正月繁霜[1]，我心忧伤。民之讹言[2]，亦孔之将[3]。念我独兮，忧心京京[4]。哀我小心，癙忧以痒[5]。

父母生我，胡俾我瘉[6]？不自我先，不自我后。好言自口，莠言自口[7]。忧心愈愈，是以有侮。

忧心惸惸[8]，念我无禄[9]。民之无辜，并其臣仆。哀我人斯，于何从禄？瞻乌爰止[10]，于谁之屋？

瞻彼中林，侯薪侯蒸[11]。民今方殆，视天梦梦。既克有定，靡人弗胜。有皇上帝，伊谁云憎？

谓山盖卑[12]？为冈为陵。民之讹言，宁莫之惩[13]。召彼故老，讯之占梦[14]。具曰予圣[15]，谁知乌之雌雄？

谓天盖高，不敢不局[16]。谓地盖厚，不敢不蹐[17]。维号斯言，有伦有脊[18]。哀今之人，胡为虺蜴[19]？

瞻彼阪田[20]，有菀其特[21]。天之抓我[22]，如不我克。彼求我则[23]，如不我得。执我仇仇[24]，亦不我力[25]。

心之忧矣，如或结之。今兹之正，胡然厉矣？燎之方扬[26]，宁或灭之[27]。赫赫宗周[28]，褒姒灭之。

终其永怀[29]，又窘阴雨。其车既载，乃弃尔辅[30]。载输尔载[31]，将伯助予[32]。

无弃尔辅，员于尔辐[33]。屡顾尔仆[34]，不输尔载。终逾绝险，曾是不意[35]。

鱼在于沼，亦匪克乐。潜虽伏矣，亦孔之炤[36]。忧心惨惨[37]，念国之为虐。

彼有旨酒，又有嘉肴。洽比其邻，昏姻孔云[38]。念我独兮，忧心慇慇[39]。

佌佌彼有屋[40]，蔌蔌方有穀[41]。民今之无禄，天夭是椓[42]。哿矣富人[43]，哀此惸独。

【注释】

①正月：正阳之月，夏历四月。②讹言：谣言。③孔：很。将：大。④京京：忧愁深长。⑤癙（shǔ）：忧闷。痒：病。⑥俾：使。瘉：病，指痛苦。⑦莠言：坏话。⑧惸（qióng）：忧郁不快。⑨无禄：没有福禄。⑩乌：此处指周家受命之征兆。此下二句言周朝天命将坠。⑪侯：维，语助词。薪、蒸：木柴。⑫盖：通“盍”，何。⑬惩：警戒，制止。⑭讯：问。⑮具：通“俱”，都。⑯局：弯曲。⑰蹐：轻步走路。⑱伦、脊：条理，道

理。毛传："伦，道；脊，理也。"⑲虺蜴（huǐ yì）：毒蛇与蜥蜴，两者都为毒螫之虫，因以比喻肆意害人者。⑳阪（bǎn）田：山坡上的田。㉑有菀（wǎn）：茂盛。㉒抚（wù）：动摇。㉓则：语尾助词。㉔仇（qiú）仇：傲慢。㉕不我力：不用我。㉖燎：放火焚烧草木。扬：盛。㉗宁：岂。或：有人。㉘宗周：西周。㉙终：既。怀：忧伤。㉚辅：车两侧的挡板。㉛载输尔载：前一个"载"，虚词。后一个"载"，所载的货物。输，丢掉。㉜将：请。伯：排行大的人，等于说老大哥。㉝员：《毛传》："益也。"指加固。㉞仆：也叫伏兔，像伏兔一样附在车轴上固定车轴的东西。一说车夫。㉟曾：竟，乃。不意：不以为意。㊱炤：通"昭"，明显。㊲惨惨：忧愁不安。㊳云：亲近，周旋。㊴慇慇：忧愁的样子。㊵佌（cǐ）佌：低微。㊶蔌（sù）蔌：鄙陋。㊷椓（zhuó）：打击。㊸哿（gě）：欢乐。

【赏析】

《史记·周本纪》中这样记述西周灭亡前夕的历史："幽王以虢石父为卿，用事，国人皆怨。"而这首写于西周将亡之时的《正月》中，有一句"赫赫宗周，褒姒灭之"，恰似对西周覆亡的精准预测。

很显然，这首诗是表达诗人忧国忧民、愤世嫉俗的政治讽喻诗。作为周室的大夫，诗人虽然是当时社会的上层人士，但他仍然将矛头直指周幽王。诗中所写都是诗人的亲身经历和人生遭遇，诗人感叹自己生不逢时，但他决定即使孤苦无依也要坚持正义。

面对即将崩溃的西周王朝，诗人心底有着无限愤怒，他的郁闷和不平都通过诗歌表现了出来。诗中描写西周末年的黑暗政治，揭露了当时朝廷的昏庸、腐败和残暴。诗中展现出诗人对曾经兴盛的王朝沦落的哀婉，同时也表达出自己的无可奈何、孤独无助和感伤。

诗人写"正月"时令失常，出现了多霜的反常气候，面对这样的状况，民间谣言四起。这里是以气候比喻国事的反常无道，这种反常导致当时的社会成为一个是非颠倒、环境险恶、人人自危、政治黑暗和贫富对立的人间地狱。诗中重点突出这一切都是因为荒淫骄奢的周幽王宠幸褒姒、重用佞人所致。作者是一名有能力、有政治远见的人，他在诗中说"彼求我则，如不我得"，这就表明他刚入仕的时候统治者很需要他，但是因为他过于正直，马上就受到了统治者的冷落，于是感叹"执我仇仇，亦不我力"。面对国家的前途多难，他"忧心愈愈，是以有侮"，诗人同情底层人民的苦难遭遇，却遭到佞臣们的排挤和中伤。就这样，一个因为忧国忧民而不见容于世的孤独士大夫形象就出现在了读者面前。

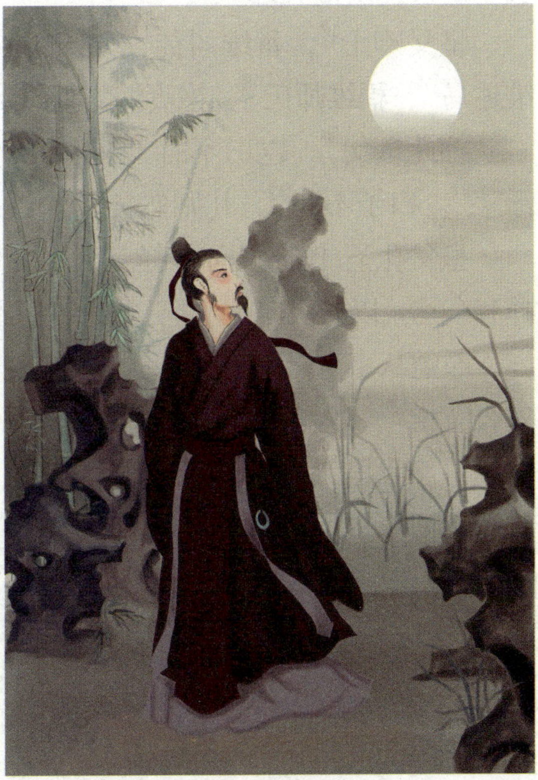

虽然本诗的君王并没有明确说明是周幽王，但是诗中的暗示让人猜到了这位昏庸无度的君王就是周幽王。"民今方殆，视天梦梦"两句，非常严厉地指出周幽王对百姓的困苦完全视而不见，对江山社稷也完全不在乎。"赫赫宗周，褒姒灭之"两句，直接指明了周幽王将会葬送周朝的结局。

得志的佞臣"好言自口，莠言自口"，"洽比其邻，昏姻孔云"，他们巧言令色，嫉贤妒能，结党营私，狼狈为奸，这些心肠毒如蛇蝎的人享有高官厚禄，得到了君王的宠幸和重用。对于这种现状，诗人感到憎恨与厌恶，感叹这些小人必将毁灭国家。

广大的人民承受着统治者和佞臣们的层层剥削和压迫，他们在这样的暴政之下完全失去了平安生活的机会，遭受着无休无止的灾难，且只能忍气吞声地生活。对于这些可怜的人，诗人非常同情，感叹"民之无辜，并其臣仆"。

诗中通过描述这样的三种人，强调是施行虐政的昏君导致了百姓们的困苦，虽然上天必将惩罚昏君，但是面对上天的惩罚，百姓也必然要无辜受过。

诗中陈词激烈，感情迫切，哀痛感人，通过一个“独”字，展现了诗人在黑暗的政治社会中艰难摸索的孤独。诗人用“瞻乌爰止，于谁之屋”来形容周王朝，通过“乌鸦”落的地方来说明西周王朝的灭亡是必然的。诗中通过大量的警言，表现了诗人深深的哀伤。

这首诗运用了很多修辞手法，其中有比喻，例如“鱼在于沼，亦匪克乐。潜虽伏矣，亦孔之炤”一句，用鱼在浅池必然会遭殃，来比喻乱世中人躲不过亡国之祸。还有对比，诗中的最后两节，通过描写居高位者“彼有旨酒，又有佳肴”“佌佌彼有屋，蔌蔌方有穀”，与穷苦百姓“民今之无禄，天夭是椓”形成鲜明对比，不置一词便突出了诗人的极大愤慨。本诗四言中夹杂着五言，这样的写法错落有致，表现了诗人激烈的情感。

◎十月之交◎

十月之交①，朔日辛卯②，日有食之，亦孔之丑。彼月而微，此日而微。今此下民，亦孔之哀。

日月告凶，不用其行③。四国无政④，不用其良。彼月而食，则维其常⑤。此日而食，于何不臧⑥！

烨烨震电⑦，不宁不令⑧，百川沸腾⑨，山冢崒崩⑩；高岸为谷，深谷为陵。哀今之人，胡憯莫惩⑪？

皇父卿士⑫，番维司徒⑬，家伯维宰⑭，仲允膳夫⑮，聚子内史⑯，蹶维趣马⑰，楀维师氏⑱，艳妻煽方处⑲。

抑此皇父⑳，岂曰不时㉑？胡为我作㉒，不即我谋？彻我墙屋㉓，田卒汙莱㉔。曰予不戕㉕，礼则然矣。

皇父孔圣，作都于向㉖。择三有事㉗，亶侯多藏㉘。不慭遗一老㉙，俾守我王。择有车马，以居徂向㉚。

黾勉从事㉛，不敢告劳。无罪无辜，谗口嚣嚣㉜。下民之孽㉝，匪降自天。噂沓背憎㉞，职竞由人㉟。

悠悠我里㊱，亦孔之痗㊲。四方有羡，我独居忧。民莫不逸，我独不敢休。天命不彻㊳，我不敢傚我友自逸。

【注释】

①交：日月交会，指晦朔之间。②朔日：初一。③行：轨道，规律，法则。④四国：泛指天下。⑤则：犹。⑥臧：善。⑦烨（yè）烨：雷电闪耀。震电：如打雷闪电。⑧宁、令：皆指安宁。⑨川：江河。⑩冢：山顶。崒：通“碎”，崩坏。⑪憯（cǎn）：乃。莫惩：不戒惩。⑫皇父：周幽王时的卿士。卿士：官名，总管王朝政事，为百官之长。⑬番：姓。司徒：六卿之一，掌管土地人口。⑭家伯：人名，周幽王的宠臣。宰：冢宰。六卿之一，“掌建六邦之典”。⑮仲允：人名。膳夫：掌管周王饮食的官。⑯聚（zōu）子：姓聚的人。

内史：掌管周王的法令和对诸侯封赏策命的官。⑰蹶（guì）：姓。趣马：养马的官。⑱楀（jǔ）：姓。师氏：掌管贵族子弟教育的官。⑲艳妻：指周幽王的宠妃褒姒。煽：炽热。⑳抑：感叹词。㉑岂：难道。㉒我作：作我，役使我。㉓彻：拆毁。㉔汙：积水。莱：荒芜。㉕戕（qiāng）：残害。㉖向：地名。㉗三有事：三有司，即三卿。㉘亶（dǎn）：确实。侯：语气助词。㉙憖（yìn）：愿意，肯。㉚徂：到，去。"以居徂向"即"徂向以居"。㉛黾（mǐn）勉：努力。㉜嚣（áo）嚣：七嘴八舌的样子。㉝孽：灾害。㉞噂（zǔn）沓：聚在一起说话，形容议论纷纷。背憎：背后互相憎恨。㉟职：主。㊱里："悝"之假借，忧愁。㊲痗（mèi）：病。㊳天命不彻：天命不合正道。

【赏析】

《十月之交》是一首政治怨刺诗，作者从自然现象着笔，继而揭露政治上的黑暗，再总结其深层原因，最后点出自己的做法，脉络十分清楚。作者感于当时的险恶自然现象，结合自身所处的政治局面，对社会现实提出了自己的思考和不满，严厉抨击了把持朝政的皇父诸人，斥责他们在其位不谋其政，中饱私囊，把国家社稷推向了危险的边缘。

据天文学家考证，诗中记载的日食发生在周幽王六年十月一日（公元前776年9月6日），作者在诗中记载了这一现象，还详细描述了后来发生的地震，以此作为自己说理的依据，真实而深刻。

诗作第一章交代时间、事件，以及事件发生时的情态和人民的反应。"日者，君象也。"在古人看来，太阳发生日食，白日无光，预示着有关君国的灾难。由此作者展开联想，在第二章里，"四国无政，不用其良"，着笔的重点随之转向政治统治，抒发了作者对政治日弊、百姓日苦的悲痛与忧虑，过渡自然，论理谨严。

第三章，诗人更进一步，在描写日食之余，又搬出了后来发生的地震，并对其情形进行了细致的描述："百川沸腾，山冢崒崩；高岸为谷，深谷为陵。"诗中写的地震确有史实记载，《国语·周语》："幽王二年，西周三川皆震。""是岁三川竭，岐山崩。"作者从大处着笔，通过具有特征性的大特写，展开了一幅历史上少有的巨大灾变图，历来为读者称道。其中"高岸为谷，深谷为陵"二句，因其鲜明的形象性，获得了不朽的艺术生命，被后世历代文人借用，成为历史上概括政治巨变、社会更迭的代表性诗句。

诗人对于灾害的描述，透露着对国家的无比担忧。他知道这些灾害是上天对统治者的警醒，但统治者们没有任何改善，依然是不行善政、黑暗腐朽，于是，作者将抨击的笔触直指其身。第四章到第六章，作者深切揭露周幽王宠幸嫔妃、奸臣乱党把持朝政的无道。第四章中，作者开列皇父诸党，揭示他们从里到外把持朝政的丑行。第五章指出皇父诸党对百姓的横征暴敛，并对其巧加名目，作者予以深刻揭露，讽刺了"礼法"的虚伪。第六章体现出皇父的自私以及对朝廷的危害，其聪明才智全用在维护自己的利益上，对国家的岌岌可危无动于衷。为躲避灾难，他们远迁向邑，带去贵族富豪，没有给周王留下任何有用的辅佐。任用这样的人当权，国家必然一步步走向灭亡。

最后，作者开始描写自己的境遇和心态。第七章作者写自己尽心为国但招谗言迫害，处境悲惨又有口难开，狼狈至极。分析自己的遭遇后，作者幡然醒悟，在后半部分总结出事由的内涵："下民之孽，匪降自天。噂沓背憎，职竞由人"。百姓的灾难，不是上天降予的，而是由于小人作祟。他们口蜜腹剑，使无数的忠良志士饱遭罹难。这里，表明了作者的幡然醒悟，与开篇的天降灾难相互对照，是作者认识的升华，也表达了诗人对现实处境的忧虑意识。

最后一章，诗人点明了自己的立场和今后的做法。他面对周朝严重的危机，虽然疲惫、心痛，但并没有退缩不前，而是尽职尽责，“明知不可为而为之”，显得坚忍而忠诚。“悠悠我里，亦孔之痗”是作者心态上的悲惨，在章节开头直陈其痛，感染人心。“四方有羡，我独居忧”，作者思维深刻、眼光清明，别人都没有看透现实的黑暗，只有他心中明白、忧虑担心。“民莫不逸，我独不敢休。天命不彻，我不敢傚我友自逸”，写作者选择的做法和其今后的坚持，在众人都或变质或放弃时，只有他不愿随波逐流，自我而独特，还在兀自自持。诗人是坚定的，也是孤独的，是自信的，也是明知无望的，这种复杂的心态，杂糅在这则短诗中，给人无限感慨。

◎雨无正◎

浩浩昊天①，不骏其德②。降丧饥馑，斩伐四国③。旻天疾威④，弗虑弗图。舍彼有罪，既伏其辜⑤。若此无罪，沦胥以铺⑥。

周宗既灭⑦，靡所止戾⑧。正大夫离居⑨，莫知我勚⑩。三事大夫⑪，莫肯夙夜。邦君诸侯⑫，莫肯朝夕⑬。庶曰式臧⑭，覆出为恶⑮。

如何昊天，辟言不信⑯。如彼行迈⑰，则靡所臻⑱。凡百君子，各敬尔身⑲。胡不相畏⑳，不畏于天！

戎成不退，饥成不遂㉑。曾我暬御㉒，憯憯日瘁㉓。凡百君子，莫肯用讯㉔。听言则答㉕，谮言则退㉖。

哀哉不能言，匪舌是出㉗，维躬是瘁㉘。哿矣能言㉙，巧言如流，俾躬处休㉚。

维曰予仕㉛，孔棘且殆㉜。云不何使，得罪于天子。亦云可使，怨及朋友。

谓尔迁于王都㉝，曰予未有室家。鼠思泣血㉞，无言不疾㉟。昔尔出居，谁从作尔室㊱？

【注释】

①浩浩：广大的样子。②骏：长。③斩伐：犹言“残害”。四国：四方诸侯之国，犹言“天下四方”。④疾威：暴虐。⑤既：尽。伏：隐匿、隐藏。辜：罪。⑥沦胥：沉没、陷入。⑦周宗：即“宗周”，指西周王朝。⑧靡所：没处。止戾（lì）：安定、定居。⑨正大夫：长官大夫，即上大夫。⑩勚（yì）：劳苦。⑪三事大夫：指三公，即太师、太傅、太保。⑫邦君：封国的君主。⑬莫肯朝夕：郑笺：“不肯晨夜朝暮省王也。”马瑞辰《毛诗传笺通释》：“谓朝朝于君而不夕见也。”⑭庶：庶几，表希望。臧：好，善。⑮覆：反而。⑯辟言：正言，合乎法度的话。⑰行迈：出走、远行。⑱臻：至。⑲敬：谨慎。⑳胡：何。㉑饥成不遂：饥荒不退。㉒暬（xiè）御：侍御。国王左右亲近之臣。㉓憯（cǎn）憯：忧伤。瘁：病。㉔讯：谏诤。㉕听言：顺耳之言。答：应。㉖谮（zèn）言：谏诤的话。㉗出：通“绌”，绌劣。㉘瘁：病，或谓憔悴。㉙哿（gě）：欢乐。能言：指能说会道的人。㉚处休：处于安乐休。㉛维：句首助词。于仕：去做官。㉜孔：很。棘：急，比喻艰难。殆：危险。㉝尔：指上言正大夫、三事大夫等人。㉞鼠：通“癙”，忧伤。㉟疾：通“嫉”，嫉恨。㊱作：营造。

【赏析】

周幽王荒淫昏庸，在他的统治下，朝政混乱腐败。他重用佞臣，宠爱褒姒，废除了申后和太子宜臼，加重剥削，因为他的不仁导致了地震和旱灾，天灾人祸使得人民流离失所，灾难重重。对于这样的王，申侯感到非常不满，于是他联合犬戎等外族势力，在骊山之下杀死了周幽王，攻陷了镐京，灭了西周王朝。这时原本属于西周的土地，也变成了犬戎等族的。在申、鲁、许等国的拥立下，宜臼嗣立为王。在秦国的护送下，东迁于洛邑，在晋、郑等国的夹辅之下创立东周，成为始君周平王。

作者亲身经历了西周的陷落和东周的建立，他看到因为君主荒废政事而导致的亡国，不由得埋怨上天“弗虑弗图”，他怨恨周幽王糊涂昏聩、不辨忠奸，也痛恨那些只顾自己、不行本分的官员。“正大夫、三事大夫、邦君诸侯”，面对黑暗的政局，只有他自己“鼠思泣血”，直言指斥暴君和奸佞误国，显示了大义凛然的气概。

目睹这一切的诗人，已经没有多余的心力铺垫，因此诗一开篇就将矛头直逼昊天，借“降丧饥馑”，来刺幽王。诗人用无限感慨、无限忧伤的语气，埋怨上天变化无常丧失恩德，上天的“不骏其德”，导致天下混乱、灾难降临。这一切都是因为真正有罪的人所致。然而，暴虐无道的周幽王依然享乐逍遥，广大无罪的百姓就得代替他承担这些苦难。诗人在诗中将周幽王的罪过一一罗列，他对人民威虐暴戾，而且不思改过；他经常颠倒黑白，让有罪之人逍遥法外，而让无罪之人身陷囹圄，含冤受罪。周幽王倒行逆施的行为，把国家逼到了全面崩溃的边缘，让人痛心疾首。

诗中的第二节将当时的现实展现在了世人的面前：“周宗既灭，靡所止戾”。诗人感叹，在国家即将灭亡的时候，民众流离失所，无以安处，这些达官贵人却争相逃避，不顾百姓死活。他们掌权却不做实事，不肯为国日夜工作效劳，只是敷衍了事，甚至乘机作出各种恶劣的行径。面对这些，周幽王不但没有想要励精图治，反而变本加厉，作出了更多天怒人怨的事情。直到国家崩溃到再也无法挽救的时候，那些本该为国效力的诸侯大臣、公卿大夫们，反倒纷纷逃之夭夭了，他们各保其身，完全没有考虑过国家的命运。正因为如此，曾经繁荣的国家终于也面临覆灭的命运，并且这种消亡已无法挽回了。

到了第三节诗人仍从问天开始，“如何昊天，辟言不信”进一步阐述了这场导致国家覆灭的灾祸的根本原因：一方面君王“辟言不信”，行事不依常理，将国家引向了灭亡；另一方面，那些乱臣贼子，“凡百君子”在国家将亡之际，不思挽狂澜于既倒，只是“各敬尔身”，更加肆无忌惮地危害人民。

面对此情此景，诗人感到忧心忡忡，他看到连年的兵祸，完全没有消退的迹象；灾荒饥馑也日甚一日，看不到停止的一刻。这样的国家已经无人支撑了。在大局已定的时刻，王还不思悔改，凡百君子，不肯谏诤，朝堂之上只有谀辞谗言。国家的灭亡已经指日可待了。作者虽然胸中有治国之道，想要挽救国家，但是忧国忧民的他，手无实权，无法为改变国家做点什么。

在第四节中，作者语气悲痛地述说着，不仅百官“莫肯用讯”，君王也只听好话，完全不接受任何批评。诗人在国家生死存亡、危难当头的情况下，虽然为国事“憯憯日瘁”，但是也没有任何方法改变现状。

到了第五节，诗人又一次申诉了自己的艰难处境。他空有理想和抱负，想要挽救国家，而能说会道的佞臣们却一直在君王面前口若悬河、谄媚逢迎。诗人用自己的“维躬是瘁”，和他们的“俾躬处休”相对比，说明自己不能在君王面前进谏，不是因为自己不会说话，而是因为国王昏庸无能。这一节对比鲜明，表现了诗人深沉的感情。

第六节诗人提出，在乱世昏君的时代出仕当官是十分不明智的，因为这时的君王都是恶忠直而好谀佞的，如果是一个巧言如流、投其所好的佞臣，那么他将会过得如鱼得水。这样的人会因为国家的混乱而得到高官厚禄，享尽荣华。他们迎合暴君，窃取利禄，坏纲乱世，使得君王闭目塞听，把君王变得更加昏庸无度。但如果是一个正直的人将会“莫肯用讯”，有口难言。虽然不是口讷舌拙，但他总是忧虑重重，有着难以明言的苦衷，心里有话却不敢和天子进谏。

诗的最后一节，作者希望当国家的混乱稍微稳定了之后，那些达官贵人、诸侯大臣们尽快回到王朝的新都，重振王室朝纲，但是达官贵人们用“无家可归”为借口拒绝，于是诗人悲愤地问道，当年仓皇离开王都的时候，你们没有带人去造房屋，不是也都迅速地逃跑了吗。面对这些达官贵人们的嘴脸，诗人感叹他们有何面目自称“国之栋梁”。

诗人在国破、世危的局面下，立场坚定地指责昏君、痛斥诸臣。诗人面对这样的情况，尽管想要救国于覆亡之际，却苦于力量单薄，所以，他的忧伤、悲痛只能通过诗歌表达出来。诗中寄托了诗人的遥深之慨，感情深沉而真挚。

◎小旻◎

旻天疾威①，敷于下土②。谋犹回遹③，何日斯沮④？谋臧不从⑤，不臧覆用⑥。我视谋犹，亦孔之邛⑦。

潝潝訿訿⑧，亦孔之哀。谋之其臧，则具是违⑨。谋之不臧，则具是依⑩。我视谋犹，伊于胡底⑪。

我龟既厌⑫，不我告犹⑬。谋夫孔多，是用不集⑭。发言盈庭，谁敢执其咎⑮？如匪行迈谋⑯，是用不得于道。

哀哉为犹，匪先民是程⑰，匪大犹是经⑱；维迩言是听⑲，维迩言是争⑳。如彼筑室于道谋，是用不溃于成㉑。

国虽靡止㉒，或圣或否。民虽靡朊㉓，或哲或谋，或肃或艾㉔。如彼泉流，无沦胥以败㉕！

不敢暴虎㉖，不敢冯河㉗。人知其一，莫知其他㉘。战战兢兢，如临深渊，如履薄冰。

【注释】

①旻（mín）：此指苍天。疾威：暴虐。②敷：布施。下土：人间。③谋犹：谋划、策谋。回遹（yù）：邪僻。④沮：阻止。⑤臧：善、好。从：听从、采用。⑥覆：反而。⑦孔：很。邛（qióng）：毛病、错误。⑧潝（xì）潝：小人党同而相和的样子。訿（zǐ）訿：小人伐异而相毁的样子。⑨具：同“俱”，都。⑩依：依从。⑪于：往、到。胡：何。底：止。⑫龟：指占卜用的灵龟。厌：厌恶。⑬不我告犹：不告诉我什么是吉凶。⑭集：成就。⑮咎：罪过。⑯匪行迈谋：即不进而谋 。⑰匪：非。先民：古人，指古贤者。程：效法。⑱大犹：大道。经：遵循。⑲维：只有。迩言：近言，指谗佞近习的肤浅言论。⑳争：争辩、争论。㉑溃：达到。㉒靡止：（国土）狭小无所居。㉓朊：大，多。㉔艾：有治理国家才能的人。㉕无：通“勿”。沦胥：沉没。败：败亡。㉖暴虎：空手打虎。㉗冯（píng）河：徒步渡河。㉘其他：指种种丧国亡家的祸患。

【赏析】

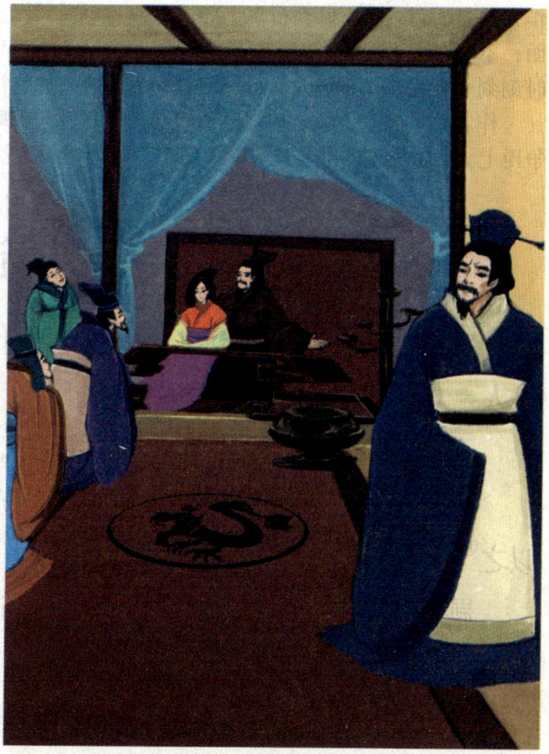

看到国家日益凋敝，政权日益腐败，最高统治者昏聩无道，不禁悲从中来，作诗以述己思。在诗中，作者辛辣讽刺统治者善恶不辨、听信邪僻之言，针砭奸佞之臣在其位不谋其政的丑恶嘴脸，指出国家面临的覆灭之祸已积薪待燃，让人读之恻然。

作者以较长的篇幅、错落的句式，通过比兴、批判等表达方式，鲜明地道出自己对劣政的痛恨。

“旻天疾威，敷于下土”这一句起兴，开篇定势，把整篇诗作的大气、沉重、怨愤，和盘托出。上天的意志由君主体现，作者指责上天，就是在揭露当朝的黑暗统治。接下来，作者进一步直言其事：“谋犹回遹，何日斯沮？”讲明当前国政错误百出、邪僻古怪。昏庸的国王是非不辨，导致了“谋臧不从，不臧覆用”的结果，好的谋略无处施展，错误的政策反复施用，让百姓久遭折磨。在章节最后作者追加上自己的评价，给朝廷下了定论：“我视谋犹，亦孔之邛。”在我看来，朝廷的过错真的太多了！表现出作者的极度不满和对国家命运的极度忧虑。

接下来，作者开始挖掘造成这种局面的原因。第二章作者指出，这种错误和混乱，是因为一些身居高位的官员党同伐异、争斗不休，他们为了一己私利，不惜扭曲朝纲、蛊惑主上，使偏听偏信的君主“谋之其臧，则具是违。谋之不臧，则具是依”，违背、否定了所有好的谋略，施用的全是错误的谋划。说到这里，作者心情变得无比愤恨，冷冷地说道：“我视谋犹，伊于胡底。”我倒是想看看，这些谋略到底能造成什么样的祸乱！

第三章开端，作者用“我龟既厌”再次表示对国家命运的深切忧虑。由于统治无道，上天也不再帮助，开始不管不问、弃之一边，诗人占卜，问求于灵龟，但灵龟厌卜，不再预告吉凶。诗人只得放弃上天的护佑，把希望又转向臣子的辅佐，但他们又难当大任：“谋夫孔多，是用不集。发言盈庭，谁敢执其咎？”谋臣虽数量众多，但相互扯皮，一点也不团结；都在叽叽喳喳地发言，但没有一个人能说到点子上。就像一群人在讨论远行，但讨论来讨论去，就是得不出能够实施的计划，就是不见他们上路。

第四章视角又转向了君主，指出了君主身上的错误。“哀哉为犹”，作者不肖细说就给了定论：“唉，悲哀啊，不行，真是不行……”体现出对君王的无限失望。接下来是罗列原因：君主丝毫不效法古代圣主贤君的行为、法纪，一点也不遵从治国理政的常规道理、办法，只喜欢听一些谄媚的言语，只喜欢争论一些肤浅庸俗的见解。如此一来，王朝的国策必然脱离实际，没有半点的科学性和有效性。最终，作者又作出总结：由这样的君王治国理政，统领社稷，就好像在道路上建造房屋，方向错误、做法糊涂，绝对不可能取得成功。

虽然臣子和君主都如此不堪，但诗人并非完全放弃，他挨个抨击一遍。发尽心中的牢骚后，诗人没有就此完结，而是耐下心来，讲述自己的施政理念，为飘摇的统治指引方向。第五章作者以谏劝的口气说，周朝泱泱大国，各种人才都有，不乏明智之士与治国贤才，“或哲或谋，或肃或艾”，国家兴盛的希望就在这些人身上。对于这支饱含希望的力量、这些层出不穷的英才之士，作者用比喻热切地歌颂说：“他们就像长流长新的泉水一样，绝不会变得衰败、腐朽！”

国家需要人才，也呼唤一个英明的掌舵者。上一章中，作者提出了对治国人才的肯定和希望，最后一章则提出对国君的期望、规劝和嘱托：人们都“不敢暴虎，不敢冯河”，是因为那是鲁莽的象征，作为国君，切忌不可鲁莽行事；“人知其一，莫知其他”，人的能力是有限的，只能看到问题的一个方面，不免会失于偏面，一定要广听建议和意见，全面地理解、把握问题；最重要的一点，为政者要时时刻刻小心细心，要努力保持一种“战战兢兢，如临深渊，如履薄冰”的心态，切忌大意、随便。

作者心系国家，出语从针砭到规劝都显得脉络清晰，深刻务实。在诗中，作者传达出了“天子有争臣七人，虽无道，不失其天下”的道理，寄托了比较先进、完整的治国理念，对后世产生深远影响。

◎小宛◎

宛彼鸣鸠①，翰飞戾天②。我心忧伤，念昔先人③。明发不寐④，有怀二人⑤。

人之齐圣⑥，饮酒温克⑦。彼昏不知，壹醉日富⑧。各敬尔仪⑨，天命不又。

中原有菽⑩，庶民采之。螟蛉有子⑪，蜾蠃负之⑫。教诲尔子⑬，式穀似之⑭。

题彼脊令⑮，载飞载鸣⑯。我日斯迈⑰，而月斯征⑱。夙兴夜寐，无忝尔所生⑲。

交交桑扈⑳，率场啄粟㉑。哀我填寡㉒，宜岸宜狱㉓。握粟出卜，自何能穀？

温温恭人㉔，如集于木。惴惴小心㉕，如临于谷。战战兢兢，如履薄冰。

【注释】

①宛：小的样子。鸠：鸟名，似山鹊而小，短尾，俗名斑鸠。②翰飞：高飞。戾：至。③先人：死去的祖先。④明发：天亮。⑤二人：父母。⑥齐圣：正直聪明的人。⑦温克：善于克制自己以保持温和、恭敬的仪态。⑧壹醉：每饮必醉。富：盛、甚。⑨仪：威仪。⑩中原：原中，田野之中。菽：豆。⑪螟蛉：螟蛾的幼虫。⑫蜾蠃（guǒ luǒ）：一种黑色的细腰土蜂，常捕捉螟蛉入巢，以养育其幼虫，古人误以为是代螟蛾哺养幼虫，故称养子为螟蛉义子。负：背。⑬尔：你、你们，此指作者的兄弟。⑭式：句首语气词。穀：善。⑮题（dì）：通“睇”，看。脊令：鸟名，通作“鹡鸰”，形似小鸡，常在水边捕食昆虫。⑯载：则、且。⑰迈：远行，行役。⑱征：远行。⑲忝：辱没。尔所生：指父母。⑳交交：鸟鸣声。桑扈：鸟名，似鸽而小，青色，颈有花纹，俗名青雀。㉑率：循、沿着。场：打谷场。㉒填：通“殄”，穷困，困苦。寡：贫。㉓岸：通“犴”，牢房。㉔温温：和柔的样子。恭人：谦逊谨慎的人。㉕惴惴：恐惧而警戒的样子。

【赏析】

《小宛》一诗的作者是西周王朝的一个下级官吏，父母在世时，生活富裕，有良好的生活环境。父母去世后，作者谨遵父母的教诲，不敢有丝毫懈怠，日日为各种事务奔波，力图振兴家族。但由于受到诸多打击，再加上外界势力的逼迫和伤害，作者的生活逐渐变得艰难，但他丝毫没有放弃，而是努力应对，盼望有朝一日能改变自己的命运。

作者的哀伤、疲惫之情和振作之意互为纠缠，或明或暗地贯穿于全诗。第一章以“宛彼鸣鸠，翰飞戾天”起兴，写小鸟鸣叫着一飞冲天，畅快勇猛，暗含对自己的叩问和期望：小鸟能有此奇迹和创举，自己和家庭什么时候才能有所起色呢？这本是昂扬奋发之语，但下句转向，书写“我心忧伤”，

使原本的气势倏然降下，成为悲惨现实的反衬，也将全诗置于一种阴晦、低落的氛围中。章末“明发不寐，有怀二人”直述通宵达旦夜不能寐，怀念祖先、父母，追思过往，显示出作者处境的艰难和内心的忧伤，也暗含着今不如昔的深切感慨。

如此今夕变异，定有复杂的原因，第二章中，作者开始剖析事情的缘由。在讲述中，作者首先就点出了其中的最大原因——众兄弟酗酒败家。表现手法上，他以埋怨的口吻，通过对比手法，说道：“人家贤达的人喝酒，知道适量、克制，你们这些人，每次都是大醉，再不改掉恶习，恢复仪容，上天不会保佑你们！”

说完之后，作者是开始冷静下来，扩展自己的思路，思量这件事的后果。在思考的同时，他的视野也变得开阔，比兴的题材转向田野间：“中原有菽，庶民采之。”百姓在田野里采摘豆子，辛苦地劳作。作者由果实及其采集、收获想到了兄弟们的后代以及他们的成长：不能让他们跟着那几个酒鬼，否则其教育和抚养都得不到保障，不可能拥有美好的未来，必须由自己来代养他们，传授教化、规正品性，教育他们长大继承祖业家风。“螟蛉有子，蜾蠃负之”按陆机的说法：“螟蛉者，桑上小青虫也，似步屈，其色青而细小。或在草莱上。蜾蠃，土蜂也，似蜂而小腰，取桑虫负之于木空中，七日而化为其子。”蜾蠃有雄无雌无法生殖，所以就捕获“螟蛉”的幼虫，将它哺育长大，传宗接代，因此“螟蛉”成为养子的代称。

第四章作者以“题彼脊令，载飞载鸣”比兴，用鹡鸰的“载飞载鸣”来映衬自己日复一日、月复一月地四处奔走，“斯迈”“斯征”，为整个家族打点一切，寻觅兴盛之法。但可想而知，人力甚微、差距太大，收获甚小。尽管如此，作者还是没有放弃，更加“夙兴夜寐”、夜以继日地坚持着，希望能够“无忝尔所生”，尽量作出成就，不辱没自己的双亲。

第五章继续说自己的窘境和坚持。“交交桑扈，率场啄粟”，弱小平凡的小青雀都能够赶上好运气，找到一片谷场，遗穗丰富，欢快地啄食着。而自己的运气呢?则是“哀我填寡，宜岸宜狱”，贫穷、孤独，又患了病，还因为墙倒众人推，挨了一身的官司，真是祸不单行。想到这里，作者感情又激愤起来：“握粟出卜，自何能穀”——“抓把米去占卜，我倒要看看到底什么时候我才能摆脱厄运！”这种心态，既是对命运的不满、质问和抗争，但也有深深的宿命论深藏其中，纠结矛盾，体现出作者的不甘和茫然，贴切真实。

在诗作的最后，作者又重新回归现实，提出了对自己今后生活的考量，为自己的行动、心态做了调整和计划，也用平静、审慎的语句为全诗作结。他告诫自己，一定不要放弃，要坚持下去，并在日常细节上严格规范：外在仪表方面，一定要像站在树顶一样，动作轻柔，努力协调身体各个部位，时刻规矩，做一个“温温恭人”；为人处世方面，要“惴惴小心”，好像自己面对的不是寻常的人和事，而是来到了悬崖边上，面前是深不可测的幽谷，万不可掉以轻心，否则就会出错而掉下去，丧失生命；做事、行动方面，要时刻保持“战战兢兢”的状态，就像在薄冰上行走，每一步都要小心翼翼，用上十分的心思，保证自己能走到河的对岸，把事情圆满完成。三个“如”字，把作者对自己的苛求描绘得充满力度，也反映出作者今后的所遇之艰、责任之重。

这首诗采取了意味深长的比兴手法，因物起兴、借景寄情，虽然感情沉重，但表现得活脱生动。诗作各章语意恳切、重点突出，组织上逻辑严密、层次分明、转接顺畅，语言质朴而又整饬，显示出作者高超的写作技巧和驾驭语言的能力。

◎小弁◎

弁彼鸒斯①，归飞提提②。民莫不穀③，我独于罹④。何辜于天⑤？我罪伊何？心之忧矣，云如之何⑥？

踧踧周道⑦，鞫为茂草⑧。我心忧伤，惄焉如捣⑨。假寐永叹⑩，维忧用老⑪。心之忧矣，疢如疾首⑫。

维桑与梓⑬，必恭敬止⑭。靡瞻匪父⑮，靡依匪母⑯。不属于毛⑰，不罹于里⑱。天之生我，我辰安在⑲？

菀彼柳斯⑳，鸣蜩嘒嘒㉑。有漼者渊㉒，萑苇淠淠㉓。譬彼舟流，不知所届㉔。心之忧矣，不遑假寐。

鹿斯之奔，维足伎伎㉕。雉之朝雊㉖，尚求其雌。譬彼坏木㉗，疾用无枝㉘。心之忧矣，宁莫之知㉙。

相彼投兔㉚，尚或先之㉛。行有死人㉜，尚或墐之㉝。君子秉心㉞，维其忍之㉟。心之忧矣，涕既陨之㊱。

君子信谗，如或酬之㊲。君子不惠，不舒究之㊳。伐木掎矣㊴，析薪扡矣㊵。舍彼有罪，予之佗矣㊶。

莫高匪山，莫浚匪泉㊷。君子无易由言㊸，耳属于垣㊹。无逝我梁㊺，无发我笱㊻。我躬不阅㊼，遑恤我后㊽！

【注释】

①弁（pán）：通“般”、鸒（yù）：乌鸦。②提（shí）提：群鸟安闲翻飞的样子。③穀：美好。④罹：忧愁。⑤辜：罪过。⑥云：句首语气词。⑦踧（dí）踧：平坦的状态。周道：大道、大路。⑧鞫：尽，皆。⑨惄（nì）：思，想。⑩假寐：不脱衣帽而卧。永叹：长叹。⑪用：犹“而”。⑫疢（chèn）：病，指内心忧痛烦热。疾首：头疼。如：犹“而”。⑬桑梓：古代桑、梓多植于住宅附近，后代遂为故乡的代称，见之自然思乡怀亲。⑭止：语气词。⑮靡：不。瞻：尊敬、敬仰。匪：不是。⑯依：依恋，依靠。⑰不属于毛：古代裘衣毛在外。毛在外属阳，指父亲。⑱里：指母亲。⑲辰：时运。⑳菀：茂密的样子。㉑蜩（tiáo）：蝉。嘒嘒：蝉鸣的声音。㉒漼（cuǐ）：水深的样子。渊：深水潭。㉓萑（huán）苇：芦苇。淠（pèi）淠：茂盛的样子。㉔届：到、止。㉕伎（qí）伎：鹿急跑的样子。㉖雉（zhì）：野鸡。雊（gòu）：雉鸣。㉗坏木：有病的树。㉘疾：病。用：犹“而”。㉙宁：难道。㉚相：看。投兔：入网的兔子。㉛先：开、放。㉜行：路。㉝墐（jìn）：通“殣”，掩埋。㉞秉心：犹言居心、用心。㉟维：犹“何”。忍：残忍。㊱陨：落。㊲酬：劝酒。㊳舒：缓慢。究：追究、考察。㊴掎（jǐ）：牵引。此句说，伐木要用绳子牵引着，把它慢慢放倒。㊵析薪：劈柴。扡（chǐ）：顺着纹理劈开。㊶佗（tuó）：加。㊷浚：深。㊸无易：不要轻易。㊹属：连接。垣：墙。㊺逝：拆毁。梁：拦水捕鱼的堤坝，亦称鱼梁。㊻发：打开。笱（gǒu）：捕鱼用的竹笼。㊼阅：容纳。㊽恤：忧虑。

【赏析】

关于《小弁》一诗的主旨，或说是周幽王放逐太子宜臼，宜臼放歌述哀；或说是宣王时尹吉甫惑于后妻，逐前妻之子伯奇，伯奇忧而著诗。诗作抒写了遭受父母抛弃后的主人公在流浪途中的孤独、失落、思考以及质询。

作者的遭遇在历史上是常见的，母亲离世，父亲再续，异母弟妹出世，后母偏心，虐待前妻子女，并谗言斗进，父亲的慈爱天平，因后妻枕边风的反复吹刮，逐渐失衡，最终作出弃逐的行为。被弃者尚自年幼，处境十分苍凉，只能默默承受不被亲人见容的痛苦，心怀无限哀怨，无奈作诗排解。

诗人以“忧怨”为基调，对自己被逐后的悲痛心情反复倾吐，多侧面、多层次地刻画了自己细致、丰富的心绪和情感。或以眼前之景比兴内心之情，或以客观事物衬托自己的处境，正反结合，将抽象的难以名状的内心情感形象地表达出来。作者赋、比、兴交互使用，泣诉、忧思混杂胶着，内容丰富，感情深厚。

首章从“弁彼鸒斯，归飞提提”起笔，以美景衬哀境，呼天自诉，先言“我独于罹”的忧伤和悲痛。用“民莫不穀”对比自己的“我独于罹”，直接喊出“何辜于天？我罪伊何？心之忧矣，云如之何”的无奈和感叹，揭示内心沉重的忧怨。作者被亲人和家庭逐出，遭受的是情感上的毁灭性打击，但这种境遇的由来却属无中生有，怎能不叫人心灰意冷？

作者开篇明义、直陈事由之后，倾诉、呼告的欲望稍作满足，情感稍稍平复，开始描写所见的景象：放眼望去，平坦的大道上，杂草丛生，诉说着饱含生机的苍凉。原本想远眺忘忧，但目之所及尽是悲哀，所见之景牵动心中之情，舒缓的心境又纠结起来：这正像诗人自己的生活，原本平静安详、秩序井然，现在却变得千疮百孔、混乱不堪。作者不由得将笔触由外转内，继续抒发自己心中沉重浓厚的忧愁：“我心忧伤，惄焉如捣。”

“维桑与梓，必恭敬止。”作者面对桑梓“必恭敬止”，即恭敬孝顺父母。“靡瞻匪父，靡依匪母”，对父亲唯恐不尊重，对母亲唯恐不依顺，言行举止没有半点差池。但其后果，却是“不属于毛，不罹于里”，被家庭各方嫌弃，形象地传达出作者失去父母之爱后的无归属感和失落感。最终，作者只有无奈地把这份罪责归咎于上天：“天之生我，我辰安在？”——“是上天生了我，我是无父无母的野孩子，我什么时候才能摆脱现在的厄运？”语言变得极其沉痛。

“菀彼柳斯，鸣蜩嘒嘒。有漼者渊，萑苇淠淠”，柳青苇绿，呢喃之声渐闻，一片欣欣向荣，而自己却“譬彼舟流，不知所届”，漂泊无定，不知所归，更不知所往。“鹿斯之奔，维足伎伎。雉之朝雊，尚求其雌”，矫健的花鹿快速奔跑，漂亮的鸟儿成双成对，欢快温馨，自己却是“譬彼坏木，疾用无枝”，孤苦伶仃、憔悴不堪。美丽的景象和内心的痛苦忧伤相互烘托，产生了极大的震撼效果，让人不忍想象主人公当时所处的情境。

第六章里，作者描绘了一些路途上发生的事件：“相彼投兔，尚或先之。行有死人，尚或墐之。”野兔投网还有人放走，人死于道路还有人埋葬，显示出世间所存有的浓浓温情。这也可能是作者脑海中的记忆。然后，作者将其与自身情况相对照，用以抒情达意：父亲残忍绝情，不顾惜自己的儿子，连路人都不如，而自己的处境，更是比不上那些遇到好人的小动物和死者。无奈之下，作者只得“涕既陨之”了。

接下来作者揭示出自己被逐的原因：“君子信谗”“君子不惠”。君子“不舒究之”，被人灌醉酒一般，多遭蒙蔽，最终颠倒是非曲直，看不清对错。“伐木掎矣，析薪扡矣”，说伐木要用绳子牵引，劈柴要顺着纹理，做事情不能没有原则和凭证。

最后一章，作者把笔触转向自身。他感到自己从前的生活环境处处是陷阱，现在想想就后怕，于是埋怨自己从前为什么不谨言慎行，而被人抓住把柄。本章前四句是沉痛的反省，着眼过去。后四句是关照现实和今后，作者高呼："不要再迫害我了，我已经很惨了，现在连安身之所都没有，更别提考虑以后的生活！"

◎巧言◎

悠悠昊天①，曰父母且②。无罪无辜，乱如此怃③。昊天已威④，予慎无罪⑤。昊天泰怃⑥，予慎无辜。

乱之初生，僭始既涵⑦。乱之又生，君子信谗。君子如怒⑧，乱庶遄沮⑨；君子如祉⑩，乱庶遄已。

君子屡盟⑪，乱是用长。君子信盗⑫，乱是用暴。盗言孔甘⑬，乱是用餤⑭。匪其止共⑮，维王之邛⑯。

奕奕寝庙⑰，君子作之。秩秩大猷⑱，圣人莫之⑲。他人有心⑳，予忖度之。跃跃毚兔㉑，遇犬获之。

荏染柔木㉒，君子树之。往来行言㉓，心焉数之。蛇蛇硕言㉔，出自口矣。巧言如簧㉕，颜之厚矣。

彼何人斯？居河之麋㉖。无拳无勇㉗，职为乱阶㉘。既微且尰㉙，尔勇伊何？为犹将多㉚，尔居徒几何㉛？

【注释】

①昊天：老天，苍天。②且：语尾助词。③怃（hū）：大。④威：暴虐、威怒。⑤慎：确实。⑥泰：太。⑦僭（jiàn）：谗言。涵：容纳。⑧怒：怒责谗人。⑨庶：几乎。遄沮：迅速终止。⑩祉：福，此指任用贤人以致福。⑪盟：与谗人结盟。⑫盗：盗贼，借指谗人。⑬孔甘：很好听，很甜。⑭餤（tán）：原意为进食，引申为增多。⑮止共：尽职尽责。⑯邛：病。⑰奕奕：高大貌。寝：宫室。庙：宗庙。⑱秩秩大猷：多而有条理的典章制度。⑲莫：谋划。⑳他人有心：谗人有心破坏。㉑跃（tì）跃：跳跃的样子。毚（chán）：狡猾。㉒荏（rěn）染：柔弱貌。㉓行言：统言。㉔蛇（yí）蛇硕言：夸夸其谈的大话。㉕巧言如簧：说话像奏乐一样好听。㉖麋（méi）：通"湄"，水边。㉗拳：勇。㉘职：主要。乱阶：逐渐引出祸乱的一连串事件。㉙微：小腿生疮。尰（zhǒng）：通"肿"，脚肿。㉚犹：指诡计。㉛徒：党徒。

【赏析】

《巧言》一诗的主旨，是抨击谗言的可恶。作者尽其所能，形象刻画了小人们的丑恶嘴脸，与此同时，作者针砭了君主的昏庸，并在论述中提出了自己的政治主张和构想，使诗作显得内容丰富、立意颇深。

第一章，作者开端便呼告上天："悠悠昊天，曰父母且。无罪无辜，乱如此怃。"他情感激越，内心的苦楚难以自持，作出呼天抢地之举。诗作起调突兀，显出作者饱受谗言之苦，其日甚久、其度甚深。

其后，他又一边埋怨上天，一边辩白道："昊天已威，予慎无罪。昊天泰怃，予慎无辜。"上天威严但是糊涂，任凭世间有如此的不公，作者无可奈何，无法洗刷自己所受的委屈和迫害，只得不断地呼告。

通过第一章的呼告，作者的委屈得到一定程度的抒发，心中的怨怒不再那么强烈，开始对自己的处境和造成这种状况的原因进行思索。所以接下来作者对谗言现象进行了反省。他指出，应该被指责的不仅仅是那些奸邪小人，还有那些昏聩无能、目光浅短的统治者，正是他们的姑息养奸，才使得这种可怕的局面愈来愈盛。

在本章后半段，作者用虚写的手法，提出了自己的假设和希望："君子如怒，乱庶遄沮；君子如祉，乱庶遄已。"如果当初，君主严肃贤明，就不会被进谗者有机可乘，那该会是一种多么美好的场面？作者抚今追昔，对先前所具有的可能性抱有幻想，说明了自己对现实局面的无能为力，更反映出如今的情势危急，且已难改变。

第三章里，作者又分别从君主和小人两个方面，具体分析了谗言出现的原因、危害。"君子屡盟，乱是用长。君子信盗，乱是用暴"，是从君主着眼，因为他轻取轻信，使得身边贤者无存，尽是一些小人，而后果则是国家发生了长久而又严重的祸乱。

"盗言孔甘，乱是用餤。匪其止共，维王之邛"，是从小人入手，因为他们只会甜言蜜语、丝毫不能尽忠职守，因此，才使得上述的祸乱不断增多，整个国家变得积贫积弱。通过此章，作者既展现出了国家凋敝的现状，又将其具体的责任分明地归咎给庸主和奸臣，显得其条理清楚、论事透彻。

接下来，作者描绘了一个完美的国家本该具有的局面，或者是诉说了自己脑海里构建的关于朝廷的最理想画面。在这个国家里，"奕奕寝庙，君子作之"，圣明的君主建造起巍巍的宫殿和宗庙，也就是建立起稳固而有序的国家政权。"秩秩大猷，圣人莫之"，其中所遵循的条理而规范的典章制度，都是由圣人呕心沥血而作，既符合民心和逻辑，又非常简洁、好用。

"他人有心，予忖度之"，当有奸人或外敌觊觎生事时，以作者为代表的忠臣贤人能够有所觉察，继而认真分析，最终得出正确、有效的应对之法，把事态消灭在萌芽之中。这样，君主、贤人、忠臣，三者共同努力，肯定会得出"跃跃毚兔，遇犬获之"的效果——那些貌似聪明活跃的小人，就像野兔遇上猎犬一样，被轻松地捉住拿下。

理想固然非常美好，但现实又是一个什么样子呢？进入第五章，作者开始描述现实与理想的不同，在具体行文中，依然是分成了两个方面：首先是君主，"荏染柔木，君子树之。往来行言，心焉数之"，美好的树木代表着美好的局面，它现在还没有存在，需要君主慢慢树立起来。君主对臣下的言行还没有分辨的能力，需要在心中思考分析数遍。

后半段是写小人，他们非但没有被轻松清除，反而是"蛇蛇硕言，出自口矣。巧言如簧，颜之厚矣"，大言不惭地说着漂亮的空话，巧舌如簧，脸皮厚得无以复加。很显然，对于二者，作者的讽刺力度是不同的。论述君主时，作者留有余地，与其说是揭露，不如说是指引和规劝，对其还抱有希望。而揭露小人嘴脸时，则极尽抒写之能事，着力刻画，其中"巧舌如簧"一词，更是深入人心。

最后，作者将笔力都集中于小人身上，进行了炮火般地抨击，分别论述了其形态、专长、下场、社会关系等诸多方面，细致而形象。"彼何人斯？居河之麋"，是比喻和象征手法，小人们居于河边的

水草丛中，即说明他们善于躲藏，暗地行动。“无拳无勇，职为乱阶”，他们既没有能力，也缺少高尚的品格和气质，唯一的职责就是造谣生事、祸乱朝纲。

“既微且尰，尔勇伊何”，作者指出他们注定的下场。因为其行动猥琐、无处不在，所以作者诅咒他们小腿生疮、脚部肿烂，而这也是其行动能力的丧失，昭示了他们的专长已毁，不能再继续害人。“为犹将多，尔居徒几何”，则反映了其人缘和社会地位，小人虽诡计多端，但最终无法避免被人识破的厄运，人们认清其真面目后，必然羞与为伍、纷纷躲避，到时他们只能形单影只，独自品尝孤独，再也找不到算计他人的机会。

◎何人斯◎

彼何人斯①？其心孔艰②。胡逝我梁③，不入我门？伊谁云从④？维暴之云⑤。

二人从行⑥，谁为此祸？胡逝我梁，不入唁我⑦？始者不如今⑧，云不我可⑨。

彼何人斯？胡逝我陈⑩？我闻其声，不见其身。不愧于人，不畏于天。

彼何人斯？其为飘风。胡不自北？胡不自南？胡逝我梁？只搅我心。

尔之安行，亦不遑舍⑪；尔之亟行⑫，遑脂尔车⑬。壹者之来⑭，云何其盱⑮！

尔还而入，我心易也⑯。还而不入，否难知也⑰。壹者之来，俾我祇也⑱。

伯氏吹埙⑲，仲氏吹篪⑳。及尔如贯㉑，谅不我知㉒。出此三物㉓，以诅尔斯㉔。

为鬼为蜮，则不可得。有靦面目㉕，视人罔极㉖。作此好歌㉗，以极反侧㉘。

【注释】

①斯：语气助词。②孔：甚，很。艰：此指用心险恶难测。③梁：拦水捕鱼的坝堰。④伊谁云从：是听从什么人的话？⑤云：言论。⑥二人：主人公与“彼”人。⑦唁：慰问。⑧如：像。⑨可：嘉、好。⑩陈：堂下至门的路。⑪遑：空闲。舍：止息。⑫亟：急。⑬脂：通“支”，以轫木支车轮使止住。⑭壹者：犹云乃者。⑮盱（xū）：张目。⑯易：改变，此处指转悲为喜。⑰否难知也：使我难知情。⑱俾：使。祇：病也。⑲伯氏：兄。埙（xūn）：古陶制吹奏乐器。⑳仲：弟。篪（chí）：古竹制乐器。㉑及：与。贯：为绳贯串之物。㉒谅：诚。知：交好、相契。㉓三物：猪、犬、鸡。㉔诅：盟诅。古时订盟，杀牲歃血，告誓神明，若有违背，令神明降祸。㉕靦（miǎn）：露面见人之状。此处指狡狯之貌。㉖视：示。罔极：没有准则，指其心多变难测。㉗好歌：善良、交好的歌。㉘极：尽。反侧：在床上翻来覆去睡不着。此处指为人反复无常，不正直。

【赏析】

本诗的主人公应该是一名女子。“伊谁云从？维暴之云”，这一句和《卫风·氓》中女子指责丈夫“言既遂矣，至于暴矣”非常相似，前人认为此处之“暴”是指周天子的卿士暴公，但对照《氓》这首诗来看，似乎应是粗暴之意。诗中“尔还而入，我心易也。还而不入，否难知也”几句，则是说明主人公训斥的对象和她同住一处，他们是一家人。所以本诗可以看成该是一名女子对丈夫弃妻行为的指斥。

时光流逝，女主人公不再如从前那般容貌鲜丽，因此她那薄情寡义的丈夫，开始不像从前那样珍惜她了，往日的温柔逐渐被粗暴所取代，丈夫待她再也没有热恋时的热情了，有的只是无尽的冷漠。

丈夫进了家门，却只想去河梁捞取鱼虾。他从房前路过，却很少停下车看望在家忙碌的妻子。他总是匆匆地来，又匆匆地去。妻子怀疑丈夫是不是已经变心了，是不是有了其他的恋人，妻子的一片深情受到很深的伤害。她期待丈夫能够回心转意，其情至真，如泣如诉，非常感人。

“及尔如贯”这一句，女子感叹命运之绳将自己和丈夫连在了一起，他们本应该亲密无间，但是她的丈夫却连夫妇之礼都不顾及，女子感到悲愤难平。她追忆着从前“二人从行”时的快乐，再看看现在自己的凄凉，感到非常痛苦。她的快乐和痛苦都和自己的丈夫密切相关，她不明白为什么原本相处得很好的丈夫，现在却扬言说再也不会和自己和好了。

在诗人感叹命运的时候，丈夫来到了堂下，妻子只听见他和他人交谈，却一直没有看到过他，他们的距离非常近，但是他们的心却越来越远了。诗人心中充满了可望而不可即的痛苦。她在心中不断质问着丈夫：为什么你不会觉得愧对我，难道你就不怕上天的报应吗？

丈夫的“不入我门”“不入唁我”，让女子感到悲伤不已，但是她却不能忘情于自己的丈夫，于是只能寄望于在回程时能够再次看他一眼。当她的祈祷落空后，她感到非常愁苦，诗人又回想起了往日的欢乐时光。当初二人相好的时候，他们不单是生活上的密友，同时还是知音，有共同的爱好，丈夫奏乐吹起埙，妻子就吹篪和音，和乐融融、但是现在这一切都不复存在了，女子一心一意地对待自己的丈夫，丈夫却不是如此待她，女子摆出了猪、犬、鸡，她这样做的原因是为了让丈夫回想起他们当初的山盟海誓。

女子在漫漫长夜辗转反侧，发出了愤怒的诅咒。“为鬼为蜮，则不可得。有靦面目，视人罔极”，女子痛斥自己的丈夫虽然为人，但却阴险狡诈，胜过鬼蜮。虽然她有心和丈夫一刀两断，但是一到关键时刻，诗人还是放不下过去美好的日子，对丈夫还有留恋。女子唱这首诗歌的目的就是希望丈夫能够幡然悔悟，和自己再续前缘。

本诗虽然有叙事，但诗中穿插着各种生活片断的回忆，全诗的结构似断非断。此诗采用叠章和问句，用跳荡不定和迅速转换的意象，来表现女主人公的疑惑、惊诧、痛切和哀伤。女子的痴情可见一斑，感人至深。

◎巷伯◎

萋兮斐兮①，成是贝锦②。彼谮人者，亦已大甚！

哆兮侈兮③，成是南箕④。彼谮人者，谁适与谋？

缉缉翩翩⑤，谋欲谮人。慎尔言也，谓尔不信。

捷捷幡幡⑥，谋欲谮言。岂不尔受，既其女迁⑦。

骄人好好⑧，劳人草草⑨。苍天苍天，视彼骄人，矜此劳人！

彼谮人者，谁适与谋？取彼谮人，投畀豺虎；豺虎不食，投畀有北⑩；有北不受，投畀有昊⑪。

杨园之道，猗于亩丘⑫。寺人孟子⑬，作为此诗。凡百君子，敬而听之。

【注释】

①萋、斐（fěi）：都是文采相错的样子。②贝锦：织有贝纹图案的锦缎。③哆（chǐ）：张大口。侈：大。④南箕：星宿名。⑤缉缉：附耳私语状。翩翩：往来迅速的样子。⑥捷捷：意义与“缉缉”相同。幡幡：与“翩翩”意思相同。⑦女：同“汝”。⑧骄人：进谗者。⑨劳人：被谗者。草草：忧愁的样子。⑩畀（bì）：与，给。有北：北方苦寒之地。⑪有昊：苍天。⑫猗：在……之上。亩丘：丘名。⑬寺人：近侍，常指宦官。

【赏析】

无论处在什么样的环境中，人与人之间的矛盾都无法避免。比如，相互间的猜忌极容易影响彼此间的友情。《巷伯》就记载了这种情形和感情。

《巷伯》的作者是一位宦官，名叫孟子。在诗中，诗人对诬陷者进行了强烈的抨击和诅咒。

第一部分，作者对那些整天说别人坏话的人，先用了两个比喻加以描写。第一个是“萋兮斐兮，成是贝锦。彼谮人者，亦已大甚”！织锦之人用灵巧的双手、美丽的颜料（萋、斐），织出了漂亮的锦缎，而说坏话的人，也像编织那些华而不实的锦缎的人一样，编造了无数无中生有的谎言。作者开篇就直言不讳地感叹：“彼谮人者，亦已大甚！”——“这些说别人坏话的人，太不像话，太嚣张了！”

第二个比喻是“哆兮侈兮，成是南箕”。“南箕”，是天上的一个星座，样子像簸箕，也像张开的一张大口。“哆”形容人大嘴巴的样子，“侈”是那个说话的神态，寥寥数字，把说坏话人的可恶。以及人们对这种人的厌烦，描摹得纤毫毕现。

第三部分，继续叙述作者的观察和厌恶。“缉缉翩翩，谋欲谮人”，作者首先用“翩翩”这样一个经典的双声词，形象地表达了几个人在黑暗的角落里，低声说别人坏话的情形。接着，“慎尔言也，谓尔不信”，作者用一种警告的口吻告诫这些无德之人：“管好你们的嘴巴，人们已经开始怀疑你们了！”

“岂不尔受，既其女迁”，作者既是在告诫这些无德之人，同时也为众人找寻到了最好的解决办法：“难道人们都会受你诬陷？人们很快就会讨厌你们，进而彻底地远离你们！”

前面这部分内容是对“谮人者”的生动刻画，是受害者无助的呼喊，也只是作者情绪的一个开头。到第五部分，作者的愤怒才开始喷涌而发。“骄人好好，劳人草草”：陷害别人的谮人者获得利益，骄狂肆虐、奸笑阵阵，被陷害者利益受损、落魄不已。看到这种现实，作者无计可施又忍无可忍，只能呼天喊地“苍天苍天，视彼骄人，矜此劳人”——“老天啊老天啊，看看那些整日陷害他人而得势的无德之人，再看看这些整天辛苦操劳而被无端陷害的老实人，你能不能看见！”到此处，作者开始怀疑上天的公平和正义，愤慨的情绪上升到了极点。

下面他喊出了“语不惊人死不休”的诅咒：这些陷害别人的无德之人，谁还和他们在一起？把他们捉起来，扔在荒野里，让豺狼和老虎吃掉。他们品性丑陋，豺狼老虎都不愿意吃，那就把他们投到北方荒蛮之地，但荒蛮之地受不了他们的肮脏，也不接受他们，那就把他们交给上天惩罚。这是作者因愤懑和失落而变得歇斯底里的一种表现，他的内心独白表达了自己心中的正义，同时也反映了现实中的无奈和黑暗。

心中的愤懑爆发完，作者稍稍变得平静，他站在宽广的原野上，看着杨园中的路，在田亩中慢慢延伸，渐行渐远。这种情景，似乎使他想到了后来人的境遇和命运，于是他认真地把诗写下来，并记下自己的名字：“寺人孟子，作为此诗。凡百君子，敬而听之。”他悲痛地告诫后世君子，不要让这种悲剧重演。

◎谷风◎

习习谷风[1]，维风及雨[2]。将恐将惧[3]，维予与女[4]。将安将乐，女转弃予[5]。

习习谷风，维风及颓[6]。将恐将惧，寘予于怀[7]。将安将乐，弃予如遗[8]。

习习谷风，维山崔嵬[9]。无草不死，无木不萎。忘我大德，思我小怨。

【注释】

①习习：大风声。②维：只，仅。③将：方，正当。④女：同“汝”，你。⑤转：反而。⑥颓：自上而下的旋风。⑦寘予于怀：把我抱怀里。⑧遗：遗忘。⑨崔嵬（wéi）：山高峻的样子。

【赏析】

《谷风》的女主人公因为年老色衰，被狠心的丈夫抛弃，心中痛苦不堪。她想起从前生活艰苦时夫妻恩爱的场景，哀感连连不能自抑，所以作诗以遣心绪，抨击了那个“只可共患难，不能同安乐”的负心汉行径。

首章开端以山谷的大风起兴，形象而又巧妙。本来山风之势就很强，经过山口时，由于地形原因，所经的通道骤然变小，产生强大的压力，使风速变得极快，吹到脸上，犹如刀割，让人难以忍受。诗作以此风比喻女子遭受挫折之大，形容前夫寡情残忍之甚，入木三分，很有艺术表现力。另外，这一比兴也有点明地点的作用，此刻女子被前夫驱逐，无家可归，只能到处飘零，来到了山口之间。她独自面对着强烈的大风，举步维艰、呼吸困难，此情此景，又使她想起了前夫种种令人寒心的作为，心中幽怨难当。

悲痛中，女子又想起了曾经的生活场景。当时夫妻俩年少恩爱，郎情妾意、如胶似漆，“将恐将惧，维予与女”：虽然生活艰苦至极，整日衣食无着、担惊受怕，但却自在逍遥，两人“只羡鸳鸯不羡仙”，同心协力、毫无芥蒂。而现在，则是“将安将乐，女转弃予”——拿我的青春换取了你的富足，你又狠心地将我弃之不顾！随着多年的辛苦，前夫成就了事业或功名，继而欲望膨胀、喜新厌旧，抛却糟糠之妻，将女子置于一种极其无助的境地。

第二章作者运用回环复沓的艺术手法，仅易数字，与首章结构相似，意思相近，是女子在悲痛中的反复诉说与思考。“寘予于怀”，是写前夫曾经给自己的温暖和抚慰。如今，孤苦伶仃的女子，只身一人，站在山间风口，被风吹得寒冷至极，不禁想寻找一丝的温暖。于是，前夫曾经把自己拥在怀里的场面浮现在脑海。那种温存的记忆和如今前夫的冰冷面孔，形成鲜明对照，也与女子所处的境地相互映衬，使得诗作简练、具体而又意蕴深邃。“弃予如遗”是第一段中“女转弃予”的更进一步，“女转弃予”只是单一地说抛弃自己，而此刻增加了程度描写：前夫抛却自己时，面不改色、心如止水，不念及丝毫旧情，显得非常冷血。

第三章依然延续“谷风”的比兴手法。比兴之后，诗句结构与上文显示出了不同。“无草不死，无木不萎”，是女子在迎风前进时对周遭环境的观察，她看到在大风的摧折下，山间风口处各种植物都已死去，光秃秃的甚是萧条，显示出弱者受尽欺凌的无奈，也昭示着狂风的强横和霸道。自己和前夫的关系不也同这狂风和草木一样吗？自己软弱无辜，饱受欺凌，处于被动地位。“忘我大德，思我小怨”，我对他的大恩，他完全抛之脑后，我的一些小毛病，他挑来拣去，丝毫不肯放过。这种写法，不仅顺畅自然，达到了情与景的完美融合，还起到了章末点题的效果。挖掘女子被逐的根本原因，前人评说道：“道情事实切，以浅境妙。末两句道出受病根由，正是诗骨。”

《谷风》的语言凄恻委婉，娓娓道来，没有丝毫言辞激切的措辞和恶语，但责备意味得到充分体现，真正达到了“怨而不怒”的艺术效果，主人公的善良随顺，也得到了淋漓尽致的表现。诗作韵律和谐，将女主人公的哀伤，演绎得舒缓而浓重，很具有感染力。作者以叙事手法为主，但起兴的成功运用，使诗作不乏浓厚的抒情色彩，更显事件丰满具体、脉络清楚明了、感情浓厚真挚。虽诗作篇幅短小，但丝毫没有影响其艺术价值的传达。

关于诗作的主旨，历来有很多不同的解释。结合雅诗的性质，《毛诗序》说：“《谷风》，刺幽王也。天下俗薄，朋友道绝焉。”主张其为政治怨刺诗，说幽王无道，国家凋敝，政教不行，人们的思想道德每况愈下，朋友之间忘大德而思小怨，相互绝交。现代的评论家们，多不再依附政治，而从诗的内容出发，还原其“弃妇之辞”的根本，并认为《小雅·谷风》同《邶风·谷风》之间有着鲜明而紧密的联系。

◎蓼莪◎

蓼蓼者莪①，匪莪伊蒿②。哀哀父母，生我劬劳③。

蓼蓼者莪，匪莪伊蔚④。哀哀父母，生我劳瘁。

瓶之罄矣⑤，维罍之耻⑥。鲜民之生⑦，不如死之久矣！无父何怙⑧？无母何恃？出则衔恤⑨，入则靡至。

父兮生我，母兮鞠我⑩。拊我畜我⑪，长我育我，顾我复我⑫，出入腹我⑬。欲报之德。昊天罔极⑭！

南山烈烈⑮，飘风发发⑯。民莫不穀⑰，我独何害！

南山律律⑱，飘风弗弗⑲。民莫不穀，我独不卒⑳！

【注释】

①蓼（lù）蓼：长又大的样子。莪（é）：一种草，即莪蒿。②匪：同“非”。伊：是。③劬（qú）劳：与下章“劳瘁”皆劳累之意。④蔚（wèi）：一种草，即牡蒿。⑤瓶：汲水器具。罄（qìng）：器皿中空。⑥罍（lěi）：盛酒水器具。⑦鲜（xiǎn）：指寡、孤。民：人。⑧怙（hù）：依靠。⑨衔恤：含忧。⑩鞠：养。⑪拊：抚育，抚养。畜：培育。⑫顾：顾念。复：返回，指不忍离去。⑬腹：指怀抱。⑭昊（hào）天罔极：犹云父母之恩广大无边，不知如何报答。⑮烈烈：艰难，形容难于攀登。⑯飘风：狂风。发发：风疾的样子。⑰穀：善，指养。⑱律律：同“烈烈”。⑲弗弗：同“发发”。⑳卒：终，指养老送终。

【赏析】

《蓼莪》这首诗，主要是诗人抒发自己不能为父母养老送终的痛极之情，诗中充满了对已故父母的深情怀念、感恩、歌颂、内疚、忏悔和忆苦思甜等百感交集的复杂感情。诗中悼念了父母恩德，表达自己失去了父母的孤苦以及不能为父母送终的遗憾，可能是上坟扫墓祭祀时的祭歌。全诗沉痛悲怆，凄恻动人。清代的方玉润在《诗经原始》中这样评价本诗：“此诗为千古孝思绝作，尽人能识。”

本诗通过第一人称的角度，采用独白的方式来讲述自己的感情：诗人家庭生活非常贫困，在万般无奈之下，他只能到外面去谋求生计，可当他回到家乡之后，才发现自己的父母已经双双去世了。虽然这时他生活变好了、且过上了丰衣足食的生活，但再也没有机会报答父母的养育之恩，更没有办法为父母养老送终了。这样的痛苦一直纠缠着他，让他遗憾终身。

诗人通过摇曳的丛丛莪蒿来比喻自己心中对父母的悲悼之情。诗中连用“生”“鞠”“拊”“畜”“长”“育”“顾”“复”“腹”九个动词，目的是为颂扬父母对自己的养育之恩。这首诗描绘了这样一幅画面：诗人父母的坟头上长满了很高很高的蒿草，墓地前用来祭奠祖先的酒瓶、酒坛空空如也，这一切都说明诗人父母的坟已经很久没有人来打扫了。坟墓的荒凉使诗人感到内疚，于是感叹道：“可怜我的父母亲，生我养我真艰辛”“父母恩浩大无边”。

诗中充分表达了孝子“无父何怙？无母何恃”的悲思。诗人追忆了孩童时父母给自己的宠爱，以及长大之后在父母的照顾之下不愁吃穿的事情，现在自己想要报答父母的恩德时，父母却已经去世了。诗人只能永怀遗憾和内疚。当痛苦到了一定的程度，他不由得发出了“鲜民之生，不如死之久矣”的悲号，然后引出了失去父母之后“出则衔恤，入则靡至”的失落之情。诗文后面的景象描绘中，通过描写南山的高大，表现出了父母的恩德以及孝子的悲苦，情景交融、虚实结合的描写，将诗人的赤诚之情完整地表现了出来。

诗共有六节，可以分成三层：第一、二两节是第一层，诗人感叹父母生养了自己，并辛苦劳累地照顾了自己。“蒿”象征着不成材且不能尽孝，诗人感叹自己不成材还不能尽孝。后两句表现出父母是费心劳力，吃尽苦头才养大自己的。

第三、四节是第二层，主要描写父母对儿子的深爱和儿子失去了双亲的痛苦。第三节的头两句用“瓶”来比喻父母，用“罍”来比喻孩子。用瓶子从罍中取水时，却没有取到水，这是因为罍无储水可汲，这就像孩子想要赡养父母，却没有尽到孝心而感到羞耻一样。

第四节的前六句叙述父母对诗人的养育。诗人的表述虽然语拙但是情真，他言真意切，不厌其烦，如哭如诉。姚际恒在《诗经通论》中说：“勾人眼泪全在此无数‘我’字。”这一节的最后两句，表现出了不得奉养父母的诗人，将自己的痛苦归咎于上天，他责备上天变化无常，夺去父母的生命，让他无法报答父母。

本诗最后两节是第三层，这一部分抒写了诗人的不幸，表现了他丧失父母的悲痛和凄凉。“烈烈、发发、律律、弗弗”的运用，加重了诗人的哀思，使读者和诗人一起悲叹。

《蓼莪》一诗劝勉我们要在短暂的人生中奉养父母、报答父母的养育之恩，因为天有不测风云，决不能有任何的犹疑和迟缓，否则将抱恨终身。

◎大东◎

有饛簋飧①，有捄棘匕②。周道如砥③，其直如矢。君子所履④，小人所视。睠言顾之⑤，潸焉出涕⑥。

小东大东⑦，杼柚其空⑧。纠纠葛屦⑨，可以履霜⑩。佻佻公子⑪，行彼周行⑫。既往既来，使我心疚。

有洌氿泉⑬，无浸获薪⑭。契契寤叹⑮，哀我惮人⑯。薪是获薪，尚可载也。哀我惮人，亦可息也。

东人之子，职劳不来⑰。西人之子⑱，粲粲衣服。舟人之子⑲，熊罴是裘⑳。私人之子㉑，百僚是试㉒。

或以其酒，不以其浆㉓。鞙鞙佩璲㉔，不以其长㉕。维天有汉㉖，监亦有光㉗。跂彼织女㉘，终日七襄㉙。

虽则七襄，不成报章㉚。睆彼牵牛㉛，不以服箱㉜。东有启明㉝，西有长庚。有捄天毕㉞，载施之行㉟。

维南有箕㊱，不可以簸扬。维北有斗㊲，不可以挹酒浆㊳。维南有箕，载翕其舌㊴。维北有斗，西柄之揭㊵。

【注释】

①饛（méng）：食物满器貌。簋（guǐ）：古代一种圆口、圈足、有盖、有座的食器，青铜制或陶制，供统治阶级的人使用。飧（sūn）：晚饭。②捄（qiú）：曲而长貌。棘匕：酸枣木做的勺匙。③周道：大路。砥：磨刀石，用以形容道路平坦。④君子：统治阶级的人，与下句的“小人”相对。小人指被统治的民众。⑤睠（juàn）言：眷恋回顾貌。⑥潸（shān）：流泪貌。⑦小东大东：西周时代以镐京为中心，统称东方各诸侯国为东国，以远近分，近者为小东，远者为大东。⑧杼柚（zhù zhóu）：杼，织机之梭；柚，织机之大轴；合称指织布机。⑨纠纠：缠结貌。葛屦：葛布鞋。⑩履：踏。⑪佻佻：豫逸轻狂貌。⑫周行：大道路。⑬氿（guǐ）泉：泉流受阻溢而自旁侧流出的泉水，狭而长。⑭获薪：砍下的薪柴。⑮契契：忧结貌。寤叹：不寐而叹。⑯惮：疲劳成病。⑰职劳：从事劳役。来：慰勉。⑱西人：周人。⑲舟人：有舟之人，此处指西人中的富人。⑳熊罴是裘：用熊皮、马熊皮为料制的皮袍。㉑私人：家奴。㉒百僚：犹云百隶、百仆。㉓浆：薄酒。㉔鞙（juān）鞙：形容玉圆（或长）之貌。璲（suì）：随身佩带的宝玉。㉕以：因。㉖汉：银河。㉗监：照。㉘跂：同“歧”，分叉状。织女：三星组成的星座名，呈三角形。㉙七襄：七次移易位置。㉚不成报章：织不成布帛。㉛睆（huǎn）：明亮貌。牵牛：三颗星组成的星座名，又名河鼓星，俗名牛郎星。㉜服箱：驾车运载。㉝启明：启明星。㉞天毕：毕星，八星组成的星座，状如捕兔的毕网。㉟施：张。㊱箕：俗称簸箕星，四星联成的星座，形如簸箕，距离较远的两星之间是箕口。㊲斗：北斗星。㊳挹：舀。㊴翕：吸。㊵西柄之揭：南斗星座呈斗形有柄，天体运行，其柄常在西方。

【赏析】

《大东》是一首怨刺诗，作者是周代一个小的东方诸侯国的文人，他目睹周王室横征暴敛、鱼肉属国，愤然写了这首诗。诗中抱怨西周王室诛求无已、不停地劳役人民。《毛诗序》中提出，这个东方的小国应该指的是谭国（现在在山东章丘西面）。而这首诗的作者应该就是谭国的大夫，虽然没有具体的

资料能够证明这一点，但是可存一说。

本诗塑造了两个对比鲜明的形象：一个是西周剥削者残酷、贪婪、骄奢的形象，一个是对西周人满怀仇恨的谭国人被榨取、被奴役、被压迫的形象。通过对这两个典型形象的描写和刻画，形象地表现了君子与小人的对立。

这首诗以西周通往东国的公路为开篇，点明他们之间的对立。这条路对双方的意义是不同的，对于周人来说这是一条致富的路，“佻佻公子，行彼周行”充分表现了西人对于这种现状的得意。但对于东人来说，这是一条苦闷之路，通过这条路他们失去了财富、亲人和尊严，“潸然出涕”，“使我心疚”就是他们心情的写照。在这条路的联通下，东人“杼柚其空”，因为生活困苦，金钱匮乏，他们不得不在冷天穿着夏天的破麻鞋劳动。

诗人在对比中，展现出了一幅贫富悬殊、苦乐不均的生活画面——“西人之子，粲粲衣服”，西人喝着上等的美酒，佩戴着宝玉，过着骄奢淫逸、纵情享乐的生活。“东人之子，职劳不来”，“私人之子，百僚是试”，东人却连薄酒都吃不上，他们身上连杂佩也没有。他们做着所有的工作，却得不到一点点的慰抚和利益。

这样的对比，表现出的不单是宗主国和诸侯小国之间的矛盾，同样也有统治者与人民之间的矛盾冲突。

这首诗运用了赋、比、兴的表现手法。第一节“兴”的手法运用比较多。头两句“有馍簋飧，有捄棘匕”，都是一些当时贵族用的食具，诗人在周人贵族的家中看到这些东西，想到自己原本也是一名贵族，现在却沦为“小人”的痛苦生活，伤心得流下了眼泪。

“比”是比喻，它在诗中仅在一句或两句中起到联系局部的作用，例如“如砥”和“如矢”。诗人用砥和矢比喻“周道”的抽象的平直。第一节最后四句用的是“赋”，赋就是直接铺叙，这里诗人把自己的思想感情，平铺直叙了出来。“履”和“视”这两个字，就是诗人眼中周人和东人对这条公路的不同感受。情景交融，引出无限的悲凉和凄苦。

第三节中诗人用获薪不能让水浸湿，来比喻东人再也受不了摧残了。刚刚砍下来的柴棍，都能用车子装载使用，也该让劳苦的东人们休息休息了。这里“获薪”和“惮人”形成了对比，表现人的待遇还不如物。

从第五节后四句一直到最后，描写的都是诗人在仰观天象。诗人看到了天汉、织女、牵牛、长庚、天毕、北斗、南箕等天象，他用这些来比喻西周的剥削者，诗人把自己的怨愤诅咒，移加到繁星上去，进一步刻画出那些贪婪统治者的形象。诗人将思想感情和艺术手法统一在一起，做到了兴中有比，比中有赋，使得人物的形象更加鲜明，诗意更加深刻了。

◎四月◎

四月维夏[1]，六月徂署[2]。先祖匪人[3]，胡宁忍予[4]？
秋日凄凄，百卉俱腓[5]。乱离瘼矣[6]，爰其适归[7]。
冬日烈烈[8]，飘风发发[9]。民莫不穀[10]，我独何害[11]？

山有嘉卉，侯栗侯梅⑫。废为残贼⑬，莫知其尤⑭。
相彼泉水⑮，载清载浊⑯。我日构祸⑰，曷云能穀⑱？
滔滔江汉⑲，南国之纪⑳。尽瘁以仕㉑，宁莫我有㉒？
匪鹑匪鸢㉓，翰飞戾天㉔。匪鳣匪鲔㉕，潜逃于渊。
山有蕨薇㉖，隰有杞桋㉗。君子作歌，维以告哀。

【注释】

①四月：指夏历（即今农历）四月。下句“六月”同。②徂（cú）：往。③匪人：不是他人。④胡宁：为什么。忍予：忍心让我（受苦）。⑤卉（huì）：草的总名。腓（féi）：（草木）枯萎或病。⑥瘼（mò）：病、痛苦。⑦爰：何。适：往、去。归：归宿。⑧烈烈：即“冽冽”，严寒的样子。⑨飘风：疾风。发发：状狂风呼啸的象声词。⑩穀（gǔ）：善、好。⑪何：承受。⑫侯：有。⑬废：大。残贼：残害。⑭尤：错，罪过。⑮相：看。⑯载清载浊：有时清有时浊。⑰构："遘"的假借字，遇。⑱曷：何。⑲江汉：长江、汉水。⑳南国：指南方各河流。纪：众川之纲纪。㉑尽瘁：尽心尽力以致憔悴。仕：任职。㉒有：通“友”，友爱，相亲。㉓鹑（tuán）：雕。鸢（yuān）：老鹰。㉔翰飞：高飞。戾（lì）：至。㉕鳣（zhān）：鲟一类的鱼。鲔（wěi）：鲟鱼。㉖蕨薇：两种野菜。㉗杞：树名。桋（yí）：赤楝。

【赏析】

本诗的作者是一位被放逐的官吏，因为莫须有的原因，为谗言所害，被君主放逐南国。从夏到冬，历时三季，经过漫长的跋涉，作者才从国都迁徙到了江汉之滨的目的地，一路饱受摧残。他无罪被逐，满腔抑郁，痛苦、艰难而又屈辱的放逐历程，长久地折磨着作者的肉体和心灵，于是才有了这首写满忧愤的《四月》。

“四月维夏”到“冬日烈烈”，整整九个月的长途跋涉，诉说着道途的艰辛和流放地的僻远。酷暑夏日，焦渴难耐，诗人不得安适，在烈日下迁徙奔走；“百卉俱腓”，萧瑟恻怆，诗人看着秋草枯黄，想着民生的凋敝，同时也忍受着自己家破人亡、妻离子散的惨状；寒冬降临，朔风怒号，诗人衣单腹空，饥肠辘辘，随时都有冻饿而死的危险。

“四月、六月、秋日、冬日”，四个顺序的时间是诗作的行文脉络，也是诗人远徙的过程，更是其难以忘怀的心灵印记。在这段时间里，作者时刻数着日子，盼望着其能快些，渴求着其能马上结束。这种承续关系，也使读者的思路和情感沿着诗人的脚步一路南行，感受诗人那一分一秒的煎熬。

“先祖匪人，胡宁忍予？”对祖先的探究和埋怨，深切地反映出诗人怨愤之极，司马迁在《史记·屈原贾生列传》中说：“人穷则反本，故劳苦倦极，未偿不呼天也。疾痛惨怛，未偿不呼父母也。”只有在最穷途末路的境遇中，人才会有如此的呼告。诗人是功勋卓著的贵族的后裔，但先祖在天之灵未加荫庇，使后辈遭受莫大苦难。这样的呼告，既是在责问先人，亦是在指斥当道者刻薄寡恩，其对功臣后裔尚且未加眷顾，使其遭受如此冤屈，其昏庸可想而知，其他普通的忠义臣子的境遇也可想而知。

最终，在第四章里，诗人到达了目的地：看到附近有山，山上有栗树、梅树，便上来休憩、观看，休憩的过程中，当然伴有无尽而沉痛的思索。此章后半部，作者点出被逐的原因是莫名其妙地受谗毁中伤。他不知就里，对自己为什么无故被逐一脸茫然，此刻思考良久才豁然开朗。也许是流放中再难承受艰辛，不愿想起别人对自己的迫害，如今到达目的地，心中稍感轻松，旧恨涌上了心头。如此想通之后，作者的思绪和悲愤便如潮水叩堤，一浪高过一浪，一发不可收拾。

看到山间泉水，时清时浊，作者开始追思遭“废”的缘故，并最终将自己遭遇悲惨的原因，落实到自己的不肯同流合污的本性，因耿直公正，得罪小人，所以才遭此灾祸。在此章后半部，作者表明自己清白无辜，并且依然眷恋着国家和百姓，矢志不渝，体现出难能可贵的忠君爱国情操。

作者放眼望去，巍峨的山下流淌的是宽广浩渺的汉水，汹涌澎湃，滚滚汇聚入海，煞是壮观。这一景象的描画，有着深远的比兴意味。汉水气吞万象，容纳南方诸水系，显得规整有度、有条不紊。而当今的朝廷，纲纪荡然无存，主上昏聩无能、忠奸不辨，眼看就有国家倾覆的危险，让无数正直之士心中痛苦不堪。作者想到此处，再难忍心中的委屈，大声呼喊：我尽心尽力地辅助国家，拳拳之心可表日月，但没有任何人珍惜，所有的人都害我！无奈愤恨之情，不亚于远处汉江的奔腾之势。

看遍诸水，作者又将视线转移到半空。河川里的游鱼以及空中振翅翱翔的雄鹰，给了他极大的慰藉。也许是太过劳累，不愿再因往事挂怀，诗人的心绪变得平静，一丝归隐之意浮上心头：雕鹰在高空中翱翔，鳣鲔在深水中潜游，它们身处远离世俗的境地，得以避开猎人捕杀，是多么的明智和畅快！此刻，诗人也许会叹息现实的黑暗，以及从前自己看不穿世事的愚钝吧。

诗作的最后，作者的视线回到近处，思绪也返回到现实。他看着跟前的两株野菜，慢慢平静下来，继而慎重地记下这一番风起云涌的思索，并表达出自己的意图和期望：我现在做这首诗，是为了记载下我的哀思，为自己的过去总结心得经验，为自己心境的转变留下见证，也更为了警醒后来的志士同仁，希望你们能提防谗人，全身远害。

◎北山◎

陟彼北山，言采其杞①。偕偕士子②，朝夕从事。王事靡盬③，忧我父母。

溥天之下④，莫非王土。率土之滨⑤，莫非王臣。大夫不均，我从事独贤⑥。

四牡彭彭⑦，王事傍傍⑧。嘉我未老，鲜我方将⑨。旅力方刚⑩，经营四方⑪。

或燕燕居息⑫，或尽瘁事国⑬；或息偃在床⑭，或不已于行⑮。

或不知叫号⑯，或惨惨劬劳⑰；或栖迟偃仰⑱，或王事鞅掌⑲。

或湛乐饮酒⑳，或惨惨畏咎㉑；或出入风议㉒，或靡事不为㉓。

【注释】

①言：我。杞：枸杞，落叶灌木，果实入药，有滋补功用。②偕偕：健壮貌。士：周王朝或诸侯国的低级官员。周时官员分卿、大夫、士三等，士的职级最低，士子是这些低级官员的通名。③靡盬：大。④溥：大。⑤率土之滨：四海之内。古人以为中国大陆四周环海，自四面海滨之内的土地是中国领土。⑥贤：贤劳，艰辛。⑦牡：公马。彭彭：形容马奔走不息。⑧傍傍：不得止。⑨鲜：称赞。⑩旅力：体力。⑪经营：规划治理，此处指操劳办事。⑫燕燕：安闲自得貌。⑬尽瘁：尽心竭力。⑭息偃：躺着休息。⑮不已：不止。⑯叫号：叫呼号召。⑰惨惨：忧虑不安貌。劬劳：辛勤劳苦。⑱栖迟：休息游乐。⑲鞅掌：事多繁忙。⑳湛（dān）：沉湎。㉑畏咎：怕出差错获罪招祸。㉒风议：放言高论。㉓靡事不为：无事不作。

【赏析】

周代社会是一个等级制度十分严谨的社会，其政权严格按照宗法制度来组织。其中，王和诸侯的官员们，被分为卿、大夫、士三等，上下级等级森严，尊卑的地位不可逾越。这样的等级制度是按照血缘关系的远近亲疏来规定的。所以作者所属的士是最低、也最受压迫的阶层。

《诗经》表现“士”这一阶层的诗篇有不少，主要都是描写这个阶层地位低下、因而备受驱使的辛苦处境，这些诗抒发了士的压抑和怨愤，暴露了统治阶级内部上下关系中存在的难以调和的矛盾，反映了那时的宗法等级制度的不平等和隐藏在它之下的阴暗和危害。《北山》就是众多这样的诗篇中的一篇。它主要描绘了统治阶层的劳役不均，同时揭露了上层统治阶级的腐朽以及下层人民的怨愤，是一篇优秀的怨刺诗。这首诗是劳于王事的作者发出的不平之鸣，“大夫不均，我从事独贤”，这一句是全诗的中心。

诗人对大夫分配差事的不均表示抱怨，同时也对自己长期承受繁重的工作表示不满。这些人起早贪黑、一刻不停地在四方奔波，却得不到相应的回报，至多换来大夫几句言不由衷的夸赞。“嘉我未老，鲜我方将。旅力方刚，经营四方”四句活灵活现地勾画出一个大夫在役使下属时的样子：“你年纪这么轻，身体又这么健壮，前程无限啊，多出几趟差，多做些贡献吧！”可见统治者就是用这样虚伪的话语来达到使役他人的目的。

诗的后三节，诗人运用了大量的对比手法，十二句叙述了十二种现象，其中每两种现象就形成一个对比，一共形成了六个对比。这六个对比将大夫的形象完整地描画了出来。可以看到，大夫都过得安闲舒适，每天不是饮酒享乐就是休憩睡觉，他们不会征发号召，只会在酒足饭饱之后给其他人挑刺、找麻烦。而为大夫工作的士却必须为这些不学无术的大夫尽心竭力、四处奔走，他们辛苦劳累，忙忙碌碌，一人承揽了所有的工作，同时还要担心自己万一出什么差错，就会被那些喜欢找麻烦的大夫治罪。

大夫和士是两种完全对立的人，对比的形式，更能让人明白他们谁好谁坏，谁善谁恶。在对比之后全诗就结束，作者没有做任何评论，也没有抒发自己的感慨，姚际恒在《诗经通论》中评论说：“‘或’字作十二叠，甚奇；末句无收结，尤奇。”鲜明对比之后就戛然停止，读者的心中也已经有了自己的结论，这样的结局可以让读者慢慢体会，细细回味。

作为周代统治阶级内部最低一级的士，作者在表现士受到上层的王、公、卿大夫的压迫之后发出了“不平”的呼声，反映了当时统治阶级内部尖锐化的矛盾以及不合理的社会现状。

◎无将大车◎

无将大车①，祇自尘兮。无思百忧，祇自疧兮②。
无将大车，维尘冥冥③。无思百忧，不出于颎④。
无将大车，维尘雝兮⑤。无思百忧，祇自重兮⑥。

【注释】

①将：扶进，此指推车。大车：平地载运之车。②疧（qí）：病痛。③冥冥：昏暗，此处形容尘土迷蒙的样子。④颎（jiǒng）：光亮。⑤雝（yōng）：通“壅”，引申为遮蔽。⑥重：加重。

【赏析】

《无将大车》一诗的主旨和作者，历来饱受争议，最恰当的应该是以下的这种说法：诗的作者是一位正直而有操守的官吏，他不见容于奸佞的同僚，被君主所疏远，无能为力，只得独自痛心于当朝政治的黑暗和统治者的昏庸，感时而伤乱，作歌来自我排遣，诉说自己内心的沉重与忧伤。

全诗三章，均以推车起兴，寄寓深远。在古代，生产力落后，人们从事农业劳动时，多肩挑背扛，高级的生产工具很少。当时的车子做工粗糙，非常沉重，再加上道路崎岖难行，多坑洼险阻，使用起来很不方便。当车子过于繁重时，人们便在其后推车前进，这时，推车人会被车轮扬起的灰尘洒满全身，弄脏衣服和须发，辨不清方向和位置，还有可能摔倒。作者以此起兴，说出了推车时的艰难和危险，为全诗营造出了一种悲痛、伤感而又迷茫的氛围。

另外，诗人选用推车为比兴，除了烘托氛围之外，还有更深层的意义在里面。在中国的古代，车子是地位和身份的象征，越是体积大、做工精致的车子，其内所坐之人也越是尊崇，并且，古人原本就存有直接以乘舆指天子、诸侯的说法。因而，这里的“将大车”，就有了鲜明的政治隐喻，作者写推车，其实是以之比喻为国效力、服侍君王的政治工作，由此，诗作获得了更深层次的内蕴和更大的表现空间。

每章的后半段，诗人由推车之艰难，兴起了“无思百忧”的感叹：人们活在世界上，就像不要去推那种大车一样，心里不要老是装着世上的种种烦恼；就像强自推车会弄脏自己的衣服须发一样，整天地思考只会使自己百病缠身，痛苦不堪，甚至生不如死。结合上文的分析，这里的烦忧，正是作者对于国家的忧虑，对于昏庸君王的痛心疾首，对于黎民百姓的同情。作者的意思就是：人生在世，不要焦虑急躁、忧怀百事，平静安然地度过每一天就好；不要做自己力所不能及的事情，太沉重的车子不要推，太黑暗的官场不要去介入，免得自己最终落得灰头土脸、性命不保的境地；无能为力的忧思，不要想起，家国大事，是时事所趋、造化所致，非一人一时所能改变，不要螳臂当车，做一些无用之功。

诗中沉痛的情绪和深切的感慨，愈积愈深，最终形成蓬勃之势，给读者以沉痛的冲击，这种情感的叠加，得益于其行文的结构。全诗三章，采用回环复沓的手法，每章仅易数字，在反复诉说中，使诗作的表现张力和情感内蕴极具叠加，产生极强的感染力，达到了震撼人心的艺术效果。

诗作的三章内容，并非简单地循环往复，而是在表现上步步递进。第一章讲尘土的浓重程度，先是“祇自尘兮”，指出有尘土的存在，但仅能在人的身体上覆盖薄薄的一层，程度上只属一般；第二章则为“维尘冥冥”，尘土的量增加不少，把光线都遮挡得变暗不少，四处冥冥昏沉，是首章的递进；第三章“维尘雝兮”，尘土变得遮天蔽日，有把推车人掩埋的气势，其夸张程度达到了顶点。诗作的后半部分也是如此，从“祇自疧兮”发展到“不出于颎”，最终变为“祇自重兮”，先说身体上的病痛，第二章发展到精神上的忧心忡忡，第三章是前面两者的叠加，悉言身体上和精神上的双重痛苦。如此步步推进，符合人们接受心理和情感的发展趋势，便于抒情达意，产生共鸣。

政治黑暗，君主善恶不辨、赏罚不均，自然引起正直之士的窘迫和怨言，引发他们对于政治和百姓的担忧。然而，对于此诗的主旨，还有另外一种理解。这种说法以《毛诗序》为代表：“《无将大车》，大夫悔将小人也。”诗作的写作背景是幽王之时，君主善恶不辨、赏罚不均，小人获益、贤人受害，贤者推举的人才中，亦有不少刚开始貌似忠良，但当政后就露出了奸邪狡诈的真面目，变为作恶多端的小人，贤者只得兀自懊悔，后悔自己推举人才时不能明察秋毫。在此处，“将”的意思是推举、奖掖，“将大车”即为“推举小人”。

◎小明◎

明明上天，照临下土。我征徂西①，至于艽野②。二月初吉③，载离寒暑④。心之忧矣，其毒大苦⑤。念彼共人⑥，涕零如雨。岂不怀归？畏此罪罟⑦。

昔我往矣，日月方除⑧。曷云其还⑨，岁聿云莫⑩？念我独兮，我事孔庶⑪。心之忧矣，惮我不暇⑫。念彼共人，睠睠怀顾⑬。岂不怀归，畏此谴怒。

昔我往矣，日月方奥⑭。曷云其还，政事愈蹙⑮？岁聿云莫，采萧获菽⑯。心之忧矣，自诒伊戚⑰。念彼共人，兴言出宿⑱。岂不怀归？畏此反覆⑲。

嗟尔君子，无恒安处⑳。靖共尔位㉑，正直是与㉒。神之听之，式穀以女㉓。

嗟尔君子，无恒安息。靖共尔位，好是正直。神之听之，介尔景福㉔。

【注释】

①征：行，此指行役。徂：往，前往。②艽（qiú）野：荒远的边地。③二月：指周正二月，即夏正之十二月。初吉：上旬的吉日。④离：经历。⑤毒：痛苦，磨难。⑥共：此指恭谨尽心。⑦罪罟（gǔ）：指法网。⑧除：除旧，指旧岁辞去、新年将到。⑨曷：何，何时。其：将。还：回去。⑩聿云：二字为均语气助词。莫：岁暮即年终。⑪孔庶：很多。⑫惮：劳苦。不暇：不得闲暇。⑬睠睠：即“眷眷”，恋慕。⑭奥：通“燠”，温暖。⑮蹙：急促，紧迫。⑯萧：艾蒿。菽：豆类。⑰戚：忧伤，痛苦。⑱兴言：语首助词。出宿：不能安睡。一说到外面去过夜。⑲反覆：指不测之祸。⑳恒：常。安处：安居，安逸享乐。㉑靖：安定。共：通“恭”，奉，履行。位：职位，职责。㉒与：亲近，友好。㉓穀（gǔ）：善，此指福。以：与。女：通“汝”。㉔介：给予。景福：犹言大福。

【赏析】

一位京城的小官吏，受差遣行役于西方荒远之地，经过严冬酷暑，仍不得归家，心忧至极。环境艰苦，差事繁重，他辛苦万分，只能勉力坚持，靠着对故乡和老友的回忆支撑着。尽管如此，他依然尽忠职守、一心为公，不敢丝毫怠慢，还语重心长地劝勉老友“靖共尔位”。在这埋怨、互勉的纠葛中，小官吏严谨的态度和美好淳朴的心灵，给人几多感动。

本诗的前三章，描写的是诗人的经历之难、思乡之苦和役事之怨。首章中，作者交代了自己的使命、目的地以及出发季节。二月的一天，作者出征到西方，来到了这一片荒凉的“艽野”，从此埋头苦干，历时寒暑，至今没有归家。想到在京城时朝夕相处的故友，不由得“涕零如雨”，心中无限感慨。在章末，作者运用反问句，万分哀怨地感慨道：“我怎不想回去，就是怕触犯法则，朝廷怪罪啊。”朝廷没有下发归家公文，认真、老实的作者不敢自作主张，只能把那份痛苦和思念深深地埋在心底。

第二章中，作者抚今追昔，诉说了徭役之久，哀不自胜，多有抱怨。作者的怨愤是有道理的，在古代，为维护下层人民权益，行役制度是有严格规定的，如《盐铁论》中就有明确记载："古者行役不逾时，春行秋返，秋行春返。"春天去秋天来，秋天去春天回，不会让人在外经历整个寒暑，穿寒衣去的不用备置单衣，穿单衣的不用备置寒衣，行役制度显得非常的人性化。但在此诗中，诗人的行役已不循旧制，不仅徭役之地极远，而且时间极久，第三章中提及，现在已是"岁聿云莫，采萧获菽"。一年将完，但归期未至，不知道还要持续多久。

"念我独兮，我事孔庶"描写出了作者的处境之艰险和危难：只有一个人，事情非常多，做也做不完。诗人也许是独自到此，也许是其他人不堪重负，早已逃去，所有的事务都得由他自己处理。诗人孤独无依，连个说话的伴儿都没有，憔悴瘦弱，忍受着旷野的恐惧和辛劳的工作，不知能坚持多久，兀自强撑着。

就是在这种工作环境下，诗人依然没有逃离，心中也没有放弃，他只是一遍一遍地思念"共人"，为自己增加温暖和信心。"共人"是与诗人一样效命王室、忠于职守的人，地位相同，工作相似。想到他们，诗人油然而生一种同病相怜、眷恋怀念之情，"涕零如雨""睠睠怀顾"，一股温暖涌向心间。想着他们的音容笑颜，作者好像又回到了一同出生入死，互扶互助的过去，无形中充满了力量。

四、五两章是诗人对友人的劝诫和互勉。诗人虽然忧伤孤独、疲于奔命，但对王事还是不敢懈怠，并谆谆告诫老朋友："嗟尔君子，无恒安处。靖共尔位，正直是与。"——远在家乡的老友们，你们不要太贪图安逸，一定要恭谨从事，忠于职守！这是规劝友人，也是作者在无助之下的自我勉励：为官者一心为政是分内之事，不认真做就对不起主上的垂青和百姓的认同，并且这份认真不会白费，天地间自有公道，如果自己做得到位，神灵自然会赐福于己。这种难得的慎独和自省，把官员的廉洁、尽职、正直，演绎得淋漓尽致。

诗作从多侧面表现了诗人的内心世界，展示了其心理变化的轨迹，纵横交织，细腻婉转。诗人是这样一个人：虽有着对公事的不满，牢骚连连，但克己敬业，显得真实可爱、有血有肉；虽思家念友，但没有因私忘公，而是坚定执着地坚守着自己的岗位，显得公私分明。他更像我们身边身份平凡、有着七情六欲的普通人，让人倍感亲近。牺牲自己的小幸福而"先国后家"，克制自己的欲望而"先公后私"，是诗人身上体现出来的为官为人之道，让后代无数读者侧目仰视。

◎鼓钟◎

鼓钟将将①，淮水汤汤②。忧心且伤。淑人君子③，怀允不忘④。

鼓钟喈喈⑤，淮水湝湝⑥。忧心且悲。淑人君子，其德不回⑦。

鼓钟伐鼛⑧，淮有三洲⑨。忧心且妯⑩。淑人君子，其德不犹⑪。

鼓钟钦钦⑫。鼓瑟鼓琴，笙磬同音。以《雅》以《南》⑬，以籥不僭⑭。

【注释】

①鼓：敲击。将将：同"锵锵"，象声词。②汤（shāng）汤：大水涌流貌。③淑：善。④怀：思念。允：确实。⑤喈（jiē）喈：钟声。⑥湝（jiē）湝：水流声。⑦回：邪。⑧伐：敲击。鼛（gāo）：一种大鼓。⑨三洲：淮河上的三个小岛。⑩妯（chōu）：因悲伤而动容、心绪不宁。⑪犹：奸邪。⑫钦钦：象声词。⑬以：为，作，指演奏、表演。《雅》：《诗经》中有《雅》。《南》：《诗经》中有《周南》《召南》。⑭籥（yuè）：乐器名，似笛。不僭：按部就班，和谐合拍。

【赏析】

关于《鼓钟》的主旨，前人有过许多争论，主要围绕最早的一种观点"刺幽王"说展开。

认同这一观点的学者认为，这首诗是用雅音正声与幽王的德行作对比，反衬幽王的无德无能。而反对这一观点的人则认为这一观点牵强附会，因为诗中并未指出这段音乐是何时、何人所奏。

其实可以将这首诗看成一首描写聆听音乐、怀念君子的诗。诗人有感而发，感慨国运、时代，其中有他浓浓的忧心和伤感。诗人所听的并不是普通的音乐，而是“雅”“南”这样的周朝音乐。在国运衰微的末世，诗人听着这些代表着周朝辉煌历史的音乐，这些盛世之音让诗人感慨今昔，悲从中来，禁不住发出了追慕往昔贤人的感叹。正如方玉润在《诗经原始》中说的：“玩其词意，极为叹美周乐之盛，不禁有怀在昔淑人君子，德不可忘，而至于忧心且伤也。此非淮徐诗人重观周乐、以志欣慕之作，而谁作哉？”

诗人面对着滔滔流泻的淮水，听到了钟鼓的铿锵声，在他眼前正在举行着一场隆重的歌舞之筵。“敲起编钟音声锵锵响”，“敲起编钟音声喈喈扬”，“敲起编钟擂响低沉的大鼓”，“敲起编钟音声钦钦响，又拨瑟又弹琴鼓乐齐鸣，吹笙簧打玉磬声交和唱”，这些都是《雅》和《南》中的标准音乐，音乐优美，舞蹈规矩整齐，这样万方乐奏、千人相和、千人酣舞的场景令人叹为观止。

在周朝能够奏《雅》演《南》的只有天子，这是只有在国家的隆重庆典或节日时，为了弘扬国威、君威才会举办的活动。原本这是庄严的活动，但是诗人所经历的这场规模空前的歌舞却不是为了国家而举行的庆典，也不是节日的庆祝，如此奢华的活动仅仅是为了满足君王自己的私欲，是为了迎合当权者奢靡荒淫、醉生梦死、挥霍无度的欲望。

这时的君王没有顾忌百姓的苦难，没有考察过自然的灾害，他们将天下的财富全都征敛到了自己的手中，然后肆意挥霍。这样的行为让诗人感到担忧和悲伤，他追念古代圣贤、向往着原来的太平盛世，感叹君子因为“品德无邪，行为端庄”，才能够“令人怀念不已，终生难忘”。但是现在再没有像古人一样高洁的人了，天下也再没有像古时候一样的净土了，在这秽浊的世上，世人要如何才能摆脱苦难呢？

在诗的最后一节，音乐齐鸣、宴会上又开始奏《雅》舞《南》，统治者们依然沉湎在淫逸的生活中，他们依然对普通人的死活不管不问，这样的行为也就为他们虚华生活的破灭作出了预言。

◎楚茨◎

楚楚者茨[①]，言抽其棘[②]，自昔何为？我艺黍稷[③]。我黍与与[④]，我稷翼翼[⑤]。我仓既盈，我庾维亿[⑥]。以为酒食，以享以祀[⑦]，以妥以侑[⑧]，以介景福[⑨]。

济济跄跄[⑩]，絜尔牛羊[⑪]，以往烝尝[⑫]。或剥或亨[⑬]，或肆或将[⑭]。祝祭于祊[⑮]，祀事孔明[⑯]。先祖是皇[⑰]，神保是飨[⑱]。孝孙有庆[⑲]，报以介福[⑳]，万寿无疆！

执爨踖踖[㉑]，为俎孔硕[㉒]，或燔或炙[㉓]，君妇莫莫[㉔]。为豆孔庶[㉕]，为宾为客，献酬交错[㉖]。礼仪卒度[㉗]，笑语卒获[㉘]。神保是格[㉙]，报以介福，万寿攸酢[㉚]！

我孔熯矣[㉛]，式礼莫愆[㉜]。工祝致告[㉝]，徂赉孝孙[㉞]。苾芬孝祀[㉟]，神嗜饮食。卜尔百福[㊱]，如几如式[㊲]。既齐既稷[㊳]，既匡既敕[㊴]。永锡尔极[㊵]，时万时亿[㊶]！

礼仪既备，钟鼓既戒[42]，孝孙徂位[43]，工祝致告。神具醉止[44]，皇尸载起[45]。鼓钟送尸，神保聿归[46]。诸宰君妇[47]，废彻不迟[48]。诸父兄弟[49]，备言燕私[50]。

乐具入奏[51]，以绥后禄[52]。尔肴既将[53]，莫怨具庆。既醉既饱，小大稽首[54]。神嗜饮食，使君寿考[55]。孔惠孔时[56]，维其尽之[57]。子子孙孙，勿替引之[58]！

【注释】

①楚楚：植物丛生貌。茨：蒺藜，草本植物，有刺。②抽：除去，拔除。棘：刺，指蒺藜。③艺：种植。④与与：茂盛貌。⑤翼翼：繁盛茂密的样子。⑥庾（yǔ）：露天粮囤，以草席围成圆形。亿：形容多。⑦享：上供，祭献。⑧妥：安坐。侑：劝进酒食。⑨以介景福：用来助我得大福祉。⑩济济：形容人多。跄（qiāng）跄：步趋有节貌。⑪絜（jié）：同“洁”，洗清。⑫烝：冬祭名。尝：秋祭名。⑬剥：宰割肢解。亨：同“烹”，烧煮。⑭肆：陈列，指将祭肉盛于鼎俎中。将：捧着献上。⑮祝：太祝，司祭礼的人。祊（bēng）：设祭的地方，在宗庙门内。⑯孔：很。明：指祭礼洁净。⑰先祖是皇：先祖神道最堂皇。⑱神保：祭时用人作尸之美称。飨：享受祭祀。⑲孝孙：祭祀祖先时的主祭之人。庆：福。⑳介福：大福。㉑爨（cuàn）：烧菜煮饭。踖（jí）踖：恭谨敏捷貌。㉒俎：祭祀时盛牲的礼器。硕：大。㉓燔：烧肉。炙：烤肉。㉔君妇：主妇。莫莫：恭谨。㉕豆：食器，形状为高脚盘。庶：众，多，此指豆内食品繁多。㉖献：主人劝宾客饮酒。酬：宾客向主人回敬。㉗卒：尽，完全。度：法度。㉘获：得时，恰到好处。㉙格：至，来到。㉚酢：回敬酒。㉛熯（nǎn）：敬惧。㉜式：发语词。愆（qiān）：过失，差错。㉝工祝：祝官，主持祭祀司仪的人。致告：代神致辞，以告祭者。㉞赉（lài）：赐予。㉟苾（bì）：浓香。孝祀：犹享祀，指神享受祭祀。㊱卜：给予。赐予。㊲几：期。式：法，制度。㊳齐：庄敬。稷：疾，敏捷。㊴匡：正，端正。敕：严整。㊵锡：赐。极：至，指最大的福气。㊶时：是。㊷戒：备。㊸徂位：指孝孙回到原位。㊹具：俱，皆。止：语气词。㊺皇尸：代表神祇受祭的人。㊻聿：乃。㊼宰：掌膳食之人。㊽彻：通“撤”，撤去。㊾诸父：伯父、叔父等长辈。兄弟：同姓之叔伯兄弟。㊿备：尽，完全。燕私：祭祀之后在后殿宴饮同姓亲属。(51)入奏：进入后殿演奏。祭在宗庙前殿，祭后到后面的寝殿举行家族私宴。(52)绥：安，此指安享。后禄：祭后的口福。(53)将：美好。(54)小大：指尊卑长幼的各种人。稽首：跪拜礼，双膝跪下，叩头至地。一种最恭敬的礼节。(55)寿考：长寿。(56)惠：顺利。时：善，好。(57)尽之：尽其礼仪，指主人完全遵守祭祀礼节。(58)替：废，改变。引之：长行此祭祀祖先之礼仪。

【赏析】

《楚茨》反映了生活在西周上层的贵族在丰收之后和家族的成员们一起祭祀祖先、祈神明赐福。

诗中涉及了很多西周祭祀文化礼仪方面的问题。这是一首儒雅的叙事诗，再现了西周祭祀文化的场面。全诗共有六节：

第一节主要描述了祭祀的前奏。人们种下了黍稷，粮食获得了丰收，丰盛的粮食堆满了仓囤，并以粮食酿造祭祀美酒。

第二节描述了祭祀前的一些准备工作，开始对祭祀活动进行描写。人们神态庄严，步伐肃然，他们将宰好的牛羊肉清洗、宰剥、烹饪，然后将它们奉献给神灵。工作的时候大家分工明确，祭祀的准备工作忙碌而肃穆。祭祀仪式非常完整。

第三节进一步展示祭祀的场景，描写了厨师的谨严小心和敏锐快捷，烹饪牛羊肉方法有烧有烤，主妇们忙着摆放祭器，祭品非常丰盛，这时主人已经向宾客敬酒了，仪式隆重又井然有序，不失礼仪。

第四节主要写祭祀活动的发展。主祭者态度恭顺，代表神祇致辞：“祭品丰盛美妙，所有的神灵都很满意，祭祀仪式标准而隆重，因而神灵要赐予众人亿万福禄。”这样的言语使人们十分高兴，他们恳求神灵赐无数的福给子孙。

第五节主要写仪式完成之后钟鼓齐奏，主祭人回到原来的位置，司仪告诉大家神已经醉了，所以“皇尸”也就可以功成身退了。就这样皇尸和神灵在钟鼓声中被送走了，人们撤去了祭品，然后相聚在一起，开怀畅饮。

第六节写的是祭祀活动的尾声。这时人们在音乐齐奏的祖庙内，享受着祭后的美酒佳肴，丰富的酒菜让所有参与到祭祀中的人们十分高兴。酒足饭饱之后，他们互敬互祝，一片其乐融融，祝主人长命百岁，保子孙福佑。

《楚茨》作为一首祭祖祀神的乐歌，描写出了祭祀的全过程，一直从祭前的准备写到了祭后的宴乐，将周代祭祀的仪制详细展现了出来。而且，这首诗展现了先民祭祀祖先时热烈庄严的气氛，诗人细腻详实地将这一幅幅画面描绘出来，给人一种身临其境的感觉。全诗结构严谨，风格典雅，引人回味。

◎信南山◎

信彼南山①，维禹甸之②。畇畇原隰③，曾孙田之④。我疆我理⑤，南东其亩⑥。

上天同云⑦，雨雪雰雰⑧。益之以霢霂⑨。既优既渥⑩，既霑既足⑪，生我百谷。

疆埸翼翼⑫，黍稷彧彧⑬。曾孙之穑⑭，以为酒食。畀我尸宾⑮，寿考万年。

中田有庐⑯，疆埸有瓜。是剥是菹⑰，献之皇祖⑱。曾孙寿考，受天之祜⑲。

祭以清酒，从以骍牡⑳，享于祖考。执其鸾刀㉑，以启其毛，取其血膋㉒。

是烝是享，苾苾芬芬㉓。祀事孔明，先祖是皇。报以介福，万寿无疆。

【注释】

①信：延伸。②禹：大禹。甸：治理。③畇（yún）：平整田地。原隰：高原和洼地，泛指全部田地。④曾孙：后代子孙。田：垦治田地。⑤疆：田界，此处用作动词，划田界。理：田中的沟陇，此处亦用作动词。疆指

划定大的田界，理则细分其地亩。⑥南东：用作动词，指将田陇开辟成南北向或东西向。⑦上天：冬季的天空。同云：天空布满阴云，浑然一色。⑧雨雪：下雪，“雨”作动词，降落。雰雰：纷纷。⑨益：加上。霢霂（mài mù）：小雨。⑩优：充足。渥：湿润。⑪霑：浸湿。⑫埸（yì）：田界。翼翼：整齐貌。⑬彧（yù）彧：茂盛貌。⑭穑：收获庄稼。⑮畀（bì）：给予。⑯庐：通“芦”，萝卜。⑰菹（zū）：腌菜。⑱皇祖：先祖之美称。⑲祜（hù）：福。⑳骍（xīn）：赤色。牡：雄性兽，此指公牛。㉑鸾刀：带铃的刀。㉒膋（liáo）：脂膏，此指牛油。㉓苾（bì）：浓香。

【赏析】

《信南山》是一首周王祭祖祈福的乐歌，与《楚茨》的意思大体相同，只是《楚茨》兼祭秋冬，而本诗专为冬祭。

烝祭作为一年的农事完毕之后的最后一次祭典，在以农立国的周朝中显得格外重要。农神后稷是播植百谷的始祖，所以周人在年终的祭歌中歌唱农事，是自然的事。

本诗共有六小节。第一节主要描写疆理的整修。因为《信南山》是一首重农业而祭神的诗，所以诗是从田功开始写的。延伸无际的终南山原野，是大禹治水之后开辟出来的田地，无论是高原还是洼地，当时的人们把这些土地都开垦成了周王朝的农田，人们在这里种植庄稼，在土地上划分疆界，“我疆我理，南东其亩。”东西南北阡陌交通，地势水利都非常合适。这一节既写出了先辈祖宗垦拓的艰辛，同时又告诉后代子孙守业是非常困难的，通过这一节可以看到当时的农业生产状况。

第二节主要描写雨雪来得及时。在农业生产中，水是十分重要的，是农业的命脉。所以诗人在描写了土地之后接着写的就是水利。在当时周地有泾渭两条水路可以用来灌溉，但是对于当时广大的农田来说，这些水路是有限的，所以为了让农作物能够良好的生长，人们都期盼着上天能够及时降下雨雪，这样才能滋润田地，帮助禾苗茁壮生长。这就是我们常说的“瑞雪兆丰年”。而且对于农田来说，冬天的雪非常重要，同样，春季的雨也要适当才可以。所以在落雪之后再及时降雨，就能够保证有一个丰年，也就是“益之以霢霂”，天降甘霖会帮助土地“既优既渥，既霑既足”，然后“生我百谷”。因为雨雪适时，田地得到了湿润，变得宜于耕耘，在这样的条件下，庄稼茂盛茁壮也是理所当然的。

第三节接着写的就是黍稷的茂盛。在天时和地利都得到了之后，在人们的眼前仿佛已经可以看到丰收的景象了。“疆埸翼翼，黍稷彧彧”，展现了田地的样子，井田整整齐齐的，庄稼也郁郁葱葱的，

一眼望不到边的茂密庄稼，看上去非常的美妙祥和。

第四节主要是描写“中田有庐”。农民住在筑于公田中间的房屋，他们种植的作物是以粮食为主，瓜果为副的，所以那时的农田里种的大都是各色五谷，瓜果只有在田埂地畔里才有种植。在那时瓜果也是贡品，当它们瓜熟蒂落之后，人们将它们切开腌好，然后它们就成为向祖宗之灵献祭的物品。人们通过献祭来祈求祖宗在天之灵赐福保佑。

第五节主要是描写牺牲。在古代的祭祀中，最为讲究的就是牺牲，这一节中诗人细致入微地描写了备办牺牲贡品的情况。“斟上清清的醇酒”“再献上毛色纯正的赤红公牛”，这几句就描写出了人们虔诚恭敬地把祭品供奉于先祖灵，让祖先前来好好享受。

第六节是在描写“祀事孔明”。这一节是说琳琅满目的各种祭品，当人们将美味芬芳的祭品贡献摆放好之后，在人们的心中那些列祖列宗的神灵便会欣然前来享受这些祭礼了。这一节所描写的内容就将祀事活动推向了高潮，表现了人们期待在祖荫的庇护下得到幸福的愿望。

姚际恒在《诗经通论》中评论本诗：“上篇（按指《楚茨》）铺叙闳整，叙事详密；此篇（指《信南山》）则稍略而加以跌宕，多闲情别致，格调又自不同。”概括得非常恰当。

◎甫田◎

倬彼甫田①，岁取十千②。我取其陈，食我农人，自古有年③。今适南亩④，或耘或耔⑤，黍稷薿薿⑥。攸介攸止⑦，烝我髦士⑧。

以我齐明⑨，与我牺羊⑩，以社以方⑪。我田既臧⑫，农夫之庆。琴瑟击鼓，以御田祖⑬，以祈甘雨⑭，以介我稷黍，以穀我士女⑮。

曾孙来止⑯，以其妇子，馌彼南亩⑰，田畯至喜⑱。攘其左右，尝其旨否⑲。禾易长亩⑳，终善且有㉑。曾孙不怒，农夫克敏㉒。

曾孙之稼，如茨如梁㉓。曾孙之庾㉔，如坻如京㉕。乃求千斯仓，乃求万斯箱㉖。黍稷稻粱，农夫之庆。报以介福㉗，万寿无疆。

【注释】

①倬：广阔。甫：大。②十千：言其多。③有年：丰收年。④适：去，至。⑤耘：锄草。耔（zǐ）：培土。⑥黍稷：谷类作物。薿（nǐ）薿：茂盛的样子。⑦介：长大。止：停止，指结实。⑧烝：进呈。髦士：英俊人士。⑨齐（zī）明：即粢盛，祭祀用的谷物。⑩牺：祭祀用的纯毛牲口。⑪以：用作。社：祭土地神。方：祭四方神。⑫臧：好，此指丰收。⑬御（yà）：同“迓”，迎接。田祖：田神。⑭祈：祈祷求告。⑮穀：养活。士女：贵族男女。⑯曾孙：周王自称，相对神灵和祖先而言。止：语气助词。⑰馌（yè）：送饭。⑱田畯：农官。⑲旨：美味。⑳易：禾盛貌。㉑有：富足。㉒克：能。敏：勤快。㉓茨：茅屋顶。㉔庾：粮仓。㉕坻（chí）：水中高地。京：高丘。㉖箱：车厢。㉗介福：大福。

【赏析】

这首诗是周王在祭祀四方之神、土地神、农神时所唱的祈年乐歌，主要描写了周王所重视的农业生产的两个方面，也就是祭神求福和馌礼劝农。人们为了祈求丰收，会祭祀所有的神明。一年耕种开始的时候，就要用谷物和羔羊来祭祀神灵，以表示其虔诚。当庄稼渐渐长大之后，人们又用热烈的音乐来求雨。因为有神灵的佑护，所以到了丰收的时候，要用祭祀来表达自己对于神灵的感谢，以表明自己不会忘记神明的恩德。

本诗共有四节，每节都有十句。第一节主要是铺叙事实，是在叙述大田农事。在整首诗中，这一

节为下面几节将要展开的祭祀做铺垫。这里描述了一片广袤又肥沃的农田，它每年都可以收获上万担的米粮。人们依靠着丰富的物产在仓内储了大量的谷物。因为这里年复一年都有很好的收成，所以这片土地养活了世代生活在这里辛勤劳作的农人们。

这一天，君主非常高兴地来到南亩巡视自己的土地，看到那里的农人们都非常繁忙地工作，有的农人在锄草，有的农人在为禾苗培土，田里的小米和高粱已经生长得密密麻麻了，君主心里十分高兴，仿佛已经看到了庄稼成熟之后的样子，也看到了田官们将丰收的粮食献上来时的情景。

为了让仪式能够顺利进行，周王派来的人取来祭祀用的碗盆，他们恭恭敬敬在其中装上了精选的谷物，同时君主又命人给神明供奉上肥美的牛羊，就这样，对土地神和四方神的祭祀就隆重开始了。因为田里的庄稼长得非常好，农人们也感到十分高兴。

所以在祭祀中，农人们都非常高兴地弹着琴瑟，敲着鼓，开始迎接农神。这时所有的人都在心中默默地祈祷着，希望天普降甘霖，地里的庄稼能丰收，这样所有的人都可以丰衣足食。通过这些描写，可以清晰地看到先民们对土地的崇敬之情。

周王在仪式之后亲自督耕，他和他的妻子儿女以及农人们一起来到田间。他们亲手做了饭菜给辛勤劳作的农人们。田官看到这些事欣喜异常，他和身边的农人一起吃了这些饭菜。周王看着眼前一片丰收的景象，脸上露出了舒心的微笑，高兴地称赞农人们的辛劳勤勉。这一节和前面相比有十分浓烈的生活气息；帝王这种亲临现场劝农的做法，被后世称为德政。

收获的季节到来之后，农人们获得了前所未有的大丰收。他们收获的粮食在场院上堆积如山，就像一座座小山一样，仓中也装得满满的。为赶造粮仓和车辆，农人们奔走忙碌，为了丰收而庆贺，他们感激赐福给他们的神灵，祝愿周王万寿无疆。这一节充满了丰收后的喜悦，又有一种满足和欢乐之感。

《甫田》这首诗表现了上古时代的先民们对农业的重视，这体现在他们对农业神灵的崇拜上，因而这首乐歌不但在文学方面，在史学方面也有十分巨大的价值。诗中对先民祭祀神灵的仪式的详尽描写，为后世的人展示了一幅农业古国的原始风俗画卷。

◎大田◎

大田多稼[1]，既种既戒[2]，既备乃事[3]。以我覃耜[4]，俶载南亩[5]，播厥百谷[6]，既庭且硕[7]，曾孙是若[8]。

既方既皁[9]，既坚既好，不稂不莠[10]。去其螟螣[11]，及其蟊贼[12]，无害我田稚[13]！田祖有神[14]，秉畀炎火[15]。

有渰萋萋[16]，兴雨祁祁[17]。雨我公田[18]，遂及我私[19]。彼有不获稚[20]，此有不敛穧[21]。彼有遗秉[22]，此有滞穗[23]，伊寡妇之利[24]。

曾孙来止，以其妇子，馌彼南亩[25]，田畯至喜[26]。来方禋祀[27]，以其骍黑[28]。与其黍稷，以享以祀，以介景福[29]。

【注释】

①大田：面积广阔的农田。稼：种庄稼。②既：已经。种：指选种籽。戒：同“械”，此指修理农业器械。③乃事：这些事。④覃（yǎn）：“剡”，锋利。耜（sì）：古代一种似锹的农具。⑤俶（chù）载：开始从事。⑥厥：其。⑦庭：挺拔。硕：大。⑧曾孙是若：顺了曾孙的愿望。曾孙，周王对他的祖先和其他的神，都自称曾孙。若，顺。⑨方：指谷粒已生嫩壳，但还没有合满。皁（zào）：指谷壳已经结成，但还未坚实。⑩稂（láng）：指穗粒空瘪的禾。莠（yǒu）：田间似禾的杂草，也称狗尾巴草。⑪螟（míng）：吃禾心的害虫。螣（tè）：吃禾叶的青虫。⑫蟊（máo）：吃禾根的虫。贼：吃禾节的虫。⑬稚：幼禾。⑭田祖：农神。⑮秉：执持。畀：给予。炎火：大火。⑯有渰（yǎn）：即“渰渰”，阴云密布的样子。⑰祁祁：众多貌。⑱公田：公家的田。⑲私：私田。⑳穉：低小的穗。㉑穧（jì）：已割而未收的禾把。㉒秉：把，捆扎成束的禾把。㉓滞：遗留。㉔伊寡妇之利：这都是寡妇得的利。㉕馌（yè）：送饭。南亩：泛指农田。㉖田畯（jùn）：周代农官，掌管监督农奴的农事工作。㉗禋（yīn）祀：升烟以祭天，古代祭天的典礼，也泛指祭祀。㉘骍（xīng）：指赤色牛。黑：指黑色的猪羊。㉙介：祈求。景福：大福。

【赏析】

《大田》一诗主要描写周王督察秋季收获，祈求今后能收到更大的福祉。这首诗和《甫田》前呼后应，是《甫田》的姊妹篇。两首诗都详尽展现了西周农业的生产方式、生产关系等，是《诗经》中不可多得的关于农事的诗。

全诗共分四节，其中前二节起铺垫作用，第三节实写丰收，这一节的描写最为重要同时也最为精彩，最后一节是用祭祀的套话来结尾。

第一节主要是在说春天要忙着耕种，这时初生的幼苗茁壮生长着。“大田多稼”一句虽然是平淡的直述，但是它展示出一个雄阔的画面，这个画面中包含了以后要说的春耕夏耘秋收等种种场景，为之后的描写提供了可能。“既种既戒”，这一句告诉人们想要做好农业就要选择良种，同时要修缮农具。只有这样才能很好完成农事，事半功倍。“既备乃事”一句，一笔带过了一系列要准备的工作，虽然字数很少但是笔墨精简，疏而不漏。最后一句“曾孙是若”，表现出君主是天下的主宰，是祭祀的主角。

到了夏天，人们忙着除草灭虫，这时农作物已经快要成熟，丰收已经在望了。如果在播种之后对农作物不闻不问，到了秋天就很难有所收获，所以在农作物生长的过程中一定要加强管理。

“既方既皁，既坚既好。”这四个“既”将农作物生长的各个阶段的典型画面记录下来，记叙得非常精确。“不稂不莠”这一句非常重要，它说明只有将害虫除尽，才能让粮食生长得旺盛。灭虫，对于农作物来说也十分重要，只有清除害虫，才能保证最后的丰收。那时人们主要用火攻来除虫。为了让害虫能够全都被消灭，先民祭祀“田祖”的农神，希望神灵能够帮助他们除虫。

秋天雨水充足，农人们最终获得了丰收。第一节和第二节写人们的努力，在农业上，天时也是十分重要的，第三节的前四句就描写风调雨顺的情景。天气阴云弥漫，细雨蒙蒙，一场场甘露及时地降临大地。这四句充分展现出农夫的喜悦之情，诗中说出了“公田”“私田”的先后，提出了先公后私的观点，可见特定历史环境下的人们都是十分淳厚的。

接下来，农民们该收获了。但诗人并没有从正面写成片的谷穗和挥汗如雨的农夫，而是独辟蹊径，采用侧写描写、烘托的写法，重点描写细节——长得不够壮实的谷穗故意不收割，有些收割的谷物还来不及捆束，有些谷物虽然已经捆束好了但是还没有装载，现场还有很多谷穗飘洒散落到了各处。这样的画面充分表现出丰收的场面。

前面说到田里散落着很多漏收的粮食，看到这些，有人会觉得这是农夫们在偷懒和不珍惜，关于这些问题，“伊寡妇之利”这一句，给了人们一个解释。原来农夫们故意不将粮食收割殆尽是为了让鳏寡孤独、无依无靠的人们能够糊口活命。这些粮食就是农人们宅心仁厚的一种体现，体现了他们的宽广胸怀和崇高美德，令人感动。

第四节主要描写收获时，人们在田头欢庆丰收，祭祀求福。这一节和第一节春耕时的“曾孙是若”遥相呼应。天子犒劳农夫并祭神求福，他肃穆虔诚，为天下黎民祈福求佑。

◎瞻彼洛矣◎

瞻彼洛矣，维水泱泱①。君子至止②，福禄如茨③。韎韐有奭④，以作六师⑤。

瞻彼洛矣，维水泱泱。君子至止，鞞琫有珌⑥。君子万年，保其家室。

瞻彼洛矣，维水泱泱。君子至止，福禄既同⑦。君子万年，保其家邦。

【注释】

①泱泱：水势盛大的样子。②君子至止：君子到了这里。③茨：屋盖，形容其多。④韎韐（mèi gé）：用茜草染成绛色的革制品，如今之蔽膝。奭（shì）：赤色貌。⑤以作六师：总领六军练兵忙。⑥鞞（bǐ）：刀鞘。琫（běng）：刀鞘口周围的玉饰。珌（bì）：刀鞘末端的玉饰。⑦同：聚集。

【赏析】

从纯粹艺术审美的角度来看，此诗的艺术形象似乎不太鲜明。天子一身戎装，隆重地出现在洛水岸边，臣下们高呼“我主万岁万万岁”，有如标语口号，实在乏味得很，但细细深究，就会发现隐含于诗后的蕴意。

诗中的内容是通过赋来展现的，同时诗中也有比的运用。诸侯们纷纷来到会场，他们赞美天子是一名明君，能够整军经武，有他在，周室才有了中兴的气象。通过这样的描述，可以猜测这是一首周宣王时代的诗。作为一个明君，周宣王任用方叔、召虎、尹吉甫、申伯、仲山甫等名将，在他统治期间，他北伐玁狁，南征荆蛮、淮夷、徐戎，诸侯们对他唯命是从，是一名有着赫赫战功的君王。

“瞻彼洛矣，维水泱泱”这两句点明天子会诸侯讲习武事的地点是在周的东都洛阳。洛阳因为洛

水而出名，洛水因其又深又广，所以它成了暗喻天子睿智圣明的最佳选择，诗人赞美君主就像洛水一样源远流长，既深又广。

“君子至止，福禄如茨”这两句，讲述天子来到了洛水，和诸侯们会合。他为诸侯们讲习武事，表现出天子的勤政爱民。本节的最后两句“韎韐有奭，以作六师”，其用意是为了补足前面的内容，“韎韐”的意思是皮革制成的军服，也就是现在的皮蔽膝。“以作六师”，一句则直接表明了君王发动六军讲习武事的原因。为了习武练兵，天子亲自莅临，足见天子对这件事的重视。

“君子至止，鞞琫有珌”，这两句中鞞是剑鞘，琫珌是指剑鞘上下两端挂着的玉饰，这一段内容表明周天子在讲武视师时，他的军队军容整肃，天子佩戴着天子剑鞘，装饰得堂皇的宝剑，仪表堂堂、威慑四方。因此诗人发出了“君子万年，保其家室”的赞颂。

“君子至止，福禄既同”这两句，首先和第一节的“福禄如茨”对应上了。天子在讲武检阅六师之后，对将士和诸侯们赏赐有加，鼓励诸侯及军旅们更加团结。诗人在这之后又发出了“君子万年，保其家邦”的欢呼声，至此全诗结束了。“保其家邦”一句的意义得到了深化，比之前章节中“保其家室”的意思更进一层，阐明了诗人写作这首诗的目的。

周天子在汪洋浩荡的洛水，君临东都亲自演武。似乎也随着他的到来，福禄也被带到了这里。既有“福禄如茨”，又有“福禄既同”，宣王赢来了一片赞扬之声。天子检阅军队并率领六军起行的场面盛大空前，他的军队军容严整、威武雄壮、气吞山河。诗中详细描述了周天子披挂戎装的样子，这些都是在为周天子树立威信。

诗中有英明的君主，有威武的强军，有那忠心耿耿的臣子以及衷心拥护的百姓，这些都是国祚长久的象征，因为具备了这样的条件，周王朝才能实现中兴，国家才可以安然无恙。

◎裳裳者华◎

裳裳者华[①]，其叶湑兮[②]。我觏之子[③]，我心写兮[④]。我心写兮，是以有誉处兮[⑤]。

裳裳者华，芸其黄矣[⑥]。我觏之子，维其有章矣[⑦]。维其有章矣，是以有庆矣。

裳裳者华，或黄或白。我觏之子，乘其四骆[⑧]。乘其四骆，六辔沃若[⑨]。

左之左之，君子宜之。右之右之，君子有之。维其有之，是以似之[⑩]。

【注释】

①裳裳：犹“堂堂”，旺盛鲜艳的样子。华：花。②湑（xǔ）：茂盛的样子。③觏（gòu）：遇见。④写：通“泻”，心情舒畅。⑤誉：安乐。⑥芸：黄盛。⑦章：文章，指文采，礼乐。⑧骆：黑鬃白马。⑨沃若：光滑柔软的样子。⑩似：通“嗣”，继承祖宗功业。

【赏析】

《诗经》中有不少描写男女相悦的诗作，或旖旎或哀婉，让那个时候的恋情得以穿越时空而流传下来，至今仍能给人美感。而这首《裳裳者华》描写的主题则是同性男子之间的相悦，没有异性间的纠结和依恋，唯有大气十足的赞美和惺惺相惜，给人以耳目一新之感。

一位贵族男子，看到另一位服骑华美、德才兼备的贵族男子，不禁心生敬爱，于是以花起兴、以花作比，作诗赞颂。整首诗轻松欢快又不失稳重，节奏规整而略带跳跃，且又毫无阿谀之辞，是一首难得的相悦者歌颂赞美之诗。

在赞美的时候，即使作者是爽朗真诚的男子，对象又是毫无芥蒂的同性，诗作仍然很严格地遵循《诗经》的比兴手法，先言他物，显得含蓄委婉。前三章是结构相似的重调，每章前两句写花，从“其叶湑兮”到“芸其黄矣”再到“或黄或白”，将花繁叶茂的盛景逐级展现在读者眼前。

作者遵循了人们的视觉规律，从大处着眼，然后逐渐向细处聚焦。先描写所占视野空间最大的叶子，一“湑”字，把其绿油油的、好像能滴出水来的特性展露得淋漓尽致。然后作者的视角转移到花上，一簇一簇的黄色花朵惹人怜爱，最终，作者经过细看，发现不光有黄花，还有不少更显纯净的白色花朵，夹杂其中，黄白对照，煞是好看。这样，作者的每一步观察都伴着欣喜的新发现，也由此烘托出其心中的欢娱。

起兴之后，作者笔锋转向，开始步入正题，作者由于直率和心情激动，还没有来得及描写所悦者，就迫不及待地写了自己的主观心理感受：“我心写兮”“是以有誉处兮”，真诚地表达出自己烦忧尽消，充满欢乐的心情。这样先声夺人，使诗作的情感非常充沛，同时又给读者留下了一连串的疑问：是什么样的人使得作者如此欢悦、欣喜？

在诗作的第二章，作者终于给出了一个“之子”的特写镜头。在描写“之子”时，作者依然是大处着眼，先描写直观感受，远远望去，还看不到他的音容笑貌，只能看到他的服饰轮廓，但这已经显得非常出众：“维其有章矣。”寥寥数字中渗透着作者的赞美之情。服饰在先秦时期是身份和地位的外在表现，这样写，也是委婉而直接地告诉读者，他是一个非常有身份的贵族。地位尊崇，受人敬仰，这对于一个男人来说，无论在什么时期，都是非常重要的，都是最能给其魅力加分的。

第三章，作者的目光扩大，转向全景，描写了“之子”的车马之盛：“乘其四骆，六辔沃若。”四匹高头大马，多条华丽的马鞭，述说出“之子”出游时的排场，也进一步确定了读者先前的预测。从服饰到车骑，一层一层推进，作者对所描述者的敬重也展露无遗。一般来说，身份高贵，那么他多半是一个谦恭有礼、儒雅饱学之士，诗作到此，虽然对“之子”的描写仅两句，但其形象在作者的欣喜和想象中，已经逐渐丰满起来。

接下来，作者变得稍稍平静，开始讲述其内在之美：“左之左之，君子宜之。右之右之，君子有之。”此句历来有两解，一为“左”和“右”是叙述的两个方面，相当于现在所说的“一则，二则”，作者说“之子”一则无所不宜，二则无所不有，夸张并且全面地突出了君子的品性和能力。第二种解释是“左”和“右”指代位于“之子”左右的侍者和手下，这种解释突出了其写作手法的精妙，没有直写其本人，而是侧面烘托，通过表现其强有力的左右，来突出主人的能力和威信。无论采用上面哪一种解释，都使得前面三章的赞美有了更加有力的依据。

“维其有之，是以似之”，诗作的最后两句总括全篇，作者爽快而又一锤定音地为“之子”下了定论，高度赞扬了其内外一致、德容兼备的君子风貌，使诗篇在欢快而稳健的氛围中结束，并给人留下了无尽回味的空间。

诗经时代

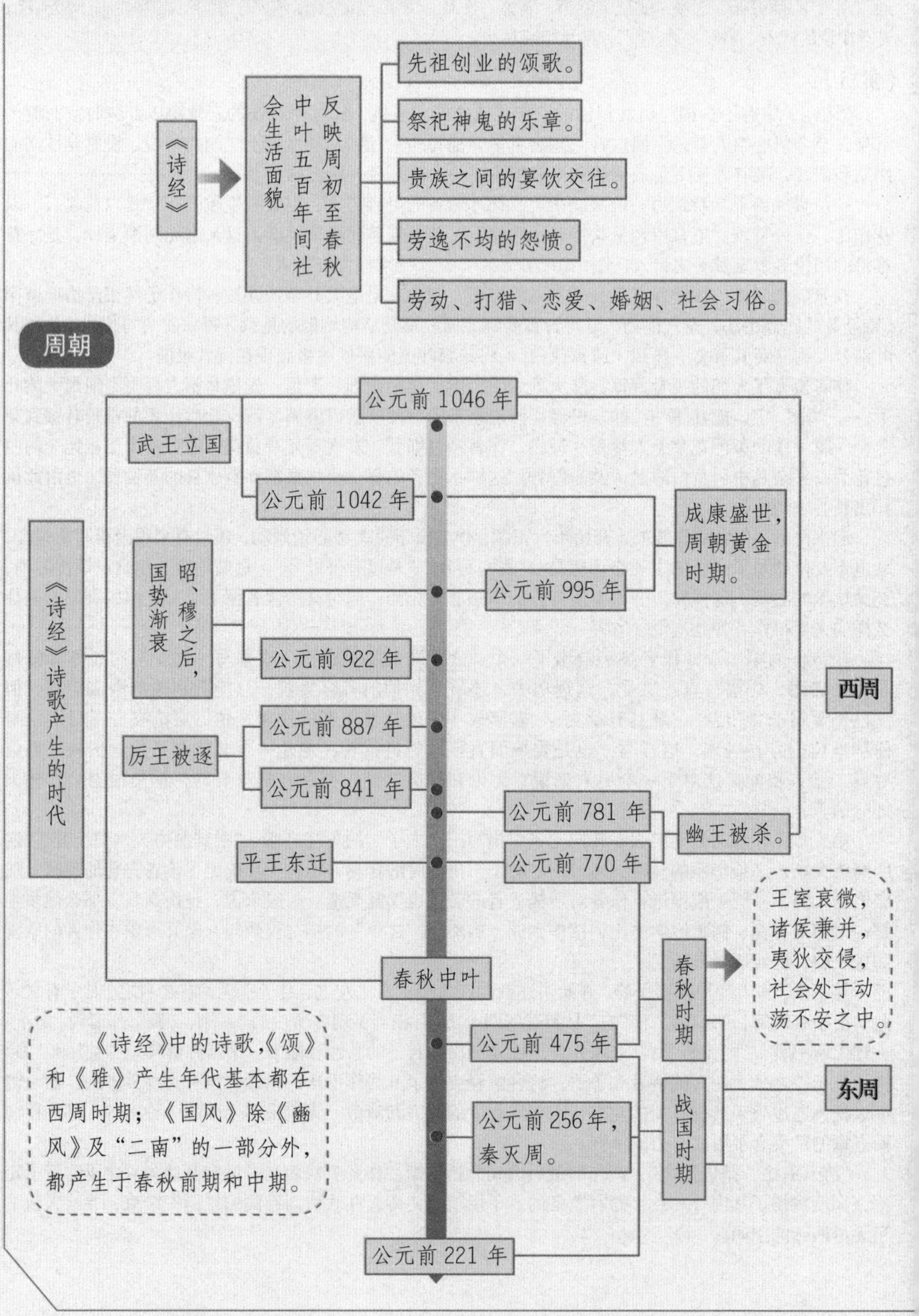
《诗经》
反映周初至春秋中叶五百年间社会生活面貌
先祖创业的颂歌。
祭祀神鬼的乐章。
贵族之间的宴饮交往。
劳逸不均的怨愤。
劳动、打猎、恋爱、婚姻、社会习俗。
周朝
《诗经》诗歌产生的时代
公元前1046年
武王立国
公元前1042年
成康盛世，周朝黄金时期。
公元前995年
昭、穆之后，国势渐衰
公元前922年
公元前887年
厉王被逐
公元前841年
公元前781年
幽王被杀。
西周
平王东迁
公元前770年
王室衰微，诸侯兼并，夷狄交侵，社会处于动荡不安之中。
春秋时期
春秋中叶
公元前475年
东周
公元前256年，秦灭周。
战国时期
公元前221年
《诗经》中的诗歌，《颂》和《雅》产生年代基本都在西周时期；《国风》除《豳风》及“二南”的一部分外，都产生于春秋前期和中期。

采诗观风

《诗经》来源

- 公卿、列士进献的乐歌——诸侯国乐师搜集民歌，丰富唱词和乐调。而后，诸侯之乐献给天子。
- 周王朝乐官制作的乐歌
- 原来流传于民间的歌谣——周王朝派专门的采诗人，到民间搜集歌谣，了解政治和风俗的盛衰利弊。这就是“**采诗观风**”之说的由来。

采诗观风

周王朝派采诗之官深入到民间搜集民间歌谣。

采诗之官把反映人民欢乐疾苦的诗歌整理后交给太师（负责音乐之官）谱曲，演唱给天子听，作为施政的参考。

采诗观风制度的目的是观风察政，通过它可以体察民情，了解民俗，人们也能够较自由地表达自己的想法，是一种古老的舆情收集方法。

西周时期，周天子享有很大的权威，各诸侯国每年要定时向周王朝缴纳贡赋和特殊物资。此外，诸侯也要对周王的死丧、婚嫁、巡游尽一定义务。诸侯如不履行义务或冒犯了周礼的规定，轻者受到谴责，重者被处死。

◎桑扈◎

交交桑扈①，有莺其羽②。君子乐胥③，受天之祜④。
交交桑扈，有莺其领。君子乐胥，万邦之屏⑤。
之屏之翰⑥，百辟为宪⑦。不戢不难⑧，受福不那⑨。
兕觥其觩⑩，旨酒思柔⑪。彼交匪敖⑫，万福来求。

【注释】

①交交：鸟鸣声。桑扈：鸟名，即青雀。②莺：指文采。③君子：此指群臣。胥：语助词。④祜：福禄。⑤万邦：各诸侯国。屏：屏障。⑥之：是。翰：指屏障。⑦百辟：各国诸侯。宪：法度。⑧不：语助词，下同。戢：克制，指和平。难：行有节度，指恭敬。⑨那：多。⑩兕觥（sì gōng）：牛角酒杯。觩（qiú）：弯曲的样子。⑪旨酒：美酒。思：语助词。柔：指酒性温和。⑫交：通“傲”，侮慢。匪敖：不傲慢。

【赏析】

《桑扈》是周王会宴诸侯时助兴的一首乐歌，为君臣宾主之间互答酬唱的祝酒诗。作者通过比兴和形象描写，真实、生动地反映出当时宴席上君臣同乐的融洽气氛。但本诗并没有停留在赞誉和劝祝的层次，而是另有其积极意义——对眼前的场面进行了深入的挖掘，在欢声笑语之间，隐隐敲响了劝诫的警钟，告诫众人要“居安思危，戒奢以俭”，有着极大的训诫意义。

诗作以“交交桑扈”起兴，鸣叫的青雀，光彩的羽毛，开篇定势，为全诗营造了一种明快欢乐的气氛，符合《诗经》一贯的表现手法。那只娇小美丽、性子聪慧、鸣声清丽的青雀鸟，在林间自由地吟唱出婉转清脆的音符，与此间宴会上的情形有几多相似：欢快的氛围是相通的；羽毛的明亮华丽与宴席的陈设也是一致的；这种含有祥瑞之意的益鸟，也比喻着聚集在宴会上的君子都是才智之辈，于国于家多有裨益。

形象的表现手法，大大加强了作品的生动性，使得作者的笔触很自然地转向下句：“君子乐胥，受天之祜。”这一句既是赞美，又是祝福，点明了诗作的描述重点，在人而不在鸟：美丽的鸟儿受上天宠爱，拥有如此华丽的羽毛及嘹亮的歌声，宴席上的君子更是如此，深受上天器重，才华横溢，仪容、道德无一不美。第一章勾勒出了这样的画面：色彩艳丽的鸟儿在林间自由穿梭，才智皆美的臣属在宫廷举杯欢饮，二者两相协调，互为生色。

第二章，诗作仍以“桑扈”和“有莺”起兴，照应上章，尽显诗作的连绵、舒缓之感。在具体表现中，歌者笔锋转向，由第一章中描写青雀的羽毛转向脖颈。颈者，领也，领者，导也，脖颈在身体中居于突出的地位，不可等闲视之。与之对照，上章写君子的福泽之盛，这章便是写其地位和职属之高：才智过人的臣子，身处要职，负有统率民众、保卫国家安全的责任，是护卫国防的坚不可摧的屏障。突出臣子们光耀的职责，是突出他们的重要性，也是从反面突出其才华和品质，正因为他们才能超凡、功勋卓著，才得以受到君主如此的器重和依赖，才能担起捍卫国家的重任。

第三章，作者抛开了比兴，开始直陈其事，具体、细致地表现君子广受敬爱的缘由。“之屏之翰”是两个形象的比喻，屏风用来遮挡风尘和日光的侵害，君子对于国家，也具有这种意义：对待外敌时，他们能够抗拒入侵和骚扰，护卫神圣领土和属民不受侵犯；对于国家内部的稳定和运转，君子们又像擎天之柱一样，为社稷的骨干支架，支撑着国家大厦，使其远离倾覆。

“百辟为宪”一句，形容君子们的影响之远、威望之高，因为他们深得人心，各国诸侯纷纷效仿，唯恐无法望其项背。接下来，作者用“不戢不难，受福不那”深刻分析了产生这一现象的原因：这些君子们，是因为克制而有节度，因此才受到上天的垂青和厚爱，国家也因此更加兴盛，百姓得以安居乐业。随着这一观点的提出，诗作也转向了纯粹的议论，开始讲述温和谦恭的价值。

诗作末章“兕觥其觩，旨酒思柔。彼交匪敖，万福来求”四句，是本诗的价值所在。作者申发议论，讲述君子不居功而能成事的道理，多有训诫。为增加论证的力度，也为了说理形象，作者此处用了一个比喻：“兕觥其觩，旨酒思柔。”因为正值宴会，樽酒充足，所见即是，作者信手拈来，用其为自己的说理服务：犀牛性刚好触，以其角制为觥饮酒，寓鉴戒之意，时刻警醒饮者，训导众人不得刚而傲。

酒是“柔酒”，虽味美，但易令人沉迷于中，丧失心性，销蚀其豪气动力。作者写“杯”写“酒”，实则告诫参与宴会的人不要居功自傲，如今的时局是好的，但太安逸反而可能坏了大事，只有众人时刻小心谨慎，主上虚怀若谷，臣子谦恭为政，方是最长远、最稳妥的治国之策。

诗作技艺精到，蕴藉颇深，风格怨而不怒，展现出极高的艺术价值。并且，它反映出作者心思的敏锐和超前，与众人同桌畅饮，但作者却没有沉溺于眼前的歌舞升平，而是冷静地做了一个旁观者。对于政治统治和得失时刻关注并反思着，显得沉稳而务实，这种臣子，才是最为难得的股肱之臣，才是政权社稷巍巍不倒的最坚实支撑。

◎鸳鸯◎

鸳鸯于飞①，毕之罗之②。君子万年，福禄宜之③。
鸳鸯在梁④，戢其左翼⑤。君子万年，宜其遐福⑥。
乘马在厩⑦，摧之秣之⑧。君子万年，福禄艾之⑨。
乘马在厩，秣之摧之。君子万年，福禄绥之⑩。

【注释】

①鸳鸯：水鸟名。古人以此鸟雌雄双居，永不分离，故称之为“匹鸟”。②毕：长柄的小网，此处用作动词。罗：大网，此处用作动词。③宜：《说文解字》：“宜，所安也。”引申为享。④梁：筑在河湖池中拦鱼的水坝。⑤戢：收敛。⑥遐：远。⑦乘（shèng）：四匹马拉的车子。乘马引申为拉车的马。厩：马棚。⑧摧（cuò）：铡草喂马。秣（mò）：用粮食喂马。⑨艾：养护。⑩绥：安抚。

【赏析】

提起鸳鸯，大家都再熟悉不过，鸳鸯是一种体型比鸭稍小的鸭类，雄性羽毛鲜艳美丽，雌性全身呈现褐色，鸳鸯经常成对出现在池沼当中，相亲相爱，悠闲自得，风韵迷人。它们时而跃入水中，引颈击水，追逐嬉戏，时而又爬上岸来，抖落身上的水珠，用橘红色的嘴精心地梳理着华丽的羽毛。此情此景，夺人眼目。所以世人多用鸳鸯来比喻夫妻和情侣之间的比翼双飞，情投意合。

关于《鸳鸯》这首诗的主旨主要分两个观点，后代多种新论也是基于这两种观点之上，万变不离其宗。首先以《毛诗序》为代表，以为“刺幽王也。思古明王交于万物有道，自奉养有节焉”。孔颖

达等人都推崇此说。另一种就是现在通常被人们所接受的象征爱情和婚姻之说。以清人姚际恒、方玉润为代表，认为这是一首祝贺新婚的诗，赞美男女主人公的才貌与智慧和雄飞雌从绕林间的默契。相较来说，第二种观点更契合主旨，一直被人们所欣然接受。

全诗共四章，每章每句长短不统一。“鸳鸯于飞，毕之罗之。君子万年，福禄宜之。”这是开篇第一章，一雄一雌的鸳鸯一前一后形影不离，在水里扑打着翅膀相互追逐打闹，要想抓住它们可不简单，得用小网大网来捉它。看它们如此自由和快活，莫不如放它们一条生路，让它们从此自由自在无烦忧。今天在这里祝愿君子万寿无疆、福寿安康、永结同心、地久天长。从这种解释中可以看出这是一首婚礼祝词，借着水中缠绵的鸳鸯，表达了对新人美好的祝愿。

第二章同样是以鸳鸯起兴，表达对这对新人的由衷祝福。“鸳鸯在梁，戢其左翼。君子万年，宜其遐福。”这对五彩缤纷的鸳鸯玩累了，就到岸边栖息，伸长脖子扎着膀子抖落身上的水珠，把橘红色的小嘴插到翅膀里不断地梳理，此般风景煞是惹人喜爱。今天在这里借此良辰美景，祝愿君子万寿无疆、福寿安康、永结同心、地久天长。

第三章切换了描写的对象，由鸳鸯变为马儿，“乘马在厩，摧之秣之。君子万年，福禄艾之。”套车的骏马在马房里养精蓄锐，一会喂它丰足的草料一会又喂它香喷喷的粮食，这到底是干什么呢？原来马儿即将启程，去迎娶那美丽的新娘，真是可喜可贺啊。今天是个大喜的好日子，祝愿君子万寿无疆、福寿安康、永结同心、地久天长。这里不正面描写主人公的神态以及肖像，而是用侧面描写的方法，通过描写给马喂足够的食物来烘托主人公兴奋激动的心情。

全诗的第四章又重复第三章而咏叹，与第三章形成一种回环复沓之美，“乘马在厩，秣之摧之。君子万年，福禄绥之。”套车的骏马在马房里养精蓄锐，一会又喂它香喷喷的粮食，一会喂它丰足的草料，这到底是干什么呢？原来马儿即将启程，去迎娶那美丽的新娘，真是可喜可贺啊。今天是个大喜的好日子祝愿君子万寿无疆、福寿安康、永结同心、地久天长。

《鸳鸯》一诗，四章中出现了两次不同的复沓，且隔行押韵，这样一来，整首诗就不会显得冗长拖沓，随时更换描写对象并对新的描写对象进行复沓强调，使诗歌灵活多变、独具匠心。

全诗寄予的情感纯洁而高雅，通过对鸳鸯细致入微的刻画，歌颂了雄雌鸳鸯不离不弃的高洁，为下文写人做好了铺垫。它们相依相伴，时而在水中嬉戏，拍打着艳丽的羽毛；时而在岸边憩息，用橘红色的小嘴梳理着自己的羽毛，而俨然如一幅图画一样美好，动静结合活泼生动，突出人们对美好爱情的向往和对理想婚姻的礼赞。后两章“马肥草足”更直言描绘出新郎即将迎娶新娘时的兴奋心情，同时暗示了生活的富足，以及对婚后生活的憧憬。

◎頍弁◎

有頍者弁[1]，实维伊何[2]？尔酒既旨，尔肴既嘉[3]。岂伊异人，兄弟匪他。茑与女萝[4]，施于松柏。未见君子，忧心奕奕[5]。既见君子，庶几说怿[6]。

有頍者弁，实维何期[7]？尔酒既旨，尔肴既时[8]。岂伊异人，兄弟具来。茑与女萝，施于松上。未见君子，忧心怲怲[9]。既见君子，庶几有臧[10]。

有頍者弁，实维在首。尔酒既旨，尔肴既阜。岂伊异人，兄弟甥舅。如彼雨雪[11]，先集维霰[12]。死丧无日[13]，无几相见[14]。乐酒今夕，君子维宴。

【注释】

①頍（kuǐ）：古代发饰，用以固定帽子。弁（biàn）：皮帽。②实维伊何：这是为什么？③肴：荤菜。④茑（niǎo）、女萝：都是善于攀缘的蔓生植物。⑤奕奕：心神不安貌。⑥说怿（yuè yì）：欢欣喜悦。⑦期：语助词。⑧时：善也，物得其时则善。⑨怲（bǐng）怲：忧愁貌。⑩臧：善。⑪雨（yù）雪：下雪。⑫霰（xiàn）：雪珠。⑬无日：不知哪一天。⑭无几：没有多久。

【赏析】

《頍弁》是一首反映周代贵族沉湎于享乐宴饮作乐之歌。

有一位地位显赫的贵族，要宴请他的兄弟和姻亲，他的那些亲属感到受宠若惊，一名赴宴者为了表达自己对君王的依附而写了这首诗。也可以将这首诗理解成在家族内部小型宴会上，人们为了一位位高权重的远方来的君子迎酒、敬酒。他们束发整冠，装扮齐整来迎接君子，歌者将自己比作是藤和女萝，将君子比作是松柏，自己的藤和女萝必须要依赖君子的松柏才能存活。君子是他生活的希冀。

本诗共有三节，章法结构非常工整，跌宕生姿，描写了宴会上的事情以及参加者的心境。那些落魄的贵族们失去了昔日的风光，他们戴着华贵的圆顶皮帽前去赴宴。他们兴高采烈地打扮自己的原因，是因为他们要去参加一位位高权重的贵族的宴会了，他们趾高气扬地向人们炫耀："尔酒既旨，尔肴既嘉。"那高贵的主人已经为他们准备一桌美味佳肴。

主人为了显示自己是一个公平豁达的人，也为了拉近和亲戚们的关系，他邀请了自己所有的亲戚，甚至包括那些常年不联系的远亲。正因为如此，那些平时没有往来的亲戚们喜形于色，认为这是一个讨好主人的好机会；他们对主人奉承道："茑与女萝，施于松柏。"他们希望从主人那里得到些微好处，让大贵族成为他们的庇护者。第二节中他们对主人的谄媚更加直接了，他们直接挑明自己的愿望，希望能够从主人那里得到好处与领取赏赐。主人邀请的这些一起饮酒作乐客人中不但有同姓的贵族，还有甥舅异姓外戚。可见其关系十分庞大和复杂。

一、二节中"实维伊何""实维何期"，这两句运用设问的方式来警示世人，渲染了宴会举行前的盛况和气氛，这两节里表现出人们为了赴宴而做的精心打扮以及兴高采烈的心情。

第三节用"实维在首"这一句写出贵族们打扮完自己之后，就开始自我欣赏、顾影陶醉了。之后所描述的就是宴会的丰盛："尔酒既旨，尔肴既嘉""尔酒既旨，尔肴既时""尔酒既旨，尔肴既阜"，反复的陈述表现出了美酒佳肴的醇香和丰盛。本诗描绘出了赴宴者对主人的赞扬、奉承。

"如彼雨雪，先集维霰"两句之后，就不再重复前两节的内容。参加宴会的人们明白，今日的宴会结束之后，他们的人生也会像雪一样，不知道什么时候就消亡了。他们感叹人生短暂，这使得他们在暂时的欢乐中会情不自禁地流露出一种黯淡低落的情绪。

由于社会动乱，饮酒作乐的贵族们的命运岌岌可危、朝不保夕。沉湎于享乐之中是不对的，这种从他们的嘴里说出来的具有讽刺意义的诗句，更加表现出了那个奢靡时代的病态心理，更具有讽刺意味。本诗对时代的腐朽性与庸俗性进行了深刻的揭示，向人们昭显着警示之意。

◎车舝◎

间关车之舝兮①，思娈季女逝兮②。匪饥匪渴③，德音来括④。虽无好友，式燕且喜⑤。

依彼平林⑥，有集维鹞⑦。辰彼硕女⑧，令德来教。式燕且誉⑨，好尔无射⑩。

虽无旨酒，式饮庶几⑪。虽无嘉肴，式食庶几。虽无德与女，式歌且舞。

陟彼高冈，析其柞薪。析其柞薪，其叶湑兮⑫。鲜我觏尔⑬，我心写兮⑭。

高山仰止，景行行止⑮。四牡騑騑⑯，六辔如琴。觏尔新昏，以慰我心。

【注释】

①间关：车行时车轴铁头发出的声响。舝（xiá）：车轴头的铁键。②娈：妩媚可爱。季女：少女。逝：往，指出嫁。③匪：不。④括：犹“佸”，会合。⑤式：发语词。燕：通“宴”，宴饮。⑥依：茂盛的样子。⑦鹞（jiāo）：长尾野鸡。⑧辰彼硕女：适时而嫁的那大姑娘。⑨誉：通“豫”，安乐。⑩无射（yì）：不厌烦。⑪庶几：犹言“一些”。⑫湑（xǔ）：茂盛。⑬觏（gòu）：遇见。⑭写：通“泻”，宣泄，指欢悦、舒畅。⑮景行：大路。⑯騑（fēi）騑：马行不止貌。

【赏析】

关于这首诗的主题，朱熹在《诗集传》中说：“此燕乐其新婚之诗。”现在人们大多同意朱熹的观点。这首诗结构上跌宕起伏，正如方玉润说的：“前后两章实赋，一往迎，一归来。二、四两章皆写思慕之怀，却用兴体。中间忽易流利之笔，三层反跌作势，全诗章法皆灵。”同时，本诗的抒情手法多种多样，有时是直诉情怀，有时则是以景写情，亦景亦情；有时更是运用了比兴烘托，这就使得意境非常鲜明。可见，这是一篇十分优美的抒情诗篇。

这首诗通过描写新郎的内心表白以及积攒起来的的情话，展现了新郎那迫不及待的内心世界。在诗中诗人赞美了新婚者的德行。

第一章主要描写男子娶妻启程的场面。娶亲从“间关”的车声开始，让男子朝思暮想的少女就嫁给他了。字里行间可以看出男子流露出来的压抑已久的欣喜和喜悦。“匪饥匪渴，德音来括。”这两句点明男子之所以这样高兴，并不是因为贪图少女的美色，而是因为他敬慕女子的美德。

第二章写婚车越过平林的场面。“依彼平林，有集维鹞。辰彼硕女，令德来教”，看到林莽中成双成对的野鸡，男子联想到了坐在车中的拥有美好的教养和品德的女子，这些都让男子感到十分兴奋和喜悦。他发誓说：“式燕且誉，好尔无射。”就这样对女子许下了终生不渝的誓言。

第三章是继续描写男子对女子真切的情感。男子向女子表白，虽然自己没有美酒佳肴，自己也不是具有高尚品德的人，但是他相信自有一颗和女子相亲相爱的心，能够永远爱护女子。这样的语言，发自肺腑，感人至深。

第四章写婚车进入了高山。“陟彼高冈，析其柞薪。析其柞薪，其叶湑兮”:这里柔嫩鲜艳的绿叶，是用来比喻那美丽可爱新妇的，表现了男子对新妇的喜爱。最后两句：“鲜我觏尔，我心写兮”直接抒发了男子的情怀，他对于能够在今天和女子结为伴侣，感到十分高兴。

最后一章主要写婚车越过高山，进入大路的情景。男子仰望着高山，看着在大路上的女子，一时间心中充满了喜悦，发自肺腑地说：“高山仰止，景行行止。”这几句虽然是在叙事、写景，但同时也是在比喻新妇美丽的形体和坚贞的德行。“四牡骓骓，六辔如琴”，两句直抒胸臆，情结全篇，同时这两句和第一章的“间关车之辇兮,思娈季女逝兮”二句相互呼应,琴弦的六辔是男子对婚后美好和谐生活的美好憧憬。

◎青蝇◎

营营青蝇①，止于樊②。岂弟君子③，无信谗言④。
营营青蝇，止于棘⑤。谗人罔极⑥，交乱四国⑦。
营营青蝇，止于榛⑧。谗人罔极，构我二人⑨。

【注释】

①营营：象声词，拟苍蝇飞舞声。②止：停下。樊：篱笆。③岂弟（kǎi tì）：同“恺悌”，平和有礼。④谗言：挑拨离间的坏话。⑤棘：酸枣树。⑥罔极：没有标准。⑦乱：搅乱、破坏。⑧榛：榛树，一种灌木。⑨构：播弄、陷害。

【赏析】

《青蝇》一诗谴责谗人害人祸国，劝告君子“无信谗言”。用苍蝇来喻指进谗者，借物取喻形象生动，十分恰切。诗作和盘道出了谗人令人厌恶的特点，进而认真地指出了谗人的危害，并在说理中劝诫读者，感情痛切，有理有力。

诗三章均以“营营青蝇”起兴，“营营”二字，把其四处乱飞、嗡嗡作响的苍蝇的可恶形象、特征和习性表现得淋漓尽致。三章中前两句仅最后一字不同，在回环复沓中情感反复叠加，让人似乎感受到苍蝇的反复骚扰、挥之不去，作者的厌恶情绪也随着无限强化。“樊”“棘”“榛”三字以点盖面，借典型位置泛指一切地方，代表苍蝇什么场合都凑热闹，肆无忌惮，可恶至极。诗篇的前半部，通过寥寥数字传神地表达了苍蝇的全貌，极具表现力。

然而，诗篇并非真的谴责苍蝇，作者只是借此指称进谗诋毁、造谣生事的小人们。在作者看来，他们形容丑陋、不择手段、无事生非、阴魂不散，用苍蝇来比喻，再适合不过了。而且，青蝇逐臭从不掩饰，而且大张旗鼓、赶也赶不走，而谗佞小人则总是躲在角落，趁人不备，装得道貌岸然。比较起来，他们连苍蝇也不如，秉性卑琐可恶，其令人深恶痛绝，比苍蝇尤甚。

这一比喻，形象而又厚重，深得后人认同。后来“青蝇”就成了谗言或进谗佞人的代称，在后代的文学作品中，经常出现。如李白《鞠歌行》中的名句“楚国青蝇何太多，连城白璧遭谗毁”等，与此诗的表现手法一脉相承，显现出了其强盛的艺术生命力。

诗篇每章的后两句表达了作者的主张和论据，意义逐章递进。第一章是规劝正人君子不要听信谗言，此句为全诗主旨，为诗作开宗明义。第二章列出谗言的第一个危害，即搅乱国家间的关系，这是谗言在家国层面的危害，会引起政治纷争和国家覆亡。第三章指出谗言的第二个危害，即挑拨人际关系，使朋友知己互生嫌隙、反目成仇，这是谗言在个人层面的危害。而这两种不同层次的祸害，全在于“谗人罔极”，即进谗者阴险狡诈，没有安身立命待人的准则规范，阳奉阴违，出尔反尔，颠倒黑白。

在规劝君子方面，诗作可得到另外一个角度的解读：诗人在论述谗人危害的同时，倾其心力，为君子们指出了“止谗”和“除谗”的方法，即“止于樊”和“岂弟君子”。

正因谗者的无孔不入，作者主张应该多设几道篱笆作为“防线”。诗人言“止于樊”“止于棘”“止于榛”，不是简单的语言重复，而是有层层递进的意思在里面：第一道用柴禾秸秆，让进谗者望而却步，阻止大部分比较低等的谗人，第二道是带刺的枣树，阻止更加奸邪的谗人，第三道是密密层层的榛树，旨在能够阻止一切谗人。

这样一来，作者的防线层层深入，愈来愈密，以期达到良好的“止谗”效果。“除谗”的方法是加强修养，成为一名“岂弟君子”。因为，谗人都是在钻疏忽、愚昧、自私的空子，如果一个人充满智慧、道德高尚，并且大公无私，那么他不会被谗言所惑，也不会为谗言所害。

◎宾之初筵◎

宾之初筵[1]，左右秩秩[2]。笾豆有楚[3]，肴核维旅[4]。酒既和旨[5]，饮酒孔偕[6]。钟鼓既设，举酬逸逸[7]。大侯既抗[8]，弓矢斯张。射夫既同[9]，献尔发功[10]。发彼有的[11]，以祈尔爵[12]。

籥舞笙鼓[13]，乐既和奏。烝衎烈祖[14]，以洽百礼[15]。百礼既至，有壬有林[16]。锡尔纯嘏[17]，子孙其湛[18]。其湛曰乐，各奏尔能[19]。宾载手仇[20]，室人入又[21]。酌彼康爵[22]，以奏尔时[23]。

宾之初筵，温温其恭。其未醉止[24]，威仪反反[25]。曰既醉止[26]，威仪幡幡[27]。舍其坐迁[28]，屡舞僊僊[29]。其未醉止，威仪抑抑[30]。曰既醉止，威仪怭怭[31]。是曰既醉，不知其秩[32]。

宾既醉止，载号载呶[33]。乱我笾豆，屡舞僛僛[34]。是曰既醉，不知其邮[35]。侧弁之俄[36]，屡舞傞傞[37]。既醉而出，并受其福。醉而不出，是谓伐德[38]。饮酒孔嘉，维其令仪[39]。

凡此饮酒，或醉或否。既立之监[40]，或佐之史[41]。彼醉不臧[42]，不醉反耻。

式勿从谓㊸，无俾大怠㊹。匪言勿言㊺，匪由勿语㊻。由醉之言，俾出童羖㊼。三爵不识㊽，矧敢多又㊾？

【注释】

①初筵：宾客初入席时。②左右：席位东西，主人在东，客人在西。秩秩：有序之貌。③笾：竹制，盛瓜果干脯等。豆：木制或陶制，也有铜制的，盛鱼肉虀酱等，供宴会祭祀用。有楚：即“楚楚”，陈列之貌。④肴核：肉食和果品。旅：陈放。⑤和旨：醇和甜美。⑥孔：很。偕：通“嘉”。⑦醻（chóu）：同“酬”，主人劝酒。逸逸：往来有秩序。⑧大侯：射箭用的大靶子，用虎、熊、豹三种皮制成。抗：高挂。⑨射夫：射手。⑩发功：发箭射击的功夫。⑪的：侯的中心，即靶心，也常指靶子。⑫祈：求。尔爵：求射中而让别人饮罚酒之意。⑬籥（yuè）舞：执籥而舞。⑭烝：进。衎（kàn）：娱乐。⑮洽：使和洽，指配合。⑯有壬：即“壬壬”，礼大之貌。有林：即“林林”，礼多之貌。⑰锡：赐。纯嘏（gǔ）：大福。⑱湛（dān）：和乐。⑲奏：进献。⑳手仇：指对手。㉑室人：主人。入又：又入，指主人亦随宾客入射以耦宾，即耦射。㉒康爵：空杯。㉓尔时：射中的宾客。㉔止：语气助词。㉕反反：谨慎凝重。㉖曰既醉止：说是既醉了。㉗幡幡：形容轻浮无威仪之貌。㉘舍：放弃。坐迁：迁动当坐之礼。㉙僊（qiān）僊：飞舞貌。㉚抑抑：慎密，指庄重。㉛怭（bì）怭：不庄重，轻浮。㉜秩：常规。㉝号：大声乱叫。呶（náo）：喧哗不止。㉞僛（qī）僛：身体歪斜倾倒之貌。㉟邮：通“尤”，过失。㊱弁：皮帽。俄：倾斜不正。㊲傞（suō）傞：醉舞不止貌。㊳伐德：败德。㊴令仪：美好的仪表礼节。㊵监：酒监，宴会上监督礼仪的官。㊶史：酒史，记录饮酒时言行的官员。燕饮之礼必设监，不一定设史。㊷臧：好。㊸式：发语词。勿从谓：不要从而为之。㊹俾：使。大怠：太轻慢失礼。㊺匪言：指不该问话。㊻匪由：指不合法道的话。㊼童羖（gǔ）：没角的公山羊。㊽三爵：《礼记·玉藻》：“君子之饮酒也，受一爵而色洒如也，二爵而言言斯，礼已三爵而油油，以退。”孔颖达疏引《春秋传》：“臣侍君宴，过三爵，非礼也。”㊾矧（shěn）：何况。又：通“侑”，劝酒。

【赏析】

《宾之初筵》这首诗是用来讽刺贵族宴饮无度、失礼败德的诗。西周在开国之时，为了警诫自己不要像商纣王一样因酒害国，所以周公旦曾写过一篇《酒诰》，其目的就是要后代子孙以酒为诫。周公旦的《酒诰》规定，只有在举行射礼和祭祀时人们才能够喝酒，并且要有酒德，同时规定不许喝醉。一旦贵族们违反了规定，聚饮醉酒，就会被严惩，甚至是处死。

虽然有这样严厉的规定，但是随着西周贵族阶层的腐化，饮酒的风气还是形成了，周公的禁酒令也失去了约束力，这种酗酒的行为就是《宾之初筵》一诗所描绘和揭示的。

全诗共有五节每节都是十四句，每一句都是四字句，章法结构十分严谨。同时这首诗章节之间的组织也非常精妙。

本诗从内容上可以分为三个部分。

第一部分为前两节，主要是写射礼和祭祀这些合乎礼制的酒宴。它们符合《周礼》的规定：“射礼，先饮后射；祭祀，先祭后饮。”所以第一节前八句写饮，后六句写射；第二节前八句写祭祀，后六句写饮。这一部分告诉我们这个时候和这种场合，宾

客都是能够遵守秩序、彬彬有礼、持重正经的人。

第二部分为第三、第四节，开始描写违背礼制的酒宴。这一部分虽然和第一部分一样以"宾之初筵"一句开始，但是和正规的酒宴却大相径庭。第二部分对于滥饮酗酒的描写十分精彩，诗中将那些贵族们的虚伪、丑态都淋漓尽致表现了出来。他们乱号乱叫，打杯翻盘；胡乱起舞，东倒西歪；帽子歪戴，衣冠不整。

第三部分就是最后一节。这一节是一段总结性的文字，通过"不""勿""无""匪""矧敢"等这样的词来表示作者对于这些贵族的否定，这些词集中在一起的目的是为了更加凸显否定的含义。

全诗各部分之间的起承转合脉络极其分明。诗中的修辞十分丰富，有消极修辞，更有丰富多彩的积极修辞。类似"秩秩""逸逸""温温""反反""幡幡""僊僊""抑抑""怭怭""傲傲""傞傞"这样的叠词运用得十分广泛。

"笾豆有楚，肴核维旅""既立之监，又佐之史"，这几句则是非常标准的对偶句。"宾之初筵""其未醉止""曰既醉止""是曰既醉"等句子都同章、隔章或邻章重复的修辞方式。这样重复的目的是为了引出对比。但是像"其未醉止""曰既醉止"的重复，则既和"威仪反反""威仪幡幡"到"威仪抑抑""威仪怭怭"形成了递进，又和"其未醉止""曰既醉止"这两组重复构成了对比。

"是曰既醉"的隔章重复，更是将第三、第四两节直接串联了起来。诗中还运用顶针这种修辞，例如"以洽百礼""百礼即至"，"子孙其湛""其湛曰乐"这几句就是两个顶针。另外，"钟鼓既设，举酬逸逸。大侯既抗，弓矢斯张。射夫既同，献尔发功"，这几句话在排比的同时又做到了两句一换韵，使得这首诗有了很强的节奏感。

本诗在写作上采用了欲抑先扬的写法，在诗人反复直陈醉酒之态来警戒世人之后，再描述贵族烂醉之后的丑陋形态，对比鲜明，引人深思。

◎鱼藻◎

鱼在在藻，有颁其首①。王在在镐②，岂乐饮酒③。

鱼在在藻，有莘其尾④。王在在镐，饮酒乐岂。

鱼在在藻，依于其蒲⑤。王在在镐，有那其居⑥。

【注释】

①颁（fén）：头大的样子。②镐：镐京。③岂（kǎi）乐：欢乐。④莘（shēn）：尾巴长的样子。⑤蒲：多年生草本植物，叶长而尖，多长在河滩上。⑥那：安闲的样子。

【赏析】

《鱼藻》在《小雅》的"雅正之音"中算是一个异类。这首诗文字朴实，却有一股清新之气，在语言技巧和结构方式以及总体风格上都和民谣非常接近。尤其是诗中的问答体式，更是直逼民歌的范式，足见民间文化对庙堂文化的渗透。

本诗通过“鱼在哪儿呢？鱼在水藻。王在哪儿呢？王在京镐”这样的一问一答，来强调不同的人要在不同的场所。这里通过两个“在”字的连用，形象地刻画出了鱼儿的欢快和周王的欢乐。

“有颁其首”“有莘其尾”，这两句描绘了有着肥大的鱼头和长长的鱼尾的鱼，虽然诗中没有勾画出鱼的全体，但是一条在水藻之中忽隐忽现、往来出入的鱼的形象就这样出现在了我们的眼前，让人仿佛能够看见它们摇头摆尾、安乐自在的神态。“依于其蒲”这一句中通过一个“依”字，表现出鱼儿自足自乐地傍着蒲草游戏的样子，可以想象它们的逍遥自得。

每节的后两句是在写君王，“王在在镐”“饮酒乐岂”这两句通过语序的颠倒，暗示了活动的顺序以及因果。“岂乐饮酒”“饮酒岂乐”这两句通过直陈情状来描述君王的欢声快语，这就和朝廷宴饮的场景以及气氛合拍得严丝合缝。最后一句“有那其居”，则将周王安然自处的神态描绘得生动形象，如在目前。在对大王居所无限赞叹的同时，也和前两节的因果关系相照应上了。

一问一答，自问自答的写作方式，显得真实自然，形象动人，富有浓郁的生活气息和强烈的感情色彩。诗中将“鱼在在藻”和“王在在镐”这两个完全不相干的画面放在一起，让我们可以自然想象到君王的悠闲自得，就像是水中游着的鱼一样。

《郑笺》曾这样说过：“以在藻依蒲为鱼之得所，兴武王之时民亦得所。”综观全诗，不能肯定《鱼藻》这首诗所描写的是不是武王，但是可以想到诗中被诗人所吟唱的鱼应该就是指当时的百姓，诗人是在借鱼咏民，以鱼喻民。

这样就将这原本看上去并没有关系的画面联系到了一起，因为君王的贤德使得百姓安居乐业，同时天下的安定也使得周王可以安然地住在京镐，过着太平的生活。

◎采菽◎

采菽采菽①，筐之筥之②。君子来朝，何锡予之？虽无予之，路车乘马③。又何予之？玄衮及黼④。

觱沸槛泉⑤，言采其芹。君子来朝，言观其旂。其旂淠淠⑥，鸾声嘒嘒⑦。载骖载驷，君子所届⑧。

赤芾在股⑨，邪幅在下⑩。彼交匪纾⑪，天子所予。乐只君子⑫，天子命之。乐只君子，福禄申之⑬。

维柞之枝，其叶蓬蓬。乐只君子，殿天子之邦⑭。乐只君子，万福攸同。平平左右⑮，亦是率从。

汎汎杨舟，绋纚维之⑯。乐只君子，天子葵之⑰。乐只君子，福禄膍之⑱。优哉游哉⑲，亦是戾矣⑳。

【注释】

①菽（shū）：大豆。②筥（jǔ）：亦筐也，方者为筐，圆者为筥。③路车：即辂车，古时天子或诸侯所乘。④玄衮（gǔn）：浅黑画卷龙袍。黼（fǔ）：绣在礼服上的黑白相间的斧形花纹。⑤觱（bì）沸：泉水涌出的样子。槛泉：正向上涌出之泉。⑥淠（pèi）淠：旗帜飘动。⑦鸾：一种铃。嘒（huì）嘒：铃声有节奏。⑧届：到。⑨芾（fú）：蔽膝。⑩邪幅：像绑腿。⑪纾：怠慢。⑫只：语助词。⑬申：重复。⑭殿：镇抚。⑮平平：娴雅。⑯绋（fú）：粗大的绳索。纚（lí）：系，拴。⑰葵：通“揆”，度量。⑱膍（pí）：厚赐。⑲优哉游哉：悠闲自得的样子。⑳戾（lì）：至，至极。

【赏析】

《采菽》这首诗通过从未见诸侯时的思念之情，到远远看到诸侯来到，再到靠近看到诸侯的仪态，到最后对诸侯们功绩和福禄的颂扬之情，描绘了一幅春秋时代诸侯朝见天子时的历史画卷，气势磅礴，生动形象，十分吸引人。

开篇，作者知道就要到诸侯们朝见天子的日子了，周天子为了接待这些诸侯，已经开始为他们准备礼物了。身为一名大夫，他在猜想这些诸侯会进献什么样的礼物给周天子。

“采菽采菽，筐之筥之”，那些采菽的姑娘们连连去采菽，竟然已经把圆筐方筐都装得满满的了，这一句就表明天子给诸侯们的赏赐是非常丰盛的。“君子来朝，何锡予之？”这句疑问引出的答案告诉我们，天子赏赐给诸侯的礼物竟然就是“路车乘马”，还有“花纹礼服描龙裳”。

为了朝拜天子，诸侯们陆续离开了自己的封地，因为诸侯众多，所以声势十分浩大，场面异常壮观。“觱沸槛泉，言采其芹”这两句，用槛泉旁必有芹菜这样的特点来比兴君子来朝时也一定有仪仗队相伴。

在车马未到时，人们就已经远远见到风中“淠淠”的旗影、就听到了诸侯的“嘒嘒”的鸾铃之声由远及近，这些都是诸侯威仪的表现。“载骖载驷，君子所届”，说明豪华的马车在官道上奔驰，驷马或骖乘井然前行，滚滚烟尘留在了它们的身后，威仪显赫的诸侯们来到了宫廷。

陆续来到王宫的诸侯们，穿着特有的服饰，“赤红蔽膝垂腿侧，裹腿斜缠真利整”，赤色的护膝，裹腿的斜布是十分符合当时礼仪的装饰，他们不急不慢、从容行礼，这样的仪态让天子很满意，他们得到了天子的恩赐。“乐只君子，天子命之。乐只君子，福禄申之”四句就是从诗人看到的角度来写的，得到天子赏赐的诸侯们心花怒放。这几句既是诗人的恭维同时又起到引出下文的作用。

“维柞之枝，其叶蓬蓬”，用柞树枝条长得非常长，绿叶繁茂的兴旺来比兴天下的繁盛局面和诸侯的非凡功绩。诗人自豪于周王朝坐拥天下，国运昌盛，他认为是因为有天子的治理，天下才能如此繁荣。可以说，这是对周朝的歌功颂德，同时也表明了诸侯们的想法。“乐只君子，殿天子之邦”，“平平左右，亦是率从”则点明了诸侯们的态度，他们愿意为天子镇守邦国，并许诺天子，会协助他治理其他的邻邦，帮助周国更加兴盛。

“汎汎柏舟，绋缅维之”，一句中“汎汎杨舟”指的是诸侯，“绋缅维之”则是在说诸侯与天子的关系。诸侯和天子之间是相互依赖着的，他们的利益是紧紧维系在一起的。诸侯们帮助天子治国安邦，天子则将丰厚的奖赏赐给诸侯们。他们以统治者内部相互依存的关系共生着。“优哉游哉，亦是戾矣”，这两句充分表现出作者对诸侯安居优游的艳羡之情。

◎角弓◎

骍骍角弓[①]，翩其反矣[②]。兄弟昏姻[③]，无胥远矣[④]。
尔之远矣，民胥然矣[⑤]。尔之教矣，民胥傚矣。

此令兄弟[6]，绰绰有裕[7]。不令兄弟，交相为瘉[8]。
民之无良，相怨一方。受爵不让，至于已斯亡[9]。
老马反为驹，不顾其后。如食宜饫[10]，如酌孔取[11]。
毋教猱升木[12]，如涂涂附[13]。君子有徽猷[14]，小人与属[15]。
雨雪瀌瀌[16]，见晛曰消[17]。莫肯下遗[18]，式居娄骄[19]。
雨雪浮浮[20]，见晛曰流。如蛮如髦[21]，我是用忧。

【注释】

①骍（xīn）骍：弦和弓调和的样子。②翩其：自然地。反矣：弹弓弦，弓弦自然会回弹。③昏姻：姻亲关系。④胥：相。⑤胥：皆。⑥令：善。⑦绰绰：宽裕舒缓的样子。⑧瘉（yù）：病，此指残害。⑨至于：直到。⑩饫（yù）：饱。⑪孔：恰如其分。⑫猱（náo）：猿类，善攀援。⑬如涂涂附：在污泥上面涂一层污泥。⑭徽：美。猷：道。⑮与：从，属，依附。⑯瀌（biāo）瀌：下雪很盛的样子。⑰晛（xiàn）：日气。⑱莫肯下遗：不肯谦下。⑲式：用。居：通“倨”，傲慢。娄：收敛。⑳浮浮：与“瀌瀌”义同。㉑髦：古代对西南少数民族的称呼。

【赏析】

“骍骍角弓，翩其反矣”这两句，是通过角弓不能够松弛来比喻兄弟之间是不应该疏远的。在贵族内部矛盾斗争，内忧外患之时，兄弟之间一定不要疏远兄弟而亲近小人。“兄弟昏姻”这一句应该是同宗兄弟，同宗兄弟之间一定要团结。所以“兄弟昏姻，无胥远矣”是全诗的主题句，它统领全文，以下各节都是在论述这两句的内容。只有大家拧成一根绳，心往一处想，劲往一处使，才能同舟共济，共渡难关。本节的内容虽然是劝谏和教诲，但因为都是直率恳切的语言，所以显得非常亲切。

兄弟疏远，互不亲善，终将导致兄弟自相戕害。“尔之远矣，民胥然矣。尔之教矣，民胥傚矣”，这四句的结尾都是语气词，这是父兄的口气，这样的写法显得语重心长，有很强的告诫作用。如果君王都开始和自己的兄弟疏远，那么以君王为楷模的百姓一定会上行下效，这样天下就会教化不存。 接下来，通过兄弟之间和睦与不和睦的两种不同结果来达到说服劝诫君王的目的。作为君王要做到兄弟之间泰然自得的和睦相处，不能和兄弟相互残害。

诗人继续通过现实中人不责己的小人做法已经蔚然成风的现象来告诉君王这就是他疏远兄弟的恶果。“民之无良，相怨一方。受爵不让，至于已斯亡”这几句就是在说兄弟之间交恶，它们相互怨怒，不顾礼仪道德，为了争爵禄地位相互斗争，因为一些蝇头小利便忘记了应有的大德。

诗人告诫周王只有他自身的行为合乎礼仪了，才能正确引导人民相亲为善。“老马反为驹，不顾其后”，以物喻人，显示老少颠倒的荒唐，惟妙惟肖地运用王室父兄的神情口吻来表现心中所感所想，愤激不满之情溢于言表。“如食宜饫，如酌孔取”，两句是教导君王如何敬老，正面告诉他养老之道。

“毋教猱升木，如涂涂附”这两句说明猿猴是天生就会上树的，泥巴涂在泥上自然就会粘得很牢，以此比喻本性无德的小人，善于攀附，即使不去招惹他，他也会主动来攀附。最后两句“君子有徽猷，小人与属”，从正面劝诫，希望周王具有美德，这样百姓也会改变恶习，变得相亲为善。

本诗希望君主能够像个君子，亲近兄弟而疏远小人，成为一名优秀的君主。当他的耳边再也没有小人们在肆意聒噪，那么他曾经泯灭的良知一定会复苏，这样兄弟能够重归于好，天下也将变得十分美好。

◎菀柳◎

有菀者柳[①]，不尚息焉[②]。上帝甚蹈[③]，无自暱焉[④]。俾予靖之[⑤]，后予极焉[⑥]。

有菀者柳，不尚愒焉[⑦]。上帝甚蹈，无自瘵焉[⑧]。俾予靖之，后予迈焉[⑨]。

有鸟高飞，亦傅于天[⑩]。彼人之心，于何其臻？曷予靖之，居以凶矜[⑪]。

【注释】

①菀（yù）：树木茂盛。②尚：庶几。③蹈：动，变化无常。④暱（nì）：亲近。⑤靖：安定。⑥极：同“殛”，诛杀。⑦愒（qì）：休息。⑧瘵（zhài）：接近。⑨迈：行，指放逐。⑩傅：至。⑪居以凶矜：他必置我于凶险之境。

【赏析】

《菀柳》一诗的作者，是一位耿直而愤激的官吏，他才华卓著但未被重用，冷眼于当朝的黑暗统治，不满君主暴虐无常，悲慨至极；可能他还受到了难以言说的不公平待遇，非常伤心失望，于是作歌警醒同事和世人，让他们警惕无道的君主，千万不要前去亲近。

首章以“有菀者柳，不尚息焉”起兴，作者使用祈使语气，劈面直陈、突兀强硬，产生极强的表达效果，发人深省。一方面，诗句传达出诗人强烈的愤懑之情；另一方面，这样的开头也让读者感到一丝茫然不解，产生进一步追问缘由的兴趣。在炎热的夏季，四处骄阳似火，唯有茂盛粗大的垂柳撑起一片绿荫，营建出一座温馨凉爽的避暑胜地，让人观之便无限欣喜，但作者为什么说不可以进去休憩呢？并且还如此绝对、信誓旦旦，让人听罢心生犹豫和畏惧。

在这里，作者用柳荫的阴凉，比喻君主之侧貌似光彩舒适，君主的位高权重，正如柳树的粗大茂盛，会让很多人产生亲近、寻求庇护的欲望，但殊不知，那里凶险无比，并非真的好去处。这种先设疑问的写法，便于下一步的铺展和分析，也利于读者在不经意间对诗人所陈之事增加印象，引起其情感上的共鸣。

接下来的两句，作者就所陈之事给出了自己的理由："上帝甚蹈，无自暱焉。"君主太过暴虐无常，心狠手辣，朝令夕改，危险至极，万万不可亲近，否则必然自招祸害，甚至最终弄得性命不保。然后，作者唯恐未能说尽，也担心旁人不信，又现身说法，用自己的经历警醒旁人："俾予靖之，后予极焉。"当初君主请作者入朝，共商国事，一团和气，但时日未久，君主就莫名其妙地将其责罚，使其饱受苦楚。此章每句结尾都为"焉"字，呼告语气强烈得无以复加。

作者一经倾诉，便扯开了往日久经潜藏的话题，心中感慨喷涌而出，此刻心潮澎湃，怨怒正盛，单单一章的呼告当然无法尽数消解。于是，在第二章中，作者继续一吐为快。诗作运用回环复沓的艺术手法，两章结构相同、内容相似，仅易数字，反复咏叹，以相似的语调和口吻，进一步强化诗人的谆谆告诫和拳拳用心，感染力获得无限叠加，情感势头迅速高涨。

前两章的感情蓄积，使诗人的视野、胸怀变得无限开阔，他昂头看天，看到振翅高飞的鸟儿，心有所思，话语变得更加激切。在此基础上，诗人笔锋转向，由对众人的诉说警戒，变为了对统治者的怒斥，将众人远远抛开，把所陈言语的对象直指统治者："有鸟高飞，亦傅于天。"作者以所看到的鸟儿比兴，着眼其飞行高度，言其再高也有限度，不会高过苍苍青天。而统治者的心思却丝毫没有限度，反复无常，不可推测。

"彼人之心，于何其臻"，反问的语气，斥责的口吻，显示出作者对其德不称其位的反感和抨击。最后，作者又一次地提及自己的悲惨遭遇，"曷予靖之，居以凶矜"，往日的痛苦经历总是不停地浮现脑海，作者的内心定然时刻未能安宁，其受到的苦楚定然非比寻常。他对于统治者的质问，虽显得过于单刀直入、激切无比，却是有因可循，情有可原。

诗作情感激烈、说理严谨，以事实服人，通过比拟、警戒、劝告、直陈等多种表现手法，传递出诗人的拳拳真情和无限怨恨。结构上，一气呵成，脉络清晰，上下连贯，以气御文，产生了极大的情感效果。作者通过寥寥数十字，将一个不得人心的君主以及一位严词质问的受难诗人形象，清晰地展现在读者面前。

◎都人士◎

彼都人士，狐裘黄黄。其容不改，出言有章。行归于周，万民所望。
彼都人士，台笠缁撮①。彼君子女，绸直如发②。我不见兮，我心不说③。
彼都人士，充耳琇实④。彼君子女，谓之尹吉⑤。我不见兮，我心苑结⑥。
彼都人士，垂带而厉⑦。彼君子女，卷发如虿⑧。我不见兮，言从之迈。
匪伊垂之，带则有余。匪伊卷之，发则有旟⑨。我不见兮，云何盱矣⑩。

【注释】

①缁撮：缁布冠。②绸：密，缴密。③说（yuè）：同"悦"。④琇（xiù）：一种宝石。⑤尹吉：当时的两个大姓。⑥苑：郁结。⑦厉：带之垂者。⑧虿（chài）：蝎类的一种。长尾曰虿，短尾曰蝎。⑨旟（yú）：上扬。⑩盱（xū）：忧愁。

【赏析】

西周末年，因为周幽王的荒淫奢靡，致使周王朝的诸侯群臣都离心离德了，之后周朝东撤迁都，此后周氏便苟延残喘气息奄奄，西都镐京的遗民都变成异族的奴隶，周氏再也没有了昔日的辉煌。作者看着从前都穿着华丽服饰的男女如今穿着怪异服饰，感到十分无奈和痛苦。他的惆怅之情无法直抒出来，对新的统治者的不满也不能表现出来，所以只能通过“人物仪容之美”，来表现他对“文物声明之盛”时期的追忆，希望昔日的情景“行归于周”，是真正的“万民所望”。

全诗共有五节，每节六句。全诗在直接平淡的叙述中寄寓着作者浓烈的感情。诗人渴望“都人士”能够“行归于周”，反映出沦于异族铁蹄之下的遗民的心声。“彼都人士”中的“彼”字蕴含着诗人对物是人非，斗转星移的感慨。当人们看到这样的诗句之后，脑海中就会看到这样一幅画面：一个经历过战乱之苦的老人用他苍老的声音向他的后代们说：“那个时候的京都人士啊。穿着狐裘黄黄的衣着，举止得体，出言有章，不管怎么看，不管从哪个方面来看，他们都是雍容典雅，合乎礼仪的。”这样的描写其言外之意就是反讽现在生活在这里的人，完全不能和原来的京都人士同日而语。“行归于周，万民所望”，这两句充分表现了人们渴望重新回到昔日周都的心情，想要过安定昌隆的生活，渴望回到那个讲究礼仪的时代。

那时，男子的典型头饰是草笠和缁布冠，女子的典型头饰是密密直直的头发。他们的耳朵上戴着漂亮的宝石饰物，充满贵族的气派。这些优雅的人就是当时的名门望族尹氏和吉氏。但是在当时非常常见的场景，在今天却再也看不到了。

诗中反复提到“都人士”和“君子女”的“仪容之美”，这些都是当时的民族文化。中国历史许多民族的消失，并不是因为种族的灭亡，而是因为他们的文化灭亡。对于民族文化的丢失，诗人感到十分伤心。

本诗通过表现昔日都城男女的仪容之美，展现了周王朝曾经的繁荣昌盛，同时表现出作者对如今在外族的入侵之下华夏文化逐渐衰微的心痛，最终作者发出了“我心苑结”“云何盱矣”的感慨。在表现手法上，诗人一直在描写昔日京都男女的衣饰仪态之美，让读者从诗歌中感受到过去与现实的巨大落差，将那种今昔盛衰之感直接传递给世人。

◎采绿◎

终朝采绿①，不盈一匊②。予发曲局，薄言归沐。
终朝采蓝，不盈一襜③。五日为期，六日不詹④。
之子于狩，言韔其弓⑤。之子于钓，言纶之绳。
其钓维何？维鲂及鱮。维鲂及鱮，薄言观者⑥。

【注释】

①绿：草名，即荩草。②匊（jū）：同“掬”，两手合捧。③襜（chān）：围裙。④詹：至也。⑤韔（chàng）：弓袋，此处用作动词。⑥观：多。

【赏析】

《采绿》一诗描写了妇人对外出逾期不回的丈夫的思念。全诗从采草写起，“终朝采绿，不盈一匊”，这样的描写表现出了思妇的心不在焉。她神情不安，无心梳洗打扮，当她想到丈夫要回来时，才开始沐浴打扮，但是本来约好日期回来的丈夫却没有如期归来，这让妻子变得更加不安了，她精神恍惚，想象着丈夫已经回来了，并日夜陪伴着丈夫。妻子的想象愈美好，就反衬了现实的愈凄苦，更表现出了妻子思念的强烈。

前两节字句基本相同，变化较小，有一种重叠复沓的结构，构成了全诗的回环往复的音乐美。全诗可以分成两部分：前两节为第一部分，主要描写现实生活，后两节为第二部分，主要描写妻子的想象生活。这样一实一虚的生活描写强化了妇人的思念。

第一节是写女子手里虽然在采绿草，但是她的心已经飞越了几重山水，去寻找她的丈夫去了。诗中没有直接说出女子思念的是什么，而是说她“予发曲局，薄言归沐”：她的长发蜷曲乱蓬蓬，因为

丈夫不在，无人欣赏。后来她又急忙要回家梳洗，是因为她的丈夫随时都可能回来。为了让丈夫看到她美好的一面，她一定要好好打扮自己，可见女子思念的就是自己的丈夫。

第二节的“五日为期，六日不詹”说明了女子精神恍惚的原因，她担心着没有如期归来的丈夫。郑笺关于“五日”“六日”的解释是：“五月之日”“六月之日”，这种说法比较符合诗意，因为丈夫和女子约定的是五月之日就会回家，所以在约定之日后的每一天，女子都在思念自己的丈夫，所以也就无心采绿草了。“五日为期，六日不詹”进一步交代了女子反常行为的原因。

这两节的内容仅用了寥寥数语，就将一个鲜活的思妇形象描绘了出来，其中既有声音，又有动态，还有思绪中的波澜。同时，诗中没有提及女子丈夫外出未归的原因，这就令人产生了无限的想象，到底是什么原因使得情深意切的妻子坐卧不安心神不定，以至于茶食无心，无意梳妆。戍边、经商等都可以成为原因，这也增加了诗的韵味。

第三节写女子的丈夫去捕鱼和打猎，女子跟随在丈夫身边，丈夫打猎，就替他装弓箭；丈夫捕鱼，就为他整理钓线。尽管只是想象，但本节的描写跳出了闺怨的套路，表现出了一种甜蜜之情。这时丈夫尚未归来，可见一旦丈夫真的归来了，妻子的喜悦将更加无以言表。

第四节的内容承接了上一节的“钓”，妻子想象丈夫钓了很多的鱼，并赞美自己的丈夫十分能干。

通过这首诗，可以感到诗人夫妻的恩爱之情，丈夫为了生活在外奔波，妻子留在家中思念丈夫的同时，憧憬着美好的未来。她相信丈夫和自己是同心同德的，丈夫一定会回到自己身边，和自己过那种打猎捕鱼的悠闲生活。

本诗虚实结合，采用四言句式，带有很强的节奏感。

◎黍苗◎

芃芃黍苗①，阴雨膏之。悠悠南行，召伯劳之。
我任我辇②，我车我牛。我行既集③，盖云归哉④。
我徒我御，我师我旅。我行既集，盖云归处。
肃肃谢功⑤，召伯营之。烈烈征师⑥，召伯成之。
原隰既平⑦，泉流既清。召伯有成，王心则宁。

【注释】

①芃（péng）芃：草木繁盛的样子。②辇：推车。③集：完成。④盖：同“盍”，何不。⑤肃肃：严正的样子。功：工程。⑥烈烈：威武的样子。⑦原：高平之地。隰：低湿之地。

【赏析】

“芃芃”这一叠词的应用，以及雨露润苗场景的描画，使得诗作多了几许轻松的抒情味，将全篇笼罩在舒缓悠扬的田园氛围中。黍苗得到雨水滋润、生长最盛之时，是在春夏之交，由此作者又在不经意间点明了南行的时间，一箭双雕。黍苗受到雨水的滋养得以繁盛，同样，南行众人得召伯抚慰，士气振奋，谢邑营建得又快又好。在当时那个时代，南行路途之遥远、跋涉之艰，不言自明，但有召伯慰劳，众人心甘情愿，足显召伯地位之崇、威望之高。

到达目的地，大家齐心协力，共筑谢城。因为生产力落后，人员少，规模大，当城池筑好之后，转眼间已经数年之久，工人们无法归家，思乡之情强自隐忍,如今都悉数表达了出来。“我任我辇,我车我牛”“我徒我御，我师我旅”，四字短句中同一格式反复出现，反映出气氛的急促紧张，役夫们分工严密、合作有序、规整统一。这种局面的出现，是因为有召公做主持，众人的情绪得到了充分调动：有拉车的、有驾牛的、有步行的，各司其职，忙而不乱。这两部分可理解为人们在完工之后，对劳动过程的回忆，也可以理解为对召伯组织能力和规划能力的赞美。

通过艰苦卓绝的劳动，终于“我行既集”，建成了规模宏大的谢城，大家完成了自己的使命。“盖云归哉”“盖云归处”，筑成而思归，众人异口同声地反复吟诵，是思乡情绪真实而自然的流露，包蕴着抑制不住的欢喜与无限欣慰，也反映了工期之长，以及众徒役对自己的亲人的无限眷恋之情。然而，尽管思乡之情非常急切，但众人的语气中却丝毫没有怨怒之气，召伯作为人们的精神领袖，确实是深得民心。这也表现出作者驾驭文字的水平之高，既能将众人的急切描摹得淋漓尽致，又能保证全诗赞美召伯的核心主旨和欢快舒缓而又和谐的统一氛围。

营治谢邑的工程能够迅速地完工,召伯的治理有方起到了决定性的作用。“肃肃谢功,召伯营之”“烈烈征师，召伯成之”，作者通过对偶的规整结构，热切颂扬了召伯的组织才能：将如此规模的徒役有序地组织起来，并且充分地调动大家的积极性，使每个人都能甘心出力，这是非常困难的，足见召伯的不同凡响。此章是上文具体事由和场面的总说和提炼，与第二、三章相照应，“肃肃谢功”对应“我任我辇”，“烈烈征师”对应“我师我旅”，在结构安排上颇具匠心，也反映出雅诗雅正严整的特点。

“原隰既平，泉流既清”，召伯绝非仅仅修筑了城池，还为谢邑平整了田地，清理疏导了河道，营造了必要的生存环境，昔日的不毛之地成了繁衍生息的居所，农业得到了发展。农业文明在当时是先进生产力的代表，原本是蛮夷之地的南方，如今步入文明阶段，显示着召伯此举具有开化之功。“召伯有成，王心则宁”，篇末点题，用君王的权威肯定了召伯的功绩。

本诗依循时间顺序，按情节发展叙写来龙去脉，言简而意赅，但它传达出这样一种深刻的治国思想：威望、品德比政策、高压更重要，柔性的御民方式更能显出奇效。

◎隰桑◎

隰桑有阿[①]，其叶有难[②]。既见君子[③]，其乐如何？

隰桑有阿，其叶有沃[④]。既见君子，云何不乐？

隰桑有阿，其叶有幽[5]。既见君子，德音孔胶[6]。
心乎爱矣，遐不谓矣[7]？中心藏之，何日忘之？

【注释】

①隰：低湿的地方。阿：美。②难（nuó）：盛。③君子：指所爱者。④沃：柔美。⑤幽：青黑色。⑥胶：牢固。⑦遐：何。谓：告诉。

【赏析】

《隰桑》一诗，历来有两种解释，一种基于其内容，被视为爱情诗，一位年少的怀春女子，对所爱男子百般痴想，但不敢向其诉说；另一种被视为是周文王被拘七年，最终从羑里被释返回周国时，人们所作的欢迎之歌。两种解释都非常合理、圆熟自然，显示了诗歌的开放性和蕴藉性。

“爱情诗”的说法，为诗作披上了一抹旖旎、热烈又伤感的色彩。作者以桑树起兴，“隰桑有阿，其叶有难”，各章相似的开端，勾勒出一种明丽而又浓郁的氛围：低洼潮湿的土地上，生长着一片美丽的桑林，桑树枝干粗壮、树叶繁茂，一片生机勃勃。阳光和暖明媚，普照着绿茵茵的世界，不时有阵阵清风吹过，桑林神秘地飒飒低语，鸟儿欢快地呢喃，植物旺盛地生长，空气中充满氤氲、青葱的气息。如此的桑林，为情人幽会提供了一个寂静美好的场所，少男少女在此情语绵绵，极尽欢乐，羞涩的女子，一改往日的缄默，主动说出心中的愉悦：“既见君子，其乐如何？”诗作前三章回环复沓，把这种情境和心情描绘得淋漓尽致。

然而，这种美好却并非真实景状。第四章中，作者写道：“心乎爱矣，遐不谓矣？中心藏之，何日忘之？”语气和场景倏然变换：心中的爱意，为什么不说呢？只是把它深深地潜藏，每天都不能忘怀。原来，幽会的场景只是作者美好的想象。怀春的她孤身一人，深入桑林深处，在树下休憩，这种美好的环境和氛围，使她心有所感，又想起了自己日日思恋的男子，幻想着两个人在此幽会。她没有勇气去表达自己的爱慕，只是痴痴地暗恋，最后又百般埋怨自己的怯懦，显示出那美好、真挚、纯粹又娇弱的心灵。

每次见到情人时，树叶都呈现出不同的形态，主人公的心情也各不相同。第一章讲叶子很茂盛，心情很快乐；第二章描写叶子的柔美，然后用很强的反问语气，表现快乐的程度悄然提升；第三章树叶变得墨绿，女子对情人的思念更加牢固。桑叶的柔美，肥厚，进而墨绿，象征女子感情的层层深入，也表现出女子不是仅仅幻想过一次，而是在漫长的时间里日日思念。

“爱情诗”的解法，美好而又感人，但有些人却提出了异议，因为《小雅》是在宴会上唱的雅乐，暗恋的内容显然不符合公开场合。他们从历史史实入手，主张这是在周文王从羑里返回周国后，族人们为了欢迎他，在宴会上唱的一首雅歌，诗中反映的并非女子的暗恋，而是人们对于文王的想念和牵挂。族人盼望文王回国，时日已久，现在得偿心愿，按捺不住心中的激动，以原隰里的桑树起兴，抒发相会后的开心。桑树的位置在“隰”地，比喻族人迁到了原隰；桑树的繁茂和生长，暗喻他们迁移后的繁荣壮大。“遐不谓矣”，意思是说：“文王被关押七年，在此过程中，因为路途遥远，众人的爱戴之情无法表达。”但紧跟着，作者又说道：“中心藏之，何日忘之？”——众人对于文王的感情，一直深埋在心中，没有一刻忘怀！寥寥数句，尽显众人对文王无尽的敬爱和忠诚。

我们常走在生命的分岔口，此时，选择一个就意味着丧失其他的可能，未免悲戚伤感。但艺术却不一样，它的包容性可以驾驭多种解读，使读者能够在同一地点领略到多种多样迥然各异的风光，尽情享受丰赡的视听、想象盛宴。正如这篇《隰桑》，蕴含着儿女情长，也驾驭着君臣政治，诉说出婉转纠结，也传达出举国欢庆，各种不一样的美好，都聚拢在这方寸之间，营养了国人千年之久。

◎白华◎

白华菅兮①，白茅束兮。之子之远，俾我独兮。
英英白云，露彼菅茅。天步艰难②，之子不犹③。
滮池北流④，浸彼稻田。啸歌伤怀，念彼硕人。
樵彼桑薪，卬烘于煁⑤。维彼硕人，实劳我心。
鼓钟于宫，声闻于外。念子懆懆⑥，视我迈迈⑦。
有鹙在梁⑧，有鹤在林。维彼硕人，实劳我心。
鸳鸯在梁，戢其左翼。之子无良，二三其德。
有扁斯石，履之卑兮。之子之远，俾我疧兮⑨。

【注释】

①菅（jiān）：多年生草本植物。②天步：天运，命运。③犹：可。④滮（biāo）：水名，在今陕西。⑤卬：我。煁（shén）：越冬烘火之行灶。⑥懆（cǎo）懆：愁苦不安。⑦迈迈：不高兴。⑧鹙（qiū）：水鸟名，头与颈无毛，似鹤。梁：鱼梁，拦鱼的水坝。⑨疧（qí）：因忧愁而得病。

【赏析】

《诗经》中有很多关于弃妇的诗，《白华》就是其中的一首。这位被抛弃的妇女应该是一位贵族妇女。全诗语言委婉曲折，充分表达了诗人矛盾而复杂的心情，使读者如闻其诉，深受感动。

诗中大量含意委婉的比兴，抒发了失意女子的真实感情。首节以咏叹开始，三句都用“兮”字来结尾，最后一节以咏叹终，同样也用“兮”字来结尾。中间各节大多语气急促，气势磅礴。诗人用菅草和白茅起兴，通过表现白花的菅草白茅相互缠绕来映射情人、夫妇之间应该亲密相伴，相亲相爱。菅草白华以及茅草之白都是象征着纯洁与和谐的爱情。

被抛弃的妇人看到被白茅草捆起来的菅草时，触景生情，联想到自己悲惨的命运。她感叹本应亲密无间、相依为命、相濡以沫的夫妻却渐行渐远，自己被丈夫遗弃，再也不能和他团聚了，柔情蜜意什么的已经变得可望而不可即了，这样悲痛的心情通过“之子之远，俾我独兮”充分表现了出来，使人深切感受到了全诗那凄婉而让人心寒的悲剧基调。

接下来，诗人用能化雨滋润菅草和茅草的飘浮的白云起兴，喻示本应和谐相处的情人违背了常理，丈夫不再与妻子休戚与共了。通过诗句的描绘可以看到，白云化雨，遮盖了所有的菅茅，没有任何的偏私。自然就是这样一视同仁没有偏爱的，但是作为万物之灵的人却做不到这一点。丈夫抛弃了应该同舟共济祸福与共的结发妻子，叫人悲愤难当。

滮池的水慢慢地向北流，可以灌溉万顷稻田，但是人的恩泽却不能长久存在，无情丈夫对妻子十分的薄情寡义。诗人“啸歌伤怀”，尽管她被抛弃了，可是心地善良的她仍然从内心深处怀念着自己

的丈夫。诗人用池水灌溉稻田来比兴妇人无人相顾的凄凉处境。

女子本以为自己可以过上美满幸福的日子，然而事与愿违；女子就像是那原本应是妇女用来养蚕缫丝的桑树被当成烧火的薪柴一样，被丈夫无情地抛弃，心里万分悲伤。

宫廷里的钟鼓声，悠扬传播，一直传到遥远的地方，就这样丈夫无情抛弃结发妻子的家丑，随着钟声不断地宣扬着，天下的有识之士都将会谴责那个负心的丈夫，但是不明事理的人大概会说这一切都是留不住丈夫心的妻子的过错。伤心的女子对于自己将要成为人们茶余饭后的笑谈这件事，感到十分尴尬与颤怵。即使到这个时候她还担心着丈夫，于是有了“念子懆懆”的弃妇，但是一想到丈夫对自己的嫌弃，她又感叹丈夫“视我迈迈”的冷酷无情。这样的对比，更使得被抛弃的女子的温顺善良和丈夫的轻薄无情形成了鲜明的对比。

鹤与鹙虽然都是以鱼类为食的水鸟，但性格确是不相同的。鹙生性贪婪而猛恶，喜好独霸鱼梁；鹤生性柔顺而和善，不喜争夺，这样两种水鸟在一起的结果就是鹙饱而鹤饿。丈夫的新欢就是那贪婪而猛恶的鹙鸟，弃妇就是那温顺的鹤。所以，只要女子一想到“妖大之人”就心情悲痛，所以她一次次地说“维彼硕人，实劳我心”，这正是她心情沉痛的写照。

鸳鸯是一种总是雌雄偶居不离、从不三心二意的水鸟，人们经常将夫妻比作鸳鸯。诗人感叹鸳鸯总是成双成对在河上嬉戏，它们相亲相爱，互相依靠。然而比它们高级的人却做不到对爱情专一，总是会见异思迁，弃妇那无情无德的丈夫不就是抛弃了本应与之白头偕老的妻子吗？这一节与四、五、六节连在一起看，就更能表现出弃妇那深切的怨恨之情了。她虽然怨恨抢夺了她丈夫的妖冶女人，但是追其根本原因还是她的丈夫“二三其德”所造成的。

这时弃妇不得不思考自己将来的命运，她说“之子之远，俾我疧兮”，茫然不知前途的愁苦使她生病，在愁闷中郁郁寡欢。她痛斥负心男子的寡情无义，如果真有一天自己在悲愤愁苦中死去了，都是因为那个负心汉的错，她要让他永世在良心的谴责中苟且偷生。

“痴情女子薄情郎”在现实生活中不少见，无数女子因此殒命。《白华》中那名贤淑美丽的夫人，她忧伤、惆怅，她代表了中国古代妇女的悲剧命运。全诗生动形象，富有说服力，将弃妇的忧伤完全展现了出来，具有极强的艺术魅力。

◎绵蛮◎

绵蛮黄鸟[①]，止于丘阿[②]。道之云远，我劳如何？饮之食之，教之诲之。命彼后车[③]，谓之载之。

绵蛮黄鸟，止于丘隅。岂敢惮行，畏不能趋[④]。饮之食之。教之诲之。命彼后车，谓之载之。

绵蛮黄鸟，止于丘侧。岂敢惮行，畏不能极[5]。饮之食之，教之诲之。命彼后车，谓之载之。

【注释】

①绵蛮:《毛传》:“绵蛮，小鸟貌。”②丘阿:山坡凹陷处。③后车:诸侯出行时的从车，又叫副车。④趋:快走。⑤极：至。

【赏析】

关于《绵蛮》的主旨，古代学者主张这首诗的作者是一个下层官吏，他在行役途中，抱怨高层的长官施政不仁，把自己的窘迫抛之脑后，不闻不问，没有给予必要的给养，也没有开展教育、培训工作，更别提升官提携了，由此心中幽怨，作诗抒发。后代的评论者则指出前半部分是借小鸟比兴，后半部分是抒发自己对于在上者的幻想，深得诗作意旨。

诗作每章开头，作者没有直言其事，而是从娇小可爱、色彩艳丽的小黄雀入手，描写它“止于丘阿”“止于丘隅”“止于丘侧”，在各处随意停歇，自由而又快乐。作为对照，身处行役途中的作者，则显得悲惨不已：路程遥远，道路曲折坑洼、难以行走，时而烈日炎炎，时而骤雨忽至，人们缺衣少食，神疲力乏，面容枯槁，困顿至极，但又不得不勉力坚持，不然就会耽误行期，完不成上级给予的任务，受到令人忌惮的责罚。

寥寥数句，作者就展开了一幅山间行役者之图。他们拖着长长的队伍，在山间缓慢行移，人人生机尽失、死气沉沉，与欢快地在四周飞来飞去的小黄雀形成鲜明对比。诗作每章的后四句，为行役者的想象，是作者的虚写。行役者们身体、心灵饱受创伤，为了积攒坚持下去的勇气和力量，只得每每以幻想度日。他们美好地幻想着，不久之后，就会时来运转，受到上层的体恤和帮助。到那个时候，长官们会供给他们水和食物，为他们开展培训教育，然后把其提拔到比较高的职位，让其能够大有作为。

“命彼后车，谓之载之”——让副车稍作停留，让行役者坐上来，在此有两方面的含义：一方面对应行役者的身疲力竭、举步维艰，反映行役者对休息的直观生理渴求，另一方面这一句又是遇贵人提拔、地位上升的委婉说法，反映了行役者在幻想中的极端心理渴望，表达了其渴望青云直上、彻底改变现实的最终追求。由此，诗句将前面所展示的虚与实两幅画面紧密联结，使得诗作内容紧凑、蕴含深广。全诗三章，后半部分完全相同，反复咏叹，这种幻想也由此变得异常坚定，与每章易字的复沓手法相比，更显行役者心中的急切。

◎瓠叶◎

幡幡瓠叶[1]，采之亨之[2]。君子有酒，酌言尝之。
有兔斯首[3]，炮之燔之[4]。君子有酒，酌言献之。
有兔斯首，燔之炙之[5]。君子有酒，酌言酢之[6]。
有兔斯首，燔之炮之。君子有酒，酌言酬之。

【注释】

①幡（fān）幡：反复翻动的样子。瓠（hù）：葫芦科植物的总称。②亨：同“烹”。③斯首：白头。④炮（páo）：将带毛的动物裹上泥放在火上烧。燔（fán）：用火烤熟。⑤炙：将肉类在火上熏烤使熟。⑥酢（zuò）：回敬酒。

【赏析】

《瓠叶》是一首庶人宴请朋友之诗，它表达了主人在宴饮宾客时的自谦。本诗主要突出菜肴的简约，

十分具有个性，独树一帜。

主人为客人在餐桌上准备的菜肴非常简单，只有一盘煮熟的葫芦叶以及一只碰巧捕到的野兔。虽然菜色很少，但是这并不代表主人不在乎宴请的客人，因为诗人用了四分之三的篇幅来描写要如何烹饪这只野兔。主人反复思量，他在炒、烤、熏、煨等几种做法之间犹豫不决，最后决定，一半烤，一半煨。这些细节都表现出主人为了迎客而费尽心思。

本诗共有四节，在表现形式基本上用的都是赋，诗中反复咏叹，渲染描绘。第一节用瓠叶这样一个典型的意象，表现出这场宴席所上的菜肴的粗糙和简陋。瓠叶是一种很苦的东西，宴席上出现了这样的东西，可以知道宴会上没有美味佳肴。虽然主人拿不出上好的食物，但是主人觉得礼数一定要周全，绝不因为菜肴微薄而废礼。他情真意挚地“采之亨之”，虽然菜肴寡薄，但是主人用美酒来补充，宴会中因为主人的热情，客人没有因为菜肴的简约而感到扫兴。主人将家中最好的陈年老酒拿了出来，热情招呼宾客就座，“请客品尝杯斟满”；然后“斟满一杯敬客人”；接着“宾客回敬满杯斟”；最后“主客互劝齐干杯”。

这里运用“尝、献、酢、酬”四个字，将一场宴请客人的过程井然有序地描绘了出来，显出宴饮是依礼而行的。文中透露出热烈而欢快的气氛，宾客之间你来我往地敬酒，推杯换盏，菜肴虽然简陋但是他们仍然吃得津津有味，让人不禁想要融入其中。

诗中运用了很多代词，这样的运用加快了全诗的节奏，使得全诗的情绪变得欢快跳跃，首章的“亨”和“尝”，也为全诗奠定了一个热烈高昂的基调。后三节把白头的小兔作为赋叙的对象，通过对这只小兔的描写，从另一面表现出菜肴的简陋。

诗人反复强调兔子的原因在于，在那个时代，招待客人的荤菜应该是“六牲”，也就是牛、马、羊、豕、犬、鸡，如果是正式的宴请，为了表现对客人的尊敬，应该准备在“六牲”范围内的菜肴。所以在那时兔子是难登大雅之堂的，所以为了不失礼于客人，主人在烹饪的手法上下功夫，通过变化多端的烹调手段来让单调而粗简的原料变成诱人的佳肴。在用酒献客、酢客、酬客的过程中，诗人时刻都做到礼至意切。

其实，《瓠叶》并不是雅诗中的上品，但是它却让人非常感动。这首诗具有非常重要的历史价值，能帮助后人了解中华民族悠久的饮食文化传统，以及华夏子孙所特有的尚礼民风和谦虚美德。

宴饮朋友最重要的并不是豪华的菜肴，而是主人的真情实意，只要有心，一把菜叶一只兔子，都可以胜似山珍海味鱼翅燕窝。

◎渐渐之石◎

渐渐之石[①]，维其高矣[②]。山川悠远，维其劳矣。武人东征[③]，不皇朝矣[④]。

渐渐之石，维其卒矣[⑤]。山川悠远，曷其没矣[⑥]。武人东征，不皇出矣[⑦]。

有豕白蹢[8]，烝涉波矣[9]。月离于毕[10]，俾滂沱矣[11]。武人东征，不皇他矣。

【注释】

①渐（chán）渐：山石高峻。②高：通“辽”，广阔。③武人：指将士。④不皇朝：无暇日。⑤卒：山高峻而危险。⑥曷其没矣：什么时候可以结束。⑦不皇出：只知不断深入，无暇顾及出来。⑧有豕白蹢（dí），烝涉波矣：天象。夜半汉中有黑气相连，俗称黑猪渡河，这是要下雨的气候。⑨月离于毕：天象。月儿投入毕星，有雨的征兆。⑩滂沱：下大雨的样子。⑪不皇他：无暇顾及其他。

【赏析】

本诗是一首描述出征在外的将士们行军十分艰难的诗，大概是一名下级军官在途中写的，他自述了在东征途中的劳苦，重点叙述了行军过程中的艰难和紧张，并写出了行军途中的景色。诗人通过记述眼前的事情，来表达被迫上战场的将士们无奈的哀怨和悲叹。

本诗头两节是迭唱的，这两节的意思相仿，第一节的“不皇朝矣”说明了行军的紧急，将士们起早摸黑，天不亮就要上路。第二节的“不皇出矣”包含了许多难言的痛苦，对将士们来说，行军紧迫，他们甚至无暇顾及自己的生命安全。

诗人描述了急行军的途中，士兵们跛脚瘸腿的惨状，他们艰难地跋涉在好像永远没有终点的崎岖小路上，路上有很多的景物，但是士兵们无心观赏，他们感到十分疲劳，这时在士兵们的眼前出现了“渐渐之石”：陡崖峭壁挡住了军队的去路，面对这样的困难，他们发出了“维其高矣”“维其卒矣”的惊呼。这些士兵觉得这样陡峭的高山是无法攀越过去的，而更令他们感到痛苦的是，疲劳不堪的他们不知道这样艰险的路途还要走多长、多远。他们渴望着早点抵达目的地，但目的地总是到不了，他们辛苦跋涉却得不到片刻的休息。

“武人东征”这一句贯穿了全诗。军士们行进到山脚下时，发现这座山十分高险。士兵们一边看着山的高度，一边开始爬山，他们关注着山顶，希望早一点到达那里。士兵们觉得只要他们翻越了这座山，剩下的路一定就会变得非常好走。其实将士们心中非常清楚，即使他们成功翻过了这座山峰，后面还会有第二座、第三座以至于无数座在等待着他们。面对这样的现实，将士们的心愿只有一个，就是希望可以早日到达行军的终点。但是他们不知道到达终点之后，会有什么样的灾难等待他们，也不知道自己是否还有能够平安回家的一天。但是当下，他们无暇顾及更多了，他们必须全力攀爬眼前这座仿佛永远爬不上去的山。

接下来，诗人不再描写行军的严苛了，而是开始描写星空。这里的描写和第一节的“朝矣”一句相对应，主要的目的是为了告诉我们，这些将士不但白天要行军，夜晚也要行军。白天的行军是一种折磨，晚上的行军就更是一种煎熬。

诗人叹息着士兵们好不容易下得山来，又遇上一条大河挡道，况且天色已黑，月亮靠近了毕星，一场大雨顷刻之间将要来临。将士们要夜间行军，同时担心着会遭遇滂沱大雨，使得行军变得难上加难。接着诗人担心的事情发生了，在狂风大作、电闪雷鸣之后就下起了瓢泼大雨，河水裹着树枝烂草汹涌而下，雪白蹄子的野猪们惊惶失措竞相渡河，这样骇人的景象使得士兵们忘记了满身的疲累，他们不顾疲惫和饥肠辘辘，互相拽拉着过河。

这首诗展示了一幅无奈的场景：因为战争，因为王命，士兵们挣扎在死亡线上，他们背井离乡无法享受天伦之乐。在那个残酷的年代，这些士兵们的生命已经不再属于他们自己，他们只能向前向前一直向前，直到自己的生命终止的那一天。

◎苕之华◎

苕之华①，芸其黄矣②。心之忧矣，维其伤矣③！
苕之华，其叶青青。知我如此，不如无生！
牂羊坟首④，三星在罶⑤。人可以食，鲜可以饱⑥！

【注释】

①苕（tiáo）：植物名，又叫凌霄。②芸（yún）其：芸然，一片黄色的样子。③维其：何其。④牂（zāng）羊：母羊。坟：大。⑤罶（liǔ）：捕鱼的竹器。⑥鲜（xiǎn）：少。

【赏析】

本诗真实再现出了周代的灾荒，以及那时恶劣的社会现实与人民深重的苦难。

《苕之华》写得优美而有残酷，作者首先展开了一幅美景：苕华盛开，轻吐鹅黄，叶子青青，葱郁娇嫩，一派美丽的景象。然而，作者不是在赞美自然，而是在反衬生活，“心之忧矣，维其伤矣！”用如此美丽的景象衬托心之忧、生之难，很少见，但却显得恰如其分。

这美丽的苕华看似黄青交杂，一片生机，但也是无情的，因为它读不懂百姓的饥饿，也无法帮助百姓远离饥饿。这种美好与残酷之间的落差，被作者抓住，呈现在了读者面前。

“早知道我过的是这样的生活，当初不如不生在这个世界上。”这种想法，是歇斯底里，也是万念俱灰。生活就一点欢乐都没有了吗？可以想象，如果不是在非常的悲苦中，怎能叫人说：“知我如此，不如无生！”最可怕的是，这一切的原因不是别的，竟是饥饿！根本生活条件的缺失，肠胃因饥饿而痉挛的感觉，是最难让人忍受的，而作者正是被它们长期地折磨着。

“知我如此”揭示了作者过去的生活原本不是这样，那时的他应该富足美满，衣食无忧，开心而又快乐，不用担心饥饿，不会想到人吃人的惨状。那时的他又应是优雅而喜欢文学的，因此，即使是现在，他依然通过回忆美好给自己增加力量，即使是描述悲痛，他依然能用“苕之华，芸其黄矣”“苕之华，其叶青青”来起兴，充满了盎然诗意。

若没有最后一章，前两章会有很多的解释，爱情、春愁都可说通，因相思或失恋而悲伤，因时光飞逝而伤怀，都是最寻常的路子。这位雅致的文士，从前说话时向来不愿直指其事，总是颇多委婉，如今他终于承受不住心中的伤痛，把人民的疾苦吐诉而出："牂羊坟首，三星在罶。人可以食，鲜可以饱！"

虽然是这样，但其表达仍充满了艺术性：羊瘠则首大，满身嶙峋骨，就剩下一个大头显眼，罶中无鱼而水静，三星之光明了可见，辉映出波光点点。怎样的情思，才能把不能接受的苦楚写得这么美且生动？实际上，现实却是这样的：灾荒连连，颗粒无收，妻离子散，饿殍满地，十里无完户，百里无炊烟，人可以吃人。

作者的苦痛来自于诸多方面，悲时，忧民，生活境遇的落差，还有更重要的饥饿。他只能苟延残喘地卧在被人啃光的树旁，看着只剩一个硕大头颅的羊的骨架、空空如也的捕鱼器具，然后攒起最大的气力来抵抗一波一波袭来的饥饿狂潮，"知我如此，不如无生！"

这种凄惨也震撼着历代的评论者，人们虽有争议，但都一致同意是表现百姓遭遇灾荒、不得不人吃人的惨状。《毛诗序》把作者定位为一位大夫，他看到惨状连连，人甚至不如苕一类植物，生命旺盛，顿生"物自盛而人自衰"之感，作诗抒怀。

此种说法有其正确性，正因是大夫，文学素养深厚，才能刻画得如此细致、描写得如此真切。正因为诗人所描述的遭际和心情如此惨痛，所以才得以拥有了超越时空的力量，成为经典。细览《诗经》，发现它总是记述先民最纯粹、最浓郁、最深刻的情怀和感受，这些心灵图画，是人类心灵中最基本的存在，因而不会因时代的更迭而散淡，如这篇《苕之华》，它不仅仅是一首诗，还是那个时代百姓记忆中最难忘的忧苦印记。

◎何草不黄◎

何草不黄？何日不行①？何人不将②？经营四方。
何草不玄③？何人不矜④？哀我征夫，独为匪民。
匪兕匪虎⑤，率彼旷野⑥。哀我征夫，朝夕不暇。
有芃者狐⑦，率彼幽草。有栈之车⑧，行彼周道⑨。

【注释】

①行：出行。此指行军，出征。②将：出征。③玄：发黑腐烂。④矜（guān）：通"鳏"，老而无妻者。征夫离家，等于无妻。⑤兕（sì）：野牛。⑥率：沿着。⑦芃（péng）：兽毛蓬松。⑧栈车：役车。⑨周道：大道。

【赏析】

《何草不黄》这首诗主要描写人民因为征战不息而感到怨恨。

作为一篇控诉统治阶级穷兵黩武、发动弱肉强食的非正义战争的诗，《何草不黄》有一种反战诗的感觉。本诗的作者用第三人称的方式来抒发自己的感情。诗中多次运用了反问句，这些句子沉痛地表达出诗人对于服兵役者的痛苦。诗人揭露了人们被迫当兵、被人驱赶着不停行军打仗的怨恨，他们像小草一样枯萎凋零，不断地四处奔走，到处作战。他们远离家乡，居无定所，和亲人音讯隔绝，无法奉养父母，受尽饥渴劳顿的折磨，过着非人的生活。

本诗共有四节。通过五个"何"字喊出了人民求生的愿望以及无比的愤怒。"哀我征夫，独为匪民"是本诗的主题。"非人"则是全诗的核心。第一、二两节用"何草不黄""何草不玄"来比兴征人整日奔波于荒郊旷野，在行役之中过着非人的生活，"经营四方"就是他们的命运。因为草木注定要变黄变黑，由此比喻人也注定了会因行役而生，再因行役而死。"何人不将"这一句，将行役的宿命扩展到整个社会。这是一轮旷日持久而又殃及全民的兵役，所有的人都在荒野间被驱使着，社会动荡不安。

人并不是野牛、老虎、狐狸这样的动物，人是不可能像野兽一样在旷野、幽草中生活的，但是征夫却在这样非人的状态下生存着。诗人自问自答，喊出了征夫的无奈和苦楚，诗人把士兵和野牛、老虎等兽类放在一起比较，说明这些士兵并没有被当作人来看待，他们的命运比野兽还不如。动物还可以冬眠休息，但是这些士兵却不得休息。他们从大路上到荒野，又从荒野奔波到大路。

诗人用比较含蓄的比喻，表现狐狸在钻进浓密的草丛中休息的时候，士兵们却要驾车前行。“鸟飞反故乡兮，狐死必首丘。”也就是说狐狸死时，一定会把头枕在小土堆，因为它到死都非常依恋自己的故土，铭记自己的故乡。本节提到狐狸的用意在于：狐狸可以死在自己出生的故土上，但是那些士兵却不知自己将葬身何处。当士兵们在行军的途中看到了狐狸，他们浓浓的乡愁也就这样被激活了，士兵们感叹自己的命运甚至还不如狐狸。但是不管士兵们有多少怨言，他们并没有改变自己命运的能力，他们的命运在成为士兵的那一刻就已经注定了，他们要在征途中结束自己的一生。在统治者眼中他们不是人，而是战争的工具，“有栈之车，行彼周道”这一句就是很好的说明。

诗人到最后都没有告诉人们这些士兵的结局，不知道他们是战死在沙场，还是平安返回了故乡，这种开放的结尾给读者留下了思考的空间，产生了一种含蓄的艺术效果。

诗中充满了没有希望、无从改变的痛苦，展示了征人的悲苦。可悲的是，即使动用了这样大的兵力，周王室最终也还是灭亡了。本诗情景结合，充分展现出哀怨与悲惨的氛围，感人至深。

成康盛世

成康时期，是周朝最为强盛的阶段，史称天下安宁，刑具40余年不曾动用，故有成康之治的赞誉。

周成王小档案

姓名： 姬姓，名诵。

生卒： 公元前1055年－公元前1021年。

职业： 周朝第二位君主。

在位： 21年。

公元前1043年，13岁的周成王继位，由周公旦辅政，平定三监之乱。公元前1036年，周成王亲政后，营造新都洛邑、大封诸侯，命周公旦东征、编写礼乐，加强了西周王朝的统治。

周公旦

周公旦，周武王弟弟。武王病死后辅佐周成王，从成王13岁到20岁，代理天子职权，排内忧，征外患、巩固了周王朝的统治，并给成康之治奠定了基础。

成王死后，姬钊即位，是为周康王，在召公奭、毕公高辅佐下，继续推行周成王的政策，进一步加强统治。同时，先后平定东夷大反，北征略地，并且西伐鬼方。

周康王小档案

姓名： 姬姓，名钊。

生卒： ？－公元前996年。

职业： 周朝第三位君主。

在位： 25年。

周文王庶子召公奭

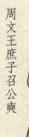

周成王时任太保，成王死后辅佐周康王。

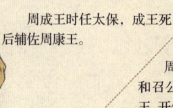

周成王死后，毕公高和召公奭等一起辅政周康王，开创“四十年刑措不用”的成康之治，为周朝打下延续800多年的坚实基础。

周文王第十五子毕公高

大雅

◎文王◎

文王在上[1]，於昭于天[2]。周虽旧邦[3]，其命维新[4]。有周不显[5]，帝命不时[6]。文王陟降[7]，在帝左右[8]。

亹亹文王[9]，令闻不已[10]。陈锡哉周[11]，侯文王孙子[12]。文王孙子，本支百世[13]。凡周之士[14]，不显亦世[15]。

世之不显，厥犹翼翼[16]。思皇多士[17]，生此王国。王国克生[18]，维周之桢[19]。济济多士[20]，文王以宁。

穆穆文王[21]，於缉熙敬止[22]。假哉天命[23]，有商孙子[24]。商之孙子，其丽不亿[25]。上帝既命，侯于周服[26]。

侯服于周，天命靡常[27]。殷士肤敏[28]，祼将于京[29]。厥作祼将，常服黼冔[30]。王之荩臣[31]，无念尔祖[32]。

无念尔祖，聿修厥德[33]。永言配命[34]，自求多福。殷之未丧师[35]，克配上帝[36]。宜鉴于殷，骏命不易[37]。

命之不易，无遏尔躬[38]。宣昭义问[39]，有虞殷自天[40]。上天之载[41]，无声无臭[42]。仪刑文王[43]，万邦作孚[44]。

【注释】

①文王：周文王。②於（wū）：赞叹。昭：光明显耀。③旧邦：周在氏族社会本是姬姓部落，后与姜姓联合为部落联盟，在西北发展。周立国从尧舜时代的后稷算起。④命：天命，即天帝的意旨。⑤有周：周王朝。不（pī）：同“丕”，大。⑥时：是。⑦陟降：上行曰陟，下行曰降。⑧左右：犹言身旁。⑨亹（wěi）亹：勤勉不倦貌。⑩令闻：美好的名声。不已：无尽。⑪陈锡：重赐，原赐。⑫侯：乃。孙子：子孙。⑬本支：以树木的本枝比喻子孙繁衍。⑭士：这里指统治周朝享受世禄的公侯卿士百官。⑮亦世：累世。⑯厥：其。犹：谋划。翼翼：恭谨勤勉貌。⑰思：语首助词。皇：美、盛。⑱克：能。⑲桢：支柱、骨干。⑳济济：盛多。㉑穆穆：美好。㉒缉熙：光明。敬止：敬之，严肃试敬。㉓假：大。㉔有：得有。㉕其丽不亿：其数极多。㉖周服：服周。㉗靡常：无常。㉘殷士肤敏：殷臣美好敏疾。㉙祼（guàn）：古代一种祭礼，把酒洒在地上以祭神。㉚常服：祭事规定的服装。黼（fǔ）：绣有白黑相间的斧形花纹衣服。冔（xǔ）：礼帽。㉛荩（jìn）臣：忠臣。㉜无念：念。㉝聿（yù）：发语助词。㉞永言：久长。配命：与天命相合。㉟丧师：指丧失民心。㊱克配上帝：可以与上帝之意相称。㊲骏命：大命，也即天命。㊳遏：止、绝。尔躬：你身。㊴宣昭：宣明传布。义问：美好的名声。㊵有虞殷自天：殷的喜悲从天命。㊶载：事。㊷臭（xiù）：味。㊸仪刑：效法。㊹孚：信服。

【赏析】

这是一首在大型宴会上唱的叙事雅歌，主要歌颂周文王姬昌。文王是备受周人崇敬的祖先，是周王朝的缔造者，深受人民的拥护。本诗将他称为天之子，他有着非凡的人格和智慧，是道德的楷模，天意的化身。除此之外，本诗还展现了文王深谋远虑、富有政治经验的一面，诗人希望可以通过向文王学习、借鉴殷商来使周王朝得到长治久安。

第一节主要说的是文王是得天命兴国，他建立新的王朝是天帝下的意旨。文王登上位之后，使得周这个小邦国的名誉得到了改变，他给人民带来了光明和希望。

第二节主要说文王兴国福泽了子孙宗亲，周氏的子孙百代都能够享受到这样的福禄荣耀。歌颂了文王勤勉，将显耀威名留给后代，让周国人无论在哪都会受到世人的敬重。

第三节主要是说周王朝有很多人才，这些人才都是文王培育出来的，因为有这些人才，王朝才得以世代继承。

第四节主要说文王能够使周王朝兴盛进而取代殷商，是因为他的德行高尚，他是天命所归的君主，人心所向。

第五节说明天命是无常的，当初坐拥天下的殷商贵族已成为周朝的服役者。

第六节告诉大家要以殷的例子为鉴，做到敬天修德，只有这样才能得天命，也是在告诫那些殷商的旧贵族，要自强自求，爱护人民，顺从天意。

第七节是说商汤虽然推翻夏桀，但是他的后代却没有守住天命，只有具有文王那样的德行和勤勉，才能够得到上天福佑，使得统治长治久安。最后本诗告诫人们要以文王为榜样，爱护人民，只有这样才能使国家稳定，长治久安。

全诗动之以情，晓之以理，通过对文王功业和德行的歌颂，要求文王的子孙后代要时刻以殷为鉴，敬畏上天，像文王一样具有高尚的德行，以此来永保天命。这是本诗的中心思想。这种中心思想是从殷商继承下来、根据周朝的实际情况改造过的天命论思想。这种思想是殷商时期重要的政治哲学观点，也就是人们熟悉的“君权神授”的观点。

◎大明◎

明明在下[①]，赫赫在上[②]。天难忱斯[③]，不易维王[④]。天位殷适[⑤]，使不挟四方[⑥]。

挚仲氏任[⑦]，自彼殷商[⑧]，来嫁于周，曰嫔于京[⑨]。乃及王季[⑩]，维德之行[⑪]。大任有身[⑫]，生此文王[⑬]。

维此文王，小心翼翼[⑭]。昭事上帝[⑮]，聿怀多福[⑯]。厥德不回[⑰]，以受方国[⑱]。

天监在下[19]，有命既集。文王初载[20]，天作之合[21]。在洽之阳[22]，在渭之涘[23]。

文王嘉止[24]，大邦有子[25]。大邦有子，伣天之妹[26]。文定厥祥[27]，亲迎于渭。造舟为梁[28]，不显其光[29]。

有命自天，命此文王，于周于京，缵女维莘[30]，长子维行[31]，笃生武王[32]。保右命尔[33]，燮伐大商[34]。

殷商之旅，其会如林[35]。矢于牧野[36]，维予侯兴[37]。上帝临女[38]，无贰尔心[39]！

牧野洋洋，檀车煌煌[40]。驷𫘪彭彭[41]。维师尚父[42]，时维鹰扬[43]。凉彼武王[44]，肆伐大商[45]，会朝清明[46]。

【注释】

①明明：光彩夺目的样子，此处指明显的恩德。在下：指人间。②赫赫：明亮显著的样子，此处指煊赫的神灵。在上：指天上。③忱：信任。斯：句末助词。④不易维王：不易做的是治天下王。⑤适：通“嫡”，嫡子。⑥挟：控制、占有。四方：天下。⑦挚仲氏任：挚国的次女姓任，叫太任。⑧自：来自。⑨嫔：妇，指做媳妇。京：周朝都城。⑩乃：就。⑪维德之行：犹曰“维德是行”，只做有德行的事情。⑫大：同“太”。有身：有孕。⑬文王：姬昌，殷纣时为西伯（西方诸侯），又称西伯昌，为周武王姬发之父，父子共举灭纣大业。⑭翼翼：恭敬谨慎的样子。⑮昭：勤勉。事：侍奉。⑯怀：徕，招来。⑰厥：犹“其”，他、他的。回：违背。⑱受：承受、享有。方：大。⑲监：明察。在下：指文王的德业。⑳初载：初始。㉑作：成。合：婚配。

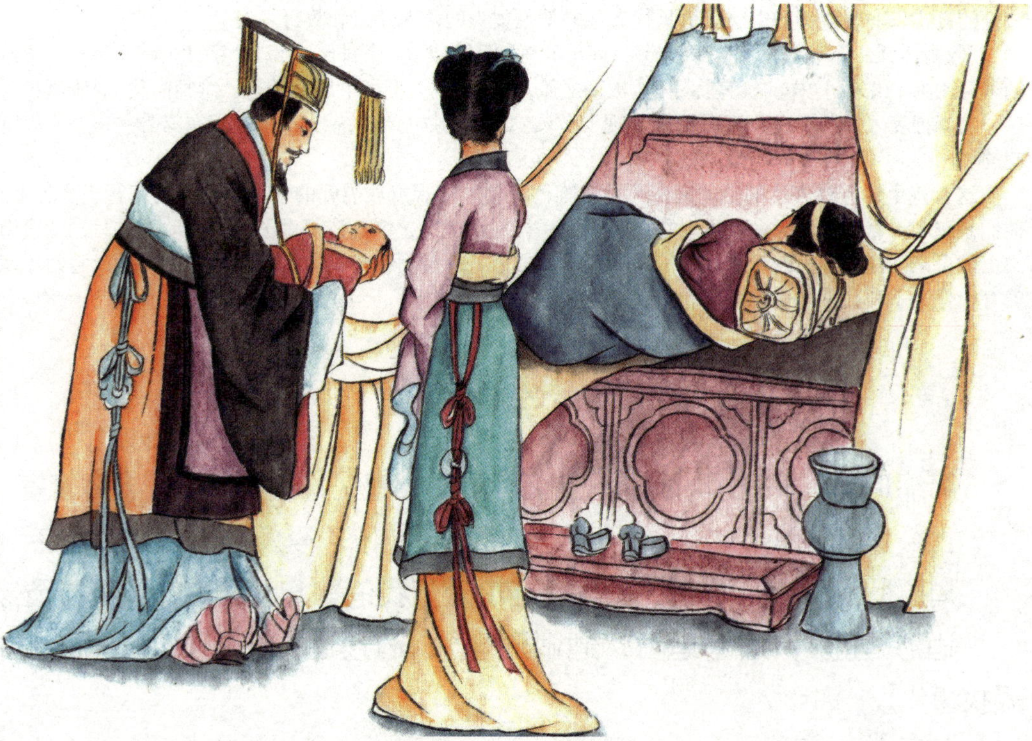

㉒洽（hé）：水名，源出陕西郃阳县北。阳：河北面。㉓渭：渭水，经陕西。涘（sì）：水边。㉔嘉：嘉礼，指婚礼。㉕子：未嫁的女子。㉖伣（qiàn）：如，好比。天之妹：天上的美女。㉗文：占卜的文辞。㉘梁：桥。此指连船为浮桥，以便渡渭水迎亲。㉙不：通“丕”，大。光：荣光，荣耀。㉚缵：续。莘：国名。㉛长子：指伯邑考。行：离去，指死亡。㉜笃：发语词。㉝保右：即“保佑”。命：命令。㉞燮：协同，协和。㉟会：通“旝”，军旗。㊱矢：陈列。㊲侯：乃、才。兴：兴盛、胜利。㊳临：监临。女：同“汝”，指周武王率领的将士。㊴无：同“勿”。贰：同“二”。㊵檀车：用檀木造的兵车。㊶驷騵（yuán）：四匹赤毛白腹的驾辕骏马。彭彭：强壮有力的样子。㊷师尚父：太师吕望，即姜太公。㊸鹰扬：如雄鹰飞扬，言其奋发勇猛。㊹凉：辅佐。㊺肆：疾。㊻会朝：会合朝天。

【赏析】

《大明》是一首用来在大型宴会上演唱的雅歌。它主要的目的是为当时周朝的大贵族们歌颂自己祖先的功德和功绩。《大明》全诗时序井然，层次清楚，描写了王季、文王、武王三代的发展史。它的叙述顺序是：

天下虽然还是归殷商王朝所有，但是皇天伟大、天命难测，殷命将亡、周命将兴，周朝文王的起义并不是因为自己贪恋王权，而是因为殷商失信于天下，纣王一意孤行，辜负了上天，人们对其万念俱灰，使百姓对他失去了信心。在迫于无奈之下，周武王才不得不顺应天意民心兴兵伐纣。可以说，这一节是全诗的总纲。

第二节从文王的父母结婚生子时写起，诗中追述了周文王的父亲王季及母亲任氏，王季受天命、娶太任、生文王；第三节描写文王降生，承受天命，“以受方国”。第四节到第六节描述了文王的为人、德行、婚姻——文王娶太姒、生武王等。文王得“天作之合”，武王受天命而“燮伐大商”，正好与首章遥相照应。

第七节开始描写武王的出生、即位和他陈兵牧野在姜太公的辅佐下克商灭纣，使天下人民得解放。这里最为著名的就是牧野之战，司马迁《史记》所载，说武王率兵车四千乘陈师牧野，纣师虽众皆无战心，纷纷倒戈，武王竟兵不血刃取得了伐纣的胜利。可见武王伐纣是人心所向。全诗描写规模壮阔宏大，内容十分丰富。

《大明》作为一首叙事诗，没有采用平铺直叙的叙事方式，而是采用了既有情势烘托，又有景象渲染的方式来变现诗文的内容。最具代表性的就是文王的两次迎亲和牧野之战。

“牧野洋洋，檀车煌煌，驷騵彭彭”，简单的三句话形成了一个排比，十二个字就把战争威严、紧迫的气势刻画了出来，这样的气势就显得“殷商之旅，其会如林”变得不足为惧了。“维师尚父，时维鹰扬”，这一句就把姜太公的雄武英姿形象地表现了出来。这样的描写让人感到周能灭殷是必然的，是人心所向的。

这首诗主要想要表达的是“天命无常，唯德是辅”的观点。周朝的开国先祖们的德行至高无上，他们是顺应天命、得到天命的人。在周文王的品行和婚配上，整首诗都做了具体生动的描写，就连周文王的母亲太任和武王的母亲太姒的描写也十分细腻，两位女性都是有名的贤德妃子，所以她们才能养育出像文王和武王这样的圣贤君王。

◎绵◎

绵绵瓜瓞①，民之初生，自土沮漆②。古公亶父，陶复陶穴③，未有家室。

古公亶父，来朝走马，率西水浒④，至于岐下。爰及姜女，聿来胥宇⑤。

周原膴膴⑥，堇荼如饴⑦。爰始爰谋，爰契我龟⑧。曰止曰时⑨，筑室于兹。

迺慰迺止⑩，迺左迺右，迺疆迺理⑪，迺宣迺亩⑫。自西徂东⑬，周爰执事⑭。

乃召司空⑮，乃召司徒⑯，俾立室家。其绳则直，缩版以载⑰，作庙翼翼⑱。

捄之陾陾⑲，度之薨薨⑳，筑之登登，削屡冯冯㉑。百堵皆兴，鼛鼓弗胜㉒。

迺立皋门㉓，皋门有伉㉔。迺立应门㉕，应门将将㉖。迺立冢土㉗，戎丑攸行㉘。

肆不殄厥愠㉙，亦不陨厥问。柞棫拔矣㉚，行道兑矣㉛，混夷駾矣㉜，维其喙矣㉝。

虞芮质厥成㉞，文王蹶厥生㉟。予曰有疏附㊱，予曰有先后㊲，予曰有奔奏㊳，予曰有御侮。

【注释】

①绵绵：长而不断绝。瓞（dié）：小瓜。②土：通“杜”，水名。沮漆：古二水名，均在今陕西省境内。③陶复陶穴：挖土为室，旁穿为复，指在地上挖洞；直穿为穴，地下挖洞。④率：沿着。⑤聿（yù）：发语词。胥：视察。宇：住地。⑥朊（wǔ）朊：肥美。⑦堇（jǐn）：堇葵。荼（tú）：苦菜。饴：麦芽糖。⑧契：指刻龟甲占卜。⑨曰：语助词。时：居住。⑩迺：同“乃”。慰：慰劳。⑪疆：划分疆界。理：治理土地。⑫宣：疏通沟渠。亩：整治田垄。⑬徂：往，去。⑭周：遍。⑮司空：管土地的官。⑯司徒：管徒役的官。⑰缩：捆绑。⑱翼翼：整齐。⑲捄（jiū）：盛土于筐。陾（réng）陾：众多貌。⑳度：填土于筑板内。薨（hōng）薨：人众多。㉑屡：通“偻”，土墙隆起的部分。冯（píng）冯：削平墙面的声音。㉒鼛（gāo）：大鼓。弗胜：指鼓声盖不过人声。㉓皋门：王都的郭门。㉔伉：高大貌。㉕应门：王宫的正门。㉖将将：庄严雄伟的样子。㉗冢土：即大社，祭祀社神的地方。㉘戎：北方的游牧民族。丑：对边远民族的蔑称。行：去。㉙肆：于是。殄（tiǎn）：断绝。㉚柞：树名。棫（yù）：白桵，与柞皆丛生灌木。㉛兑：通畅。㉜混夷：西戎名。駾（tuì）：突逃。㉝喙（huì）：疲劳困倦。㉞虞：古国名。芮：古国名。成：平。㉟蹶（guì）：感动。生：通“性”，善良之本性。㊱疏附：指能使疏者亲之臣。㊲先后：指君王前后辅佐之臣。㊳奔奏：指四方奔走宣扬君德之臣。

【赏析】

周人是古老的农业部落，对他们来说，土地是十分重要的资源。所以能否占有广阔丰美的土地，对他们的存亡来说是十分重要。方玉润在《诗经原始》中说：“故地利之美者地足以王，是则《绵》诗之旨耳。”说得十分贴切。《绵》是一首周人追述周王族十三世祖古公亶父自邠迁岐，定居渭河平原，振兴周族事迹的诗。

本诗共有九节。第一节通过“绵绵瓜瓞”展开描述，诗的前八节着重描写古公亶父迁国开基的功业。他在岐山南部的周原上规划田亩，建造宗庙宫室房屋，由此开创了周人延绵不绝、生生不息的历史。第九节描写周文王继承了先祖的基业，威震四方，帮助敌对的虞芮两国和解，确实是继承亶父遗志的君王。

全诗的中心是迁岐，所有内容都是围绕它展开的。“古公亶父，来朝走马，率西水浒，至于岐下。”这四句话将长长的迁徙过程描述了出来。“爰及姜女”一句，更是起到了画龙点睛的作用。它表明与姜的联姻，是古公亶父被承认为周原的占有者和统治者的标志。这句话也是对下文描写周人在渭水平原上生活劳动的铺垫。

周人怀着对新生活的憧憬之情在“堇荼如饴”的平原上努力劳动，他们刻龟占卜，商议谋划。他们一面“迺慰迺止，迺左迺右，迺疆迺理，迺宣迺亩”，安家定宅，封疆划界，开渠垦荒，一面“筑室于兹”。诗中对建筑的刻画、描写也是在对古公亶进行歌颂。

“百堵皆兴”，这一句既表现出了周人对施工规模的自豪，也说明周民族正在蓬勃发展。“皋门有伉”和“应门将将”这两句，是周人在夸耀自己的建筑技术，它们表现了周人的自强自立。“柞棫拔矣，行道兑矣，混夷駾矣，维其喙矣”，这四句充分地表现出了日益强大的周族对昆夷的蔑视以及取得胜利之后的自豪。

全诗有时以时间为中心，有时以地点为中心进行描写，将情景相结合，充满了浓郁的生活气息。

本诗在结尾用了四个“予曰”，将诗人内心的激情完全倾泻了出来，既有对文王的赞美，又有对古公亶父的追忆，这样的描写正好和首句“绵绵瓜瓞”相呼应。

◎棫朴◎

芃芃棫朴①，薪之槱之②。济济辟王③，左右趣之④。
济济辟王，左右奉璋⑤。奉璋峨峨⑥，髦士攸宜⑦。
淠彼泾舟⑧，烝徒楫之⑨。周王于迈⑩，六师及之⑪。
倬彼云汉⑫，为章于天⑬。周王寿考⑭，遐不作人⑮。
追琢其章⑯，金玉其相⑰。勉勉我王⑱，纲纪四方⑲。

【注释】

①芃（péng）芃：植物茂盛貌。棫（yù）：白桵。朴：丛生之木。②槱（yǒu）：聚积木柴以备燃烧。③济济：庄敬貌。辟王：君王。④趣（qū）：趋向，归向。⑤奉：通“捧”。璋：祭祀时盛酒的玉器。⑥峨峨：庄严的样子。⑦髦士：俊士，优秀之士。宜：适合。⑧淠（pì）：船行貌。泾：泾河。⑨烝徒：众人。楫之：举桨划船。⑩于迈：于征，出征。⑪师：军队，二千五百人为一师。⑫倬（zhuō）：广大。云汉：银河。⑬章：文章，文采。⑭寿考：长寿。⑮遐：通“何”。作人：培育、造就人。⑯追琢：雕琢。⑰相：内质，质地。⑱勉勉：勤勉不已。⑲纲纪：治理，管理。

【赏析】

《棫朴》是一篇赞美周王的诗。全诗共有五节，每节有四句。第一节是一个总述，它讲述了因为周王有德，所以能够众望所归。因为大臣有文、武之分，所以下面的二、三节又分开进行了描写。

“棫朴”这两个字的意思其实是为了表现灌木十分的茂盛，这样的灌木人们喜欢取用。同样的道理，如果君王贤德,则人民也愿意顺从他。所以棫朴象征的是君王。第二节的“济济辟王,左右奉璋”是承上启下句。

第三节通过“泾舟”起兴。诗人将舟中之人自觉划动船桨这样的行为比喻成六师之众自觉跟随周王出征的行为。

因为诗中并没有明确指出赞美的是哪一位周王，所以这也就成了人们争论的一个焦点。大部分人认为因为诗中有“周王寿考”这一句，而在周朝的历史上周文王传说活了九十七岁，算得上高寿，所以诗中赞美的对象应该就是周文王。又因为本节后两句“周王于迈，六师及之”而认定这首诗是在说文王伐崇。虽然这是人们普遍认同的一个观点，但是诗中毕竟没有明确的说明，所以其实是不需要太过较真这些的。

第四节用“云汉”两字起兴。“云汉”象征的是周王。末句的“遐不作人”则是一句用疑问的形式来表达肯定的句子，也就是说周王是一个能培育人的君王。最后一节可以这样解释：当精雕细刻达到了极致，就有了最美丽的外表，当纯金碧玉达到了极致，也就拥有了最好的质地。同样地，如果周王能够勤勉到极致，那么他就和那雕琢的文采、金玉的质地一样成为天下最好的君王了。

这样的解释虽然很好，但是过分曲折复杂了，所以人们更习惯于将“追琢其章”“金玉其相”这两句中的“其”看成周王。也就是说，如果纣王能够既有华美的装饰又有优秀的内在，同时勤勉自己，那么他一定能成为一名能治理好四方的优秀君王。

◎旱麓◎

瞻彼旱麓①，榛楛济济②。岂弟君子③，干禄岂弟④。
瑟彼玉瓒⑤，黄流在中⑥。岂弟君子，福禄攸降⑦。
鸢飞戾天⑧，鱼跃于渊。岂弟君子，遐不作人⑨？
清酒既载，骍牡既备⑩，以享以祀，以介景福⑪。
瑟彼柞棫⑫，民所燎矣⑬。岂弟君子，神所劳矣⑭。
莫莫葛藟⑮，施于条枚⑯。岂弟君子，求福不回⑰。

【注释】

①旱麓：旱山山脚。旱，山名，据考证在今陕西省南郑县附近。②榛楛（hù）：两种灌木名。济济：众多的样子。③岂弟（kǎi tì）：即“恺悌”，和乐平易。君子：指周文王。④干：求。⑤瑟：光色鲜明的样子。玉瓒：圭瓒，天子祭祀时用的酒器。⑥黄流：酿秬黍为酒，以郁金草为色，故称黄流，用于祭祀。⑦福禄攸降：福禄来得丰降。⑧鸢（yuān）：鸟名，即老鹰。戾（lì）：到，至。⑨遐：通“胡”，何。作：培养。⑩骍牡：红色的公牛。⑪介：求。景：大。⑫瑟：茂密的样子。⑬燎：焚烧，此指燔柴祭天。⑭劳：慰劳，或释为保佑。⑮莫莫：茂盛的样子。葛藟（lěi）：葛藤。⑯施（yì）：伸展绵延。条枚：树枝和树干。⑰回：奸回，邪僻。

【赏析】

关于《旱麓》的主旨，可以按照今人程俊英在《诗经译注》中的解释“歌颂周文王祭祖得福，知道培养人才的诗”来进行理解。《旱麓》是一首在大型宴会上唱的雅歌，它主要是用来赞颂君子祭神得福的，在反复颂扬的同时，对供酒献牛的祭祀仪式也作了一些描述。

诗文第一节的前两句首先描述了旱山山脚下树林很茂盛的场面，《毛传》是这样说的："言阴阳和，山薮殖，故君子得以干禄乐易。"这是从君与民两方面来说明的。后两句"岂弟君子，干禄岂弟"，郑玄笺说，它们的意思是君主"以有乐易之德施于民，故其求禄亦得乐易"，也就是说，这些树林才使得君子能够求禄也欢乐。第二节主要描述了君子设祭，求得天降福禄的场面，即开始描写本诗的"祭祖受福"的主题了。"瑟彼玉瓒，黄流在中"这两句，色彩明丽、交相辉映，营造出了一种强烈的视觉效果，展现了白玉和黄酒之间颜色的鲜明对比。

第三节的"鸢飞戾天，鱼跃在渊"给人一种"海阔凭鱼跃，天高任鸟飞"的感觉，表明和乐平易的君主会培养新人，同时给他们机会，充分发挥他们的才智，让他们可以将祖辈的德业发扬光大。第四节的内容又回到了祭祀现场，"清酒既载"这一句和第二节的"黄流在中"相互衔接，描写了祭祀的"缩酒"仪式。"骍牡既备"则是描写祭祀时宰杀牡牛献飨神灵的"太牢"仪式。这种仪式根据祭品的不同，名称也有所不同，祭品中有牛的称为"太牢"，只有猪、羊则称为"少牢"，那时的牛是很珍贵的祭品，可见这个祭祀的仪式是十分隆重的。

第五节的内容又有所改变，主要描述了祭天之礼。为了完成这个礼仪，人们将明洁鲜亮的柞树棫树枝砍成条，然后堆在祭台上作为柴火，再将玉帛、祭品放在柴堆上进行焚烧，当人们看到缕缕烟气升腾到天空中时，他们相信自己实现了与天上神灵的沟通，相信神灵能够听到他们的愿望，同时会赐福给他们。最后一节内容，诗文把在树枝树干上蔓延不绝、生长茂密的葛藤比喻成了上天永久的赐福，这也就是为什么祭祀者没有选择葛藟根而是选择柞棫当作柴火的原因。

◎思齐◎

思齐大任[①]，文王之母。思媚周姜[②]，京室之妇[③]。大姒嗣徽音[④]，则百斯男[⑤]。

惠于宗公[⑥]，神罔时怨[⑦]，神罔时恫[⑧]。刑于寡妻[⑨]，至于兄弟，以御于家邦[⑩]。

雝雝在宫[⑪]，肃肃在庙[⑫]。不显亦临[⑬]，无射亦保[⑭]。

肆戎疾不殄[⑮]，烈假不瑕[⑯]。不闻亦式[⑰]，不谏亦入[⑱]。

肆成人有德，小子有造[⑲]。古之人无斁[⑳]，誉髦斯士[㉑]。

【注释】

①思：发语词，无义。齐（zhāi）：端庄貌。大任：即太任，王季之妻，文王之母。②媚：爱慕。周姜：即太姜。古公亶父之妻，王季之母，文王之祖母。③京室：王室。④大姒：即太姒，文王之妻。嗣：继承。徽音：美誉。⑤百斯男：众多男儿。⑥惠：孝敬，顺从。宗公：宗庙里的先公，即祖先。⑦神：此处指祖先之神。罔：无。⑧恫（tōng）：哀痛。⑨刑：同“型”，典型，典范。寡妻：嫡妻。⑩御：治理。⑪雝（yōng）雝：和洽貌。⑫肃肃：恭敬貌。庙：宗庙。⑬不显：不明，幽隐之处。临：临视。⑭无射亦保：无射才的人也保用。⑮肆：所以。戎疾：大病。殄：残害，灭绝。⑯烈：光。假：大。瑕：过。⑰式：采纳。⑱入：接受，采纳。⑲小子：年轻人。造：造就，培育。⑳古之人：指文王。无斁（yì）：无厌，无倦。㉑誉：赞誉。髦：俊，优秀。

【赏析】

《思齐》是一首在大型宴会上唱的雅歌，《毛诗序》中解释说：“文王所以圣也。”欧阳修在《诗本义》中也说：“文王所以圣者，世有贤妃之助。”所以他们认为本诗的主旨是赞美“文王所以圣”，也就是赞美周室三母。但综观整首诗，会发现只有第一节提到了周室三母，其余四节完全没有提到，本诗赞美的对象其实还是文王，是“文王之圣”，而不“文王之所以圣”。

本诗第一节的六句诗，是在赞美三位女性，也就是“周室三母”，她们分别是文王的祖母周姜（太姜）、文王的生母大任（太任）和文王的妻子大姒（太姒）。诗文中叙述顺序没有按照世系来进行，而是先说了文王的母亲，再说文王的祖母，最后说妻子。关于这样叙述的原因，孙矿是这样分析的：“本重在太姒，却从太任发端，又逆推上及太姜，然后以‘嗣徽音’实之，极有波折。若顺下，便味短。”虽然这一节的重点不一定是太姒，但他评价中的“极有波折”却十分贴切。这一节作为全诗的引子，赞美周室三母，说明文王的贤德和圣明是来源于他的祖先。

文王是一个孝敬祖先的人，所以神明对他没有怨恨，愿意保佑他。文王在妻子面前以身作则，他的高尚德行感动着妻子，使她也变得和文王一样具有道德；文王同时也在兄弟之间作出表率，他的兄弟也被他的德行感化；最后，文王的高尚道德一直推广到了家族和国家中。这三句话和我们熟悉的“修身、齐家、治国、平天下”有相同意味。

第三节诗人开始叙述文王的修身，前两句是承接上节，后三句说明文王在家庭和宗庙中处处以身作则，影响着亲族。第三节的后两句“不显亦临，无射亦保”则起到进一步深化主题的作用。对“不显亦临”这一句，《诗集传》是这样解释的：“不显，幽隐之处也……（文王）虽居幽隐，亦常若有临之者。”这与后世儒家所提倡的“慎独”意思相近：文王即使一个人独处时，也克己复礼，小心谨慎，从不放纵自己，这就是心中有神明。

最后两节主要说的是文王治国。第四节的前两句“肆戎疾不殄，烈假不瑕”，是说文王是一个好善修德的人，使得天下太平，国家没有内忧外患。

第五节主要是讲文王勤于培养人才。这一节描述文王的贤德圣明已经在全国起作用了。

◎皇矣◎

皇矣上帝①，临下有赫②。监观四方，求民之莫③。维此二国④，其政不获⑤。维彼四国⑥，爰究爰度⑦。上帝耆之⑧，憎其式廓⑨。乃眷西顾⑩，此维与宅⑪。

作之屏之⑫，其菑其翳⑬。修之平之⑭，其灌其栵⑮。启之辟之⑯，其柽其椐⑰。攘之剔之⑱，其檿其柘⑲。帝迁明德⑳，串夷载路㉑。天立厥配㉒，受命既固㉓。

帝省其山㉔，柞棫斯拔㉕，松柏斯兑㉖。帝作邦作对㉗，自大伯王季㉘。维此王季，因心则友㉙。则友其兄㉚，则笃其庆㉛，载锡之光㉜。受禄无丧，奄有四方㉝。

维此王季，帝度其心，貊其德音㉞。其德克明，克明克类㉟，克长克君㊱。王此大邦㊲，克顺克比㊳。比于文王㊴，其德靡悔㊵。既受帝祉，施于孙子㊶。

帝谓文王：“无然畔援㊷，无然歆羡㊸，诞先登于岸㊹。”密人不恭㊺，敢距大邦，侵阮徂共㊻。王赫斯怒㊼，爰整其旅㊽，以按徂旅㊾，以笃于周祜㊿，以对于天下[51]。

依其在京[52]，侵自阮疆。陟我高冈[53]：“无矢我陵[54]，我陵我阿[55]，无饮我泉，我泉我池。”度其鲜原[56]，居岐之阳[57]，在渭之将[58]。万邦之方[59]，下民之王。

帝谓文王：“予怀明德，不大声以色[60]，不长夏以革[61]。不识不知，顺帝之则[62]。”帝谓文王：“询尔仇方[63]，同尔兄弟[64]。以尔钩援[65]，与尔临冲[66]，以伐崇墉[67]。”

临冲闲闲[68]，崇墉言言[69]，执讯连连[70]，攸馘安安[71]。是类是祃[72]，是致是附⑬，四方以无侮。临冲茀茀⑭，崇墉仡仡⑮，是伐是肆⑯，是绝是忽⑰，四方以无拂⑱。

【注释】

①皇：伟大、辉煌。②临：监视、监察。下：人间。赫：显著。③莫：通“瘼”，灾祸、疾苦。④二国：指夏、殷。⑤政：政令。不获：即不得民心。⑥四国：天下四方之国。⑦爰：于是，就。究：研究。度（duó）：思量、图谋。⑧耆（qí）：憎恶。⑨式：语助词。廓：大。⑩眷：思慕、宠爱。西顾：回头向西看。⑪此：指岐周之地。宅：安居、居住。⑫作：通“斫”，砍伐树木。屏（bǐng）：摒弃。⑬菑（zī）：指直立而死的树木。翳：指倒下的枯树。⑭修：修剪。平：铲平。⑮灌：丛生的树木。栵（lì）：被砍掉之后再次复生的枝杈。⑯启：开辟。辟：开辟。⑰柽（chēng）：木名，即河柳。椐（jū）：木名，俗名灵寿木。⑱攘：排除。剔：剔除。⑲檿（yǎn）：木名，俗名山桑。柘（zhè）：木名，俗名黄桑。⑳帝：上帝。明德：明德之人。㉑串夷：混夷，为西戎的一种。载：则。路：贫瘠。㉒厥：其。配：配偶。㉓既：而。固：坚固、稳固。㉔省（xǐng）：察看。山：指岐山。㉕柞（zuò）、棫（yù）：两种树名。斯：乃。拔：拔除。㉖兑（duì）：直立。㉗作：兴建。邦：国。作对：作配，指立君。㉘大伯：即太伯，太王长子。王季：即太王三子季历，太王死后即王位，称为王季。㉙因心：此处指王季依顺太王之心。友：友爱兄弟。㉚友其兄：友爱他兄长。㉛笃：厚待。庆：吉庆，福庆。㉜载：则。锡：同“赐”。光：荣光。㉝奄：全，广。㉞貊（mò）：静。㉟克：能。明：明察是非。类：分辨善恶。㊱长：族长。君：国君。㊲王（wàng）：称王。㊳顺：使民顺从。比：使民依附。㊴比于：及至。㊵靡悔：没有悔恨。㊶施（yì）：延续。㊷无然畔援：不要跋扈。㊸歆羡：犹言“觊觎”，非分的妄想。㊹诞：发语词。先登于岸：以渡河先登上岸，喻占据有利形势。㊺密：古国名。㊻阮（ruǎn）：当时的周之属国，在今甘肃泾川一带。徂：往，至。共（gōng）：周之属国，在今甘肃泾川北。㊼赫：勃然大怒的样子。斯：而。㊽旅：军队。㊾按：遏止。徂旅：前来侵犯阮国、共国的密国军队。㊿笃：巩固。祜（hù）：福。51对：安定。52依：凭借。京：周京。53陟：登。54矢：陈设。此处指陈兵。55阿：山冈。56鲜（xiǎn）原：与大山不相连的，小山。57阳：山的南边。58将：旁边。59方：准则，榜样。60大：注重、看重。以：与。61长：挟，依仗。夏：夏楚，刑具，木棍。革：鞭革，指皮鞭。62顺：顺应。则：法则。63仇方：盟国。64兄弟：指兄弟国。65钩援：古代攻城的兵器。66临、冲：两种军车名。临车用以居高临下地攻城，冲车则从墙下直冲城墙。67崇：古国名，在今陕西户县一带。墉：城墙。68闲闲：整齐的样子。69言言：高大的样子。70讯：西周时对俘虏的称呼。连连：接连不断的状态。71馘（guó）：将士将所杀之敌的左耳割下来。安安：安闲从容的样子。72类：出征时祭祀天神以求胜利。祃（mà）：师祭，到所征之地举行的祭祀。73致：送还。附：安抚。74茀（fú）茀：强盛的样子。75仡（yì）仡：高耸的样子。76肆：杀戮。77忽：灭绝。78拂：违抗。

【赏析】

《皇矣》其主旨是歌颂文王的功业和德行。但此诗开篇却从周部族第十三代古公亶父，即周太王写起，在广阔的时间跨度里浓缩了周部族的发展史和周王朝的创建史，重点塑造了太王、王季、文王等人物形象，详细描述了太王开荒、文王征伐密、崇两国的恢宏场面。

从“皇矣上帝”到“此维与宅”，写太王接受天命，率领部族迁往岐山。“维此二国，其政不获”一句，直言殷商统治的残暴和不得民心，彰显出周朝立国的正义性和天命所归的合理性。

史料记载，太王因不堪忍受混夷（西戎的一种）的侵扰，决定率部迁岐，并在那里开荒种地，修造城郭。而此章写“上帝”对周王寄予殷切希望，因此“西顾”之后，便将岐山赐予了他，这显然是周代“尊天”思想的体现。诗中不断提及“上帝”，通过赞美天的英明伟大，以及天对君王的眷顾，来颂扬太王的神武和睿智。在此，对天的崇拜与对君王的歌颂是一体的。

接下来，写太王带领部族开荒的场面，诗中一口气用了“作之屏之”“修之平之”“启之辟之”“攘之剔之”四组排比句式，将热火朝天的劳动场面描摹得十分生动。八个动词的精准性运用，体现出开垦荒地的艰难；其一以贯之的气势，则满溢着创业的激情。“帝迁明德，串夷载路。天立厥配，受命既固”几句，紧接四组排比句之后，叙述了太王创业之后的结果：他率领族人打败了混夷部落，得到了天赐良机，得以立国。

太王生有三子：太伯，虞仲，季历。最小的儿子季历即后来继位的王季。因太王宠爱季历，太伯和虞仲为顺从父意，便将王位让于季历。为了让位，两人还特意离开周地，前往南方另建他国。因此诗中有“因心则友”的说法。但此句从“维此王季”的角度说来，便显得别有深意。就事实而言，太伯、虞仲让位于弟弟，其对兄弟的友爱之情是显而易见的，诗中不写太伯“友其弟”，而只写王季“友其兄”，这种虚笔描写太伯德行的手法，能促使读者对事情根由进行推导，比起直书其事，更显曲折回味之妙。

太王的后代顺父心、友兄弟的品德和行动是符合天意的，因此周王和他的部族才能“载锡之光。受禄无丧，奄有四方”，获得无限荣光和福禄，并拥有天下四方。下一章以“维此王季”开篇，以“帝度其心，貊其德音”一句，写王季继位后威名远播的情形。“其德克明，克明克类，克长克君。王此大邦，克顺克比”，具体歌颂他端正的品德、睿智英明的领导力以及威仪堂堂，使万民归心的王者之气。

这种为王的能力和品格，到了文王时代仍未改变。“比于文王”一句，使整首诗自然地过渡到对文王的颂扬上。第五章写密国入侵，文王在“诞先登于岸”的教导之下，毫不犹豫地“爰整其旅，以按徂旅”，整军剿灭密国军队，这里赞扬了文王的果敢和英勇。这是一场反抗外族侵犯、保家卫国的战争，因此文王带领的军队是“笃于周祜”，即增长周国洪福的正义之师。

“无矢我陵，我陵我阿，无饮我泉，我泉我池。”这一段描写出了文王对密国军队的严正警告，掷地有声，连用六个“我”字，表现出一种强烈的爱国爱民的情感。在对抗入侵者时，文王毫无退却之心，他“居岐之阳，在渭之将”，坚定地与密军对峙。同时，再次依照“上帝”的旨意：“不大声以色，不长夏以革”，不争一时之势，也不一味硬拼，而是“询尔仇方，同尔兄弟”，联合周边盟国和同姓之邦，“以尔钩援，与尔临冲，以伐崇墉”，用攻城的兵器和车子来攻破崇国城墙。

这首诗在结构上非常严谨，写完“以伐崇墉”一句后，立刻详写文王军队攻城的盛大战争场面。崇国的城墙虽高大坚固（“言言”“仡仡”），也抵挡不住“闲闲”“茀茀”的临车和冲车，以及周军的凛凛士气。最终诗以“四方以无侮”“四方以无拂”作结，也为这场正义之战画上圆满句号。

◎灵台◎

经始灵台[①]，经之营之，庶民攻之[②]，不日成之。经始勿亟[③]，庶民子来[④]。王在灵囿[⑤]，麀鹿攸伏[⑥]；麀鹿濯濯[⑦]，白鸟翯翯[⑧]。王在灵沼[⑨]，於牣鱼跃[⑩]。

虡业维枞⑪，贲鼓维镛⑫。於论鼓钟⑬，於乐辟廱⑭。
於论鼓钟，於乐辟廱。鼍鼓逢逢⑮。矇瞍奏公⑯。

【注释】

①经始：开始计划营建。灵台：古台名，故址在今陕西西安西北。②攻：建造。③亟：同“急”。④子来：像儿子似的一起赶来。⑤灵囿：古代帝王畜养禽兽的园林名。⑥麀（yōu）鹿：母鹿。⑦濯濯：娱游。⑧翯（hè）翯：肥泽。⑨灵沼：池沼名。⑩於：叹美声。牣（rèn）：满。⑪虡（jù）：悬钟的木架。业：装在虡上的横板。枞（cōng）：崇牙，即虡上的载钉，用以悬钟。⑫贲：大。⑬论：通“抡”，敲击。⑭辟廱：水环丘如璧曰辟廱。⑮鼍（tuó）：即扬子鳄，一种爬行动物，其皮制鼓甚佳。逢逢：鼓声。⑯矇瞍（sǒu）：古代对盲人的两种称呼。当时乐官乐工常由盲人担任。公：通“功”，奏功，成功。

【赏析】

《灵台》是一首在大型宴会上演唱的雅歌，是中国历史上较早提到园林的作品之一。它是周文王在修建灵台池沼落成后的庆功宴上唱的诗。

《灵台》这首诗描述了周文王爱民，百姓拥护周文王的情景。全诗中并没有诗句是直接、正面赞美周文王的，但是每一句描述百姓自告奋勇来参与修建灵台的诗句，都暗示出文王的仁德和人们对他的崇敬与爱戴。这样的表现手法更胜于空洞的赞美之辞，感人至深。

第一节主要描写建造灵台。通过“经之”“营之”“攻之”“成之”这四个动词的连用使得句子变得连贯紧凑，显示出百姓们为周文王效命的热情。“经始勿亟”这一句和第一句“经始灵台”前后呼应。方玉润在《诗经原始》中这样说明：“民情踊跃，于兴作自见之。”第二节主要描写灵囿和灵沼。本节还描写了鹿、鸟、鱼，语言简洁生动，充满活力。

“白鸟翯翯”中的“白鸟”有人说是白鹭，也有人说是白鹤，不管怎样，它是一种水鸟。本节中鹿伏与鱼跃相对应。“麀鹿濯濯”与“白鸟翯翯”两句都运用了叠字形容词。第三节和第四节是写辟廱的。辟廱，《毛传》的解释是“水旋丘如璧”，“以节观者”，依照诗意，将“辟廱”理解为君主游憩赏乐的离宫会比较恰当。在离宫辟廱，虽然没有观赏鹿、鸟、鱼的乐趣，但是可以聆听钟鼓音乐。

第三节的后两句和第四节前两句完全重复，这样的写法将游乐的欢快气氛渲染得更加浓烈。

历来，能够与民同乐的君主都被看成是品德高尚的人，这样的君主政治清明，和臣子、百姓关系融洽和谐，所以像周文王这样的君王，在后人心目中成了一个神话，变得可遇而不可求。

◎下武◎

下武维周①，世有哲王②。三后在天③，王配于京④。
王配于京，世德作求⑤。永言配命⑥，成王之孚⑦。
成王之孚，下土之式⑧。永言孝思⑨，孝思维则⑩。
媚兹一人⑪，应侯顺德⑫。永言孝思，昭哉嗣服⑬。
昭兹来许⑭，绳其祖武⑮。于万斯年⑯，受天之祜⑰。
受天之祜，四方来贺。于万斯年，不遐有佐⑱。

【注释】

①下武：在后继承。②哲王：贤明智慧的君主。③三后：指周的三位先祖太王、王季、文王。④王：此指武王。配：指上应天命。⑤求：通"逑"，匹配。⑥言：语助词。命：天命。⑦孚：使人信服。⑧下土：下界土地，也就是人间。式：榜样，范式。⑨孝思：孝顺先人之思，此系以孝代指所有的美德，举一以概之。⑩则：法则。此谓以先王为法则。⑪媚：爱戴。一人：指周天子。⑫应侯顺德：应当顺从祖德。⑬昭：诏示。嗣服：继承先祖之业。⑭来许：后进。⑮绳：承。祖武，指祖先的德业。⑯斯：语助词。⑰祜（hù）：福。⑱不遐：怎能。

【赏析】

这是一首在大型宴会上唱的雅歌，主要赞颂周朝后嗣们可以紧步先人足迹继续光大周室，也是为了告诫刚刚即位的新君，要像被赞美的周代三后以及武王、成王一样成为一代明君。

《下武》这首诗结构严谨、格式精工，采用层层递进的方式，叙述有条不紊。

第一节首先说出周朝历代君主都是明主，所以只有周国才有资格成为大地的统治者。然后赞颂太王、王季、文王与武王的贤德，又描述了周武王进驻京都的画面。

第二节前两句主要是赞颂武王，后两句则是在赞颂成王。

第三节赞颂成王是一个能够效法先人的明君。

第四、第五节则赞颂康王是一个能够继承祖德的君王。

第六节用四方诸侯来贺作为全诗结尾，把对先王和今王的赞美之情描绘得淋漓尽致。

第一、第二节之间以"王配于京"一句顶针勾连，第二、第三节以"成王之孚"一句顶针勾连，第三、第四节中各自的第三句"永言孝思"起到上下维系的作用。同时第四节的最后一句"昭哉嗣服"和第五节的第一句"昭兹来许"结构相同、意思相同。第五、第六节以"受天之祜"一句顶针勾连。通过这些例子，可以发现本诗刻意在经营一种巧妙的结构，它空前绝后的美感有效地避免了庙堂文学歌功颂德的审美疲劳，使读者产生了一定的审美快感。

本诗在修辞上，完美地应用了顶针格，可以说是精于此道。这首诗将顶针格的风格发挥到极致。全诗结构安排巧妙，节奏婉转，使得这首颂歌变得优美谐和。

本诗既有颂美，也有告诫，颂美正是为了告诫。

◎文王有声◎

文王有声，遹骏有声①，遹求厥宁。遹观厥成。文王烝哉②！
文王受命，有此武功；既伐于崇③，作邑于丰④。文王烝哉！
筑城伊淢⑤，作丰伊匹。匪棘其欲⑥，遹追来孝。王后烝哉⑦！

王公伊濯⑧，维丰之垣。四方攸同，王后维翰⑨。王后烝哉！
丰水东注，维禹之绩。四方攸同，皇王维辟⑩。皇王烝哉！
镐京辟雍⑪，自西自东，自南自北，无思不服⑫。皇王烝哉！
考卜维王，宅是镐京⑬。维龟正之，武王成之。武王烝哉！
丰水有芑⑭，武王岂不仕⑮！诒厥孙谋⑯，以燕翼子。武王烝哉！

【注释】

①遹（yù）：语气助词。②烝（zhēng）：君道。③崇：古崇国。④丰：故地在今陕西西安沣水西岸。⑤淢（xù）：即护城河。⑥棘：此处为“急”义。⑦王后：第三、四章之“王后”同指周文王。⑧公：同“功”。濯：本义是洗涤，此处指“光大”义。⑨翰：主干。⑩辟：君。⑪镐：周武王建立的西周国都，故地在今陕西西安沣水以东的昆明池北岸。辟雍（bì yōng）：西周王朝所建天子行礼奏乐的离宫。⑫无思不服：无不服。⑬宅：用作动词，定居。⑭芑（qǐ）：芑草。⑮仕：指建功立业。⑯诒厥：传授。

【赏析】

《文王有声》是一首在大型宴会上唱的雅歌。它主要描述了周文王伐崇城之后在丰邑建都，周武王伐商之后在镐地建都，这两次周国历史上的建都大事。

文王和武王都有一个“孝”的好名声。那么也许有人会感到奇怪，既然是以“孝”为名的君王为什么会做这种迁都的事情呢，这不是没有守住祖辈的产业吗？

其实文王和武王在取得一定功绩之后选择迁都，正表达了他们的“孝”。在周族发展壮大的漫长历程中，他们经历了很多的艰辛，首先后稷被封于有邰，至十代的孙公刘迁到豳，古公亶父又从豳地迁到岐山，周文王又从岐山迁到丰邑。周人多次迁移的原因固然有西北边境的戎、狄人的侵犯，

更多的是为了让他们的农业种植能够更好地发展起来，这样他们才能得到更多的粮食，养活更多的人民。当周族的人群不断扩大之后，他们的耕地面积就会变得越来越少，于是为了生存、为了获取更多的土地他们不得不经常迁移。后来更是因为和殷商王朝结下仇怨，他们更迫切地需要扩大土地、强大自己，所以，文王和武王才会选择迁移。这样的迁移是周氏强大自己的理念，也是周族统治者历来的主张。

这首诗在艺术表现上非常有特色，它按照时间的先后顺序进行了谋篇布局。全诗共八章，前四章写周文王迁丰，后四章写周武王营建镐。先写周文王后写周武王，因为他们是父子，所以一前一后的描写也不容易混淆。同时，本诗开篇的第一句就点出了周武王的功业是由其父周文王奠定的。

在写文王和武王时，虽然写的都是迁都的事情，但是却完全没有重复，文王迁丰、武王迁镐，在两者的描写上各有侧重。方玉润是这样评价的："言文王者，偏曰伐崇'武功'，言武王者，偏曰'镐京辟廱'，武中寓文，文中有武。不独两圣兼资之妙，抑亦文章幻化之奇，则更变中之变矣！"

诗人写周文王迁都于丰时，用了"既伐于崇，作邑于丰""筑城伊淢，作丰伊匹""王公伊濯，维丰之垣"等诗句，在叙事中抒情。写周武王迁镐京时，用了"丰水东注，维禹之绩""镐京辟雍，自西自东，自南自北，无思不服""考卜维王，宅是镐京。维龟正之，武王成之"等诗句，同样是在叙事中抒情。本诗的比兴手法运用得十分巧妙，有很强的感染力。

"王公伊濯，维丰之垣。四方攸同，王后维翰"是以丰邑城垣的坚固来指代周文王的屏障的牢固。"丰水有芑，武王岂不仕"是用丰水岸芑草的繁茂景象来指代周武王是一个能培植人才、使用人才的君王。

最后一章"丰水有芑，武王岂不仕！诒厥孙谋，以燕翼子"点明了周武王完成灭殷的统一大业之后，西周王朝刚刚建立，百废待兴，周武王的子孙面临如何巩固基业的问题，起到了画龙点睛的作用。

◎生民◎

厥初生民①，时维姜嫄②，生民如何？克禋克祀③，以弗无子④。履帝武敏歆⑤，攸介攸止⑥，载震载夙⑦，载生载育，时维后稷。

诞弥厥月⑧，先生如达⑨。不坼不副⑩，无菑无害⑪。以赫厥灵，上帝不宁⑫。不康禋祀⑬，居然生子。

诞寘之隘巷⑭，牛羊腓字之⑮。诞寘之平林⑯，会伐平林⑰。诞寘之寒冰，鸟覆翼之⑱。鸟乃去矣，后稷呱矣⑲。实覃实訏⑳，厥声载路㉑。

诞实匍匐㉒，克岐克嶷㉓，以就口食㉔。蓺之荏菽㉕，荏菽旆旆㉖，禾役穟穟㉗，麻麦幪幪㉘，瓜瓞唪唪㉙。

诞后稷之穑㉚，有相之道㉛。茀厥丰草㉜，种之黄茂㉝。实方实苞㉞，实种实褎㉟，实发实秀㊱，实坚实好㊲，实颖实栗㊳。即有邰家室㊴。

诞降嘉种㊵，维秬维秠㊶，维穈维芑㊷。恒之秬秠㊸，是获是亩㊹；恒之穈芑，是任是负㊺。以归肇祀㊻。

诞我祀如何？或舂或揄㊼，或簸或蹂㊽；释之叟叟㊾，烝之浮浮㊿；载谋载惟51，取萧祭脂52，取羝以軷53；载燔载烈54，以兴嗣岁55。

印盛于豆[56]，于豆于登[57]。其香始升，上帝居歆[58]。胡臭亶时[59]。后稷肇祀，庶无罪悔，以迄于今。

【注释】

①初：其初。②姜嫄（yuán）：传说中有邰氏之女，周始祖后稷之母。③禋（yīn）：祭天的一种礼仪，先烧柴升烟，再加牲体及玉帛于柴上焚烧。④弗：除灾求福。⑤履：践踏。帝：上帝。武：足迹。敏歆：很欢欣。⑥攸介攸止：肚子大了怀孕了。⑦载震载夙（sù）：或震或夙，指十月怀胎。⑧诞：到了。弥：满。⑨先生：头生，第一胎。达：顺当。⑩坼（chè）：裂开。副：（胎盘）破裂。⑪菑（zāi）：同“灾”。⑫宁：安宁。⑬康：安，宁。⑭寘（zhì）：置。⑮腓（féi）：庇护。字：哺育，爱护。⑯平林：森林。⑰会：恰好遇上。⑱鸟覆翼之：大鸟张翼覆盖他。⑲呱：小儿哭声。⑳覃（tán）：长。訏（xū）：大。㉑载：充满。㉒匍匐：伏地爬行。㉓岐：知意。嶷：识。㉔就：趋往。㉕蓺（yì）：同“艺”，种植。荏菽：大豆。㉖旆（pèi）旆：长大。㉗禾役：禾之行列。穟（suì）穟：禾穗丰硬下垂的样子。㉘幪（měng）幪：茂密的样子。㉙瓞（dié）：小瓜。唪（běng）唪：果实累累的样子。㉚穑：耕种。㉛有相之道：有相地之宜的能力。㉜茀：拔除。㉝种之黄茂：种的植物黄又好。㉞方：萌芽始出地面。苞：含苞。㉟褎（yòu）：禾苗渐渐长高。㊱发：发茎。秀：秀穗。㊲坚：谷粒灌浆饱满。㊳颖：禾穗末稍下垂。栗：结实。㊴邰：姜嫄嫡的国名，在今陕西武功县。㊵降：赐。㊶秬（jù）：黑黍。秠（pī）：黍的一种。㊷穈（mén）：赤苗，红米。芑（qǐ）：白苗，白米。㊸恒：遍种。㊹亩：按亩来计算产量。㊺任：挑起，抱起。负：背起。㊻肇：开始。祀：祭祀。㊼揄（yóu）：舀，从臼中取出舂好之米。㊽簸：扬米去糠。蹂：以手搓余剩的谷皮。㊾释：淘米。叟叟：淘米的声音。㊿烝：同“蒸”。浮浮：热气上升貌。[51]惟：计谋。[52]萧：香蒿。脂：牛油。[53]羝（dī）：公羊。軷：古代出行前祭祀路神。[54]燔：将肉放在火里烧炙。烈：将肉贯穿起来架在火上烤。[55]嗣岁：来年。[56]卬：通“昂”，我。豆：古代一种高脚容器。[57]登：瓦制容器。[58]居歆：指前来享受。[59]臭：香气。亶：诚然，确实。时：善，好。

【赏析】

这首诗是一首周人叙述其民族始祖后稷事迹的祭祀长诗，是在大型宴会上唱的雅歌。它带有非常浓重的传说色彩。

后稷是周人的英雄，传说他是少女姜嫄踩到神的足迹之后怀孕生下来的。他刚刚出生时人们因为他是姜嫄无婚而孕的，都认为他是一个不祥的人，于是后稷被丢在了窄巷里。但是因为后稷是神的孩子，所以他受到了神的庇护，活下来的稷慢慢长大了。这时他还担任夏朝的农官。后稷一生致力于推广农业栽培种植，因为这时的游牧民族有许多都变成农业定居的民族，因此后稷就受到了人们的崇拜。

《生民》按照十字句一节和八字句一节的方式前后交替构成，除首尾两节外，每节都用“诞”字领起，是一篇格式严谨的歌。

“履帝武敏歆”这一句有很多的争议，《毛传》中说：“后稷之母（姜嫄）配高辛氏帝（帝喾）焉。……古者必立郊禖焉，玄鸟至之日，以大牢祠于郊禖，天子亲往，后妃率九嫔御，乃礼天子所御，带以弓韣，授以弓矢于郊禖之前。”这里把这句话当作古代帝王求子的祭祀仪式了，也就是说姜嫄在高辛氏之帝的率领下向生殖之神求子,姜嫄跟随着高辛氏踏着他的足印前进,然后便怀孕了。现代学者闻一多在分析这个问题时，说得比较直白，他在《姜嫄履大人迹考》中说“只是耕时与人野合而有身，后人讳言野合，则曰履人之迹，更欲神异其事，乃曰履帝迹耳。”也就是等于采纳了《毛传》的说法。结合当时的情况，闻一多的见解是比较合理的。

后稷的名字叫作弃，根据《史记·周本纪》的解释，这个名字的来历就是因为他多次被抛弃。二、三两节对于他三次遭弃又三次获救的经历进行了十分细致的描述。后稷第一次被抛弃，是被扔在了一条小巷里，牛羊用乳汁喂养他，才使他保全了性命。后稷第二次被抛弃，是被扔进了一个大树林里，但是他幸运地被来砍柴的樵夫救了。后稷第三次被抛弃，是被扔到了寒冰之上，奇特的是一只大鸟用自己的羽翼覆盖，给了他温暖。经历了这些的婴儿哇哇大哭，声音十分洪亮有力，这些都预示着他将会创造出辉煌的事业。

后稷在农业种植方面有天赋。从小他就展现出了这样的才能，经他之手种植的农作物产量高、质量好，因为这些功劳，他受封于邰。四至六节生动形象地描绘出了农作物生长的全过程。这几节的修辞手法十分多样，使得诗句如行云流水般流畅、优美，其中运用了叠字、排比等手法，有极强的表现力。诗的最后两节主要是描写后稷创立祀典，为了祈求来年能够丰收，承接了第六节的最后一句“以归肇祀”，这样的结尾使全歌的结构变得十分宏伟，且层次井然，具有极高的史料价值和艺术价值。

可以说，农业对于推动人类的发展有着十分重要的作用，它使人们由游牧转变成定居，农业生产的进步，使得人类文明也有了明显的发展。

◎行苇◎

敦彼行苇①，牛羊勿践履。方苞方体②，维叶泥泥③。戚戚兄弟④，莫远具尔⑤。或肆之筵⑥，或授之几⑦。

肆筵设席，授几有缉御⑧。或献或酢⑨，洗爵奠斝⑩。醓醢以荐⑪，或燔或炙。嘉殽脾臄⑫，或歌或咢⑬。

敦弓既坚⑭，四鍭既钧⑮，舍矢既均⑯，序宾以贤⑰。敦弓既句⑱，既挟四鍭。四鍭如树⑲，序宾以不侮⑳。

曾孙维主㉑，酒醴维醹㉒，酌以大斗㉓，以祈黄耇㉔。黄耇台背㉕，以引以翼㉖。寿考维祺㉗，以介景福㉘。

【注释】

①敦（tuán）彼：草丛生之貌。行：道路边。②方苞：始含苞。体：成形。③泥泥：叶润泽貌。④戚戚：亲善。⑤远：疏远。尔：“迩”，近。⑥肆：陈设。筵：竹席。⑦几：矮脚的桌案。⑧缉御：相继有人侍候。缉，继续。⑨献：主人对客敬酒。酢：客人拿酒回敬。⑩洗爵：周时礼制，主人敬酒，取几上之杯先洗一下，再斟酒献客，客人回敬主人，也是如此操作。奠斝（jiǎ）：周时礼制，主人敬的酒客人饮毕，则置杯于几上；客人回敬主人，主人饮毕也须这样做。⑪醓（tǎn）：多汁的肉酱。醢（hǎi）：肉酱。荐：进献。⑫脾：通“膍”，牛胃，俗称牛百叶。臄（jué）：牛舌。⑬咢（è）：只打鼓不伴唱。⑭敦弓：雕弓。⑮鍭（hóu）：一种箭，金属箭头，鸟羽箭尾。钧：均中的。⑯舍矢：放箭。均：射中。⑰序宾：安排宾客在宴席上的座位次序。贤：此指射技的高低。⑱敦弓既句：雕弓既是都引满。⑲树：指箭射在靶子上像树立着一样。⑳侮：轻侮，怠慢。㉑曾孙：此指宴会的主人。㉒醴（lǐ）：甜酒。醹（rú）：酒味醇厚。㉓斗：古酒器。㉔黄耇（gǒu）：年高长寿。

㉕台背：或谓背有老斑如鲐鱼，或谓背驼，总之都是老态龙钟的样子。㉖引：牵引，此指搀扶。翼：扶持帮助。㉗寿考：长寿。祺：吉祥。㉘介：乞求。景福：大福。

【赏析】

诗人从描写路旁的芦苇开篇，初长新芽的芦苇，柔嫩润泽得让人们都不忍心听任牛羊去践踏它们。这其实也是在表现周文王的仁者之心，他对待草木都能做到这样，更何况是对待自己的兄弟骨肉呢，表现出了兄弟之间相亲相爱的感情。这样的描写使得这首离别的诗洋溢着欢乐的气氛。

紧接着送别宴会的盛大场面一一展现，通过正面描写宴会，将摆筵、设席、授几的场面描写得十分细致。侍者为了让宴会能够顺利地进行而忙碌着，整场宴会的场面是极其盛大的。然后描写了主人献酒，客人回敬的场面，其中洗杯捧盏，极尽殷勤。然后写出了宴会菜肴的丰盛和美味无比。“醓”“醢”“脾”“臄”这几个字是古代食物品种的搭配，“燔”“炙”则是早期烹调的方法。这节的最后描绘出了唱歌击鼓的画面，气氛十分热烈。

随后，年轻人开始比射，以表示周国后继有人。这是宴会上的一项重要活动。诗人对比射过程作了两次描绘。这两次描绘都是以开弓开始，然后到搭箭，最后一发中的，其妙处在于这两次描写所用的词句并非一成不变。在讲述了比射之后又用“序宾以贤”“序宾以不侮”来表现主人对胜利者优礼有加，对失利者也毫不怠慢，体谅了每一个人的心情，令参与比射的人的心情都非常舒畅。

主人满斟了美酒之后，先敬长者，希望他们在遥远的他乡也能长寿安康，同时希望他们能够安心享受族人的孝敬。然后写到主人祝福长者能够长命百岁，且用一定的笔墨描写了老态龙钟的长者被侍者小心搀扶的画面。方玉润在《诗经原始》中这样评价：“老者不射，酌大斗饮之，座中乃不寂寞。”

《行苇》这首诗层次清晰，内容丰富，充分描写了宴会和比射的场面，既有大型的场面描绘，也有小的细节渲染。修辞手法上也十分丰富多彩，其中叠字的运用尤其出色，如形容苇叶润泽时用的“泥泥”，形容兄弟情时用的“戚戚”，非常贴切生动；还有排比，如“敦弓既坚，四鍭既钧，舍矢既均”，这一句就很有气势。

◎既醉◎

既醉以酒，既饱以德。君子万年，介尔景福①。

既醉以酒，尔肴既将②。君子万年，介尔昭明③。

昭明有融④，高朗令终⑤。令终有俶⑥，公尸嘉告⑦。

其告维何？笾豆静嘉⑧。朋友攸摄⑨，摄以威仪。

威仪孔时⑩，君子有孝子。孝子不匮⑪，永锡尔类⑫。

其类维何？室家之壸⑬。君子万年，永锡祚胤⑭。

其胤维何？天被尔禄⑮。君子万年，景命有仆⑯。

其仆维何？釐尔女士⑰。釐尔女士，从以孙子⑱。

【注释】

①介尔景福：上天赐你大福。②将：精美。③昭明：光明。④有融：融融，盛长之貌。⑤令终：好的结果。⑥俶（chù）：始。⑦公尸：古代祭祀时以人装扮成祖先接受祭祀，这人就称“尸”，祖先为君主诸侯，则称“公尸”。嘉告：好话，指祭祀时祝官代表尸为主祭者致嘏辞（赐福之辞）。⑧笾（biān）豆：两种古代食器、礼器。静嘉：洁美又得宜。⑨攸摄：所助，所辅。⑩孔时：很适时。⑪匮（kuì）：穷乏。⑫锡：同“赐”。类：法

子，法程。⑬壸（kǔn）：宫中之道，引申为广。⑭祚（zuò）：福。胤（yìn）：后嗣。⑮被：加，给。⑯景命：大命，天命。仆：附。⑰釐（lí）：赐。⑱从以：随之以。

【赏析】

《既醉》这首诗共分八节，每节有四句，格式整洁，具有韵律感。《既醉》开篇的第一个字就是“既”字，方玉润在《诗经原始》中这样评价这样的开篇方式：“起得飘忽。”开篇显得十分的优雅。“既醉以酒”，神主已经充分享受了祭品；“既饱以德”，神主已经充分感受到了主祭者周王的诚心。同时，这两句为后面的祝官代表神主致辞祝福作了铺垫——因为他享受了主祭者为他准备的美酒佳肴，对此他深表感激，同时神主代表神赐给献祭人福泽，也就成了顺理成章的事情了。

诗的内容可以分为两个部分，第一部分主要是描写诸侯们在饱餐了美食之后对周天子给予他们的恩惠表示感谢，他们祝愿周天子能够长寿、聪慧、福禄。

第二部分则是“公尸”的祝祷。对古人来说“公尸”就是神灵与祖先的化身，诸侯们通过称颂“公尸”来表达对神灵的崇敬之情。他们赞叹天子祭祀时彬彬有礼，颂扬天子是难得的孝子，因为天子有丰厚的德行，所以他的孩子们将来也一定会十分孝顺他，周王室必将世代繁荣昌盛，道德高尚的君主必然会得到上天的赐福。

这首诗开始于祝颂，最后又用祝颂的方式结束，前后呼应，充满了欢乐与喜庆的氛围，反映出了周王朝的贵族们对于福寿生活的追求和向往。诗文的前两节，主要讲述神主享受了酒食祭品之后的心满意足，和他对主祭者礼数周到的感激，神主预祝主祭者永远都能够获得神所赐的幸福光明，能够健康长寿。

第三节是一个承上启下的小节，起到了过渡作用。“令终有俶，公尸嘉告”，是神主对“公尸”的祝福。

后五节的内容中除了第三节是在答谢献祭人隆重的礼节，其余几节都是在说祝福的具体内容。所以这些诗句都是围绕着“德”“福”这两个字来描写的。这正如方玉润在《诗经原始》中说：“首二章福德双题，三章单承德字，四章以下皆言福，盖借嘏词以传神意耳。然非有是德何以膺是福？”

《既醉》说明了这样一个道理：要爱护自己的双亲和其他亲人，尊重自己的双亲和其他亲人，每个人都要心有善念，行善事。君主更需如此，要关爱天下苍生，实行仁政，只有这样才能国泰民安，保证江山永固、天下太平。同时，君主要以身作则，给百姓们作出好的示范，影响黎民百姓的行为和想法从而实现天下大同。

◎凫鹥◎

凫鹥在泾①，公尸在燕来宁②。尔酒既清，尔肴既馨。公尸燕饮，福禄来成。

凫鹥在沙，公尸来燕来宜③。尔酒既多，尔肴既嘉。公尸燕饮，福禄来为④。

凫鹥在渚⑤，公尸来燕来处⑥。尔酒既湑⑦，尔肴既脯⑧。公尸燕饮，福禄来下。

凫鹥在潨⑨，公尸来燕来宗⑩。既燕于宗⑪，福禄攸降。公尸燕饮，福禄来崇⑫。

凫鹥在亹⑬，公尸来止熏熏⑭。旨酒欣欣⑮，燔炙芬芬。公尸燕饮，无有后艰。

【注释】

①凫（fú）：野鸭。鹥（yī）：鸥鸟。泾：泾水。②燕：宴。③宜：相宜。④为：相助。⑤渚（zhǔ）：河流湖泊中的沙洲。⑥处：安处。⑦湑：过滤。⑧脯：干肉。⑨潨（zhōng）：水流会合之处。⑩宗：尊敬。⑪宗：宗庙，祭祀祖先的庙。⑫崇：增加。⑬亹（mén）：对峙如门的山峡口。⑭熏熏：同“醺醺”，香味四传。⑮旨：甘美。

【赏析】

周代的贵族们祭祀十分讲究，一般仪式都要分作两天来进行：第一天是正祭，也就是享祀神灵；制来分析，就是在祭祀神灵以后在宴会中扮演神灵的人，也可以说他们就是祭祀的主持人。

《凫鹥》有一种和乐融融的氛围，“公尸”尽心尽力地为了祈福和祈求神灵降福而努力，而主人们则用清酒馨肴来作为回报。全诗共分五节，每节都有六句，每节的第二句都为六言，其余的句子都是四言句。这样的格式结构就像是音乐中的装饰变奏曲一样，将一个结构完整的主题按照一定的规律进行变奏，但是同时又保持主题的完整，这样的诗句具有优美的旋律，适合吟唱。

诗人描述了这样的场景：野鸭和沙鸥们愉快地在泾水边嬉戏觅食，“公尸”为了接受宾尸之礼而来到了宗庙，他就像那野鸭和沙鸥一样，在这里感到自得其所，恬适愉悦。主人将清醇甘甜的酒和香酥鲜美的食物献给了“公尸”，而“公尸”也帮助献祭的人们和受祭的神灵之间进行沟通，同时祈求神灵将福禄赐给人们的愿望。

“尔酒既清”“尔酒既多”“尔酒既湑”“旨酒欣欣”都是在描写酒的美，其中用了“清”

“多”“湑”“欣欣”这些词来表现，第四句“尔肴既馨”“尔肴既嘉”“ 尔肴既脯”“燔炙芬芬”是在写菜肴的美，其中用了“馨”“嘉”“芬芬”这些词来表现。这些关于酒和菜的描写从不同角度强化了这次祭祀的祭品品质十分优良，由此表达出主人宴请的虔诚。因此，“公尸”感到特别高兴，这从诗中反复渲染的公尸“来燕来宁”“来燕来宜”“来燕来处”“来燕来宗”“来止熏熏”。就可以看出了。诗中反复强调“福禄来成”“福禄来为”“福禄来下”“福禄攸降”“福禄来崇”的原因正是因为“公尸”感到高兴，因为他们相信“公尸”感到高兴的话，神灵就会不断降福给他们。

最后要注意的是，诗的末句“无有后艰”提出了预防灾害祸殃的问题，也许有人觉得在祝词的诗中出现这样的句子不太恰当，但正因为这句话，使得这首诗的意境得以提高。《毛诗序》中是这样说的：“大平之君子能持盈守成，神祇祖考安乐之也。”也就是说，这句话是告诫祭祀者要懂得居安思危，不能放松警惕。在这首全篇都是欢宴福禄的诗中，以“无有后艰”为结尾，充分体现了古人的认真谨慎和警戒。因为有了这种戒惧的意识，他们才能在欢歌笑语中时刻记得可能出现的隐患，并制订应对方案。

◎假乐◎

假乐君子①，显显令德②。宜民宜人，受禄于天。保右命之③，自天申之。

干禄百福④，子孙千亿。穆穆皇皇⑤，宜君宜王。不愆不忘⑥，率由旧章⑦。

威仪抑抑⑧，德音秩秩⑨。无怨无恶，率由群匹⑩。受福无疆，四方之纲。

之纲之纪，燕及朋友⑪。百辟卿士⑫，媚于天子⑬。不解于位⑭，民之攸塈⑮。

【注释】

①假：通“嘉”，美好。君子：指成王。②令德：美德。③右：通“佑”。④干：求。⑤穆穆：肃敬。皇皇：光明。⑥愆（qiān）：过失。⑦率：循。由：从。⑧抑抑：庄美的样子。⑨秩秩：有条不紊的样子。⑩群匹：众臣。⑪燕：通“宴”。⑫百辟（bì）：众诸侯。⑬媚：爱。⑭解：通“懈”，怠慢。⑮塈（jì）：安宁。

【赏析】

第一节第一句的“假（嘉）乐”，直接说出了本诗的主题。“显显令德”则直截了当地赞扬周宣王是一个德行品格都十分高尚的人。后面的四句都是对他的赞美之词，像是尊民意顺民心，皇天授命，赐以福禄等。

第二节顺着第一节的势头继续赞美周成王，朱熹在《诗集传》中评论这一节时说：“王者干禄而得百福，故其子孙之蕃，至于千亿。嫡为天子，庶为诸侯，无不穆穆皇皇，以遵先王之法。”所以，这一节主要歌颂成王将能够德荫子孙，受禄千亿，是一个“不愆不忘”的人，能够听从大臣们的建议和劝谏。

第三节继续将劝勉之意加以延伸，一方面热烈地赞美成王有着美好的仪容、高尚的品德，所以没有人对他心怀怨恨；另一方面又说周成王是一个能够“受福无疆”的人，既有享不尽的福禄，同时又能够成为天下臣民、四方诸侯的“纲纪”，任举众贤。

第四节的内容紧接着前文，主要是为了警诫赴宴的“百辟卿士”，这一节勾勒出周成王举行冠礼时的活动场景。成王是一个礼待诸侯的人，所以他宴饮群臣；因为周成王的礼贤下士，所以现场是情意融融的。但是唱词的人要求百官公卿、朝廷大臣们做到，“爱戴天子举杯敬酒忙”和“勤于职守工作不懈怠”两不误，只有这样才能使国民安居乐业，不再流离失所。这样的要求其实不单是对臣子，同时也是对君王，要他顺从民意，重整天下纲纪。全诗虽然篇幅短小，但是其中确是满注真情，美溢于辞，令人回味无穷。

自古以来，君主都掌握着生杀大权，“伴君如伴虎”是每个大臣都熟悉的一句话。作为一名良臣，劝才君王是他责任，但是，忠言不一定必须要逆耳，如何劝谏方能取得最好的效果才是最重要的。

◎公刘◎

笃公刘①，匪居匪康②。乃埸乃疆③，乃积乃仓④；乃裹馀粮⑤。于橐于囊⑥，思辑用光⑦。弓矢斯张⑧，干戈戚扬⑨，爰方启行。

笃公刘，于胥斯原⑩。既庶既繁⑪，既顺乃宣⑫，而无永叹。陟则在⑬巘，复降在原。何以舟之⑭？维玉及瑶，鞞琫容刀⑮。

笃公刘，逝彼百泉⑯，瞻彼溥原⑰；迺陟南冈，乃觏于京⑱。京师之野⑲，于时处处⑳，于时庐旅㉑，于时言言，于时语语。

笃公刘，于京斯依，跄跄济济㉒，俾筵俾几㉓。既登乃依，乃造其曹㉔，执豕于牢㉕，酌之用匏㉖。食之饮之，君之宗之㉗。

笃公刘，既溥既长，既景迺冈㉘，相其阴阳㉙，观其流泉；其君三单㉚；度其隰原㉛，彻田为粮㉜，度其夕阳㉝，豳居允荒㉞。

笃公刘，于豳斯馆。涉渭为乱㉟，取厉取锻㊱。止基乃理㊲，爰众爰有㊳。夹其皇涧㊴，遡其过涧㊵。止旅迺密㊶，芮鞫之即㊷。

【注释】

①笃：诚实、忠厚。②匪：不。居：安。康：宁。③乃：于是。埸（yì）：田界。④积：露天堆粮之处。仓：仓库。⑤馀粮：干粮。⑥于橐（tuó）于囊：指装入口袋。小曰橐，大曰囊。⑦思辑：和睦团结。用光：以为荣光。⑧斯：发语词。张：张罗、准备。⑨干：盾牌。戚：斧。扬：大斧。⑩胥：视察。斯原：这里的原野。⑪庶、繁：人口众多。⑫顺：民心归顺。宣：舒畅。⑬陟：攀登。巘（yǎn）：小山。⑭舟：佩带。⑮鞞（bǐng）：刀鞘。琫（běng）：刀鞘口上的装饰物。⑯逝：往。⑰溥（pǔ）：广阔。⑱觏（gòu）：察看。京：京丘。⑲京师：众人居住之高山，后世将国都称作“京师”。⑳于时：于是。处处：居住。㉑庐旅：即“旅旅”，寄居。此处指宫室馆舍。㉒跄跄：形容走路有节奏。济济：从容端庄。㉓俾：使。筵：铺在地上坐的席子。几：放在席子上的小桌。㉔造：通“祰”，指告祭。曹：通“褿”，祭猪神。㉕牢：猪圈。㉖酌之：指斟酒。匏（páo）：葫芦，此处指剖成的瓢。㉗君之：当君长。宗之：当族长。㉘景：通“影”，根据日影来丈量。冈：山冈。㉙相：视察。阴阳，指山之南北。南曰阳，北曰阴。㉚三单（shàn）：轮流值班。㉛度：测量。隰（xí）原：低平之地。㉜彻：开发，治理。㉝夕阳：山的西面。㉞允荒：确实广大。㉟渭：渭水。乱：横渡。㊱厉：通“砺”，磨刀石。锻：打铁，此处指打铁用的石锤。㊲止：居。基：定。乃理：治理田野。㊳爰众爰有：人多且富有。㊴皇涧：豳地水名。㊵过涧：水名。㊶止旅迺密：指前来定居的人口日渐稠密。㊷芮（ruì）：水涯。鞫：水曲。

【赏析】

周人原本是游牧民族，从后稷开始，在邰地以农立国。后稷的儿子后来离开邰，逃至戎狄等部落，直到第四代首领公刘归来，邰地的农业生产才得以恢复。公刘的“公”是爵号，“刘”是名字，后人多以两者合称。

公刘是一位颇具前瞻性眼光的部落之长，他不满于当前的领地，为了谋求更好的发展而率族迁往豳地。这首诗便是通过对公刘迁豳的历史壮举的描写，颂扬了公刘的才识和胆略，以及受万民拥戴的光辉形象。诗的每一章都以“笃公刘”起句，“笃”是忠厚之意，亦有厚待民众之意，这一句赞语体现了后人对公刘的景仰之情。

诗的开篇“笃公刘，匪居匪康”，写公刘决心迁徙的原因，同时也写出他不愿安居享乐的进取之

心。“迺埸迺疆，迺积迺仓，迺裹餱粮”写出发前的准备工作，一连用五个“迺”字，整齐中见错落，造成一种跳荡的节奏感，既呈现了启程之前紧张忙碌的场景，也表现出劳动中的昂扬情绪。

准备好粮食后，“弓矢斯张，干戈戚扬，爰方启行”，族人们佩好弓箭，拿起长矛，举起盾牌，背起刀斧，出发前往豳地。接下来的几章写到达豳地之后的事。二、三章和五、六章着重描写公刘勘察地形地貌、规划用地的举动，中间第四章叙述宴会中拜天祭神，推举领袖的场景。

第二章的“于胥斯原”一句，描写公刘在豳地勘察的情景。“陟则在巘，复降在原”，公刘一下子在山顶瞭望，一下子在平原细察，突出了他不辞辛苦、事必躬亲的领导特质。这一章主要侧重塑造公刘这个人物，“维玉及瑶，鞞琫容刀”，用他身上佩戴的美玉、琼瑶以及刀鞘上闪光的饰物，来展现一位部落首领在族人眼中的光彩形象。

第三章“逝彼百泉，瞻彼溥原；迺陟南冈，乃觏于京”，是对上一章的重复，但细节处略有不同。其一，此处提及“百泉”，比上章勘测范围有所扩大。而且“逝彼百泉”这句话一方面陈述公刘勘察泉水的事实，另一方面也为后来择址建都埋下伏笔。正因为有“百泉”，所以原野肥沃，适宜居住，最终公刘决定在此建立城郭。

“于时处处，于时庐旅，于时言言，于时语语”，连用四个“于时”，不仅气脉连贯，而且生动描绘出族人在建造宫室的过程中欢声笑语的场面，表达出民众安定、舒畅的喜悦心情。

第四章写公刘设宴，庆祝新的城郭宫室的建立。宴席之中，“跄跄济济，俾筵俾几”，臣子很有威仪且姿态端庄，入席后纷纷举杯畅饮。席上气氛渐渐高涨，“执豕于牢，酌之用匏”，从猪圈里抓了猪来做菜肴，用瓢来饮美酒，鲜活的宴席氛围扑面而来。“食之饮之，君之宗之”，吃饱喝足之后，族人推举了公刘为首领。

第五章“既溥既长，既景迺冈，相其阴阳，观其流泉”，仍写公刘对平原、山地、水流的勘测，只是比二、三章细致具体。公刘不仅在原野和山冈上进行丈量，而且围绕着山南山北细细测量，还仔细观察泉流的源头。又“度其隰原，彻田为粮”，勘察低地，划定耕地。“度其夕阳，豳居允荒”，公刘登上西山，俯瞰整个豳地，感叹这片土地的广大。这种感慨中既包含着周部族对美好未来的期盼，也深藏着一种开创基业的豪迈之情。

最后一章描绘了一幅周人在豳地安居乐业的图卷。先写“于豳斯馆”，即宫室周围清幽的环境，再写“涉渭为乱，取厉取锻”，叙述采石业的发达，紧接着写“止基乃理，爰众爰有”，赞扬公刘治理得当，使人口增长，物质丰富。最后写“止旅迺密，芮鞫之即”，前来豳地定居的人越来越多，领地又继而往水边河曲处发展，极言其富饶，也是对公刘所建功业的歌颂。

◎泂酌◎

泂酌彼行潦[①]，挹彼注兹[②]，可以馈饎[③]。岂弟君子[④]，民之父母。

泂酌彼行潦，挹彼注兹，可以濯罍[⑤]。岂弟君子，民之攸归[⑥]。

泂酌彼行潦，挹彼注兹，可以濯溉[⑦]。岂弟君子，民之攸塈[⑧]。

【注释】

①泂（jiǒng）：远。行潦（lǎo）：路边的积水。②挹（yì）：舀出。注：灌入。③馈（fēn）：蒸饭。饎（chì）：酒食。④岂弟（kǎi tì）：即“恺悌”，本义为和乐平易，在此特训为恩德深长广大之意。⑤罍（léi）：古酒器，似壶而大。⑥攸：所。归：归附。⑦溉：通“概”，一种盛酒漆器。⑧塈（xì）：休息。

【赏析】

这首诗描述了一幅宴会上人们大碗喝酒的场景。

本诗共有三小节，每一小节都是通过描写远处的流潦之水来开头，它用潦水的多来形容酒水的多。水是人们生活中必不可少的物品，和人们的生活息息相关。本诗中所用的水并不是普通的江河池井水，而是远方的“流潦”。所谓流潦之水指的是雨后坑洼处的积水，那些水不但十分浑浊，同时不好取用。但是通过“挹彼注兹”，就可以用来蒸煮食物，洗濯酒器，因为此时这些流潦之水已经变得十分清澈。

虽然最后的结果是好的，但也许人们会奇怪为什么要取远方混浊不堪的“流潦”之水，然后再将其澄清后使用呢？乍看之下，这样的行为也许不符合生活常识，但其中有着十分深刻的寓意。

诗的作者是想要通过这样的描写表示远方的“流潦”之水虽然很浑浊，但我并没有放弃它，在我的努力下它最终变成了洁净的水，被我使用了。

这样的“流潦”之水其实就和四方边远的百姓一样，只要君王施行仁政，他们就会感恩戴德、心悦诚服了。方玉润在《诗经原始》中是这样说的：“此等诗总是欲在上之人当以父母斯民为心，盖必在上者有慈祥岂弟之念，而后在下者有亲附来归之诚。曰‘攸归’者，为民所归往也；曰‘攸塈’者，为民所安息也。使君子不以‘父母’自居，外视其赤子，则小民又岂如赤子相依，乐从夫‘父母’？故词若褒美而意实劝诫。”

如果君主做到这些，那么就一定能变成“岂弟君子，民之父母”，不能凌驾于民众头上作威作福，而要关心爱护百姓。

《泂酌》借日常生活中常见的事物引出劝解，全诗采用重章叠句，反复歌咏的写法，结构优美，影响深远。

这首诗通过用水比喻君主与人民之

间的关系来劝解君王，告诉他要如何做好百姓的衣食父母，表现出诗人对于百姓的重视。通过这首诗可以看到他对于国家的关切之心。

◎卷阿◎

有卷者阿①，飘风自南②。岂弟君子③，来游来歌，以矢其音④。

伴奂尔游矣⑤，优游尔休矣⑥。岂弟君子，俾尔弥尔性⑦，似先公酋矣⑧。

尔土宇昄章⑨，亦孔之厚矣⑩。岂弟君子，俾尔弥尔性，百神尔主矣⑪。

尔受命长矣，茀禄尔康矣⑫。岂弟君子，俾尔弥尔性，纯嘏尔常矣⑬。

有冯有翼⑭，有孝有德。以引以翼⑮。岂弟君子，四方为则⑯。

颙颙卬卬⑰，如圭如璋⑱，令闻令望⑲。岂弟君子，四方为纲。

凤凰于飞，翙翙其羽⑳，亦集爰止㉑。蔼蔼王多吉士㉒，维君子使，媚于天子㉓。

凤凰于飞，翙翙其羽，亦傅于天㉔。蔼蔼王多吉人，维君子命，媚于庶人。

凤凰鸣矣，于彼高冈。梧桐生矣，于彼朝阳㉕。菶菶萋萋㉖，雝雝喈喈㉗。

君子之车，既庶且多㉘。君子之马，既闲且驰㉙。矢诗不多㉚，维以遂歌。

【注释】

①卷（quán）：卷曲。阿：大土山。②飘风：旋风。③岂弟（kǎi tì）：即“恺悌”，和气、平易近人。④矢：陈述。⑤伴奂：无拘无束之貌。⑥优游：悠然自得。⑦俾：使。尔：指周天子。弥：终，尽。性：寿命。⑧似：同“嗣”，继承。酋：久。⑨昄（bǎn）章：版图。⑩孔：很。⑪尔：你。⑫茀：小福。⑬纯嘏（gǔ）：大福。⑭冯（píng）：依靠。翼：庇护。⑮引：引导。⑯则：标准。⑰颙（yóng）颙：庄重恭敬。卬（áng）卬：器宇轩昂的样子。⑱圭：古代玉制礼器，长条形，上端尖。璋：也是古代玉制礼器，长条形，上端作斜锐角。⑲令：美好。闻：声誉。⑳翙（huì）翙：鸟展翅振动发出的声音。㉑爰：而。㉒蔼蔼：众多。吉士：贤良之士。㉓媚：爱戴。㉔傅：至。㉕朝阳：指山的东面。㉖菶（běng）菶：草木茂盛。㉗雝（yōng）雝喈（jiē）喈：鸟鸣声。㉘庶：众。㉙闲：娴熟。㉚不：通“丕”，大。

【赏析】

这是一首记叙周成王出游，并对其歌功颂德的诗。诗的作者应是当时伴游的臣子之一。开篇几句“有卷者阿，飘风自南。岂弟君子，来游来歌，以矢其音”，点明地点、时间、人物和事件：在刮着南风的季节里，平易近人的君主到丘陵上游玩，伴游的臣子纷纷献上诗歌助兴。

交代完出游的基本情况后，作者以一句“伴奂尔游矣”起调，开始对君王进行歌颂。接下来的几章，都是解释周王得以无拘无束闲游的原因。“尔土宇昄章，亦孔之厚矣”是称颂周王朝疆土辽阔，一望无际；“尔受命长矣，茀禄尔康矣”是歌颂周王天命所归，福禄加身。

这些颂扬最终都归结到一点：“岂弟君子，俾尔弥尔性”，这句话在二、三、四章重复了三次，意在强调周王的和乐平易、勤于政事。正因为君主英明伟大，国家才能安宁，才能有今日出游卷阿的盛景。

以上是对君王内在德行的直接赞美，紧随其后的两章则通过赞扬君王身边的贤臣良士来反衬君王的厚德。“有冯有翼”“颙颙卬卬”，写贤能之才尽心尽力、忠心耿耿辅佐君主，这既是促使周王建立伟大功业、声望远播的原因，也是周王“四方为则”“四方为纲”的必然结果。

作者对疆域和才臣的唱颂，在一定程度上弥补了颂诗在主题上的单调乏味，而且，这些唱颂全都紧扣住了歌颂君王的主题，使得整首诗在逻辑上严丝合缝。七、八章以比喻手法，总括上文对周王的赞美。作者将出游的盛况比喻成百鸟随凤。“凤凰于飞，翙翙其羽，亦集爰止”，“凤凰”是指周王，“翙翙其羽”用鸟群展翅之声，描写百鸟追随的盛大场面。

这两章的末一句，句式相同，只改动一词。“媚于天子”“媚于庶人”，进一步写臣子对君主的忠诚追随，状君臣浩荡出游之景，如在目前。如此形容一番，作者仍意犹未尽，接着以想象虚构出一幅凤凰在“菶菶萋萋”之间，面向东方的朝阳“雝雝喈喈”，高声和鸣的画卷。

从这幅画卷中可以见出君臣相和、威仪俨然的景状。最后一章，作者由想象回到现实，实写“君子之车”“君子之马”，但仍紧扣出游之盛来写，车“既庶且多”、马“既闲且驰”，车马之多，凸显出随从之多。作者反复从不同角度来描述游卷阿的热闹场面，归根究底仍是为了颂扬君王。末句“矢诗不多，维以遂歌”写群臣争相献诗的场景，呼应第一章的末句，对全诗进行了完整的收结。

◎民劳◎

民亦劳止[①]，汔可小康[②]。惠此中国[③]，以绥四方[④]。无纵诡随[⑤]，以谨无良[⑥]。式遏寇虐[⑦]，憯不畏明[⑧]。柔远能迩[⑨]，以定我王。

民亦劳止，汔可小休。惠此中国，以为民逑[⑩]。无纵诡随，以谨惛怓[⑪]。式遏寇虐，无俾民忧。无弃尔劳[⑫]，以为王休[⑬]。

民亦劳止，汔可小息。惠此京师，以绥四国。无纵诡随，以谨罔极[⑭]。式遏寇虐，无俾作慝[⑮]。敬慎威仪，以近有德。

民亦劳止，汔可小愒[⑯]。惠此中国，俾民忧泄。无纵诡随，以谨丑厉[⑰]。式遏寇虐，无俾正败[⑱]。戎虽小子[⑲]，而式弘大[⑳]。

民亦劳止，汔可小安。惠此中国，国无有残。无纵诡随，以谨缱绻[㉑]。式遏寇虐，无俾正反[㉒]。王欲玉女[㉓]，是用大谏[㉔]。

【注释】

①止：语气助词。②汔（qì）：求得。康：安康，安居。③惠：爱。中国：周王朝直接统治的地区，也就是"王畿"，相对于四方诸侯国而言。④绥：安。⑤纵：放纵。诡随：诡诈欺骗。⑥谨：指谨慎提防。⑦式：发语词。寇虐：残害掠夺。⑧憯（cǎn）：曾，乃。⑨柔：爱抚。能：亲善。⑩逑：聚合。⑪惛怓（hūn náo）：喧嚷争吵。⑫尔：指在位者。劳：劳绩，功劳。⑬休：美，此指利益。⑭罔极：没有准则，没有法纪。⑮慝（tè）：恶。⑯愒（qì）：休息。⑰丑厉：恶人。⑱无俾正败：无使正道败坏。⑲戎：你，指在位者。小子：年轻人。⑳式：作用。㉑缱绻（qiǎn quǎn）：固结不解，指统治者内部纠纷。㉒正反：政治颠倒。㉓玉女（rǔ）：成就你。㉔是用：是以，因此。

【赏析】

这首诗每一节第一句都是"民亦劳止"，可见人民当时的困难。

第一节是在论证天下的形势，"民亦劳止，汔可小康。"这两句在说人民已经很劳苦了，他们想要求短暂的安康都不可能。姚际恒在《诗经通论》中这样评价这两句："开口说民劳，便已凄楚；'汔可小康'，亦安于时运而不敢过望之辞。曰'可'者，又见唯此时可为，他日恐将不及也，亦危之之词。"表明周厉王的残暴使国人忧心忡忡，敢怒而不敢言，生活困苦，已经想要造反了，很能抓住要害。接着诗人又提出策略"惠此中国，以绥四方"，先对王畿之内施以恩惠，安抚国中百姓，然后再使四境得以安定；"无纵诡随，以谨无良"，是说不要放纵谲诈的人，不要听信他们的坏话。

第二节诗人提出了恤民抚内的主张。他希望人们能在"民亦劳止"的基础上，稍稍休息，希望君王不要过度劳民伤财，那样会使人民铤而走险，进而叛变。这种观点也就是要"与民休养生息"。他希望周厉王能够用仁德的心爱护百姓，让他们能够安居乐业。他要求周厉王惩恶扬善，不要盲从诡诈佞臣，要像历代明君一样爱惜百姓。

第三节诗人强调要保全京师。因为京师是一个国家政治经济的中心，它的安定对于稳定全国的形势十分重要。诗人提出"惠此京师，以绥四国"，也就是先稳定京师，之后再去安抚四方诸侯，这样国家就能一片安稳，国家的富强也就指日可待了。

第四节诗人告诉周厉王国家兴旺时，就一定有忠臣；国家将要灭亡时，就一定会妖孽横生。现在朝政已经被小人摆弄得腐败不堪了，他希望周厉王能够远小人而近贤臣，用仁德的心爱护百姓。只有这样，国家才能再次好起来。最后规劝竟然变成了指责。

第五节诗人希望周厉王不要让周氏的王朝就这样的丧弃了，而是能够像"莹玉般光耀又纯美"。他希望自己的劝谏能够让君王和同僚觉醒，大家共同为国分忧"国无有残"与"以谨惛怓""以谨罔极""以谨丑厉""以谨缱绻"这几句，就是围绕着恤民、保京、防奸、止乱这几个方面来说的。陈子展在《诗经直解》中说："盖诗人已豫见厉王溃灭，故不觉其言之丁宁而沉痛也。"

文中第二、三、四、五节"以为民逑""以绥四国""俾民忧泄""国无有残"与"以谨惛怓""以谨罔极""以谨丑厉""以谨缱绻"这几句，就是围绕着恤民、保京、防奸、止乱这 方面来说的。陈展在《诗经直解》中说："盖诗人已豫见厉王溃灭，故不觉其言之丁宁而沉痛也。"

《民劳》一诗表现了召穆公对国家的期望，他与民众同命，深恶痛绝那些奸邪之臣。他痛恨周厉王的残暴专制，希望通过自己的劝谏改善当时的现状，可见其是一位忠肝义胆之人。

◎板◎

上帝板板①，下民卒瘅②。出话不然③，为犹不远④。靡圣管管⑤，不实于亶⑥。犹之未远，是用大谏⑦。

天之方难，无然宪宪⑧。天之方蹶⑨，无然泄泄⑩。辞之辑矣⑪，民之洽矣⑫。辞之怿矣⑬，民之莫矣⑭。

我虽异事，及尔同僚[15]。我即尔谋，听我嚣嚣[16]。我言维服[17]，勿以为笑。先民有言，询于刍荛[18]。

天之方虐，无然谑谑[19]。老夫灌灌[20]，小子跻跻[21]。匪我言耄[22]，尔用忧谑。多将熇熇[23]，不可救药。

天之方憭[24]，无为夸毗[25]。威仪卒迷[26]，善人载尸[27]。民之方殿屎[28]，则莫我敢葵[29]。丧乱蔑资[30]，曾莫惠我师[31]。

天之牖民[32]，如埙如篪[33]，如璋如圭[34]，如取如携。携无曰益[35]，牖民孔易。民之多辟[36]，无自立辟[37]。

价人维藩[38]，大师维垣[39]。大邦维屏[40]，大宗维翰[41]，怀德维宁，宗子维城[42]。无俾城坏，无独斯畏。

敬天之怒，无敢戏豫[43]。敬天之渝[44]，无敢驰驱[45]。昊天曰明[46]，及尔出王[47]。昊天曰旦，及尔游衍[48]。

【注释】

①板板：反，指违背常道。②卒瘅（dàn）：劳累多病。③不然：不对，不合理。④犹：谋划。⑤靡圣：不把圣贤放在眼里。管管：任意放纵。⑥亶（dǎn）：诚信。⑦大谏：郑重劝诫。⑧无然：不要这样。宪宪：欢欣喜悦的样子。⑨蹶：动乱。⑩泄泄：妄加议论。⑪辞：指政令。辑：调和。⑫洽：融洽，和睦。⑬怿：通"殬"，败坏。⑭莫：通"瘼"，疾苦。⑮及：与。同僚：同事。⑯嚣（áo）嚣：同"敖敖"，不接受意见的样子。⑰维：是。服：事。⑱询：征求、请教。刍荛（ráo）：割草打柴的人。⑲谑谑：嬉笑的样子。⑳灌灌：诚恳的样子。㉑跻（jué）跻：傲慢的样子。㉒匪：非，不要。耄：八十九十曰耄，此指昏聩。㉓熇（hè）熇：火势炽烈的样子，此指一发而不可收拾。㉔憭（qí）：愤怒。㉕夸毗：卑躬屈膝、谄媚曲从。㉖威仪：指君臣间的礼节。卒：尽。迷：混乱。㉗尸：祭祀时由人扮成的神尸，终祭不言。㉘殿屎（xī）：呻吟也。㉙葵：通"揆"，猜测。㉚蔑：无。资：财产。㉛惠：施恩。师：此指民众。㉜牖：通"诱"，诱导。㉝埙（xūn）：陶制吹奏乐器。篪（chí）：古竹制管乐器。㉞如璋如圭：半圭曰璋，合璋叫圭，指相配合。㉟益：通"隘"，阻碍。㊱辟：通"僻"，邪僻。㊲立辟：制定法律。㊳价人：武人。维：是。藩：篱笆。㊴大师：太师。垣：墙。㊵大邦：指诸侯大国。屏：屏障。㊶大宗：指与周王同姓的宗族。翰：骨干，栋梁。㊷宗子：周王的嫡子。㊸戏豫：游戏娱乐。㊹渝：改变。㊺驰驱：指任意放纵。㊻昊天：上天。明：光明。㊼王：往。㊽游衍：游荡。

【赏析】

据《毛诗序》记载，《板》就是凡伯"刺厉王"之作。

《诗经》中另一首《民劳》也是"警同列以戒王"的诗，不同的是，在结构上《民劳》卒章显志，而《板》开宗明义。此诗一开头就说明了劝谏的原因："上帝板板，下民卒瘅。出话不然，为犹不远。靡圣管管，不实于亶。犹之未远，是用大谏。"因为上天违反常道，致使下方百姓忧苦不堪。而在朝之人又不纳善言，妄行政令，无视圣人之道，言行不一。所以，诗人要"用大谏"。"下民卒瘅"本是统治者不施良政的结果，诗人却归咎于上天，不言厉王之错，而人人皆知此乃厉王无道所致。"

从第二章起，诗进入了劝谏的正文。"天之方难，无然宪宪。天之方蹶，无然泄泄。辞之辑矣，民之洽矣。辞之怿矣，民之莫矣。"一方面使人相信周王朝的统治顺承天意，周天子拥有神圣不可侵犯的权力；另一方面，又用天意的种种表现来制约天子的权威。凡伯以"天之方难"和"天之方蹶"规劝厉王不要实行无道。上天已经显示种种乱象，摆在周天子面前的选择有两条，即凡伯指出的"辞之辑矣"和"辞

之怿矣”。如果厉王认识到自己的错误，摒弃从前的暴政，采用善政，那么就能达到治世；反之，如果无视上天的警告，一意孤行，人民必将陷于危难中，人民陷于危难，国之危难就不远了。

诗人诚恐自己一片良苦用心不为君王采纳，于是三四两章假托劝诫同僚向天子说明听取谏言的重要性。“我虽异事，及尔同僚。我即尔谋，听我嚣嚣。我言维服，勿以为笑。先民有言，询于刍荛。天之方虐，无然谑谑。老夫灌灌，小子蹻蹻。匪我言耄，尔用忧谑。多将熇熇，不可救药。”先贤为成就大业，不耻听取樵夫的意见，如今老臣的忠直良言更不可不听。但对于凡伯这些人的忠言，厉王根本无心听取，反将他们的话当作戏语玩笑。愤慨之下，诗人说道：“多将熇熇，不可救药。”意思是如果厉王继续这样无道下去，大周将无可挽回地灭亡。

怎样才能避免走向“不可救药”的地步？诗的五、六章提出了救治之方。与国家命运息息相关的是百姓，要治国必须先救民。“天之方懠，无为夸毗。威仪卒迷，善人载尸。民之方殿屎，则莫我敢葵。丧乱蔑资，曾莫惠我师。”天道沦丧，君臣威仪尽失，贤良之人备受排挤。上层统治者背道而行，直接导致下层百姓的生活陷入困苦中。国民呻吟叹息，资财耗尽，诗人不禁问道：“曾莫惠我师。”希望君王看到黎民之苦，施以恩惠。

天子恩惠民众其实很简单，良好的引导便是最大的恩惠。“天之牖民，如埙如篪，如璋如圭，如取如携。携无曰益，牖民孔易。”百姓本来就渴望安定康乐，君王若能主动诱导他们走向安康生活，他们自然会顺从地跟随。因此，诱导人民其实很容易，如同圭璋相契、埙篪相和般和谐。然而这只是理想的情形，现实的情况是“民之多辟”，君王逆天而行，奸人当道，委实堪忧。所以诗人向君上发出警告“无自立辟”，告诫厉王万不可肆意妄为，作法自毙。

“价人维藩，大师维垣。大邦维屏，大宗维翰，怀德维宁，宗子维城。无俾城坏，无独斯畏。”天子诚然是国之中央，可是国家是由民众、诸侯国、宗族等共同维系的，臣民是国之藩篱，诸侯、宗室是国之干城，没有他们的存在，国家便不成其为国家。国之不存，何来天子之安？“无俾城坏，无独斯畏”正是警告厉王不要本末倒置，一意逞威。

诗的末章，诗人重新拿出上天的意志劝谏厉王，与首章遥相呼应。诗人希望厉王听从天意，“敬天之怒，无敢戏豫。敬天之渝，无敢驰驱”。君王若能如此行事，那么国家才能安定清明。“昊天曰明，及尔出王。昊天曰旦，及尔游衍”，这最后四句表达了一位关心国家命运的老臣对国家安泰的衷心企盼。

◎荡◎

荡荡上帝[①]，下民之辟[②]。疾威上帝[③]，其命多辟[④]。天生烝民[⑤]，其命匪谌[⑥]。靡不有初，鲜克有终[⑦]。

文王曰咨[8]，咨女殷商[9]！曾是强御[10]，曾是掊克[11]，曾是在位，曾是在服[12]。天降滔德[13]，女兴是力[14]。

文王曰咨，咨女殷商！而秉义类[15]，强御多怼[16]。流言以对，寇攘式内[17]。侯作侯祝[18]，靡届靡究[19]。

文王曰咨，咨女殷商！女炰烋于中国[20]，敛怨以为德。不明尔德，时无背无侧[21]。尔德不明，以无陪无卿[22]。

文王曰咨，咨女殷商！天不湎尔以酒[23]，不义从式[24]。既愆尔止[25]，靡明靡晦。式号式呼[26]，俾昼作夜。

文王曰咨，咨女殷商！如蜩如螗[27]，如沸如羹。小大近丧[28]，人尚乎由行[29]。内奰于中国[30]，覃及鬼方[31]。

文王曰咨，咨女殷商！匪上帝不时[32]，殷不用旧。虽无老成人，尚有典刑[33]。曾是莫听，大命以倾。

文王曰咨，咨女殷商！人亦有言，颠沛之揭[34]，枝叶未有害，本实先拨[35]。殷鉴不远，在夏后之世[36]。

【注释】

①荡荡：放荡不守法制的样子。②辟（bì）：君王。③疾威：暴虐。④辟：邪僻。⑤烝：众。⑥谌（chén）：诚信。⑦鲜（xiǎn）：少。克：能。⑧咨：感叹声。⑨女（rǔ）：汝。⑩曾：乃。强御：强横凶暴。⑪掊（póu）克：聚敛，搜括。⑫在服：在职。⑬滔：放纵不法。⑭兴：助长。力：勤，努力。⑮而：尔，你。秉：执持。义类：善类，此指强族。⑯怼（duì）：怨恨。⑰寇攘：像盗寇一样掠取。式内：在朝廷内。⑱侯：于是。作、祝：诅咒。⑲届、究：穷，尽。⑳炰烋（páo xiāo）：同"咆哮"。㉑无背无侧：不知有人背叛、反侧。㉒无陪无卿：无陪臣无卿相。㉓湎（miǎn）：沉湎，沉迷。㉔不义从式：不放纵你们。㉕愆：过错。止：容止。㉖式：语助词。㉗蜩（tiáo）：蝉。螗：一种蝉。㉘丧：败亡。㉙由行：学老样。㉚奰（bì）：愤怒。㉛覃：延及。鬼方：指远方。㉜时：善。㉝典刑：指旧的典章法规。㉞颠沛：跌仆，此指树木倒下。揭：举，此指树根翻出。㉟本：根。拨：败。㊱后：君主。

【赏析】

第一节的"荡"字是全篇的中心。"荡荡上帝"这一句，通过呼告的语气，喊出了上天败坏法度的现状。之后"疾威上帝"这一句中的"疾威"突出了"荡"的程度。同时，下面几章的内容都是围绕"疾威"来描写的。

从第二节开始，都用周文王的语气哀叹殷纣王的荒淫无道。

第二节通过连用四个"曾是"营造出一种气势，增强了谴责效果。

第三节所写的内容表面上虽然是在斥责纣王，但暗地里却是在指责厉王的残暴。这一节主要指出厉王的这种行为，终会导致国家将被贤良所摒弃，祸乱四处横生。

第四节的内容主要是说，厉王的刚愎自用、恣意妄为。本节指出他是一个内无美德、外无良臣的君王，他的一系列行为给国家招来了重大的灾难。"不明尔德""尔德不明"，是作者在反复诉说来表现自己内心的沉重。

第五节的内容是在讽刺厉王不思进取，纵酒败德。通过描写商纣王在酒池肉林中，昼夜长饮来表现。正是因为有纣王这个例子，周朝在开国之初就规定国人不可轻易饮酒，并且曾经下过禁酒令，但

是随着时间的流逝，这些禁令被人们遗忘了，厉王不在乎有什么后果，不在乎历史教训，在他纵情声色的同时作者感到非常痛心疾首。

第六节主要是在描述国家因为纣王种种败德乱政的行为变得一片混乱，然后借纣王来比喻厉王，点明厉王的残暴已经更甚于纣王了，人们对他的怨恨已经蔓延到荒远的国家。这一节的内容既承接了四、五节，又呼应了第三节，表明现在国家的灾祸已经由国内绵延到了国外，国家已经变得岌岌可危。

第七节诗人从另一面说明了纣王的过错，通过这些总结痛斥纣王并劝解厉王不要再重用那些阴险的恶人和小人，同时，这一节也表现诗人对于厉王忘“旧”的不满，在本诗中，“旧”既是指旧章程，同时也是指善于把握旧章程的老臣。所以这一节“殷不用旧”和第四节“无背无侧”“无陪无卿”两句所表达的意思是一脉相承的。

另外，本节的“虽无老成人，尚有典刑”，是说如果君王不能采用那些熟悉旧章程的人，那么至少也要做到好好掌握先王行之有效的治国之道，但厉王却完全无法做到这一点。所以表达灾难必然降临的“大命以倾”和第四节“不明尔德”“尔德不明”两句也是一脉相承的。

第八节中诗人通过“颠沛之揭，枝叶未有害，本实先拨”来告诉厉王，现在亡羊补牢还来得及，千万不要等到大祸临头才知道后悔。遗憾的是，诗人言辞恳切的劝解没有引起周厉王的重视。

◎抑◎

抑抑威仪①，维德之隅②。人亦有言，靡哲不愚。庶人之愚，亦职维疾③。哲人之愚，亦维斯戾④。

无竞维人⑤，四方其训之⑥。有觉德行⑦，四国顺之。讦谟定命⑧，远犹辰告⑨。敬慎威仪，维民之则。

其在于今，兴迷乱于政；颠覆厥德，荒湛于酒[10]。女虽湛乐从[11]，弗念厥绍[12]。罔傅求先王[13]，克共明刑[14]。

肆皇天弗尚[15]，如彼泉流，无沦胥以亡[16]。夙兴夜寐，洒扫廷内，维民之章[17]。修尔车马，弓矢戎兵[18]，用戒戎作[19]，用逷蛮方[20]。

质尔人民[21]，谨尔侯度[22]，用戒不虞[23]。慎尔出话，敬尔威仪，无不柔嘉。白圭之玷，尚可磨也；斯言之玷，不可为也。

无易由言[24]，无曰苟矣，莫扪朕舌[25]，言不可逝矣[26]。无言不雠[27]，无德不报。惠于朋友，庶民小子。子孙绳绳[28]，万民靡不承[29]。

视尔友君子[30]，辑柔尔颜[31]，不遐有愆[32]。相在尔室[33]，尚不愧于屋漏[34]。无曰不显，莫予云觏[35]，神之格思[36]，不可度思[37]，矧可射思[38]。

辟尔为德[39]，俾臧俾嘉。淑慎尔止[40]，不愆于仪。不僭不贼[41]，鲜不为则[42]。投我以桃，报之以李。彼童而角[43]，实虹小子[44]。

荏染柔木[45]，言缗之丝[46]。温温恭人，维德之基。其维哲人，告之话言[47]，顺德之行。其维愚人，覆谓我僭，民各有心。

於呼小子[48]，未知臧否[49]。匪手携之[50]，言示之事[51]。匪面命之[52]，言提其耳。借曰未知[53]，亦既抱子。民之靡盈[54]，谁夙知而莫成[55]？

昊天孔昭，我生靡乐。视尔梦梦[56]，我心惨惨。诲尔谆谆，听我藐藐[57]。匪用为教，覆用为虐[58]。借曰未知，亦聿既耄[59]。

於乎小子，告尔旧止。听用我谋，庶无大悔[60]。天方艰难，曰丧厥国[61]。取譬不远，昊天不忒[62]。回遹其德[63]，俾民大棘[64]。

【注释】

①抑抑：慎密。②隅：屋角，借指品行方正。③职：主。④戾：罪。⑤无：发语词。竞：强盛。维人：由于（贤）人。⑥训：顺从。⑦觉：正直。⑧讦（xū）谟：大谋。命：政令。⑨犹：谋略。辰：按时。⑩荒湛：沉迷。⑪女：汝。从：通“纵”，放纵。⑫绍：继承。⑬罔：不。敷求：指广求先王之道。⑭克：能。共：执行，推行。刑：法。⑮肆：于是。尚：佑助。⑯沦胥：沉没。⑰章：模范，准则。⑱戎兵：武器。⑲用：以。戎作：代戎事。⑳逷（tì）：治服。蛮方：边远地区的民族部落。㉑质：告诫。㉒谨：谨慎。度：法度。㉓不虞：不测。㉔易：轻易，轻率。由言：发言。㉕扪：按住。朕：我，秦时始作为皇帝专用的自称。㉖逝：追。㉗雠：应验，回应。㉘绳绳：谨慎的样子。㉙承：接受。㉚友：结交。㉛辑：和。㉜不遐有愆：没有一点过错。㉝相：察看。㉞屋漏：屋顶漏则见天光，暗中之事全现，喻神明监察。㉟觏（gòu）：遇见，此指看见。㊱格：至。思：语助词。㊲度（duó）：推测，估计。㊳矧（shěn）：况且。射：厌。㊴辟：修明，一说训法。㊵淑：美好。止：举止行为。㊶僭（jiàn）：超越本分。贼：残害。㊷鲜（xiǎn）：少。则：法则。㊸童：雏，幼小。此指没角的小羊羔。㊹虹：同“讧”，溃乱。㊺荏染：柔弱。㊻言：语气助词。缗（mín）：给乐器安上弦。㊼话言：即诂言，老古话。㊽於呼：叹词。㊾臧否（pǐ）：好恶。㊿匪：非。51示：指示。52面命：当面开导。53借曰：假如说。54盈：完满。55莫：同“暮，”晚。56梦梦：昏而不明。57藐藐：轻视的样子。58虐：“谑”的假借，戏谑。59聿：

语气助词。耄：年老。⑥0庶：庶几。⑥1曰：语气助词。⑥2忒（tè）：偏差。⑥3回遹（yù）：邪僻。⑥4棘：通“急”，危难。

【赏析】

《毛诗序》说此诗为：“卫武公刺厉王，亦以自警也。”诗歌层次分明。前三章组成第一个层次，陈说“靡哲不愚”的普遍道理，从正反两面进行对比；接下来的六章和最末三章构成了第二和第三部分，从正反两面深入分析，苦口婆心地告诫，反复致意。首章先从哲和愚的关系说起，“抑抑威仪，维德之隅”，采用赋法，从哲人形象写起，并进而引出“靡哲不愚”的谚语，作为提纲挈领式的文字。次章从内外政策说起，告诫子孙要做到以德服人，外修文治，内修德政。第三章诗人不遮遮掩掩，直斥当今君王之“愚”。“兴迷乱于政”“颠覆厥德，荒湛于酒”“女虽湛乐，弗念厥绍”，多是无道之举，迷乱之政兴，道德之风坏，骄纵酒乐，不思治国。此章诗人指出了君王的平庸无能，内不能主持国政，外不能抵御外辱。

诗人在第四章中提醒子孙不要迷信上天庇佑，要整顿甲兵，勤于政务，防止外敌入侵。第五至第九章中，诗人强调慎言慎令，言论政令都要合乎民意，而且需要认真听取民意，如此才会得到人民的认可和信服。总而言之，诗人认为只要自己“敏于事而慎于言”，就不用担心别人的指责。

后三章中诗人直呼“小子”，既有对子孙不听自己忠告的忧虑，又有长辈对后辈们殷切的希望。子孙依然浑浑噩噩，不明自己良苦用心。在忧愤中诗人结束了全诗，警告子孙当前天下危难，四方多事，应该听从劝诫，如此才能保存自己的封国。

诗歌结构严整，典雅厚重，忧愤多变的语言具有较高的艺术价值。诗人作为一个长者，见多识广，博学多识，富有智慧，语气在前部分诗歌中显得雍容和缓，见识高妙，感情真挚，随着感情的加深，诗人情不自禁地对子孙们的行为产生了忧愤之情，显得急切。此外，语言精练，富有警醒意味。诗人用“白圭之玷，尚可磨也；斯言之玷，不可为也”作比，说明言论谨慎的重要性。用浅显易懂的事物说明了深奥的道理，可谓诗中充满箴言道理。

诗人从“靡哲不愚”推演出一套普遍的人生哲理，说明哲人都会有愚昧的时候，就更不用说常人了，因此把后天对人的影响和改造上放在了一个很重要的地位。诗人高人一筹的认识在于，他跳出了“王者圣人”“受天命”的条条框框，看清了君主也需要加强德行的学习，从而揭开了统治者身上的神秘面纱，反映出了历史的发展趋势。

◎桑柔◎

菀彼桑柔①，其下侯旬②，捋采其刘③。瘼此下民④，不殄心忧⑤。仓兄填兮⑥，倬彼昊天⑦，宁不我矜⑧？

四牡骙骙[9]，旟旐有翩[10]。乱生不夷[11]，靡国不泯[12]。民靡有黎[13]，具祸以烬[14]。於乎有哀，国步斯频[15]。

国步蔑资[16]，天不我将[17]。靡所止疑[18]，云徂何往[19]？君子实维[20]，秉心无竞[21]。谁生厉阶[22]，至今为梗[23]？

忧心慇慇[24]，念我土宇[25]。我生不辰，逢天僤怒[26]。自西徂东，靡所定处。多我觏痻[27]，孔棘我圉[28]。

为谋为毖[29]，乱况斯削[30]。告尔忧恤[31]，诲尔序爵[32]。谁能执热[33]，逝不以濯[34]？其何能淑[35]，载胥及溺[36]。

如彼遡风[37]，亦孔之僾[38]。民有肃心[39]，荓云不逮[40]。好是稼穑[41]，力民代食[42]。稼穑维宝，代食维好。

天降丧乱，灭我立王[43]。降此蟊贼[44]，稼穑卒痒[45]。哀恫中国[46]，具赘卒荒[47]。靡有旅力[48]，以念穹苍[49]。

维此惠君[50]，民人所瞻。秉心宣犹[51]，考慎其相[52]。维彼不顺，自独俾臧[53]。自有肺肠，俾民卒狂。

瞻彼中林，甡甡其鹿[54]。朋友已谮[55]，不胥以穀[56]。人亦有言，进退维谷[57]。

维此圣人，瞻言百里。维彼愚人，复狂以喜[58]。匪言不能[59]，胡斯畏忌[60]。

维此良人，弗求弗迪[61]。维彼忍心，是顾是复。民之贪乱，宁为荼毒[62]。

大风有隧[63]，有空大谷。维此良人，作为式穀。维彼不顺，征以中垢[64]。

大风有隧，贪人败类[65]。听言则对[66]，诵言如醉[67]。匪用其良，复俾我悖[68]。

嗟尔朋友，予岂不知而作[69]。如彼飞虫[70]，时亦弋获。既之阴女[71]，反予来赫[72]。

民之罔极[73]，职凉善背[74]。为民不利，如云不克[75]。民之回遹[76]，职竞用力[77]。

民之未戾[78]，职盗为寇。凉曰不可[79]，复背善詈。虽曰匪予[80]，既作尔歌[81]。

【注释】

①菀(wǎn):茂盛的样子。②旬:树荫遍布。③刘:剥落稀疏,句意谓桑叶被采后,稀疏无叶。④瘼:病、害。⑤殄(tiǎn):断绝。⑥仓兄(chuàng huǎng):悲伤失意的样子。填:久。⑦倬:明察。⑧宁:何。不我矜:"不矜我"的倒文。⑨骙骙:形容马奔跑不息。⑩旟旐:画有鹰隼、龟蛇的旗。有翩:翩翩,翻飞的样子。⑪夷:平。⑫泯:乱。⑬民靡有黎:没有黎民。⑭具:通"俱"。⑮频:危急。⑯蔑:无。资:财。⑰将:扶助。"不我将"为"不将我"之倒文。⑱靡所止疑:没有居处终疑难。⑲云:发语词。徂:往。⑳实维:是作。㉑秉心:存心。竞:争。㉒厉阶:祸端。㉓梗:灾害。㉔慇(yīn)慇:心痛的样子。㉕土宇:土地、房屋。㉖僤(dàn)怒:重怒。㉗觏:遇。痻(mín):灾难。㉘棘:通"急"。圉(yǔ):边疆。㉙毖:谨慎。㉚斯:乃。削:减少。㉛尔:指周厉王及当时执政大臣。㉜序:次序。爵:官爵。㉝执热:救热。㉞逝:发语词。濯:洗。㉟淑:善。㊱载:乃。胥:互相。㊲遡:逆。㊳僾:呼吸不畅的样子。㊴肃:进取。㊵荓(pīng):使。不逮:不及。㊶稼穑:通"家啬",指家居吝啬聚敛。㊷力民:使人民出力劳动。代食:指官吏靠劳动者奉养。㊸灭我立王:意谓灭我所立之王。㊹蟊贼:蟊为食苗根的害虫,贼为吃苗节的害虫。泛指农作物的病虫害。㊺卒:完全。痒:病。㊻恫(tōng):哀痛。㊼具赘卒荒:具备像赘疣的人,则田荒。㊽旅力:指宣扬。㊾念:感动。㊿惠君:惠,顺。顺理的君主,称惠君。51宣犹:好谋划。52考慎:慎重考察。相:辅佐大臣。53臧:善。54甡(shēn)甡:众多的样子。55谮:中伤。56胥:相。穀:善。57进退维谷:谓进退皆穷。58复:反而。59匪言不能:即"匪不能言"。60胡:何。斯:这样。61迪:钻营。62宁:乃。荼毒:荼指苦草,毒指毒虫毒蛇之类,此指毒害。63有隧:隧隧,形容大风疾速吹动。64征以中垢:做事不正又混浊。65贪人:贪财枉法的小人。66听言:顺从心意的话。67诵言:忠告的言语。68悖:违理。69而:你。70飞虫:指飞鸟。古人用"虫"泛指一切动物。71既:已经。阴:通"荫",庇护。72赫:威赫。73罔极:无法则。74职:主。凉:通"谅",信。背:背叛。75云:句中助词。克:胜。76回遹:邪僻。77用力:指用暴力。78戾:善。79凉曰不可:说你不可这样做。80虽曰匪予:虽然不是来骂我。81既:还是。

【赏析】

"菀彼桑柔,其下侯旬",诗歌开篇以桑柔作比,说明祸乱对人民危害甚重。桑树本来是枝繁叶茂,蓊蓊郁郁,但却因择采殆尽而剥落稀疏。形象的喻体,将老百姓受剥夺之深,不胜其苦的现实表现出来。因此诗人不禁仰天控诉:"倬彼昊天,宁不我矜?"诗人无可奈何之中,只能哀怨高明的上天,你为何不怜悯百姓呢?由此"瘼此下民"的重心得到了很好的点染,"仓兄填兮"的忧愁亦显得更加的悲怆、

深沉。开篇题旨，诗意严肃。

诗人顺承“瘼此下民”一句紧接着，指出祸乱之本，国势倾颓，征役不息，民无安居之所。“民靡有黎，具祸以烬”，诗人此处再次和“瘼此下民”遥相呼应，一直没有离开“民”字，在诗人眼中，“民惟邦本”，“得民心者得天下”。面对征伐、“民靡有黎”的现实，诗人大声疾呼：“於乎有哀，国步斯频。”国运衰微，必难长久。第三章写出祸乱既危乎国，亦危乎己。民穷财尽，天不助我，人民流离失所，“君子实维”，这些现象确实应该引起君子们的深思呀！第四章诗人进一步深化，写出乱上加乱的国情。诗人感叹自己生不逢时，表现出对现实的殷忧之深。内乱方兴，外患又至，现在的国家可谓是祸不单行。尽管诗人忧心如焚，但是也难以力挽倾颓之势。

“国家兴亡，匹夫有责”，诗人也不愿意看到国家的毁灭。在接下来的几章中，诗人再次申述为国之道，再进忠言。“为谋为毖，乱况斯削”，反题正作，从救乱说起，只要谋虑周到，做事慎重，祸乱情况就可以衰减。诗人进一步提出纲领性的观点——“告尔忧恤，诲尔序爵”，只有君王从根本上忧心国事，谨慎授官拜爵，任用贤良，国家就必然能够得以挽救。诗人再次用喻，借凉水解渴之意来比喻解救国家危难必须任用贤能。相比于“国人莫敢言，道路以目”来看，诗人更加明白百姓善良的道理，他们勤于稼穑，以耕种养活“力民代食”的人。官府要体恤民情，爱护人民，“防民之口，甚于防川”，民心在疏导而不在堵。国王为政，不得民心，人民必将如处在逆风中一样感到窒息丧气。天降灾害，祸乱频仍，执政者只知敛财，导致天怒人怨。

综观全诗，前八章从国家产生祸乱的原因入手，写出了厉王的不恤民瘼，不用贤良，以致民怨沸腾，诗人产生了忧国忧民的悲慨。后八章则是谴责同僚执政者，不能清正廉明、勇于进谏，从而加速国家危亡，更加引起了人民的怨恨。小人当权，厉王昏聩，诗人有感于此，因而作成此诗。

从第八章开始，诗人指出合乎天理的君王受到人民拥戴，君主昏聩不明则必将受到人民的反对和唾弃。本来诗人想有所作为，但是可恨小人当道，自身处境进退维谷，没有志同道合、共赴国难之人，相反，他们对其进行威胁，谗害忠良。

此诗并未对厉王的暴政进行直接指斥，而是通过对人民痛苦的描述，通过对社会动乱原因的分析，含蓄委婉地提出了对君王的批评。徭役不止，横征暴敛，小人当权，忠良被贬，在诗人看来，这些就是造成社会不安定的原因。但是，就算有寥寥几个像诗人这样的正直之士，也无力回天。诗中充满了诗人的批判，也表现出了诗人对现实清醒的认识。

◎云汉◎

倬彼云汉①，昭回于天②。王曰於呼③，何辜今之人④！天降丧乱，饥馑荐臻⑤。靡神不举⑥，靡爱斯牲⑦。圭璧既卒⑧，宁莫我听⑨？

旱既大甚⑩，蕴隆虫虫⑪。不殄禋祀⑫，自郊徂宫⑬。上下奠瘗⑭，靡神不宗⑮。后稷不克，上帝不临。耗斁下土⑯，宁丁我躬⑰？

旱既大甚，则不可推。兢兢业业，如霆如雷。周余黎民⑱，靡有孑遗⑲。昊天上帝，则不我遗⑳。胡不相畏，先祖于摧㉑？

旱既大甚，则不可沮。赫赫炎炎，云我无所㉒。大命近止㉓，靡瞻靡顾。群公先正㉔，则不我助。父母先祖，胡宁忍予㉕？

旱既大甚，涤涤山川㉖。旱魃为虐㉗，如惔如焚㉘。我心惮暑㉙，忧心如熏㉚。群公先正，则不我闻㉛。昊天上帝，宁俾我遯㉜？

旱既大甚，黾勉畏去[33]。胡宁瘨我以旱[34]，憯不知其故[35]。祈年孔夙[36]，方社不莫[37]。昊天上帝，则不我虞[38]。敬恭明神，宜无悔怒。

旱既大甚，散无友纪[39]。鞫哉庶正[40]，疚哉冢宰[41]，趣马师氏[42]，膳夫左右[43]。靡人不周，无不能止。瞻卬昊天[44]，云如何里[45]？

瞻卬昊天，有嘒其星[46]。大夫君子，昭假无赢[47]。大命近止，无弃尔成[48]。何求为我，以戾庶正[49]。瞻卬昊天，曷惠其宁[50]？

【注释】

①倬(zhuō):大。云汉:银河。②昭:光。回:转。③於(wū)呼:即“呜呼”,叹词。④辜:罪。⑤荐:重,再。臻:至。⑥靡:无，不。举:祭祀。⑦爱:吝惜，舍不得。牲:祭祀用的牲口。⑧圭、璧:祭神用的玉器。⑨宁:乃。莫我听:即莫听我。⑩大:同“太”。⑪蕴隆:暑气郁盛。虫虫:热气熏蒸的样子。⑫殄（tiǎn):断绝。禋（yīn）祀:祭天神的典礼。⑬宫:指宗庙。⑭奠:祭天。瘞(yì):指把祭品埋在地下以祭地神。⑮宗:尊敬。⑯斁(dù):败坏。⑰丁：当，遭逢。⑱黎民：百姓。⑲孑遗：遗留，剩余。⑳遗（wèi)：赠。㉑于摧：将灭。㉒云：遮蔽。㉓大命:国命。㉔群公:先世诸侯之神。先正:先世卿士之神。㉕忍:忍心。㉖涤涤:光秃的样子。㉗旱魃（bá):古代传说中指能造成旱灾的鬼怪。㉘惔（tán):火烧。㉙惮:畏。㉚熏:灼。㉛闻:恤问。㉜遯（dùn):通“困”,受困。㉝黾（mǐn）勉：勉力为之，尽力事神，急于祷告祈求。㉞瘨（diān)：病。㉟憯（cǎn)：曾。㊱祈年：指“孟春祈谷于上帝，孟冬祈来年于天宗”之祭礼。孔夙（sù)：很早。㊲方：祭四方之神。社：祭土神。莫（mù)：古“暮”字，晚。㊳虞：忖度。㊴友：通“有”。纪：纪纲，法度。㊵鞫（jū)：穷困。庶正：众官之长。㊶疚：忧苦。冢宰：周代官名，相当于后世的宰相。㊷趣马：官名，职责是掌管国王马匹。师氏：官名，主管教导国王和贵族的子弟。㊸膳夫：主管国王、后妃饮食的官。㊹卬（yǎng)：通“仰”。㊺里：通“悝”,忧伤。㊻嘒（huì)：微光。㊼昭假：祭祀。无赢：即无爽，无差错。㊽成：功。㊾戾：定。㊿曷：何，何时。惠：赐。

【赏析】

首句"倬彼云汉，昭回于天"，描写银河高远、星光闪闪的景象。"王曰於乎"一句，点出观景之人。王在夜间仰头观望星象，看到辽远高阔、清澈晴朗的夜空，不禁连声叹息："何辜今之人！"

诗人并未开门见山地写出大旱之时的情形，而是从周宣王夜观天象的举动，以及由此而生的叹息入手，刻画出一个忧心天下民生的君主形象，也为全诗奠定了一种焦虑哀伤的基调。"倬彼云汉，昭回于天"这一意象，若独立来看，不失为一幅美妙的夜景图，然而，放在此诗起首，却有"乐景写哀"之功用。

周人敬天畏神，逢此大旱，自然首先怀疑自己是否对神不敬。但"靡神不举，靡爱斯牲"，明明没有神灵不曾供奉，也没有吝惜祭品，却依然"天降丧乱，饥馑荐臻"，老天仍旧不断降下灾难。双重否定句式的运用，表现出宣王的困惑、焦灼、畏惧交织的复杂心情。

第二章至第七章，诗人连用六句"旱既大甚"，既点明旱灾的现状和形势，也营造出了一种紧张、焦急的阅读效果，使读者对周宣王为旱灾所苦的心情感同身受。这六章一方面写宣王眼中所见旱情，另一方面摹写宣王的心理状态。诗人对灾情的描写多用夸张手法，将情与景巧妙地进行融合。如"周余黎民，靡有孑遗"一句，表现旱灾波及之处，赤地千里，民不聊生的景状。"周地之民所剩无几"的夸大说辞中，蕴含着宣王深深的痛苦和忧虑。再如"旱魃为虐，如惔如焚"一句，写旱魔在原本丰饶的大地上肆虐横行，导致山河枯槁，像被一场大火烧过一般。将旱灾遍地的情景想象成大火燎原，十分准确贴切；而且以大地赤火比宣王的忧心如焚，情景交融，相得益彰。

触目所见，举国上下一片焦渴，宣王由此面向上天接二连三发出呼号："父母先祖，胡宁忍予！""昊天上帝，宁俾我遯！""瞻卬昊天，云如何里！"——先祖们，神灵们，苍天啊，为何你们忍心见我受苦？难道想要将我们赶出此地，断绝我们的生路？如何才能止住这场干旱，让我不再忧伤？

这种发自肺腑的呼号，字字句句皆为血泪。它是先民在面对灾难时的无助、无力和无奈心情最直接、最忠实的体现。尽管宣王将这场灾难看作上天"如霆如雷"的惩罚，并带领百官和民众"不殄禋祀，自郊徂宫。上下奠瘗，靡神不宗"，不断地举行祭祀，拜祭上天和诸神，甚至"趣马师氏，膳夫左右"，让管理马匹的官员、教导自己的老师，负责王室膳食的官员都来助祭，却"无不能止"，旱情仍然持续着。夜观星象，"瞻卬昊天，有嘒其星"，天空仍然星辰无数，一望无垠。

无论怎样向上天呼告，表达自己的忧愤与失望，宣王唯一能做的事也仍是祈祷。他还劝告"大夫君子"，祈祷要虔诚，不能出差错。诗中两次提及"大命近止"，一方面写出旱灾的可怕：它好像一片死亡的阴云，悬浮在人们头顶，随时可能落下来，置人于死地；另一方面，描绘出人们大难临头时的惶恐与绝望。宣王为安定民心。只能"无弃尔成"，存着一线希望，坚持不懈地祷告下去，期望上天终有一天会听见。

经过前文的铺垫，此时的祭祀和祷告仪式已染上了深深的悲凉和哀伤。"何求为我，以戾庶正"一句，鲜明地表达出宣王的心情：这场祈雨的仪式并非为了自己，而是为了安抚百官之心。周宣王在臣子和百姓面前，保持着一个君王的威仪，给人带来了安稳和信心，但面对上天时，他却发出忧苦的叹息："曷惠其宁？"——苍天神灵，你们何时才会赐予我安宁？

◎崧高◎

崧高维岳[1]，骏极于天[2]。维岳降神[3]，生甫及申[4]。维申及甫，维周之翰[5]，四国于蕃[6]，四方于宣[7]。

亹亹申伯[8]，王缵之事[9]，于邑于谢[10]，南国是式[11]。王命召伯[12]，定申伯之宅[13]。登是南邦[14]，世执其功[15]。

王命申伯，式是南邦。因是谢人[16]，以作尔庸[17]。王命召伯，彻申伯土田[18]。王命傅御[19]，迁其私人[20]。

申伯之功，召伯是营。有俶其城[21]，寝庙既成[22]，既成藐藐[23]。王锡申伯[24]，四牡蹻蹻[25]，钩膺濯濯[26]。

王遣申伯[27]，路车乘马[28]。我图尔居[29]，莫如南土。锡尔介圭[30]，以作尔宝。往近王舅[31]，南土是保[32]。

申伯信迈[33]，王饯于郿[34]。申伯还南，谢于诚归[35]。王命召伯，彻申伯土邢疆。以峙其粻[36]，式遄其行[37]。

申伯番番[38]，既入于谢，徒御啴啴[39]。周邦咸喜，戎有良翰[40]。不显申伯[41]，王之元舅[42]，文武是宪[43]。

申伯之德，柔惠且直[44]。揉此万邦[45]，闻于四国。吉甫作诵[46]，其诗孔硕[47]。其风肆好[48]，以赠申伯。

【注释】

①崧（sōng）：山高而大。维：是。岳：特别高大的山。②骏：通“峻”，高大。极：至。③维：发语词。④甫：国名，此指甫侯。申：国名，此指申伯。⑤翰：屏障。⑥于：犹“为”。蕃：即“藩”，藩篱，屏障。⑦宣：城垣。⑧亹（wěi）亹：勤勉貌。⑨王缵之事：王使申伯办他事。⑩前一“于”字：为，建。谢：地名。⑪式：法。⑫召伯：召虎，亦称召穆公，周宣王大臣。⑬定：确定。⑭登：成为。⑮执：守持。功：事业。⑯因：依靠。⑰庸：通“墉”，城墙。⑱彻：治理。⑲傅御：诸侯之臣，治事之官，为家臣之长。⑳私人：傅御之家臣。㉑俶（chù）：修缮。㉒寝庙：周代宗庙的建筑有庙和寝两部分，合称寝庙。㉓藐藐：美貌。㉔锡（cì）：同“赐”。㉕牡：公马。蹻（jué）蹻：强壮勇武貌。㉖钩膺：马颈腹上的带饰。濯濯：光泽鲜明貌。㉗遣：遣送。㉘路车：诸侯乘坐的一种大型马车。㉙图：图谋，谋虑。㉚介：大。圭：古代玉制的礼器，诸侯执

此以朝见周王。㉛迈（jì）：语助词，相当于“了”。㉜保：安保。㉝信：再宿。迈：走。㉞饯：备酒食送行。郿（méi）：古地名，在今陕西眉县。㉟谢于诚归：即“诚归于谢”。㊱峙：储备。粻（zhāng）：米粮。㊲遄（chuán）：加速。㊳番番：勇武貌。㊴徒：徒行之士兵。御：御车之士兵。啴（tān）啴：和乐貌。㊵戎：汝，你。㊶不：通“丕”，太。显：显赫。㊷元舅：长舅。㊸宪：法式，模范。㊹柔惠：温顺恭谨。㊺揉：安顺。㊻吉甫：尹吉甫，周宣王大臣。诵：同“颂”，颂赞之诗。㊼其：是，此。孔硕：指篇幅很长。㊽肆好：极好。

【赏析】

《崧高》全诗共八章，每章八句。开篇叙写申伯降生之异，说他是四岳神灵所降生，突出他的不同凡响。在当时神权凌驾一切的社会，如此崇高的颂扬似乎在为申伯在周朝的地位和诸侯中的重要作用作顺理成章的铺叙。诗歌以这样的方式起头，别有一番气势。

第二章写周王命召伯选定申伯的封地，突出君王对申伯的重视。自此以下，就是周王对申伯的加官晋爵、称王封地的描写。诗人着重突出申伯临别赠言，宣王饯行以及申伯启程时的盛况，最后叙写申伯荣归故里，不负众望，给各国诸侯们作出了榜样，至此，诗人点明了全诗意旨。王命是贯穿全诗的线索，申伯受封之事为中心，按照时间顺序，写出事件发展的经过。行文过程中却又不忘添加对宣王的溢美之词和突出宣王对申伯的倚重宠眷。后面几章写申伯定封于谢、筑城池、治土田、定宗庙等，不断重申“王命召伯”之语，写出宣王的叮咛郑重之意。

“申伯之德，柔惠且直。揉此万邦，闻于四国”，最后一章点明作诗之意，特别申明申伯的功德之盛，表明其受赐的缘由绝非因先祖功德因袭或恃亲贵以邀宠。诗人作诗也只是为了申明宣王之精明能干和臣子的尽忠竭力，绝非阿谀奉迎。这是一首送行诗，主要叙述申伯南征后宣王封其于谢城，以安定民心，作王室屏障，平铺直叙，叙事详尽，多为真情实感。

◎烝民◎

天生烝民[①]，有物有则。民之秉彝[②]，好是懿德。天监有周，昭假于下[③]。保兹天子，生仲山甫[④]。

仲山甫之德，柔嘉维则。令仪令色，小心翼翼。古训是式[⑤]，威仪是力。天子是若[⑥]，明命使赋。

王命仲山甫，式是百辟[⑦]。缵戎祖考[⑧]，王躬是保。出纳王命[⑨]，王之喉舌。赋政于外，四方爰发[⑩]。

肃肃王命，仲山甫将之[⑪]。邦国若否[⑫]，仲山甫明之。既明且哲，以保其身。夙夜匪解[⑬]，以事一人。

人亦有言，柔则茹之[⑭]，刚则吐之。维仲山甫，柔亦不茹，刚亦不吐。不侮矜寡，不畏强御[⑮]。

人亦有言，德輶如毛[⑯]，民鲜克举之。我仪图之[⑰]，维仲山甫举之，爱莫助之。衮职有缺[⑱]，维仲山甫补之。

仲山甫出祖[⑲]，四牡业业，征夫捷捷，每怀靡及[⑳]。四牡彭彭，八鸾锵锵[㉑]。王命仲山甫，城彼东方。

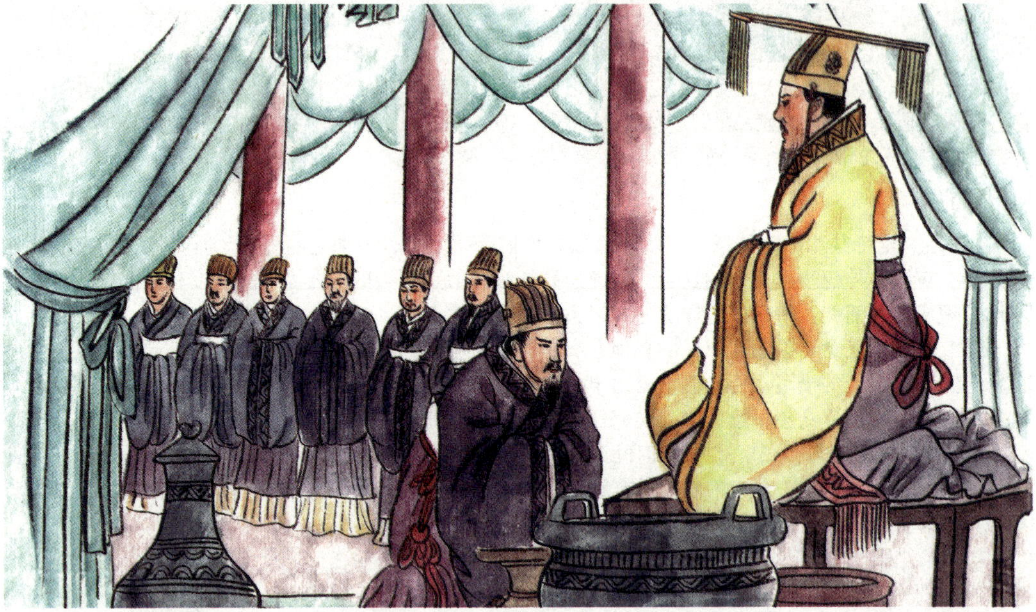

四牡骙骙[22]，八鸾喈喈。仲山甫徂齐，式遄其归[23]。吉甫作诵，穆如清风[24]。仲山甫永怀[25]，以慰其心。

【注释】

①烝:众。②秉彝:常理，常性。③假:至。④仲山甫:人名，为宣王卿士。⑤式:用，效法。⑥若:选择。⑦辟：法式。⑧缵：继承。戎：你。⑨出纳：指受命与传令。⑩爰发：乃行。⑪将：执行。⑫若否：好坏。⑬解：通“懈”。⑭茹：吃。⑮强御：强悍。⑯輶（yóu）：轻。⑰仪图：揣度。⑱衮（gǔn）：绣龙图案的王服。⑲祖：祭路神。业业：马高大的样子。⑳每怀靡及：每人怀有私心，顾不上。㉑鸾：鸾铃。㉒骙（kuí）骙：强壮。㉓遄（chuán）：速。㉔穆如清风：柔和得像清风一样。㉕永：长。怀：思。

【赏析】

此诗写的应是周宣王派大臣仲山甫到齐地筑城、平乱、巩固东方边防的事迹。

全诗大致可以分为三个部分，首章“民之秉彝，好是懿德”，写出天降仲山甫于大周，辅佐周王实现中兴，不同凡响。首章写出了促应天运而生，非一般人物可比，总领全诗。第二部分主要写出了仲山甫“古训是式”“天子是若”“出纳王命”的才干和功绩，以及不欺负鳏寡弱小、不畏豪绅、敢于向天子进谏的高贵品质和刚直无畏的精神。诗人对仲山甫推崇备至，极意美化，塑造了一位身负重任、德才兼备、忠于职守、攸关国运的忠臣形象。此部分内容由第二章开始一直写到第六章，是整首诗歌的重点和中心。末尾两章作为诗歌的第三部分，主要写仲山甫接受周王的命令启程“城彼东方”的场面。“四牡业业，征夫捷捷，每怀靡及。四牡彭彭，八鸾锵锵”，写出他的威仪，表达出诗人的敬佩和勉励之情。

◎韩奕◎

奕奕梁山[1]，维禹甸之[2]。有倬其道[3]，韩侯受命[4]。王亲命之[5]：“缵戎祖考[6]，无废朕命[7]。夙夜匪解[8]，虔共尔位[9]。朕命不易。榦不庭方[10]，以佐戎辟[11]。”

四牡奕奕⑫，孔修且张⑬。韩侯入觐⑭，以其介圭⑮，入觐于王。王锡韩侯⑯，淑旂绥章⑰，簟茀错衡⑱。玄衮赤舄⑲，钩膺镂钖⑳，鞹鞃浅幭㉑，鞗革金厄㉒。

韩侯出祖㉓，出宿于屠㉔。显父饯之㉕，清酒百壶。其肴维何？炰鳖鲜鱼㉖。其蔌维何㉗？维笋及蒲㉘。其赠维何？乘马路车㉙。笾豆有且㉚，侯氏燕胥㉛。

韩侯取妻㉜，汾王之甥㉝，蹶父之子㉞。韩侯迎止㉟，于蹶之里。百两彭彭㊱，八鸾锵锵㊲，不显其光㊳。诸娣从之㊴，祁祁如云㊵。韩侯顾之㊶，烂其盈门㊷。

蹶父孔武㊸，靡国不到㊹。为韩姞相攸㊺，莫如韩乐。孔乐韩土，川泽讦讦㊻，鲂鱮甫甫㊼，麀鹿噳噳㊽，有熊有罴，有猫有虎。庆既令居㊾，韩姞燕誉㊿。

溥彼韩城51，燕师所完52。以先祖受命，因时百蛮53。王锡韩侯，其追其貊54。奄受北国55，因以其伯56。实墉实壑57，实亩实籍58。献其貔皮59，赤豹黄罴。

【注释】

①奕奕：高大的样子。梁山：在今陕西韩城市西北。②维：发语词。甸：治理。③倬：宽大。④韩侯：姬姓，周王近宗贵族，诸侯国韩国国君。受命：接受册命。⑤王：指周宣王。⑥缵（zuǎn）：继承。戎：你。祖考：先祖。⑦朕：周王自称。⑧夙夜：早晚。匪解：即非懈，不懈怠的意思。⑨虔共：敬诚恭敬。⑩榦：纠正。不庭方：不来朝觐的方国诸侯。⑪辟：君。⑫牡：公马。⑬孔修（xiū）：很长。⑭入觐（jìn）：入朝朝见天子。⑮介圭：玉器，周王册封诸侯时赐予的镇国宝器，诸侯入觐时须手执介圭。⑯锡：同“赐”，赏赐。⑰淑旂（qí）：色彩鲜艳，绘有交龙图案的旗子。绥（suí）章：安全挂起。⑱簟茀（diàn fú）：竹编的车篷。错衡：饰有交错花纹的车前横木。⑲玄衮：黑色龙袍，周朝王公贵族的礼服。赤舄（xì）：红鞋。⑳钩膺：束在马腰部的革制装饰品。镂钖（yáng）：马额上的金属制装饰品。㉑鞹鞃（kuò hóng）：包皮革的车轼横木。浅幭（miè）：用浅毛皮裹的车上覆盖物。㉒鞗（tiáo）革：马辔头。厄：通“軛”，在辕。㉓出祖：出行之前祭路神。㉔屠：地名。㉕显父：周宣王的卿士。父，是对男子的美称。㉖炰（páo）鳖：烹煮鳖肉。㉗蔌：蔬菜。㉘笋（sǔn）：笋。㉙乘（shèng）马：一乘车四匹马。路车：即辂车，贵族用大车。㉚笾（biān）豆：饮食用具，笾是盛果脯的高脚竹器，豆是盛食物的高脚、盘状陶器。㉛燕：通“宴”。胥：皆。㉜取妻：同“娶妻”。㉝汾王：郑笺：“厉王流于彘（地名，今山西霍县东北），彘在汾水之上，故时人因以号之。”㉞蹶父：周朝的卿大夫。㉟迎止：迎亲。㊱百两：百辆。彭彭：盛多。㊲鸾：通“銮”，挂在马嚼子两端的铃。㊳不（pī）：通“丕”，大。㊴诸娣从之：诸位娣女跟从她。㊵祁祁：盛多之貌。㊶顾：当时嫁娶的礼。㊷烂：光彩。㊸孔武：很勇武。孔，甚。㊹靡：没有。㊺韩姞：即蹶父之女，姞姓，嫁韩侯为妻，故称韩姞。相攸：指相女婿。㊻讦（xū）讦：广大貌。㊼甫甫：大貌。㊽麀（yōu）：母鹿。噳（yǔ）噳：鹿群聚的场面。㊾令居：美好的居所。㊿燕誉：安乐高兴。51溥（pǔ）：广大。韩城：韩国都城。52燕师：燕国人。53时：掌管、统辖。蛮：古时对异族土著部落统称蛮、夷。54追、貊（mò）：北方两个少数民族。55奄：完全。56伯：诸侯之长。57实：乃。墉：城墙，用作动词。壑：壕沟，用作动词。58亩：田亩，此作动词，指划分田亩。籍：征收赋税。59貔（pí）：猛兽名。

【赏析】

这首诗按时间顺序进行叙述，条理十分清晰。先写周宣王宣布册命，后写韩侯入朝拜见天子，接受封赏，再写韩侯出发前卿士为他践行，继写韩侯娶亲，最后写韩侯归国。全诗无一处直接夸赞韩侯的诗句，而是通过具体细致地描写韩侯受天子册封的荣耀、践行之宴的丰盛、婚礼的铺张奢华以及归国之后的活动，让读者从中体会韩侯的显贵和作为韩城之主的才干。

开篇“奕奕梁山，维禹甸之。有倬其道”，写大禹曾治理梁山，如今更有大道直通京城，因此韩城所在地域本属于西周王朝，从而点出宣王册封韩侯的缘由。接下来写宣王册命的内容：“缵戎祖考，无废朕命。夙夜匪解，虔共尔位。朕命不易。榦不庭方，以佐戎辟。”这几句话大意是说：承接你先祖的功业，不要辜负我委托于你的重任。切记日夜不懈，一定要时刻保持恭敬虔诚和谨慎之心，如此一来，我的册命自然不会变更。发挥你的才干来辅佐我，你必能让那些不来朝觐的诸侯国一一归顺。这段册命的用词庄重典雅，很符合君王的身份。

册命之后，韩侯入朝受封。“四牡奕奕，孔修且张”，在写“韩侯入觐”之前，先对他乘坐的马车进行了描写，凸显他觐见天子的气派和排场。接着，诗中花了大半章的篇幅细述天子的赏赐：“王锡韩侯，淑旂绥章，簟茀错衡。玄衮赤舄，钩膺镂钖，鞹鞃浅幭，鞗革金厄。”交龙日月旗、黑色的龙袍、红色的木底高靴，雕着交错花纹、配着金质挽具、车饰华美的大车等，用华丽的辞藻详细列举，显示出韩侯所得到的无上荣耀。

“韩侯出祖，出宿于屠。显父饯之，清酒百壶”，写韩侯启程前往韩城之前祭拜祖先，随即“显父”遵照君主之令，依照礼制到郊外为韩侯践行，备下“清酒百壶”。紧接着是对这场宴席的描述：“其肴维何？炰鳖鲜鱼。其蔌维何？维笋及蒲。其赠维何？乘马路车。”连用三个问句，从酒肴、蔬菜问到宴后所赠之物，并一一作出回答，这种自问自答的手法颇具口语化和民歌化的风味，相当贴切地表现了宴席的热闹和欢畅。

叙述韩侯娶亲场面时，诗中连用“彭彭”“锵锵”“祁祁”三个叠词，写出迎亲车队之多，陪嫁之盛，极具表现力。随后，诗作笔锋一转，开始从韩侯岳父的角度写韩国的富庶。写他“为韩姞相攸”，选婿过程中，他相中了韩国这块地方。诗中说“莫如韩乐”，实际是通过赞美韩国土地来夸耀韩侯。

“孔乐韩土，川泽讦讦，鲂鲊甫甫，麀鹿噳噳”，如前一章一样，叠词的连续运用，不仅使诗歌朗朗上口，而且加深了词语的表现力。“有熊有罴，有猫有虎”，则近乎白话，罗列韩国珍稀的动物种类，实则还是为了突出韩国的物产丰富。“庆既令居，韩姞燕誉”，写韩侯妻子的满意之情。这是从侧面表

现韩侯的治地有方，赞扬之意不言而喻。

最后一章与首章密切呼应，“溥彼韩城，燕师所完”一句，与首句“奕奕梁山”呼应，巍峨的梁山所在的韩城，如今已扩建得又高又大；“以先祖受命，因时百蛮”，则呼应首章的“缵戎祖考，无废朕命”和“榦不庭方，以佐戎辟”，册命时君王所提的要求，如今韩侯不负所托，尽数完成。他在韩国“实墉实壑，实亩实藉”，治理得井井有条，使韩城成为西周王朝北方边境的强大屏障。

韩侯做出的功绩是周宣王实现“中兴”的助力之一。这首诗以多变的语言、严谨的结构、客观的笔法叙述了韩侯的事迹，落落大方、张弛有度地表达了对韩侯的赞誉。

◎江汉◎

江汉浮浮，武夫滔滔①。匪安匪游②，淮夷来求③。既出我车，既设我旟④。匪安匪舒，淮夷来铺⑤。

江汉汤汤⑥，武夫洸洸⑦。经营四方，告成于王。四方既平，王国庶定⑧。时靡有争，王心载宁⑨。

江汉之浒⑩，王命召虎：“式辟四方⑪，彻我疆土⑫。匪疚匪棘⑬，王国来极⑭。”于疆于理⑮，至于南海。王命召虎：“来旬来宣⑯。文武受命，召公维翰⑰。无曰予小子⑱，召公是似⑲。肇敏戎公⑳，用锡尔祉㉑。”

“釐尔圭瓒㉒，秬鬯一卣㉓。告于文人㉔，锡山土田。于周受命㉕，自召祖命㉖。”虎拜稽首㉗：“天子万年！”

虎拜稽首，“对扬王休㉘，作召公考，天子万寿！”明明天子㉙，令闻不已㉚。矢其文德㉛，洽此四国。

【注释】

①滔滔：水广大。②匪：同“非”。③来：语助词，含有“是”的意义。求：讨伐。④旟：画有鸟隼的旗。⑤铺：通“抚”，安抚。⑥汤（shāng）汤：水势大的样子。⑦洸（guāng）洸：威武的样子。⑧庶：幸好。⑨载：则。⑩浒（hǔ）：水边。⑪式：发语词。辟：开辟。⑫彻：开发。⑬疚：病，害。棘：“急”的假借。⑭极：准则。⑮于：意义虚泛的助词，其词义取决于后面所带之词。⑯旬：“巡”的假借。⑰召公：召虎的太祖，谥康公。维：是。翰：桢干。⑱予小子：宣王自称。⑲似：“嗣”的假借，继承。⑳肇敏：勉力。戎：你。公：功业。㉑锡：赐。祉：福禄。㉒釐（lài）：“赉”的假借，赏赐。圭瓒（zàn）：用玉做柄的酒勺。㉓秬（jù）：黑黍。鬯（chàng）：古时祭祀用的香酒，用郁金草合黑黍酿式。卣（yǒu）：带柄的酒壶。㉔文人：有文德的人。㉕于周受命：你在周朝受王命。㉖召祖：召氏之祖，指召康公。㉗稽首：古时礼节，跪下拱手磕头，手、头都触地。㉘对扬：颂扬。休：美德。㉙明明：勉勉。㉚令闻：美好的声誉。㉛矢：施行。

【赏析】

此诗首章起笔先声夺人，卓绝不凡。举兵伐淮夷，宣王亲征，驻于江汉之滨，召公的受命、誓师、率师出征俱在此，所以诗的前二章均以“江汉”为喻，借长江、汉水的宽阔水势，喻周天子大军浩浩荡荡的气势。也同样因为天子亲征，故曰“匪安匪游，淮夷来求”，“匪安匪舒，淮夷来铺”。横无际涯的滔滔江水与英姿飒爽的纤纤武夫，烘托出大军压境的气势和周王的威仪，雄浑博大。“匪安匪游，淮夷来求”，“匪安匪舒，淮夷来铺”，连用排比，反复强调，周王的出行不是为了安乐，不是为了嬉

戏，而是要让“淮夷”臣服。“既出我车，既设我旟”，连用叠句，紧承上文气势。读罢此章，一幅王师向江汉征讨的宏大的图景浮现，起到总叙其事的效果。

第二章略去征战场面的描写，而是只用“经营四方，告成于王”两句点出战果，表现出另一种深意：平定边乱，不可穷兵黩武，而要讲求“文治武功”的结合。第二章开头使用复沓法与首章呼应，依然将汤汤江汉之水和勇猛的武夫作比较，简约的文字，表现的却是一场复杂但有摧枯拉朽似的战争，似不战而定，瞬间即止，四海康宁。虽然省略了战争的描绘，但是这种疏密相间、繁简得当的措辞却表现出文治武功的深意。

“江汉之浒，王命召虎”，写周宣王对召虎面授机宜，教诲召虎不失时机地进行整顿治理，未雨绸缪，做好善后事宜，君王的教诲表现出明君的深识卓见。而“匪疚匪棘，王国来极”颂扬了战乱平息的功绩，但是却衬托出王都政治清明，百姓安乐，表现出宣王的仁德。宣王再次勉励召虎，继承祖志，做栋梁之臣。宣王的谆谆面谕，反复叮咛，情见于词。而“来旬来宣”以下几句是写宣王教诲召虎要体恤下民，勤于巡视宣抚，施行德政。这看起来在表现召虎的功绩，但这种教诲又何尝不是君王自身的希冀，又何尝不是对宣王德政的赞美和颂扬呢？

“无曰予小子”犹如今日“不要说我是小子”，十分口语化，庄重之中含亲切，上追召公辅佐文王武王之功绩，下勉召虎效先祖之忠心和鞠躬尽瘁，语带亲昵，言简意远，听着只能恭谨从命。

言语安抚已毕，宣王拿出美酒，赏赐召虎土地，召他回祖庙接受册命，以示宠信。这愈发显得庄严隆重，皇恩浩荡，愈发使得召虎伏地拜谢不迭，呼祝天子万寿无疆，既表现出宣王之德，也显示出召虎对恩赐的诚惶诚恐。全诗以赞美宣王收结，以盛赞武功始，以极颂文德终，宣扬了周王朝明君的武功文治。

◎常武◎

赫赫明明[1]，王命卿士[2]。南仲大祖[3]，大师皇父[4]。“整我六师[5]，以修我戎[6]。既敬既戒[7]，惠此南国[8]。”

王谓尹氏[9]：“命程伯休父[10]，左右陈行[11]。戒我师旅，率彼淮浦[12]，省此徐土[13]。”不留不处[14]，三事就绪[15]。

赫赫业业[16]，有严天子[17]。王舒保作[18]，匪绍匪游[19]。徐方绎骚[20]，震惊徐方。如雷如霆[21]，徐方震惊。

王奋厥武[22]，如震如怒。进厥虎臣[23]，阚如虓虎[24]。铺敦淮濆[25]，仍执丑虏[26]。截彼淮浦[27]，王师之所[28]。

王旅啴啴[29]，如飞如翰[30]，如江如汉，如山之苞[31]，如川之流。绵绵翼翼[32]，不测不克，濯征徐国[33]。

王犹允塞[34]。徐方既来，徐方既同，天子之功。四方既平，徐方来庭[35]。徐方不回[36]，王曰还归。

【注释】

①赫赫：威严的样子。明明：明智的样子。②卿士：周朝廷执政大臣。③南仲：人名，宣王主事大臣。大祖：太祖。④大师：职掌军政的大臣。皇父：人名，周宣王太师。⑤整：治。六师：六军。周制，王建六军。一军一万二千五百人。⑥修我戎：整顿我的军备。⑦敬：警惕。⑧惠：爱。⑨尹氏：此指尹吉甫。⑩程伯休父：人名，宣王时大司马。⑪陈行：列队。⑫率：率领。⑬省：察视。徐土：指徐国。⑭不：二“不”字皆语助词，无义。留：同“刘”，杀。处：安。⑮三事：三卿。绪：业。⑯业业：前行的样子。⑰有严：严严，威严的样子。⑱舒：舒徐。保：安。作：起。⑲绍：舒缓。游：优游。⑳绎骚：骚动。㉑霆：打雷。㉒奋厥武：奋发用武。㉓虎臣：猛如虎的武士。㉔阚（hǎn）如：虎怒的样子。虓（xiāo）：虎啸。㉕铺：大。敦：屯聚。此处指陈列。濆（fén）：大堤。㉖仍：就。丑虏：对敌军的蔑称。㉗截：断绝。㉘所：处。㉙啴（tān）啴：人多势众的样子。㉚翰：指鸷鸟。㉛苞：指根基。㉜翼翼：壮盛的样子。㉝濯：大。㉞犹：谋略。允：诚。塞：实，指谋略不落空。㉟来庭：来王庭，指朝觐。㊱回：违。

【赏析】

诗的首章以生动传神的字句传达了宣王任命将领率部出征的非凡场面。两个叠字“赫赫明明”，形象地突出了宣王的王者威仪。宣王任命了南仲，让其整顿六军士气，发布安民指令。这一系列的活动就充分显示了宣王出征之前所进行的精心准备。第二章接着又叙述宣王任命司马、细查敌情、速战回朝的战前训示。

从这些简明准确的语句中就可以看见作为中兴之主的宣王胸有成竹、指挥若定、非同凡响的形象。第三章诗人又用“赫赫业业”表现了宣王非凡的举止气度，连用叠字，使诗歌在节奏上有了一种独特的音乐美。

此外，这章更为独特的地方在于，它从对交战双方的战前状态的对比描写中体现出了王师的威力。王师从容不迫的行军之中，凝聚着克敌制胜的勇气和信心。与王师的这种从容和安行所对应的，则是徐方之部风声鹤唳、草木皆兵的不安之势。这种备战状态上截然不同的表现既能让人想象王师蓄势待发的威力，也让人看到了徐方的萎靡之势。

这首诗中最能体现王师势如破竹的王者风范的描写在第五章，诗人以充沛的感情，铺陈扬厉，一气呵成，连用数个排比，如同浩荡之水，倾泻而出，令人目不暇接，震撼不已，将王师的勇猛无敌、迅疾敏捷描述得十分形象生动。以叠字“啴啴”比喻王师盛大之貌，“如飞如翰”则是说王师行动迅捷变幻莫测，如凌空高飞，风驰电掣。王师“如江如汉”汹涌奔腾，锐不可当。接下来诗又从静和动两方面着笔，用“如山之苞”写王师驻扎如山环抱，稳如山岳不可撼动；以“如川之流”写王师行军如江河奔泻，气势如虹；动静相结合，所谓“静如山、动如川”。“绵绵翼翼”又连用双声联绵词，形容王师浩大密集、连绵不绝。

◎瞻卬◎

瞻卬昊天①，则不我惠②。孔填不宁③，降此大厉④。邦靡有定，士民其瘵⑤。蟊贼蟊疾⑥，靡有夷届⑦。罪罟不收⑧，靡有夷瘳⑨。

人有土田，女反有之。人有民人，女复夺之⑩。此宜无罪，女反收之。彼宜有罪，女复说之⑪。

哲夫成城⑫，哲妇倾城。懿厥哲妇⑬，为枭为鸱⑭。妇有长舌，维厉之阶⑮。乱匪降自天，生自妇人。匪教匪诲⑯，时维妇寺⑰。

鞫人忮忒⑱，谮始竟背⑲。岂曰不极⑳，伊胡为慝㉑？如贾三倍㉒，君子是识㉓。妇无公事㉔，休其蚕织。

天何以刺㉕？何神不富㉖？舍尔介狄㉗，维予胥忌㉘。不吊不祥㉙，威仪不类㉚。人之云亡㉛，邦国殄瘁㉜。

天之降罔㉝，维其优矣㉞。人之云亡，心之忧矣。天之降罔，维其几矣㉟。人之云亡，心之悲矣。

觱沸槛泉㊱，维其深矣。心之忧矣，宁自今矣。不自我先，不自我后。藐藐昊天㊲，无不克巩㊳。无忝皇祖㊴，式救尔后㊵。

【注释】

①瞻卬（yǎng）：通“瞻仰”。②惠：爱。③填（chén）：通“陈”，长久。④厉：祸患。⑤士民：士人与平民。瘵（zhài）：病。⑥蟊（máo）：伤害禾稼的虫子。贼、疾：害。⑦夷：语气助词。届：至，极。⑧罪罟（gǔ）刑罪之法网。⑨瘳（chōu）：病愈。⑩复：反。⑪说（tuō）：通“脱”，解脱。⑫哲：智。⑬懿：通“噫”，叹词。⑭枭（xiāo）：传说长大后食母的恶鸟。鸱（chī）：猫头鹰的一种。⑮阶：阶梯，此处作“因由”解。⑯匪：不可。教诲：教导。⑰时：是。维：为。寺人：内侍，指宦官。⑱鞫（jū）人：奸人。忮（zhì）忒：害人。⑲谮（zèn）：进谗言。竟：终。背：违背，自相矛盾。⑳极：狠。㉑伊：语助词。慝（tè）：恶，错。㉒贾（gǔ）：经商。三倍：三倍的利润。㉓君子：指在朝执政者。识：见识。㉔公事：即功事，指妇女所从事的纺织蚕桑之事。㉕刺：指责，责备。㉖富：福祐。㉗介：大。狄：坏人。㉘胥：相。忌：怨恨。㉙吊：慰问，抚恤。㉚类：善。㉛亡：散去。㉜殄（tiǎn）瘁：病困，困穷。㉝罔：罗网。㉞其：它。㉟几：危险。㊱觱（bì）沸：泉水上涌的样子。槛泉：喷涌而出的泉水。㊲藐藐：高远貌。㊳巩：固，指约束控制。㊴忝（tiǎn）：辱。㊵后：后代子孙。

【赏析】

古往今来，红颜祸水，几成定论。殊不知，“千金买一笑”“冲冠一发为红颜”都非红颜之过，而是自身之责。这首诗尖锐讽刺和严正痛斥了昏庸荒淫的周幽王宠幸褒姒，斥逐贤良，败坏纲纪，倒行逆施，祸国殃民的罪恶。凄楚激越的言辞，表现出了诗人忧国忧民的情怀和疾恶如仇的愤慨。

诗歌开宗明义，直击主题，以赋的手法概括地展现出一幅人民生活于水生火热之中的末世丑态图——天灾人祸交并，人民生灵涂炭。诗人痛心疾首，无可奈何地仰呼上苍，痛陈人民辛酸。随后，诗人开始着手分析造成这种现象的原因，展示了社会上形形色色本末倒置的现象——土地被占、人口被夺、无罪遭捕、有罪逃脱。在第三章中，诗人从周幽王宠幸褒姒荒淫误国上分析出了民生疾苦的根源，因而痛斥道：“乱匪降自天，生自妇人。”将褒姒比为“枭鸱”“长舌妇”，并在接下来的一章中详尽地写出了褒姒祸国的罪恶。

诗人已经不能仅仅满足于自身的愤慨了，在第五章中，诗人转向了更为深切执着的沉痛，不仅仅集中于褒姒乱国一点之上，而是预见整个周王朝大厦将倾的可悲结局。“天何以刺？何神不富？”诗人怨恨上苍不明，怨恨君主昏庸无道，怨恨忠臣贤良的真知灼见不被采纳，忧国忧民的苦衷，此处只能化为几章凄惨激越的言辞。

全诗感情波澜起伏，诗人作为有见识的爱国者，清醒的认识和特定的身份注定了他不可摆脱的矛盾痛苦和深深忧虑。他从冷静客观的观察分析中看到了周王朝行将毁灭的未来，但是作为一个爱国者，诗人又不忍心承认这种现实，承受这种残酷。怀着几分爱国情，诗人并没有完全绝望，在全诗的结尾，诗人依然抱着一丝希望，高声疾呼“藐藐昊天，无不克巩。无忝皇祖，式救尔后”。这或许是作者对周王朝抱有的一丝幻想。当然，历史证明诗人的幻想终究只能是空想。

长篇的抒情和控诉，诗人采用了多种手法，长篇铺叙，直陈其事，直抒胸臆，言辞迫切严正，诗风端庄朴实。

◎召旻◎

旻天疾威[1]，天笃降丧[2]。瘨我饥馑[3]，民卒流亡。我居圉卒荒[4]。

天降罪罟[5]，蟊贼内讧。昏椓靡共[6]，溃溃回遹[7]；实靖夷我邦[8]。

皋皋訿訿[9]，曾不知其玷。兢兢业业，孔填不宁[10]。我位孔贬[11]。

如彼岁旱，草不溃茂[12]，如彼栖苴[13]。我相此邦[14]，无不溃止[15]。

维昔之富不如时[16]，维今之疚不如兹[17]。彼疏斯粺[18]，胡不自替[19]？职兄斯引[20]。

池之竭矣，不云自频[21]。泉之竭矣，不云自中。溥斯害矣[22]。职兄斯弘[23]，不灾我躬[24]！

昔先王受命[25]，有如召公[26]，日辟国百里。今也日蹙国百里[27]。於乎哀哉[28]！维今之人，不尚有旧！

【注释】

①旻（mín）天：此泛指天。疾威：暴虐。②天笃降丧：天降灾荒使人丧。③瘨（diān）：灾病。④居圉（yǔ）：居住之处。⑤罪罟（gǔ）：罪网。⑥昏椓（zhuó）：《郑笺》："昏、椓皆奄人也。"靡共：不供职。共，通"供"。⑦溃溃：昏乱。回遹：邪僻。⑧靖夷：想毁灭。⑨皋皋：欺诳。訿（zǐ）訿：懒惰。⑩孔：很。填（chén）：长久。⑪贬：指职位低。⑫溃：遂。⑬苴（chá）：水中草。⑭相：察看。⑮止：语气词。⑯时：是，此，指今时。⑰疚：贫病。⑱疏：糙米。粺（bài）：精米。⑲替：废，退。⑳职：主。兄（kuàng）："况"的假借。引：延长。㉑频：滨。㉒溥（pǔ）：普遍。㉓弘：大。㉔不灾我躬：灾害怎不向我来。㉕先王：指武王、成王。㉖召公：周武王、成王时的大臣。㉗蹙（cù）：收缩。㉘於乎：同"呜呼"。

【赏析】

综观全诗七章，诗人指责周幽王任用奸邪，朝政昏乱，以致外患严重，国势衰微，国土日减，大厦将倾。七章各有其主旨内容，概括来看，全诗包括三部分内容：忧国，斥奸邪，自伤身世。从开篇到结尾，逐渐展开，但是又并非截然分开，三部分内容既有一定的顺序排列，又是分散各章。

开篇五句极力铺陈，铺叙天灾的残酷和民生的痛苦，尽管慑服于"旻天疾威"，表现出一种无可奈何，同时又掩饰不了对于"天笃降丧"的强烈不满，敢怒而不敢言。

天灾只是一方面，诗人从第二章开始就转向了人祸，一针见血地指明朝中那些只顾私利终日诋毁无辜的奸佞将致使周王朝毁灭。"瘨我饥馑，民卒流亡"不过是诗人不好明说王政得失的委婉表达，实际上"蟊贼内讧""昏椓靡共"才是"民卒流亡"、生灵涂炭的真正原因。第三章开始诗人似乎不再避讳，直言君王昏庸不明导致了奸佞得势，忠臣遭贬谪，出现"我相此邦，无不溃止"的危险局面。

诗人沉痛感情变得愈发激烈，抚今追昔，通过古今对比，显示出了西周社会每况愈下的国势——小人当道，国家必亡。诗人清醒地认识到了奸佞贼臣的危害，同时也超越自身的阶级和时代，看清了"池之竭矣，不云自频。泉之竭矣，不云自中"，即国力渐微的根本原因。那时的周朝就如同泉源枯涸，不可能再有汩汩流水，只能被新的朝代所取代，由此也会使得世风日下、国势倾颓，寥寥无几的贤臣良将已经无力回天。正是因为诗人清晰地认识到了这一点，所以他才会痛心疾首，沉痛哀叹："昔先王受命，有如召公，日辟国百里。今也日蹙国百里。"诗人末句"维今之人，不尚有旧"发人深省，如千钧之力，戛然而止，点明国势倾颓的真正原因。

忧国忧民和斥奸邪是诗人在诗歌中突出的重点，对自身的担忧只是次要的。第三章哀叹自己兢兢业业，职位不升反降，第六章则写出了诗人的恐惧，担心灾难的扩大殃及自身，当联想到将来时，诗人更是心急如焚。

全诗既有诗人的慷慨陈词，对奸佞贼臣的冷嘲和责骂，也有对君主昏庸不明的不满，表现出对国家前途的担忧，同时对自身的身世也表现出了恐惧。

颂篇

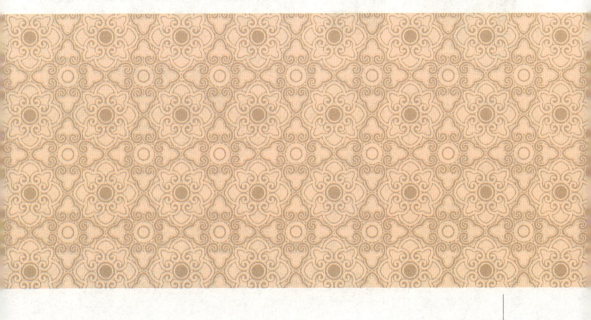

周人兴起

《周颂》共31篇，多为西周初年的作品。是周王室的宗庙祭祀诗，除了单纯歌颂祖先功德外，还有一部分于春夏之际向神祈求丰年或秋冬之际酬谢神的乐歌。

周文王姬昌

公元前1152—公元前1056年，姬姓，名昌，周朝奠基者。其父死后，继承西伯侯之位，故称西伯昌，在位50年，是中国历史上的一代明君。

周文王在位期间，"克明德慎罚"，勤于政事，重视发展农业生产，礼贤下士，广罗人才，拜姜子牙为军师，问以军国大计，使"天下三分，其二归周"；收附虞、芮两国，攻灭黎、邘等国；建都丰京（今陕西西安），为武王灭商奠基。

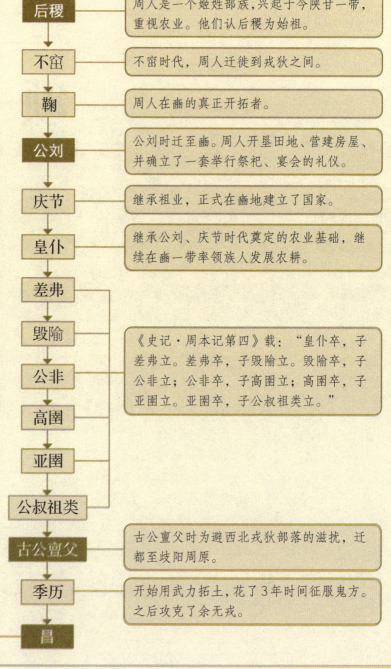

- 后稷：周人是一个姬姓部族，兴起于今陕甘一带，重视农业。他们认后稷为始祖。
- 不窋：不窋时代，周人迁徙到戎狄之间。
- 鞠：周人在豳的真正开拓者。
- 公刘：公刘时迁至豳。周人开垦田地、营建房屋、并确立了一套举行祭祀、宴会的礼仪。
- 庆节：继承祖业，正式在豳地建立了国家。
- 皇仆：继承公刘、庆节时代奠定的农业基础，继续在豳一带率领族人发展农耕。
- 差弗
- 毁隃
- 公非
- 高圉
- 亚圉
- 公叔祖类

（差弗至公叔祖类）《史记·周本记第四》载："皇仆卒，子差弗立。差弗卒，子毁隃立。毁隃卒，子公非立；公非卒，子高圉立；高圉卒，子亚圉立。亚圉卒，子公叔祖类立。"

- 古公亶父：古公亶父时为避西北戎狄部落的滋扰，迁都至歧阳周原。
- 季历：开始用武力拓土，花了3年时间征服鬼方。之后攻克了余无戎。
- 昌

周颂

◎清庙◎

於穆清庙①，肃雍显相②！济济多士③，秉文之德④，对越在天⑤，骏奔走在庙⑥，不显不承⑦，无射于人斯⑧！

【注释】

①於（wū）：赞叹词，犹如今天的“啊”。穆：庄严、壮美。清庙：祭文王的宗庙。②肃雍（yōng）：庄重而和顺的样子。显：高贵显赫。相：助祭的人，此指助祭的公卿诸侯。③济济：众多。多士：指祭祀时承担各种职事的官吏。④秉：秉承，操持。文之德：周文王的德行。⑤对越：犹“对扬”，对是报答，扬是颂扬。在天：指周文王的在天之灵。⑥骏：敏捷、迅速。⑦不（pī）：通“丕”，大。承：继承。⑧射（yì）：借为“斁”，厌弃。斯：语气词。

【赏析】

《清庙》是《周颂》的第一篇，“颂”是宗庙之音，《周颂》就是周王朝用于宗庙祭祀的乐歌。

《毛诗序》云：“《清庙》，祀文王也。”文王是周王朝的第一位奠基者，《清庙》作为《周颂》之首自然要先赞颂文王。周文王姬昌在商纣王时期为西伯，他在世时，周人还没有完成灭商立周、统一中原的大业，但他奠定了周部族攻取天下的基础。文王在位期间，广招贤士，吕尚、鬻熊、辛甲等人纷纷来归；又先后伐犬戎、密须、黎国、邘及崇侯虎，迁都丰邑。正是由于文王治理有方，周部族才有了灭商立周的雄厚基础。周人将文王与武王看成周朝建立的两大开国贤君，赞颂之辞无数。

本诗并不直接赞美文王，而是先向人展示文王庙的气氛：“於穆清庙，肃雍显相。”庙宇庄严静穆，助祭者都是高贵显赫的王侯公卿，他们的神情也无比庄重而恭敬。

“济济多士，秉文之德”说明众多祭祀者正在祭祀的对象是周文王。庙中祭祀的人济济一堂，排列整齐有序，个个态度恭谨严肃，这是因为他们继承了文王的美好德行。“秉文之德”一方面是对参与祭祀的众人精神面貌的展示，另一方面也暗含对文王之德的赞颂。

“对越在天，骏奔走在庙”描写的是祭祀者的行动：他们对着文王的在天之灵虔诚祷告，为了祭祀活动而不停地来往奔走于庙中。他们之所以心甘情愿地奔走忙碌，就是因为他们由衷地崇敬受祭的文王。

文王之德既然如此美好，就理应得到继承，最后两句“不显不承，无射于人斯”表达的就是祭祀者将把文王之德发扬光大的决心。

诗颂文王，却将笔墨集中于参与祭祀的众人

身上，可谓匠心独运。称赞文王的言辞不计其数，人们对于文王的事迹已经十分清楚，因此无须多言。本诗的高明之处就在于，作者并不正面叙述文王的功德，而是重点描写助祭者和祭祀者恭敬严肃的态度，以此侧面烘托文王之德的光明伟大。

◎维天之命◎

维天之命①，於穆不已②。於穆不显③，文王之德之纯。假以溢我④，我其收之。骏惠我文王⑤，曾孙笃之⑥。

【注释】

①维：语助词。②於（wū）：叹词，表示赞美。穆：庄严粹美。③不（pī）：借为“丕”，大。④假以溢我：借文王之美德来丰富我。⑤骏惠：顺。⑥曾孙：孙以下后代均称曾孙。笃：厚。

【赏析】

诗的开头两句“维天之命，於穆不已”赞颂天道的光明远大、无穷无尽，三四两句才开始称赞美好纯正的文王之德。表面上看，一、二两句似乎与文王之德没有什么联系，其实不然。《周颂》中提到“天”或者“天命”的诗有很多，显示出周人对上天的无比崇敬之情。上天自有其道，主宰着宇宙万物，其英明神圣不容怀疑。而周王室是天命的顺承者，周王是天之子，周王的德行乃秉承昭昭天道而来，与天命一样神圣不可侵犯。诗先颂“天之命”，再颂文王之德，正是为了显示文王与上天的这种承继关系。天之命完美无尽，作为天命继承者的文王，其德行自然也光辉万丈了。有了天道的灿烂光环做背景，不用多费言辞，就能尽显文王德行的完美光明。

溢美之词的确可以表达对文王的敬爱之心，但以具体行动来表达心意也许更有说服力。既然文王之德如此美好，那么后人就应该将其延续下去。诗的后四句表达的正是作者继承文王德行的决心：“假以溢我，我其收之。骏惠我文王，曾孙笃之。”文王之德正大光明，子孙皆沐浴在他的光辉下，祭祀者表示周室子孙一定会永遵文王教诲，认真推行文王的德行。对于圣明的文王，祭祀者除了赞美想必还有祈福之心，因为祈祷护佑才是祭祀的真正目的。但在这里，祭祀者没有对文王提出任何要求，只是恭敬地说要把文王流传下的美好德行继承下去。这种毫无条件地顺应祖先遗训的态度，更加表现出祭祀者对文王的恭顺崇敬，是文王之德深得人心的有力证据。而把文王之德与天命融为一体的赞颂方式，增强了文王之德的威慑力。

◎维清◎

维清缉熙①，文王之典②。肇禋③，迄用有成④，维周之祯⑤。

【注释】

①维：语助词。②典：法。③肇：开始。禋（yīn）：祭天。④迄：至。⑤祯：吉祥。

【赏析】

《维清》全文只有十八个字，是《诗经》中最短的一首诗。朱熹甚至怀疑此诗有所缺漏，但全诗条理清晰，内容完整，应该没有漏文。《毛诗序》云：“《维清》，奏《象舞》也。”清陈奂《诗毛氏传疏》考证说：“《象》，文王乐，象文王之武功曰《象》，象武王之武功曰《武》。《象》有舞，故云《象舞》。”《象舞》是模仿文王征战姿态的舞蹈，通过取象文王的击刺征伐之法来表现内在的武烈精神。《维清》就是配合《象舞》的歌词。

诗开篇直接称赞文王："维清缉熙，文王之典。"有人认为这两句的意思是文王之典光辉清明，"维清缉熙"就是直接形容"文王之典"的。但还有观点认为，"维清缉熙"感叹的是当时天下的清平光明，将此二句理解为"天下清平光明，这是因为有文王法典的缘故"。这两种解释都有道理。且无论哪种解释，都说明"文王之典"是光明美好的。

"肇禋，迄用有成，维周之祯。""肇禋"的字面意思是"开始祭祀"，郑玄认为具体指的是文王始创出师祭天之典；因而"迄用有成"这句是说，周人继承这一征伐之法，"至今用之而有成功"（郑笺）。"祯"为吉祥之意，"维周之祯"赞叹周室天下的祥和安宁，再次强调大周天下的吉祥得益于文王的征伐之法。末句"维周之祯"与首句"维清缉熙"相互呼应，形成回环吞吐的巧妙结构，给这首十八字的短诗增添了天然妙趣。

清代学者李光地认为《清庙》《维天之命》和《维清》是相连为义的三首诗，《清庙》是开始祭祀时的颂歌，《维天之命》是祭而得福之歌，《维清》是祭礼结束时的送神之作。而《维清》这首诗极为精简，"辞弥少而意旨极深远"（戴震《诗经补注》），读起来确实有些尾声的味道。李光地的说法也许不完全正确，但为读者理解这几首诗提供了新的角度，不妨作为一种参考。

◎烈文◎

烈文辟公①，锡兹祉福②。惠我无疆，子孙保之。无封靡于尔邦③，维王其崇之④。念兹戎功⑤，继序其皇之⑥。无竞维人⑦，四方其训之⑧。不显维德⑨，百辟其刑之⑩。於乎前王不忘⑪。

【注释】

①烈文：功烈文德。辟公：君公。文王起初不称王。②锡：同"赐"。兹：此。祉（zhǐ）：福。③封：通"丰"，大。靡：累，罪恶。④崇：尊重。⑤戎：大。⑥序：弘扬。皇：美。⑦无竞维人：最强的只有得贤人。⑧方其训之：四方来归顺。⑨不（pī）：通"丕"，大。⑩百辟：众诸侯。刑：通"型"，效法。⑪前王：指周文王、周武王。

【赏析】

此诗共十三句，依内容可分为两部分。前八句为成王敕诫诸侯之辞；后五句成王既敕诫诸侯，又自我告诫。

诗歌开头四句说："烈文辟公，锡兹祉福。惠我无疆，子孙保之。"这是成王对助祭诸侯的赞扬：各位功德无量的诸侯公，你们赐予了周王朝福祉；又带给我无穷无尽的恩惠，诸公的恩惠我要让周室子孙永远保存下去。这是对助祭诸侯至高的赞扬，肯定了他们为灭商立周大业作出的功劳，他们的功绩不仅赐予周王福祉，而且惠及周王室子孙各代。诸侯被邀来助祭本身就是一种荣耀，在宗庙里又得到天子的赞颂，更是无上光荣之事。当然，成王的用意不在褒扬，而在敕诫。周王的赞颂可以使诸侯产生感激之情，而在他们心怀感激时进行训诫更容易收到效果。

成王告诫助祭诸侯说："无封靡于尔邦，维王其崇之。念兹戎功，继序其皇之。"诸侯国是周朝疆土的组成部分，其兴衰治乱与整个周王朝的命运有莫大的关系。所以周王要求诸侯在封国内勤勉执政，不要作出有损封国之事。只有这样，周王才会尊崇他们，并心念他们的功劳，让诸侯的子孙在其封地内代代继承下去，光大各位诸侯的基业。这四句看似语气平和，其实透射出周王的雄威。"无"意为"不要"，是具有强烈命令色彩的祈使词。"无封靡于尔邦"实际上是周王对助祭诸侯的威令，言下之意，如果诸侯在封国内作出损害国家之事，周王室将收回曾经的恩赐，并给以无情的惩罚。

接下来是诗的第二部分。前半部分成王告诫诸侯不要做损国之事，那么究竟什么样的作为是不损国家的呢？成王指出"无竞维人，四方其训之。不显维德，百辟其刑之。於乎前王不忘！"管理者的好坏决定邦国的强盛与否，因此要想封国昌盛，诸侯须修养品德，同时任用贤人。周王希望大显先王之德，并希望诸侯以先王之德为效仿对象，永记前王遗德。由于参与助祭的诸侯多是文王和武王时期的功臣，"前王不忘"一句不只是告诫他们不要遗忘先王之德，也是提醒诸侯勿忘先王曾经消灭纣王的赫赫战功，用周王室强大的实力震慑诸侯。

◎天作◎

天作高山①，大王荒之②。彼作矣③，文王康之④。彼徂矣⑤，岐有夷之行⑥，子孙保之。

【注释】

①高山：指岐山。②大王：即太王古公亶父，周文王的祖父。荒：扩大，治理。③彼：指大王。作：治理。④康：安。⑤彼：指文王。徂：往。⑥夷：平坦易通。行：道路。

【赏析】

《毛诗序》说："《天作》，祀先王、先公也。"朱熹认为这是"祭大王之诗"，姚际恒则认为这是祭祀岐山的诗。从诗的内容来看，《天作》更像是通过祭祀岐山而追怀先祖功业的诗。

"天作高山，大王荒之。""高山"就是岐山，之所以不直呼其名，大概是为了显示对岐山的尊崇，正如子孙避祖先名讳一样；"大王"即太王，为文王之祖古公亶父。这两句的意思是：上天造就了岐山这块圣地，大王将它开垦治理。史书记载，周人本居于豳地，到古公亶父时期，由于不堪熏育、戎狄的骚扰，才迁至岐山。古公亶父率领周族人在岐山开荒种地，营建城郭屋室，周人得以安居乐业。

岐山是周族人兴盛的起点，而古公亶父作为这个起点的开创者，自然受到周人的万世敬仰。为表示对古公亶父的崇敬，后人将他追尊为大王。上天是岐山的创造者，而古公亶父是它的开辟者，是上天和大王共同成就了岐山圣地。"天作高山，大王荒之"将天与大王对举，正是暗示古公亶父的德行堪与昊天相匹。

文王是古公亶父少子季历之子，他在大王打下的基础上进一步发展了周族的势力。"彼作矣，文王康之"，"彼"就是大王。在岐山九世周主中，大王、文王可谓最杰出的代表。伐纣灭商虽然完成于武王，但周代商的必然历史趋势却早在文王时就已显示出来。

经过文王的苦心经营，岐山圣地已成为武王灭商的雄厚实力基地，它提供的不仅是征战所需的物资，还有成就霸业所需的济济人才。文王虽死，却给周族人留下了一条通向成功的平坦大道，这就是“彼徂矣，岐有夷之行”的含义。原本艰险难行的岐山在大王、文王等人的不懈努力下，出现了坦荡的道路；周人也从最初的弱势部族最终发展成为拥有天下的强盛民族。可以说，古老的岐山是周人崛起的见证者。

岐山是周人的兴盛之地，凝聚着周族几代先王的艰辛。诗末一句“子孙保之”便是后人缅怀圣地和先祖之余许下的誓言。保守先人留下的基业是子孙给予先辈的最好回报。

《天作》一诗围绕一座神圣的岐山展开叙述，带领读者回顾了周族的发展历程，虽然是歌功颂德之辞，但不显枯燥寡味，保持了质朴无华的品质。

◎昊天有成命◎

昊天有成命①，二后受之②。成王不敢康③，夙夜基命宥密④。於缉熙⑤，单厥心⑥，肆其靖之⑦。

【注释】

①昊天：苍天。成命：既定的天命。②二后：二王，指周文王与周武王。③康：安乐，安宁。④夙夜：日夜，朝夕。基命：王者始承的天命。宥（yòu）密：宽仁宁静。⑤於（wū）：叹词，有赞美之意。缉熙：光明。⑥单：忠厚。厥：其，指成王。⑦靖：安定。

【赏析】

《毛诗序》认为本诗的目的是祭祀天地，但多数人不同意《毛诗序》的说法，认为此乃祭祀成王的诗。从诗的内容来看，除了一、二两句，余下五句都是直接叙述成王之德的，说成祭天地确实不妥。

首二句是全诗的引子，先从高高在上的“昊天”起笔，指出上天有成命，文王和武王受命于天，灭殷商，建西周。祭祀成王却不从成王下笔，先言上天，次言文、武二王。这是因为，成王受文王和武王之命，而文、武二王又受天之命，开篇如此写法正可表示成王与文、武二王一脉相承，顺承天意。

而且，上古社会中，天地、祖先是人们的精神支柱，人间的祸福都被看成上天和祖先的意志作用的结果。歌颂成王的功德时自然不能忘记“昊天”和“二后”，这也是饮水思源、敬天尊祖之意。

之后五句是诗的主体，赞颂成王之德。“成王不敢康，夙夜基命宥密”是说成王即位后，不敢贪图安逸，日夜为保国安民而深谋远虑。

成王是武王之子，康王之父，西周第二代天子。文王和武王缔造了西周王朝，成王是这个王朝的巩固者。武王在西周江山刚刚开始稳固时驾崩，把巩固江山的大业留给了年幼的成王。创业艰难，守业也非易事，攻取江山后却没能坐稳江山的王朝历史上并不少见。成王深谙此理，所以他“不敢康”，在治理国家、巩固基业上毫不懈怠。

在两句平实的叙述后，诗人突然发出一声“於缉熙”的赞叹，情感顿时扬起。“缉熙”为联绵词，作光明解。成王在位期间励精图治，使得国家安定富强，成功继承了文、武二王的光明功绩，因此后人发出“於缉熙”的赞叹，肯定了成王的光明之道。

赞叹之后诗人马上又回归了到平实的叙述：“单厥心，肆其靖之”，刚刚上扬的情感也回到之前的沉着、静穆。成王尽其一生为治国安天下而不懈奋斗，可谓耗尽心力。他的努力没有白费，“单厥心”的结果是“肆其靖之”，西周在他的治理下最终得以江山稳固、国家太平。

成王之后，康王继续精心治国，西周在成、康统治期间达到鼎盛时期，史称“成康之治”。《史记·周本纪》记载：“成、康之际，天下安宁，刑措四十余年不用。”成王之所以谥号为“成”，也正是因为他是西周的守成之君。

诗以简洁的语言概括了成王巩固江山、安定天下的功绩，朴素而不失庄重。短短七句颂辞充分表达了对成王的赞美之意；同时，当西周臣民闻此颂诗，回想先王创业守业的过程时，崇敬之余必当受到鼓舞，从而更加奋发治国。

◎我将◎

我将我享①，维羊维牛，维天其右之②！仪式刑文王之典③，日靖四方④。伊嘏文王⑤，既右飨之⑥。我其夙夜，畏天之威，于时保之⑦。

【注释】

①享：献祭品。②右：通“佑”，保佑。③仪式刑：则用法。典：典章，法则。④靖：平定。⑤伊：语助词。嘏：大，伟大。⑥右：佑助。飨（xiǎng）：享用祭品。⑦于时：于是。

【赏析】

《毛诗序》云：“《我将》，祀文王于明堂也。”《我将》表现的是武王出征前祭祀上帝和文王，并祈求保佑的情景。前三句“我将我享，维牛维羊，维天其右之”为第一层，祭祀上天。“我将我享，维牛维羊”展示出热烈、忙碌的祭祀场面，人们杀牛宰羊，又烹又煮，忙得不亦乐乎，使人从中感受到周人对上大信仰的无比虔诚。周人把贵重的牛羊牺牲进献给上天是因为对天的崇敬，更是因为希望得到上天的保佑，“维天其右之”可以说是崇敬之下的虔诚祈祷。

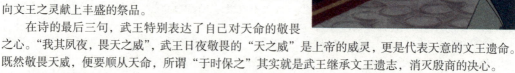

接下来四句为诗的第二层，从祭天转到祭文王：“仪式刑文王之典，日靖四方。伊嘏文王，既右飨之。”周人凭着文王之典走到了今天的兴盛，要想取得更大的成就，安定天下四方，仍须遵循文王之典。文王是天命的继承者，他制定的法则自然也体现了上天的意志。效法“文王之典”就是继承文王遗志，从这个意义上说，“仪式刑文王之典”相当于为此次出兵伐纣找到了一个“替天行道”的理由。追思文王创业之功，祭祀者不禁发出“伊嘏文王”的赞叹，向文王之灵献上丰盛的祭品。

在诗的最后三句，武王特别表达了自己对天命的敬畏之心。“我其夙夜，畏天之威”，武王日夜敬畏的“天之威”是上帝的威灵，更是代表天意的文王遗命。既然敬畏天威，便要顺从天命，所谓“于时保之”其实就是武王继承文王遗志，消灭殷商的决心。

全诗通篇使用第一人称的语气，使人真切感受到武王对上帝和文王的敬畏心理。本诗虽然简短，但由于反映的是伐纣前的祭祀，历史感十分厚重。

◎时迈◎

时迈其邦①，昊天其子之②。实右序有周③，薄言震之④，莫不震叠⑤。怀柔百神⑥，及河乔岳⑦。允王维后⑧，明昭有周⑨，式序在位⑩。载戢干戈⑪，载橐弓矢⑫。我求懿德⑬，肆于时夏⑭。允王保之⑮！

【注释】

①时：按时。迈：巡视。邦：国。②昊天：苍天，皇天。子之：以之为子，谓使之为王也。③实：语助词。一说指“实在，的确”。右：同“佑”，保佑。序：顺，顺应。有周：即周王朝。④薄言：发语词，有急迫之意。震：

威严。之：指各诸侯邦国。⑤震叠：震惊慑服。⑥怀柔：安抚。百神：泛指天地山川之众神。此句谓祭祀百神。⑦及：指祭及。河：此指河神。乔岳：此指山神。⑧允：诚然，的确。王：周武王。维：犹“为”。后：君。⑨明昭：即“昭明”，显著，此为发扬光大的意思。⑩式：发语词。序在位：合理安排在位的诸侯。⑪载：犹“则”，于是，乃。戢：聚拢。干，盾。干戈：泛指兵器。⑫櫜（gāo）：古代盛衣甲或弓箭的皮囊。此处用为动词。⑬我：周人自谓。懿：美。懿德：美德，指文治教化。⑭肆：于是。时：犹“是”，这、此。夏：中国。指周王朝统治的天下。⑮保：指保持天命、保持先祖的功业。

【赏析】

《时迈》是武王灭商后，巡守邦国而告祭上天及山川的乐歌。所谓柴望是指柴祭、望祭，柴祭即燔柴以祭天地，望祭即遥望而祭山川。

全诗从“时迈其邦”到“及河乔岳”为第一层，“允王维后”以后为第二层。

第一层写武王既得天命，巡守天下。“时迈其邦，昊天其子之”，此为诗的开头，“迈”为巡守之意。武王灭商建周，分封诸侯，一切都是合乎天意的。周人认为周王的位置和权力是上天赐予的，周王巡守诸侯国是“为天远行”。周天子巡守诸侯国时会举行祭祀，目的就是借天命震慑天下，为天子行使权力树立威望。“昊天其子之”一句是说，上天把周王当作自己的儿子，其实是昭告天下，周朝顺应天命，有天威相助。此二句气势颇壮，写出周朝初建时天下安定、万邦臣服的盛大气象。第三句“实右序有周”承接首二句而来，既然周朝顺乎天命，那么当然会得到上天的保佑了。

巡守诸侯意在使各诸侯国更加效忠周王室，所以祭祀时显示王威是必要的，“薄言震之，莫不震叠”的作用就是如此。武王率领周人一举消灭殷商，又兴立大周，有这等伟大功绩在身，谁不为之震慑？“怀柔百神，及河乔岳”两句进一步强调了武王的威慑力，由于武王德行光明，连山川百神都为之感动，欣然接受他的祭祀。对武王的德行和威信进行充分的展示后，作者很自然地得出“允王维后”的结论，盛赞武王不愧为天下之君。

天命赋予武王拥有天下的权力，武王就必须保住天命。虽然武王已得天命，但如若不谨慎治理国家，终将失去上天的庇佑。诗的第二层写的即是武王如何保住天命。周人已成为中原的统治者，诸侯“式序在位”，大局已定。天下经过长期的动荡急需一个安定的环境来休养生息，增强国力。“载戢干戈，载櫜弓矢”是说把武器全部收起来，表示战争已经结束，不再需要武功。对初建政权的周朝来说，寻求治国良方是当务之急。所以武王说“我求懿德，肆于时夏”，即是希望求得治理国家的美好德行，并将之施行于天下。武王以非凡的武功消灭了殷商，建立了大周，又具备治理天下所需的德行，所以诗的最后一句称颂“允王保之”，赞叹武王能保持天命，继承祖德。

本诗结构紧密，层次清晰，重点歌颂了武王的武功和文德，再次展示了大周初建时的自信，使人看到了上升时期的周人的雄心壮志，字里行间充溢着深挚而敬慕的感情，从头至尾不用韵，语意参差，错落有致。

◎执竞◎

执竞武王①，无竞维烈②。不显成康③，上帝是皇④。自彼成康，奄有四方⑤，斤斤其明⑥，钟鼓喤喤⑦。磬筦将将⑧，降福穰穰⑨。降福简简⑩，威仪反反⑪。既醉既饱，福禄来反。

【注释】

①执：执持。竞：自强。②竞：自强。维：是。烈：功绩。③不（pī）：通“丕”，大。成：周成王。康：周康王，成王子。④上帝：指上天。皇：美。⑤奄：覆盖，此处指统治。⑥斤斤：明察。⑦喤（huáng）喤：声音洪亮和谐。⑧磬：一种石制打击乐器。筦：同“管”，管乐器。将将：声音盛多。⑨穰（ráng）穰：众多。⑩简简：盛大。⑪威仪：祭祀时的礼节仪式。反反：谨重。

【赏析】

“执竞武王，无竞维烈。不显成康，上帝是皇”，先赞武王再颂成康，是按照历史顺序进行的。赞武王强调其勇武和自强不息，颂成康则突出其守业之功。虽然语言极为简练，但读者在听到这些赞颂时会自然而然地想起周朝建立与发展的历史，武王伐纣、分封诸侯、管蔡之乱、成康之治等重大事件一一浮现脑海。所以，四句赞语有展现西周历史进程的作用。

“钟鼓喤喤。磬筦将将，降福穰穰。降福简简，威仪反反。既醉既饱，福禄来反。”钟、鼓、磬、筦是祭祀时所用的典型乐器，喤喤、将将形容音乐的悦耳和谐。钟鼓声声，筦磬悠扬，一派其乐融融的升平景象。在热烈欢快的气氛中，人们仿佛觉得先王神灵正把无穷无尽的福禄降临到人间。音乐的盛大反映出这场祭祀的隆重，也说明此时的周朝已经拥有强盛的国力，因为一个贫弱的国家是无法承受如此耗费财力的祭祀的。花费巨大财富和精力举行祭祀的最终目的还在于祈福，祭祀者希望先王的神灵醉饱后，给予福禄。

比起之前的颂诗，《执竞》在用韵方面有了明显的进步。诗中连续使用了“喤喤”“将将”“穰穰”“简简”“反反”等叠音词，与完全不用韵的颂诗相比，多了几分绚丽的文学色彩；同时叠音词极富音乐感，又渲染出庄严肃穆的祭祀氛围，使人领略到庙堂文化的深厚底蕴。

◎思文◎

思文后稷①，克配彼天②。立我烝民③，莫匪尔极④。贻我来牟⑤，帝命率育⑥。无此疆尔界，陈常于时夏⑦。

【注释】

①文：文德，即治理国家、发展经济的功德。后稷：周人始祖，姓姬氏，名弃，号后稷。②克：能够。配：配享，即一同受祭祀。③立：通“粒”，米食。此处用如动词，养育。烝民：众民。④极：无量功德。⑤贻：赐予。来：小麦。牟：大麦。⑥帝命率育：上天命令与民种育相连。⑦陈：遍布。常：此指农政。时：此。夏：中国。

【赏析】

虽然本诗只有短短的八句话，但是它用这简短的几句话展现了一幅祭祀后稷的画面。这类祭祀诗大都简短的原因在于他们祭祀的对象是周朝的历代先王，而关于这些先王们的丰功伟绩，在当时已经深入人心、家喻户晓，而且《诗经》也有其他的诗篇做过详细的介绍。对于人们来说这是无须多做解释的事情。

《思文》所属的周颂是产生于西周早期的作品，这个时期是周朝刚刚建国，在这样特定的历史时期中，人们最愿意称颂的就是周代的先王们。《思文》篇幅的简短，正是当时政治清明的一种表现。大多数学者认为本文的作者是周公。对于人们来说，歌颂盛朝的颂歌，其作者是盛朝的大圣人，这是无可争议的事情，所以在《诗经》中，有很多的诗篇其作者都被认为是周公。周公作为一个辅佐了文王、武王、成王三代君王的大臣，他见证了国家的兴盛和繁荣，可以说周公是一个功勋卓著的人。

在古时候，祭祀上天的祭祀活动都是在南郊举行的，所以“思文后稷，克配彼天”的祭祀也在郊外。古代的祭祀首先是先王配享，因为被视为天子的君王有着至高无上的权力，他们身份高贵可以实现和上天之间的沟通，这是在进一步表明王权天授的观点。所以在那个时期祭祀活动都是为了巩固政权的一种手段，也就说原本空泛的祭天活动变成了具有重大意义的政治活动。这种祭祀活动对于稳定人心、统一思想、凝聚力量有着十分重要的作用。在祭祀的现场通过反复的吟唱这首诗歌会使得祭祀的会场气氛变得十分庄严，让人们仿佛沐浴在一种庄严肃穆的氛围之中。他们将参与盛典的自豪感和肩负上天使命的责任感完美地融合在了一起。

文中“天”“帝”两字形成了一种紧扣和呼应的感觉。通过对于天人沟通的描写彰显了君王的威信。

作为一个已经君临天下的王朝，西周的“无此疆尔界，陈常于时夏”是在向天下预示自己的权威，但同时又有一种秉承天命、子育万民的怀柔之感，具有很强的感染力。

◎臣工◎

嗟嗟臣工①，敬尔在公②。王釐尔成③，来咨来茹④。嗟嗟保介⑤，维莫之春⑥，亦又何求⑦？如何新畬⑧？於皇来牟⑨，将受厥明⑩。明昭上帝⑪，迄用康年⑫。命我众人⑬，庤乃钱镈⑭，奄观铚艾⑮。

【注释】

①嗟嗟：重言以加重语气。臣工：群臣百官。②敬尔：尔敬。在公：为公家工作。③釐：通“赉（lài）”，赐。成：指收成。④咨：询问、商量。茹：度。⑤保介：田官。⑥莫（mù）：古“暮”字，莫之春即暮春，是麦将成熟之时。⑦又：有。求：需求。⑧新畬（yú）：新田，熟田。⑨於（wū）：叹词，相当于“啊”。皇：美盛。来牟：麦子。⑩厥：其，指代将熟之麦。明：收成。⑪明昭：明明，明智而洞察。⑫迄用：至今。康年：丰年。⑬众人：庶民们，指农人。⑭庤（zhì）：储备。钱（jiǎn）：农具名，掘土用。镈（bó）：农具名，除草用。⑮奄观：尽观，即视察之意。铚（zhì）：农具名，一种短小的镰刀。艾：割。

【赏析】

这是一首跟农业有关的乐歌，也是《周颂》里首篇写农事的乐歌。周部族是古老的农耕民族，历代重视农业生产。西周建立后，更是将农业视为立国之本。西周制度，周天子直接拥有大片土地，让农奴耕种，称为“籍田”。每年春季，周王都会举行“籍田礼”，与群臣一起躬耕籍田。农业祭祀是周朝所有祭祀中非常重要的一项，开耕前有典礼，收获后也要举行祭祀。这首《臣工》可使今人领略到先人对农业的热爱和重视。

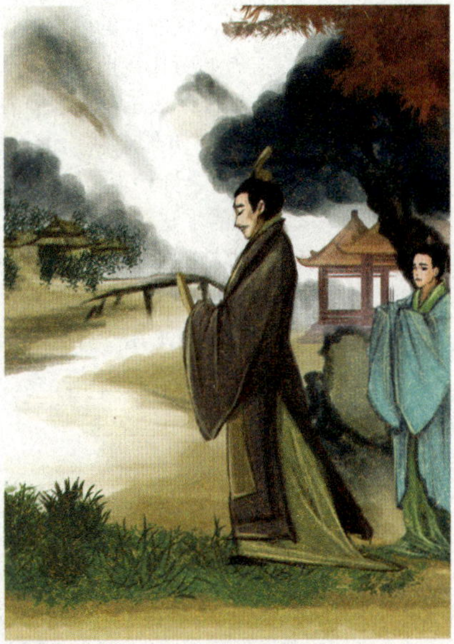

一般认为此诗产生在周成王时期，因此诗中的“王”应为周成王。诗共十五句，皆为成王对群臣及农官重视农业的告诫。前四句是周王对群臣说的话：“嗟嗟臣工，敬尔在公。王釐尔成，来咨来茹。”“嗟嗟臣工，敬尔在公”，周王首先肯定了群臣在各自职位上的表现，对他们的恪尽职守予以赞许。做好本职工作当然很好，但是周王还希望众臣能够多多关心农业。农业生产是全国上下的大事，“臣工”（公卿大夫和诸侯）虽然不亲自耕地，但作为国家的统治阶层，应当时常关心农事，以身作则，这样才能有利于农业的发展。

群臣关心农事主要是研究制定执行农业政策，而农官（保介）则直接管理着农民的耕作活动，于是农官成为周王的重点告诫对象。“嗟嗟保介，维莫之春，亦又何求？如何新畬？”周王来到田间，唤来司耕的农官，对他们说：“现在已是暮春时节，你们还有什么要求？打算怎样耕种那些新田和熟田？”这几句话看似简单，却是古人多年农耕的经验之谈。“维莫之春”即春夏交替之时，在这时问农官“亦又何求？如何新畬？”其实是提醒农官要抓紧季节耕田，同时要对不同土质的田土进行不同的除草施肥活动。这正是古人看重天时、地利对农业的影响的反映。

“於皇来牟，将受厥明。”周王看到麦田里长势喜人的麦子，不禁发出“於皇来牟”的赞叹，并由此得出将大获丰收（将受厥明）的结论。农业能够获得丰收，除了得益于人们的辛勤耕耘，也要有风调雨顺的气候保障。周人敬天，看到庄稼如此茁壮，当然不免感激一番降施雨露的上天，所谓“明昭上帝，迄用康年”是也。说得再多，最重要的还是农夫们的实际耕作，于是最后周王对农官说：“命我众人，庤乃钱镈，奄观铚艾。”如今才到暮春，麦子成熟在夏秋之际，虽然还有几个月才到收获季节，但周王似乎生怕误了农时，便早早催促农官，叫农夫赶紧准备收割的农具，以待麦熟时及时收获。

全诗篇幅不长，却对群臣、农官、农夫都一一作了嘱咐，而涉及方面虽广，却不显杂乱，由上至下，层次分明，井然有序。诗的内容详略有当，虽告诫之人甚多，却将重点放在对农官的嘱咐上；而在告诫农官时，又只是提出“亦又何求？如何新畬？”两个极为简单却十分值得注意的问题，逻辑严密而简洁精练的语言中足见周王对农业的重视程度之深。

◎噫嘻◎

噫嘻成王①，既昭假尔②。率时农夫③，播厥百谷。骏发尔私④，终三十里⑤。亦服尔耕⑥，十千维耦⑦。

【注释】

①噫嘻：感叹声，兼有神圣的意味。成王：周成王。②昭：招请。假，通“格”，义为至。尔：您，指所请之神。③时：通“是”，此。④骏发：快开发。⑤终：井田制的土地单位之一。每终占地一千平方里，纵横各长约三十一点六里，取整数称三十里。⑥服：配合，服从。⑦耦：两人各持一耜并肩共耕。

【赏析】

全诗大概的意思是：可敬的成王已经招请过先王先公之灵，祈求他们赐予谷种，他让农官率领众农夫播种五谷杂粮，又号召农夫们抓紧开垦农田，齐心协力进行劳作。诗以语气词“噫嘻”发端，引出赞美的对象成王，也含有对成王的赞叹意。“既昭假尔”：在农业祭祀时呼请神明和先祖之灵是希望得到他们的保佑，同时祈求耕种所需的谷种。

以下六句是成王告诫农官的内容。首先要“率时农夫，播厥百谷”。春天来临，农时不可耽误，农官们要带领众多农夫开始劳作，把各类种子播撒田间。在生产力有限的时代，增加粮食产量的最好方法就是扩大耕种面积。因此，成王叮嘱农官在耕种原有土地的同时，要赶快开垦更多耕地。在诗的末尾，成王勉励众人辛勤耕耘：“亦服尔耕，十千维耦。”在奴隶制社会的西周，土地归奴隶主所有，农民在奴隶主的土地上集体劳作，“十千维耦”反映的即是这种集体耕种的场景。“耦”指双人耕作，“十千”极言劳动人数之多，是夸张的手法。“十千维耦”描绘出众多农民忙碌耕作的情景，以壮观的春耕场面结束全诗。诗虽至此结束，但那播撒百谷、万人耕种的繁忙景象仍停留于读者脑海，使人仿佛感到一个丰收的好年头正酝酿在这辛勤的劳动中。本诗句式整齐而全篇无韵，语言朴实无华，为今天的读者展示了周代农业生产的画卷。诗的后四句尤其具有历史意义，对其做深入研究可窥探出西周生产力、生产关系的发展状况。

◎振鹭◎

振鹭于飞①，于彼西雝②。我客戾止③，亦有斯容。在彼无恶④，在此无斁⑤。庶几夙夜⑥，以永终誉⑦。

【注释】

①振：群飞的样子。②雝（yōng）：水泽。③戾（lì）：到。止：语助词。④恶：恶感。⑤斁（yì）：厌弃。⑥庶几：差不多，此表希望。⑦永：长。终誉：恒久的荣誉。

【赏析】

诗以白鹭这一飞鸟形象起兴，引出赞颂对象微子。“振鹭于飞，于彼西雝”描写的是栖居在西面水泽的白鹭飞翔于天空的景象。鹭为毛色洁白之鸟，外表优美，而商人崇尚白色，又是鸟图腾民族，因此白鹭在商人心目中当为高洁神圣之物。而且白鹭是有德之鸟，它飞翔时排列成行，秩序井然，栖息时神态安详从容，可谓内外兼美。用白鹭起兴既可象征客人形象，又可比喻客人美德。“我客戾止，亦有斯容”两句便是称赞微子之仪容品德有如白鹭。而此处周王称呼微子为“我客”，既表现出对微子的尊敬又显得十分亲切，不像一般颂诗那样严肃庄重。

作为胜利者的周王室却能以如此亲和的态度对待敌国之后，既体现出周王的宽仁，又展示出西周恢宏博大的泱泱大国气度。从另一角度说，微子能让周王以“我客”相呼，也足以证明他在周王心目中很受欢迎。五、六两句夸赞微子之德。“在彼无恶”是说微子在邦国之内无人怨恨，说明他受到宋国臣民的拥戴；而“在此无斁”是说微子在周王室这里也十分受欢迎。

若非治理有方，不会得到宋国殷商遗民的拥护；若非对周王室效忠，也不会得到周天子的敬重。《史记·殷本纪》记载，纣王荒淫无道，微子屡次劝谏均不听取，于是微子离开了纣王。被封于宋后，微子便对外尊周王为天下之主，这种做法自然受到周人的赞许。当然，只是效忠新朝不一定能得到尊敬，能在效忠的同时做到不卑不亢才会真正使周王尊敬，然而这实非易事。微子作为殷商之后却能受到周王的如此赞美，有力地说明了微子德行的高尚。

但毕竟微子是周王的臣子，周王还是要对其施行天子的威令。因此在盛赞微子高尚的德行之后，周王不忘告诫他：“庶几夙夜，以永终誉。”这是希望微子能够日夜勤勉，将已有的德行保持下去，如此才能永保美誉。此二句虽是天子对诸侯的告诫，但语气柔和，情意殷切，大有爱惜贤人之心。

本诗以白鹭这一具体形象来赞美来客，富有诗意；而在遣词造句和用韵上也颇有讲究，文学性较强，是颂诗中较有特色的一篇。

◎丰年◎

丰年多黍多稌①，亦有高廪②，万亿及秭③。为酒为醴④，烝畀祖妣⑤。以洽百礼⑥，降福孔皆⑦。

【注释】

①黍：黍子，去皮后叫黏黄米。稌（tú）：稻。②廪：粮仓。③亿：周代以十万为亿。秭（zǐ）：数词，十亿。

④醴（lǐ）：甜酒。⑤烝：进献。畀（bì）：给予。祖妣：先祖和先妣。⑥洽：配合。百礼：各种礼仪。⑦孔：很。皆：普遍。

【赏析】

诗一开篇就向祖先及诸神描绘了丰收的景象："丰年多黍多稌，亦有高廪，万亿及秭。""丰年多黍多稌"一句开门见山，使人知道这是一个大获丰收之年。若说"多黍多稌"只是对丰年的泛泛而谈，那么下面这句"亦有高廪"就是具体描写了。粮食收获后自然要装入粮仓。通常情况下，仓廪能被装满就是不错的结果了；而今年，由于收成极好，普通的粮仓已经容纳不下收获的粮食，只好用更加高大的仓廪来贮藏。"高廪"这一具体的物象在诗里成了丰年的象征。为更加突出丰年之"丰"，诗人又用粮食的数量加以渲染：稻米成仓，难以计数，人们只好用"万、亿、秭"来表示。抽象的数字往往比具体的数字更有表现力。

周人重祭祀，农业获得如此丰收当然也免不了一番祭祀。因丰收而祭祀，最好的祭品莫过于丰收的果实：一束刚收割的稻黍和用新收获的粮谷酿成的美酒，就是上好的祭品。"为酒为醴，烝畀祖妣"，祭品已备，最先献给祖先。周代实行宗法制度，十分看重血缘关系在社会生活中的作用，提倡亲近自己的亲属，而祖先是所有亲属中首先应该尊重和敬爱的人。获得丰收，自然也要先给祖先享用，期望祖先得到祭祀后继续施以恩泽。

除了祖先，人们还要祭祀神明。周人敬天，相信世界万事万物的运转是上帝意志的作用。在他们看来，神明是上天意志的代表，农业的丰收是神明保佑的结果。作为回报，人们当然要献上丰盛的祭品了。由于粮食丰盛，人们慷慨献祭，拿出丰厚的祭品"以洽百礼"，向神明表示感谢。"降福孔皆"是对神明庇佑的颂赞，也有祈求神明继续赐福的意思。

《丰年》是周代先民为丰收而作的赞歌，喜悦之情难以掩饰。然而对祖先、神明"降福孔皆"的虔诚祈求也说明，身处难以对抗自然的时代，人们难以主宰自己的命运。

◎有瞽◎

有瞽有瞽①，在周之庭。设业设虡②，崇牙树羽③。应田县鼓④，鞉磬柷圉⑤。既备乃奏⑥，箫管备举⑦。喤喤厥声⑧，肃雍和鸣⑨，先祖是听。我客戾止⑩，永观厥成⑪。

【注释】

①瞽（gǔ）：盲人。这里指周代的盲人乐师。②业：悬挂乐器的横木上的大板，为锯齿状。虡（jù）：悬挂乐器的直木架，上有业。③崇牙：业上用以挂乐器的木钉。树羽：用五彩羽毛做崇牙的装饰。④应：小鼓。田：大鼓。县（xuán）："悬"的本字。⑤鞉（táo）：摇鼓。磬（qìng）：玉石制的板状打击乐器。柷（zhù）：木制的打击乐器，状如漆桶。音乐开始时击柷。圉（yǔ）：打击乐器，状如伏虎，背上有锯齿。以木尺刮之发声，用以止乐。⑥备：安排就绪。⑦箫管：竹制吹奏乐器。⑧喤（huáng）喤：乐声大而和谐。⑨肃雍（yōng）：肃穆舒缓。⑩戾（lì）：到达。⑪永：长。成：一曲奏完。

【赏析】

《礼记·乐记》云："治世之音安以乐，其政和；乱世之音怨以怒，其政乖；亡国之音哀以思，其政困。声音之道，与政通矣。"由此可见，音乐的种类和政体得失有着密切的关系。这一首《有瞽》是周天子合乐于庙宇所唱的乐歌，集合各种乐器，在庙宇里奏给先祖听，成为周朝一整套法定礼乐制度的重要组成部分。相传当年武王病死之时成王年幼，托孤于周公旦，周公为了体现奴隶社会等级名分制度，维护以血缘宗法关系为基础的周王朝内部团结，便因此制礼作乐，不许违反和僭越。

诗歌大致可以分为三部分，前六句采用铺陈的手法写出准备时的场景，中间四句描写"合诸乐器

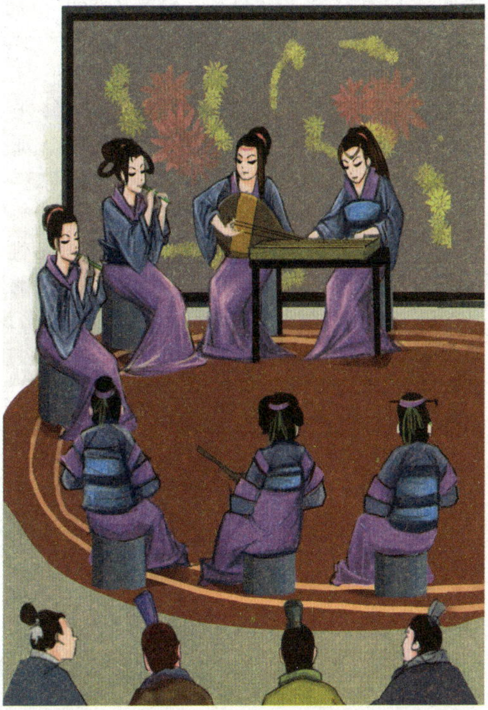

于祖庙奏之”的情形，最终三句以点染法描绘降临神庙的周先祖神灵和周王朝客人欣赏音乐的情形。层次分明，结构完整。

开篇写盲人乐师已经把诸种乐器排列在庙宇大庭之上，他们以紧张而娴熟的动作放置支架、横板。诗人并未仅仅局限于对忙碌准备场景的描绘，也详细地描述各种乐器设施。这些用来悬挂编钟、磬和各种乐器的板架上雕刻着精美的花纹，那些钉子上也插着五色羽毛，然后依次把各种乐器安放停当。演奏前准备和各种器乐设施的描述，表现出了“始作乐”的盛况，突出周天子受天命、君临天下的正统地位和征服者的煊赫威严。

“既备乃奏”，准备就绪，自然开始乐器的演奏。尽管先秦时期舞乐一体，但是诗人并没有对舞蹈场面进行描绘，而是着重描写乐队的演奏。肃静的庙堂中，一声扭响，顷刻间钟鼓齐鸣、箫管齐吹、笙簧相间，余音绕梁。众乐器同奏，声音洪亮、高亢，转而又徐缓肃穆，庙堂气氛也更加凝重、肃穆。

诗末三句虚写神灵、实写活人，虚实相映，将美妙悠扬的乐声，和谐的节奏以空外传音的方式加以渲染，正当众人沉浸在肃穆的音乐中时，一声清脆悦耳的响声，众人才如梦初醒。“永观厥成”短短四字，却将听者凝神聆听的神态，曲终兴犹未尽，不觉时间流逝的心理描写得淋漓尽致。

诗的前两部分写各种乐器设施和演奏情况，采用铺陈手法。但诗真正的精彩之处在于对音乐演奏场面、效果的描写，音乐演奏场面生动而形象，细腻而动情。而描摹心理则是用虚笔传神，齐奏时的洪亮高亢，转而为徐缓肃穆，然后以众人乐此不疲作衬托，在详略、虚实、藏露等表现手法上，都可以见到作者的匠心独运。枯燥乏味的宗庙颂歌在诗人笔下闪现出如流水般的灵动之气，从而使得诗歌别具一番意味，更具生命力。

◎潜◎

猗与漆沮①，潜有多鱼②。有鳣有鲔③，鲦鲿鰋鲤④。以享以祀，以介景福⑤。

【注释】

①猗与：赞美之词。漆沮：两条河流名，均在今陕西省。②潜：放在水中供鱼栖止的柴堆。③鳣（zhān）：大鲤鱼。鲔（wěi）：鲟鱼。④鲦（tiáo）：白条鱼。鲿（cháng）：黄颊鱼。鰋（yǎn）：鲇鱼。⑤介：求。景：大。

【赏析】

一般祭祀乐歌歌颂的是人或事，而《潜》却用重点强调祭祀品“鱼”，显得十分特别。诗中提到的漆、沮为西周时两河之名，与岐山一样，漆、沮二水也是周族人发展过程中的重要历史印记。与岐山直接有关的人是古公亶父，因而《天作》一诗歌颂岐山的同时也歌颂了古公亶父。公刘是比古公亶父更早的周部落首领，他在漆、沮二水的作为是为周人所熟知的。《史记·周本纪》记载，公刘“自漆、沮渡渭，取材用，行者有资，居者有畜积，民赖其庆。百姓怀之，多徙而保归矣。周道之兴自此始”。

因此，本诗既然明确提到漆、沮，必然包含对公刘的歌颂之意。

漆、沮二水盛产鱼类，因此祭祀公刘专用鱼为祭品。首二句开门见山，总写漆水和沮水鱼类繁盛，“猗与漆沮，潜有多鱼”。“猗与”是语气词，舒缓的语调中似有赞叹漆沮之意。“潜”是放在水中供鱼栖止的柴草堆。“潜有多鱼”直言养鱼之多，直述了先民们得到劳动成果时的自豪感和幸福感。

若说一、二两句是对漆沮之鱼的总述，那么三、四句就是具体描述了。“潜有多鱼”的“多”应有两层含义，其一当然是鱼的数量很多，其二当指鱼的种类繁多。“有鳣有鲔，鲦鲿鰋鲤”承上句“潜有多鱼”而来，历数漆水和沮水中鱼的种类。鳣是一种大鲤鱼，鲔即鲟鱼，鲦、鲿、鰋、鲤分别指白条鱼、黄颊鱼、鲇鱼、鲤鱼。这两句纯是介绍性文字，将六种鱼的名称一一罗列，有如白话。但是“鲦鲿鰋鲤”这种堆砌铺陈的句式可谓汉赋句法的先导，扬雄《长杨赋》“虎豹狖玃，狐兔麋鹿”一句与此相同。孔子曾对弟子说，读《诗》可以“多识于鸟兽草木之名”，这种作用在本诗中十分明显。

最后两句“以享以祀，以介景福”十分直接地表达了祭祀者对于美好生活的向往。丰富的鱼类自然让人欣喜，但人们希望祖先之灵受享过祭品后继续赐予更多的福祉。民间至今仍广泛流传着“连年有鱼（余）”的民俗，这种信念与《潜》所表达的愿望一脉相承。

以鱼类献祭，使人不禁联想起西安半坡出土的人面鱼纹陶器，陶器上稚拙古朴的图案传达着远古先民对具有强大繁殖力的鱼类的崇拜。鱼类作为食物满足了人的生存需要，它强大的繁殖力也让人类为之赞叹。因此，“鱼”在古人心目中成为生存和生殖的象征。加上本诗中以鱼祈求福禄，“鱼”这一意象的含意就极为丰富了。

◎雍◎

有来雍雍①，至止肃肃②。相维辟公③，天子穆穆④。於荐广牡⑤，相予肆祀⑥。假哉皇考⑦，绥予孝子⑧。宣哲维人⑨，文武维后⑩。燕及皇天⑪，克昌厥后⑫。绥我眉寿⑬，介以繁祉⑭。既右烈考⑮，亦右文母⑯。

【注释】

①雍（yōng）雍：和睦。②肃肃：恭敬。③相：助祭。辟公：诸侯。④穆穆：庄重盛美。⑤於（wū）：赞叹声。荐：进献。广：大。牡：雄性牲口。⑥相：助。予：周天子自称。肆：陈列。⑦假哉：美啊。皇考：对已故父亲的美称。⑧绥：安。⑨宣哲：明智。⑩后：君主。⑪燕：安。⑫克：能。厥：其。⑬绥：安定。眉寿：长寿。⑭介：用。繁祉：多福。⑮右：保佑。烈考：先父。⑯文母：有文德的先亲。

【赏析】

颂作为一种祭祀的乐歌，从不同角度和侧面反映出古人祭祀天地祖宗的场景。《雍》是周王祭祀宗庙撤去祭品祭器时所演唱的乐歌，既完整体现了贵族祭祀的过程，又具有较强的艺术特色。

“有来雍雍，至止肃肃。相维辟公，天子穆穆”，开篇隆重庄严的祭祀场面，众诸侯举止雍雍协和，态度恭敬，周天子更是仪表堂堂、穆穆端庄和静，突出一种静态的表现。盛大的祭祀场景体现的是泱泱大国的繁荣富强。诗中并未对祭祀盛况作直接的描绘，而是连用“雍雍”“肃肃”“穆穆”六字，着眼于诸侯王公和周天子祭祀神态的表现，描摹人们来到宗庙前后的不同神态，渲染了一种庄严肃穆的气氛，又显示了人们来此庄严场所经历的情感升华，更重要的是，借助祭祀的场景烘托周王朝统治的强大。

紧接着，诗歌由静态、无声的景象再现转入到祭祀中的献祭和祝祷，通过祭品的丰富来进一步突出祭祀的隆重。“於荐广牡，相予肆祀”，以咏叹的口吻，叙述献牲和陈馔，呼应上文的庄严气氛，突出祭祀者的虔诚。而祭祀者情不自禁的呼唤和祝祷——“假哉皇考！绥予孝子”，拖延颤动的语调，感情热烈诚挚，淋漓尽致地写出了祖先的恩泽和国家的富强。

文武德备的君王，聪慧明睿的臣子，稳定和谐的君臣关系，这是在皇考安抚之下人尽其才、物尽其用的理想境界。“宣哲维人，文武维后。燕及皇天，克昌厥后”，皇考英明睿智，文武双兼，德配皇天，泽被后世，这种广大无边的功德，既能让皇天降祥瑞，又必然能够使得子孙兴旺发达。这是众多诸侯的助祭之词，也是普天之下芸芸众生的祈愿。

在古代那个讲求男尊女卑的社会中，母亲往往只是家族传宗接代的高级保姆，在祭祀过程中很少会提及母亲的。《雍》诗“既右烈考，亦右文母”，父母同祭，既拜献功德无边的皇考，又答谢文德之母。

诗章虽短，但父母同祭，始末完整，过程完备。“颂”诗因其庄重而少变化，但此诗却别具一格，多了几分灵活。对祭祀过程的灵活表现，使读者仿佛观赏几千年前周人祭祖时的二重唱歌舞，此起彼伏的声音应和着那纡徐翩跹的歌舞，庄重之中却显出了动人之处。

◎载见◎

载见辟王①，曰求厥章②。龙旂阳阳③，和铃央央④。鞗革有鸧⑤，休有烈光⑥。率见昭考⑦，以孝以享⑧。以介眉寿，永言保之⑨，思皇多祜⑩。烈文辟公⑪，绥以多福，俾缉熙于纯嘏⑫。

【注释】

①载：始。辟王：君王。②曰：发语词。章：法度。③旂（qí）：画有交龙的旗，旗杆头系铃。阳阳：鲜明。④和：挂在车轼（扶手横木）前的铃。铃：挂在旂上的铃。央央：铃声和谐。⑤鞗（tiáo）革：马缰绳。有鸧（qiāng）：鸧鸧，金饰貌。⑥休：美。⑦昭考：此处指周武王。⑧孝、享：均献祭义。⑨言：语助词。⑩思：发语词。皇：指周成王。祜（hù）：福。⑪烈文：辉煌而有文德。⑫俾：使。缉熙：光明。纯嘏（gǔ）：大福。

【赏析】

此诗可分前、后两个部分。前半部分绘声绘色地描绘了诸侯来朝的壮观，堂堂皇皇，颇有情景如画之感，比较富于文学色彩。开头至“休有烈光”，开宗明义，直接写出叙述诸侯群至，初次朝见周王的景象。他们主动求取礼仪典章，彰显出了周王朝的威仪。一面面交龙大旂鲜明夺目，迎风招展，簇拥着周王向庙堂汇聚；装饰豪华的车銮与和悦动听的铃声响成一片；马缰绳上缀的玉片互相撞击，苍苍有声；马辔上的铜印辉映着丽日闪闪发光，美不胜收。诗歌以浓墨重彩描绘了诸侯云集朝廷的盛大场面，铺叙排比，文采华美。

难道长篇叙述就只是为了对场景盛大的描绘吗？结合古代君王借旗帐、车饰来昭示“令德”来看，此处宏大场景的描写另有深意。诗中着意渲染天子诸侯的旗帐、马饰，不仅仅是对一种热烈场景的展现，更是对周天下“令德”的由衷歌颂。“阳阳”“央央”等叠词的运用，加强了夸赞色彩和音响效果，更加凸显出一种宏大的场景，鲜明夺目的旗帐和装饰豪华的车銮，让众诸侯大开眼界，见识了王朝礼仪的何等威风，就连诗人也情不自禁地赞叹“休有烈光”。

在对盛大场景描绘之后，诗人步入正题，开始对祭祀活动的描绘，记述周天子带领众诸侯谒见先祖的情状。一个“率”字足以表现出此次赶来朝见的诸侯全部参加了祭祀活动，更加突出了周王朝的强盛和周天子的威仪。周天子和众诸侯庄严地步入庙堂，开始了虔诚庄重的献祭仪式，当祭品供上之时，庙堂便响起一片祈祝之声：“以介眉寿，永言保之，思皇多祜。”活得长久些吧，普天之下芸芸众生都对神灵、先祖祈求着，但是周王之祈求长寿，在于君权神授，长享天下。

读到此处，再也寻不回前面几句的韵脚，而是无韵脚可循。现代学者王国维《观堂集林》卷二《说周颂》：“窃谓风、雅、颂之别，当于声求之。……然则风、雅所以有韵者，其声促也。颂之所以多无韵者，其声缓，而失韵之用，故不用韵。”此刻众人已置身于庄严的庙堂，耳边振响着舒缓的钟声，周天子怀着无比的虔诚，向着祖宗神明喃喃诉说着心中“永保”天下的愿望。

最后三句是对诸侯王公的祝祷，这些诸侯功业辉煌、文德彰显，祈求先祖赐给福气，使得他们能够奋发前进。作为周王朝的藩卫，只有他们安康“多福”，才能辅佐周天子坐稳江山，永保天下。结句“俾缉熙于纯嘏”一变四言之体，改为六言长句，其效果在于使庄严的祝祷，于曲终延续为绵绵长声，在庙堂中继续萦绕。

下半部分没有再描绘场面的盛大豪华、凝重肃穆，为了避免重复，作者把笔端伸向天子和诸侯们的内心，揭示出他们的心理追求和祈愿。

尽管颂诗多套语，但是此诗前半部分铺陈的文采，后部分着重于心理的刻画，都是值得一读的。

◎有客◎

有客有客①，亦白其马②。有萋有且③，敦琢其旅④。有客宿宿⑤，有客信信⑥。言授之絷⑦，以絷其马。薄言追之⑧，左右绥之⑨。既有淫威⑩，降福孔夷⑪。

【注释】

①客：指宋微子。②亦白其马：他用白马驾车乘。③有萋有且（jū）：即“萋萋且且”，此指随从众多。④敦琢：意为雕琢，引申为选择。旅：通“侣”，指伴随微子的宋大夫。⑤宿：一宿曰宿。⑥信：再宿曰信。或谓宿宿为再宿，信信为再信，亦可通。⑦絷（zhí）：拴马索。⑧薄言：语助词。追：饯行送别。⑨绥：安定。⑩淫：盛，大。威：德。⑪孔：很。夷：大。

【赏析】

近人说诗，多认为《有客》一诗是“微子来见祖庙”之歌，但也有人认为“此篇乃周天子饯诸侯所奏之乐歌”。归结一点，此诗是古代王公贵族接待宾客之诗。全诗是一个前后呼应、始末完整的主体，从客之至的喜悦，到客之留的殷切，再到最后客之去的祝福和深深情意，语言活泼、节奏轻快跳跃，表现出了主人对客人的真诚情谊和美好祝愿，让人感到亲切动人。

开篇叠词，“有客有客”表现出了对贵客驾临的喜悦呼告。车声辚辚，从远处传来，客人虽然因为距离较远还无法辨别是谁，那驾车的白马却早已让人看得分明，想必一定是贵客临门。主人精神为之一振，奴仆们也随着主人喜色浮动。欢快跳跃的语言，传神地表现出主仆遥见贵客到来时相互传告的欣喜；纯白一色的马，潇洒大方地展示出车骑雍容的气派与华贵不俗的风度。先闻声，后见人，颇有“粉面含春威不露，丹唇未启笑先闻”的妙处。

全诗并未就此而止，但也未对贵客有更深更近更细的描写，而是宕开一笔，转到贵客的随员身上，以求达到烘云托月，绿叶衬花的效果。但见随员衣着花团锦簇，气宇轩昂不凡，全都是百里挑一的人才。“有萋有且，敦琢其旅”两句并未直接描写贵客的高贵，而是在随从的不凡中以烘云托月的方式写出了贵客的气宇和风采。恰如“处处景语皆情语”的妙处，诗面写客，但是字里行间跳动着的确是迎客主人的欣喜、赞叹和自豪之情。

诗歌并未顺接写出相见时的寒暄热闹的场景，而是宕开，冷却迎客主人的那份喜悦之情，表现出主人对客人很快离开的担心和忧虑。“有客宿宿，有客信信”，相逢的其乐无穷加上主人的盛情款待，使得客人有着宾至如归的感受。由此住了一天又一天，时光流逝，已经住了好几天了，但是主人依依不舍，不愿客人离开，但客人却执意要走，无可奈何之中主人只能“言授之絷，以絷其马”，只能通过绊住客人的马来挽留贵客，表现出了一种古朴纯真的待客深情。

去意已决，无论主人有多么的热情，客人终究不能久留，揖别之际，主人只能“薄言追之”，表现主人送之远、别之难，显示出“送”中之“情”。尽管主人自己虽在为别离伤感，但作为送行者，却又在贵客去意已决之时，不停地抚慰客人，让其安心登程。此情此景，让人觉得真切，愈加显得委婉动人，感人至深。

“既有淫威，降福孔夷”，末尾二句常被古人用为作别套语，但在主人的诚挚与深情中，却表达出了对远去客人的真诚美好祝愿。这祝愿犹如一缕温馨的春风，拂动着贵客的心；亦如一声悠长的钟鸣，留给全诗丝丝余韵。

◎武◎

於皇武王①，无竞维烈②。允文文王③，克开厥后④。嗣武受之⑤，胜殷遏刘⑥，耆定尔功⑦。

【注释】

①於（wū）：叹词。皇：光耀。②竞：争，比。烈：功业。③允：信然。文（第一个“文”）：文德。④克：能。厥：其。⑤嗣：后嗣。武：指周武王。⑥遏：制止。刘：杀戮。⑦耆（zhǐ）：致，做到。尔：指武王。

【赏析】

《武》是歌颂武王克商的乐舞。

诗一开头就以强烈的语气赞叹武王：“於皇武王，无竞维烈。”句中感叹词“於”将人们对武王的敬仰和赞美表现得非常充分。武王伐纣其实并非从百姓利益出发，但他结束了纣王的荒淫统治，确实拯救了众多在残暴压迫下苦不堪言的生灵。而且，与纣王相比，武王的统治实在开明许多，因此他能得到普通百姓的赞美。《诗经》中的很多诗在歌颂武王时往往会提到文王，原因就在于武王的功绩是建立在文王功绩基础上的。本诗的三、四句点明文王对武王功业的开辟作用。“允文文王，克开厥后”，歌颂武王时一般赞其武功，而颂文王时常常赞其文德，这也说明文王和武王对周的贡献一在文德，一在武功。文王在位时，周逐渐强大，先解决了虞、芮两国争端，又征服了戎和密须；更重要的是，文王招贤纳士，发展生产，极大地增强了周的实力。这一切都为武王克商奠定了良好的基础。

“嗣武受之，胜殷遏刘，耆定尔功”接续“无竞维烈”一句，直陈武王伐纣除暴的功绩。武王继承文王遗志继续发展壮大周的势力，最终走向灭商并取而代之的道路。“胜殷遏刘”一句是说，武王伐纣是代表上天意志制止暴君的残杀，这实际上是为武王伐纣寻找冠冕堂皇的借口。最后一句“耆定尔功”简明扼要，斩钉截铁地表明这种大功劳是属于武王的。

作为庙堂颂歌，《武》仍然表现出庄重的风格，但也有一些曲折动人之处。如诗的开头高声称颂武王的征伐之功，三四两句却笔锋一转，开始缅怀文王之德；之后又转回对武王的歌颂，可谓一波三折之笔。

◎闵予小子◎

闵予小子①，遭家不造②，嬛嬛在疚③。於乎皇考④，永世克孝⑤。念兹皇祖⑥，陟降庭止⑦。维予小子，夙夜敬止。於乎皇王⑧，继序思不忘⑨。

【注释】

①闵：怜悯。予小子：成王自称。②不造：不善，指遭凶丧。③嬛（qióng）嬛：孤独无依靠。疚：忧伤。④於（wū）乎：同“呜呼”，表感叹。皇考：指武王。⑤克：能。⑥皇祖：指祖父。⑦陟降：升降。庭：通“廷”。止：语气词。⑧皇王：兼指文王、武王。⑨继序：继承大业。

【赏析】

按《毛诗序》《诗集传》的说法，《闵予小子》歌颂的是成王即位初期之事。《闵予小子》为这组诗的首篇，记叙丧中即位的成王祷告于祖庙的情形。成王即位时，年龄尚小，没有足够的政治经验，也并不清楚当如何行事，因此本诗很有可能是辅政的周公拟成王自述的口吻所作的。

武王克商四年后驾崩，未满十三岁的成王姬诵继位。周公姬旦担心新王年幼，不能控制大局，于是不顾猜疑，担起了辅政的重任。成王二十岁时，周公还政，摄政长达七年。

“闵予小子，遭家不造，嬛嬛在疚。”闵为可怜之意；“小子”是商周天子的谦称，成王面对功勋卓著的先王和群臣、诸侯，自然是“小子”。“遭家不造”指武王驾崩一事，这不仅是成王幼年丧父的个人悲痛，更是整个国家的不幸遭遇。一个十来岁的孩子既要承受丧父之痛，还要肩负家国重任，怎么不可怜！“嬛嬛在疚”是这种情况下成王的心境，武王的死使成王变成了孤子，他初即位又缺乏群臣的支持，于是产生了茕茕孑立的孤独感和深深的忧虑。此三句如实叙述了成王的艰难处境，尤为突出成王的孤独无依和忧思重重。这是一种主动示弱示困的态度，目的在于驱使群臣尽心尽力辅佐嗣王。

接下来“於乎皇考，永世克孝。念兹皇祖，陟降庭止。”这四句是成王追念文、武二王之辞：他赞美父亲武王克己尽孝，又称赞祖父文王举贤任能，用人得当。武王一生功勋盖世，伐纣灭商和建立西周王朝是最为人称颂的两件事，但在此成王却对最辉煌的业绩一字不提，只强调他“永世克孝”的德行。这样的表达自然不是随意为之，而有一番特殊的用意。众所周知，古代最看重君臣之道与父子之道，臣子对君上须尽忠，子女对父亲须尽孝，其理一致。诗言武王“永世克孝”，根本意图是提醒群臣对成王尽忠。而成王此时正处急需援助的困窘之际，明令不如感化，故此用武王“克孝”来感化在朝的武王旧臣，以期获得他们的支持。

先祖先父的功德对成王来说是一种鞭策和激励，诗的最后几句表明了成王敬重先王、继志守成的决心。“维予小子，夙夜敬止”，面对文王和武王的光明业绩，成王自感能力不足，唯有不辞辛劳，日夜用功治理国家。“於乎皇王，继序思不忘”，在祖先的神灵面前，成王许下“继序思不忘”的誓言，表示要继承两位先王的遗志，时刻不忘他们的光明之道。“继序”一语出现在诗的末尾，也有别的用意，这是在向诸侯及群臣示威：成王年纪虽小，但他贵为大周天子，是文王和武王的嫡亲血脉，他继承的乃是文王和武王的大业，诸位当以事文王、武王之心事成王。所以，“思不忘”不妨也可理解为对诸侯、群臣的提醒。

本诗是配合皇家乐舞的颂诗，语言艰深生涩，朱熹评价雅颂的用语时说：“其语和而庄，其义宽而密，其作者往往圣人之徒，固所以万世法程而不可易者也。”《闵予小子》也不例外，虽也有“嬛嬛在疚”这样的真情流露，终不免天子声音的庄严肃穆，无甚诗味可言。它让人看到了三千多年前的历史情境，虽无多少美学价值，但其历史价值仍值得重视。

◎访落◎

访予落止[①]，率时昭考[②]。於乎悠哉[③]，朕未有艾[④]。将予就之[⑤]，继犹判涣[⑥]。维予小子，未堪家多难。绍庭上下[⑦]，陟降厥家[⑧]。休矣皇考[⑨]，以保明其身[⑩]。

【注释】

①访：谋，商讨。落：始。止：语气词。②率：遵循。时：是，这。昭考：指武王。③悠：远。④艾：阅历，此处指成王年幼无知。⑤就：接近，趋向。⑥判涣：分散。⑦绍：继。⑧陟降：提升和贬谪。厥：其。⑨休：美。皇考：指先祖。⑩保明：保佑。

【赏析】

西周在文王和武王的苦心经营下，取代殷商，逐渐成为强大的王朝。然而西周兴国不久，武王就驾崩了，即位的是年幼的成王。《访落》便是成王登位伊始谨慎惶恐心境的反映。

武王是一位政治经验极为丰富，同时善于治国的帝王。由于文王被纣王囚于羑里，武王在做太子时就开始处理朝政，具备了控制大局的能力。文王归来后，武王又协助他征战诸侯，威名远振各诸侯国。武王在位期间，励精图治，局势平稳，国势蒸蒸日上，最终完成了伐纣的使命。如今这样一位伟大帝王的权位却要由一个年幼无知的“小子”来继承，其中的艰难可想而知。武王用他的文治武功征服了群臣和诸侯，然而所谓一朝天子一朝臣，臣服于武王的人未必愿意对新王俯首帖耳。蠢蠢欲动的诸侯是新局面中最不稳定的因素。帝王更替对一些怀有野心的诸侯而言，是一个重新分配权力的机会，何况新王只是一个乳臭未干的小儿。新君即位之初要祭告先王庙，并和诸臣谋划国政，这次议政对于新王威信的建立意义十分重大。“访予落止，率时昭考”，成王宣布谋政正式开始，并表明自己要遵循武王的治国之道。成王在议政一开始就提出“率时昭考”，既是确定施政纲领，又是利用先王之名威慑参与朝庙的群臣诸侯。

然而实现武王之道谈何容易！成王叹道：“於乎悠哉，朕未有艾。”武王之道如此光明远大，而自己年纪尚幼，缺少治国经验，实在是任重道远。“於乎悠哉”，一语四字却有三个叹词，恰切地传达出新登位的成王面对重任的渺茫心境。

天子需要大臣的辅弼，年少的成王立志继承武王之道，更需要群臣的帮助，于是成王向群臣道“将予就之，继犹判涣”，希望众大臣帮助自己向武王之道靠拢。这是一种主动亲近臣下的举动，对于初即位的新君来说，这种谦恭的态度可以帮助他获得大臣们的拥护。

接下来两句“维予小子，未堪家多难”上承三、四句，均言自己能力不足。成王身为天子，却称自己为“小子”，一则是因为他确实年少不经事；二则前有丰功伟业的武王，现又面对在朝多年的老臣，就更显稚嫩了。“家多难”是国家当前面临的现实情势，成王将国情如实相告，并明确表示这种局面是自己这个“小子”难堪重负的。这两句的言辞谦卑而恳切，群臣听闻，自然又对成王多一分怜悯，怜悯之余就会生出辅佐之心。

新王即位，谦卑的态度当然很重要，但一味谦卑却不利于树立威信。因此，成王收起对臣下的谦卑，将话题转移到具体治国政策上，提出“绍庭上下，陟降厥家”的主张。“绍庭上下”依然是继承先王之正道的意思，属于泛泛而谈。此句的重心在后一句“陟降厥家”，这是成王的一项具体措施。国家的治与乱很大程度上取决于用人的得当与否，君王若想国家安定，身边必须有一群可靠的贤臣。成王决定“陟降厥家”，起用贤能之人，罢免无能之辈，如此则朝纲可振，国家有望。成王初即位便作出这等果断、正确的决策，可见绝非懦弱昏庸之辈，这等决断之语对诸侯的震慑比严厉的威吓更有力。

尾句“休矣皇考，以保明其身”呼应首二句，再次点明告庙之意。此时成王与群臣已经议政完毕，便向武王祷告，希望武王在天之灵保佑自己将国家治理好。这种祷告也许透露出成王对自己治国能力的担忧，但同时，在告庙结束之际再度提出“皇考”也能提醒众人：你们的爵位都是武王所封，武王虽逝，他建立的基业还在，你们若铭记武王恩惠，就要忠心于新王。

◎敬之◎

敬之敬之[①]，天维显思[②]，命不易哉[③]。无曰高高在上，陟降厥士[④]，日监在兹[⑤]。维予小子[⑥]，不聪敬止[⑦]？日就月将[⑧]，学有缉熙于光明[⑨]。佛时仔肩[⑩]，示我显德行[⑪]。

【注释】

①敬：警戒。②显：明白。思：语气助词。③命：天命。易：变更。④陟降：升降。士：《说文》：“士，事也。”⑤日：每天。监：察，监视。兹：此。⑥小子：年轻人，周成王自称。⑦聪：听。⑧日就月将：每日有成就，每月有奉行。⑨缉熙：积累光亮，喻掌握知识渐广渐深。⑩佛（bì）：通“弼”，辅助。时：是。仔肩：责任。⑪显：显示。

【赏析】

“敬之”就是敬天。周人为巩固统治，创造了一个主宰世界的自然神“天”，周代替商是顺应“天命”而为，而“天命”是不可违抗的，这就为周王的统治蒙上了一层神秘的色彩。周朝君王自称是受命于天的天子，自然时时刻刻维护天的至高地位，并以天威警示群臣及百姓。

“敬之敬之”是成王对群臣的郑重嘱咐，两个“敬之”连用，使人仿佛看见周人诚惶诚恐地对天跪拜之态。敬天的原因是“天维显思，命不易哉”，天道昭昭，不可改变，众人只有顺从它。“天维显”“命不易”并不是纯粹地叙述天命，它的言外之意是，我周王室乃顺承天命的正统，你们作为我周朝的臣子必须牢记这一点，并且要对我周室拥戴服从。

“无曰高高在上，陟降厥士，日监在兹”三句是对群臣的进一步警告。在这里成王指出了敬天的另一个原因：天能洞悉人的作为。“天”看似高高在上不理人事，其实天的意志无处不在，人间的一切活动都逃不过“天”的监视。文武百官的一言一行自然也在天所监视的范围内，“天”会根据他们的不同作为，作出相应的升降任免决定。这颇有“善有善报，恶有恶报”的意味。其实，决定“陟降”群臣的是周王室而非“天”，“日监在兹”的与其说是苍天，不如说是周王室。成王的用意很明显，就是希望群臣恪尽职守，不要作出任何不轨行为，因为你们的一切言行都在周王室的掌控之中。

此诗创作时，成王还未亲政，作为年少而缺乏经验的君王，他当然要虚心自律，而不只是以居高临下的姿态告诫群臣。

“维予小子，不聪敬止？日就月将，学有缉熙于光明。”“小子”一词在《闵予小子》《访落》中也多次出现，反映出年幼的成王在年长的群臣面前谦恭的态度。“维予小子，不聪敬止”是说：我年少不晓事，还未完全明白敬天的道理。

但是成王下定决心克己勤学，通过日积月累的学习走上光明之道，这是“日就月将，学有缉熙于光明”的含义。

诗的目的是告诫群臣，所以最后两句仍归到警示臣心上。成王决心“学有缉熙于光明”，但这个目标的实现需要臣子的扶助，所以他希望群臣“佛时仔肩，示我以德行”。这里的“德行”当特指文、武二王的品行和德政。

成王即位之初，朝中大臣不少是文王和武王的旧臣，从他们身上学习前王之德行不失为一个好方法。而且，文王、武王是天命的施行者，成王作为他们的正统继承者自然也是顺乎天命的，所以全心全意为成王效力也是群臣敬天的一项基本内容。

《敬之》通篇以“天命”的威慑力作为告诫的力量支撑。在中华民族的传统观念里，“天”占据着极为特殊的地位。无论哪个阶层的人都或多或少地敬畏“天”的力量，不仅历朝历代的帝王以“天子”自居，而且不堪压迫的反抗者也每每打着“替天行道”的旗号发动起义。此诗作为“敬天”观念的源头之一，其深厚的意蕴和历史价值不容忽视。

◎小毖◎

予其惩而毖后患①！莫予荓蜂②，自求辛螫③；肇允彼桃虫④，拚飞维鸟⑤。未堪家多难⑥，予又集于蓼⑦。

【注释】

①惩：警戒。毖：谨慎。②荓蜂：抚乱群蜂。③螫（shì）：毒虫刺人。④肇：开始。允：诚，信。桃虫：鸟名，即鹪鹩。⑤拚：翻飞。⑥多难：指武庚、管叔、蔡叔之乱。⑦蓼（liǎo）：草名，生于水边，味辛辣苦涩。

【赏析】

《小毖》是成王亲政后的作品。成王即位时年幼，由其叔父周公旦辅佐朝政，七年后还政。周公摄政期间，大行封建，制定礼乐，对巩固和发展西周的统治作出了重要的贡献。周公辅政一度引起一些人的猜疑，管叔、蔡叔和霍叔等人在朝廷内外散布谣言，说周公有篡位的野心，成王听信谗言而疏远周公。之后，管叔、蔡叔与已受封为殷侯的商纣王之子武庚串通谋反，攻打镐京。成王急忙召回身在洛阳的周公，命周公率兵平息叛乱。成王亲政后作《小毖》表达了对以往过错的深刻反省。

诗以“予其惩而毖后患”开头，直接点明本诗的主题：惩戒以往的过错以防后患。“毖”是谨慎之意，诗题为“小毖”其实就是要谨慎于小错误，防止大患发生的意思。

以后六句皆为成王自省过错之辞。成王轻信谣言，给小人以可乘之机，以致酿成“管蔡之乱”的大祸。对此，成王并无掩饰过错之意，“莫予荓蜂，自求辛螫”两句就是他主动认错的表现。“荓蜂”不仅指指管、蔡等人的谗言，也指一切祸患的发端。成王认为祸患的发生是他自己造成的，与别人无关。在叛乱发生后，成王能首先自我批评而不是将过错推到臣子身上，显示出他作为一国之君的坦荡胸襟和博大气度。

“肇允彼桃虫，拚飞维鸟”讲述的是“防微杜渐”的道理。“桃虫”即“鹪鹩”，是一种小鸟。小鸟不足为惧，但一转眼鹪鹩之雏就能变成大鹰。管叔、蔡叔与武庚等人开始力量很弱小，但由于没有及时制止，终于发生大乱，这两句正是对“管蔡之乱”由小乱变为大祸的绝妙比喻。所谓“千里之堤，溃于蚁穴”，事物的发展形成都有一个逐渐积累的过程。祸患绝非一日形成，避免灾祸就要慎于初始，防患于未然。桃虫变大鸟的意象含蓄地表达了这个道理。“未堪家多难，予又集于蓼。”西周取得天下不久，需要的是安定和平，自然经不起太多动乱，成王说“未堪家多难”正是此意。《访落》中同样有“未堪家多难”这一句，只是《访落》作于周公摄政之初，《小毖》作于周公还政之后，前者之“难”是武王驾崩带来的局势动荡，后者之“难”则是管叔、蔡叔、武庚等人的叛乱，含义不同。“蓼”是一种苦草，“集于蓼”比喻陷入困境中，“予又集于蓼”一句是成王自述其艰难处境。从这两句可以看出，成王此时十分清楚自己和整个国家的处境，知道国家难以担负从前那样的险难，其中隐含着成王将谨慎行事，避免再陷险境的决心。

◎载芟◎

载芟载柞①，其耕泽泽②。千耦其耘③，徂隰徂畛④。侯主侯伯⑤，侯亚侯旅⑥，侯彊侯以⑦，有嗿其馌⑧。思媚其妇⑨，有依其士⑩。有略其耜⑪，俶载南亩⑫。播厥百谷，实函斯活⑬。驿驿其达⑭，有厌其杰⑮。厌厌其苗，绵绵其麃⑯。载获济济，有实其积，万亿及秭⑰。为酒为醴⑱，烝畀祖妣⑲，以洽百礼⑳。有飶其香㉑，邦家之光。有椒其馨㉒，胡考之宁㉓。匪且有且㉔，匪今斯今，振古如兹㉕。

【注释】

①芟（shān）：割除杂草。柞（zé）：砍除树木。②泽泽：土解之貌。③千：指数量多。耦：二人并耕。耘：除田间杂草。④徂（cú）：往。隰（xí）：低湿地。畛（zhěn）：以前开垦的田界。⑤侯：语助词，犹“维”。主：家长，古代一国或一家之长均称主。伯：长子。⑥亚：叔、仲诸子。旅：幼小子弟辈。⑦彊：强壮者。侯以：其他帮忙者。⑧嗿（tǎn）：众人饮食声。馌（yè）：送饭。⑨思：语助词。媚：讨好。⑩依：取悦。⑪略：锋利。耜（sì）：古代农具名，用于耕作翻土。⑫俶（chù）载：始耕好。南亩：向阳的田地。⑬实：种子。函：含。⑭驿驿：苗生貌。达：出土。⑮厌：美好。杰：壮苗。⑯麃（biāo）：谷物的末梢。⑰亿：十万。秭（zǐ）：亿亿。⑱醴（lǐ）：甜酒。⑲烝：进献。畀（bì）：给予。祖妣：先祖、先妣。⑳洽：合。㉑有飶（bì）：芬芳。㉒椒：香气缭绕。㉓胡考：长寿，指老人。㉔匪：非。且：此。㉕振古：终古。

【赏析】

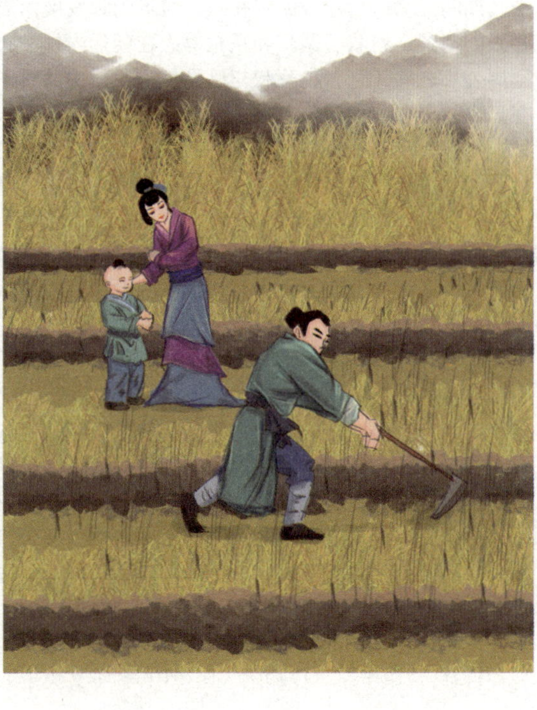

本诗可以分为两部分。虽然本诗没有分章节，诗中自成段落，层次清楚，但诗中是有韵的。可以说本诗是《周颂》中用韵较密且篇幅最长的一篇。本诗所记叙的内容主要是西周前期的农业生产情况，因此，这首诗也是历史学家们关注度最高的诗篇之一。它帮助人了解西周的社会形态，明白当时农业生产力的发展水平，诗中提供的一些可靠的信息能帮助人们了解那个时代，因此这首诗有着极高的文化和历史价值。

《载芟》一诗反映了当时的农政思想，开头四句主要写开垦土地。这时人们有的在割草，有的在刨树根，通过他们的努力大片的土地被翻掘得十分松散。“千耦其耘”一句指的就是，遍布在低洼地、旧田埂的那些春耕生产活动正热烈地进行着。这一句中的“耘”字，可以是除去田间杂草的意思，在诗中将它和“耕”合在一起，就是则泛指农田作业。这一句中，“耘”其实也就是所谓的“耦耕”，这是那个时期的一种耕作方式，这种耕作方式是通过两个人共同合作来完成的，他们合作翻掘土壤。关于要如何合作，其方法是多种多样的，常见的如果要挖掘树根，就应该面对面地合作；如果要开沟挖垅，那就不妨肩并肩工作；如果是耒耜翻地，就应该是一推一拉。

参加春耕的人，不分男女老少全体出动，努力耕作。其中有漂亮的女子，健壮的男子，他们在田间狼吞虎咽地吃着饭，诗人通过这种细节描写，将一幅生动的画面展现在读者面前。

在古代，天下的所有土地都是归君王所有的。他再将这些土地划分给各个诸侯，君王具有随时收回土地的特权，同时，诸侯要给君主上交一定的贡赋。这些土地是长期分封给固定的使用者的。然后各诸侯也可以再将土地下分给他们的下属。就这样层层的分下去，土地的最终所有者是以家庭为基本单位的。在一个庞大的家族中，众兄弟、子孙以家长为首，同时进行劳作。

人们运用锋利的耒耜开始耕种，他们从向阳的田地开始播播种，那些作物非常易活，种子只要占地就能成活。人们不禁感叹："多么锋利的耒耜啊，百谷播下就出芽了。"这些赞叹中饱含着无限的欢欣，它们无一不是当时农业技术发展的代表。

"驿驿其达""厌厌其苗"中包含了人们对于丰收的赞叹和喜悦；"绵绵其麃"一句说明，这一切都是人们精心管理的结果，正是因为有人在努力工作，作物才能很快生长，这些都表现了人们极大的生产热情。

诗人通过夸张的手法，用"万亿及秭"来形容那广大无边得堆积露天的谷物，透露出丰收的喜悦之情。"万亿及秭"这一句则成为全诗的一个转折点。在这句之前主要是在写农事，而从这句之后则主要在写祭祀和祈祷，也就是诗的第二部分。

制酒祭祀，是全诗的中心。周代有严格的禁酒规章制度，他们的酒主要是在祭祀和百礼时应用，平日里并不经常饮酒。所以此处制酒就体现出人们发展生产的目的，人们是为了报答祖先，光大家国，保障和提高人民生活而进行耕作的。这正是周代发展生产的最根本政策。

本诗最后三句是人们祈祷的话语，他们在向神祈祷年年都能够获得丰收。《毛诗序》中有这样的话："《载芟》，春籍田而祈社稷也。"因为这样的记载，人们认为这并不单单是一首籍田祀神的诗，同时也是一首秋冬祀神诗。

◎良耜◎

畟畟良耜①，俶载南亩②。播厥百谷，实函斯活③。或来瞻女④，载筐及筥⑤，其饟伊黍⑥。其笠伊纠⑦，其镈斯赵⑧。以薅荼蓼⑨，荼蓼朽止⑩。黍稷茂止，获之挃挃⑪。积之栗栗⑫，其崇如墉⑬，其比如栉⑭。以开百室⑮，百室盈止，妇子宁止。杀时犉牡⑯，有捄其角⑰。以似以续⑱，续古之人。

【注释】

①畟（cè）畟：形容耒耜（古代一种像犁的农具）的锋刃快速入土。②俶（chù）：开始。南亩：古时将东西向的耕地叫东亩，南北向的叫南亩。③实：百谷的种子。函：含，指种子播下之后孕育发芽。斯：乃。④瞻：看望。女：读同"汝"，指耕地者。⑤筐：方筐。筥（jǔ）：圆筐。⑥饟（xiǎng）：所送的饭食。⑦纠：用草绳编织而成，形容结实。⑧镈（bó）：古代锄田去草的农具。赵（tiǎo）：锋利好使。⑨薅（hāo）：去掉田中杂草。荼蓼：两种野草名。⑩朽止：朽死。⑪挃（zhì）挃：形容收割庄稼的摩擦声。⑫栗栗：形容收割的庄稼堆积之多。⑬崇：高。墉（yōng）：高高的城墙。⑭比：排列，此言其广度。栉（zhì）：梳齿。⑮百室：指众多的粮仓。⑯犉（rǔn）：黄毛黑唇的牛。⑰捄（qiú）：形容牛角弯曲。⑱似（sì）：通"嗣"，继续。

【赏析】

本诗真实反映了当时社会的生产力情况，将当时正在蓬勃发展的农业大发展展现在读者面前。《良

耜》这首诗产生的时期应该是西周初期，那时经过了成、康时期，农业得到了较快的发展，在这样的背景下人们唱出了这首极具价值的诗篇。

本诗首先赞美了锋利的犁头。这是因为在那个年代农耕是社会的主流，锋利的金属犁头是最能够代表当时先进生产力的物品。通过它，可以看到当时的农业到底发展到了什么阶段，这些锋利的犁头也是当时农业行为能够获得丰收的基础。

诗人描述了播种、送饭、锄草等具体的劳动场景，表达了人们在大丰收之后的喜悦之情。当丰收的粮食要入仓的时候，人们开始为祭祀做准备，祭祀这种行为是先民从祖先那里继承下来的传统。人们通过祭祀表达自己渴望丰收的愿望和感谢神灵庇佑的心情。

这首诗共有二十三句，可以分为三个层次：第一层，是从开篇一直到“荼蓼朽止”，主要是在写春耕夏耘的画面；第二层，是从“黍稷茂止”一直到“妇子宁止”这一部分写出了秋天大丰收时的画面；第三层，就是最后四句，这几句主要是在写秋冬祭祀时的情景。

开篇就展现了一幅农忙的画面：人们忙于春耕夏耘，当春日到来之时，农人们开始进行耕种，他们手里扶着耒耜在南亩深翻着土地，仿佛已经可以听见那些尖利的犁头在快速前进中发出了嚓嚓的声音。再将土地都翻了一遍之后，农人们开始将各种农作物的种子撒入土中，期盼着它们能够尽快发芽和成熟。当人们在劳动中感到辛苦和饥饿的时候，他们就会聚集在一边，等待着家中的女子、孩子们挑着方筐或者圆筐，将香气腾腾的饭送到他们面前。

到了炎热的夏天，农人们开始耘苗，这时炎炎的烈日挂在空中，辛苦劳作的农人们戴用草绳编织的斗笠，通过将锄头刺入土中来实现将荼、蓼等杂草锄掉的目的。这样做的好处不但可以清除和庄稼争夺营养的杂草，同时荼、蓼这样的植物在腐烂之后还可以变成作物的肥料，可谓一箭双雕。通过诗人的叙述仿佛看到了那大片大片的绿油油的黍和稷的田地，它们长势喜人，预示着又一个丰收年的到来。

等到了秋天，人们迎来了盼望的大丰收，这时诗人将另一个欢快的画面展现在人们面前。农人们正忙着用镰刀收割庄稼，割裂的声音此起彼伏，就像是一首节奏明快的歌曲一样。就这样，丰收的谷物堆满了粮仓，渐渐地堆积成了像高高的城墙一样的高山。这些上百个高高的粮食山，一字儿排开之后逐一收入了粮库。因为获得了大丰盛，所以每个粮仓都被粮食装得满满的，看到这些妇人和孩子心里十分安宁气洋洋。

◎丝衣◎

丝衣其紑①，载弁俅俅②。自堂徂基③，自羊徂牛。鼐鼎及鼒④，兕觥其觩⑤，旨酒思柔⑥。不吴不敖⑦，胡考之休⑧。

【注释】

①丝衣：丝织祭服。紑（fóu）：洁白鲜明貌。②载：借为“戴”。弁：帽。俅（qiú）俅：冠饰美丽的样子。③徂：往，到。基：房屋等建筑地基。④鼐（nài）：大鼎。鼒（zī）：小鼎。⑤兕觥（sì gōng）：盛酒器。觩（qiú）：形容兕觥弯曲的样子。⑥旨酒：美酒。柔：指文德好。⑦吴：大声说话，喧哗。敖：通“傲”，傲慢。⑧胡考：即寿考，长寿之意。休：福。

【赏析】

本诗是一首在祭祀现场诵唱的歌。吟唱诗歌的人要换上祭祀的礼服、礼帽等服装，他的神情恭恭敬敬，在将和祭祀相关的物品从内到外，从供牲到礼器都逐一查看之后，他开始表达粮食丰收的感激之情。诗人在祭台前歌唱，他的歌声告诉祖先们丰收的景象，他们之所以能够获得丰收是因为托了祖宗的福，他们美好的丰年是祖先带给他们的。

诗中开篇的两句主要是在描写祭祀时助祭的官员的穿戴和神情。关于这些衣服，郑玄注："纯衣，丝衣也"，"其色赤而微黑。"在《礼记·檀弓上》中有这样的描述："天子之哭诸侯也，爵弁绖缁衣。"这样的衣服和白色的丝衣搭配在一起，就构成了祭祀专用的服饰。

第三句到第六句主要是在叙述这场祭祀的祭品十分丰富以及祭祀者面对祭祀的那种一丝不苟的态度，表现出主持祭祀的周天子对于神灵的那种敬重与虔诚之情。

祭祀中的祭品通常被称为牺牲，而作为牺牲的通常是羊、牛这样的牲畜。第五句和第六句是在写祭祀的器具。在古代最常用的器具就是鼎，这是古代的炊具，同时也是人们在祭祀的时候用来盛放熟牲的器具。文中提到的鼐和鼒是大小不同的鼎。其中最大的是鼐，它是用来盛牛的，在《说文解字》中有这样的解释："鼐，鼎之绝大者。"鼎要比鼐稍小些，是用来盛羊的，鼒是最小的一个，是用来盛豕的。本诗最后的两句是在说祭祀后的宴饮，也就是所谓的"旅酬"。这一段描写的重点是突出宴饮时的不吵不闹、合乎礼仪的气氛。

◎酌◎

於铄王师①，遵养时晦②。时纯熙矣③，是用大介④。我龙受之⑤，蹻蹻王之造⑥。载用有嗣⑦，实维尔公允师⑧。

【注释】

①於（wū）：赞美。铄（shuò）：美，辉煌。王师：王朝的军队。②遵养时晦：遵循时势计韬晦。③纯：大。熙：光明。④是用：是以，因此。大介：大甲兵。⑤龙：借为"宠"。荣，荣幸。⑥蹻（jué）蹻：勇武之貌。造：造就，成就。⑦载：乃。用：以。有嗣：有司，官之通称。⑧实：是。公：功业。允师：确实值得效法。

【赏析】

《毛诗序》："酌，造成《大武》也。言能酌先祖之道以养天下也。"《大武》五成的乐舞主要是表现周公平定东南叛乱回到镐京之后，被成王任命和召公一起分职治理天下的事情。那个时候虽然天下已经不再动荡不安了，但是因为国家刚刚稳定，所以不能掉以轻心。在这样的环境下，成王任命自己信任的周公治左，召公治右，也就是负责镇守东南的是周公、负责镇守西北的是召公。

从《酌》这首诗的内容来看，诗文的前四句是成王在歌颂王师获得的战绩，其中表达了成王对统兵出征的统帅们的感激之情，在诗中成王所感激的对象就是周公，歌颂了周公的功绩。诗文的后四句是写成王所下达的任命，他将天下分给周公、召公两人分职治理。这时的任命虽然是用成王的名义发布的，告庙的仪式也是由成王主持的，但是因为当时周公仍然在代天子摄政，所以本诗中所写的主人公表面上虽然是成王，但实际上还是周公。因为这样，《酌》这首诗被广大学者认为是一首周公的乐舞诗。

本诗的前半部分是在表现弦乐柔板般的从容而后半部分则主要在写铜管乐进行曲般的激昂。在当时作为乐舞的《酌》，和极具代表性的《象》舞一样十分重要。它既可以作为《大武》的一成来和其他五成合起来一起表演，也可以单独表演。

◎桓◎

绥万邦①，娄丰年②，天命匪解③。桓桓武王④，保有厥士⑤，于以四方，克定厥家⑥，於昭于天⑦，皇以间之⑧。

【注释】

①绥：安定。万邦：指天下各诸侯国。②娄（lǚ）：同“屡”，经常。③匪解：不懈怠。④桓桓：威武。⑤保：拥有。士：指功业。⑥克：能。家：周室，周王宗室。⑦於（wū）：叹词。昭：光明，显耀。⑧间：代替。

【赏析】

《毛诗序》说《桓》为“讲武类祃”之作，是武王伐纣前讲习武事，祭祀上帝和军神的乐歌。《左传·宣公十二年》记载：“楚子曰：‘武王克商，作《颂》曰：……又作《武》，……其六曰：‘绥万邦，屡丰年。’”近代和当代学者据此认为《桓》是成王时《大武》乐舞第六场的歌诗，歌颂武王之功。从内容上看，后一说似乎更有说服力。

“绥万邦，娄丰年，天命匪解。”“邦”指的是诸侯的封地。史书记载，西周灭商后为加强对各地区的控制，把周王室宗亲和功臣分封到各地，各自建立诸侯国。诸侯在享有对封地的世袭统治权的同时，有服从王命，向周王朝贡和提供军赋以及护卫王室的义务。这一制度在天下初定的西周初期，确实有效地稳定了政权。

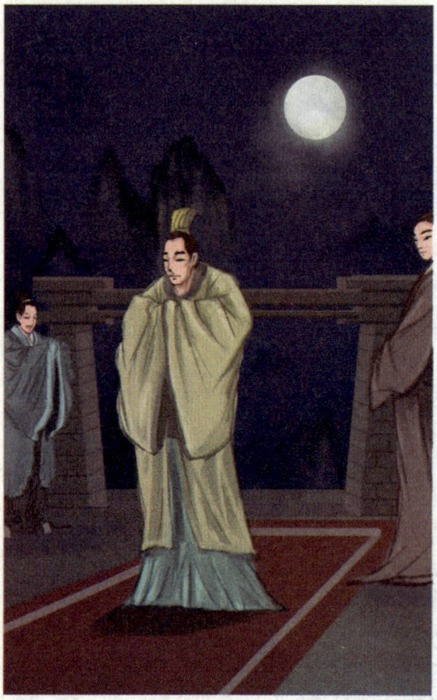

武王灭商之后，各方臣服于周王室，天下安定；在安宁的环境下，西周百姓连年喜获丰收。“绥万邦，娄丰年”是西周太平盛世的图景，而这种局面的出现被认为是武王“天命匪解”的结果。在西周人看来，天下之所以太平，农业之所以五谷丰登、六畜兴旺，理所当然是冥冥之中的“天命”决定的。正是由于周朝顺应天意灭掉殷商，而且不断奋发进取，一刻不敢松懈，西周才得以“绥万邦，屡丰年”。

而缔造太平西周的人是“桓桓武王”，他有“保有厥士，于以四方。克定厥家”的伟大功绩。“桓”是威武之貌，“桓桓”叠用更突出武王雄壮威武的气势。

最后两句“於昭于天，皇以间之”乃是对武王的总结性赞美：武王的功德光明万丈，昭著于天！这种赞美虽十分直露，但并无阿谀之态。

很多人以为《诗经》中的颂诗多是歌功颂德之作，内容空泛，味同嚼蜡。单只看颂诗的语言，确实无多少诗歌的浪漫可言。但这是今人的看法。实际上，在“诗、乐、舞结合”的先秦时代，这些颂诗都是配合乐舞进行表演的，它们作为歌舞的有机组成部分自有其活力。简短的歌词配上典雅庄重的乐曲和舞蹈动作，便具有强烈的感染力。

◎赉①◎

文王既勤止②，我应受之③。敷时绎思④，我徂维求定⑤。时周之命⑥，於绎思⑦。

【注释】

①赉（lài）：赐予。②既：尽。止：语气助词。③我：周武王自称。④敷：布陈、传布（恩泽）。时：是。绎：连续不断，此指继承。思：语气助词。⑤徂：往。⑥时：是。⑦於（wū）：叹词。

【赏析】

《赉》是武王克商凯旋后，归祀文王庙的乐歌。诗中满怀周武王对文王功德的赞颂和缅怀之情，也表达了武王承受文王基业，传扬文王业绩的愿望和决心。清人姚际恒的《诗经通论》认为是：“武王初克商，归祀文王庙，大告诸侯所以得天下之意。”

诗以“文王既勤止，我应受之”起始，通过武王的口气称颂文王的千秋功绩。武王在祭祀先王之时追述文王的丰功伟业，一方面是对周朝乱世立国的历史的回顾和追念；另一方面也是自我明志，表示自己一定要以身作则，身体力行，将先王开创的宏大事业继承发扬。由此便可想象周朝的盛世之兴。

接着武王指出平定天下是他所追求的宏大目标，为了实现这个兴国强国的目标，他再次告诫各路诸侯都必须牢记文王的美好品德，切忌荒淫懈怠，贻误国事。在此武王也提出了他所谓的守成立业的方法，那就是“敷时绎思”，“敷”即布施恩泽之意。周武王伐纣灭商，开创周朝天下，同时他也分封了诸多的诸侯，这些分封的诸侯为周朝巩固统治发挥了巨大的作用。最后两句点出，周朝乃是顺应天命而立，后人应继承上天之意志，光大周朝。

《赉》属于周颂中的一首，是武王赞扬追思文王功业之作。《赉》雍容典雅，质朴无华。开头两句，句句用韵，后四句则间断用韵，反复颂美，音调纡徐舒缓，能够体现《诗经》在音韵节奏上的独到之美。

◎般①◎

於皇时周②，陟其高山③，嶞山乔岳④，允犹翕河⑤。敷天之下⑥，裒时之对⑦，时周之命⑧。

【注释】

①般：乐。②皇：伟大。时：是。③陟（zhì）：登高。④嶞（duò）：低矮狭长的山。乔：高。岳：高大的山。⑤允：通“沇”，水名。犹：通“湭”，水名。翕：合。河：黄河。⑥敷：普。⑦裒（póu）：聚集。对：配，此处指配祭。⑧时：是。

【赏析】

王国维认为，《般》是《大武》曲的第四篇。

周邦在武王的统领下，经过多年的奋斗，终于灭掉了商王朝，成为广有天下的大周王朝。对于这个新兴的王朝而言，赞美可以激发臣民的豪情，有利于巩固江山社稷。

颂歌当然要有所赞颂，这首《般》为周天子巡狩时祭祀山川之辞，赞颂对象自然也就是大周土地上的壮丽山河了。歌者面对广大的周国疆域，不禁赞叹道：“於皇时周！”相当于说“啊，多么壮美啊，我们的大周！”歌者以叹词“於”发端，紧接着是形容词“皇”，而主语“时周”却放在“於皇”之

后。按照正常语序，此句应为“时周皇矣”，只是普通的陈述语气，毫无诗意；而语序颠倒后，则变为感叹句，强调的是大周之“皇”，语气极为强烈，有先声夺人的气势。看似简单的四言句，却显示出《诗经》高妙的语言艺术。

如果说“於皇时周”是整体感受，那么接下来的“陟其高山，嶞山乔岳，允犹翕河”则是具体描述。此时诗人登上了巍巍高山，看到狭长的山峦起伏，高峻的四岳耸立其间，大大小小的河流顺势汇入黄河。这是一种雄伟壮美的图景，展示着大自然的神奇魅力。古人敬畏自然，面对这样壮阔的山川想必更添崇敬之情。同时，这样广阔的河山此时已经变成大周的领土，所以崇敬之外，当另有一番拥有天下的自豪和自信。

需要说明的是，“陟其高山，嶞山乔岳，允犹翕河”三句并不是单纯地赞美山河，它的真正内涵是先民们对于天下安定的祈求，隐含了古人的特殊心理。古人无法解释万事万物的变化，于是冥冥中祈望能够得到大自然神灵的庇佑，国家安定，百姓富足。而对于取得天下不久的西周王朝来说，国家的安定和国力的增强显得尤为重要。所以，周王除了祈求先祖的保佑外，还要敬山岳江河，祭自然神灵。

饱览大周江山的壮丽景色后，诗人更加强烈地感受到西周王朝的恢宏气势，于是又一次发出赞叹声：“敷天之下，裒时之对。时周之命。”大周定国之后，拥有广袤无垠的土地，诸侯国纷纷来朝，对周天子俯首听命。这一派大一统的气象确实令人心潮澎湃。

全诗四言七句，语言极为简练却有震慑人心的威力。诗中“高”“乔”“敷”“裒”等均是表示空间广阔的词，象征着周王朝的盛大；同时又描写了最能体现空间感的山川河流，进一步充实了广阔的空间，一统天下应有的雄浑气魄由此而生。

《般》是周颂的最后一篇，也是一次祭祀仪式的尾声。在祭祀仪式即将结束之际，《般》以恢宏的气势告示天下：周已经不再是当初的小部落，而是掌握天下的大王朝；周的统治顺乎天命，普天下所有人都要服从大周的号令。可以说，《般》就是周人向天下展示周王朝非凡气势的响亮乐声。

鲁僖公

《鲁颂》共4篇，《閟宫》和《泮水》风格似《雅》，《駉》和《有駜》体裁类《风》，内容均为歌颂鲁僖公。创作时间为春秋时代，产生于春秋鲁国的首都。

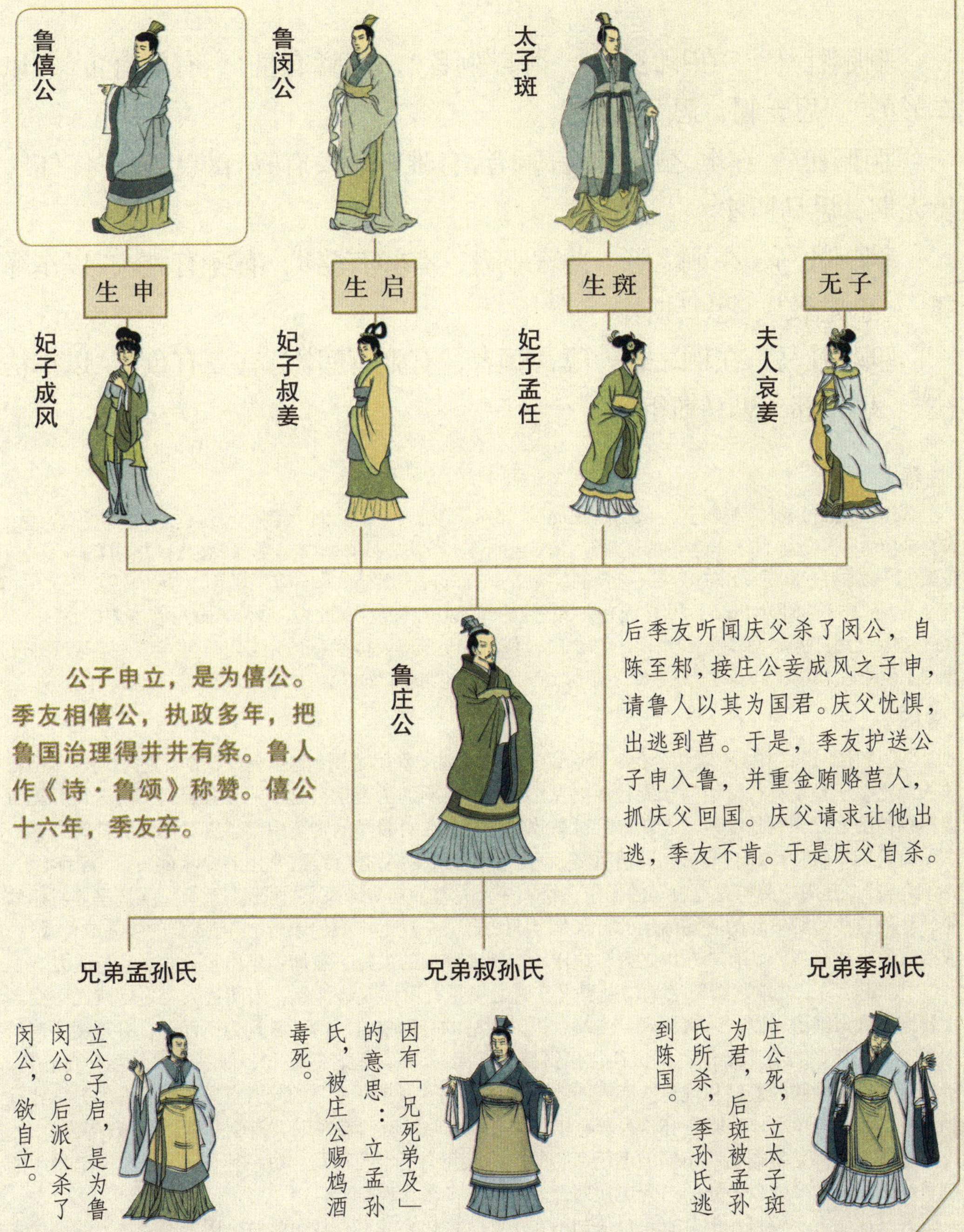

公子申立，是为僖公。季友相僖公，执政多年，把鲁国治理得井井有条。鲁人作《诗·鲁颂》称赞。僖公十六年，季友卒。

后季友听闻庆父杀了闵公，自陈至邾，接庄公妾成风之子申，请鲁人以其为国君。庆父忧惧，出逃到莒。于是，季友护送公子申入鲁，并重金贿赂莒人，抓庆父回国。庆父请求让他出逃，季友不肯。于是庆父自杀。

立公子启，是为鲁闵公。后派人杀了闵公，欲自立。

因有「兄死弟及」的意思：立孟孙氏，被庄公赐鸩酒毒死。

庄公死，立太子斑为君，后斑被孟孙氏所杀，季孙氏逃到陈国。

鲁颂

◎駉◎

駉駉牡马[①]，在坰之野[②]。薄言駉者[③]，有驈有皇[④]，有骊有黄[⑤]，以车彭彭[⑥]。思无疆，思马斯臧[⑦]。

駉駉牡马，在坰之野。薄言駉者，有骓有駓[⑧]，有骍有骐[⑨]，以车伾伾[⑩]。思无期，思马斯才。

駉駉牡马，在坰之野。薄言駉者，有驒有骆[⑪]，有骝有雒[⑫]，以车绎绎[⑬]。思无斁[⑭]，思马斯作。

駉駉牡马，在坰之野。薄言駉者，有骃有騢[⑮]，有驔有鱼[⑯]，以车祛祛[⑰]。思无邪，思马斯徂。

【注释】

①駉（jiōng）駉：马健壮貌。②坰（jiōng）：郊外。③薄言：语助词。④驈（yù）：黑身白胯的马。皇：黄白杂色的马。⑤骊（lí）：纯黑色的马。黄：黄赤色的马。⑥以车：用马驾车。彭彭：强壮有力的样子。⑦思：语助词。臧：好。⑧骓（zhuī）：苍白杂色的马。⑨骍（xīn）：赤黄色的马。骐：青黑色相间的马。⑩伾（pī）伾：有力的样子。⑪驒（tuó）：青色而有鳞状斑纹的马。骆：黑身白鬃的马。⑫骝（liú）：赤身黑鬣的马。雒（luò）：黑身白鬣的马。⑬绎绎：跑得很快的样子。⑭斁（yì）：厌倦。⑮骃（yīn）：浅黑间杂白色的马。騢（xiá）：赤白杂色的马。⑯驔（diàn）：黑身黄脊的马。鱼：两眼长两圈白毛的马。⑰祛（qū）祛：强健的样子。

【赏析】

《毛诗序》说："《駉》，颂僖公也。僖公能遵伯禽之法，俭以足用，宽以爱民，务农重谷，牧于坰野，鲁人尊之。于是季孙行父请命于周，而史克作是颂。"《駉》为鲁僖公之颂当无疑，只不过全诗并无直接颂扬僖公之辞，而是以写马表现鲁国对马政的重视，在对骏马的赞美中流露出对僖公的赞扬之意。

诗凡四章，每章八句，前三句同语重复，后几句则有所变换，是《诗经》常用的叠咏章法。"駉駉牡马，在坰之野"，开头这两句总写牧马的场景，给人一个完整的初步印象。"駉駉"重叠，强调马匹身躯的肥壮。而这些膘肥体壮的骏马活动的背景是"坰之野"，在辽远广阔的原野上，有成群的骏马或食或饮，或踏或卧，或奔或跃。有"在坰之野"这样一个阔大背景的烘托，愈加突显出骏马的雄健与活力。

"駉駉牡马，在坰之野"大笔勾勒群马在野之场景，可谓气势沛然，宏阔远大。之后诗人一变高声壮语为低声细语，以"薄言駉者"发端，进入对马的具体描绘。薄、言均为语助词，有延缓语气的作用。一句话里若有多个语气词，往往显得情感低回，"薄言駉者"一句，似乎是作者在独自欣赏，暗自点头赞叹马匹的繁盛和俊美。诗人如数家珍，用"有……有……"的句式点出各种骏马的名称："有驈有皇，有骊有黄"，"有骓有駓，有骍有骐"，"有驒有骆，有骝有雒"，"有骃有騢，有驔有鱼"。

这些名称都是根据马匹不同的毛色命名的。诗人介绍了十几种马，每一种马其实就是一道艳丽的色彩。试想这么多颜色各异的马奔走在郊野上，该是多么壮观。

好马固然赏心悦目，但其真正价值却不在于此。古代多战事，战争是每个国家朝堂之上的一项永久议题。而马匹既是将士们驰骋沙场必不可少的工具，又可用于运输粮草，对战争的重要性不言而喻。西周时期，马在战争中的地位很高。车战是这一时期的主要作战形式，一辆兵车驾四匹马，配以甲士三名和步卒七十二名。驾车之马若驯良而劲健有力，则有大半胜算；不然，车马一乱，队伍便溃不成军。所以，马的优劣关键还在于能否驾好战车。诗人细数完马的名称后，就赞扬马"以车彭彭""以车伾伾""以车绎绎""以车祛祛"。这里的"车"无疑当为战车，而彭彭、伾伾、绎绎、祛祛都是形容马迅猛有力的词，也就是说这些"駉駉"骏马都是善驾之马。

经过对骏马的具体描绘，末二句又归到概括性的赞美上。"思无疆，思马斯臧"，"思无期，思马斯才"，"思无斁，思马斯作"，"思无邪，思马斯徂"，这几句意思互补，都是赞美马矫健善走，令人喜爱。

◎有駜◎

有駜有駜[1]，駜彼乘黄[2]。夙夜在公[3]，在公明明[4]。振振鹭[5]，鹭于下。鼓咽咽[6]，醉言舞。于胥乐兮[7]！

有駜有駜，駜彼乘牡[8]。夙夜在公，在公饮酒。振振鹭，鹭于飞。鼓咽咽，醉言归。于胥乐兮！

有駜有駜，駜彼乘駽[9]。夙夜在公，在公载燕[10]。自今以始，岁其有[11]。君子有穀[12]，诒孙子[13]。于胥乐兮！

【注释】

①駜（bì）：马肥壮貌。②乘（shèng）黄：四匹黄马。古者一车四马曰乘。③公：公家。④明明：通"勉勉"，努力貌。⑤振振：群飞貌。鹭：白鹭鸟。⑥咽咽：不停的鼓声。⑦于：通"吁"，感叹词。胥乐：都快乐。⑧牡：公马。⑨駽（xuān）：青黑色的马。⑩燕：通"宴"。⑪岁其有：指年年丰收。⑫穀：善。⑬诒：留。

【赏析】

《有駜》是一首颂扬鲁僖公和群臣宴饮的诗。鲁国自庆父之难以后，外有强齐睥睨，大有袭取并吞之势。国内多有饥荒，国势江河日下。至鲁僖公继位，采取了一系列措施来振兴国势，内修武备，安抚臣民；外结盟国，巩固政权，才使鲁国转危为安。由于克服了天灾人祸，使鲁国获得了丰收。这首《有駜》正是在鲁国国运昌隆之时所作的。

此诗第一章就极力渲染了鲁国强盛的国力和奋发昂扬的精神。首句写马的强健肥壮，四匹良马拉起兵车气势轩昂，以此来显示今日的鲁国已是何等的强盛，可谓兵强马壮。鲁国的强大不仅体现在军事武备上，也体现在鲁国的文治政事上。鲁国的官吏，忠于职守，兢兢业业，"夙夜在公"，为国家大事鞠躬尽瘁，可谓"位卑未敢忘忧国"。官吏的奋发向上精神，折射出鲁国政治的清明廉洁，吏治的朴实敬业。这也从侧面反映了鲁国之所以能取得如此辉煌事业的根本原因，那就是君臣齐心，全民奋斗的凝聚力。

接着，诗中描写了群臣宴饮的场面。大臣们在公事之余与国君一同宴饮。宴饮中，歌舞自是不可或缺的。一时间鼓乐齐发，在一片鼓乐声中，美人们手拿鹭羽翩翩起舞，舞姿轻盈，宛如成群的白鹭飞过。难怪舞者陶醉，酒者狂醉，直到酩酊大醉之时才归家。如此盛宴，君臣同乐，上下欢笑，构成一幅太平盛世的君臣宴饮图。

全诗通过对宴饮场面绘声绘色的描写，体现了鲁国的和睦、强盛。诗的第二章和第三章的前半部分，是对第一章内容的重复，只是个别字有所变化。一方面运用重言叠词的手法一唱三叹，感染读者；另一方面，步步加深，使原有画面产生变化，形成一幅动态图。

宴饮欢歌之时，于觥筹交错中，观舞者仿白鹭之形。一会儿于浅滩溪流中翩翩起舞，一会儿又振翅冲向云天。鼓声咽咽，整齐而有节奏。第三章指出郊祀之事。群臣的欢乐来自于君主的恩赐，因而说“在公载燕”。在庆贺丰收的酒宴上，人们高兴之余，自然要想到年年有余、岁岁丰收的问题。于是君臣们祝愿、祈祷“自今以始，岁其有”。鲁国的臣民们希望这种盛世之势能永久保持，福禄荫庇后世的子子孙孙。

这首诗是从一个为人臣子的视角来写的。他们因为遇上明君而奋发向上全心致力于国事，与君宴饮中的快乐，来自身处太平盛世而感受到的喜悦。在他们的眼里，“君子有穀”便是一国兴盛最大的梦想。鲁国的强大中兴让人们对作为人君的鲁僖公满含期待与颂扬。这首诗恰如其分地显示了鲁国君民期望国运昌隆、盛世永驻的美好心愿。

◎泮水◎

思乐泮水①，薄采其芹②。鲁侯戾止③，言观其旂④。其旂茷茷⑤，鸾声哕哕⑥。无小无大，从公于迈⑦。

思乐泮水，薄采其藻⑧。鲁侯戾止，其马蹻蹻⑨。其马蹻蹻，其音昭昭⑩。载色载笑⑪，匪怒伊教⑫。

思乐泮水，薄采其茆⑬。鲁侯戾止，在泮饮酒。既饮旨酒⑭，永锡难老⑮。顺彼长道⑯，屈此群丑⑰。

穆穆鲁侯⑱，敬明其德⑲。敬慎威仪，维民之则。允文允武，昭假烈祖⑳。靡有不孝㉑，自求伊祜㉒。

明明鲁侯㉓，克明其德。既作泮宫，淮夷攸服㉔。矫矫虎臣㉕，在泮献馘㉖。淑问如皋陶㉗，在泮献囚。

济济多士，克广德心。桓桓于征㉘，狄彼东南㉙。烝烝皇皇㉚，不吴不扬㉛。不告于讻㉜，在泮献功。

角弓其觩㉝。束矢其搜㉞。戎车孔博㉟，徒御无斁㊱。既克淮夷，孔淑不逆㊲。式固尔犹㊳，淮夷卒获㊴。

翩彼飞鸮㊵，集于泮林。食我桑黮，怀我好音㊶。憬彼淮夷㊷，来献其琛㊸。元龟象齿㊹，大赂南金㊺。

【注释】

①泮水：泮宫（诸侯国的学宫）前的半月形水池。②芹：水中的一种植物，即水芹菜。③戾：临。止：语尾助词。④言：我。旂（qí）：绘有龙形图案的旗帜。⑤茷（pèi）茷：飘扬貌。⑥鸾：古代的车铃。哕（huì）哕：铃和鸣声。⑦公：僖公。迈：行走。⑧藻：水中植物名。⑨蹻（jiǎo）蹻：马强壮貌。⑩昭昭：指声音洪亮。⑪色：指容颜和蔼。⑫伊：语助词，无义。⑬茆（mǎo）：即今言莼菜。⑭旨酒：美酒。⑮锡：同“赐”。⑯道：指礼仪制度等。⑰丑：对敌人的蔑称，指淮夷。⑱穆穆：举止庄重貌。⑲敬：恭敬。⑳昭：明。假：通“格”，至也。烈祖：有功业的祖先。㉑孝：同“效”，效法。㉒祜（hù）：福。㉓明明：同“勉勉”。㉔淮夷：淮水流域不受周王室控制的民族。攸：乃。㉕矫矫：勇武貌。㉖馘（guó）：古代为计算杀敌人数以论功行赏而割下的敌尸左耳。㉗淑：善。皋陶：舜时善于断狱的法官。㉘桓桓：威武貌。㉙狄：扫除。㉚烝烝皇皇：众多盛大貌。㉛吴：喧哗。扬：高声。㉜讻：讼，指因争功而产生的互诉。㉝角弓：两端镶有兽角的弓。觩（qiú）：弯曲貌。㉞束矢：五十支一捆的箭。搜：形容发箭声。㉟孔：很。博：宽大。㊱徒：徒步行走，指步兵。御：驾驭马车，指战车上的武士。斁（yì）：厌倦。㊲淑：顺。逆：违。㊳式：语助词。无义。固：坚定。犹：计谋。㊴淮夷卒获：淮夷终究得服从。㊵鸮（xiāo）：鸟名，即猫头鹰，古人认为是恶鸟。㊶怀：馈，送。㊷憬（jǐng）：觉悟。㊸琛（chēn）：珍宝。㊹元龟：大龟。象齿：象牙。㊺南金：产自南方的黄金。

【赏析】

“鲁颂”被誉之为“庙堂文学”，分有宗庙的祭歌及臣下对国君的歌颂溢美两部分。综观本诗，《泮水》当属后者，全诗充满了对鲁僖公的颂赞之词，表达出仰慕之情。但据历史记载，鲁僖公虽然多次出兵平淮，但是并未取得赫赫战果，因此，此诗威武及繁盛的描述有言过其实的痕迹。

颂诗以“赋”为基本表现手法，构成了全诗的骨骼。从鲁僖公率众来到泮宫，面带微笑，随行阵容威武雄壮，举行祝颂之事开始，逐渐写出鲁僖公文治武功，以德服人，在泮宫接受战争的胜利。同时不忘对部下的夸赞，写出贤才济济，能征善战。最终，鲁僖公击败淮夷，平天下。诗中插入了战争的相关场景和事迹，但没有给人松散凌乱之感，而是紧凑有力，简洁明快。

此诗开篇就开始运用回环复沓的表现形式，前三章开头句子“思乐泮水，薄采其芹”“思乐泮水，薄采其藻”“思乐泮水，薄采其茆”赋其事以起兴，同时形成回环复沓的形式。回环复沓的表现形式形成整饬的章法，突出强调，增强了艺术效果。

当然，本诗“比兴”手法也颇具特色，增强了诗歌的抒情性和感染力。诗歌前三章都是先言他物，以引起所言之事。泮水边的盛会，鲁僖公的形象，出征淮夷的战争，都写得直观且铺陈精彩，加之其精当的描述，文学价值和史料价值兼备。

《泮水》严格遵守《诗经》中最常见的四字句格式，全诗只有第五章“淑问如皋陶”一句是五字，一至三章起始之笔都运用了反复吟咏的手法，仅用“芹”“藻”“茆”几个字就区分了不同的活动场所，点出不同地点，用词精炼之至。全诗在用词上颇为讲究，多处运用复词，用“穆穆”写鲁公的威严，“桓桓”写三军的雄壮，点睛之笔让诗歌的色彩增添不少。

《泮水》作为《诗经》中的长篇制作，以“赋”的基本写法，灵活运用“比兴”、

回环复沓、排比等手法，描写了鲁公到泮宫的盛大场面，比较细致全面地刻画了人物。泮水之宴、三军出战，都写得轰轰烈烈。对鲁僖公的描绘，更是极尽溢美之词，描绘成一个神人般的人物，起到了突出表现的效果。

◎閟宫◎

閟宫有侐①，实实枚枚②。赫赫姜嫄③，其德不回④。上帝是依⑤，无灾无害，弥月不迟⑥。是生后稷⑦，降之百福⑧。黍稷重穋⑨，稙稺菽麦⑩。奄有下国⑪，俾民稼穑⑫。有稷有黍，有稻有秬⑬。奄有下土，缵禹之绪⑭。

后稷之孙，实维大王⑮。居岐之阳⑯，实始翦商⑰。至于文武⑱，缵大王之绪，致天之届⑲，于牧之野⑳。无贰无虞㉑，上帝临女㉒。敦商之旅㉓，克咸厥功㉔。王曰叔父㉕，建尔元子㉖，俾侯于鲁，大启尔宇㉗，为周室辅。

乃命鲁公，俾侯于东。锡之山川㉘，土田附庸㉙。周公之孙，庄公之子㉚。龙旂承祀㉛。六辔耳耳㉜。春秋匪解㉝，享祀不忒㉞。皇皇后帝，皇祖后稷。享以骍牺㉟，是飨是宜㊱。降福既多，周公皇祖㊲，亦其福女。

秋而载尝㊳，夏而楅衡㊴，白牡骍刚㊵。牺尊将将，毛炰胾羹㊶。笾豆大房㊷，万舞洋洋㊸。孝孙有庆，俾尔炽而昌，俾尔寿而臧㊹。保彼东方，鲁邦是常㊺。不亏不崩，不震不腾。三寿作朋㊻，如冈如陵。

公车千乘，朱英绿縢㊼，二矛重弓㊽。公徒三万㊾，贝胄朱綅㊿。烝徒增增[51]，戎狄是膺[52]，荆舒是惩[53]，则莫我敢承[54]。俾尔昌而炽，俾尔寿而富。黄发台背[55]，寿胥与试[56]。俾尔昌而大，俾尔耆而艾[57]。万有千岁[58]，眉寿无有害[59]。

泰山岩岩[60]，鲁邦所詹[61]。奄有龟蒙[62]，遂荒大东[63]。至于海邦，淮夷来同[64]。莫不率从，鲁侯之功。

保有凫绎[65]，遂荒徐宅[66]，至于海邦，淮夷蛮貊[67]，及彼南夷[68]，莫不率从。莫敢不诺[69]，鲁侯是若[70]。

天锡公纯嘏[71]，眉寿保鲁。居常与许[72]，复周公之宇。鲁侯燕喜[73]，令妻寿母[74]，宜大夫庶士[75]。邦国是有，既多受祉[76]，黄发儿齿[77]。

徂徕之松[78]，新甫之柏[79]，是断是度[80]，是寻是尺。松桷有舄[81]，路寝孔硕[82]。新庙奕奕[83]，奚斯所作[84]；孔曼且硕[85]，万民是若[86]。

【注释】

①閟（bì）宫：神秘的宫殿，指祭祀后稷母亲姜嫄的庙。侐（xù）：清静貌。②实实：广大貌。枚枚：细密貌。③姜嫄：周始祖后稷之母。④回：邪僻。⑤依：依靠。⑥弥月：满月，指怀胎十月。⑦后稷：周之始祖，名弃。⑧百：言其多。⑨重穋（lù）：两种谷物，先种后熟曰“重”，后种先熟曰“穋”。⑩稙稺（zhí zhì）：两种谷物，早种者曰“稙”，晚种者曰“稺”。菽：豆类作物。⑪奄有：全有。⑫俾：使。稼穑：指务农。⑬秬（jù）：黑谷子。⑭缵（zuǎn）：继承。绪：业绩。⑮大王：太王，周之远祖古公亶父。⑯岐：山名，在今陕西。阳：山南水北。⑰翦：灭。⑱文武：周文王、周武王。⑲届：诛讨。⑳牧：地名，在今河南淇县西南。㉑贰：二心。虞：疑虑。㉒临：监临。㉓敦：治服。旅：军队。㉔咸：都，共同。㉕叔父：指周公旦，周公为武王之弟，成王叔父。王，指成王，武王之子。㉖元子：长子。㉗启：开辟。㉘锡：同“赐”。㉙附庸：指诸侯国的附属小国。㉚庄公之子：指鲁僖公。㉛承祀：主持祭祀。㉜辔：御马的嚼子和缰绳。㉝解：通“懈”。㉞享：祭献。忒：差错。㉟骍（xīn）：赤色。牺：纯色牺牲。㊱飨：享用祭品。㊲周公皇祖：即皇祖周公。㊳尝：秋季祭祀之名。㊴楅（bì）衡：防止牛抵触用的横木，此指修理牛棚。㊵牡刚：红色公牛。㊶毛炰（páo）：带毛涂泥燔烧熟的肉。胾（zì）：切块的肉。㊷笾（biān）：竹制的献祭容器。豆：木制的献祭容器。大房：大的盛肉容器。㊸万舞：舞名，常用于祭祀活动。洋洋：盛大貌。㊹臧：善。㊺常：长。㊻三寿作朋：古代常用的祝寿语。㊼朱英：矛上用以装饰的红缨。绿縢：将两张弓捆扎在一起的绿绳。㊽二矛：古代每辆兵车上有两支矛，一长一短，用于不同距离的交锋。重弓：古代每辆兵车上有两张弓，一张常用，一张备用。㊾徒：步兵。㊿贝：贝壳，用于装饰头盔。胄：头盔。绶（qīn）：线，用于编缀固定贝壳。51烝：众。增增：多貌。52戎狄：指西方和北方在周王室控制以外的两个民族。膺：击。53荆：楚国的别名。舒：国名，在今安徽庐江。54承：抵抗。55黄发台背：皆高寿的象征。人老则白发变黄，故曰黄发。台，同“鲐”，鲐鱼背有黑纹，老人背有老人斑，如鲐鱼之纹，故云。56寿胥与试：老来相与进言事。57耆：指年老。艾：指年轻。58有：通“又”。59眉寿：指高寿。60岩岩：山高貌。61詹：仰望。62龟、蒙：二山名。63荒：扩大，推广。大东：指最东的地方。64淮夷：淮水流域不受周王室控制的民族。同：会盟。65保：安。凫、绎：二山名，凫山在今山东邹县西南，绎山在今山东邹县东南。66徐：国名。宅：居处。67蛮貊（mò）：泛指北方一些周王室控制外的民族。68南夷：泛指南方一些周王室控制外的民族。69诺：应诺。70若：顺从。71公：鲁公。纯：大。嘏：福。72常、许：鲁国二地名。73燕：通“宴”。74令：善。75宜：适宜。76祉：福。77儿齿：高寿的象征。老人牙落后又生新牙，谓之儿齿。78徂徕：山名，在今山东泰安东南。79新甫：山名，在今山东新甫县西北。80是断是度：是砍下是剖开。81桷（jué）：方椽。舄（xì）：大貌。82路寝：指庙堂后面的寝殿。孔：很。

㊃新庙：指閟宫。奕奕：美好貌。㊄奚斯：鲁大夫。㊅曼：广。㊆若：顺洽。

【赏析】

《閟宫》应该是《诗经》中篇幅较长的一首诗。相比于鲁国历代君王，鲁僖公应该是比较有作为的一位。他平淮夷，复失地，使鲁国恢复了周公时代的版图。因此，很多人都把他视为能够复兴祖先功业，弘扬国家声威，实现国富民强的一位君主。此诗即是鲁臣为了歌颂鲁僖公的功绩和祭祀祖先而写。

对中兴之主的赞美，大多是赞扬他们能够兴祖业，复疆土，之所以鲁僖公能够得到赞扬，那是因为他能够恢复“周公之宇”。诗人采用赋的手法，从鲁僖公的远祖姜嫄、后稷、太王等的业绩和鲁国建立的过程写起，徐徐转入到对功业的歌颂上来，极尽铺张扬厉之能事。

开篇采用追溯的写法，追述祖德。“閟宫有侐，实实枚枚”，首句写出姜嫄庙高大寂静、庄严肃穆的景象，慢慢由起兴转入赋比，以时间为轴，按顺序陈述祖先功德。接着写出了后稷善于稼穑，勤劳聪慧，得到人民的拥护。然后从“后稷之孙”的太王、文王、武王，抓住他们从事灭殷的事业一路写来。最后，写到了成王感谢周公辅佐的功劳，称王封侯以致鲁国诞生。犹如史诗一样，写出了周民族的发展历程，所写的每一位先祖，都是抓其重点着笔，剪裁得当，详略有致，自然顺畅。

在对先祖的发展历程进行追述后，诗人转入现实，开始颂美鲁僖公，这种主题成为诗歌的重点，从第三节一直延续到最后一节。借助祭祀祝祷的场景，历数鲁僖公继承王业以来的丰功伟绩，内修政治，外修文武，平淮夷，复失地，拿捏得当，起伏灵动。第三节一开始四句就承上启下，直接点到鲁僖公勤于祭祀，周公所赐的福祉也因此连绵不断。诗人于此处宕开一笔，在第四节写出了精心准备的过程，“夏而楅衡，白牡骍刚”。然后顺承上节，写出了祭祀场面的盛大，祭祀场景的庄重，鲁僖公的虔诚以及祈求神灵的目的——长寿安康，国家永固。如何能够使鲁国江上永固呢？诗人认为必须遏制强敌，收复失地，树立国威，使四夷宾服。诗人写出了鲁僖公不仅仅达到了保卫国土的目的，还能够开疆拓土，文治武功，四夷臣服。神灵保佑，大功告成。所以，“鲁侯燕喜”，举国欢腾。洋洋洒洒，连篇累牍，赞美僖公可谓是铺写详尽，淋漓酣畅。最后一节呼应开篇，写出了鲁国富强，大兴土木，建造新庙，顺应民心，人人爱戴，顺便提出作诗目的，使得诗歌结构完整缜密。

总而言之，《閟宫》作为《诗经》中的鸿篇巨制，既渗透着诗歌的抒情性，又融入了民族史诗的历史性，在艺术表现上，诗人精心结撰，表现效果也不同凡响。尽心尽致地铺叙，“赋、比、兴”的融合，夸张、比喻的运用，使得诗歌具有较高的艺术价值。

商王朝

《商颂》共5篇，为祭祀商朝祖先的乐歌。《那》《烈祖》《玄鸟》不分章，产生的时间较早；《长发》《殷武》分章，产生的时间较晚。

契与大禹是同时代人，他帮大禹治水有功，被封在商，其氏族为商族。夏朝建立后，商族是夏的直属。商族随着势力的强大，逐渐产生问鼎之心，表面上臣服于夏，暗中却在夏的周边发展势力。

孙

相土时代，开始向东方发展。相土以今商丘一带为中心，把势力伸张到黄河下游的广大地区并抵达渤海一带。

十四代孙

商汤时代，定都南亳，陆续灭掉邻近部落成为当时的强国。而后作《汤誓》，与桀大战于鸣条，终灭夏。汤被推举为天子，定都西亳，定国号为商。

九代孙

《史记·殷本纪》载：“自中丁以来，废适而更立诸弟子，弟子或争相代立，比九世乱，于是诸侯莫朝。”从仲丁算起，经九世正好到盘庚时期。

这期间，商王朝多次迁都。到公元前14世纪时，商王盘庚迁都至殷这个地方，直至公元前11世纪商王纣统治时被周武王所灭，整个商代后期都以此为都城，历时273年。

盘庚迁殷后，整顿政治，王室内部的矛盾得到缓解，发展经济，使衰落的商朝出现复兴的局面，并为武丁盛世的到来，打下了基础。

侄

武丁即位后，励精图治，殷商国势达到鼎盛，史称武丁中兴。武丁开创的盛世局面，为商代晚期社会生产的发展乃至西周文明的繁盛，打下了良好的基础。

商颂

◎那◎

猗与那与①，置我鞉鼓②。奏鼓简简③，衎我烈祖④。汤孙奏假⑤，绥我思成⑥。鞉鼓渊渊⑦，嘒嘒管声⑧。既和且平，依我磬声⑨。於赫汤孙⑩，穆穆厥声⑪。庸鼓有斁⑫，万舞有奕⑬。我有嘉客，亦不夷怿⑭？自古在昔，先民有作⑮。温恭朝夕，执事有恪⑯，顾予烝尝⑰，汤孙之将⑱。

【注释】

①猗（jī）：盛大貌。与：同“欤”，叹词。那：指武功繁多。②置：竖立。鞉（táo）鼓：一种立鼓。③简简：象声词，鼓声。④衎（kàn）：欢乐。烈祖：有功业的祖先。⑤汤孙：商汤之孙。奏假：奏报。⑥绥：安定。思：语助词。成：平，指汤取得太平。⑦渊渊：象声词，鼓声。⑧嘒（huì）嘒：象声词，吹管的乐声。管：一种竹制吹奏乐器。⑨磬：一种玉制打击乐器。⑩於（wū）：叹词。赫：显赫。⑪穆穆：和美庄肃。⑫庸：同“镛”，大钟。有斁（yì）：乐声盛大貌。⑬万舞：舞名。有奕：即“奕奕”，舞蹈场面盛大之貌。⑭亦不夷怿（yì）：意为不亦夷怿，即不是很快乐吗？⑮作：指行止。⑯执事：行事。有恪（kè）：即“恪恪”，恭敬诚笃貌。⑰顾：顾念。烝尝：冬祭为烝，秋祭为尝。⑱将：佑助。

【赏析】

《那》是《商颂》的首篇，为祭祀商王成汤的乐歌。全诗一章二十二句，首六句写用鼓乐迎先祖之灵，祈求赐福。“猗与那与，置我鞉鼓”描写摆开乐鼓，即将奏乐的阵势，“猗与那与”表现出对这种宏大气势的赞美和惊叹。乐器摆放停妥后，“简简”的鼓声奏响了，先祖之灵被美妙的乐舞所吸引而降临人间。于是作为商汤后人的祭祀者向先祖祷告，祈求赐予福禄，也就是“绥我思成”。

接下来的十句着重表现乐舞的盛美：“鞉鼓渊渊，嘒嘒管声。既和且平，依我磬声。於赫汤孙，穆穆厥声。庸鼓有斁，万舞有奕。我有嘉客，亦不夷怿。”此段又可分为三层，前六句写乐声的和谐悦耳，鼓声咚咚，管乐悠扬，配合着清越的磬音，构成这场祭祀乐舞震撼人心的宏大声音。下面两句“庸鼓有斁，万舞有奕”为第二层，描写钟鼓齐鸣时，众人起舞的盛况。此处“万舞”为一种舞蹈的名称，舞分“文舞”和“武舞”，“万舞”是指文舞、武舞同时表演。“我有嘉客，亦不夷怿”两句从观者的角度侧面描写了乐舞之盛美，正因为音乐舞蹈宏大壮美，嘉客才会陶醉其中。

在庄严谐和的乐舞中，祭祀者追述起祖先的功德：“自古在昔，先民有作。温恭朝夕，执事有恪。”这诚然是祭祀者对于先民美好德行的赞颂，也是以先民之德行自我勉励。最后，祭祀者祈求先祖享受祭品，并特别指出这些祭品是您成汤的子孙献上的。“顾予烝尝，汤孙之将”既是结束语，也进一步加强了祭祀的神秘气氛和宗教意味。读罢此诗，读者的最深印象恐怕是鼓、管、磬、钟等乐器和充盈于耳的乐声了，如此盛大的音乐彰显的是商汤显赫的德行。

就艺术手法而言，本诗的最大特点是多用叠音词，简简、渊渊、嘒嘒、穆穆均是形容乐声之词，加上类似叠音词作用的“有斁”“有奕”“有恪”等形容词，使得整首诗的语言极富乐感。

由于对祭祀乐舞的详细描写，本诗也成为研究古代音乐舞蹈的重要史料。诗中叙述了先奏鼓乐，再奏管乐，然后击磬，最后钟鼓齐鸣，万舞起跳的乐舞程序，是对上古祭祀礼仪中乐舞表演的真实记录。

◎烈祖◎

嗟嗟烈祖[①]！有秩斯祜[②]，申锡无疆[③]，及尔斯所[④]。既载清酤[⑤]，赉我思成[⑥]。亦有和羹，既戒既平[⑦]。鬷假无言[⑧]，时靡有争，绥我眉寿[⑨]，黄耇无疆[⑩]。约軧错衡[⑪]，八鸾鸧鸧[⑫]。以假以享[⑬]，我受命溥将[⑭]。自天降康，丰年穰穰。来假来飨，降福无疆。顾予烝尝[⑮]，汤孙之将[⑯]。

【注释】

①烈祖：功业显赫的祖先，此指商朝开国的君王成汤。②有秩斯祜：形容福之大貌。③申：再三。锡：同“赐”。④及尔斯所：直到你所在处所。⑤清酤：清酒。⑥赉（lài）：赐予。思：语助词。⑦戒：齐备。⑧鬷（zōng）假：集合大众祈祷。⑨绥：安抚。眉寿：高寿。⑩黄耇（gǒu）：义同“眉寿”。⑪约軧（qí）错衡：用皮革缠绕车毂两端并涂上红色，车辕前端的横木用金涂装饰。⑫鸾：一种饰于马车上的铃。鸧（qiāng）鸧：同“锵锵”，象声词。⑬假（gé）：同“格”，至也。享：享用。⑭溥（pǔ）：大。将：长。⑮烝尝：冬祭叫“烝”。秋祭叫“尝”。⑯汤孙：指商汤王的后代子孙。将：佑助。

【赏析】

全诗二十二句，层次分明，逐渐深入铺写祭祀烈祖盛况。“嗟嗟烈祖”以叠字叹词开篇，一叹再叹，祭祀者对先祖崇拜得五体投地的情形如在眼前，无限的溢美之词中透露出深深的崇敬之情，点明了祭祀的缘由——烈祖洪福齐天，给子孙“申锡无疆”。直呼式的呼告修辞，感情的直接表达，毫无掩饰，单刀直入，饱含深情地对先祖进行颂扬，活泼生动的语调减少了几分刻板和呆滞，呈现出了生活的真实情感，抓住读者的猎奇心，增添了艺术效果。成汤带给子孙的大福，次数无比之多，时间无比之长，范围无比之广，后代子孙无限的感激之情表露无遗。

祭祀者并未满足于成汤赏赐给子孙们的福禄，而是继续祈求先祖永远赐予祥瑞大福。接踵而至的便是下面结构并列、内容交错的祭祀乐词。备好了清酒，献上调和均匀的美味羹，心里默默地祷告，请求先祖佑我成功。供品丰盛、讲究，言及酒馔，祈求长寿。再看看那祝祷的景象，众人默然肃穆，没有喧哗，没有纷争，心平气和，可谓百礼具备，渲染出热烈却又严肃的氛围。在如此盛大而庄严肃穆的礼仪之中，祭祀者虔诚，以求精诚所至，神明感动，使得先祖降下福佑，让“汤孙”获得万寿无疆的长眉大寿。

“约軧错衡，八鸾鸧鸧”，红皮的车毂，饰金的车衡，贵宾光临，驷马八铃响声锵锵，多么动听。写车马的整饰在于突出助祭的贵宾，写助祭贵宾的高贵又在于烘托出主人的身份和迎神的场面。贵宾前来助祭场景的描写，表现出了商朝的强盛，烘托出了场面的热烈，也因此将全诗祈求获福的祭祀场面再次推向高潮。

于是乎，隆重的祭祀活动开始了，祭祀者献享啊，祝祷啊，叩拜啊，祈求安康，盼望丰年穰穰，更希望先祖能够降下福泽无疆。结尾两句祝词点明了举行时祭的是“汤孙”，使得首尾呼应，结构完整。

◎玄鸟◎

天命玄鸟①，降而生商，宅殷土芒芒②。古帝命武汤③，正域彼四方④。方命厥后⑤，奄有九有⑥。商之先后⑦，受命不殆⑧，在武丁孙子⑨。武丁孙子，武王靡不胜⑩。龙旂十乘⑪，大糦是承⑫。邦畿千里⑬，维民所止⑭。肇域彼四海⑮，四海来假⑯，来假祁祁⑰，景员维河⑱。殷受命咸宜⑲，百禄是何⑳。

【注释】

①玄鸟：燕子。②宅：居住。芒芒：同“茫茫”。③古：从前。帝：天帝，上帝。武汤：即成汤，汤号曰武。④正域：征服疆域。⑤方：遍，普。后：此指各部落的酋长首领。⑥奄：全部。九有：九州。⑦先后：先王。⑧命：天命。殆：通“怠”，懈怠。⑨武丁：即殷高宗，汤的后代。⑩武王：即武汤，成汤。胜：胜任。⑪旂（qí）：古时一种旗帜，上画龙形，竿头系铜铃。乘（shèng）：四马一车为乘。⑫大糦（chì）：大祭。⑬邦畿：国都附近。⑭维民所止：人民所居紧相连。⑮肇域彼四海：始拥有四海之疆域。⑯假（gé）：通“格”，到。⑰祁祁：纷杂众多之貌。⑱景员：通“广运”，东西曰广，南北曰运。指大的国界。⑲咸宜：人们都认为适宜。⑳何：通“荷”，承担。

【赏析】

近人大多认为本诗是祭祀殷高宗武丁的颂歌。成汤建商以来，继续得到宰相伊尹的尽心辅佐，国势日盛。传至汤的长孙太甲以后，君主和奴隶主们生活开始腐化，不理朝政，奴隶也就开始反抗，国势日衰。后来盘庚东迁，呈现中兴之势，到其弟小乙，又衰落下来，小乙的儿子武丁即位，用傅说为相，讨伐鬼方、大彭等取得胜利，羌氏也都来朝见，殷又复兴。这首《玄鸟》之歌，就在于歌颂武丁中兴的事业。

《玄鸟》一诗二十二句，按照时间顺序，如同记载历史一样，大致可以分为四层。

“天命玄鸟，降而生商”，开篇追叙武丁以前殷商的历史，借神话传说从始祖写起，着重于突出商的起源。“芒芒”广大的土地，上帝命令成汤治理四方。第一层借“吞卵而生契”的故事着意写出商朝的统治上承天命，而国泰民安的重任得由汤的后代子孙武丁来承当。以武功立国，征服四方，广施号令，据九州为王。立国、治国，两重意思，蝉联而下，为下文的武丁出场慢慢蓄势。

“商之先后，受命不殆，在武丁孙子”，商朝的再次复兴，武丁功不可没。三句顺承而来，既说明成汤上承天命，使得商朝天下不断延续，同时又在分析“不殆”的原因中自然地点出中兴之主武丁的功劳。武丁外伐鬼方、大彭，内修德政，从而使得成汤事业无往不胜。含蓄中表现出武丁中兴的丰功伟绩，自豪之情油然而生，敬佩之情翩然而至。

颂歌的重点在于歌颂祖德，表现祭祀的场景。紧接而来的是“龙旂十乘，大糦是承”的情形，如果不是武丁中兴，周王朝声威大震，就不会有诸侯十年插龙旗，满载粮食来助祭的热烈场景了。诗歌在对整体的概述描写之后，笔锋一转，回到祭祀的现实中来，着重于助祭的热烈场面，突出武丁的声威。

第四层描写“四海来假，来假祁祁”的场景。四海部族纷纷前来朝拜，旌旗之盛，人数之多，从侧面烘托出商王朝的繁荣强大。末尾二句与“天命玄鸟”“古帝命武汤”“受命不殆”相联系，以“天命”贯穿始终来结束全诗，既表现出商朝统治的合理性，也表现出商朝统治的绵延性。不仅如此，它同时也是祭祀者对天神的虔诚，祈盼能继续得到庇佑，使得商朝的统治昌盛、久长。

◎长发◎

濬哲维商①，长发其祥②。洪水芒芒③，禹敷下土方④。外大国是疆⑤，幅陨既长⑥。有娀方将⑦，帝立子生商⑧。

玄王桓拨⑨，受小国是达⑩，受大国是达。率履不越⑪，遂视既发⑫。相土烈烈⑬，海外有截⑭。

帝命不违，至于汤齐⑮。汤降不迟，圣敬日跻⑯。昭假迟迟⑰，上帝是祗⑱，帝命式于九围⑲。

受小球大球⑳，为下国缀旒㉑，何天之休㉒。不竞不絿㉓，不刚不柔。敷政优优㉔，百禄是遒㉕。

受小共大共㉖，为下国骏厖㉗。何天之龙㉘，敷奏其勇㉙。不震不动㉚，不戁不竦㉛，百禄是总㉜。

武王载旆㉝，有虔秉钺㉞。如火烈烈，则莫我敢曷㉟。苞有三蘖㊱，莫遂莫达㊲。九有九截㊳，韦顾既伐㊴，昆吾夏桀㊵。

昔在中叶㊶，有震且业㊷。允也天子㊸，降予卿士㊹。实维阿衡㊺，实左右商王㊻。

【注释】

①濬（jùn）哲：明智。商：指商的始祖。②长：久。祥：吉祥。③芒芒：茫茫，水盛貌。④敷：治。下土方：指天下的土地。⑤外大国：外谓邦畿之外，大国指远方诸侯国。疆：疆土。⑥幅陨：面积。长：增长。⑦有娀（sōng）：古国名。⑧帝立子生商：上帝立女生殷商。⑨玄王：商契。桓拨：威武刚毅。⑩达：通达。⑪率履：遵循礼法。履，“礼”的假借。⑫视：巡视；发：施行。⑬相土：人名，契的孙子。烈烈：威武貌。⑭海外：四海之外，泛言边远之地。有截：截截，整齐划一。⑮汤：成汤。齐：齐一，一样。⑯跻：升。⑰昭假：向神祷告，表明诚敬之心。迟迟：久久不息。⑱祗：敬。⑲式于九围：领导九州。⑳球：玉器。㉑下国：下面的诸侯方国。缀旒：旗上的飘带，此指表率。㉒何：同“荷”，承受。休：美。㉓絿（qiú）：急。㉔优优：温和宽厚。㉕遒：聚。㉖共：通“珙”，美玉。㉗骏厖（máng）：庇护。㉘龙：恩宠。㉙敷奏：施展。㉚不震不动：不可惊惮。㉛戁（nǎn）、竦：恐惧。㉜总：聚。㉝武王：指商汤。旆：旌旗，此作动词。㉞有虔：坚强威武貌。秉钺：执持长柄大斧。㉟曷：通“遏”，阻挡。㊱苞：本，指树桩。蘖：旁生的枝

椏。㊲遂：草木生长之称。达：苗生出土之称。㊳九有：九州。㊴韦：国名，在今河南滑县东南。顾：国名，在今山东鄄城东北。㊵昆吾：国名，在今河南省许昌市东。㊶中叶：商朝中世。㊷震：威力。业：功业。㊸允：信然。㊹降：天降。㊺实维：是为。阿衡：即伊尹，辅佐成汤征服天下建立商王朝的大臣。㊻左右：在王左右辅佐。

【赏析】

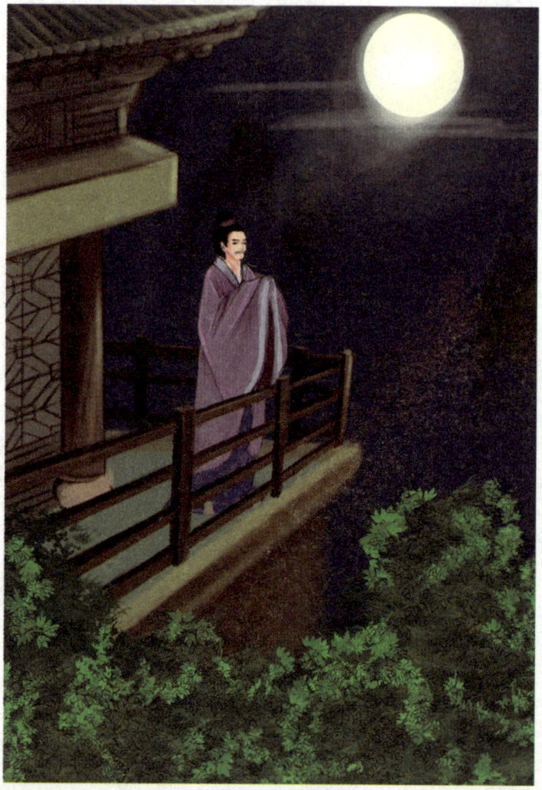

《长发》先歌颂了商统治者的祖先契以及契之孙相土，之后才详细叙述主要祭祀对象成汤的事迹。在诗的末尾略提伊尹之事，是以伊尹从祀成汤之意。

诗共七章，一、二两章追述汤之祖先契和相土奠定基业之功。首章开头两句是赞美之辞，“濬哲维商，长发其祥”，称赞商朝世代有睿智、圣明的君王，上天因之赐予商吉祥。之后诗歌笔锋转向汤之祖先契，叙述商部落最初的兴起。契因协助夏禹治水有功而被舜任命为司徒，后封于商地，商人由此立国。而且在契的开拓下，商国的疆土渐渐宽广。章末两句写契的诞生，“有娀方将，帝立子生商”，传说契之母有娀吞玄鸟卵而有孕，生下契。以神话传说来解释契的诞生，颇有神秘色彩，意在表明商之建立得到了上天的允许。第二章先写契对商的治理，之后过渡到歌颂相土。玄王即契，他治国有方，无论大国小国皆归附于商。不仅如此，契还能遵循礼法，力求教令尽行。到相土统治时期，商的势力已经扩展到渤海一带，以“烈烈”赞相土，突出的就是他开拓疆土的武功。

在契和相土的治理下，商人蓄积了消灭夏朝、建立商王朝的雄厚实力，成汤是这项事业的实现者，三到六章便是对成汤这一丰功伟绩的赞扬。商汤拥有天下的原因被认为是“帝命不违”，不违帝命的具体表现有二。其一，成汤礼贤下士，不敢怠慢，合于上天之德；其二，成汤对待上天虔敬恭谨。因此，成汤能够得到上帝的认可，其德行成为九州的典范。由于成汤治国有方，广施德业，商渐渐强大，各方诸侯纷纷归服。而诸侯之所以归服，是因为成汤治国遵循法制，施政宽和，所谓“不竞不絿，不刚不柔”也。另一方面，强大的商可以荫庇下国诸侯，具有“不震不动，不戁不竦”的强国风范。对一个国家来说，四方来归意味着政通人和，“百禄是遒”“百禄是总”是理所当然的结果了。

第六章写成汤讨伐夏桀之功。“武王载旆，有虔秉钺。如火烈烈，则莫我敢曷”，寥寥四句塑造出一个勇猛威武的成汤形象。王旗飘飘，兵器在手，一股所向披靡的气势漫溢于其中。“苞有三蘖，莫遂莫达。九有九截，韦顾既伐，昆吾夏桀”，这里用比喻的手法说明了夏必亡、商必胜的道理。韦、顾、昆吾为夏朝的三个从国，诗将夏桀比喻为树干，将韦、顾、昆吾比作树干上分出的三个枝杈，生动而具体。诗人指出，夏桀已经是一株枯木，已经无法再长枝叶（莫遂莫达），而商一定会征服九州，完成统一，韦、顾、昆吾连同夏桀将一起灭亡。

成汤能有天下，得益于贤良卿士的辅佐，伊尹是其中最为著名的功臣，因此以他配祭成汤。“昔在中叶，有震且业。允也天子，降予卿士。实维阿衡，实左右商王”，这是诗的第七章，叙述的即是伊尹的辅佐之功。

本诗叙述的事件以殷商的历史事实为基础，又有神话传说的内容，语言虽有古奥生涩之处，但叙事流畅，内容凝练集中，整体表现出平易、充实的风貌。

◎殷武◎

挞彼殷武[①]，奋伐荆楚[②]。罙入其阻[③]，裒荆之旅[④]，有截其所，汤孙之绪[⑤]。

维女荆楚[⑥]，居国南乡[⑦]。昔有成汤，自彼氐羌[⑧]，莫敢不来享，莫敢不来王，曰商是常[⑨]。

天命多辟[⑩]，设都于禹之绩[⑪]。岁事来辟[⑫]，勿予祸适[⑬]，稼穑匪懈[⑭]。

天命降监，下民有严[⑮]。不僭不滥[⑯]，不敢怠遑。命于下国，封建厥福[⑰]。

商邑翼翼[⑱]，四方之极[⑲]。赫赫厥声，濯濯厥灵[⑳]，寿考且宁，以保我后生[㉑]。

陟彼景山[㉒]，松伯丸丸[㉓]。是断是迁，方斫是虔[㉔]，松桷有梴[㉕]，旅楹有闲[㉖]，寝成孔安[㉗]。

【注释】

①挞：通“达”，神速。殷武：即殷高宗武丁。②荆楚：即荆州之楚国。③罙（shēn）：“深”之本字。④裒（póu）：俘虏。⑤汤孙：指商汤的后代武丁。绪：功业。⑥女（rǔ）：同“汝”。⑦居国南乡：住在我国的南乡。⑧氐羌：散居在今西北陕西、甘肃、青海一带的两种少数民族。⑨常：通“尚”，尊崇。⑩多辟：众多诸侯。⑪绩：通“迹”。⑫来辟：犹言“来王”“来朝”。⑬祸适：谴责。⑭懈：懈怠。⑮严：敬谨。⑯不僭（jiàn）不滥：毛传：“赏不僭、刑不滥也。”⑰封建厥福：分封立国福禄有光。⑱商邑：指商朝的国

都西亳。翼翼：都城整饬貌。⑲极：表率。⑳濯濯：形容威灵光辉鲜明。㉑后生：犹言后代子孙。㉒景山：今河南偃师。㉓丸丸：形容松柏条直挺拔。㉔斫：砍。虔：削。㉕桷（jué）：方形的椽子。梴（chān）：木长貌。㉖旅楹：众柱。有闲：闲闲，粗大貌。㉗寝：正殿。孔：很。

【赏析】

《毛诗序》认为《殷武》一诗的祭祀对象是殷高宗武丁，歌颂了武丁伐楚、复兴殷商的功绩。

高宗武丁是商王朝的一代中兴之主。殷商发展到高宗时，国势衰落，荆楚之地叛乱。于是高宗征伐荆楚，终于使国家恢复安定，走上复兴之路。本诗首章即言武丁伐楚之功。发端二句“挞彼殷武，奋伐荆楚”简要交代了征伐的双方，一个“挞”字和一个“奋”字突出了武丁的勇猛神速。“罙入其阻，裒荆之旅”两句表现了战争的基本情况：征伐并非一帆风顺，而是充满重重阻碍；但是武丁的军队克服险阻，最终“裒荆之旅”，取得了征伐的胜利。在本章的末尾，诗人对武丁的伐楚之功特别加以赞美，说“有截其所，汤孙之绪”，指出征服楚地是武丁作为商汤子孙应有的功绩。

在武力征服楚地后，武丁又用言语加以告诫，第二章就是告诫之辞。“维汝荆楚，居国南乡”，这两句是说荆楚之地位于殷商的南方。强调楚地的地理位置，目的在于提醒楚人：你们楚地是我殷商的国土，所以必须对我俯首听命。“昔有成汤，自彼氐羌，莫敢不来享，莫敢不来王，曰商是常”，当初商汤征服氐、羌，氐、羌纷纷臣服殷商，不敢不朝拜商王。武丁用这样一个历史事实告诉楚人，荆楚必须归服殷商。

第三章到第五章主要叙述殷武的中兴。诸侯国的兴衰治乱直接关乎整个国家的命脉，所以武丁首先对各诸侯施令：“天命多辟，设都于禹之绩。岁事来辟，勿予祸适，稼穑匪解。”借天之命将诸侯如何执行建都、朝觐、稼穑之事一一做了规定。第四章由对诸侯的训示转到告诫平民百姓，但仍借上天之名义。“天命降监，下民有严。不僭不滥，不敢怠遑”，这几句以天命之威震慑百姓，使之恭敬严肃，不敢肆意妄为。“命于下国，封建厥福”是施恩，通过命令诸侯兴建封国使百姓安康幸福。这种恩威并施的方法不失为治国良策。诸侯、百姓皆按武丁的政令行事，国家走上复兴之路就是自然的结果了。殷商复兴的繁盛景象在第五章得到了大力渲染：“商邑翼翼，四方之极。赫赫厥声，濯濯厥灵。”商都成为天下最为繁华的城邑，名声显赫，威风凛凛。翼翼、赫赫、濯濯三个叠词的使用将商都的盛况形容得有声有色。由于这一繁荣局面的缔造者是高宗武丁，因此，本章末两句歌颂武丁道：“寿考且宁，以保我后生。”这既是对武丁的称颂，也是祈福之语。

为纪念复兴殷商的武丁，后人为他营建了寝庙，卒章专写修建寝庙的情景。“陟彼景山，松伯丸丸”乃是登山选取木料，高山上苍翠的松柏是上好的建筑材料，也象征着武丁复兴殷商的崇高德行。“是断是迁，方斫是虔”，断、迁、斫、虔这一系列的动作描写使人仿佛看到人们伐木、运木的劳动景象。经过择木、伐木、运木以及建造等程序后，一座高大威严的正殿终于竣工了，武丁之灵得以安息。诗至此结束。

诗三百，一言以蔽之，曰：思无邪。

——孔子